KB000328

시원변체【三】 詩源辯體

An Annotated Translation of "Shiyuanbianti"

허학이許學夷 지음 ▌ 박정숙朴貞淑 · 신민야申旻也 역주

세창출판사

시원변체【三】 詩源辯體

1판 1쇄 인쇄 2016년 3월 2일
1판 1쇄 발행 2016년 3월 10일

지은이 | 허학이(許學夷)
역주자 | 박정숙 · 신민야
발행인 | 이방원
발행처 | 세창출판사
신고번호 | 제300-1990-63호
주소 | 서울 서대문구 경기대로 88 냉천빌딩 4층
전화 | (02) 723-8660 팩스 | (02) 720-4579
http://www.sechangpub.co.kr
e-mail: sc1992@empal.com
ISBN 978-89-8411-593-4 94820
978-89-8411-590-3 (세트)

이 책은 한국연구재단의 지원으로 세창출판사가 출판, 유통합니다.

이 도서의 국립중앙도서관 출판시도서목록(CIP)은 e-CIP홈페이지(http://www.nl.go.kr/ecip)와 국가자료공동목록시스템(http://www.nl.go.kr/kolisnet)에서 이용하실 수 있습니다.
(CIP제어번호: CIP2016004773)

I

2011년, 나는 신민야 선생님과 한국연구재단에서 시행하는 명저번역연구지원 사업을 논의하고 허학이의 《시원변체》를 신청했다. 운이 좋게 이 과제가 선정이 되자마자 작업에 착수하여 책이 나오기까지 꼬박 4년 남짓의 시간이 걸렸다. 중간에 신민야 선생님의 개인적인 사정으로 말미암아 당초 내가 맡은 분량보다 더 많은 내용을 번역해야 하는 어려움에 봉착하게 되었다. 턱없이 짧은 시간 안에 갑자기 늘어난 몫을 감당하기란 참으로 숨 막히는 일이었다. 그러나 내가 그 큰 어려움을 이겨낼 수 있었던 것은, 이 책을 통해 그동안에 다져온 공부의 기초를 좀 더 튼튼하게 세우고, 그리하여 더욱 새로운 학문의 세계를 만나겠다는 일념이 날마다 지친 나를 재촉했기 때문이다.

이 책의 원저자인 허학이는 모든 것을 완성하기까지 40년의 시간이 걸렸다. 그런데 내가 고작 4년 정도의 시간을 쏟아 이 책을 번역해서 이렇게 세상에 내놓는다는 것은 정말 부끄러운 일이다. 저자가 논증한 주요 내용을 먼저 완전하게 이해하고 번역해야 함에도 불구하고 자구의 해석에만 급급하여 제대로 옮기지 못한 자책감이 물밀듯이 밀려온다. 인용된 시구 역시 전체 시를 한 수씩 찾아 그 맥락 속에서 옮기고자 노력했지만 충분히 감상할 만한 여건이 허락되지 않아 기본적인 뜻만 풀이하는 데 그칠 수밖에 없었다. 또한 역자주에서 설명하고 있는 사항도 모두 세부 연구를 통한 검증의 결과로서 제시되어야 함에도 불구하고 기존의 사전과 자료에 의존한 차원에서 머물고 있어 못내 아쉽다. 그렇지만 이번 기회에 《시경詩經》에서부터 명대까지의 시와 시론의 각종 원자료를 두루 살펴보며 통독하는 동시에, 각 내용과 관련된 기존의 연구 성과를 모아 종합적으로 검토할 수 있었다는 것만으로도 기쁘기 그지없다. 오랜 시간 동안 자료더미 속에 앉아서 인용된 작품을 일일이 찾아 대조해 보는 과정은 지루하고 고달픈 시간이었지만, 내 나름대로는 보물을 찾아 묻어두는 듯한 귀하고 값진 시간이 되었다.

Ⅱ

이 책의 번역을 준비하고 또 완성하는 과정에서 앞서 이종한 교수님께서 보여 주신 《한유산문역주》(소명출판사, 2012)의 원고는 그야말로 나의 나침반이 되었다. 이 책의 기본적인 얼개는 모두 거기서부터 나왔으며, 제한된 시간 안에 많은 분량을 감당할 수 있었던 힘의 원천에도 지난날 선생님 어깨너머로 배운 훈련의 과정이 녹아 있다. 중국 고전문학 작품을 번역하는 것은 분명히 쉽지 않은 고역이다. 그러나 그 뒤에는 무엇과도 바꿀 수 없는 일종의 사명의 열매가 있어서 멈출 수가 없는 듯하다. 일찍부터 그러한 보람을 가르쳐주신 이종한 교수님께 이 지면을 빌려 감사드린다.

그뿐 아니라 학부 시절부터 가르쳐 주시고 격려해 주신 송영정 교수님, 제해성 교수님을 비롯하여 나에게는 고마운 분들이 많이 계신다. 여러 교수님들께서 나누어 주신 은혜에 대해서는 후일 술회할 기회가 있을 듯해 여기서 잠시 줄이기로 한다. 다만, 최근 몇 년간 미천한 나의 재주가 조금이나마 성숙할 수 있도록 물심양면으로 보살펴 주신 우리 학교 한문교육과의 김윤조 교수님과 경상대학교 중어중문학과의 권호종 교수님께 특별히 감사의 말씀을 올린다.

Ⅲ

이제 막 이립而立의 시절이 지나고 불혹不惑의 나이에 접어들었다. 실수투성이고 흠이 많지만, 지난 20년간 막막하게 걸어온 길에서 하나의 매듭을 지었다. 이 책을 넘길 때마다 나는 학창 시절 혼자 중국문학사를 공부하던 나의 어린 모습을 떠올렸다. 해제나 주석 등이 다소 번잡할 정도로 상세하다고 느껴질 수 있는 것은, 그저 이 책을 통해 중국문학을 공부하고자 하는 학생들을 염두에 두었기 때문이다.

또한 작업을 마무리하면서 선학들의 평가나 동료들의 비판도 두렵지만 그보다 더 나를 두렵게 하는 것이 이것을 통해 나의 자취를 살피게 될 후학들의 눈이라는 사실에 밤잠이 설쳐진다. 이제까지 내가 습관처럼 그랬듯이 그 누군가도 나처럼 상아탑을 향한 열정과 사도師道에 대한 갈망을 품고 앉아서 매의 눈빛으로 이 책을 샅샅이 읽을지 모를 일이다. 그러므로 나는 나의 잘잘못이 가려질까 봐 두려운 것이 아니라 그들의 눈에 비칠 내 모습이 더 두렵다. 바라건대 거짓이 섞이지 않고 진실하며, 허세를 부리지 않고 겸허하게 나아가고자 한 모습이 그들의 눈에서 비쳤으면 좋겠다.

앞으로 나에게는 부단히 이 책을 수정하고 보완해야 할 책임이 있다. 더욱이 부록에 해당하는 뒷부분을 충분히 윤문하지 못한 부담이 크다. 부디 젊은 나이에 무모하지만 용기 있게 학문의 난관을 극복하고자 애쓴 마음을 헤아려서 이 책의 여러 가지 오류를 널리 양해해 주기를 간절히 바라며, 많은 질정을 고개 숙여 기다린다. 마지막으로 이 책을 정성스럽게 꾸며 주신 세창출판사 편집부에도 진심으로 감사드린다.

IV

내가 이 책으로 인해 깊은 수렁에 빠져 있던 어느 날, 나에게 구원의 손길을 뻗어 기적같이 나를 믿음의 반석 위에 세워 놓으신 하나님! 지금 이 순간에도 나의 중심을 놓치지 않고 바라보시며 끊임없이 나를 다스리시는 하나님께 이 모든 영광을 바친다. “하나님은 사람이 아니시니 거짓말을 하지 않으시고, 인생이 아니시니 후회가 없으시도다” 고 말씀하셨으니, 그 위대하신 계획이 무엇인지는 알 수가 없지만 모든 것이 합력하여 선을 이룰 것이라고 믿는다. 앞내의 꽁꽁 언 얼음판 위에서 썰매를 타는 어린이들이 정겨운 오후, 오늘도 내 안에서 강같이 흐르는 평화에 감사하며 다가올 새봄의 기쁨을 미리 찬송한다.

2016년 정월

역자 박정숙 삼가 씀

자 서自序

공자孔子가 말했다.

"중용中庸의 도는 지극하도다! 백성들 사이에 그 도가 행해진 지 오래도록 드물게 되었구나."

후진들이 시를 논하면서 위로는 제齊·양梁 시대를 서술하고 아래로는 당대唐代 말기를 말하는데 도에 미치지 못했다. 서정경徐禎卿 등의 여러 사람들이 먼저 〈교사가郊祀歌〉를 받들고 다음으로 요가鐃歌를 천거하는데 도에서 동떨어졌다. 근래 원굉도袁宏道와 종성鍾惺이 나와서 옛것을 배척하고 자기의 마음을 스승으로 삼고자 하여 허황된 말을 숭상하는데 도에서 어긋났다. 내가 《시원변체詩源辯體》를 지은 것은 진실로 경계하는 바가 있어서다. 일찍이 나는 다음과 같이 말했다.

시에는 원류源流가 있고 체재에는 정변正變이 있으니, 책 첫머리에서 그 요점을 논한 이상, 지나치거나 미치지 못한 것에 대해 살펴서 그 중용中庸의 도를 얻었다. 다만 원굉도와 종성의 주장에서 괴이한 것을 추구하고 일반적인 것을 싫어한 것에 대해서는 의혹이 없지 않을 수 없다. 한漢·위魏·육조六朝의 시는 체재가 아직 갖춰지지 않았고 경계가 아직 완성되지 못했기에 창작의 법칙이 마땅히 광범위하다. 당 이후부터 체재가 갖춰지지 않음이 없고 경계가 완성되지 않은 것이 없으니 창작의 법칙이 마땅히 그대로 지켜지게 되었다. 논자들이 "한위의 시는 《시경詩經》의 경지에 이를 수 없고, 당시는 한위시의 경지에 이를 수 없다"고 말하는 것은 통변通變의 도를 알지 못하는 것이며, 우리 명나라의 여러 문인들이 "대부분 옛사람을 본받았기에 독자적으로 창작하여 자립할 수 없다”고 말하는 것 또한 논지는 높지만 견해가 얕고, 뜻은 심원하지만 식견이 서투를 뿐이다.

지금 온갖 초목이 무성한 것을 살펴보면 꽃받침이 일정하건만 보는 사람들이 싫증내지 않는다. 그러나 오늘날의 꽃받침은 옛날의 꽃받침이 아니며, 온갖 초목의 모양을 요상하게 변화시켜 무성하게 하니 그 괴이함이 매우 심하도다. 《주역周易》에서 “형상으로 구체화하고 자세히 검토하여서 그 변화를 완성시키며, 신묘하고 밝게 하는 것은 사람에게 있다”고 하였다. 오호! 어찌 호응린胡應麟을 무덤에서 일어나게 하여 내 말을 증명하도록 할 수 있겠는가? 무릇 체제와 성조는 시의 법칙이며, 말과 뜻이라고 하는 것은 작가의 독자적인 운용을 중시한다. 말과 뜻을 훔치면 그것을 표절이라고 일컫는다. 그 체제를 규범으로 삼고 그 성조를 모방하는 것은 표절이라 할 수 없다. 오늘날에는 체제와 성조가 옛것과 비슷한 것을 참된 시가 아니라 하고, 반드시 민간의 속담이나 어린아이들의 말, 자질구레한 생각과 괴이한 성조가 있어야 도리어 참되다고 할 따름이다. 또 원굉도와 종성 두 사람은 자기의 마음을 스승으로 삼는 것을 숭상하면서, 한위시를 배우고 초당初唐과 성당盛唐의 시를 배우는 것에 대해서는 있는 힘을 다해 헐뜯고, 제·양과 당말의 시를 학습하는 것을 심히 좋아한다.

당세수唐世修가 말했다.

“옛사람이 오랫동안 버려둔 견해를 모아 오늘날 일상적인 것을 싫어하는 사람들의 이목을 현혹시키면서 다시 자기의 마음을 스승으로 삼을 수 있는 것을 보지 못했다.”

과거공부는 한 시대에 유행하는 것을 꾀하지만, 시문은 후세에 평가가 결정된다. 송宋·원元·명초明初를 두루 살펴보면 이하李賀·장적張籍·왕건王建에 대해 대략 많은 사람들이 학습했는데 그 이름이 후세에 사라져 알려지지 않는다. 설령 오늘날 숭상된다 할지라도 후세에 평론이 결정됨을 짐작할 수 있다.

이 책은 만력萬曆 계사癸巳년에 시작하여 임자壬子년까지 모두 20년 동안 점차 완성되었는데, 다 합하면 소론小論 약간과 《시경》에서 오대五代까지의 시 약간이다. 외일畏逸 장상사張上舍와 미신味辛 고빙군顧聘君이 보고서 이 책을 아까워하여 나에게 출판할 것을 제안하고, 일시에 여러 친구들이 모두 기꺼이 출판을 도와주어서 먼저 소론 750칙을 출간했다. 그 당시 세간의 여러 문인들이 이미 삼가 나를 위해 말을 해두었던 것이다. 그 뒤로 20년간 열에 다섯은 가다듬고 열에 셋은 보충했는데, 여러 문인의 시는 먼저 체재를 나누고 다시 각 성조에 따라 모아서 그 음절을 상세히 밝히고 그 오류를 바로잡았으며, 나의 정력을 진실로 여기에 다 쏟아부었다. 이때 사위 진군유陳君兪가 나를 위해 전집全集을 인쇄하려고 계획했지만 그 일을 이어가지 못했다.

옛날에 우번虞翻이 말했다.

"세상에 자신을 알아주는 사람이 한 명이라도 있다면 여한이 없으리라."

오늘날 여러 사람들이 나를 알아주어 얻은 것이 우중상보다 많으니 내가 또 무슨 한이 있겠는가. 만약 내가 곧장 죽지 않는다면 다시 기회를 얻어 이 문집이 전부 간행되어서 시문이 오래도록 남아 천고의 근거가 되기를 바라노니, 어찌 오직 나 한 사람의 사사로운 이익이겠는가!

숭정崇禎 오년五年 임신년壬申年에 백청伯淸 허학이許學夷가 다시 고치노니, 이때 나이가 70세다.

仲尼曰: "中庸其至矣乎! 民鮮能久矣." 後進言詩, 上述齊梁, 下稱晩季, 於道爲不及; 昌穀諸子, 首推郊祀, 次擧鐃歌, 於道爲過; 近袁氏鍾氏出, 欲背古師心, 詭誕相尙, 於道爲離. 予辯體之作也, 實有所懲云. 嘗謂: 詩有源流, 體有正變, 於篇首旣論其要矣, 就過不及而撰之, 斯得其中. 獨袁氏鍾氏之說倡, 而趨異厭常者不能無惑. 漢魏六朝, 體有未備, 而境有未臻, 於法宜廣; 自唐而後, 體無弗備, 而境無弗臻, 於法宜守. 論者謂"漢魏不能爲三百, 唐人不能爲漢魏", 旣不識通變之道, 謂我明諸公"多法古人, 不能自創自立", 此又論高而見淺, 志遠而識疎耳. 今觀夫百卉之榮也, 華萼有常, 而觀者無厭, 然今之華萼, 非昔之華萼也, 使百卉幻形而爲榮, 則其妖也甚矣. 易曰: "擬議以成其變化, 神而明之, 存乎其人." 嗚呼! 安得起元瑞於地下而證予言乎. 夫體制 · 聲調, 詩之矩也, 曰詞與意, 貴作者自運焉. 竊詞與意, 斯謂之襲; 法其體製, 倣其聲調, 未可謂之襲也. 今凡體製 · 聲調類古者謂非眞詩, 將必俚語童言 · 纖思詭調而反爲眞耳. 且二氏旣以師心爲尙矣, 然於學漢魏 · 學初盛唐則力詆毁, 學齊梁晩季, 又深喜之. 唐世修謂: "拾古人久棄之唾餘, 眩今人厭常之耳目, 又未見其能師心也." 夫學業求售於一時, 而詩文定論於後世. 歷考宋 · 元 · 國初, 於長吉 · 張 · 王, 蓋多有學之者, 而後世泯焉無聞. 卽今日所尙, 而他日之定論可知. 是書起於萬歷癸巳, 迄壬子, 凡二十年稍成, 計小論若干則, 自三百篇至五季詩若干首. 畏逸張上舍 · 味辛顧聘君見而惜之, 爲予倡梓, 一時諸友咸樂助之, 乃先梓小論七百五十則. 時湖海諸公已有竊爲己說者. 後二十年, 修飾者十之五, 增益者十之三, 諸家之詩, 旣先以體分, 而又各以調相附, 詳其音切, 正其訛謬, 而予之精力實盡於此. 玆者館甥陳君兪爲予謀梓全集, 而未有以繼之. 昔虞仲翔言: "使天下有一人知己, 足以無恨." 今諸君知我, 所得多於仲翔, 予復何恨焉. 倘予不卽就木, 庶幾復有所遇, 使玆集全行, 則風雅永存, 千古是賴, 豈直予一人之私德哉! 崇禎五年壬申, 許學夷伯淸更定, 時年七十.

일러두기

詩源辯體

❶ 이 책은 허학이의 《시원변체》(北京: 人民文學出版社, 1998)를 우리말로 옮긴 것이다.

❷ 본문인 제1권~제33권 및 기타 등은 박정숙이 역주했고, 총론(제34권~제36권)과 후집찬요 2권은 신민야가 맡았다.

❸ 번역은 직역을 위주로 하면서 우리말 표준어규칙에 따랐다.

❹ 해제는 원문과 관련된 내용을 중심으로 기존의 연구 성과를 두루 참고하여 정리한 것이다.

❺ 주석은 원문을 이해하는 데 필요한 인명, 서명, 편명, 지명, 국명, 연호 및 주요 용어 등을 중심으로 각종 사전과 자료를 참고하여 정리한 것이다.

❻ 원문에서 [ ]로 표기된 원저자의 주석은 모두 각주로 처리하여 역자의 주석과 구분되도록 하였다. 다만 독자의 편의를 위해서 역자가 ( )로 표기하여 보충한 내용도 있다.

❼ 원문에서 인용된 시구는 모두 해당 원자료의 통행본에 의거하여 작가와 제목을 상세히 기록했다. 자구의 차이가 있는 경우에는 우선 원저자의 표기에 따르는 것을 원칙으로 하되, 그 차이에 대해서는 일일이 언급하지 않았다.

❽ 작가의 이름은 성명을 기준으로 표기하여 알기 쉽게 하였으되(원저자는 이름이나 자 중에서 가장 잘 알려진 것을 기준으로 하였음), 일부 예외적인 경우도 있다.

❾ 원서에서 명백한 오타인 경우에는 수정했으되, 용례가 많지 않고 사소한 것이어서 별도로 표기하지는 않았다.

❿ 참고한 기존의 연구 성과 등은 일부 특별한 경우 외에는 언급하지 않았다.

차 례

詩源辯體

시원변체【三】

시원변체【一】

시원변체【二】

시원변체【四】

범 례凡例

모두 27조임共二十七條

1. 이 책을 《변체辯體》라고 명명한 것은 뜻을 변별한다는 것이 아니니, 뜻을 변별하면 이학과 비슷하게 될 것이다. 그러므로 《고시십구수古詩十九首》의 〈하불책고족何不策高足〉, 〈연조다가인燕趙多佳人〉 등은 시의 근원이 아닌 것이 없고, 당나라 태종太宗의 〈제경편帝京篇〉 등은 오히려 화려함을 면하지 못했다. 이것을 이해한다면 이 책을 읽을 수 있을 것이다.

此編以"辯體"爲名, 非辯意也, 辯意則近理學矣. 故十九首"何不策高足""燕趙多佳人"等, 莫非詩祖, 而唐太宗帝京篇等, 反不免爲綺靡矣. 知此則可以觀是書.

2. 《변체》에서 《시경詩經》·《초사楚辭》·한漢·위魏·육조六朝·당唐의 시는 먼저 그 대강을 든 다음에 세목을 구별했는데, 매 권 많은 것은 70여 칙이고 적은 것은 2~3칙이다. 매 칙은 하나의 주제를 갖추고 있는데, 모두 오랜 깨달음을 통해 얻은 것으로, 절대 덩달아 찬성하여 중복한 것은 있지 않다. 학자는 마음으로써 마음이 통하니 응당 하나하나씩 깨닫게 될 것이다. 그렇지 않으면 오직 그 번잡하고 어지러운 것만 보게 될 뿐, 정신을 쏟아 독자적으로 깨닫고 체계적으로 구성한 오묘함에 대해서는 막연하여 수용하지 못할 것이다. 지금 모두 합치면 956칙인데, 후인이 삭제할까 봐 두려울 따름이다.

辯體中論三百篇·楚辭·漢·魏·六朝·唐人詩, 先舉其綱, 次理其目, 每卷多者七十餘則, 少者二三則. 然每則各具一旨, 皆積久悟入而得, 並未嘗有雷同重複者. 學者以神合神, 當一一領會. 否則但見其冗雜繁蕪, 而於精心獨得 · 次第聯絡之妙, 漠然其不相入矣. 今總計九百五十六則, 懼後人刪削耳.

3. 《변체》 중에서 많은 말들이 열몇 차례 보이는 것은 모두 위아래를 연결시키는 말이거나 각 권의 강령이 되는 핵심으로 군더더기 말이 아니다. 진晉나라 은호殷浩가 처음 《유마힐경維摩詰經》을 읽었을 때, "반야다라밀般若波羅蜜"[1]이 너무 많은 것을 의심스러워했지만, 후일 《소품반야바라밀경小品般若波羅蜜經》을 보고서는 이 말이 적은 것을 아쉬워했다. 독자는 각기 이해해야 마땅할 것이다.

辯體中數語有十數見者, 皆承上起下之詞, 或爲各卷中綱領關鍵, 非贅語也. 殷中軍初視維摩詰經, 疑"般若波羅蜜"太多, [當作"三藐三菩提", 世說誤耳.] 後見小品, 恨此語少. 觀者宜各領略.

4. 《변체》 중 한위시를 논할 때는 먼저 종합한 뒤에 분석하고, 초初 · 성盛 · 중당中唐의 시를 논할 때는 먼저 분석한 뒤에 종합했다. 한위의 시체詩體는 어우러지고 별도로 새로운 풍격이 없지만, 그 전체를 통괄하면 다름이 있음을 면치 못하기에 먼저 종합한 뒤에 분석했다. 당나라 문인들에 이르러서는 풍격이 약간 다르고 체재도 각기 구별되었지만, 그 귀납을 통괄하면 또한 같지 않은 것이 없으므로 먼저 분석하고 종합했다. 이백李白과 두보杜甫의 경우는 모두 입신入神의 경지에 들어가고, 위응물韋應物과 유종원柳宗元은 모두 충담沖淡으로 칭송되므로 역시 먼저 종합한 뒤에 분석했다. 원화元和 · 만당晚唐에 이르러서

1) 마땅히 "삼막삼보리三藐三菩提"이라고 해야 하는데, 《세설신어世說新語》에서 잘못 표기했다.

는 각각의 시파가 나와 그 시체가 심히 달라지므로 오직 분석만 하고 종합하지는 않았다.[2)]

辯體中論漢魏詩先總而後分, 論初 · 盛 · 中唐詩先分而後總者, 蓋漢魏詩體渾淪, 別無蹊徑, 然要其終亦不免有異, 故先總而後分; 至唐人則蹊徑稍殊, 體裁各別, 然要其歸則又無不同, 故先分而後總. 若李杜, 則皆入於神, 韋柳, 則並稱沖淡, 故亦先總而後分. 至元和 · 晩唐, 則其派各出, 厥體甚殊, 故但分而不總也. [元和 · 晩唐雖有總論, 而非論其同也.]

5. 《변체》 중 한 · 위 · 육조의 시를 논하면서 재주와 조예를 말하지 않은 것은 한위시는 재주가 있지만 그 재주를 드러내지 않았고, 육조시는 재주가 없는 것은 아니지만 조탁하고 꾸며서 그 재주를 발휘했다고 할 수 없기 때문이다. 또 한위시는 천연스러움에서 나와 본래 조예가 없고, 육조시는 조탁하고 꾸며서 조예라고 말할 수 없기 때문이다. 그러므로 반드시 왕발王勃 · 양형楊炯 · 노조린盧照隣 · 낙빈왕駱賓王에 이르러서야 재주를 말하고, 심전기沈佺期 · 송지문宋之問에 이르러서야 조예를 말하며, 성당의 여러 문인에 이르러서야 홍취興趣를 말할 따름이다.[3)]

辯體中論漢 · 魏 · 六朝詩不言才力 · 造詣者, 漢魏雖有才而不露其才, 六朝非無才而雕刻綺靡又不足騁其才; 漢魏出於天成, 本無造詣, 而六朝雕刻綺靡, 又不足以言造詣. 故必至王 · 楊 · 盧 · 駱, 始言才力; 至沈宋, 始言造詣; 至盛唐諸公, 始言興趣耳. [初唐非無興趣, 至盛唐而興趣實遠.]

---

2) 원화 · 만당에는 총론이 있지만 그 같은 점에 대해서는 논하지 않았다.

3) 초당 시기에 홍취가 없는 것은 아니지만, 성당에 이르러야 홍취가 진실로 심원해진다.

6. 《변체》 중 여러 문인의 시를 논하면서 이름을 칭할 때도 있고 자字를 칭할 때도 있는데, 각기 가장 잘 알려진 것에 따랐기 때문이다. 여러 학자들은 시를 논하면서 혹은 관명官名, 혹은 별호別號, 혹은 지명地名을 사용하여 그 이름을 숨기는데, 후학들을 편리하게 하는 것이 아니다.

辯體中論諸家詩, 或稱名, 或稱字, 各從其最著者. 若諸家論詩, 或官名, 或別號, 或地名, 而幷隱其姓氏, 非所以便後學也.

7. 여러 학자들이 시를 논하면서 대부분 이미 들은 것을 슬그머니 취하여 자신의 주장으로 혼용하는데, 가장 비루한 일이다. 내가 이 책에서 인용한 주장에는 반드시 이름을 명확하게 표기했으며, 간혹 문장의 어기가 의문스러우면 바로 소주小註를 달아 분명하게 밝힘으로써 주체와 객체가 애매한 경우가 거의 없도록 했다. 후일 다른 책에 혹시 이 책과 같은 내용이 있다면, 마땅히 이 책을 근본으로 삼아야 할 것이다.

諸家說詩, 多采竊舊聞, 混爲己說, 最爲可鄙. 予此書凡所引說, 必明標姓字, 或文氣相疑, 卽以小註明之, 庶無主客之嫌. 後他書或與是書同者, 當以是書爲本.

8. 이 책 《변체》의 소론은 40년 동안 12차례 원고를 고쳐서야 완성된 것이다. 간혹 밤에 누웠다가도 깨달음이 생기면 벌떡 일어나 적었고, 촛불이 없으면 새벽에 일어나 적었으며, 늙어 병든 후에는 손으로 쓸 수가 없어 조카들에게 명하여 대신 쓰게 했다.

此編辯體小論, 四十年十二易稿始成. 或夜臥有得, 卽起書之; 無燭, 曉起書之; 老病後不能手書, 命姪輩代書.

9. 이 책의 한 · 위 · 육조 · 초당 · 성당 · 중당 · 만당의 시는 오직

작자의 이름이 분명하고 언급하는 내용이 어느 한 시대와 관련된 것을 수록했는데, 학자들이 숙독하여 정통하고 원류가 간명하게 드러나도록 하려는 의도이지 순서가 없이 마구 섞이고 광대하여 알기 어렵게 하려고 한 것이 아니다. 그러나 한위의 저명한 문인들은 시편이 매우 적고 육조와 당나라의 문인들에게서 시편이 비로소 많아지므로, 한위의 저명한 문인들은 간혹 한두 편을 수록했고 육조와 당나라의 문인들의 시편은 많게는 열 배 정도에 이른다.

此編漢・魏・六朝・初・盛・中・晩唐詩, 惟錄其姓氏顯著・撰論所及有關一代者, 意欲學者熟讀淹貫, 源流易明, 不欲其總雜無倫, 浩瀚難測耳. 然漢魏名家, 篇什甚少, 而六朝・唐人, 篇什始多, 故漢魏名家, 或一篇兩篇者, 錄之, 而六朝・唐人, 多至什百矣.

10. 이 책은 체재의 변석을 위주로 하므로 선시選詩와 같지 않다. 한・위・육조・초당・성당・중당・만당은 성하고 쇠함이 현격히 다르므로 지금 각기 그 시기의 체재를 기록함으로써 그 변화를 분별한다. 품평하여 차례를 매기는 것은 논의 중에서 상세히 기록했다.

此編以辯體爲主, 與選詩不同. 故漢・魏・六朝・初・盛・中・晩唐, 盛衰懸絶, 今各錄其時體, 以識其變. 其品第則於論中詳之.

11. 이 책에서 대개 한・위・육조의 오칠언 시를 고시古詩라 명명하지 않은 것은 한・위・육조에는 당초 율시律詩가 없으므로 고시라고 부를 필요가 없기 때문이다. 오칠언 사구四句를 절구絶句라 명명하지 않은 것은 한・위・육조에는 당초 절구라는 명칭이 없었고 당나라의 율시 이후에 비로소 이 명칭이 생겼기 때문이다. 그러므로 한위 이하로 단지 오언・칠언이라고 명명하고, 사구의 시를 각기 그 뒤에 넣었다. 진자앙陳子昻・두심언杜審言・심전기沈佺期・송지문宋之問 이후에

비로소 고시와 율시가 구분되어서 각각 절구를 율시 뒤에 넣었다.

此編凡漢・魏・六朝五七言不名古詩者, 漢・魏・六朝初未有律, 故不必名爲古也. 五七言四句不名絶句者, 漢・魏・六朝初未有絶句之名, 唐律而後方有是名耳. 故漢魏而下止名五言・七言, 而以四句各次其後. 陳・杜・沈・宋而後始分古·律, 而各以絶句次律詩後也.

12. 이 책의 한・위・육조 시는 모두 《시기詩紀》에서 모아 수록했고, 당나라 이후로는 각기 본 문집에서 가려 뽑았다. 《당시품휘唐詩品彙》의 경우는 선록한 작품이 너무 방대하고 원화 이후로는 대부분 본래의 모습을 잃어서 정론이 되기에 충분하지 못하다.

此編漢・魏・六朝詩, 悉從詩紀纂錄, 唐人而下各從本集采取. 如品彙所選極博, 而於元和以後多失本相, 不足以定論也.

13. 이 책에 수록된 조일趙壹・서간徐幹・진림陳琳・완우阮瑀의 오언, 백량체柏梁體의 연구聯句 및 육기陸機・사령운謝靈運・사혜련謝惠連의 칠언, 양간문제梁簡文帝・유신庾信・수양제隋煬帝・두심언杜審言의 칠언팔구, 포조鮑照・유효위劉孝威・양간문제・유신庾信・강총江總・수양제 및 왕발・노조린・낙빈왕의 칠언사구, 심군유沈君攸의 칠언장구가 반드시 다 뛰어난 것은 아니다. 대개 서간, 진림 등의 여러 문인들은 이미 건안칠자建安七子의 반열에 들어가 있고 오언 중 다소 완정한 작품이 있기에 수록하여 버리지 않았다. 백량체는 칠언의 효시다. 진송晉宋 연간에는 칠언이 더욱 적은데 육기와 사령운에게 칠언의 작풍을 계승한 것이 남아 있다. 양나라 간문제와 유신 등의 여러 문인은 칠언율시의 효시고, 포조와 유효위 등의 여러 문인은 칠언절구의 효시며, 심군유의 성조도 점점 율격에 맞게 되었으므로 모두 빠뜨릴 수 없을 따름이다.

此編所錄, 如趙壹·徐幹·陳琳·阮瑀五言, 柏梁聯句及陸機·謝靈運·謝惠連七言, 梁簡文·庾信·隋煬帝·杜番言七言八句, 鮑照·劉孝威·梁簡文·庾信·江總·隋煬帝及王·盧·駱七言四句, 沈君攸七言長句, 非必盡佳. 蓋徐陳諸子旣在七子之列, 故五言稍能成篇, 亦在不棄. 柏梁爲七言之始. 晉宋間七言益少, 存陸謝以繼七言之派. 梁簡文·庾信諸子, 乃七言律之始, 鮑照·劉孝威諸子, 乃七言絶之始, 君攸聲亦漸入於律, 故皆不可缺耳.

14. 여러 학자들은 시를 편찬할 때 악부樂府를 시 앞에 놓지만 나는 이 책에서 악부를 시 뒤에 넣었는데, 대개 한나라의 고시는 진실로 국풍國風을 계승했고 조식曹植·육기陸機 이하의 시는 진실로 고시를 계승했지만, 악부의 경우에는 체제가 같지 않으므로 부득이 시를 앞에 두고 악부를 뒤에 둘 수밖에 없었다. 제齊나라 영명永明 이후로 양무제梁武帝를 제외하고서 비로소 악부와 시를 혼합하여 수록했는데, 그때의 악부와 시는 사실상 조금의 차이도 없어서 나누어 수록할 필요가 없기 때문이다.

諸家纂詩, 樂府在詩之前, 而予此編樂府次詩之後者, 蓋漢人古詩實承國風, 而曹陸以下之詩, 實承古詩, 至於樂府, 則體製不同, 故不得不先詩而後樂府. 永明而下, 梁武而外始混錄之者, 于時樂府與詩實無少異, 不必分錄矣.

15. 이 책은 포조鮑照·사조謝朓·심약沈約·왕융王融의 고시 중 점차 율체에 맞게 된 것을 수록하고, 고적高適·맹호연孟浩然·이기李頎·저광희儲光羲의 고시 중 율체를 잡용한 것은 수록하지 않았다. 포조 등 여러 문인은 율시로 변하는 시기에 해당하여 그 변화를 분별하기 위해 수록했고, 고적 등의 여러 문인은 복고復古를 이룬 이후에 해당하여,[4] 그 흐름을 막아버렸기에 제외시켰다.

此編鮑照·謝朓·沈約·王融古詩漸入律體者錄之, 高適·孟浩然·李頎·儲光義古詩雜用律體者不錄. 蓋鮑照諸公當變律之時, 錄之以識其變; 高適諸公當復古之後, [謂復古聲, 非復古體也.] 黜之以塞其流.

16. 이 책은 무릇 육조와 당나라의 의고擬古 등의 작품은 수록하지 않았다. 이 책은 체재의 변석을 위주로 하는데, 의고시는 여러 문인들의 체재를 변석하기에 충분하지 못하기 때문이다. 하안何晏과 도연명陶淵明의 의고시를 수록한 것은 하안과 도연명은 의고라는 명칭만 빌렸지 실제로는 의고가 아니기 때문이다.[5)]

此編凡六朝 · 唐人擬古等作不錄. 蓋此編以辯體爲主, 擬古不足以辯諸家之體也. 何晏 · 陶淵明擬古則錄之者, 何陶借名擬古, 而實非擬古也. [說見淵明論中.]

17. 이 책은 당나라의 이백李白 · 두보杜甫 · 고적高適 · 잠삼岑參 · 왕유王維 · 전기錢起 · 유장경劉長卿 · 한유韓愈 · 백거이白居易 시의 모든 체재를 다 수록했고, 나머지 문인들 시 중에서는 각기 뛰어난 것을 수록했다. 만당은 칠언절구가 뛰어나므로 한두 수 채록할 만한 것은 또한 수록했다.

此編唐人詩惟李 · 杜 · 高 · 岑 · 王維 · 錢 · 劉 · 韓 · 白諸體備錄, 餘則各錄其所長. 晩唐七言絶爲勝, 卽一二可采者亦錄之.

18. 이 책을 두고서 혹자는 원화 연간의 여러 문인들에 대해 과다하게 모아 기록하고, 변체가 정체보다 많은 것을 면치 못한다고 의문스러워 한다. 그러나 이 책은 체재의 변석을 위주로 하여서 원화의 여러 문인들이 일일이 독자적으로 세운 문호를 뺄 수가 없을 뿐 아니라, 그

4) 고성古聲을 회복했다는 말이지 고체古體를 회복했다는 말이 아니다.
5) 도연명에 관한 논의 중에 설명이 보인다.

시편이 초 · 성당보다 모두 몇 배가 되어도 줄일 수가 없으니, 진실로 학자들이 그 변체變體를 끝까지 이해해야 비로소 정체正體로 돌아갈 수 있음을 깨닫게 하고자 할 따름이다.

此編或疑元和諸子纂錄過多, 不免變浮於正. 然此編以辯體爲主, 元和諸子, 一一自立門戶, 旣未可缺, 其篇什恆數倍於初 · 盛, 則又不可少, 正欲學者窮極其變, 始知反正耳.

19. 당나라 문인의 여러 체재의 편집 순서는 오언고시五言古詩, 칠언고시七言古詩, 오언율시五言律詩, 오언배율五言排律, 칠언율시七言律詩, 오언절구五言絶句, 칠언절구七言絶句 순이다. 초당의 태종太宗 · 우세남虞世南 · 위징魏徵과 왕발 · 양형 · 노조린 · 낙빈왕의 오언팔구五言八句는 장편과 섞어서 수록하고 또 칠언고시 앞에 넣었는데, 대개 그때에는 오언의 고시와 율체가 혼합되어서 율시라고 꼬집어서 말할 수 없기 때문이다.

唐人諸體編次, 先五言古, 次七言古, 次五言律, 次五言排律, 次七言律, 次五言絶, 次七言絶. 初唐, 太宗 · 虞 · 魏及王 · 楊 · 盧 · 駱五言八句與長篇混錄又先於七言古者, 蓋于時五言古 · 律混淆, 未可定指爲律也.

20. 이 책에 수록된 여러 문인들의 시는 먼저 오칠언 고시 · 율시 · 절구로 차례를 나누었을 뿐 아니라, 또 여러 시체에 대해 각기 체제와 음조에 따라 분류했는데, 여러 문인의 각 체제 앞에 주註가 보이며, 주가 없는 것은 마땅히 미루어서 짐작해야 할 것이다.

此編所錄諸家詩, 旣先以五七言古 · 律 · 絶分次, 而於諸體又各以體製 · 音調類從, 註見諸家各體前, 其有未註者, 當以類推.

21. 이 책에서 여러 문인들의 괴이한 시구를 소론에서 인용한 이상,

시 전체가 비루하고 졸렬한 것 및 위작된 작품은 쌍행雙行으로 덧붙여서 학자들이 진실로 일일이 분별하여 자연스럽게 깨달을 수 있도록 했다.

此編諸家怪惡之句既引入論中, 而全篇有鄙拙及僞撰者, 則雙行附見, 學者苟能一一分別, 自然悟入.

22. 이 책에서 당나라 시 중 육언六言 및 칠언배율七言排律을 수록하지 않은 것은 정체가 아니기 때문이다.

此編唐人惟六言及七言排律不錄, 非正體也.

23. 시 중에서 와전된 글자는 선시하여 교감한 자가 여러 판본에서 모두 같은 것을 보고 감히 의심하지 않았기에 결국 오랫동안 잘못된 것인데, 지금도 역시나 감히 고칠 수 없으므로, 오직 어떤 구 아래에 "잘못되었음誤"이라는 주를 넣거나, 어떤 글자 아래에 "어떤 글자인 것으로 여겨짐疑作某字"이라고 주를 넣어서 박학다식한 사람이 그것을 바로잡아 주기를 재차 기다린다. 일일이 따질 수 없는 것은 일단 제외시켰다.

詩中訛字, 選校者見諸本皆同, 莫敢致疑, 終誤千古, 今亦不敢遽改, 但於某句下註"誤"·於某字下註"疑作某字", 更俟博識者定之. 其不能一一揣摩者, 姑缺.

24. 이 책은 음절의 오류를 바로잡았는데 《시경》, 《초사》, 한·위에서 가장 상세하며, 당 이후로 다소 간략한 것은 대개 어려운 글자, 그릇 전해진 운韻, 오자가 있는 책을 앞에서 이미 자세하게 설명하여 뒤에서 번거롭게 말할 필요가 없기 때문이다. 또 세속에서 그릇 전해진 운을 잘못 쓰는 일은 당나라 때부터 이미 있었으니, 예를 들어 '盡(진)', '似(사)', '斷(단)'자는 본디 상성上聲인데 잠삼은 거성去聲으로 썼

고, ‘囀(전)’자는 본디 거성인데 왕유는 상성으로 썼으며, ‘墮(타)’자는 본디 상성인데 한유는 거성으로 썼으며, ‘畝(묘)’의 본음本音은 ‘某(모)’이지만 원결元結은 ‘姆(모)’ 음으로 썼으며, ‘婦(부)’의 본음은 ‘阜(부)’이지만 백거이는 ‘務(무)’ 음으로 썼다. 즉 음운音韻이 그릇된 내력은 이미 오래되었다. 다만 압운押韻은 반드시 틀려서는 안 되므로 다시 상세하게 기록했다.

此編音切正誤, 惟三百篇·楚辭·漢·魏最詳, 而唐以後稍略者, 蓋難字·訛韻·誤書, 前既詳明, 後自不容贅. 又世俗訛韻, 自唐已有之, 如“盡”字·“似”字·“斷”字本上聲, 而岑嘉州作去聲, “囀”字本去聲, 而王摩詰作上聲, “墮”字本上聲, 而韓退之作去聲, “畝”本音“某”, 而元次山作“姆”音, “婦”本音“阜”, 而白樂天作“務”音, 則音韻之訛, 其來已久. 但押韻必不可誤, 故復詳之.

25. 이 책에서 어려운 글자, 그릇 전해진 운에 관한 부분은 예전에 음주音註에서 상세히 설명한 것이고, 필획에 오자가 있는 책에 관한 부분은 67~68세부터 바로잡기 시작하여 적어도 열에 여덟은 수정했으니, 이 책의 완성에 일조했다. 다만 병든 이후 손이 떨려 많이 쓸 수가 없는데, 구심이丘心怡의 등사본謄寫本이 전후 차례가 더욱 타당하므로 지금 구본丘本에 대해 상세히 살펴서 판각할 때 마땅히 증거로 취해야 할 것이다.

此編難字訛韻, 舊已音註詳明, 筆畫誤書, 則自六十七·六十八始正, 苟十得其八, 亦足爲此編一助. 但病後手顫, 不能多書, 丘心怡錄本, 先後次序尤當, 今惟於丘本詳之, 刻時當取證也.

26. 이 책에 대해 혹자는 방점을 찍어서 후학들에게 보여줘야 마땅하고 말한다. 생각건대 한·위의 고시와 성당의 율시는 기상이 어우러져 시구를 발췌하기가 어렵다. 원가元嘉, 개성開成 이후에 비로소 가

구佳句가 많아졌다. 그것을 구분하여 말하자면 한 · 위 · 성당의 어우러진 곳은 겨우 각 구에 1개의 방점만 찍으면 되지만, 육조와 만당의 가구는 방점을 많이 찍지 않으면 안 된다. 후학들이 깨닫지 못하고서 육조시가 한 · 위보다 뛰어나고, 만당이 성당보다 뛰어나다고 할까봐 두렵다.[6)]

此編或言宜圈點, 以示後學. 予謂: 漢魏古詩 · 盛唐律詩, 氣象渾淪, 難以句摘. 元嘉 · 開成而後, 始多佳句. 就其境界, 漢 · 魏 · 盛唐渾淪處, 止宜每句一圈, 而六朝 · 晚唐佳句, 不容不多圈矣. 恐後學不知, 將謂六朝勝於漢魏 · 晚唐勝於盛唐也. [與盛唐總論第二十一則參看.]

27. 이 책의 순서는 다음과 같다.

○ 주대周代의 시 및 《초사楚辭》가 한 책이다.

○ 한위漢魏가 한 책이다.

○ 육조六朝도 본래는 한 책이어야 마땅하나 시편이 비교적 많아서 지금 진晉 · 송宋 · 제齊를 한 책으로 한다.[7)]

○ 양梁 · 진陳 · 수隋가 한 책이다.

○ 초당初唐이 한 책이다.

○ 성당盛唐 여러 문인들이 한 책이다.

○ 이백李白과 두보杜甫가 한 책이다.

○ 중당中唐의 여러 문인부터 이익李益 · 권덕여權德輿까지가 한 책이다.

○ 원화元和도 본래는 한 책이어야 마땅하나 시편이 역시 많아서 지

6) 성당의 총론 제21칙(제17권 제43칙)과 참조하여 보기 바란다.

7) 사조 · 심약의 시에는 고성古聲이 아직도 남아 있다. 《문선文選》에서 시를 수록한 것도 제나라 영명 시기에서 끝난다.

금 위응물韋應物 · 유종원柳宗元에서 노동盧仝 · 유차劉叉 · 마이馬異까지를 한 책으로 한다.

○ 장적張籍 · 왕건王建에서 시견오施肩吾까지가 한 책이다.

○ 만당晩唐 · 오대五代가 한 책이다.

○ 총론總論 및 후집찬요後集纂要가 한 책이다.

모두 38권 12책으로 다 비슷한 것끼리 분류하여 열람하기에 편리하도록 했다. 간혹 분량에 따라 배합하여 균등하게 나누는 것은 서점에서나 하는 것이지 시체의 의미를 깨닫지 못한 것이다.

此編分次: 周詩及楚辭爲一本; 漢魏爲一本; 六朝本宜一本, 但篇什較多, 今以晉 · 宋 · 齊爲一本; [謝朓沈約, 古聲尙有存者. 文選錄詩, 亦止於齊永明.] 梁 · 陳 · 隋爲一本; 初唐爲一本; 盛唐諸公爲一本; 李杜爲一本; 中唐諸公至李益 · 權德輿爲一本; 元和本宜一本, 而篇什亦多, 今以韋柳至盧仝 · 劉叉 · 馬異爲一本; 張籍 · 王建至施肩吾爲一本; 晩唐 · 五代爲一本; 總論及後集纂要爲一本. 共三十八卷, 爲十二本, 皆以類相從, 便於觀覽. 或必以多寡相配而均分之, 則書肆所爲, 不得詩體之趣矣.

《시원변체》는 《시경》·《초사》에서 시작되지만 차례에서 유독 누락시킨 것은, 《시경》은 무명씨無名氏의 작품이 대부분이며 게다가 여러 국가가 같지 않아서 순서를 나누기가 어렵기 때문이다. 《초사》는 오직 초楚나라에 해당하므로 역시 차례가 없다. 辯體起於三百篇·楚辭而世次獨缺者, 蓋三百篇多無名氏, 且諸國不一, 難以分次; 楚辭偏屬於楚, 故亦無次焉.

1. 서한西漢

(1) 고제高帝: 관중關中, 즉 지금의 섬서陝西 서안부西安府에 도읍했다. 12년간 재위했다. 원년은 을미년乙未年이다. 都關中, 卽今陝西西安府. 在位十二年. 元年乙未.

① 사호四皓

② 고제高帝

③ 항적項籍

(2) 혜제惠帝: 고제의 태자다. 7년간 재위했다. 원년은 정미년丁未年이다. 高帝太子. 在位七年. 元年丁未.

(3) 고후高后: 고제의 황후다. 임금의 자리를 8년간 범했다. 원년은 갑인년甲寅年이다. 高帝后. 僭位八年. 元年甲寅.

(4) 문제文帝: 고제의 둘째 아들이다. 앞서 16년간 재위했다. 원년은 임술년壬戌年이다. 뒤에 7년간 재위했다. 高帝中子. 前十六年. 元年壬戌. 後七年.

① 위맹韋孟

(5) 경제景帝: 문제의 태자다. 앞서 7년간 재위했다. 원년은 을유년乙酉年이다. 중간에 6년간 재위했다. 뒤에 3년간 재위했다. 文帝太子. 前七年. 元年乙酉. 中六年. 後三年.

① 무명씨無名氏: 〈고시십구수古詩十九首〉 중 매승枚乘의 시가 있으므로, 소명태자昭明太子의 편차에 따라 이릉李陵의 앞에 넣었으며, 나머지 11편은 유형에 따라 덧붙였다. 古詩十九首中有枚乘之詩, 故依昭明編次在李陵前, 餘十一篇以類附焉.

(6) 무제武帝: 경제의 태자다. 건원建元 6년간 재위했다. 원년은 신축년辛丑年이다. 원광元光 6년간, 원삭元朔 6년간, 원수元狩 6년간, 원정元鼎 6년간, 원봉元封 6년간, 태초太初 4년간, 천한天漢 4년간, 태시太始 4년간, 정화征和 4년간, 후원後元 2년간 재위했다. 景帝太子. 建元六. 元年辛丑. 元光六. 元朔六. 元狩六. 元鼎六. 元封六. 太初四. 天漢四. 太始四. 征和四. 後元二.

① 무제武帝

② 무제와 여러 신하들의 연구聯句

③ 무명씨: 무제 때의 〈교사가郊祀歌〉

④ 소산小山

⑤ 탁문군卓文君

⑥ 이릉李陵

⑦ 소무蘇武

(7) 소제昭帝: 무제의 막내아들이다. 시원始元 6년간 재위했다. 원년은 을미년乙未年이다. 원봉元鳳 6년간, 원평元平 1년간 재위했다. 武帝少子. 始元六. 元年乙未. 元鳳六. 元平一.

① 소제昭帝

(8) 선제宣帝: 위태자衞太子의 손자다. 본시本始 4년간 재위했다. 원년은 무신년戊申年이다. 지절地節 4년간, 원강元康 4년간, 신작神爵 4년간, 오봉五鳳 4년간, 감로甘露 4년간, 황룡黃龍 1년간 재위했다. 衞太子孫. 本始四. 元年戊申. 地節四. 元康四. 神爵四. 五鳳四. 甘露四. 黃龍一.

(9) 원제元帝: 선제의 태자다. 초원初元 5년간 재위했다. 원년은 계유년癸酉年이다. 영광永光 5년간, 건소建昭 5년간, 경녕竟寧 1년간 재위했다. 宣帝太子. 初元五. 元年癸酉. 永光五. 建昭五. 竟寧一.

① 위원성韋元成

(10) 성제成帝: 원제의 태자다. 건시建始 4년간 재위했다. 원년은 기축년己丑年이다. 하평河平 4년간, 양삭陽朔 4년간, 홍가鴻嘉 4년간, 영시永始 4년간, 원연元延 4년간, 수화綏和 2년간 재위했다. 元帝太子. 建始四. 元年己丑. 河平四. 陽朔四. 鴻嘉四. 永始四. 元延四. 綏和二.

① 반첩여班婕妤

(11) 애제哀帝: 정도왕定陶王의 아들이며, 원제의 서손庶孫이다. 건평建平 4년간 재위했다. 원년은 을묘년乙卯年이다. 원수元壽 2년간 재위했다. 定陶王子, 元帝庶孫. 建平四. 元年乙卯. 元壽二.

(12) 평제平帝: 중산왕中山王의 아들이며, 원제元帝의 서손이다. 원시元始 5년간 재위했다. 원년은 신유년辛酉年이다. 中山王子, 元帝庶孫. 元始五. 元年辛酉.

(13) 유자영孺子嬰: 광위후廣威侯의 아들이며, 선제의 현손玄孫이다. 거섭居攝 2년간 재위했다. 원년은 병인년丙寅年이다. 초시初始 1년간 재위했다. 왕망王莽이 왕위를 빼앗아 14년간 재위했다. 廣威侯子, 宣帝玄孫. 居攝二. 元年丙寅. 初始一. 王莽簒立, 一十四年.

(14) 회양왕淮陽王: 춘릉후春陵侯의 증손자다. 경시更始 2년간 재위했다. 원년은 계미년癸未年이다. 春陵侯曾孫. 更始二. 元年癸未.

2. 동한東漢

(1) 광무光武: 낙양雒陽, 즉 지금의 하남河南 하남부河南府에 도읍했다. 경제의 아들 장사왕長沙王의 5세손이다. 건무建武 31년간 재위했다. 원년은 을유년乙酉年이다. 중원中元 2년간 재위했다. 都雒陽, 卽今河南河南府. 景帝子長沙王五世孫. 建武三十一. 元年乙酉. 中元二.

① 마원馬援

(2) 명제明帝: 광무제의 태자다. 영평永平 18년간 재위했다. 원년은 무오년戊午年이다. 光武太子. 永平十八. 元年戊午.

(3) 장제章帝: 명제의 태자다. 건초建初 8년간 재위했다. 원년은 병자년丙子年이다. 원화元和 3년간 재위했다. 장화章和 2년간 재위했다. 明帝太子. 建

初八. 元年丙子. 元和三. 章和二.

① 부의傅毅

② 반고班固

(4) 화제和帝: 장제의 태자다. 영원永元 16년간 재위했다. 원년은 기축년己丑年이다. 원흥元興 1년간 재위했다. 章帝太子. 永元十六. 元年己丑. 元興一.

(5) 상제殤帝: 화제의 막내아들이다. 연평延平 1년간 재위했다. 원년은 병오년丙午年이다. 和帝少子. 延平一. 元年丙午.

(6) 안제安帝: 장제의 아들 청하왕淸河王의 아들이다. 영초永初 7년간 재위했다. 원년은 정미년丁未年이다. 원초元初 6년간, 영녕永寧 1년간, 건광建光 1년간, 연광延光 4년간 재위했다. 章帝子淸河王之子. 永初七. 元年丁未. 元初六. 永寧一. 建光一. 延光四.

(7) 순제順帝: 안제의 태자다. 영건永建 6년간 재위했다. 원년은 병인년丙寅年이다. 양가陽嘉 4년간, 영화永和 6년간, 한안漢安 2년간, 건강建康 1년간 재위했다. 安帝太子. 永建六. 元年丙寅. 陽嘉四. 永和六. 漢安二. 建康一.

① 장형張衡

(8) 충제沖帝: 순제의 태자다. 영가永嘉 1년간 재위했다. 원년은 을유년乙酉年이다. 順帝太子. 永嘉一. 乙酉.

(9) 질제質帝: 발해왕渤海王의 아들이며, 장제의 증손자다. 본초本初 1년간 재위했다. 원년은 병술년丙戌年이다. 渤海王子, 章帝曾孫. 本初一. 丙戌.

(10) 환제桓帝: 장제의 증손자다. 건화建和 3년간 재위했다. 원년은 정해년丁亥年이다. 화평和平 1년간, 원가元嘉 2년간, 영흥永興 2년간, 영수永壽 3년간, 연희延熹 9년간, 영강永康 1년간 재위했다. 章帝曾孫. 建和三. 元年丁亥. 和平一. 元嘉二. 永興二. 永壽三. 延熹九. 永康一.

(11) 영제靈帝: 장제의 증손자다. 건녕建寧 4년간 재위했다. 원년은 무신년戊申年이다. 희평熹平 6년간, 광화光和 6년간, 중평中平 6년간 재위했다. 章帝曾孫. 建寧四. 元年戊申. 熹平六. 光和六. 中平六.

① 영제靈帝

② 고표高彪

③ 조일趙壹

④ 역염酈炎

(12) 헌제獻帝: 영제의 둘째 아들이다. 초평初平 4년간 재위했다. 원년은 경오년庚午年이다. 흥평興平 2년, 건안建安 25년간 재위했다. 靈帝中子. 初平四. 元年庚午. 興平二. 建安二十五.

① 공융孔融

② 진가秦嘉

③ 채염蔡琰

④ 무명씨: 악부오언樂府五言

⑤ 무명씨: 악부잡언樂府雜言. 악부 오언과 잡언은 모두 한나라 문인의 시므로 한나라 말미에 덧붙인다. 樂府五言・雜言皆漢人詩, 故附於漢末.

(13) 위魏: 시에서는 한위 시기를 존숭하므로 위나라를 한나라 뒤에 이었다. 정통의 관념에서는 위나라를 꺼리기 때문에 행마다 한 글자씩 안으로 들여쓰기를 한다. 詩宗漢魏, 故以魏承漢. 嫌厭於正統, 故每行降一字.

① 무제武帝

② 문제文帝

③ 견후甄后

④ 조식曹植

⑤ 유정劉楨

⑥ 왕찬王粲

⑦ 서간徐幹

⑧ 진림陳琳

⑨ 완우阮瑀

⑩ 응창應瑒

⑪ 번흠繁欽

이상 조식에서 응창까지는 건안칠자라고 부른다. 右自曹植至應瑒稱建安七子.

생각건대 조식에서 응창까지는 비록 건안칠자라고 불리지만 사실상 위나라 사람이다. 지금 건안 시기에 넣으려니 위나라에 문인이 없게 되고, 황초 연간에 넣으려니 여러 문인들이 사실상 대부분 건안 연간에 죽었다. 이에 무제・문제・견후・번흠을 아울러 모두 위나라에 넣고, 문제의 시대는 아래에 기록한다. 按: 曹植至應瑒雖稱建安七子, 而實爲魏人. 今欲係

之建安, 則魏爲無人, 欲係之黃初, 則諸子實多卒於建安, 乃幷武帝・文帝・甄后・繁欽皆係之魏, 而文帝之年則書於後云.

(14) 문제文帝: 낙양에 도읍했다. 무제의 태자다. 황초黃初 7년간 재위했다. 원년은 경자년庚子年, 즉 한나라 건안 25년이다. 都雒陽. 武帝太子. 黃初七. 元年庚子, 卽漢建安二十五年.

① 오질吳質

② 무습繆襲

(15) 명제明帝: 문제의 태자다. 태화太和 6년간 재위했다. 원년은 정미년丁未年이다. 청룡靑龍 4년간, 경초景初 3년간 재위했다. 文帝太子. 太和六. 元年丁未. 靑龍四. 景初三.

① 명제明帝

② 응거應璩

(16) 제왕齊王: 명제의 태자다. 정시正始 9년간 재위했다. 원년은 경신년庚申年이다. 가평嘉平 5년간 재위했다. 明帝太子. 正始九. 元年庚申. 嘉平五.

① 혜강嵇康

② 완적阮籍

③ 하안何晏

④ 혜희嵇喜

이상의 여러 문인들은 정시체正始體를 이루었다. 右諸子爲正始體.

생각건대 혜강과 완적 시의 경우는 여러 학자들이 대부분 진나라에 넣으면서도 그 시를 정시체라고 하는데, 모두 경원 연간에 사망했으므로 위나라에 넣는다. 按: 嵇阮詩諸家多係之晉, 然其詩稱正始體, 又皆卒於景元, 故係之魏.

(17) 고귀향공高貴鄕公: 동해왕東海王의 아들이며, 문제의 장손이다. 정원正元 2년간 재위했다. 원년은 갑술년甲戌年이다. 감로甘露 4년간 재위했다. 東海王子, 文帝長孫. 正元二. 元年甲戌. 甘露四.

(18) 진유왕陳留王: 연왕燕王의 아들이며, 무제의 손자다. 경원景元 4년간 재위했다. 원년은 경진년庚辰年이다. 함희咸熙 2년간 재위했다. 燕王子, 武帝孫. 景元四. 元年庚辰. 咸熙二.

3. 서진西晉

(1) 무제武帝: 낙양에 도읍했다. 태시泰始 10년간 재위했다. 원년은 을유년乙酉年, 즉 위나라 함희咸熙 2년이다. 함녕咸寧 5년간, 태강太康 11년간 재위했다. 都雒陽. 泰始十. 元年乙酉, 卽魏咸熙二年. 咸寧五. 太康十一.

① 육기陸機

② 반악潘岳

③ 장협張協

④ 좌사左思

⑤ 장화張華

⑥ 반니潘尼

⑦ 육운陸雲

⑧ 장재張載

이상의 여러 문인들은 태강체太康體를 이루었다. 右諸子爲太康體.

(2) 혜제惠帝: 무제의 태자다. 영희永熙 1년간 재위했다. 경술년庚戌年, 즉 태강 11년일 때다. 원강元康 9년간, 영강永康 1년간, 영녕永寧 1년간, 태안太安 2년간, 영흥永興 2년간, 광희光熙 1년간 재위했다. 武帝太子. 永熙一. 庚戌, 卽太康十一年. 元康九. 永康一. 永寧一. 太安二. 永興二. 光熙一.

(3) 회제懷帝: 무제의 25번째 아들이다. 영가永嘉 6년간 재위했다. 원년은 정묘년丁卯年이다. 武帝第二十五子. 永嘉六. 元年丁卯.

(4) 민제愍帝: 오왕吳王의 아들이며, 무제의 손자다. 건흥建興 4년간 재위했다. 원년은 계유년癸酉年이다. 吳王子. 武帝孫. 建興四. 元年癸酉.

① 유곤劉琨

4. 동진東晉

(1) 원제元帝: 건강建康, 즉 지금의 남직예南直隸 응천부應天府에 도읍했다. 낭야왕瑯邪王의 아들이며, 선제宣帝의 증손자다. 건무建武 1년간 재위했다. 원년은 정축년丁丑年이다. 태흥太興 4년간, 영창永昌 1년간 재위했다. 都建康, 卽今南直隸應天府. 瑯邪王子, 宣帝曾孫. 建武一. 丁丑. 太興四. 永昌一.

① 곽박郭璞

(2) 명제明帝: 원제의 맏아들이다. 대녕大寧 3년간 재위했다. 원년은 계미년癸未年이다. 元帝長子. 大寧三. 元年癸未.

(3) 성제成帝: 명제의 맏아들이다. 함화咸和 9년간 재위했다. 원년은 병술년丙戌年이다. 함강咸康 8년간 재위했다. 明帝長子. 咸和九. 元年丙戌. 咸康八.

(4) 강제康帝: 성제의 동생이다. 건원建元 2년간 재위했다. 원년은 계묘년癸卯年이다. 成帝弟. 建元二. 元年癸卯.

(5) 목제穆帝: 강제의 태자다. 영화永和 12년간 재위했다. 원년은 을사년乙巳年이다. 승평升平 5년간 재위했다. 康帝太子. 永和十二. 元年乙巳. 升平五.

(6) 애제哀帝: 성제의 맏아들이다. 융화隆和 1년간 재위했다. 원년은 임술년壬戌年이다. 흥녕興寧 3년간 재위했다. 成帝長子. 隆和一. 元年壬戌. 興寧三.

(7) 폐제廢帝: 애제의 동생이다. 태화太和 5년간 재위했다. 원년은 병인년丙寅年이다. 哀帝弟. 太和五. 元年丙寅.

(8) 간문제簡文帝: 원제의 막내아들이다. 함안咸安 2년간 재위했다. 원년은 신미년辛未年이다. 元帝少子. 咸安二. 元年辛未.

(9) 효무제孝武帝: 간문제의 셋째 아들이다. 영강寧康 3년간 재위했다. 원년은 계유년癸酉年이다. 태원太元 21년간 재위했다. 簡文帝第三子. 寧康三. 元年癸酉. 太元二十一.

(10) 안제安帝: 효무제의 태자다. 융안隆安 5년간 재위했다. 원년은 정유년丁酉年이다. 원흥元興 3년간, 의희義熙 14년간 재위했다. 孝武帝太子. 隆安五. 元年丁酉. 元興三. 義熙十四.

(11) 공제恭帝: 안제의 동생이다. 원희元熙 2년간 재위했다. 원년은 기미년己未年이다. 安帝弟. 元熙二. 元年己未.

① 무명씨: 〈백저무가白紵舞歌〉. 이것은 진나라 문인의 시므로 진나라 말미에 덧붙인다. 此晉人詩, 附於晉末.

② 도연명陶淵明: 도연명은 별도의 1권을 마련했으므로 무명씨 뒤에 넣었다. 淵明別爲一卷, 故次於無名氏後.

5. 송宋

(1) 무제武帝: 건강에 도읍했다. 영초永初 3년간 재위했다. 원년은 경신년庚申年, 즉 진晉나라 원희元熙 2년이다. 都建康. 永初三. 元年庚申, 卽晉元熙二年.

(2) 소제少帝: 무제의 태자다. 경평景平 2년간 재위했다. 원년은 계해년癸亥年이다. 武帝太子. 景平二. 元年癸亥.

(3) 문제文帝: 무제의 셋째 아들이다. 원가元嘉 30년간 재위했다. 원년은 갑자년甲子年, 즉 경평 2년이다. 武帝第三子. 元嘉三十. 元年甲子, 卽景平二年.

① 사령운謝靈運

② 안연지顔延之

③ 사첨謝瞻

④ 사혜련謝惠連

이상의 여러 문인들은 원가체元嘉體를 이루었다. 右諸子爲元嘉體.

(4) 효무제孝武帝: 문제의 셋째 아들이다. 효건孝建 3년간 재위했다. 원년은 갑오년甲午年이다. 대명大明 8년간 재위했다. 文帝第三子. 孝建三. 元年甲午. 大明八.

① 포조鮑照

(5) 자업子業: 효무제의 태자다. 경화景和 1년간 재위했다. 원년은 을사년乙巳年이다. 孝武帝太子. 景和一. 元年乙巳.

(6) 명제明帝: 문제의 11번째 아들이다. 태시泰始 7년간 재위했다. 원년이 곧 경화 원년이다. 태예泰豫 1년간 재위했다. 文帝第十一子. 泰始七. 元年卽景和元年. 泰豫一.

(7) 창오왕蒼梧王: 명제의 맏아들이다. 원휘元徽 4년간 재위했다. 원년은 계축년癸丑年이다. 明帝長子. 元徽四. 元年癸丑.

(8) 순제順帝: 명제의 셋째 아들이다. 승명昇明 3년간 재위했다. 원년은 정사년丁巳年이다. 明帝第三子. 昇明三. 元年丁巳.

6. 제齊

(1) 고제高帝: 건강에 도읍했다. 건원建元 4년간 재위했다. 원년은 기미년己未年, 즉 송 승명 3년이다. 都建康. 建元四. 元年己未, 卽宋昇明三年.

① 강엄江淹

(2) 무제武帝: 고제의 맏아들이다. 영명永明 11년간 재위했다. 원년은 계해년癸亥年이다. 高帝長子. 永明十一. 元年癸亥.

① 사조謝朓

② 심약沈約

③ 왕융王融

위의 세 사람은 영명체永明體를 이루었다. 右三子爲永明體.

《시원변체》에서 시를 편찬한 것은 역사가와 다른데, 역사가는 반드시 그 사람이 어느 왕조에 죽고 벼슬했는지를 따져 어느 왕조 사람이라고 하지만, 《시원변체》에서는 그 시체가 실제로 어느 왕조에 부합되는지를 따져 어느 왕조 사람이라고 했다. 강엄과 심약의 경우 비록 양나라에서 죽고 벼슬했지만 두 사람의 나이는 사실 많았다. 사조와 왕융은 비록 제나라에서 죽고 벼슬했지만 두 사람의 나이는 사실 어렸다. 그러므로 강엄의 시는 대부분 송·제의 과도기에 창작되어 성조가 아직 율격에 맞지 않았고, 심약과 사조는 영명 연간에 있어서 비로소 대부분 율격에 맞게 되었으며, 왕융은 율격에 맞는 것이 더욱 많게 되었다. 여러 문인들이 시를 엮을 때 왕융과 사조는 제나라에 넣고 강엄과 심약은 양나라에 넣으니 시체가 혼동이 되어 그 선후를 증명할 수가 없다. 《남사南史》에서 영명 연간에 왕융·사조·심약이 사성을 사용하기 시작하여 새로운 변화가 되었다고 분명하게 기록하고 있다. 辯體編詩與史氏不同, 史氏必以其人終仕某朝爲某朝人, 辯體則以其詩體實合某朝爲某朝人. 如江淹·沈約雖終仕於梁, 而江沈之年實長; 謝朓·王融雖終仕於齊, 而王謝之年實幼. 故江詩多宋齊間作, 而聲猶未入律, 沈謝在永明間始多入律, 王則入律愈多矣. 諸家編詩以王謝係齊而以江沈係梁, 則詩體混亂, 不足以證其先後也. 南史明載: 永明中, 王融·謝朓·沈約始用四聲, 以爲新變.

(3) 소업昭業: 무제의 손자다. 융창隆昌 1년간 재위했다. 원년은 계유년癸酉年이다. 武帝太孫. 隆昌一. 癸酉.

(4) 소문昭文: 소업의 동생이다. 연흥延興 1년간 재위했는데, 즉 융창 원년이다. 昭業弟. 延興一, 卽隆昌元年.

(5) 명제明帝: 고제의 형 시안왕始安王의 아들이다. 건무建武 4년간 재위했다. 원년은 갑술년甲戌年, 즉 연흥 원년이다. 영태永泰 1년간 재위했다. 高帝兄始安王之子. 建武四. 元年甲戌, 卽延興元年. 永泰一.

(6) 동혼후東昏侯: 명제의 셋째 아들이다. 영원永元 2년간 재위했다. 원년은 기묘년己卯年이다. 明帝第三子. 永元二. 元年己卯.

(7) 화제和帝: 명제의 8번째 아들이다. 중흥中興 2년간 재위했다. 원년은 신사년辛巳年이다. 明帝第八子. 中興二. 元年辛巳.

7. 양梁

(1) 무제武帝: 건강에 도읍했다. 천감天監 18년간 재위했으며, 원년은 임오년壬午年, 즉 제나라 중흥 2년이다. 보통普通 7년간, 대통大通 2년간, 중대통中大通 6년간, 대동大同 11년간, 중대동中大同 1년간, 태청太淸 3년간 재위했다. 都建康. 天監十八, 元年壬午, 卽齊中興二年. 普通七. 大通二. 中大通六. 大同十一. 中大同一. 太淸三.

① 무제武帝

② 범운范雲

③ 하손何遜

④ 유효작劉孝綽

⑤ 유효위劉孝威

⑥ 오균吳均

⑦ 왕균王筠

⑧ 유혼柳惲

(2) 간문제簡文帝: 무제의 셋째 아들이다. 대보大寶 2년간 재위했다. 원년은 경오년庚午年이다. 武帝第三子. 大寶二. 元年庚午.

① 간문제簡文帝

② 유견오庾肩吾

③ 음갱陰鏗

④ 심군유沈君攸

(3) 원제元帝: 무제의 7번째 아들이다. 승성承聖 3년간 재위했다. 원년은 임신년壬申年이다. 武帝第七子. 承聖三. 元年壬申.

(4) 경제敬帝: 원제의 7번째 아들이다. 소태紹泰 1년간 재위했다. 원년은 을해년乙亥年이다. 태평太平 2년간 재위했다. 元帝第七子. 紹泰一. 乙亥. 太平二.

8. 진陳

(1) 무제武帝: 건강에 도읍했다. 영정永定 3년간 재위했다. 원년은 정축년丁丑年, 즉 양나라 태평 2년이다. 都建康. 永定三. 元年丁丑, 卽梁太平二年.

(2) 문제文帝: 무제의 형 시흥왕始興王의 맏아들이다. 천가天嘉 6년간 재위했다. 원년은 경진년庚辰年이다. 천강天康 1년간 재위했다. 武帝兄始興王長子. 天嘉六. 元年庚辰. 天康一.

① 서릉徐陵

② 유신庾信: 북주北周

③ 왕포王褒: 북주

④ 장정견張正見

(3) 폐제廢帝: 문제의 태자다. 광대光大 2년간 재위했다. 원년은 정해년丁亥年이다. 文帝太子. 光大二. 元年丁亥.

(4) 선제宣帝: 시흥왕의 둘째 아들이다. 태건太建 14년간 재위했다. 원년은 기축년己丑年이다. 始興王第二子. 太建十四. 元年己丑.

(5) 후주後主: 선제의 태자다. 지덕至德 4년간 재위했다. 원년은 계묘년癸卯年이다. 정명禎明 2년간 재위했다. 宣帝太子. 至德四. 元年癸卯. 禎明二.

① 후주後主

② 강총江總

9. 수隋

(1) 문제文帝: 섬서에 도읍했다. 개황開皇 20년간 재위했다. 원년은 신축년辛丑年이다. 개황 9년에 진陳나라를 멸망시켰다. 인수仁壽 4년간 재위했다. 都陝西. 開皇二十. 元年辛丑. 開皇九年滅陳. 仁壽四.

① 노사도盧思道

② 이덕림李德林

③ 설도형薛道衡

(2) 양제煬帝: 문제의 둘째 아들이다. 대업大業 13년간 재위했다. 원년은 을축년乙丑年이다. 文帝第二子. 大業十三. 元年乙丑.

① 양제煬帝

(3) 공제유恭帝侑: 문제의 손자다. 의녕義寧 2년간 재위했다. 원년은 정축년丁丑年, 즉 대업大業 13년이다. 文帝孫. 義寧二. 元年丁丑, 卽大業十三年.

(4) 황태제통皇泰帝侗: 월왕越王이다. 황태皇泰 2년간 재위했다. 원년은 무인년戊寅年, 즉 의녕義寧 2년이다. 越王. 皇泰二. 元年戊寅, 卽義寧二年.

① 무명씨: 악부 · 오언 · 사구가 모두 육조 문인의 시므로 육조의 말미에 덧붙인다. 樂府 · 五言 · 四句皆六朝人詩, 故附於六朝之末.

10. 당唐

(1) 고조高祖: 섬서에 도읍했다. 무덕武德 9년간 재위했다. 원년은 무인년戊寅年, 즉 수나라 의녕 2년 · 황태 원년이다. 都陝西. 武德九. 元年戊寅, 卽隋義寧二年 · 皇泰元年.

(2) 태종太宗: 고조의 둘째 아들이다. 정관貞觀 23년간 재위했다. 원년은 정해년丁亥年이다. 高祖次子. 貞觀二十三. 元年丁亥.

① 태종太宗

② 우세남虞世南

③ 위징魏徵

(3) 고종高宗: 태종의 9번째 아들이다. 영휘永徽 6년간 재위했다. 원년은 경술년庚戌年이다. 현경顯慶 5년간, 용삭龍朔 3년간, 인덕麟德 2년간, 건봉乾封 2년간, 총장總章 2년간, 함형咸亨 4년간, 상원上元 2년간, 의봉儀鳳 3년간, 조로調露 1년간, 영융永隆 1년간, 개요開耀 1년간, 영순永淳 1년간, 홍도弘道 1년간 재위했다. 太宗第九子. 永徽六. 元年庚戌. 顯慶五. 龍朔三. 麟德二. 乾封二. 總章二. 咸亨四. 上元二. 儀鳳三. 調露一. 永隆一. 開耀一. 永淳一. 弘道一.

① 왕발王勃

② 양형楊炯

③ 노조린盧照隣

④ 낙빈왕駱賓王

(4) 무후武后: 고종의 황후다. 제왕이라고 참칭하며 21년간 재위했다. 원년은 갑신년甲申年이다. 高宗后. 僭號二十一年. 元年甲申.

(5) 중종中宗: 고종의 태자다. 신룡神龍 2년간 재위했다. 원년은 을사년乙巳年이다. 경룡景龍 4년간 재위했다. 高宗太子. 神龍二. 元年乙巳. 景龍四.

① 진자앙陳子昂

② 두심언杜審言

③ 심전기沈佺期

④ 송지문宋之問

⑤ 설직薛稷

⑥ 장열張說

⑦ 소정蘇頲

⑧ 이교李嶠

⑨ 장구령張九齡

이상 무덕에서 경룡까지가 초당이다. 右自武德至景龍爲初唐.

(6) 예종睿宗: 중종의 동생이다. 경운景雲 2년간 재위했다. 원년은 경술년庚戌年, 즉 경룡 4년이다. 태극太極 1년간 재위했다. 中宗弟. 景雲二. 元年庚戌. 卽景龍四年. 太極一.

(7) 현종玄宗: 예종의 셋째 아들이다. 선천先天 1년간 재위했다. 원년은 임자년壬子年, 즉 태극 원년이다. 개원開元 29년간, 천보天寶 15년간 재위했다. 천보 3년간에 '년年'을 '재載'로 고쳤다. 睿宗第三子. 先天一. 壬子, 卽太極元年. 開元二十九. 天寶十五. 三載改年曰載.

① 고적高適

② 잠삼岑參

③ 왕유王維

④ 맹호연孟浩然

⑤ 이기李頎

⑥ 최호崔顥

⑦ 조영祖詠

⑧ 왕창령王昌齡

⑨ 저광희儲光羲

⑩ 상건常建

⑪ 노상盧象

⑫ 원결元結

⑬ 이백李白

⑭ 두보杜甫: 고적과 잠삼의 여러 문인을 우선으로 하고 이백과 두보를 뒤에 둔 것은 더 높은 경지로 나아간다는 의미다. 先高岑諸公而後李杜者, 由堂而入室也.

(8) 숙종肅宗: 현종의 태자다. 지덕至德 2년간 재위했다. 원년은 병신년丙申年, 즉 천보 15년이다. 건원乾元 2년간 재위했다. 건원 원년에 다시 '재載'를 '연年'으로 바꾸었다. 상원上元 2년간, 보응寶應 2년간 재위했다. 玄宗太子. 至德二. 元載丙申, 卽天寶十五載. 乾元二. 元年復以載爲年. 上元二. 寶應二.

이상 개원에서 보응까지가 성당이다. 右自開元至寶應爲盛唐.

(9) 대종代宗: 숙종의 태자다. 광덕廣德 2년간 재위했다. 원년은 계묘년癸卯年이다. 영태永泰 1년간, 대력大歷 14년간 재위했다. 肅宗太子. 廣德二. 元年癸卯. 永泰一. 大歷十四.

① 유장경劉長卿

② 전기錢起

③ 낭사원郎士元

④ 황보염皇甫冉

⑤ 황보증皇甫曾

⑥ 이가우李嘉祐

⑦ 사공서司空曙

⑧ 노륜盧綸

⑨ 한굉韓翃

⑩ 이단李端

⑪ 경위耿湋

⑫ 최동崔峒

(10) 덕종德宗: 대종의 맏아들이다. 건중建中 4년간 재위했다. 원년은 경신년庚申年이다. 흥원興元 1년간, 정원貞元 21년간 재위했다. 代宗長子. 建中四. 元年庚申. 興元一. 貞元二十一.

① 이익李益

② 권덕여權德輿

③ 위응물韋應物: 위응물은 위로는 개원, 천보 연간으로 이어지고 아래로는 원화 연간까지 영향을 미쳐서, 시를 편찬하는 사람들이 대부분 대력 연간에 넣지만, 《시원변체》에서는 위응물과 유종원을 함께 논했고 시 또한 서로 연관이 되므로, 여기에 넣는다. 應物上當開寶, 下及元和, 編詩者多係之大歷, 辯體以韋柳同論, 詩亦相聯, 故係於此.

(11) 순종順宗: 덕종의 태자다. 영정永貞 1년간 재위했다. 원년은 을유년乙酉年, 즉 정원 21년이다. 德宗太子. 永貞一. 乙酉, 卽貞元二十一年.

(12) 헌종憲宗: 순종의 태자다. 원화元和 15년간 재위했다. 원년은 병술년丙戌年이다. 順宗太子. 元和十五. 元年丙戌.

① 유종원柳宗元

② 한유韓愈

③ 맹교孟郊

④ 가도賈島

⑤ 요합姚合

⑥ 주하周賀

⑦ 이하李賀

⑧ 노동盧仝

⑨ 유차劉叉

⑩ 마이馬異

⑪ 장적張籍

⑫ 왕건王建

⑬ 백거이白居易

⑭ 원진元稹

⑮ 유우석劉禹錫

⑯ 장우張祐

⑰ 시견오施肩吾

이 중 한유에서 원진까지의 13명은 원화체元和體를 이루었다. 中自韓愈至元稹十三子爲元和體.

(13) 목종穆宗: 헌종의 태자다. 장경長慶 4년간 재위했다. 원년은 신축년辛丑年이다. 憲宗太子. 長慶四. 元年辛丑.

(14) 경종敬宗: 목종의 태자다. 보력寶歷 2년간 재위했다. 원년은 을사년乙巳年이다. 穆宗太子. 寶歷二. 元年乙巳.

이상 대력에서 보력까지가 중당이다. 右自大歷至寶歷爲中唐.

(15) 문종文宗: 목종의 둘째 아들이다. 태화太和 9년간 재위했다. 원년은 정미년丁未年이다. 개성開成 5년간 재위했다. 穆宗第二子. 太和九. 元年丁未. 開成五.

① 허혼許渾

② 두목杜牧

③ 이상은李商隱

④ 온정균溫庭筠

⑤ 조당曹唐

(16) 무종武宗: 목종의 5번째 아들이다. 회창會昌 6년간 재위했다. 원년은 신유년辛酉年이다. 穆宗第五子. 會昌六. 元年辛酉.

(17) 선종宣宗: 헌종의 13번째 아들이다. 대중大中 13년간 재위했다. 원년은 정묘년丁卯年이다. 憲宗第十三子. 大中十三. 元年丁卯.

① 마대馬戴

② 우무릉于武陵

③ 유창劉滄

④ 조하趙嘏

⑤ 이영李郢

⑥ 설봉薛逢

(18) 의종懿宗: 선종의 태자다. 함통咸通 14년간 재위했다. 원년은 경진년庚辰年이다. 宣宗太子. 咸通十四. 元年庚辰.

(19) 희종僖宗: 의종懿宗의 태자다. 건부乾符 6년간 재위했다. 원년은 갑오년甲午年이다. 광명廣明 1년간, 중화中和 4년간, 광계光啓 3년간, 문덕文德 1년간 재위했다. 懿宗太子. 乾符六. 元年甲午. 廣明一. 中和四. 光啓三. 文德一.

(20) 소종昭宗: 의종懿宗의 7번째 아들이다. 용기龍紀 1년간 재위했다. 원년은 기유년己酉年이다. 대순大順 2년간, 경복景福 2년간, 건녕乾寧 4년간, 광화光化 3년간, 천복天復 3년간, 천우天祐 1년간 재위했다. 懿宗第七子. 龍紀一. 己酉. 大順二. 景福二. 乾寧四. 光化三. 天復三. 天祐一.

① 오융吳融
② 위장韋莊
③ 정곡鄭谷
④ 한악韓握
⑤ 이산보李山甫
⑥ 나은羅隱

(21) 애제哀帝: 소종의 9번째 아들이다. 원년은 을축년乙丑年이다. 3년간 재위했으며 여전히 연호를 천우라고 칭했다. 昭宗第九子. 元年乙丑. 在位三年, 仍稱天祐.

이상 개성에서 천우까지가 만당이다. 右自開成至天祐爲晩唐.

11. 후량後梁

(1) 태조太祖: 변汴, 즉 지금의 하남에 도읍했다. 개평開平 4년간 재위했다. 원년은 정묘년丁卯年이다. 건화乾化 2년간 재위했다. 都汴, 卽今河南. 開平四. 元年丁卯. 乾化二.

(2) 말제末帝: 태조의 셋째 아들이다. 원년은 계유년癸酉年이다. 즉위는 건화 2년에 했으며 여전히 연호를 건화라고 칭했다. 정명貞明 6년간, 용덕龍德 3년간 재위했다. 太祖第三子. 元年癸酉. 卽位二年, 仍稱乾化. 貞明六. 龍德三.

12. 후당後唐

(1) 장종莊宗: 변에 도읍했다. 동광同光 4년간 재위했다. 원년은 계미년癸未年, 즉 후량 용덕 3년이다. 都汴, 同光四. 元年癸未, 卽梁龍德三年.

(2) 명종明宗: 장종의 부친인 극용克用의 양자다. 천성天成 4년간 재위했다. 원년은 병술년丙戌年, 즉 동광 4년이다. 장흥長興 4년간 재위했다. 莊宗父克用養子. 天成四. 元年丙戌, 卽同光四年. 長興四.

(3) 민제閔帝: 송왕宋王이다. 응순應順 1년간 재위했다. 원년은 갑오년甲午年이다. 宋王. 應順一. 甲午.

(4) 폐제廢帝: 명종의 양자다. 청태清泰 3년간 재위했다. 원년은 곧 응순 원

년이다. 明宗養子. 淸泰三. 元年卽應順元年.

13. 후진後晉

(1) 고조高祖: 변에 도읍했다. 천복天福 7년간 재위했다. 원년은 병신년丙申年, 즉 후당 청태 3년이다. 都汴. 天福七. 元年丙申, 卽唐淸泰三年.

(2) 제왕帝王: 고조 형의 아들이다. 즉위한 첫해는 계묘년癸卯年으로 여전히 천복 8년이라 칭했다. 개운開運 3년간 재위했다. 高祖兄子. 卽位一年, 癸卯, 仍稱天福八年. 開運三.

14. 후한後漢

(1) 고조高祖: 변에 도읍했다. 즉위한 첫해는 정미년丁未年으로 여전히 후진의 천복 12년이라고 칭했다. 6월에 국명을 한漢으로 고쳐 부르고, 이듬해에는 연호를 건우乾祐라고 고쳤다. 都汴, 卽位一年, 丁未, 仍稱晉天福十二年, 六月改號漢, 明年改元乾祐.

(2) 은제隱帝: 고조의 태자다. 2년간 재위했고 원년은 무신년戊申年이며, 여전히 건우라고 칭했다. 高祖太子. 在位二年, 元年戊申, 仍稱乾祐.

15. 후주後周

(1) 태조太祖: 변에 도읍했다. 광순廣順 3년간 재위했다. 원년은 신해년辛亥年이다. 현덕顯德 1년간 재위했다. 都汴. 廣順三. 元年辛亥. 顯德一.

(2) 세종世宗: 태조 황후의 오빠 아들이자 태조의 양자다. 5년간 재위했고 원년은 을묘년乙卯年이며, 여전히 현덕이라고 칭했다. 太祖后兄之子, 太祖養子. 在位五年, 元年乙卯, 仍稱顯德.

(3) 공제恭帝: 세종의 태자다. 1년간 재위했고 원년은 경신년庚申年이며, 여전히 현덕 7년이라고 칭했다. 世宗太子. 在位一年, 庚申, 仍稱顯德七年.

① 장밀張泌: 남당南唐

② 이건훈李建勳: 남당

③ 오교伍喬: 남당

④ 화예부인花蕊夫人: 맹촉孟蜀

이상 네 사람은 남당에 벼슬하거나 맹촉에 시집갔는데, 지금 모두 오대의 말미에 넣는다. 右四人或仕南唐, 惑嬪孟蜀, 今總係於五代之末.

제20권~제33권

詩源辯體 三

An Annotated Translation of "Shiyuanbianti"

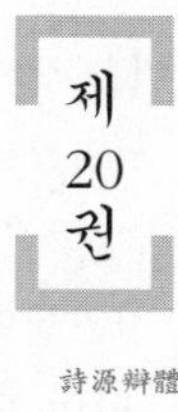

詩源辯體

중당中唐

1

개원 · 천보 연간의 고적, 잠삼, 왕유, 맹호연의 고시와 율시는 바야흐로 시간이 흘러서 대력 연간의 전기[1], 유장경[2] 등 여러 문인의 시가 되었다. 전기와 유장경은 재주가 비약할 뿐 아니라 시풍도 흩어졌기에 오 · 칠언 고시의 기상과 풍격이 갑자기 쇠퇴했지만, 진실로 정변正變이다.[3] 오 · 칠언 율시는 조예와 흥취에 도달하여 천기天機가 자연스러우며, 체재가 다 유창하고 시어의 태반이 청신하지만, 기상과 풍격이 역시나 쇠퇴했으니 또한 정변이다.[4]

---

1) 자 중문仲文.
2) 자 문방文房.
3) 정변의 설명은 만당 총론(제32권 제12칙)에 보인다. 오 · 칠언 고시의 정변은 여기까지다. 권덕여權德輿와 이익李益은 정체이지 변체가 아니며, 원화元和 · 개성開成 연간의 여러 문인들은 변체이지 정체가 아니다.
4) 아래로 유종원柳宗元의 오 · 칠언 율시로 나아갔다.

해제

성당에 이어 중당 시기 대력 연간의 시에 대해 논했다. 허학이가 말하는 중당은 대력에서 보력寶歷까지의 시기를 가리키는데, 대력 연간의 대표시인으로 전기와 유장경을 들었다. 전기와 유장경의 생졸년을 기준으로 보면 이들은 성당에 속할 수도 있는 시인들이다. 그러나 시의 기상과 풍격면에서 성당과 확연하게 구별된다. 이에 호응린은《시수, 내편內編》권5에서 "시는 전기와 유장경에 이르러 중당의 색깔을 드러내었다.詩至錢劉, 遂露中唐面目."고 말했다.

즉 전기와 유장경은 이전의 체재를 이어받았지만 기상과 풍격의 측면에서 변화가 생겼기 때문에 결국 정변이 된다는 점을 주의시켰다. 다만 율시에서 조예와 홍취가 지극한 곳은 기교가 자연스럽고 체재가 유창하며 시어가 청신하다고 평가하고 있으니, 중당의 시인으로 전기와 유장경을 먼저 이야기하게 된 까닭도 바로 그들의 유창하고 청신한 풍격을 중시했기 때문이다. 주극생朱克生도《당시품휘산唐詩品彙刪》에서 "유창하고 청준淸雋한 시풍으로 전기와 유장경을 본받을 수 있다.流利淸雋, 錢劉可式也."고 말하며 두 사람을 높이 평가했다. 옹방강 역시《석주시화》권2에서 "성당 이후, 중당 초기 한 시기의 뛰어남에 있어 유정경과 전기를 뛰어넘을 수 없다.盛唐之後, 中唐之初, 一時雄俊, 無過劉錢."고 평가했다.

開元天寶間, 高·岑·王·孟古律之詩, 始流而爲大歷錢[名起, 字仲文]·劉[名長卿, 字文房]諸子. 錢劉才力旣薄, 風氣復散, 故其五七言古氣象風格[1]頓衰, 然自是正變; [正變之說見晩唐總論. 五七言古正變止此. 權德輿[2]李益[3], 正而非變, 元和開成諸子, 變而非正.] 五七言律造詣興趣所到, 化機自在[4], 然體盡流暢[5], 語半淸空[6], 而氣象風格亦衰矣, 亦正變也. [下流至柳子厚五七言律.]

1 風格(풍격): 작가나 예술가가 창작한 작품 속에서 표현해낸 격조格調의 특색.

2 權德輿(권덕여): 중당 시기의 정치가이자 문학가다. 자는 재지載之고, 천수天水 약양略陽 사람이다. 생졸년은 759년~818년이며 정원 말에 예부시랑禮部侍郎에 오르고 세 번 공거貢擧를 관장해서 '득인得人'으로 불렸다. 헌종 원화 초에 병부兵部와 이부吏部의 시랑侍郎을 지냈다. 원화 5년(810)에는 예부상서禮部尙書 겸 중서문하평장사中書門下平章事에 임명되었다. 나중에 형부상서刑部尙書로 옮기고 산

남서도山南西道의 절도사節度使가 되었다. 그는 여러 시체에 뛰어났으며 풍격이 대체로 아정하다. 중당 시풍의 과도기에 핵심적인 역할을 하여 '문단종사文壇宗師'로 일컬어졌다. 《권재지문집權載之文集》 50권이 있다.

3 李益(이익): 중당 시기의 시인이다. 자는 군우君虞고 농서隴西 고장姑臧 곧 지금의 감숙성 무위武威 사람이다. 생몰년은 748년~829년이며, 대종 대력 4년(769) 진사에 급제하여 정현위鄭縣尉가 되었다. 이후 연조燕趙 일대를 떠돌다가 유주절도사幽州節度使 유제劉濟의 종사從事가 되었다. 헌종 원화 연간에 비서소감秘書少監과 집현학사集賢學士, 산기상시散騎常侍 등을 역임했다. 문종文宗 대화 원년(827)에 예부상서禮部尙書로 벼슬을 마쳤다. 이익은 가행시歌行詩를 비교적 많이 지었는데, 그중에서도 군대나 변새와 관련된 시가 상당수 차지한다.

4 化機自在(화기자재): 천기天機가 자연스럽다. '化機(화기)'는 '化工(화공)'과 같은 뜻으로 '자연스레 형성된 빼어난 기교'를 가리킨다.

5 流暢(유창): 말이나 글이 막힘이 없이 순조롭다.

6 淸空(청공): 시사詩詞의 풍격을 가리키는 용어다. '시문이 생동적으로 쓰여 진부하지 않다'의 의미다. 송나라 장염張炎이 강기姜夔의 사에 대해 제기한 개념으로, 특별히 사의 최고 경계를 가리키는 말이다.

2

전기와 유장경의 오언고시에서 평운인 것은 대부분 상미上尾를 꺼렸고, 측운인 것은 대부분 학슬鶴膝을 꺼렸다. 유장경의 시구는 대구가 많으므로, 평운은 또한 중간에 율체가 섞였지만 재주는 사실 전기를 능가한다.

칠언고시에서 유장경은 충담沖淡한 것 같지만 격조가 실로 비천하고 음률 또한 순일하지 못하다.5) 전기는 격조가 조금 뛰어나지만 재

5) 가행체에 고조古調를 사용하면 진실로 성조에 얽매일 필요가 없게 되고, 배조俳調를 사용하면 환운할 때 평측이 갈마들어서 거의 노래를 할 수 있게 된다. 지금 유장경은 사실상 배조俳調를 사용하여 환운할 때 평측이 첩용되었으므로 성조가 순일하지 않다. 초당 역시 그러하다.

주가 미치지 못하므로 단편이 대부분 막혀서 유창하지 않은데, 대개 상세하게 서술하고자 했지만 할 수 없었을 뿐이다.

해제

전기와 유장경의 오·칠언 고시에 관한 논의다. 고시의 포폄 기준은 작가의 재주에 있다. 유장경은 전기보다 재주가 뛰어나므로 오·칠언 고시에서 다소 우위를 차지하게 되었다. 중당 이후 고시는 쇠퇴하고 율시가 발전하여 고시에 능한 작가는 많지 않았다. 이에 고병은 《당시품휘》에서 다음과 같이 말했다.

"중당 이래 작자 또한 줄어들었는데, 전대의 여러 문인을 계승한 사람으로서 오직 유장경과 전기가 대체로 작품이 많으며 성조 또한 비슷하다. 中唐以來作者亦少, 可以繼述前諸家者, 獨劉長卿·錢起較多, 聲調亦近."

전기와 유장경의 고시는 대체로 왕유와 비슷한 풍격을 지녀 맑고 빼어나다고 평가된다. 실제 전기는 왕유와 친분이 두터웠고, 유장경은 율시보다 고시에 뛰어났으며 그중 오언고시를 가장 잘 지었기에, 옹방강은 《석주시화》 권2에서 "유장경의 오언고시만이 개원·천보의 여러 문인들을 이었을 따름이다. 隨州只有五古可接武開寶諸公耳."고 논단했다.

원문

錢劉五言古, 平韻者多忌上尾, 仄韻者多忌鶴膝. 劉句多偶儷, 故平韻亦間雜律體, 然才實勝錢. 七言古, 劉似沖淡[1]而格實卑, 調又不純; [凡歌行如用古調, 自不必拘; 若用俳調, 則轉韻宜平仄相間, 庶爲可歌. 今劉實用俳調, 而轉韻平仄疊用, 故爲不純. 初唐亦然.] 錢格若稍勝而才不及, 故短篇多鬱而不暢, 蓋欲鋪敍[2]而不能耳.

주석

1 沖淡(충담): 담담하다. 시가의 언어가 질박하며, 의경意境이 한적하고 고요한 것을 가리킨다. 예술 풍격이 치우치지 않고 바르며, 욕심이 없이 깨끗한 것을 가리키기도 한다. 이는 시문이 담담하여 맛이 없다는 의미가 아니라 소박한 언어로 심오한 사상 감정을 표현한 것을 말한다. 즉 소박하고 담담한 언어와 높은 예술 기법으로 뛰어나고 초탈한 사상 감정을 표현하여 읽는 이에게 끝없는 여운을 준다.

2 鋪敍(포서): 상세하게 서술하다.

3

유장경, 전기의 오·칠언 고시에서 아래의 시구는 고적, 잠삼과 비교할 때 기상과 풍격이 갑자기 쇠퇴해졌다.

다음은 유장경의 오언고시 시구다.

"쓸쓸하게 맑은 가을 저물어가고, 한들한들 서늘한 바람 일어나네. 호수 빛은 담담히 흘러가지 않는데, 모래 위 갈매기는 멀리 또 사라져 가네.蕭蕭淸秋暮, 嫋嫋涼風發. 湖色淡不流, 沙鷗遠還滅."

"잠시 형산衡山과 상수湘水의 객이 되니, 자못 호수와 산맥의 정취가 보이는구나. 호수의 기운이 초楚 땅의 구름과 조화를 이루고, 석양이 강가의 나무를 비추네.頃爲衡湘客, 頗見湖山趣. 湖氣和楚雲, 夕陽映江樹."

"봉우리마다 석양을 머금고 있고, 걸음마다 푸른 아지랑이 속으로 들어가네. 향기가 녹색의 초목 속에서 나고, 원숭이 울음소리가 저녁 구름 밖에서 들리네.峯峯帶落日, 步步入靑靄. 香氣空翠中, 猿聲暮雲外."

"석양이 오랜 나무 밑동에 머물고, 물새는 찬 물결을 흔드네. 달 아래는 배 당기는 소리, 안개 속에서 마름 뜯는 노래 소리가 들리네.夕陽留古本, 水鳥拂寒浪. 月下扣船聲, 烟中采菱唱." 등이 있다.

다음은 전기의 오언고시 시구다.

"새로 날이 개어 마을 밖에 나가니, 곳곳마다 안개 낀 경치 이채롭네. 납작한 조각 같이 흘러내리는 물이 깎아지른 낭떠러지를 밝게 하고, 아직 사라지지 않은 노을이 옛 사찰에 퍼지네.新晴村落外, 處處烟景異. 片水明斷崖, 餘霞入古寺."

"산을 향해 쾌청한 빛을 보니, 걸음마다 온화함이 열리네. 석양이 어지러이 빛을 비추고, 차가운 하늘에는 천 개의 산봉우리 깨끗하네. 向山看霽色, 步步豁幽性. 返照亂流明, 寒空千嶂淨."

"아직 떠도는 구름에 걸친 무지개는 사라지지 않고, 석양의 노을이 막 분출하네. 시절에 따라 우는 새가 마을 언덕에서 울고, 새로 솟아나는 샘물은 수풀을 에워싸고 흘러가네. 殘雲虹未落, 返景霞初吐. 時鳥鳴村墟, 新泉遶林圃."

"낚싯줄 늘어뜨린 노인 더욱 가엽고, 모래 위의 백로처럼 조용하네. 한 번 흰 구름 같은 맑은 마음을 헤아려보니, 천리에 신선 사는 창랑주滄浪洲의 정취가 가득하네. 更憐垂綸叟, 靜若沙上鷺. 一論白雲心, 千里滄洲趣."

다음은 유장경의 칠언고시 시구다.

"강물은 세월 가면 다 없어지건만 근심은 끝나지 않고, 기러기는 봄에 돌아오건만 이 몸은 돌아가지 못하네. 江潭歲盡愁不盡, 鴻雁春歸身未歸."

"뒷골목엔 인적 없이 새들만 한가하고, 빈 정원에는 새로 비가 내려 이끼가 푸르네. 窮巷無人鳥雀閒, 空庭新雨莓苔綠."

"변방의 길은 아득한데 말 네 마리가 돌아가고, 늘어진 버드나무 고요한데 꾀꼬리 몇 마리 날아드네. 關路迢迢匹馬歸, 垂楊寂寂數鶯飛."

"옛사람은 없건만 밝은 달은 그대로이고, 누가 외로운 배 오가는 때를 보았는가? 故人不在明月在, 誰見孤舟來去時."

다음은 전기의 칠언고시 시구다.[6]

"파수灞水 위의 봄바람이 이별의 소매자락 남기고, 관동關東의 새로

6) 전기의 칠언 중 풍격이 다소 뛰어난 것은 서술하지 않았으며, 그 일반적인 시구를 논했다.

뜬 달은 누구 집에 머무는가?灞上春風留別袂, 關東新月宿誰家."

"십 년간 갈 길 잃었으니 누가 나를 알아줄까, 천리 밖 부모님 생각하며 홀로 멀리 돌아가네.十年失路誰知己, 千里思親獨遠歸."

"관동의 새로 뜬 달은 이별의 술잔을 마주하고, 강가의 쇠잔한 꽃이 돌아가는 나그네를 기다리네.關東新月對離罇, 江上殘花待歸客."

"백옥의 창문에서 낙엽 떨어지는 소리 들리니, 가난한 여인네 홀로 입을 옷 없음이 가련하구나.白玉牕中聞落葉, 應憐寒女獨無衣."

해제 유장경과 전기의 오·칠언 고시 중 잠삼과 고적에 비교할 때 기상과 풍격이 갑자기 쇠퇴한 시구를 예로 들었다.

원문 五言古, 劉如"蕭蕭淸秋暮, 嫋嫋涼風發. 湖色淡不流, 沙鷗遠還滅."[1] "頃爲衡湘客, 頗見湖山趣. 湖氣和楚雲, 夕陽映江樹."[2] "峯峯帶落日, 步步入靑靄. 香氣空翠中, 猿聲暮雲外."[3] "夕陽留古木, 水鳥拂寒浪. 月下扣船聲, 烟中采菱唱."[4] 錢如"新晴村落外, 處處烟景異. 片水明斷崖, 餘霞入古寺."[5] "向山看霽色, 步步豁幽性. 返照亂流明, 寒空千嶂淨."[6] "殘雲虹未落, 返景霞初吐. 時鳥鳴村墟, 新泉遶林圃."[7] "更憐垂綸叟, 靜若沙上鷺. 一論白雲心, 千里滄洲趣."[8] 七言古, 劉如"江潭歲盡愁不盡, 鴻鴈春歸身未歸."[9] "窮巷無人鳥雀閒, 空庭新雨莓苔綠."[10] "關路迢迢匹馬歸, 垂楊寂寂數鶯飛."[11] "故人不在明月在, 誰見孤舟來去時."[12] 錢如"灞上春風留別袂, 關東新月宿誰家."[13] "十年失路誰知己, 千里思親獨遠歸."[14] "關東新月對離罇, 江上殘花待歸客."[15] "白玉牕中聞落葉, 應憐寒女獨無衣"[16]等句, 較之高岑, 則氣象風格頓衰矣. [錢七言格稍勝者不述, 論其常也.]

주석 1 蕭蕭淸秋暮(소소청추모), 嫋嫋涼風發(뇨뇨양풍발). 湖色淡不流(호색담불류), 沙鷗遠還滅(사구원환멸): 쓸쓸하게 맑은 가을 저물어가고, 한들한들 서늘한 바람 일어나네. 호수 빛은 담담히 흘러가지 않는데, 모래 위 갈매기는 멀리 또 사라져가네. 유장경 〈석양호유기石梁湖有寄〉의 시구다. 〈회육겸懷陸兼〉이라고도 한다.

2 頃爲衡湘客(경위형상객), 頗見湖山趣(파견호산취). 湖氣和楚雲(호기화초운), 夕陽映江樹(석양영강수): 잠시 형산衡山과 상수湘水의 객이 되니, 자못 호수와 산맥의 정취가 보이는구나. 호수의 기운이 초楚 땅의 구름과 조화를 이루고, 석양이 강가의 나무를 비추네. 유장경 〈만차호구유회晩次湖口有懷〉의 시구다.

3 峯峯帶落日(봉봉대낙일), 步步入靑靄(보보입청애). 香氣空翠中(향기공취중), 猿聲暮雲外(원성모운외): 봉우리마다 석양을 머금고 있고, 걸음마다 푸른 아지랑이 속으로 들어가네. 향기가 녹색의 초목 속에서 나고, 원숭이 울음소리가 저녁 구름 밖에서 들리네. 유장경 〈배원시어유지형산사陪元侍御游支硎山寺〉의 시구다.

4 夕陽留古本(석양류고본), 水鳥拂寒浪(수조불한랑). 月下扣船聲(월하구선성), 烟中采菱唱(연중채릉창): 석양이 오랜 나무 밑동에 머물고, 물새는 찬 물결을 흔드네. 달 아래는 배 당기는 소리, 안개 속에서 마름 뜯는 노래 소리가 들리네. 유장경 〈봉사신안자동여현경엄릉조대숙칠리탄하기사원제공奉使新安自桐廬縣經嚴陵釣臺宿七裏灘下寄使院諸公〉의 시구다.

5 新晴村落外(신청촌락외), 處處烟景異(처처연경이). 片水明斷崖(편수명단애), 餘霞入古寺(여하입고사): 새로 날이 개어 마을 밖에 나가니, 곳곳마다 안개 낀 경치 이채롭네. 납작한 조각 같이 흘러내리는 물이 깎아지른 낭떠러지를 밝게 하고, 아직 사라지지 않은 노을이 옛 사찰에 퍼지네. 전기 〈태자이사인성동별업太子李舍人城東別業, 이좨주별업부시천림전대뇌수李祭酒別業俯視川林前帶雷岫〉의 시구다.

6 向山看霽色(향산간제색), 步步豁幽性(보보활유성). 返照亂流明(반조난유명), 寒空千嶂淨(한공천장정): 산을 향해 쾌청한 빛을 보니, 걸음마다 온화함이 열리네. 석양이 어지러이 빛을 비추고, 차가운 하늘에는 천 개의 산봉우리 깨끗하네. 전기 〈초추남산서봉제준상인난약杪秋南山西峰題準上人蘭若〉의 시구다.

7 殘雲虹未落(잔운홍미락), 返景霞初吐(반경하초토). 時鳥鳴村墟(시조명촌허), 新泉遶林圃(신천요임포): 아직 떠도는 구름에 걸친 무지개는 사라지지 않고, 석양의 노을이 막 분출하네. 시절에 따라 우는 새가 마을 언덕에서 울고, 새로 솟아나는 샘물은 수풀을 에워싸고 흘러가네. 전기 〈전원우후증린인田園雨後贈鄰人〉의 시구다.

8 更憐垂綸叟(갱련수륜수), 靜若沙上鷺(정약사상로). 一論白雲心(일론백운심),

千里滄洲趣(천리창주취): 낚싯줄 늘어뜨린 노인 더욱 가엽고, 모래 위의 백로처럼 조용하네. 한 번 흰 구름 같은 맑은 마음을 헤아려보니, 천리에 신선 사는 창랑주滄浪洲의 정취가 가득하네. 전기 〈남전계여어자숙藍田溪與漁者宿〉의 시구다.

9 江潭歲盡愁不盡(강담세진수부진), 鴻鴈春歸身未歸(홍안춘귀신미귀): 강물은 세월 가면 다 없어지건만 근심은 끝나지 않고, 기러기는 봄에 돌아오건만 이 몸은 돌아가지 못하네. 유장경 〈시평후송범윤귀안주時平後送範倫歸安州〉의 시구다.

10 窮巷無人鳥雀閒(궁항무인조작한), 空庭新雨莓苔綠(공정신우매태록): 뒷골목엔 인적 없이 새들만 한가하고, 빈 정원에는 새로 비가 내려 이끼가 푸르네. 유장경 〈객사희정삼견기客舍喜鄭三見寄〉의 시구다.

11 關路迢迢匹馬歸(관로초초필마귀), 垂楊寂寂數鶯飛(수양적적수앵비): 변방의 길은 아득한데 말 네 마리가 돌아가고, 늘어진 버드나무 고요한데 꾀꼬리 몇 마리 날아드네. 유장경〈송우인동귀送友人東歸〉의 시구다.

12 故人不在明月在(고인부재명월재), 誰見孤舟來去時(수견고주래거시): 옛사람은 없건만 밝은 달은 그대로이고, 누가 외로운 배 오가는 때를 보았는가? 유장경 〈명월만심하구불우明月灣尋賀九不遇〉의 시구다.

13 灞上春風留別袂(파상춘풍류별메), 關東新月宿誰家(관동신월숙수가): 파수灞水 위의 봄바람이 이별의 소매 자락 남기고, 관동關東의 새로 뜬 달은 누구 집에 머무는가? 전기〈송최십삼동유送崔十三東遊〉의 시구다.

14 十年失路誰知己(십년실로수지기), 千里思親獨遠歸(천리사친독원귀): 십 년간 갈 길 잃었으니 누가 나를 알아줄까, 천리 밖 부모님 생각하며 홀로 멀리 돌아가네. 전기 〈송오삼낙제환향送鄔三落第還鄉〉의 시구다.

15 關東新月對離罇(관동신월대리준), 江上殘花待歸客(강상잔화대귀객): 관동의 새로 뜬 달은 이별의 술잔을 마주하고, 강가의 쇠잔한 꽃이 돌아가는 나그네를 기다리네. 전기 〈송오삼낙제환향〉의 시구다.

16 白玉牕中聞落葉(백옥창중문낙엽), 應憐寒女獨無衣(응련한녀독무의): 백옥의 창문에서 낙엽 떨어지는 소리 들리니, 가난한 여인네 홀로 입을 옷 없음이 가련하구나. 전기 〈효고추야장效古秋夜長〉의 시구다.

4

초당의 칠언고시는 시구가 모두 율격에 맞는데, 이것은 육조六朝의 여폐를 이어받은 것이다. 전기와 유장경의 칠언고시 역시 대부분 율격에 맞는데, 이것은 기풍이 점차 쇠약해진 것이다. 성운은 비록 같지만 풍격이 크게 다를 뿐이다.

해제 전기와 유장경의 칠언고시에 관한 논의다. 이와 관련하여 옹방강은 "전기와 유장경이 칠언가행에서 천고에 독자적인 풍격을 이루었다.至於七言歌行, 則獨立萬古."고 말했다. 또한 시보화施補華는 《연용설시硯傭說詩》에서 그들의 고시는 "청담함 속에 가끔 정교하게 꾸민 것이 드러났는데, …이것은 날마다 시풍이 비약해진 까닭이다.然靑氣中時露工秀, …此所以日趨於薄也."고 평했다.

원문 初唐七言古, 句皆入律, 此承六朝餘弊. 錢劉七言古亦多入律, 此是風氣漸漓也. 聲韻雖同而風格大異耳.

5

오·칠언 율시와 절구를 전체 문집에서 살펴보면 전기는 유장경과 더욱 차이가 많이 난다. 전기의 오언율시 중 〈송이판관부계주막送李判官赴桂州幕〉, 〈송장관서기送張管書記〉, 〈송소상시북사送蕭常侍北使〉 세 편은 격조가 초·성당의 사이에 놓인다. 〈제정사사題精舍寺〉 한 편은 고시에 율체가 들어가 격조가 또한 고적, 잠삼과 비슷하지만, 애석하게도 결어結語가 모두 쇠약하다. 유장경은 오직 〈송장사직부영남알장상서送張司直赴嶺南謁張尙書〉 한 편만이 초·성당과 비슷할 따름이다. 호응린 역시 일찍이 이에 대해 말한 적이 있다.

왕세정이 다음과 같이 말했다.

"전기와 유장경은 병칭되지만, 전기가 유장경에 미치지 못한 것 같다"

이 말은 타당하다. 또 다음과 같이 말했다.

"전기의 시는 뜻이 드러나고, 유장경의 시는 뜻이 깊게 숨어 있다. 전기의 시는 음률이 가볍고, 유장경의 시는 음률이 무겁다."

이렇듯 두 사람의 시는 전반적으로 비슷하지 않다.

해제 전기와 유장경의 오언율시에 관한 논의다. 두 시인의 오언율시를 비교하고, 그중 초·성당의 격조와 비슷한 시를 찾아 예로 들었다. 아울러 두 시인의 오언율시가 전반적으로 서로 다름을 지적하고 있는데, 고시에서와 마찬가지로 오언율시에서도 유장경이 전기보다 더 뛰어나다고 평했다.

원문 五七言律絶, 以全集觀, 錢去劉益遠. 然錢五言律, 如"欲知儒道貴"[1], "邊事多勞役"[2], "絳節引雕戈"[3]三篇, 氣格在初·盛唐之間, "勝景不易遇"[4] 一篇, 以古入律, 氣格亦近高岑, 惜結語皆弱; 劉止"番禺萬里路"[5]一篇爲近初·盛耳. 元瑞亦嘗言之. 王元美云: "錢劉並稱, 錢似不及劉." 得之; 又云: "錢意揚, 劉意沉; 錢調輕, 劉調重." 則全不相類.

주석

1 欲知儒道貴(욕지유도귀): 전기의 〈송이판관부계주막送李判官赴桂州幕〉을 가리킨다.

2 邊事多勞役(변사다로역): 전기의 〈송장관서기送張管書記〉를 가리킨다. 또는 〈송장관기종군送張管記從軍〉이라고도 한다.

3 絳節引雕戈(강절인조과): 전기의 〈송소상시북사送蕭常侍北使〉를 가리킨다.

4 勝景不易遇(승경불이우): 전기의 〈제정사사題精舍寺〉를 가리킨다.

5 番禺萬里路(반우만리로): 유장경의 〈송장사직부영남알장상서送張司直赴嶺南謁張尙書〉를 가리킨다.

6

오언율시 중 유장경의 〈목릉관북봉인귀어양穆陵關北逢人歸漁陽〉과 전기의 〈송육랑중送陸郎中〉 두 편은 앞의 네 작품과 비교할 때, 웅장함은 다소 뒤떨어지지만 완미함은 능가하니, 개원 · 천보의 여음餘音을 계승했다고 할 만하다. 유장경의 〈벽간별서희황보시어상방碧澗別墅喜皇甫侍御相訪〉, 〈심남계상도사尋南溪常道士〉 두 편은 비록 정교하지만 진실로 중당의 풍격이다.

해제 전기와 유장경의 오언율시에 관한 보충이다. 유장경의 〈목릉관북봉인귀어양〉, 전기의 〈송육랑중〉은 완미함이 뛰어나 성당의 시풍을 계승한 작품이 된다고 지적했다. 한편 유장경의 〈벽간별서희황보시어상방〉, 〈심남계상도사〉 두 편을 중당의 풍격이라고 본 것은 뜻이 드러났기 때문이다.

유장경은 스스로 '오언장성五言長城'이라고 칭할 만큼 오언율시 창작에서 괄목한 성과를 거두었다. 현존하는 500여 수의 시 중 오언율시는 170수, 칠언율시는 60수 정도다. 대체로 대력 연간에 창작한 작품으로 독자적인 풍격을 완성했다.

전기 역시 420여 수 중 오언율시를 가장 많이 창작했는데 산수전원山水田園, 변새풍광邊塞風光, 송별送別, 기려羈旅 등 다양한 시풍을 지니고 있다. 특히 왕유와 친밀히 교류하여 다소 고즈넉한 산수전원시에 뛰어난 것으로 알려져 있는데, 고중무高仲武의 《중흥간기집中興間氣集》에서는 다음과 같이 평했다.

"전기의 시격은 새롭고 이치가 청아한데, 급제하여 문단에서 빼어났다. 문종文宗 왕유가 높은 풍격이라고 인정했다. 왕유가 죽은 이후로 전기가 으뜸이 되었다. 제 · 송의 화려함을 제거하고 양 · 진의 염정을 삭제하여 분명히 독자적인 시풍을 세웠으니 뭇 시인들과 더불어 논할 수 없다.員外詩格新奇, 理致淸贍, 越從登第, 挺冠詞林. 文宗右丞, 許以高格. 右丞沒後, 員外爲雄. 芟齊宋之浮遊, 削梁陳之靡嫚, 迥然獨立, 莫之與群."

원문 五言律, 劉如"逢君穆陵路"[1], 錢如"事邊仍戀主"[2]二篇, 較前四作[3]雄麗[4]稍遜, 而完美[5]勝之, 足繼開寶餘響[6]. 劉"荒村帶晩照"[7], "一路經行處"[8]二篇雖工, 實

中唐[9]也.

1 逢君穆陵路(봉군목릉로): 유장경의 〈목릉관북봉인귀어양穆陵關北逢人歸漁陽〉을 가리킨다.

2 事邊仍戀主(사변잉련주): 전기의 〈송육랑중送陸郎中〉을 가리킨다.

3 前四作(전사작): 앞의 네 작품. 즉 전기의 〈송이판관부계주막送李判官赴桂州幕〉, 〈송장관서기送張管書記〉, 〈송소상시북사送蕭常侍北使〉 세 편과 유장경의 〈송장사직부영남알장상서送張司直赴嶺南謁張尙書〉를 가리킨다.

4 雄麗(웅려): 웅장하다.

5 完美(완미): 아름다움을 완전하게 지니다. 결함이 없다.

6 餘響(여향): 여음餘音.

7 荒村帶晚照(황촌대만조): 유장경의 〈벽간별서희황보시어상방碧澗別墅喜皇甫侍禦相訪〉을 가리킨다.

8 一路經行處(일로경행처): 유장경의 〈심남계상도사尋南溪常道士〉를 가리킨다.

9 中唐(중당): 대력大歷에서 보력寶歷까지를 가리킨다.

7

오언배율에는 쌍운雙韻은 있지만 단운單韻은 없다. 중당의 유장경은 오직 5운인 것이 한 편 있을 뿐, 다른 것은 모두 엄격하다. 전기 이후로는 다시 단운인 것이 많아졌다.

유장경과 전기의 오언배율에 관한 논의다. 오언배율의 규칙을 엄격하게 지키기가 힘들어 중당 이후로 단운이 많아졌으나 유장경은 단 한 편을 제외하고 모두 엄격하게 규율을 지켰음을 강조했다. 유장경은 50여 수의 오언배율을 창작했는데 그 심후한 풍격은 두보에게도 뒤지지 않는다고 평가된다. 전기는 88수의 오언배율을 창작했지만 재주와 성취면에서 유장경을 능가하지 못한다. 이에 호응린은 《시수, 내편》 권4에서 다음과 같이 말했다.

"배율은 초당 시기에 정교했는데, 원화 이후로는 복잡하여 매우 식상하다. 다만 유장경이 진실로 전대 문인들을 계승할 수 있었다.排律惟初盛爲工, 元和以還, 牽湊冗復, 深可厭也. 惟隨州眞能接武前賢."

원문 五言排律, 有雙韻, 無單韻. 中唐劉長卿止有五韻一篇, 而他皆嚴整. 錢起而下, 復多有單韻者矣.

8

칠언율시에서 유장경의 〈헌회녕군절도사이상공獻淮寧軍節度使李相公〉·〈송이장군送李將軍〉·〈송이록사형귀양등送李錄事兄歸襄鄧〉·〈송경습유귀상도送耿拾遺歸上都〉 등은 중당의 시 중에서 성운과 기세가 웅장하다. 기타 작품은 기세가 하강하긴 했지만 정교하다고 말하지 않을 수 없다.

전기의 〈화이원외호가신온천궁和李員外扈駕幸溫泉宮〉·〈화왕원외설청조조和王員外雪晴早朝〉·〈증궐하배사인贈闕下裴舍人〉 세 편은 기세가 경박하지 않다. 기타 〈산중수양보궐견과山中酬楊補闕見過〉 이하로는 완전한 것이 정말로 적다.

유장경의 〈헌회녕군절도사이상공獻淮寧軍節度使李相公〉은 중당의 칠언율시 중 제일이다. 왕세정은 이 작품을 극찬했는데, 이반룡이 수록하지 않은 것은 사실상 깨닫지 못했기 때문이다.

전기의 〈유거춘모서회幽居春暮書懷〉 1편은 이미 개성開成의 시에 가까워졌다.

해제 전기와 유장경의 칠언율시에 관한 논의다. 호응린은 《시수》에서 전기와 유장경에 이르러 칠언율시가 한 차례 변화의 기점이 되었음을 다음과 같이 지적했다.

"당시의 칠언율시는 두심언과 심전기가 정교함을 처음으로 열었다. 최호와 이백에 이르러 가끔 옛뜻이 드러나니 첫 번째의 변화다. 고적, 잠삼, 왕유, 이기가 풍격을 크게 갖추니 또 한 차례의 변화다. 두보가 웅장하고 호탕하며 초탈하여 자유로우니 또 한 차례의 변화다. 전기와 유장경이 다소 유창했으나 중당으로 내려갔으니 또 한 차례의 변화다.唐七律自杜審言·沈佺期首創工密. 至崔顥·李白時出古意, 一變也. 高岑王李, 風格大備, 又一變也. 杜陵雄深浩蕩, 超忽縱橫, 又一變也. 錢劉稍爲流暢, 降而中唐, 又一變也."

전기는 423수 중 46수, 유장경은 518수 중 63수의 칠언율시를 창작했는데, 두보가 1458수 중 151수의 칠언율시를 지은 것과 비교하면 이미 적지 않은 수량이며, 실제 유장경은 두보 다음으로 두 번째로 칠언율시의 작품이 가장 많은 작가다. 여기서는 두 시인의 칠언율시 중 기세와 성운이 비교적 웅장한 작품을 제시했다. 이 작품은 곧 초·성당에 가까운 작품이 된다는 말이다. 또한 중당의 칠언율시 중 유장경의 〈헌회녕군절도사이상공〉을 으뜸으로 손꼽았고, 전기의 〈유거춘모서회幽居春暮書懷〉는 이미 만당의 시풍에 가까워졌음을 지적하고 있다. 모두 기세와 성운을 기준으로 평가한 것이다.

칠언율시에서도 전기가 유장경에 비해 뒤떨어져서 역대로 유장경의 칠언율시에 관한 칭송이 많이 보인다. 호진형은 《당음계첨》에서 유장경을 중당의 대표 시인으로 손꼽았다.

"칠언율시를 재주로써 논하자면 초당에서는 반드시 심전기가 으뜸이고, 성당에서는 왕유를 가장 먼저 손꼽으며, 중당에서는 유장경을 능가하는 자가 없고, 만당에서는 이상은을 넘는 자가 없다.七言律以才藻論, 則初唐必首雲卿, 盛唐首推摩詰, 中唐莫過文房, 晚唐無出中山."

또 장계張戒의 《세한당시화歲寒堂詩話》에서는 유장경을 두보에 버금갈 정도로 높이 평가하고 있다.

"유장경의 시는 운율이 위응물의 고상함과 같을 수 없고, 의미는 왕유와 맹호연의 훌륭함과 같을 수 없지만, 그 필력의 호방함과 기격의 노련함은 모두 그들을 능가한다. 두보와 동시대에 활동하며 의취를 얻었기에 두보에 필적한다. 유장경의 품평은 까닭 없이 그런 것이 아니다.隨州詩, 韻度不能

如韋蘇州之高簡, 意味不能如王摩詰孟浩然之勝絶, 然其筆力豪贍, 氣格老成, 則皆過之. 與杜子美幷時, 其得意處, 子美之匹亞也. 長城之目, 蓋不徒然."

요컨대 유장경은 두보의 변격變格과 다르게 칠언율시의 정종正宗에 기초하여 창작했다. 따라서 범희문范晞文은 《대상야어對床夜語》에서 유장경의 칠언에 대해 주목하지 않고 오언만 중시하는 풍토에 대해 다음과 같은 비판적 견해를 피력했다.

"사람들은 허혼許渾의 칠언을 알지만 허혼이 오언에서도 독자적인 기풍을 세웠음을 모르며, 사람들은 유장경의 오언을 알지만 유장경이 칠언에서도 뛰어남을 알지 못한다. 人知許渾七言, 不知許五言亦自成一家, 人知劉長卿五言, 不知劉七言亦高."

七言律, 劉如"建牙吹角"[1], "征西諸將"[2], "十年多難"[3], "若爲天畔"[4]等篇, 在中唐聲氣爲雄, 其他氣雖有降, 無不稱工. 錢"未央月曉"[5], "紫微晴雪"[6], "二月黃鸝"[7]三篇, 氣亦不薄, 其他自"日暖風恬"[8]而外, 完善者實少. 劉"建牙吹角"爲中唐七言律第一, 元美極稱之, 而于鱗不錄, 實所未曉. 錢 "自笑鄙夫"[9]一篇, 則已近開成矣.

1 建牙吹角(건아취각): 유장경의 〈헌회녕군절도사이상공獻淮寧軍節度使李相公〉을 가리킨다.

2 征西諸將(정서제장): 유장경의 〈송이장군送李將軍〉을 가리킨다. 또는 〈송개부질수고이사군려친각부送開府侄隨故李使君旅親却赴〉라고도 한다.

3 十年多難(십년다난): 유장경의 〈송이록사형귀양등送李錄事兄歸襄鄧〉을 가리킨다.

4 若爲天畔(약위천반): 유장경의 〈송경습유귀상도送耿拾遺歸上都〉를 가리킨다.

5 未央月曉(미앙월효): 전기의 〈화이원외호가행온천궁和李員外扈駕幸溫泉宮〉을 가리킨다.

6 紫微晴雪(자미청설): 전기의 〈화왕원외설청조조和王員外雪晴早朝〉를 가리킨다.

7 二月黃鸝(이월황리): 전기의 〈증궐하배사인贈闕下裴舍人〉을 가리킨다.

8 日暖風恬(일난풍념): 전기의 〈산중수양보궐견과山中酬楊補闕見過〉를 가리킨다.

9 自笑鄙夫(자소비부): 전기의 〈유거춘모서회幽居春暮書懷〉를 가리킨다. 또는 〈석

문모춘石門暮春〉, 〈남전춘모藍田春暮〉라고도 한다.

9

사진이 말했다.

"칠언율시는 초당 시기에 구법이 엄격했지만, 간혹 실자實字를 첩용하고 허자虛字를 단독으로 사용하여도 진실로 군더더기의 병폐가 없었다. 예를 들면 심전기의 '한나라 성궐은 천국인 듯하고, 진나라 산천은 거울을 비추는 것 같네.漢家城闕疑天上, 秦地山川似鏡中'와 송지문의 '문장을 북두성으로 옮겨 천상을 만들고, 술을 남산으로 가져가 축하의 술잔을 만드네.文移北斗成天象, 酒近南山作壽杯'에서 저절로 드러난다. 중당의 전기와 유장경의 칠언율시는 허자가 태반이나 되어 격조가 점점 떨어졌다."

내가 생각건대 초당의 칠언율시에는 허자가 없지 않지만 그것을 사용하여 모두 효능을 발휘했는데, 중당 시기에는 그것을 사용하여 군더더기와 박약함을 면하지 못했을 따름이다. 자세히 논하자면, 전기는 허자를 많이 사용했고 유장경에게는 간혹 그러한 용례가 있다. 잠시 전기의 〈송이평사부담주사막送李評事赴潭州使幕〉을 살펴보면 쉽게 알 수 있다.

해제

유장경과 전기의 칠언율시에 사용된 허사虛辭에 대해 논했다. 사진의 《사명시화四溟詩話》에서는 전기와 유장경의 칠언 근체시에 허자가 많은 것은 격조가 점차 하강하여 그렇게 된 것이라고 지적하며, "실자가 많으면 의미가 간결하고 시구가 강건하나, 허자가 많으면 의미가 번잡하고 시구가 유약하다實字多則意簡而句健, 虛字多則意繁而句弱"고 비평했다. 시에서 허자가 사용되는 것은 중・만당에서 시작되었으며 이것은 송시의 서막을 알리는 현상이기도 하다. 허자의 사용은 마치 말을 하는 것과 같기 때문이다.

잠시 전기의 〈송이평사부담주사막送李評事赴潭州使幕〉의 전문을 보면 다음과 같다.

"湖南遠去有餘情(호남원거유여정), 蘋葉初齊白芷生(빈엽초제백지생). 謾說簡書催物役(만설간서최물역), 遙知心賞緩王程(요지심상완왕정). 興過山寺先雲到(흥과산사선운도), 笑引江帆帶月行(소인강범대월행). 幕下由來貴無事(막하유래귀무사), 佇聞談笑靜黎氓(저문담소정려맹)."

한편 《사명시화》에서는 이 시의 허자를 모두 제거하면 다음과 같은 오언시로 바꿀 수 있다고 비평했다.

"自適宦遊情(자적환유정), 湖南有杜蘅(호남유두형). 簡書催物役(간서최물역), 心賞緩王程(심상완왕정). 山寺披雲入(산사피운입), 江帆帶月行(강범대월행). 應懷幕下策(응회막하책), 談笑靜蒼生(담소정창생)."

이상 칠언을 오언으로 바꾼 예를 통해 허사의 번잡함을 알 수 있다. 간단하게 말해 전기의 이 시가 "메마르고 강건하지 못한 것은 허사의 병폐가 그렇게 만든 것이다.瘦而不健, 虛病使然."고 하겠다.

謝茂秦云: "七言律, 初唐句法嚴整, 或實字[1]疊用, 虛字[2]單使, 自無敷演[3]之病. 如沈雲卿'漢家城闕疑天上, 秦地山川似鏡中.'[4] 宋之問'文移北斗成天象, 酒近南山作壽杯.'[5] 自見. 中唐錢・劉, 虛字半之, 格調漸下." 予謂: 初唐七言律, 非無虛字, 但用之皆得其力, 中唐用之, 不免敷演單弱[6]耳. 詳而論之, 錢用虛字爲多, 劉間有之, 試觀錢"湖南遠去"[7]一篇, 則易曉也.

1 實字(실자): 의미・내용을 가진 글자.

2 虛字(허자): 실질적인 의미를 가지지 않은 글자.

3 敷演(부연): 알기 쉽게 자세히 늘어놓아 설명하다.

4 漢家城闕疑天上(한가성관의천상), 秦地山川似鏡中(진지산천사경중): 한나라 성궐은 천국인 듯하고, 진나라 산천은 거울을 비추는 것 같네. 심전기 〈흥경지시연응제興慶池侍宴應制〉의 시구다.

5 文移北斗成天象(문이북두성천상), 酒近南山作壽杯(주근남산작수배): 문장을 북두성으로 옮겨 천상을 만들고, 술을 남산으로 가져가 축하의 술잔을 만드네. 송지문 〈봉화춘초행태평공주남장응제奉和春初幸太平公主南莊應制〉의 시구다.

6 單弱(단약): 박약하다.

7 湖南遠去(호남원거): 전기의 〈송이평사부담주사막送李評事赴潭州使幕〉을 가리킨다.

10

오 · 칠언 율시에서 유장경은 체재가 다 유창하고 시어의 태반이 청신하지만 시구의 뜻이 대부분 비슷하다. 전기는 유장경보다 많이 뒤떨어지지만, 수록된 것에는 독자적인 풍운風韻이 있음을 알 수 있다.

유장경의 오언율시 중 다음의 시구는 모두 청신하고 유창한 것이다.

"회남의 잎이 재차 떨어져, 강 위의 사람 마음을 어렵게 하네.更落淮南葉, 難爲江上心."

"외로운 구름 떠돌며 정한 데 없고, 낙엽이 굴러가 자취가 없네.孤雲飛不定, 落葉去無蹤."

"가을 산 속의 먼 석경石磬 소리, 고목나무 속 맑은 원숭이 울음소리.遠磬秋山裏, 淸猿古木中."

"동서로 가로 지른 호수는 아득히 넓고, 이별의 비가 세차게 내리네.東西湖渺渺, 離別雨瀟瀟"

"창해의 밭에서 농사짓기를 권하며, 흰 구름 속에서 송사訟事를 듣네.勸耕滄海畔, 聽訟白雲中."

"참선하는 이가 어디 있는지 아는가, 봄 산은 어디든 같다네.禪客知何在, 春山到處同."

"새해의 향기로운 풀이 두루 자라고, 하루 종일 흰 구름이 깊이 떠도네.新年芳草遍, 終日白雲深."

"밥을 구걸하지만 산의 인가가 적고, 종소리 따라 찾는 산사는 아득히 머네. 乞食山家少, 尋鐘野寺遙."

유장경의 칠언율시 중 다음의 시구도 모두 청신하고 유창한 것이다.

"관사官舍는 이미 텅 비어 가을 풀은 말라 죽고, 낮은 담이 아직 있어 밤 까마귀 울어대네. 官舍已空秋草沒, 女牆猶在夜烏啼."

"외로운 성에 해가 지고 공연히 꽃이 떨어지네, 세 채의 집에는 사람이 없고 정말로 새만 울어대네. 孤城盡日空花落, 三戶無人自鳥啼."

"하늘의 향기와 달빛이 승려의 방에 함께하고, 낙엽과 원숭이 울음소리가 나그네 배 옆에 함께하네. 天香月色同僧室, 葉落猿啼傍客舟."

"가을 풀에서 홀로 사람이 떠난 자취를 찾고, 차가운 숲속에서 부질없이 해지는 때를 보네. 秋草獨尋人去後, 寒林空見日斜時."

"만개한 꽃이 적막하고 궁궐은 닫혔는데, 가느다란 풀은 푸르고 임금이 다니는 통로는 한적하네. 深花寂寂宮城閉, 細草青青御路閒."

"몸에 헤진 신발 신고 잔설을 걸어가고, 손으로 겨울 옷 기워 옛 산에 들어가네. 身隨敝履經殘雪, 手綻寒衣入舊山."

"산봉우리 아래 빽빽한 계수나무 오르려 마음먹고, 구름 속의 몇 개의 봉우리를 사고자 하네. 定攀巖下叢生桂, 欲買雲中若箇峯."

전기의 오언율시 중 다음의 시구는 모두 독자적인 풍운이 있는 것이다.

"빙 도는 구름은 날아가는 기러기 따르고, 차가운 이슬은 우는 귀뚜라미 위로 떨어지네. 廻雲隨去鴈, 寒露滴鳴蛩."

"조각달이 일찍 계단 위를 비추고, 맑은 강물 위로 기러기 높이 날아 건너네. 片月臨階早, 晴河度鴈高."

"그늘진 계단에 싸락눈이 밝게 빛나고, 차가운 대나무 소리가 텅 빈

복도에 울리네陰階明片雪, 寒竹響空廊.”

“가는 길에 흰 눈이 가까워지고, 타는 등불 비취색 벽을 깊이 비추네.行道白雲近, 然燈翠壁深.”

“척박한 밭에서 새해의 술을 올리고, 교목喬木은 새 짐승을 기다리네.薄田供歲酒, 喬木待新禽.”

“닭 울음소리가 마을에 울리고, 촛불 그림자가 초가지붕을 사이에 두고 비추네.雞聲共林巷, 燭影隔茅茨.”

전기의 칠언율시 중 다음의 시구도 모두 독자적인 풍운이 있는 것이다.

“눈이 그친 산의 문이 상서로운 해를 맞아들이고, 서리 걷힌 물의 전각은 비룡을 기다리네.雪霽山門迎瑞日, 霜開水殿候飛龍.”

“장신長信에 달이 머무나 어찌 새벽을 피하겠는가, 의춘宜春에 꽃이 가득하나 향기가 날리지 않네.長信月留寧避曉, 宜春花滿不飛香.”7)

“장락長樂의 종소리는 꽃 밖에서 다하고, 용지龍池의 버들 색은 빗속에서 짙어지네.長樂鐘聲花外盡, 龍池柳色雨中深.”

“그윽한 시냇물에 사슴이 지나가도 이끼는 더욱 고요하게 자라고, 깊은 나무에 구름이 몰려와도 새는 알지 못하네.幽溪鹿過苔還靜, 深樹雲來鳥不知.”

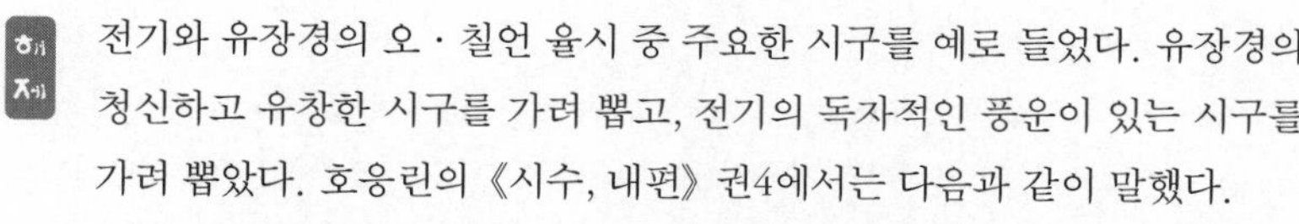

해제 전기와 유장경의 오 · 칠언 율시 중 주요한 시구를 예로 들었다. 유장경의 청신하고 유창한 시구를 가려 뽑고, 전기의 독자적인 풍운이 있는 시구를 가려 뽑았다. 호응린의 《시수, 내편》 권4에서는 다음과 같이 말했다.

“대개 중당 이후로 차츰 아름답고 화려한 것을 싫어하여 점점 담백하고

7) 〈설청조조雪晴早朝〉.

소박한 경향으로 흘러갔으므로, 오 · 칠언 율시에는 청신하고 유창하여 때때로 볼 만한 것이 있다. 大概中唐以後稍厭精華, 漸趨澹淨, 故五七言律淸空流暢, 時有可觀.”

청담하고 유창함은 중당 시기 전기와 유장경의 시에서 나타난 풍격이다.

五七言律, 劉體盡流暢, 語半淸空, 而句意多相類. 錢去劉雖遠, 而入錄者覺別有風韻[1]. 劉五言, 如“更落淮南葉, 難爲江上心.”[2] “孤雲飛不定, 落葉去無蹤.”[3] “遠磬秋山裏, 淸猿古木中.”[4] “東西湖渺渺, 離別雨瀟瀟.”[5] “勸耕滄海畔, 聽訟白雲中.”[6] “禪客知何在, 春山到處同.”[7] “新年芳草遍, 終日白雲深.”[8] “乞食山家少, 尋鐘野寺遙.”[9] 七言如“官舍已空秋草沒, 女牆猶在夜烏啼.”[10] “孤城盡日空花落, 三戶無人自鳥啼.”[11] “天香月色同僧室, 葉落猿啼傍客舟.”[12] “秋草獨尋人去後, 寒林空見日斜時.”[13] “深花寂寂宮城閉, 細草靑靑御路開.”[14] “身隨敝履經殘雪, 手綻寒衣入舊山.”[15] “定攀巖下叢生桂, 欲買雲中若箇峯”[16]等句, 皆淸空流暢者也. 錢五言, 如“迴雲隨去鴈, 寒露滴鳴蛩.”[17] “片月臨階早, 晴河度鴈高.”[18] “陰階明片雪, 寒竹響空廊.”[19] “行道白雲近, 然燈翠壁深.”[20] “薄田供歲酒, 喬木待新禽.”[21] “雞聲共林巷, 燭影隔茅茨.”[22] 七言如“雪霽山門迎瑞日, 霜開水殿候飛龍.”[23] “長信月留寧避曉, 宜春花滿不飛香.”[24][雪晴早朝] “長樂鐘聲花外盡, 龍池柳色雨中深.”[25] “幽溪鹿過苔還靜, 深樹雲來鳥不知”[26]等句, 皆別有風韻者也.

1 風韻(풍운): 시문의 풍격과 정취.

2 更落淮南葉(갱락회남엽), 難爲江上心(난위강상심): 회남의 잎이 재차 떨어져, 강 위의 사람 마음을 어렵게 하네. 유장경 〈봉침주사인기정협률逢郴州使因寄鄭協律〉의 시구다.

3 孤雲飛不定(고운비부정), 落葉去無蹤(낙엽거무종): 외로운 구름 떠돌며 정한 데 없고, 낙엽이 굴러가 자취가 없네. 유장경 〈동정역봉침주사환기이탕사마洞庭驛逢郴州使還寄李湯司馬〉의 시구다.

4 遠磬秋山裏(원경추산리), 淸猿古木中(청원고목중): 가을 산 속의 먼 석경石磬 소리, 고목나무 속 맑은 원숭이 울음소리. 유장경 〈등사선사상방제수죽무송登思禪寺上方題修竹茂松〉의 시구다.

5 東西湖渺渺(동서호묘묘), 離別雨瀟瀟(이별우소소): 동서로 가로 지른 호수는 아득히 넓고, 이별의 비가 세차게 내리네. 유장경 〈부강서호상증황보증지선주赴江西湖上贈皇甫曾之宣州〉의 시구다.

6 勸耕滄海畔(권경창해반), 聽訟白雲中(청송백운중): 창해의 밭에서 농사짓기를 권하며, 흰 구름 속에서 송사訟事를 듣네. 유장경 〈송제랑중전괄주送齊郎中典括州〉의 시구다.

7 禪客知何在(선객지하재), 春山到處同(춘산도처동): 참선하는 이가 어디 있는지 아는가, 봄 산은 어디든 같다네. 유장경 〈운문사방영일상인雲門寺訪靈一上人〉의 시구다.

8 新年芳草遍(신년방초편), 終日白雲深(종일백운심): 새해의 향기로운 풀이 두루 자라고, 하루 종일 흰 구름이 깊이 떠도네. 유장경 〈기영일상인寄靈一上人〉의 시구다.

9 乞食山家少(걸식산가소), 尋鐘野寺遙(심종야사요): 밥을 구걸하지만 산의 인가가 적고, 종소리 따라 찾는 산사는 아득히 머네. 유장경 〈송소미상인유천태送少微上人遊天台〉의 시구다.

10 官舍已空秋草沒(관사이공추초몰), 女牆猶在夜烏啼(여장유재야오제): 관사官舍는 이미 텅 비어 가을 풀은 말라 죽고, 낮은 담이 아직 있어 밤 까마귀 울어대네. 유장경 〈등여간고현성登餘干古縣城〉의 시구다.

11 孤城盡日空花落(고성진일공화락), 三戶無人自鳥啼(삼호무인자조제): 외로운 성에 해가 지고 공연히 꽃이 떨어지네, 세 채의 집에는 사람이 없고 정말로 새만 울어대네. 유장경〈사차안륙기우인使次安陸寄友人〉의 시구다.

12 天香月色同僧室(천향월색동승실), 葉落猿啼傍客舟(엽락원제방객주): 하늘의 향기와 달빛이 승려의 방에 함께하고, 낙엽과 원숭이 울음소리가 나그네 배 옆에 함께하네. 유장경〈장부령외류제소사원공원將赴嶺外留題蕭寺遠公院〉의 시구다.

13 秋草獨尋人去後(추초독심인거후), 寒林空見日斜時(한림실견일사시): 가을 풀에서 홀로 사람이 떠난 자취를 찾고, 차가운 숲속에서 부질없이 해지는 때를 보네. 유장경 〈장사과가의택長沙過賈誼宅〉의 시구다.

14 深花寂寂宮城閉(심화적적궁성폐), 細草青青御路閒(세초청청어로한): 만개한 꽃이 적막하고 궁궐은 닫혔는데, 가느다란 풀은 푸르고 임금이 다니는 통로는 한적하네. 유장경 〈상양궁망행上陽宮望幸〉의 시구다.

15 身隨敝履經殘雪(신수폐리경잔설), 手綻寒衣入舊山(수탄한의입구산): 몸에 헤진 신발 신고 잔설을 걸어가고, 손으로 겨울 옷 기워 옛 산에 들어가네. 유장경 〈송영철상인환월중送靈澈上人還越中〉의 시구다.

16 定攀巖下叢生桂(정반암하총생계), 欲買雲中若箇峯(욕매운중약개봉): 산봉우리 아래 빽빽한 계수나무 오르려 마음먹고, 구름 속의 몇 개의 봉우리를 사고자 하네. 유장경 〈송혜법사유천태인회지대사고거送惠法師遊天台因懷智大師故居〉의 시구다.

17 廻雲隨去鴈(회운수거안), 寒露滴鳴蛩(한로적명공): 빙 도는 구름은 날아가는 기러기 따르고, 차가운 이슬은 우는 귀뚜라미 위로 떨어지네. 전기 〈만차숙예관晩次宿預館〉의 시구다.

18 片月臨階早(편월임계조), 晴河度鴈高(청하도안고): 조각달이 일찍 계단 위를 비추고, 맑은 강물 위로 기러기 높이 날아 건너네. 전기 〈추야기원중승왕원외秋夜寄袁中丞王員外〉의 시구다.

19 陰階明片雪(음계명편설), 寒竹響空廊(한죽향공랑): 그늘진 계단에 싸락눈이 밝게 빛나고, 차가운 대나무 소리가 텅 빈 복도에 울리네. 전기 〈곡공적사현상인哭空寂寺玄上人〉의시구다.

20 行道白雲近(행도백운근), 然燈翠壁深(연등취벽심): 가는 길에 흰 눈이 가까워지고, 타는 등불 비취색 벽을 깊이 비추네. 전기 〈숙원상인난약宿遠上人蘭若〉의 시구다.

21 薄田供歲酒(박전공세주), 喬木待新禽(교목대신금): 척박한 밭에서 새해의 술을 올리고, 교목喬木은 새 짐승을 기다리네. 전기 〈세가제모자歲暇題茅茨〉의 시구다.

22 雞聲共林巷(계성공임항), 燭影隔茅茨(촉영격모차): 닭 울음소리가 마을에 울리고, 촛불 그림자가 초가지붕을 사이에 두고 비추네. 전기 〈증린거제륙사창贈鄰居齊六司倉〉의 시구다.

23 雪霽山門迎瑞日(설제산문영서일), 霜開水殿候飛龍(상개수전후비룡): 눈이 그친 산의 문이 상서로운 해를 맞아들이고, 서리 걷힌 물의 전각은 비룡을 기다리네. 전기 〈화이원외호가행온천궁和李員外扈駕幸溫泉宮〉의 시구다.

24 長信月留寧避曉(장신월류영피효), 宜春花滿不飛香(의춘화만불비향): 장신長信에 달이 머무나 어찌 새벽을 피하겠는가, 의춘宜春에 꽃이 가득하나 향기가 날리지 않네. 전기〈화왕원외설청조조和王員外雪晴早朝〉의 시구다.

25 長樂鐘聲花外盡(장락종성화외진), 龍池柳色雨中深(용지류색우중심): 장락長樂의 종소리는 꽃 밖에서 다하고, 용지龍池의 버들 색은 빗속에서 짙어지네. 전기 〈증궐하배사인贈闕下裴舍人〉의 시구다.

26 幽溪鹿過苔還靜(유계록과태환정), 深樹雲來鳥不知(심수운래조부지): 그윽한 시냇물에 사슴이 지나가도 이끼는 더욱 고요하게 자라고, 깊은 나무에 구름이 몰려와도 새는 알지 못하네. 전기 〈산중수양보궐견과山中酬楊補闕見過〉의 시구다.

11

혹자가 물었다.

"심전기와 송지문의 오 · 칠언 율시는 천기가 아직 얕은데도 정종이라고 하면서, 전기와 유장경 등 여러 문인은 천기가 자연스러운데도 정변이라 하는 것은 무슨 까닭인가?"

내가 대답한다.

당나라의 시는 기상과 풍격을 근본으로 삼으니, 뿌리가 튼튼하지 않으면 나뭇가지와 잎은 비록 무성할지라도 왕성하지 못할 따름이다. 이를 통해 대력 시기의 시를 이해할 수 있다.

해제

허학이는 초 · 성당의 웅장한 기세를 가장 높이 평가하고 있다. 그것은 자연스러운 기교가 아니라 타고난 재주와 오랜 깨달음을 통해 얻을 수 있는 것이다. 초당의 심전기와 송지문은 전기와 유장경에 비해 기교가 아직 자연스럽지 않지만 기상과 풍격 면에서는 단연 뛰어나다. 다만 중당 시인들의 기상과 풍격이 쇠퇴한 것은 그 당시의 시풍이 흩어져 저절로 일어난 변화임을 간과해서는 안 된다. 이와 관련하여 시보화施補華의 《현용설시峴傭說詩》에서 다음과 같이 지적하고 있다.

"칠언율시는 중당에 이르러 지극히 빼어났지만 또한 중당에 이르러 점점 경박해졌으니, 성당의 심후함이 중당에서 날마다 흩어졌고 만당의 섬세함이 중당에서부터 날마다 열렸다. 그러므로 대력십재자의 칠율은 성쇠의 관문에서 기운이 그렇게 되도록 한 것이다. 七律至中唐而極秀, 亦至中唐而漸薄, 盛唐之深厚, 至中唐日散; 晩唐之纖小, 自中唐日開. 故大歷才子七律, 在盛衰關頭, 氣運使然也."

원문

或問: "沈宋五七言律, 化機尙淺, 而以爲正宗; 錢劉諸子, 化機自在, 而以爲正變, 何也?" 曰: 唐人之詩, 以氣象風格爲本, 根本不厚, 則枝葉雖榮[1]而弗王[2]耳. 斯足以知大歷矣.

주석

1 榮(영): 무성하다
2 王(왕): '旺(왕)'과 같은 의미로 '왕성하다'는 뜻이다.

12

성당의 고적 · 잠삼의 오언과 두보의 칠언은 고시에 율격이 들어가 비록 변풍이긴 하지만 기상과 풍격이 진실로 뛰어나다. 전기, 유장경 등 여러 문인의 오 · 칠언은 음률이 비록 격률에 맞을지라도 기상과 풍격이 사실상 쇠약해졌으니, 이것이 미치지 못하는 이유다.

해제

전기와 유장경 등 중당 시기 대력 연간의 여러 문인들의 오 · 칠언 율시가 성당의 고적, 잠삼의 오언율시 및 두보의 칠언율시에 비해 뒤떨어지는 까닭에 대해 논했다. 한마디로 기상과 풍격이 율시를 평가하는 척도가 된다.

원문

盛唐高岑五言, 子美七言, 以古入律, 雖是變風, 然氣象風格自勝; 錢劉諸子五七言, 調雖合律, 而氣象風格實衰, 此所以爲不及也.

13

중당의 오 · 칠언 절구는 전기와 유장경 이후로 모두 율시와 비슷한데, 천기가 자연스럽지만 기상과 풍격이 역시 쇠약해졌다. 역시 정변

이다.8)

전기와 유장경의 오·칠언 절구에 관한 논의다. 두 시인의 절구 또한 율시와 마찬가지로 성당의 정체를 계승했지만 기상과 풍격이 쇠퇴해졌으므로 정변이라고 할 수 있다. 호응린 역시 《시수》에서 다음과 같이 말했다.

"오언절구의 시가는 전기와 유장경 이후로 시구가 점차 정교해지고 시어가 점차 절박해지고 격조가 점차 하강하고 기세가 점차 슬퍼졌다.五絶詩歌, 錢劉以下, 句漸工, 語漸切, 格漸下, 氣漸悲."

유장경은 오언절구 28수, 칠언절구 30수를 창작했는데 오언이 더 뛰어나다고 평가된다. 청대의 문인 하상賀裳은 《재주원시화우편載酒園詩話又編》에서 "유장경의 절구는 진실로 성당에 뒤지지 않는다.隨州絶句, 眞不減盛唐."고 평가했다. 또 호응린은 "전기의 재주는 유장경에 미치지 못하지만 그의 시에는 성당의 여운이 여전히 있다.錢才遠不及劉, 然其詩尙有盛唐遺響."고 지적했으니, 아래에서 소개하는 오언절구 〈봉협자逢俠者〉가 단연 그 으뜸이 된다.

中唐五七言絶, 錢劉而下皆與律詩相類, 化機自在, 而氣象風格亦衰矣. 亦正變也. [五言上承太白·摩詰諸子, 下流至許渾·李商隱. 七言上承太白·少伯諸子, 下流至許渾·杜牧[1]·李商隱·溫庭筠[2].]

1 杜牧(두목): 만당 시기의 시인이다. 자는 목지牧之고, 호는 번천樊川이다. 경조부京兆府 만년현萬年縣 즉 지금의 섬서성 서안 사람이다. 생몰년은 803년~853년이며 26세 때 진사가 되었다. 굉문관교서랑宏文館校書郎과 황주黃州·지주池州·목주睦州 등의 자사刺史를 역임한 후, 벼슬이 중서사인中書舍人까지 올랐다. 이상은과 더불어 '이두李杜'로 병칭되었으며, 작품이 두보와 비슷하다 하여 '소두小杜'

8) 오언은 위로는 이백·왕유 등을 계승하고, 아래로 허혼·이상은에게로 나아갔다. 칠언은 위로는 이백·왕창령 등을 계승하고, 아래로 허혼·두목·이상은·온정균에게로 나아갔다.

라고 불렀다. 근체시, 특히 칠언절구에 뛰어났다.

2 溫庭筠(온정균): 만당 시기의 시인이다. 자는 비경飛卿이고, 본명은 기岐다. 태원太原 기현祁縣 사람으로 생몰년은 대략 812년~866년이다. 몰락한 귀족의 가문에서 출생하여 벼슬은 방성위方城尉를 지냈으나 종신토록 곤궁하게 생활했다. 문장이 화려하여 이상은과 이름을 나란히 해 '온이溫李'로 불렸다. 당나라 말기 따뜻하고 색채가 넘치는 관능적 시세계를 만들어냈다. 유행 가요였던 사詞를 서정시의 위치로 끌어올리는 데에도 많은 공적을 남겼다.

14

전기의 오언절구 〈봉협자逢俠者〉 한 편은 성당의 시어와 자못 비슷하다.

해제

전기의 오언절구 〈봉협자〉에 관한 논의다. 이 작품은 길에서 유협游俠을 만나 쓴 증별시다. 함축적인 뜻이 있으며, 전고를 사용했다. 첫 구의 "燕趙悲歌士(연조비가사)"에서 말한 연燕, 조趙는 옛날 전국칠웅戰國七雄의 제후국을 가리키는데, 이 나라에서 용맹한 협객들이 많이 나왔으므로 연 · 조 사람은 곧 협사俠士를 가리킨다. 즉 연 · 조는 협객俠客의 기개에 대한 존경함을 드러내기 위한 비유적 장치다. 잠시 그 전문을 소개한다.

"연나라 조나라 두 지역의 비분강개한 협사, 오늘 극맹의 고향 낙양에서 만났네. 마음에 비장함 품어 말을 이루 다 할 수 없고, 앞길에 태양이 서서히 기울고 있네. 燕趙悲歌士, 相逢劇孟家. 寸心言不盡, 前路日將斜."

특히 마지막 구절에서 전기의 청아한 풍격을 느낄 수 있다.

錢五言絶"燕趙悲歌士"[1]一篇, 頗類盛唐人語.

1 燕趙悲歌士(연조비가사): 전기의 〈봉협자逢俠者〉를 가리킨다.

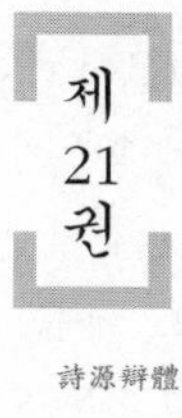

詩源辯體

중당中唐

1

중당의 전기는 유장경과 비교하면 이미 진실로 차이가 크다. 낭사원郎士元[1], 황보염皇甫冉[2], 황보증皇甫曾[3]의 경우는 고시가 더욱 쇠미해졌고, 오·칠언 율시와 절구의 수록 작품은 더욱 적다. 고중무高仲武는 전기, 낭사원, 황보염을 높이 평가하고 유독 유장경을 낮게 평가했는데, 사실을 크게 왜곡한 것이다.

해제 중당 시기의 시인인 낭사원·황보염·황보증에 관한 논의다. 제20권에서 대력 시기의 대표 문인으로 전기와 유장경을 논했고, 여기서는 그 뒤를 이어 대력 연간의 대표적인 여러 문인들에 대해 논의한다. 대력 연간의 여러 작가들과의 비교를 통해 유장경의 위치를 정확하게 가늠할 수 있음을 지적하고 있는데, 여기서 허학이가 고중무에 대해 비판하고 있는 것은《중

1) 자 군주君冑.
2) 자 무정茂政.
3) 자 효상孝常.

흥간기집中興間氣集》의 선록 기준에 대한 문제 제기라고 할 수 있다. 다시 말해 고중무의 당시선집인 《중흥간기집》에서 유장경의 시를 전기, 낭사원, 황보염에 비해 적게 수록한 것에 대한 비평을 전개한 것이다.

오늘날 전해지는 《중흥간기집》에는 모두 26명의 시인의 시 143수를 수록하고 있는데 칠언시 18수 외 모두 오언시다. 중흥中興은 숙종肅宗 지덕至德 원년에서 대종代宗 대력大歷 14년까지를 가리키며 그 시기 주요 작가별 수록된 시의 편수는 다음과 같다.

전기錢起 12수, 장중보張衆甫 3수, 우양사于良史 2수, 정단鄭丹 2수, 이희중李希仲 2수, 이가우李嘉祐 9수, 장팔원章八元 2수, 대숙륜戴叔倫 7수, 황보염皇甫冉 13수, 두송杜誦 1수, 주만朱灣 8수, 한굉韓翃 7수, 소환蘇渙 3수, 낭사원郎士元 12수, 최동崔峒 9수, 장계張繼 3수, 유장경劉長卿 9수, 이계란李季蘭 6수, 두참竇參 3수, 도인영일道人靈一 4수, 장남사張南史 3수, 요륜姚倫 2수, 황보증皇甫曾 7수, 정상鄭常 3수, 맹운경孟雲卿 6수, 유만劉灣 4수.

이상 알 수 있듯이 유장경의 시가 전기, 낭사원, 황보염보다 더 적게 선록되었다. 허학이는 바로 이 점을 들어 고중무의 선록 기준에 대해 의문을 제기했다. 유장경은 실제로 대력 연간의 여러 문인과 함께 거론되는 것을 싫어할 정도로 자신의 시에 대해 자부심을 느꼈다. 이와 관련된 기록을 범터范攄의 《운계우의雲溪友議》에서 살펴볼 수 있다.

"유장경은 사람들이 전대에는 심전기, 송지문, 왕유, 두보가 있었고, 후대에는 전기, 낭사원, 유장경, 이가우가 있다고 말하자 '이가우, 낭사원이 어찌 나와 나란히 칭해질 수 있는가?'라고 말했다. 매번 시를 짓고서 그 성은 쓰지 않고 장경이라고만 썼을 뿐인데, 천하 사람들이 모두 그를 알았기 때문이다. 劉長卿郎中, 因人謂前有沈宋王杜, 後有錢郎劉李, 乃曰李嘉祐·郎士元焉得與予齊稱耶. 每題詩不言其姓, 但言長卿而已, 以海內合知之耳."

한편 낭사원, 황보염, 황보증은 모두 대력십재자에 속하는 시인이다. 낭사원은 전기와 병칭되어 흔히 '전낭錢郎'이라고 불렸는데, 이들은 송별시에 능하여 《당시별재집》에서 "당시 전기와 낭사원의 송별시를 얻은 사람은 영광스럽게 여겼다. 錢郎送人之作時得之者以爲寵榮."고 기록하고 있다.

황보염과 황보증은 형제로서 '이황보二皇甫'라고도 불리며, 서진 시기의 장재張載, 장협張協과 비견되기도 한다. 황보염의 생졸은 두보에 비해 몇 년 늦지 않으므로 대력 시기에 넣는 것은 부당하다고 보기도 하지만, 황보염의 현존 작품은 대부분 안사의 난 이후에 창작되었으며 작품 특성으로 볼 때 대력 시풍에 가까워 성당 및 두보와 계승 관계가 없다고 보는 것이 일반적이다.

中唐錢起, 較劉長卿已自逕庭[1]. 若郎士元[2][字君胄]・皇甫冉[3][字茂政]・皇甫曾[4][字孝常], 古詩益微, 五七言律絶, 入錄者益少. 高仲武[5]進[6]錢・郎・皇甫而獨抑[7]長卿, 大是曲筆[8].

1 逕庭(경정): 현격한 차이.

2 郎士元(낭사원): 중당 시기의 시인이다. 자는 군주君胄고, 중산中山 곧 지금의 하북河北 정주定州사람이다. 생몰년은 정확히 알려져 있지 않으나 일설에는 대략 727년~780년에 생존했다고 한다. 천보 15년(756)에 진사가 되었다. 보응寶應 원년(762)에 위남위渭南尉가 되었으며, 이후 습유拾遺, 보궐補闕, 교서校書 등의 벼슬을 역임했다. 대력 10년(775)~11년(776) 즈음에 영주자사郢州刺史를 지냈다. 대력 시기 주요시인 중 한 명으로 전기와 함께 이름이 높아 '전랑錢郎'으로 칭해졌다. 송별시가 뛰어나다.

3 皇甫冉(황보염): 중당 시기의 시인이다. 자는 무정茂政이고, 윤주潤州 단양丹陽 곧 지금의 강소 진강鎭江 사람이다. 생몰년은 대략 717년~770년이며, 천보天寶 15년(756)에 장원으로 진사에 급제했다. 무석위無錫尉, 좌금오병조左金吾兵曹, 좌습유左拾遺, 우보궐右補闕 등의 관직을 역임했다. 안사의 난 이후에 그 당시의 사회상을 반영한 작품이 많다.

4 皇甫曾(황보증): 중당 시기의 시인이다. 자는 효상孝常이며 황보염皇甫冉의 동생이다. 생몰 연대는 정확하지 않으며, 대략 756년 전후에 살았던 것으로 알려져 있다. 천보 12년(753)에 진사가 되었다. 시에 뛰어나 형 황보염과 함께 명망이 있었다.

5 高仲武(고중무): 당나라 시기의 문인으로 생몰 연대는 명확하지 않다. 발해渤海 곧 지금의 산동성 빈주濱州 사람이다. 시선집 《중흥간기집中興間氣集》을 남겼다. 그는 이 책에 지덕 원년(756)부터 대력 14년(779)까지 20여 년간의 시를 선

록했다. 수록된 시인 중에는 알려지지 않은 사람이 많다. 전기, 낭사원, 황보염 등은 높게 평가하고 유장경을 낮게 평가했다.

6 進(진): 끌어올리다. 높게 평가하다.

7 抑(억): 누르다. 낮게 평가하다.

8 曲筆(곡필): 고의로 사실을 날조하여 쓰다.

2

낭사원과 황보증의 오언율시는 전기·유장경과 비교하면 수록된 것이 적지만, 낭사원의 〈송이장군부정주送李將軍赴定州〉, 황보증의 〈송이중승귀본도送李中丞歸本道〉 두 편의 격조와 신운은 개원·천보 연간의 시를 계승했다고 할 만하다. 이들 외에는 사람이 적고, 또 그러한 작품도 많지 않다.

해제 낭사원과 황보증의 오언율시에 관한 논의다. 낭사원의 〈송이장군부정주〉, 황보증의 〈송이중승귀본도〉 두 편은 성당시를 계승한 작품임을 지적하고 있다. 그 외 배울 만큼 훌륭한 작품이 없는 까닭은 하이손이 《시벌》에서 말한 다음의 논변을 통해서 납득할 수 있다.

"중·만당 시인의 시율이 성당의 대가에 미치지 못하는 까닭은 중·만당 시인은 글자마다 그 정교함을 구했지만, 성당의 시인들은 그다지 정교함을 구하지 않았기 때문이다.中晚唐人詩律, 所以不及盛唐大家者, 中晚唐人字字欲求其工, 而盛唐人不甚求工也."

원문 郎士元皇甫曾五言律, 較錢劉入錄者雖少, 然士元如"雙旌漢飛將"[1], 曾如"上將曾分閫"[2]二篇, 氣格神韻, 可繼開寶. 此外寥寥[3], 亦不多得矣.

주석 1 雙旌漢飛將(쌍정한비장): 낭사원의 〈송이장군부정주送李將軍赴定州〉를 가리킨다.

2 上將曾分閫(상장증분곤): 황보증의 시 〈송이중승귀본도送李中丞歸本道〉를 가리

킨다. 또는 〈송인작사귀送人作使歸〉이라고도 한다. 《전당시》에서는 그 첫 구절이 '上將還專席(상장환전석)'으로 되어 있는데, '上將宜分閫(상장의분곤)'이라고 되어 있는 판본도 있다.

3 寥寥(료료): 적막한 모양.

3

오언율시 중 아래의 시구는 웅장함이 초당과 비슷하다.

다음은 낭사원의 시구다.

"강의 근원은 나는 새의 바깥에 있고, 눈 덮인 산봉우리는 황량한 변방의 서쪽에 있네.河源飛鳥外, 雪嶺大荒西."

다음은 황보염의 시구다.

"들판의 바람은 두드리는 북소리를 흩날리고, 바다의 비는 높은 깃발을 적시네.野風飄疊鼓, 海雨濕危旌."

다음은 황보증의 시구다.

"눈비가 변방에서 일어나고, 깃대는 언덕 위로 아득해지네.雨雪從邊起, 旌旗上隴遙."

또한 황보염의 오언절구 〈화왕급사유금액리화和王給事維禁掖梨花〉는 왕유와 비슷하고, 칠언절구 〈수장계酬張繼〉는 만당의 시풍에 들어갔다.

해제 낭사원과 황보염, 황보증의 오언율시 중 초당의 웅장한 풍격을 지닌 시구를 예로 들어 제시했다. 아울러 황보염의 오·칠언 절구에 대해서도 언급했다. 황보염은 왕유 시가의 영향을 받아 산수시가에서 청신한 풍격을 띠고 있는데, 허학이가 언급한 〈화왕급사유금액이화和王給事維禁掖梨花〉 외에도 〈산중오영山中五詠〉 역시 왕유의 풍격을 고스란히 지니고 있다. 독고급獨狐及의 〈좌보궐안정황보염집서左補闕安定皇甫冉集序〉에 따르면 황보염은 실제 왕유의 제자였다.

원문

五言律, 士元如"河源飛鳥外, 雪嶺大荒西."[1] 冉如"野風飄疊鼓, 海雨濕危旌."[2] 曾如"雨雪從邊起, 旌旗上隴遙"[3]數句, 雄麗有類初唐. 又冉五言絶和王給事維禁掖梨花, 宛似摩詰, 七言絶酬張繼, 則入晚唐矣.

주석

1 河源飛鳥外(하원비조외), 雪嶺大荒西(설령대황서): 강의 근원은 나는 새의 바깥에 있고, 눈 덮인 산봉우리는 황량한 변방의 서쪽에 있네. 낭사원 〈송양중승화번送楊中丞和蕃〉의 시구다.

2 野風飄疊鼓(야풍표첩고), 海雨濕危旌(해우습위정): 들판의 바람은 두드리는 북소리를 흩날리고, 바다의 비는 높은 깃발을 적시네. 황보염 〈송귀중승사신라送歸中丞使新羅〉의 시구다.

3 雨雪從邊起(우설종변기), 旌旗上隴遙(정기상롱요): 눈비가 변방에서 일어나고, 깃대는 언덕 위로 아득해지네. 황보증 〈송화서번사送和西蕃使〉의 시구다.

4

낭사원 · 황보염 · 황보증의 오 · 칠언 율시 중 아래의 시구는 모두 체재가 다 유창하고 시어의 태반이 청신하다.

다음은 낭사원의 오언율시의 시구다.

"흐르는 강물을 이끌어다가, 다시 동정호의 물결로 들어가네.能將流水引, 更入洞庭波."

"줄지은 기러기가 모래 가에 이르고, 외로운 성은 강 위에서 가을을 맞이하네.連鴈沙邊至, 孤城江上秋."

"물이 맑게 흐르는데 나그네 지나고, 단풍잎이 지나는 배 위로 떨어지네.水容淸過客, 楓葉落行舟."

"큰 소나무에서 남은 솔방울이 떨어지고, 깊은 우물에서 얼음 자국 생겨나네.高松殘子落, 深井凍痕生."

다음은 황보염의 오언율시의 시구다.

"산이 밝은 것은 잔설이 있어서고, 조수가 가득 차니 석양이 한창이네.山明殘雪在, 潮滿夕陽多."

"얼음이 얼어 샘물 소리 끊기고, 서리가 맑아 들판의 비취빛 짙네.冰結泉聲絶, 霜淸野翠濃."

"흰 구름이 오래도록 눈에 가득차고, 향내 나는 풀이 진실로 마음을 아네.白雲長滿目, 芳草自知心."

"가을이 깊으니 물속의 달이 훤히 보이고, 밤이 깊으니 산 속의 종소리 멀리서 들리네.秋深臨水月, 半夜隔山鐘."

다음은 황보증의 오언율시의 시구다.

"교외의 나루에 얼음이 기슭에 얼고, 차가운 시냇물이 먼 숲을 붉게 물들이네.野渡氷生岸, 寒川燒隔林."

"눈을 쓸어내니 소나무 길 열리고, 샘물을 틔우니 대나무 숲을 지나가네.掃雪開松徑, 疏泉過竹林."

"먼 성에는 차가운 다듬이질 소리가 급하고, 달을 따라서 일찍 기러기 돌아오네.隔城寒杵急, 帶月早鴻還."

"그윽히 기약했지만 산사山寺가 멀고, 들에서 밥을 먹으니 샘물이 맑네.幽期山寺遠, 野飯石泉淸."

다음은 낭사원의 칠언율시의 시구다.

"정자와 연못이 적막하니 외로운 나그네 상심하고, 구름과 눈이 쓸쓸하게 여러 산에 가득하네.亭皐寂寞傷孤客, 雲雪蕭條滿衆山."

"편지를 삼서三署의 손님에게 전하려 하고, 눈 덮인 산이 걱정되나 오계五溪의 스님을 전송하네.尺素欲傳三署客, 雪山愁送五溪僧."

"푸른 이끼와 옛길은 두루 펼쳐져 있고, 떨어지는 낙엽과 차가운 샘물소리는 끝이 없네蒼苔古道行應徧, 落木寒泉聽不窮."

다음은 황보염의 칠언율시의 시구다.

"바다와 하늘이 먼길 가는 나그네를 따르고, 황량한 성과 먼 개펄에는 차가운 구름이 머무네.積水長天隨遠客, 荒城極浦足寒雲."

"단양丹陽의 옛 나루에는 차가운 안개가 쌓이고, 과보瓜步의 텅 빈 모래톱에는 멀리 나무가 드문드문하네.丹陽古渡寒烟積, 瓜步空洲遠樹稀."

"제비는 사일社日을 알아 둥지를 떠나가고, 국화는 중양절이 되어 비를 무릅쓰고 피는구나.燕知社日辭巢去, 菊爲重陽冒雨開."

다음은 황보증의 칠언율시의 시구다.

"술잔의 연기가 갑자기 일어나더니 신선의 지팡이를 펼치고, 옥패가 이루어지더니 상공을 끌어들이네.罏烟乍起開仙仗, 玉佩成行引上公"

"바람이 물시계에 불어와 은하가 밝아오고, 달이 오동나무를 비추니 이슬이 맑구나.風傳刻漏星河曙, 月上梧桐雨露淸."

"참된 스님은 출가하여 세상일에 마음 쓰지 않고, 고요한 밤에 좋은 향을 손수 태우네.眞僧出世心無事, 靜夜名香手自焚."

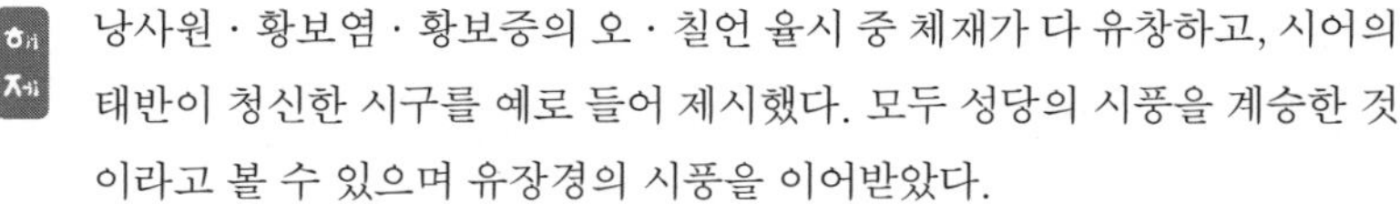
해제 낭사원 · 황보염 · 황보증의 오 · 칠언 율시 중 체재가 다 유창하고, 시어의 태반이 청신한 시구를 예로 들어 제시했다. 모두 성당의 시풍을 계승한 것이라고 볼 수 있으며 유장경의 시풍을 이어받았다.

원문 五言律，士元如"能將流水引，更入洞庭波."[1] "連鴈沙邊至，孤城江上秋."[2]

"水容清過客, 楓葉落行舟"[3] "高松殘子落, 深井凍痕生."[4] 冉如"山明殘雪在, 潮滿夕陽多."[5] "冰結泉聲絶, 霜淸野翠濃."[6] "白雲長滿目, 芳草自知心."[7] "秋深臨水月, 半夜隔山鐘."[8] 曾如"野渡氷生岸, 寒川燒隔林."[9] "掃雪開松徑, 疏泉過竹林."[10] "隔城寒杵急, 帶月早鴻還."[11] "幽期山寺遠, 野飯石泉淸."[12] 七言律, 士元如"亭皐寂寞傷孤客, 雲雪蕭條滿衆山."[13] "尺素欲傳三署客, 雪山愁送五溪僧."[14] "蒼苔古道行應徧, 落木寒泉聽不窮."[15] 冉如"積水長天隨遠客, 荒城極浦足寒雲."[16] "丹陽古渡寒烟積, 瓜步空洲遠樹稀."[17] "燕知社日辭巢去, 菊爲重陽冒雨開."[18] 曾如"爐烟乍起開仙仗, 玉佩成行引上公."[19] "風傳刻漏星河曙, 月上梧桐雨露淸."[20] "眞僧出世心無事, 靜夜名香手自焚"[21]等句, 皆體盡流暢, 語半淸空者也.

1 能將流水引(능장유수인), 更入洞庭波(갱입동정파): 흐르는 강물을 이끌어다가, 다시 동정호의 물결로 들어가네. 낭사원 〈송홍주이별가지임送洪州李別駕之任〉의 시구다.

2 連鴈沙邊至(연안사변지), 孤城江上秋(고성강상추): 줄지은 기러기가 모래 가에 이르고, 외로운 성은 강 위에서 가을을 맞이하네. 낭사원 〈석성관수왕장군石城館酬王將軍〉의 시구다.

3 水容清過客(수용청과객), 楓葉落行舟(풍엽락행주): 물이 맑게 흐르는데 나그네 지나고, 단풍잎이 지나는 배 위로 떨어지네. 낭사원 〈送奚賈歸吳(송해가귀오)〉의 시구다.

4 高松殘子落(고송잔자락), 深井凍痕生(심정동흔생): 큰 소나무에서 남은 솔방울이 떨어지고, 깊은 우물에서 얼음 자국 생겨나네. 낭사원 〈동석기청용사원공冬夕寄靑龍寺源公〉의시구다.

5 山明殘雪在(산명잔설재), 潮滿夕陽多(조만석양다): 산이 밝은 것은 잔설이 있어서고, 조수가 가득 차니 석양이 한창이네. 황보염 〈송한사직로출연릉送韓司直路出延陵〉의 시구다.

6 冰結泉聲絶(빙결천성절), 霜清野翠濃(상청야취농): 얼음이 얼어 샘물 소리 끊기고, 서리가 맑아 들판의 비취빛 짙네. 황보염 〈기류방평대곡전가寄劉方平大谷田家〉의 시구다.

7 白雲長滿目(백운장만목), 芳草自知心(방초자지심): 흰 구름이 오래도록 눈에

가득차고, 향내 나는 풀이 진실로 마음을 아네. 황보염 〈송여산인귀임여산送廬山人歸林廬山〉의 시구다.

8 秋深臨水月(추심림수월), 半夜隔山鐘(반야격산종): 가을이 깊으니 물속의 달이 훤히 보이고, 밤이 깊으니 산 속의 종소리 멀리서 들리네. 황보염 〈추야숙엄유택秋夜宿嚴維宅〉의 시구다.

9 野渡氷生岸(야도빙생안), 寒川燒隔林(한천소격림): 교외의 나루에 얼음이 기슭에 얼고, 차가운 시냇물이 먼 숲을 붉게 물들이네. 황보증 〈만지화음晩至華陰〉의 시구다.

10 掃雪開松徑(소설개송경), 疏泉過竹林(소천과죽림): 눈을 쓸어내니 소나무 길 열리고, 샘물을 틔우니 대나무 숲을 지나가네. 황보증 〈송공징사送孔徵士〉의 시구다.

11 隔城寒杵急(격성한저급), 帶月早鴻還(대월조홍환): 먼 성에는 차가운 다듬이질 소리가 급하고, 달을 따라서 일찍 기러기 돌아오네. 황보증 〈심류처사尋劉處士〉의 시구다.

12 幽期山寺遠(유기산사원), 野飯石泉淸(야반석천청): 그윽히 기약했지만 산사山寺가 멀고, 들에서 밥을 먹으니 샘물이 맑네. 황보증 〈송육홍점산인채다회送陸鴻漸山人採茶回〉의시구다.

13 亭皐寂寞傷孤客(정고적막상고객), 雲雪蕭條滿衆山(운설소조만중산): 정자와 연못이 적막하니 외로운 나그네 상심하고, 구름과 눈이 쓸쓸하게 여러 산에 가득하네. 낭사원 〈함양서루별두심咸陽西樓別竇審〉의 시구다.

14 尺素欲傳三署客(척소욕전삼서객), 雪山愁送五溪僧(설산수송오계승): 편지를 삼서三署의 손님에게 전하려 하고, 눈 덮인 산이 걱정되나 오계五溪의 스님을 전송하네. 낭사원〈송찬상인겸기량진원외送粲上人兼寄梁鎭員外〉의 시구다.

15 蒼苔古道行應徧(창태고도행응편), 落木寒泉聽不窮(낙목한천청불궁): 푸른 이끼와 옛길은 두루 펼쳐져 있고, 떨어지는 낙엽과 차가운 샘물소리는 끝이 없네. 낭사원 〈증전기추야숙영태사견기贈錢起秋夜宿靈台寺見寄〉의 시구다.

16 積水長天隨遠客(적수장천수원객), 荒城極浦足寒雲(황성극포족한운): 바다와 하늘이 먼길 가는 나그네를 따르고, 황량한 성과 먼 개펄에는 차가운 구름이 머무네. 황보염 〈송이록사부요주送李錄事赴饒州〉의 시구다.

17 丹陽古渡寒烟積(단양고도한연적), 瓜步空洲遠樹稀(과보공주원수희): 단양의 옛 나루에는 차가운 안개가 쌓이고, 과보의 텅 빈 모래톱에는 멀리 나무가

드문드문하네. 황보염 〈동온단도등만세루同溫丹徒登萬歲樓〉의 시구다.

18 燕知社日辭巢去(연지사일사소거), 菊爲重陽冒雨開(국위중양모우개): 제비는 사일社日을 알아 둥지를 떠나가고, 국화는 중양절이 되어 비를 무릅쓰고 피는구나. 황보염 〈추일동교작秋日東郊作〉의 시구다.

19 爐烟乍起開仙仗(노연사기개선장), 玉佩成行引上公(옥패성행인상공): 술잔의 연기가 갑자기 일어나더니 신선의 지팡이를 펼치고, 옥패가 이루어지더니 상공을 끌어들이네. 황보증 〈조조일기소지早朝日寄所知〉의 시구다.

20 風傳刻漏星河曙(풍전각루성하서), 月上梧桐雨露淸(월상오동우로청): 바람이 물시계에 불어와 은하가 밝아오고, 달이 오동나무를 비추니 이슬이 맑구나. 황보증 〈봉기중서왕사인奉寄中書王舍人〉의 시구다.

21 眞僧出世心無事(진승출세심무사), 靜夜名香手自焚(정야명향수자분): 참된 스님은 출가하여 세상일에 마음 쓰지 않고, 고요한 밤에 좋은 향을 손수 태우네. 황보증 〈추석기회계상인秋夕寄懷契上人〉의 시구다.

5

중당의 이가우李嘉祐[4], 사공서司空曙[5], 노륜盧綸[6], 한굉韓翃[7]의 오언율시는 수록된 것이 더욱 적지만, 칠언율시와 칠언절구는 뛰어나다. 노륜과 한굉의 칠언고시에는 여전히 선록할 만한 것이 있다.

중당의 이가우, 사공서, 노륜, 한굉에 관한 논의다. 대력 연간, 안사의 난이 막 끝나면서 성당의 기풍이 사라지고 문단에서 활약한 사람으로는 낙양 중심의 전기·노륜 일파, 강남江南 오월吳越 중심의 유장경·이가우 일파가 있었다. 이가우는 유장경과 교유한 시인이다. 또 《신당서, 노륜전盧綸傳》에 의하면 사공서, 노륜, 한굉은 대력십재자에 속한다. 모두 칠언에 뛰어

4) 자 종일從一.
5) 자 문명文明.
6) 자 윤언允言.
7) 자 군평君平.

남을 지적했다. 칠언의 시체는 당나라 때 발생하여 홍성했으며, 특히 중당 이후로 많이 창작되었다. 호응린의 《시수, 내편》 권5에서 "칠언율시는 중당에 이르러 지극히 빼어났지만 또한 중당에 이르러 점점 경박해졌다.七律至中唐而極秀, 亦至中唐而漸薄."고 지적했다.

中唐李嘉祐[1][字從一]·司空曙[2]·[字文明]盧綸[3]·[字允言]·韓翃[4][字君平]五言律, 入錄者更少, 七言律與絶句爲勝. 盧韓七言古尙有可采者.

1 李嘉祐(이가우): 중당 시기의 시인이다. 자는 종일從一이며, 조주祖州 곧 지금의 하북성 사람이다. 생몰년은 대략 728년~783년이며, 천보 7년(748)에 진사가 되었다. 비서정자秘書正字, 감찰어사監察御使 등의 관직을 역임했다. 대력 시기의 시인으로 엄유嚴維·유장경劉長卿·냉조양冷朝陽 등의 시인과 교유했다. 고향에 대한 그리움, 폄적에 대한 한탄, 늙음을 슬퍼하는 내용과 교유의 목적으로 주고받은 시가 다수를 차지한다. 당나라의 고중무와 명말 청초의 왕부지는 이가우의 시를 높게 평가했다.

2 司空曙(사공서): 중당 시기의 시인이다. 자는 문명文明 혹은 문초文初다. 명주洺州 광평廣平 곧 지금의 하북성 영년永年 사람이다. 생몰년은 대략 720년~790년이며, 대력십재자 중 한 사람이다. 진사 급제 후 주부主簿, 좌습유左拾遺, 강릉장림현승江陵長林縣丞 등의 관직을 역임했다. 자연을 묘사한 시에 뛰어났으며, 안사의 난 이후에는 역사를 노래한 시도 남겼다.

3 盧綸(노륜): 중당 시기의 시인이다. 자는 윤언允言이고, 하중포河中蒲 곧 지금의 산서성 영제永濟 사람이다. 생몰년은 대략 737년~799년이며, 대력십재자 중 한 사람이다. 여러 차례 과거에 응시했으나 급제하지 못했으나, 재상 원재元載의 추천으로 문향위閿鄕尉가 되었다. 후일 집현학사集賢學士, 비서성교서랑秘書省校書郎, 감찰어사監察禦史, 검교호부랑중檢校戶部郎中 등의 관직을 역임했다. 오·칠언 근체시를 주로 창작했으며, 대부분이 창화시唱和詩와 증답시贈答詩다. 변새시가 특히 뛰어나 성당 변새시를 이어받았다고 평가받는다.

4 韓翃(한굉): 중당 시기의 시인이다. 자는 군평君平이고, 남양南陽 곧 지금의 하남성 사람이다. 생몰년은 알려져 있지 않지만, 대력십재자 중 한 사람으로 활동했다. 천보 13년(754)에 진사가 되었다. 보응寶應 연간에 치청절도사淄靑節度使 후희일侯希逸의 막부幕府에 있다가, 후희일이 조정에 들어갈 때 함께 가 장안에서

10년간 한거閑居했다. 건중建中 연간에 〈한식寒食〉시 한 수가 덕종德宗의 사랑을 받아 중서사인中書舍人이 되었다. 또한 생전에 유씨柳氏와의 사랑 이야기가 허요좌許堯佐의 전기소설 〈유씨전柳氏傳〉의 소재가 되었다. 시의 필치가 섬세하고 경치 묘사가 뛰어나, 그 당시 사람들에게 널리 읽혀졌다.

6

오언고시에서 두보의 〈석호리石壕吏〉 등은 진실로 예스럽고 소박하다. 노륜의 〈여장도대작與張權對酌〉은 읽으면 정말로 토할 듯 역겹다. 이것은 본디 언급할 만하지 않지만, 초학자들이 미혹되지 않을 수 없기 때문이다. 노륜의 시가 《당시품휘》에 수록된 것은 아주 우스운 일이다.

해제

노륜의 오언고시 〈여장도대작〉에 관한 논의다. 이 시가 《당시품휘》에 수록된 것에 대해 비평하며, 초학자들이 미혹되지 않도록 주의시키고 있다. 《신당서, 노륜전》에 따르면 "노륜과 길중부吉中孚·한굉韓翃·전기錢起·사공서司空曙·묘발苗發·최동崔峒·경위耿湋·하후심夏侯審·이단李端은 모두 시에 능하며 이름을 나란히 하여 '대력십재자라'고 불렸는데, 그중에서 노륜이 가장 특출났다. 그러나 일찍이 당여순唐汝詢이 "안타깝게도 각 편마다 옥의 티가 있어 완성도가 떨어지는 듯하다.恨篇各有瑕, 似乏全力."고 지적한 것처럼, 허학이 역시 노륜의 작품에 대해 질타했다. 시선집은 초학자들이 시를 배우기 위한 학습서의 기능도 지니고 있기 때문에 그 작품 선록이 매우 중요하므로 《당시품휘》의 선록 기준에 대해서도 일침을 가했다.

원문

五言古, 如杜子美石壕吏等, 正是古拙[1]; 若盧綸與張權對酌詩, 讀之誠欲嘔吐[2], 此本不足致辯[3], 但初學者不能無惑耳. 盧詩品彙入錄, 大是可笑.

주석

1 古拙(고졸): 예스럽고 소박하다.
2 嘔吐(구토): 토하다.

3 致辯(치변): 언급하다.

7

칠언고시에서 노륜은 기상이 유장경보다 뛰어나고, 재주가 전기보다 뛰어나다. 그러므로 다소 자유롭고 격조가 있지만 완미하지는 않을 뿐이다. 한굉의 격조는 노륜 만큼 못하지만 정교함은 그보다 뛰어나다.

해제 노륜과 한굉의 칠언고시에 관한 논의다. 청나라 문인 관세명管世銘이 지은 《독설산방당시서례讀雪山房唐詩序例》에서도 지적하고 있듯이, "대력의 여러 문인들 중 칠언고시에 뛰어난 사람으로는 노륜, 한굉이 있는데 왕유, 이기와 비교할 때 체재를 갖추었다고 할 수 있다.大歷諸子兼長七言古者, 推盧綸 · 韓翃, 比之摩潔 · 東川可稱具體."

또한 송육인宋育仁의 《삼당시품三唐詩品》에서는 노륜의 칠언고시에 대해 다음과 같이 평가했다.

"칠언고시가 뛰어나 성대함이 드러나고 이익李益에 버금간다. 〈동일등성冬日登城〉 시는 이백의 유풍이다.七古爲優, 明茂相宣, 在君虞之亞. 冬日登城首, 太白之遺也."

한굉 역시 칠언고시에 가장 뛰어났다. 현존하는 172수 중에 칠언가행이 25수다. 일반적으로 대력 연간의 시인들이 근체시를 중시한 것과 구별된다. 양신의 《승암시화升庵詩話》 권14에서는 다음과 같이 말하고 있다.

"당나라 시인들은 한굉의 시를 평하여 비흥이 유장경보다 심오하나 중요한 대목은 황보염보다 뒤떨어진다고 말했다.唐人評韓翃詩, 謂比興深於劉長卿, 筋節減於皇甫冉."

원문 七言古, 盧氣勝於劉, 才勝於錢, 故稍爲軼蕩而有格[1], 但未能完美耳. 韓氣格不如, 而工麗[2]勝之.

주석 1 軼蕩而有格(질탕이유격): 자유롭고 격조가 있다.
2 工麗(공려): 정교하다.

8

한굉의 칠언고시는 화려하고 완곡한데, 바로 사詞의 발단이다. 다음의 시구는 모두 사의 발단이다.

"겹문은 적막한데 큰 버드나무를 드리웠네.重門寂寞垂高柳."

"그대의 향기 나는 소매를 잡는데 긴 강물이 굽이쳐 흐르네.把君香袖長河曲."

"잡초 우거진 들에 맑게 갠 날씨인데 성 아래 싸늘하고, 좋은 술 담긴 온갖 항아리가 주거니 받거니 다투네.平蕪霽色寒城下, 美酒百壺爭勸把."

"아침에 오래된 거리의 향기 나는 풀을 떠나고, 저녁에 샘물 나는 마을의 봄 산에서 묵네.朝辭芳草萬歲街, 暮宿春山一泉塢."

"남은 꽃잎이 간들거리고 가는 버드나무에 바람이 부는데, 해 지고 먼 종소리 울리니 작은 홰나무에 비가 내리네.殘花片片細柳風, 落日疎鐘小槐雨."

"연못가의 꽃이 무성한데 오리는 난간에서 다투고, 다리 가에 비가 씻어 내리는데 까마귀는 버드나무에 숨었네.池畔花深鬪鴨欄, 橋邊雨洗藏鴉柳."

아래로 이하李賀・이상은李商隱・온정균溫庭筠에게로 이르러 완전히 사에 들어가게 되었다.

해제 한굉의 칠언고시에 관한 논의다. 그의 칠언고시가 화려하고 부드러운 것은 사의 영역으로 들어갔기 때문임을 지적하고 그러한 시구도 가려 뽑아 예로 들었다.

한굉은 천보 13년에 진사에 합격했으나 생계가 어려워 일찍이 막부幕府에서 몇 년간 생활했으며 장안에서 근 십 년간 유랑했다. 만년에 한식시寒食詩로 덕종德宗의 칭송을 받아 중서사인中書舍人에 올랐다. 현존하는 시는 모두 164수인데 대부분 막부에 들어가 생활할 때 응수한 시들로 독특한 시풍이 있다. 고중무의 《중흥간기집中興間氣集》에서는 다음과 같이 기록했다.

"한굉의 시는 흥취가 풍부하여 각 시편마다 읊조리면 관료들이 그것을 아꼈고 많은 문인들이 선록했다. 韓員外詩, 興致繁富, 一篇一咏, 朝士珍之, 多士之選也."

또 옹방강의 《석주시화》 권2에서는 다음과 같이 말했다.

"한굉의 풍격은 가벼이 나는 듯하며, 왕유 이래로 격조가 뒤떨어지지 않음을 느끼게 한다. 韓君平風致翩翩, 尙覺右丞以來格韻去人不遠."

그러나 허학이가 지적한 것처럼 화려하고 부드러운 시풍이 많아 왕부지는 《당시평선唐詩評選》에서 "한굉은 끝내 염정의 시인이다. 君平終是艶歌手."고 평했다.

韓七言古, 豔冶婉媚[1], 乃詩餘[2]之漸. 如"重門寂寞垂高柳"[3], "把君香袖長河曲"[4], "平蕪霽色寒城下, 美酒百壺爭勸把"[5], "朝辭芳草萬歲街, 暮宿春山一泉塢"[6], "殘花片片細柳風, 落日疎鐘小槐雨"[7], "池畔花深鬪鴨欄, 橋邊雨洗藏鴉柳"[8]等句, 皆詩餘之漸也. 下流至李賀[9] · 李商隱 · 溫庭筠, 則盡入詩餘矣.

1 豔冶婉媚(염야완미): 화려하고 완곡하다.

2 詩餘(시여): 사詞의 별칭이다. 중국시의 발전으로 볼 때 시가 퇴조하면서 생겨난 문학 양식이기 때문에 붙여진 이름이다. 원대 이후 문인들이 사를 시여라고 칭했다.

3 重門寂寞垂高柳(중문적막수고류): 겹문은 적막한데 큰 버드나무를 드리웠네. 한굉 〈송중형전소주送中兄典邵州〉의 시구다.

4 把君香袖長河曲(파군향수장하곡): 그대의 향기 나는 소매를 잡는데 긴 강물이 굽이쳐 흐르네. 한굉 〈송수현류주부초送脩縣劉主簿楚〉의 시구다.

5 平蕪霽色寒城下(평무제색한성하), 美酒百壺爭勸把(미주백호쟁권파): 잡초 우

거진 들에 맑게 갠 날씨인데 성 아래 싸늘하고, 좋은 술 담긴 온갖 항아리가 주거니 받거니 다투네. 한굉 〈별맹도독別孟都督〉의 시구다.

6 朝辭芳草萬歲街(조사방초만세가), 暮宿春山一泉塢(모숙춘산일천오): 아침에 오래된 거리의 향기 나는 풀을 떠나고, 저녁에 샘물 나는 마을의 봄 산에서 묵네. 한굉 〈증별왕시어부상도贈別王侍御赴上都〉의 시구다.

7 殘花片片細柳風(잔화편편세류풍), 落日疎鐘小槐雨(낙일소종소괴우): 남은 꽃잎이 간들거리고 가는 버드나무에 바람이 부는데, 해 지고 먼 종소리 울리니 작은 홰나무에 비가 내리네. 한굉 〈증별왕시어부상도〉의 시구다.

8 池畔花深鬪鴨欄(지반화심투압란), 橋邊雨洗藏鴉柳(교변우세장아류): 연못가의 꽃이 무성한데 오리는 난간에서 다투고, 다리 가에 비가 씻어 내리는데 까마귀는 버드나무에 숨었네. 한굉 〈송객환강동送客還江東〉의 시구다.

9 李賀(이하): 중당 시기의 대표 시인이다. 자가 장길長吉이고 복창福昌 창곡昌谷 곧 지금의 하남성 낙양 의양宜陽 사람이다. 생몰년은 790~816년이며 27세로 요절했다. 당나라 종실의 후예이다. 아버지의 이름이 진숙晉肅이어서 일찍이 진사시進士試를 단념했다. '晉(진)'과 '進(진)'은 동음이라 하여 피휘를 범한다는 이의가 있었기 때문이다. 그는 매일 아침 말을 타고 비단 주머니를 매고 길을 나서, 도중에 가구佳句를 얻으면 즉시 기록하여 주머니에 집어넣고는 해질녘에 귀가해 시를 완성했다고 한다. 대체로 기이한 시풍이 짙기 때문에 '시귀詩鬼'라는 별칭이 붙었다.

9

중당의 시 중 다음은 구법과 음조가 이미 만당의 풍격에 들어갔다. 오언율시로는 사공서司空曙의 〈제강릉림사역루題江陵臨沙驛樓〉·〈과경보사過慶寶寺〉, 노륜盧綸의 〈제홍선사후지題興善寺後池〉를 예로 들 수 있다.

칠언율시로는 노륜의 〈수창당숭산심마도사견기酬暢當嵩山尋麻道士見寄〉·〈조춘귀주질구거각기경습유위이교서단早春歸盩厔舊居卻寄耿拾遺湋李校書端〉, 한굉韓翃의 〈연양부마산지宴楊駙馬山池〉를 예로 들 수 있다.

칠언절구로는 사공서의 〈병중가녀기病中嫁女妓〉·〈강촌즉사江村即事〉, 노륜의 〈여종제근동하제후출관언별與從弟瑾同下第後出關言別〉·〈산점山店〉을 예로 들 수 있다.

해제

사공서, 노륜, 한굉의 오·칠언 율시 및 칠언절구 중 구법과 음조가 만당의 풍격에 들어간 시 작품을 가려내었다. 그 당시의 시풍에 대해 《사고전서총목四庫全書總目, 전중문문집錢仲文文集》에서 다음과 같이 개괄했다.

"대력 이후로 시의 격조가 비로소 변하게 되었으니, 개원과 천보 연간의 돈후한 기세가 점차 멀어지고 쇠약해졌으며, 풍조가 점차 높아졌지만 다소 부허하게 되었다. 격조의 오르내림을 관장하는 데에 대력십재자가 실제로 그 역할을 담당했다.大歷以還, 詩格初變, 開寶渾厚之氣, 漸遠漸漓, 風調漸高, 稍趨浮響. 升降之關, 十子實爲職志."

원문

中唐五言律, 曙如"江天清更愁"[1], "黃葉前朝寺"[2], 綸如"隔牕栖白鳥"[3]; 七言律, 綸如"聞逐樵夫"[4], "野日初晴"[5], 翃如"垂楊拂岸"[6]; 七言絶, 曙如"萬事傷心"[7], "罷釣歸來"[8], 綸如"出關愁暮"[9], "登登山路"[10]等篇, 句法音調[11]已入晚唐.

주석

1 江天清更愁(강천청갱수): 사공서의 〈제강릉림사역루題江陵臨沙驛樓〉를 가리킨다.

2 黃葉前朝寺(황엽전조사): 사공서의 〈과경보사過慶寶寺〉를 가리킨다.

3 隔牕栖白鳥(격창서백조): 노륜의 〈제흥선사후지題興善寺後池〉를 가리킨다.

4 聞逐樵夫(문축초부): 노륜의 〈수창당숭산심마도사견기酬暢當嵩山尋麻道士見寄〉를 가리킨다.

5 野日初晴(야일초청): 노륜의 〈조춘귀주질구거각기경습유위이교서단早春歸盩厔舊居卻寄耿拾遺湋李校書端〉을 가리킨다.

6 垂楊拂岸(수양불안): 한굉의 〈연양부마산지宴楊駙馬山池〉를 가리킨다.

7 萬事傷心(만사상심): 사공서의 〈병중가녀기病中嫁女妓〉를 가리킨다.

8 罷釣歸來(파조귀래): 사공서의 〈강촌즉사江村即事〉를 가리킨다.

9 出關愁暮(출관수모): 노륜의 〈여종제근동하제후출관언별與從弟瑾同下第後出關言

別〉을 가리킨다.

10 登登山路(등등산로): 노륜의 〈산점山店〉을 가리킨다.

11 音調(음조): 시문의 곡조.

10

아래의 오 · 칠언 율시의 시구 역시 이미 만당의 풍격에 들어갔다.

다음은 이가우의 시구다.

"세상에 마음을 두는 일이 적어, 어부의 집에 묵는 일이 많네.世事關心少, 漁家寄宿多."

다음은 노륜의 시구다.

"어려서 고아가 되어 일찍이 나그네가 되었고, 어려움 많아 늦게서야 그대를 알게 되었네.少孤爲客早, 多難識君遲."

다음은 한굉의 시구다.

"옥술 잔에 이슬을 나눠어 담고, 금 굴레에 의지해 바람을 쫓네.玉杯分湛露, 金勒借追風"

"물총새의 깃으로 쌍으로 쪽진 첩의 머리를 장식하고, 주렴은 백 자의 누대에 드리워져 있네.翠羽雙鬟妾, 珠簾百尺樓."

다음은 이가우의 시구다.

"갈대꽃 핀 물가에 기러기가 서로 울어대고, 대나무 더미 옆에서 원숭이가 울어대네.蘆花渚裏鴻相叫, 苦竹叢邊猿暗啼."

"산사가 산등성이에 있고 비스듬히 길이 나 있는데, 어부 집의 대나무 숲속에 문이 반쯤 열렸네.野寺山邊斜有徑, 漁家竹裏半開門."

해제 중당의 이가우 · 노륜 · 한굉의 오 · 칠언 율시 중 만당의 풍격에 들어간 시구를 예로 들어 제시했다.

원문 五言律, 嘉祐如"世事關心少, 漁家寄宿多"[1], 綸如"少孤爲客早, 多難識君遲"[2], 翃如"玉杯分湛露, 金勒借追風"[3], "翠羽雙鬟妾, 珠簾百尺樓"[4]; 七言律, 嘉祐如"蘆花渚裏鴻相叫, 苦竹叢邊猿暗啼"[5], "野寺山邊斜有徑, 漁家竹裏半開門"[6]等句, 亦已入晚唐.

주석

1 世事關心少(세사관심소), 漁家寄宿多(어가기숙다): 세상에 마음을 두는 일이 적어, 어부의 집에 묵는 일이 많네. 이가우 〈송소수왕상요送蘇修往上饒〉의 시구다.

2 少孤爲客早(소고위객조), 多難識君遲(다난식군지): 어려서 고아가 되어 일찍이 나그네가 되었고, 어려움 많아 늦게서야 그대를 알게 되었네. 노륜 〈송이단送李端〉의 시구다.

3 玉杯分湛露(옥배분담로), 金勒借追風(금륵차추풍): 옥술 잔에 이슬을 나눠어 담고, 금 굴레에 의지해 바람을 좇네. 한굉 〈송전창조변주근성送田倉曹汴州覲省〉의 시구다.

4 翠羽雙鬟妾(취우쌍환첩), 珠簾百尺樓(주렴백척루): 물총새의 깃으로 쌍으로 쪽진 첩의 머리를 장식하고, 주렴은 백 자의 누대에 드리워져 있네. 한굉 〈증장건贈張建〉의 시구다.

5 蘆花渚裏鴻相叫(노화저리홍상규), 苦竹叢邊猿暗啼(고죽총변원암제): 갈대꽃 핀 물가에 기러기가 서로 울어대고, 대나무 더미 옆에서 원숭이가 울어대네. 이가우 〈송종제영임요주녹사참군送從弟永任饒州錄事參軍〉의 시구다.

6 野寺山邊斜有徑(야사산변사유경), 漁家竹裏半開門(어가죽리반개문): 산사가 산등성이에 있고 비스듬히 길이 나 있는데, 어부 집의 대나무 숲속에 문이 반쯤 열렸네. 이가우 〈송주중사유강동送朱中舍游江東〉의 시구다.

11

사공서司空曙의 아래 시구는 만당 시기 기이한 풍격의 발단이 되었으니, 학자들은 마땅히 처음부터 신중하게 배워야 할 것이다.

다음은 오언율시의 예다.

"마음이 흩어진 시는 그림으로 전해지고, 장군의 부채에는 글을 이어 쓰네. 中散詩傳畵, 將軍扇續書."

다음은 칠언율시의 예다.

"구름이 일어나 나그네 도착하니 옷이 습기로 젖었고, 꽃이 떨어지고 승려가 참선하는데 땅이 많이 요동치네. 雲生客到侵衣濕, 花落僧禪覆地多."

"강연에서 오랫동안 영합하니 산새가 날아들고, 불경에 처음 마음을 기울이며 승려를 찾네. 構席舊逢山鳥至, 梵經初向竺僧求."

해제

사공서의 오 · 칠언 율시 중 만당의 괴이한 풍격으로 빠진 시구를 예로 들어 제시함으로써, 처음부터 신중하게 배울 것을 당부하고 있다. 사공서의 현존하는 시는 174수 정도인데, 송별시가 가장 많다. 또 오언이 130수이고 칠언이 44수이므로 오언시에 능했음을 알 수 있다. 동시대의 문인 노륜은 사공서를 다음과 같이 평가했다.

"낭관은 조상의 은택을 입어서, 우아한 운치가 거문고와 더불어 맑다. 郎中善餘慶, 雅韻與琴淸."

명나라 육시옹陸時雍은 《시경총론詩鏡總論》에서 다음과 같이 평가했다.

"이미 가다듬고 가다듬어서, 다시 질박함으로 돌아갔다. 已雕已琢, 復歸於朴."

원문

曙五言律, 如"中散詩傳畵, 將軍扇續書"[1], 七言律, 如"雲生客到侵衣濕, 花落僧禪覆地多"[2], "構席舊逢山鳥至, 梵經初向竺僧求"[3], 乃晚唐奇僻[4]之漸, 學者所當愼始[5].

주석

1 中散詩傳畵(중산시전화), 將軍扇續書(장군선속서): 마음이 흩어진 시는 그림

으로 전해지고, 장군의 부채에는 글을 이어 쓰네. 사공서 〈송조동의送曹同椅〉의 시구다.

2 雲生客到侵衣濕(운생객도침의습), 花落僧禪覆地多(화락승선복지다): 구름이 일어나 나그네 도착하니 옷이 습기로 젖었고, 꽃이 떨어지고 승려가 참선하는 데 땅이 많이 요동치네. 사공서 〈제능운사題凌雲寺〉의 시구다.

3 構席舊逢山鳥至(구석구봉산조지), 梵經初向竺僧求(범경초향축승구): 강연에서 오랫동안 영합하니 산새가 날아들고, 불경에 처음 마음을 기울이며 승려를 찾네. 사공서 〈증형악은선사贈衡岳隱禪師〉의 시구다.

4 奇僻(기벽): 기이하다.

5 愼始(신시): 처음부터 일을 신중하게 하다. 처음부터 신중하게 배우다.

12

노륜의 오언배율 〈종군행從軍行〉은 중당의 작품 중에서 자못 웅건하고 뛰어나다. 한굉의 〈봉송왕상공진부유주순변奉送王相公縉赴幽州巡邊〉 한 편은 기상이 더욱 뛰어난데, "쌍 깃발을 들고 역수를 건너고, 천 명의 기병이 유주로 들어가네.雙旌過易水, 千騎入幽州."와 〈송이중승부상주送李中丞赴商州〉의 "닫힌 군영에 봄눈이 내리고, 불어오는 뿔피리 소리에 저녁 산이 텅 비네.閉營春雪下, 吹角暮山空." 두 연은 웅장함이 초당과 비슷하다.

노륜과 한굉의 오언배율에 관한 논의다. 그중 웅건한 작품을 가려내고 시구를 가려 뽑았다. 왕세무의 《예포힐여藝圃擷餘》에서는 다음과 같이 말했다.

"대력십재자의 시 중에서 어찌 성당의 시구가 없겠는가? 대개 성운과 기세에서 여전히 차이가 없는 듯하다.至於大曆十才子, 其間豈無盛唐之句? 蓋聲氣猶未相隔也."

중당 이후 시풍이 점차 쇠퇴하고 기세가 갑자기 약해졌다고 하지만 그중에도 성당의 웅건한 풍격을 느낄 수 있는 시구가 간혹 있음을 강조하고 있다.

綸五言排律有從軍行, 在中唐頗爲矯俊[1]. 翃送王相公[2]一篇, 氣象尤勝, 至

"雙旌過易水, 千騎入幽州"及送李中丞[3]"閉營春雪下, 吹角暮山空"二聯, 雄麗亦類初唐.

1 矯俊(교준): 웅건하고 뛰어나다.

2 送王相公(송왕상공): 한굉의 〈봉송왕상공진부유주순변奉送王相公縉赴幽州巡邊〉을 가리킨다.

3 送李中丞(송이중승): 한굉의 〈송이중승부상주送李中丞赴商州〉를 가리킨다.

13

노륜의 오언절구 〈새하곡塞下曲〉 1수는 기백氣魄과 음조가 중당의 시에서 볼 수 없는 것인데, 《당시기사唐詩紀事》에서는 전기의 시라고 했다.

해제

노륜의 오언절구 〈새하곡〉에 관한 논의다. 그 기백과 음조가 중당의 시풍과 사뭇 다름을 지적하고, 《당시기사》에서 전기의 시로 잘못 수록되어 있음을 밝혔다.

노륜에 대해 반덕여는 《양일재시화》 권7에서 다음과 같이 평했다.

"노륜의 시는 청고하여 유장경에 필적할 만하여 으뜸이라고 해도 부끄럽지 않다.盧詩淸高, 可以與劉文房匹, 不愧稱首."

또 반덕형潘德衡의 《당시평선唐詩評選》에서는 다음과 같이 평가했다.

"노륜은 오언절구를 지을 때 가끔 강건한 시어를 지었다. 칠언율시는 정취가 부드러워 감탄의 여운을 주는 음이 있다.綸詩五絶時作勁健語; 七律則情致深婉, 有一唱三嘆之音."

원문

綸五言絶"月黑鴈飛高"[1]一首, 氣魄[2]·音調, 中唐所無, 唐詩紀事[3]又作錢起詩.

주석

1 月黑鴈飛高(월흑안비고): 노륜의 〈새하곡塞下曲〉을 가리킨다.

2 氣魄(기백): 씩씩한 기상과 진취성이 있는 정신.

3 唐詩紀事(당시기사): 남송의 계유공計有功이 편술한 책으로 중국 당나라 때의 시인 1151명에 관한 일화 · 평론 등을 수록하고 있다. 모두 81권이다. 〈자서〉에서 "당나라 300년간의 문집文集 · 잡설雜說 · 전기傳記 · 유사遺史 · 비지碑誌 · 석각石刻을 비롯하여 일련一聯, 일구一句, 구비 전승되는 것까지 모두 모아서 수록했다. 때때로 공문을 받들고 주유천하하며, 명산승지名山勝地의 잔편유묵殘篇遺墨도 버리지 않았다.三百年間文集 · 雜說 · 傳記 · 遺史 · 碑誌 · 石刻, 下至一聯一句, 傳誦口耳, 悉搜採繕錄. 間捧宦牒, 周遊四方, 名山勝地, 殘篇遺墨, 未嘗棄去."고 했듯이 수록된 기사가 매우 광범위하다.

14

한굉의 칠언절구는 후반부 두 구가 대구인 것이 많으며 화려하고 정교하다. 이것은 그의 독창적인 것으로 만당의 시인들이 결코 창작할 수 있는 것이 아니다.

다음의 시구는 모두 정교하며 독창적이다.

"빠르게 부는 피리는 낮에 평락平樂의 술을 재촉하고, 봄옷 입고 밤에 두릉杜陵의 꽃에서 자네.急管晝催平樂酒, 春衣夜宿杜陵花."

"봄 누대는 문이 닫히지 않았지만 초목이 우거져 잠그고, 푸른 물이 돌아 통하여 다리를 굽어 도네春樓不閉葳蕤鎖, 綠水回通宛轉橋."

"문 밖의 푸른 연못에서 봄을 맞아 말을 씻기고, 누대 앞의 붉은 촛불이 밤에 사람을 맞이하네.門外碧潭春洗馬, 樓前紅燭夜迎人."

"붉은 말발굽이 어지러이 밟으니 성에 봄눈이 내리고, 화려한 턱으로 세차게 울어대니 대궐 정원에 바람이 부네.紅蹄亂踏春城雪, 花頷驕嘶上苑風."

"옥 굴레 잠시 돌리니 막 거품을 뿜어내고, 금 채찍을 내리치고자 하니 울지 않네.玉勒乍廻初噴沫, 金鞭欲下不成嘶."

해제 한굉의 칠언절구에 관한 논의다. 한굉은 칠언절구에서 독창적인 영역을 확보했다. 유극장의 《후촌시화》 권13에서도 "지적할 만한 것은 특별히 고요하고 간결한 점이다.可摘出者殊廖寂簡短."고 평가했다. 또 청나라 문인 여성교余成敎의 《석원시화石園詩話》에서는 "칠언율시는 강건하면서 대장이 천연스럽고, 칠언절구 또한 신운에 막힘이 없다.七律健麗而對仗天成, 七絶亦神情疏暢."고 극찬했다.

翃七言絶, 後二句多偶對者, 藻麗精工[1], 是其特創[2], 晚唐人決不能有也. 如"急管晝催平樂酒, 春衣夜宿杜陵花."[3] "春樓不閉葳蕤鎖, 綠水回通宛轉橋."[4] "門外碧潭春洗馬, 樓前紅燭夜迎人."[5] "紅蹄亂踏春城雪, 花頜驕嘶上苑風."[6] "玉勒乍廻初噴沫, 金鞭欲下不成嘶"[7]等句, 皆精工特創者也.

1 精工(정공): 정교하고 섬세하다.

2 特創(특창): 독창적이다.

3 急管晝催平樂酒(급관주최평락주), 春衣夜宿杜陵花(춘의야숙두릉화): 빠르게 부는 피리는 낮에 평락平樂의 술을 재촉하고, 봄옷 입고 밤에 두릉杜陵의 꽃에서 자네. 한굉 〈증장천우贈張千牛〉의 시구다.

4 春樓不閉葳蕤鎖(춘루불폐위유쇄), 綠水回通宛轉橋(녹수회통완전교): 봄 누대는 문이 닫히지 않았지만 초목이 우거져 잠그고, 푸른 물이 돌아 통하여 다리를 굽어 도네. 한굉 〈강남곡江南曲〉의 시구다.

5 門外碧潭春洗馬(문외벽담춘세마), 樓前紅燭夜迎人(누전홍촉야영인): 문 밖의 푸른 연못에서 봄을 맞아 말을 씻기고, 누대 앞의 붉은 촛불이 밤에 사람을 맞이하네. 한굉 〈증이익贈李翼〉의 시구다.

6 紅蹄亂踏春城雪(홍제난답춘성설), 花頜驕嘶上苑風(화함교시상원풍): 붉은 말발굽이 어지러이 밟으니 성에 봄눈이 내리고, 화려한 턱으로 세차게 울어대니 대궐 정원에 바람이 부네. 한굉 〈우림기羽林騎〉의 시구다.

7 玉勒乍廻初噴沫(옥륵사회초분말), 金鞭欲下不成嘶(금편욕하불성시): 옥 굴레 잠시 돌리니 막 거품을 뿜어내고, 금 채찍을 내리치고자 하니 울지 않네. 한굉 〈간조마看調馬〉의 시구다.

15

중당 시기 이단李端[8]의 오언율시는 여전히 황보염, 황보증 등을 계승했다. 경위耿湋와 최동崔峒의 오언은 수록된 것이 적을 뿐 아니라 칠언율시와 칠언절구 역시 선록할 만한 것이 많지 않다.

해제 이단의 현존하는 시는 모두 256수다. 그는 이가우의 사촌 조카로서 황보염, 황보증뿐만 아니라 대력 시기의 여러 문인들과 수창한 작품을 많이 남겼는데, 161수가 바로 기증시寄贈詩다. 그 외에도 광범위한 제재로 작품을 창작했는데 악부구제樂府舊題, 영물기회詠物奇懷, 인물묘사人物描寫, 시사풍자時事諷刺 등 다양한 작품을 창작했다. 특히 부녀를 제재로 한 작품이 가장 많고 이색적이다.

경위는 보응寶應 2년의 진사로 대력십재자에 속하는 시인이다. 경위의 현존하는 시는 모두 173수인데 오언율시가 106수로 가장 많다. 《당재자전唐才子傳》에서는 그에 대해 "시적 재능이 뛰어나고 의미도 일반적이지 않다. 경위 등과 같은 무리는 많지 않다.詩才俊爽, 意思不群. 似湋等輩, 不可多得."고 기록했다.

최동은 생졸년의 고증이 어렵고 현존하는 작품도 적지만 대력 시기에 이름을 알려진 시인이다. 고중무의 《중흥간기집中興間氣集》에서는 그의 시에 관해 "문채가 빛나고 생각이 바야흐로 고상하다.文采炳然, 意思方雅."고 평가함과 동시에 "모래를 뒤적여 황금을 줍는 듯 종종 보석 같은 작품이 보인다.披沙揀金, 往往見寶."고 기록했다.

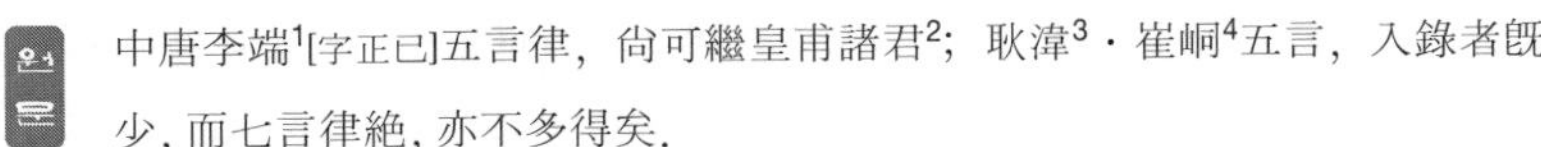

원문 中唐李端[1][字正已]五言律, 尙可繼皇甫諸君[2]; 耿湋[3] · 崔峒[4]五言, 入錄者旣少, 而七言律絶, 亦不多得矣.

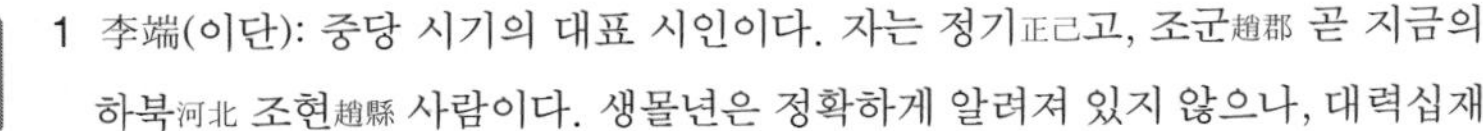

주석 1 李端(이단): 중당 시기의 대표 시인이다. 자는 정기正己고, 조군趙郡 곧 지금의 하북河北 조현趙縣 사람이다. 생몰년은 정확하게 알려져 있지 않으나, 대력십재

---

8) 자 정이正已.

자 중의 한 사람으로 활동했다. 어릴 때부터 여산廬山에서 승려 교연皎然을 따라 공부했다. 나중에 장안으로 와서 시로 명성을 얻게 되었다. 대력 5년(770) 진사가 되고 비서성교서랑秘書省校書郎에 임명되었다. 병이 많아 관직을 물러나 종남산終南山의 초당사草堂寺에 머물렀다. 그 뒤 항주사마杭州司馬에 제수되었지만 벼슬에 염증을 느껴 또 다시 사직하고 형산衡山에 은거하며 스스로 '형악유인衡岳幽人'이라 칭했다. 민생에 대한 관심을 담은 시와 여성을 제재로 쓴 시가 많은 것이 특색이다.

2 皇甫諸君(황보제군): 황보염皇甫冉과 황보증皇甫曾.

3 耿湋(경위): 중당 시기의 시인이다. 생졸년은 대략 733년~787년으로 알려져 있으며, 대력십재자 중 한 사람으로 활동했다. 하동河東 곧 지금의 산서성 영제永濟 사람이다. 보응寶應 2년(763) 진사 시험에 급제하여 주지위周至尉가 되었다. 대력 전기에 좌습유(일설에는 우습유)가 되어 전기·노륜 등과 창화했다. 건중建中 연간에 허주사법참군許州司法參軍으로 폄적되었다. 경위의 시는 대력시의 전형을 잘 보여준다. 즉 안사의 난을 겪은 대력 시인들의 활기 없고 쇠퇴한 정신 상태를 잘 드러내고 있다. 세태를 아파하는 근심과 슬픔이 시가의 주요 격조를 이룬다.

4 崔峒(최동): 중당 시기의 시인이다. 생몰년은 정확하게 알려져 있지 않으나, 대력십재자 중 한 사람으로 활동했다. 진사에 급제하여 습유拾遺, 집현학사集賢學士, 주자사州刺史 등의 관직을 역임했다. 최동의 시는 경위와 풍격이 아주 비슷하지만 경위와 비교할 때 개인의 감정을 표현하는 데 국한되어 제재가 협소한 편이다.

16

최동의 오언율시 〈송육명부지우이送陸明府之盱眙〉, 이단의 칠언율시 〈증곽부마贈郭駙馬〉, 경위의 칠언율시 〈상장행上將行〉, 경위의 칠언절구 〈고의古意〉 등은 구법과 음조가 만당의 시풍에 들어갔다.

대력십재자인 최동·이단·경위의 작품 중 구법과 음조 면에서 만당에 들어간 작품의 예를 들었다. 호응린은 《시수, 내편》 권4에서 다음과 같이 지

적했다.

"전기와 유장경 이래로 시편이 비록 풍성하나 기골이 갑자기 쇠약해지고, 경상景象이 다를 뿐 아니라 음절 또한 약하다.錢劉以降, 篇什雖盛, 氣骨頓衰, 景象既殊, 音節亦寡."

한마디로 대력 연간은 이미 만당의 시풍으로 점차 빠져들고 있었음을 알 수 있다.

五言律, 峒如"陶令之官去"[1]; 七言律, 端如"青春都尉"[2], 湋如"蕭關掃定"[3]; 七言絶, 湋如"雖言千騎"[4]等篇, 句法音調, 亦入晚唐.

1 陶令之官去(도령지관거): 최동의 〈송육명부지우이送陸明府之盱眙〉를 가리킨다.
2 青春都尉(청춘도위): 이단의 〈증곽부마贈郭駙馬〉를 가리킨다.
3 蕭關掃定(소관소정): 경위의 〈상장행上將行〉을 가리킨다.
4 雖言千騎(수언천기): 경위의 〈고의古意〉를 가리킨다.

17

오언율시 중 이단과 경위의 아래 시구 역시 만당의 시풍에 들어갔다.

다음은 이단의 시구다.

"간들거리는 원숭이에 단풍나무 떨어지고, 지나가는 비에 여지의 향 가득하네.裊猿楓子落, 過雨荔枝香."

"쏟는 샘물이 봄 골짜기에서 차갑고, 약 찧는 소리가 밤 창가에서 깊어지네.漱泉春谷冷, 搗藥夜窗深."

다음은 경위의 시구다.

"고생스러운 나그네 생활 익숙하고, 빈천하여 은혜를 입음이 많네.

艱難爲客慣, 貧賤受恩多."

해제 이단과 경위의 오언율시 중 만당의 풍격으로 들어간 시구를 예로 들어 제시했다.

원문 五言律, 端如"裊猿楓子落, 過雨荔枝香"[1], "漱泉春谷冷, 搗藥夜牕深"[2], 湋如"艱難爲客慣, 貧賤受恩多"[3]等句, 亦入晩唐.

주석
1 裊猿楓子落(요원풍자락), 過雨荔枝香(과우여지향): 간들거리는 원숭이에 단풍나무 떨어지고, 지나가는 비에 여지의 향 가득하네. 이단 〈송하조하제환촉送何兆下第還蜀〉의 시구다.
2 漱泉春谷冷(수천춘곡냉), 搗藥夜牕深(도약야창심): 쏟는 샘물이 봄 골짜기에서 차갑고, 약 찧는 소리가 밤 창가에서 깊어지네. 이단 〈운양관기원조雲陽觀寄袁稠〉의 시구다.
3 艱難爲客慣(간난위객관), 貧賤受恩多(빈천수은다): 고생스러운 나그네 생활 익숙하고, 빈천하여 은혜를 입음이 많네. 경위 〈빈주유별邠州留別〉의 시구다.

18

《신당서新唐書 · 노륜전盧綸傳》에는 다음과 같이 기록되어 있다.

"노륜과 길중부吉中孚, 한굉韓翃, 전기錢起, 사공서司空曙, 묘발苗發, 최동崔峒, 경위耿湋, 하후심夏侯審, 이단李端은 모두 시에 능하며, 이름을 나란히 하여 '대력십재자大歷十才子'라고 불렸다."

내가 생각건대 하후심의 창작은 들어보지 못했으며, 길중부와 묘발이 전한 작품은 매우 적은 탓에 개괄적으로도 서술할 수가 없다.

호응린이 말했다.

"일찍이 고금을 두루 살펴보니, 한 시기에 병칭되는 사람들은 대부분 교유하며 서로 잘 알아서 창화倡和함이 빈번하게 이어졌는데, 호사가들이 이런 이유로 명칭을 붙였다. 혹자는 작품의 풍격이 비슷해도 인생경력이 달라서 합칠 수 없고, 혹자는 재능이 월등히 뛰어나지만 성운과 기세가 합치되어 분리시킬 수가 없으므로, 개괄적으로 논하기 어렵다."

'대력십재자'에 관한 논의다. 대력십재자의 구성원에 대해서는 역대로 의론이 분분하며 아직 정론이 없다. 대력십재자라는 명칭은 《구당서舊唐書, 이우중전李虞仲傳》에서 가장 먼저 찾아볼 수 있다.

"대력 연간 한굉, 전기, 노륜 등이 더불어 시문을 창화하여 읊으며 읍도에서 이름을 날리니 대력십재자라고 불렀다. 大歷中, 與韓翃 · 錢起 · 盧綸等文咏唱和, 馳名都下, 號大歷十才子."

또 《구당서, 전휘전錢徽傳》에서도 보인다.

"대력 연간 한굉, 이단 무리 열 명이 더불어서 모두 시에 능하여 귀족의 집에 출입하니, 당시 십재자라고 불렀으며 그 모습이 그림으로 그려졌다. 大歷中, 與韓翃 · 李端輩十人, 俱以能詩, 出入貴游之門, 時號十才子, 形於圖畫."

그러나 《구당서》에서는 십재자의 구체적인 인명이 모두 다 보이는 않고, 그 이름이 모두 다 보이는 것은 위에서 인용한 《신당서, 노륜전》에서다. 이것은 당나라 요합姚合의 시선집인 《극현집極玄集》 기록과 일치하는데, 최근 연구 성과에 따르면 《극현집》의 주는 요합이 직접 쓴 것이 아니고 후대 사람에 의해 추가된 것이라고 하므로 대력십재자에 대한 가장 이른 완전한 기록은 《신당서》가 되는 셈이다. 참고로 언급하자면 《극현집》의 인명과 그 선후 순서가 《신당서》와 일치하는 것으로 보아서 추가된 주는 송대 이후의 일이며 그 이전에는 이에 대한 갑론을박이 없었음을 알 수 있다. 그뿐 아니라 송대 이후의 여러 기록에서 대력십재자에 대해 불일치하는 것은 십재자가 형성된 배경에 대한 설명이 부족하기 때문인 듯하다. 오직 "시에 능했다能詩"는 것이 전부일 뿐이므로, 사람마다 그 창작 능력을 어떻게 보는가에 따라 누가 십재자에 포함될지가 결정되었던 것으로 보이며, 또한 십재자들이 서로 간에 교류하며 주고받았다는 창화시의 작자 문제도 이러한 이견을 낳게 된 주요 요인으로 작용했을 것이다.

허학이는 《신당서》의 견해에 따라 대력십재자에 해당하는 시인이 누구인지를 파악하고 있지만 하후심夏侯審, 길중부吉中孚, 묘발苗發에 대해서는 한마디도 언급하지 않았다. 여기서 그 이유에 대해 분명하게 밝히고 있는데, 하후심의 작품은 찾아볼 수 없고 길중부와 묘발의 작품도 아주 적어 개괄적으로도 서술할 수가 없기 때문이라고 했다. 알 수 없는 사실에 대해서는 잠시 보류해 두는 태도에서 그의 실증적인 문학관을 엿볼 수 있다.

唐書[1]盧綸傳: "綸與吉中孚[2]·韓翃·錢起·司空曙·苗發[3]·崔峒·耿湋·夏侯審[4]·李端皆能詩, 齊名, 號'大歷十才子'[5]." 愚按: 夏侯審制作[6]無聞, 吉中孚·苗發所傳甚少, 故未可概述[7]. 胡元瑞云: "嘗歷考[8]古今, 一時並稱者, 多以遊從習熟[9], 倡和[10]頻仍[11], 好事者因之以成標目[12]. 或品格差肩[13], 以踪跡離而不能合; 或才情[14]迥絶[15], 以聲氣合而不得離, 難概論[16]也."

주석

1 唐書(당서): 《신당서新唐書》를 가리킨다. 《신당서》는 송대 구양수·송기宋祁 등이 1044년~1060년까지 17년에 걸쳐 편찬한 당나라의 역사서다.

2 吉中孚(길중부): 중당 시기의 시인이다. 생몰연대가 명확하지 않으며 대략 786년 전후까지 생존했던 것으로 추측된다. 처음에는 도사道士였다가 뒤에 환속했다. 대력십재자 중 한 사람이다. 《신당서, 예문지》에 그의 전기가 간략하게 전한다. 지금 남아 있는 시는 〈송귀중승사신라책립조제送歸中丞使新羅冊立吊祭〉 한 수뿐이다.

3 苗發(묘발): 중당 시기의 시인이다. 생졸년에 대해서는 거의 알려져 있지 않다. 대력십재자 중 한 사람으로 활동했으며, 시에 뛰어나 당시 명사들과 시를 주고받았다. 《전당시》에 그의 시 〈송사공서지소주送司空曙之蘇州〉와 〈송손덕유파관왕검주送孫德諭罷官往黔州〉 두 수가 전하며, 《전당시보편全唐詩補編》에 시 한 수가 전한다.

4 夏侯審(하후심): 중당 시기의 시인이다. 779년 전후로 생존했던 것으로 보이며, 대력십재자 중 한 사람으로 활동했다. 일찍이 화산華山 아래에 전원을 사서 별장을 지어 산수를 즐기며 많은 산수시를 창작했다. 이가우李嘉佑는 〈송하후심참군유강동送夏侯審參軍遊江東〉 시에서 일찍이 하후심의 "소매 속에 아름다운 구가 많다.袖中多丽句"고 칭찬했다. 그러나 오늘날에는 《전당시》에 〈영피중수

해詠被中繡鞵〉 한 수가 전할 뿐이다.

5 大歷十才子(대력십재자): 대력십재자는 중당 대력(766~779) 시기에 활동한 이단李端 · 노륜盧綸 · 길중부吉中孚 · 한굉韓翃 · 전기錢起 · 사공서司空曙 · 묘발苗發 · 최동崔洞 · 경위耿湋 · 하후심夏侯審 등의 10명의 시인을 가리킨다. 대력십재자는 자연스럽게 형성된 유파로 이들은 공통의 조직도 없었고 공통의 선언도 없었으나, 공통된 사상적 기초와 심미 취향을 가지고 공통된 창작원칙을 따랐으며, 서로 창화하고 왕래가 잦았기 때문에 하나의 유파로 보게 되었다.

6 制作(제작): 창작.

7 概述(개술): 개괄적으로 서술하다.

8 歷考(력고): 다 살펴보다.

9 習熟(습숙): 익숙해지다.

10 倡和(창화): 한쪽에서 부르고 한쪽에서 화답하다.

11 頻仍(빈잉): 흔히 그대로 따르다.

12 標目(표목): 나타내는 이름. 표시하는 명목.

13 差肩(차견): 어깨를 나란히 하다. 대등한 지위를 갖다.

14 才情(재정): 뛰어난 재능.

15 迥絶(형절): 월등하게 뛰어나다.

16 概論(개론): 개괄적으로 논하다.

19

성당 시기 여러 문인들의 오 · 칠언 율시는 대부분 융합되어 흔적이 없고 입성의 경지에 들어갔다. 중당의 여러 문인들은 조예가 홍취에 이르고 천기가 자연스러우며, 체재가 다 유창하고 시어의 태반이 청신하지만, 그 기상과 풍격이 이 시기에 이르러 갑자기 쇠퇴했을 따름이다. 그러므로 학자들이 초당을 법도로 삼으면 성당으로 나아갈 수 있지만, 중당을 법도로 삼으면 위축되고 쇠퇴하여 더욱 하류가 될 것이다.

엄우가 말했다.

"학자는 성당을 모범으로 삼아야 하며, 개원 · 천보 이후의 인물을 모범으로 삼아서는 안 된다. 만약 스스로 위축되고 쇠퇴하면 곧바로 시가 열등해질 것이다."

이것은 바꿀 수 없는 관점이다.9)

해제 대력 연간의 시에 관한 총론이다. 허학이는 중당의 여러 시인들 중 유장경을 가장 으뜸으로 손꼽았고, 중당의 시풍은 기상과 풍격이 갑자기 쇠퇴했다는 점에서 성당과 구별된다고 했다. 중당의 시 중에서 비록 유창하고 청신한 작품을 찾아볼 수 있지만 그것을 법도로 삼을 수 없는 것은 제20권 제11칙에서 지적한 것처럼 뿌리가 튼튼하지 못하기 때문이라고 말할 수 있다.

원문 盛唐諸公五七言律, 多融化無跡而入於聖. 中唐諸子, 造詣興趣所到, 化機自在, 然體盡流暢, 語半淸空, 其氣象風格, 至此而頓衰耳. 故學者以初唐爲法[1], 乃可進爲盛唐, 以中唐爲法, 則退屈[2]益下矣. 嚴滄浪云: "學者以盛唐爲師, 不作開元天寶以下人物. 若自退屈, 卽有下劣." 此不易之論[3]. [以下六則總論大歷之詩.]

주석
1 爲法(위법): 법도로 삼다. 규범으로 삼다.
2 退屈(퇴굴): 퇴보하고 쇠퇴하다.
3 不易之論(불역지론): 바꿀 수 없는 관점.

20

호응린이 말했다.

"중당 이후는 차츰 아름답고 화려한 것을 싫어하여 점점 담백하고

9) 이하 6칙에서는 대력의 시를 총괄적으로 논한다.

소박한 경향으로 흘러갔으므로, 오·칠언 율시에는 청신하고 유창하여 때때로 볼 만한 것이 있다."

내가 생각건대 중당의 여러 문인들은 재주가 비약할 뿐 아니라 기풍도 흩어져서 그 기상과 풍격이 마땅히 쇠퇴한데다가 청신하고 유창함에 주의를 기울였으니, 격조가 더욱더 떨쳐 일어날 수가 없게 되었다.

해제 중당 이후의 시풍에 관한 논의다. 호응린은 중당의 시가 화려한 것을 버리고 담백하고 소박한 경향으로 흘러간 점을 긍정적으로 평가했으나, 허학이는 청신하고 유창함에 귀를 기울이다 보니 격조가 더욱 쇠퇴하게 되었음을 지적했다.

원문 胡元瑞云: "中唐以後, 稍厭[1]精華[2], 漸趨[3]淡淨[4], 故五七言律淸空流暢, 時有可觀." 愚按: 中唐諸子, 才力既薄, 風氣復散, 其氣象風格宜衰, 而意主於[5]淸空流暢, 則氣格益不能振矣.

주석
1 厭(염): 싫어하다.
2 精華(정화): 아름답고 번성하다.
3 趨(추): 좇다.
4 淡淨(담정): 담박하고 소박하다.
5 意主於(의주어): …에 주의를 기울이다.

21

중당의 오·칠언 율시는 격조가 비록 쇠퇴해졌으나 신운이 저절로 뛰어나므로 읊조리면 여전히 여운의 맛이 있다. 만당의 여러 문인들은 격조가 이미 없어지고 신운도 모두 끊어졌으므로 읊조리면 번번이 싫증나기 쉽다.

호응린이 말했다.

"중당의 격조는 꺾였으나 정취는 길고 오래간다."
이것은 깊이 깨달은 말이다.

해제 중당의 율시는 격조가 쇠퇴했으나 신운이 있어 여운이 있음을 지적했다. 이러한 사실은 만당시와 비교할 때 더욱 명백하게 드러난다. 만당의 시에는 격조가 사라졌을 뿐 아니라 신운도 없다.

원문 中唐五七言律, 氣格雖衰而神韻自勝, 故諷詠[1]之猶有餘味[2]; 晩唐諸子, 氣格旣亡而神韻都絶, 故諷詠之輒復易厭. 胡元瑞云"中唐格調流宛[3]而意趣[4]悠長[5]", 深得之矣.

주석
1 諷詠(풍영): 읊조리다.
2 餘味(여미): 여운.
3 流宛(유완): 구부정하게 꺾이다.
4 意趣(의취): 정취情趣.
5 悠長(유장): 길고 오래가다.

22

중당의 오언율시는 전체 문집에서 살펴보면 비록 대부분이 쇠약하지만, 간혹 성당과 비슷한 것도 있다. 칠언율시는 수록된 것이 비록 많기는 하지만, 사실상 성당과 비슷한 것이 없다.

호응린이 말했다.

"중당은 청신한 것을 가려내어 유창하게 창작했으므로,10) 칠언율시는 이 시기에 이르면 거의 가려 뽑을 만한 것이 없으며 풍격이 점차 비루해지고 기운이 날로 경박해져 쇠퇴의 형국이 결국 드러났다."

---

10) 원문의 '送(송)'자는 오자다.

해제 중당의 오언율시와 칠언율시에 대한 종합적인 평가다. 오언율시의 경우 간혹 성당과 비슷한 것도 있지만 칠언율시의 경우는 거의 쇠퇴하여 가려 뽑을 만한 것이 없음일 지적했다. 칠언율시는 중당에 이르러 많이 창작되어 크게 발전한 시체이면서도 중당 시기에 이미 쇠퇴했다.

원문 中唐五言律, 以全集觀雖多靡弱[1], 然亦間有類盛唐者; 七言律入錄雖多, 實無有類盛唐者. 胡元瑞云: "中唐淘洗[2]清空, 寫送[送字誤]流亮[3], 七言律至是, 殆於無可指摘, 而體格[4]漸卑, 氣韻日薄, 衰態畢露[5]矣."

주석
1 靡弱(미약): 쇠약하다.
2 淘洗(도세): 좋은 것은 남겨 두고 나쁜 것은 버리다.
3 流亮(유량): '流暢(유창)'과 같은 말이다. 말이나 글이 막힘이 없이 순조롭다.
4 體格(체격): 체제와 격조.
5 畢露(필로): 다 드러나다.

23

중당 시기 여러 문인들의 오·칠언 율시는 재주가 비약할 뿐 아니라 시풍도 흩어졌으며, 그 성조와 어기가 대부분 비슷하다. 그러므로 그 시가 서로 혼동되는 것이 많아 분별할 수가 없다.

시승 교연皎然이 다음과 같이 말했다.

"대력 연간에 시인들이 몰래 청산青山·백운白雲·춘풍春風·방초芳草의 글자를 점유하여 자신의 독창이라고 여겼는데, 나는 시도詩道의 첫 쇠망이 바로 여기에 있음을 알겠다."11)

해제 중당의 오·칠언 율시에서 성조와 어기가 대부분 비슷한 것은 쇠퇴한 창

11) 이상은 모두 교연의 말이다.

작 기풍에 의한 결과임을 지적했다.

中唐諸子五七言律, 才力旣薄, 風氣復散, 其聲調語氣多相類, 故其詩多相混入[1], 不能辯也. 釋皎然[2]云: "大歷中, 詞人竊占靑山白雲 · 春風芳草以爲己有, 吾知詩道初[3]喪, 正在於此."[以上六句俱皎然語.]

1 混入(혼입): 섞여 들어가다. 혼동되다.

2 皎然(교연): 당나라 중기의 선승禪僧 겸 시인이다. 속성은 사謝고 이름은 주晝 또는 청주淸晝다. 절강의 오흥吳興 사람이며, 사령운의 10대손이다. 현종 때에 태어난 것으로 추정되는데, 출가 후에도 시를 좋아하고 고전에 관한 조예가 깊어 안진경顔眞卿을 비롯한 당시의 명사들과도 교제하면서 시명詩名을 떨쳤다. 근체보다 고체시나 악부에 뛰어났다. 제기齊己, 관휴貫休와 함께 당나라의 대표 시승詩僧으로 꼽힌다. 시문집 10권과 시가 평론서인 《시식詩式》, 《시평詩評》 등이 전한다.

3 初(초): 처음.

24

대력 시기의 율시를 선록하는 사람들은 대개 청산靑山 · 백운白雲 · 춘풍春風 · 방초芳草 등의 글자가 있는 것을 모두 넣지 않았다. 내가 생각건대 만약 대력의 시를 선록하지 않으면 그 뿐이지만, 대력의 시를 선록한다면 진실로 이것으로써 논의하는 것은 마땅하지 않다. 명나라 가정嘉靖 연간의 여러 문인들은 백년百年 · 만리萬里 · 풍진風塵 · 기색氣色 등의 글자를 많이 사용했는데, 바로 그 음운상의 격조格調가 부합하기 때문이며, 만약 반드시 이것을 제쳐두고 이해한다면 여러 문인들의 본모습이 아닐 것이다.

대력 연간의 율시에서 성조와 어기가 비슷하게 된 요인은 여러 시인들이 비슷한 글자를 너도나도 사용했기 때문이다. 이 점 또한 대력 시기의 주요

특색이므로, 그것을 의도적으로 버리고서 그 당시의 시풍을 논하는 것은 아마 어불성설일 것이다.

원문

有選大歷律詩者, 凡涉靑山・白雲・春風・芳草等字, 悉皆[1]不錄. 予謂: 苟不選大歷則已, 苟選大歷, 正不當以此論也. 國朝嘉靖[2]諸子, 多用百年・萬里・風塵・氣色等字, 正是其聲口[3]相宜, 若必捨此而求, 則非諸子之本相矣.

1 悉皆(실개): 다. 모두.

2 嘉靖(가정): 명나라 세종世宗 시기의 연호다. 1522년~1566년까지 사용되었다.

3 聲口(성구): 음운 방면에서의 격조를 가리킨다.

詩源辯體

중당中唐

1

이익李益[1]은 정원貞元 시기의 사람으로 오언고시에는 육조체六朝體가 많은데, 영명체永明體를 본뜬 것은 그 풍격을 대단히 잘 이해했다.[2]

칠언고시는 격조가 성당 시와 아주 비슷하다. 〈새하곡塞下曲〉은 본래 1수인데, 오늘날의 문집 중에 4개의 절구로 된 것은 잘못되었다. 〈축상사祝殤辭〉는 시어가 대부분 놀랄 만하고 이화李華의 〈조고전장문弔古戰場文〉과 더불어 뛰어나지만, 안타깝게도 완정하지 못하다.

오언율시의 격조 역시 뛰어나다. 〈만춘와병희진상인견방晩春臥病喜振上人見訪〉 한 편은 개원 · 천보 연간의 시들에 필적할 만하다. "서리를 품은 바람이 먼저 홀로 선 나무에 불고, 장기瘴氣 머금은 비가 황량한 성을 떠나네.霜風先獨樹, 瘴雨失荒城"라고 한 1연은 웅장함이 또한 초당과 비슷하다.

1) 자 군우君虞.
2) 당나라 시인의 육조체는 예를 수록하지 않는다.

칠언절구는 개원·천보 연간 이후로 독보적이라고 할 수 있다. 호응린이 다음과 같이 말했다.

"칠언절구로는 개원 연간 이후로 마땅히 이익을 으뜸으로 삼는다. 〈야상서성夜上西城〉, 〈종군從軍〉, 〈북정北征〉, 〈수강성受降城〉, 〈춘야문적春夜聞笛〉 등의 작품은 모두 이백, 왕창령의 작품과 함께 두각을 나타냈다."

해제 이익에 관한 논의다. 각 시체별 특징을 언급하고 칠언절구에 가장 뛰어남을 강조하며, 이백과 왕창령에 견줄 만한 재주가 있음을 언급했다. 왕세정의 《예원치언》 권4에서도 "절구로는 이익이 으뜸이며 한굉이 그 다음이다. 絶句, 李益爲勝, 韓翃次之."고 했고, 양신의 《승암시화升庵詩話》 권11에서도 "마대와 이익은 성당의 풍격을 잃지 않았다.馬戴李益, 不墜盛唐風格."고 했다.

이익은 인생의 전후기가 극명하게 차이가 나는 시인이다. 전반기는 변새의 군막에서 생활했고 후반기는 득의하여 편안하게 대각臺閣에서 생활했는데, 이러한 생활의 변화가 그의 시 창작에 고스란히 반영되어 나타나는바, 그의 시 작품은 크게 변새시邊塞詩, 남유시南游詩, 한적시閑適詩로 나눌 수 있다. 그중 20여 년간 군막에서 생활하며 창작한 50여수의 변새시는 그가 고적, 잠삼의 뒤를 이은 저명한 변새시인으로 이름을 알리게 해주었다. 이후 원화 연간에 벼슬에 나아가 대각에서 생활하며 창작한 시는 대부분 창화唱和, 응수應酬 등의 작품이다.

원문 李益[字君虞], 貞元[1]時人, 五言古多六朝體[2], 倣永明者, 酷得其風神. [唐人六朝體, 例不錄.] 七言古, 氣格絶類[3]盛唐. 塞下曲本一首, 今集中作四絶句者, 非. 祝殤辭[4]語多奇警, 與李華[5]弔古戰場文[6]並勝, 惜非完璧[7]. 五言律, 氣格亦勝. "白馬羽林兒"[8]一篇, 可配[9]開寶. "霜風先獨樹, 瘴雨失荒城"[10]一聯, 雄偉亦類初唐. 七言絶, 開寶而下, 足稱獨步. 胡元瑞云: "七言絶, 開元之下, 便當以李益爲第一. 如夜上西城·從軍·北征·受降城·春夜聞笛諸篇, 皆可與太白·龍標[11]競爽[12]."

1 貞元(정원): 당나라 덕종德宗 시기의 연호다. 785년~804년 사이에 사용되었다.

2 六朝體(육조체): 남조 육조 시기의 시체. 즉 궁체시로 대표되는 화려하고 염려한 체제를 가리킨다.

3 絶類(절류): 아주 비슷하다.

4 祝殤辭(축상사): 이익의 〈종군야차륙호북음마마검석위축상사從軍夜次六胡北飮馬磨劍石爲祝殤辭〉를 가리킨다.

5 李華(이화): 당나라 시기의 산문가이자 시인이다. 자는 하숙遐叔이고, 조주趙州 찬황贊皇 곧 지금의 하북성 사람이다. 생몰년은 715년~766년이며, 개원 23년(735) 진사시 굉사과宏辭科에 급제했다. 현종 천보 연간에 감찰어사監察御史와 시어사侍御史, 예부와 이부의 원외랑員外郞을 지냈으며 우보궐右補闕에 이르렀다. 안녹산의 난으로 장안이 함락되자 포로가 되어 위직僞職 봉각사인鳳閣舍人에 임명되었다. 난이 평정되자 항주 사호참군司戶參軍으로 좌천되었다가 나중에 검교檢校 이부원외랑吏部員外郞이 되었는데, 풍병風病으로 사직하고 산양山陽에 은거했다. 소영사蕭穎士, 안진경 등과 문풍혁신운동에 참가하여 이후 한유, 유종원이 고문운동을 일으키는 기초를 마련했다.

6 弔古戰場文(조고전장문): 당대 시인 이화李華가 쓴 변부騈賦이다. 옛 전장의 황량하고 처량한 비참한 풍경을 묘사하여 전쟁의 잔혹함과 전쟁이 백성에게 주는 고통을 표현했다.

7 完璧(완벽): 완전무결完全無缺하다.

8 白馬羽林兒(백마우림아): 이익의 〈만춘와병희진상인견방晩春臥病喜振上人見訪〉을 가리킨다.

9 可配(가배): 필적할 만하다.

10 霜風先獨樹(상풍선독수), 瘴雨失荒城(장우실황성): 서리를 품은 바람이 외로운 나무에 먼저 불어오고, 장기瘴氣 머금은 비가 황량한 성을 떠나네. 이익 〈송인유폄送人流貶〉의 시구다.

11 龍標(용표): 왕창령王昌齡. 왕창령은 천보 7년(748)에 용표위龍標尉로 폄적되었다.

12 競爽(경상): 세력이 성하여 두각을 나타내다.

2

권덕여權德輿[3]는 정원 연간의 사람인데, 오언고시는 비록 그렇게 뛰어나지는 않지만 율체를 잡용한 것이 적고, 그중 네댓 편은 격조가 성당과 아주 비슷하다. 칠언고시는 시어가 비록 화려하지만 격조가 비천하지 않다. 오언율시는 성운과 기세가 실로 뛰어나고, 칠언율시는 정교하지 못하다.

엄우가 말했다.

"대력 이후로, 내가 심사숙고하여 가려 뽑은 사람은 …권덕여權德輿, …이익李益이다."

해제 권덕여에 관한 논의다. 오·칠언 고시와 오언율시에 뛰어나다고 평가하고 있다. 권덕여는 관료 집안 출신으로 성품이 곧고 충직했다. 그는 전통적인 시교詩敎의 영향을 받아 시가의 공용성을 중시하며 온유돈후한 풍격을 시의 표준으로 삼았다. 후일 한유와 유종원의 고문운동에 영향을 미쳤다.

엄우는 《창랑시화, 시변詩辨》에서 "권덕여는 위응물, 유장경과 비슷한 점이 있다.權德輿或有似韋蘇州·劉長卿處."고 하면서 "성당과 매우 비슷하다.却有絶似盛唐者."고 지적했다. 엄우의 이러한 논평은 권덕여가 정원·원화 시기에 창작 활동을 한 것과 연관지어 볼 때 그의 문학사적 위치를 명확하게 정립하게 해준다. 즉 권덕여는 성당의 여운을 계승하고 중당의 선성先聲을 울린 시인이다. 참고로 덧붙이자면 엄우는 대력 이후 권덕여, 이익 외에도 이하李賀, 유종원柳宗元, 유언사劉言史, 이섭李涉을 중시했다.

원문 權德輿[字載之]貞元時人, 五言古雖不甚工, 然雜用律體者少, 中有四五篇, 氣格絶類盛唐. 七言古, 語雖綺豔而格亦不卑. 律詩, 五言聲氣實勝, 而七言則未爲工. 滄浪云: "大歷以後, 吾所深取者, …權德輿…李益."

---

3) 자 재지載之.

3

이익·권덕여는 대력 이후의 시인인데 그 시의 격조가 성당과 비슷한 것은, 바로 그 기질이 다르다는 것이지 의도적으로 복고했다는 것이 아니다.

해제 앞서 제20권 제1칙에서 살펴보았듯이, 허학이는 권덕여와 이익의 시를 정체로 보고 있다. 따라서 두 시인은 성당의 격조를 계승하여 대력 이후의 여러 시인들과 기질이 다르다는 사실을 강조했다.

원문 李益·權德輿在大歷之後, 而其詩氣格有類盛唐者, 乃是其氣質[1]不同, 非有意復古也.

주석 1 氣質(기질): '기품氣稟'과 같은 뜻으로 타고난 성격과 품격을 의미한다.

제23권

詩源辯體

중당中唐

1

당나라의 오언고시에서 기상이 넓은 사람으로는 오직 위응물, 유자후柳子厚[1]가 있다. 그것은 도연명에게서 연원했으며, 한적하고 충담沖淡한 것을 위주로 한다. 그러나 한마디로 당체唐體의 소편小偏으로 귀납되니, 공문孔門에서 백이伯夷를 보는 것과 같다.[2]

해제 위응물과 유종원의 오언고시에 관한 논의다. 두 시인의 오언고시가 도연명의 한적하고 충담한 시풍에서 비롯되었음을 지적했다. 이와 관련하여 양만리楊萬里는 "오언고시에서 시구가 담담하지만 의미가 심원한 이로는 도연명과 유종원이다.五言古詩, 句雅淡而味深長者, 陶淵明 · 柳子厚也."라고 평했다. 또 하량준何良俊의 《사우재총설四友齋叢說》에서는 "위응물의 성정은 심원하여 가장 풍아에 가까운데, 그 담담한 정취는 도연명에게 뒤지지 않는다. 당나라 시인 중 오언고시에서 도연명과 사령운의 풍격이 있는 사람으로는 오직 위응물 한 사람이다.左司性情閑遠, 最近風雅, 其恬淡之趣, 不減陶靖節. 唐人中, 五

1) 이름 종원宗元.
2) 이하 6칙은 위응물, 유종원의 시를 총괄적으로 논한다.

言古詩有陶謝遺韻者, 獨左司一人."라고 평했다.

따라서 청대의 문인 설설薛雪의 《일표시화一瓢詩話》에서는 "도연명의 시를 배우려면 반드시 위응물과 유종원에게서부터 시작해야 한다.猶夫學陶詩, 須自韋柳入."고 지적했다. 다만 도연명은 독자적으로 별도의 일파를 세운 시인이지만, 위응물과 유종원은 당시의 체재에서 소편이 된다고 지적했다. 그것을 공문에서 차지하는 백이의 위치에 비유한 것이 주목을 끈다.

唐人五言古, 氣象宏遠, 惟韋應物・柳子厚[名宗元]. 其源出於淵明, 以蕭散[1]沖淡爲主. 然要其歸, 乃唐體之小偏[2], 亦猶孔門視伯夷[3]也. [以下六則總論韋柳之詩.]

1 蕭散(소산): 한적하다.

2 小偏(소편): '병거구승兵車九乘'을 가리키는 말로, 수레가 15승이면 대편大偏인 반면 9승이면 소편이라고 했다.

3 猶孔門視伯夷(유공문시백이): 공문에서 백이를 보는 것과 같다. 이 말은 송대의 채조蔡絛가 《서청시화西清詩話》에서 "도연명의 의취는 질박하고 청담함의 근원이다. 시인들 중에서 도연명을 보는 것은 공문에서 백이를 보는 것과 같다.陶淵明意趣眞古清淡之宗. 詩家視淵明猶孔門視伯夷也."라고 말한 것에서 인용했다.

2

위응물과 유종원의 오언고시는 한적하고 충담하여 본디 시구를 가려 뽑을 수 없는데, 지금 경물에서 정취가 나타나는 것 중에서 잠시 몇 구절을 뽑아 그 대략을 살펴본다.

다음은 위응물의 시구다.

"물과 나무가 가을 풍경을 맑게 하고, 한가하게 거니니 감상의 여운이 상쾌하네.水木澄秋景, 逍遙清賞餘."

"먼 봉우리가 저녁 시냇물을 밝게 비추고, 여름비가 녹음을 무성하게 하네遠峯明夕川, 夏雨生衆綠."

"해가 지니 뭇 산이 어두워지고, 가을 되니 수많은 시냇물이 졸졸 흐르네. 日落羣山陰, 天秋百泉響."

"명멸하는 불빛이 외로운 경치를 소용돌이치게 하고, 아득한 아지랑이가 저녁 하늘을 머금었네. 明滅泛孤景, 杳靄含夕虛."

"숲을 사이로 저녁 빛이 나뉘고, 남은 아지랑이 먼 시냇물 밝게 비추네. 隔林分落景, 餘霞明遠川."

"큰 숲의 새벽이슬 맑은데, 붉은 약 따는 사람 없네. 高林曉露淸, 紅藥無人摘."

"갇힌 새가 숲에서 울고, 푸른 이끼에 사람 흔적이 끊어졌네. 幽鳥林上啼, 靑苔人跡絶."

"빈숲에 인가의 연기 없고, 외로운 밤에 차가운 샘물을 긷네. 空林無宿火, 獨夜汲寒泉."

다음은 유종원의 시구다.

"누런 잎이 계곡 다리를 덮고, 황량한 마을에는 오직 고목나무뿐이네. 겨울 꽃이 드물어 적막하고, 깊은 샘물이 잔잔히 이어지네. 黃葉覆溪橋, 荒村惟古木. 寒花疎寂歷, 幽泉微斷續."

"도인의 집은 조용하고, 이끼가 깊은 대나무까지 연이어 푸르네. 해가 나오니 안개와 이슬이 조금 남았고, 소나무가 치장한 듯이 푸르네. 道人庭宇靜, 苔色連深竹. 日出霧露餘, 靑松如膏沐."

"돌 사이로 나오는 샘물 소리 멀리서도 잘 들리고, 산새가 때때로 한 번씩 시끄럽게 지저귀네. 石泉遠逾響, 山鳥時一喧."

"매인 짐승의 울음소리 그윽한 골짜기를 울리고, 차가운 수초들 잔물결 따라 춤추네. 羈禽響幽谷, 寒藻舞淪漪."

"숲에서 암새들 지저귀고, 연못의 새 샘물이 맑구나. 園林幽鳥囀, 渚澤

新泉淸."

"비탈길 도니 무성한 나무가 끊어졌고, 빛이 밝으니 찬 시냇물이 맑네. 磴廻茂樹斷, 景晏寒川明."

이상은 모두 경물 중에서 정취가 나타나는 것으로, 시험 삼아 그것을 한번 읊조려 보면 비루한 것이 다 제거되었다.

해제 위응물과 유종원의 오언고시 중 한적하고 충담한 시구를 예로 들어 제시했다.

원문 韋柳五言古, 蕭散沖淡, 本未可以句摘, 今於景中見趣[1]者姑摘數語, 以見大略. 韋如"水木澄秋景, 逍遙淸賞餘."[2] "遠峯明夕川, 夏雨生衆綠."[3] "日落羣山陰, 天秋百泉響."[4] "明滅泛孤景, 杳靄含夕虛."[5] "隔林分落景, 餘霞明遠川."[6] "高林曉露淸, 紅藥無人摘."[7] "幽鳥林上啼, 靑苔人跡絶."[8] "空林無宿火, 獨夜汲寒泉."[9] 柳如"黃葉覆溪橋, 荒村惟古木. 寒花疎寂歷, 幽泉微斷續."[10] "道人庭宇靜, 苔色連深竹. 日出霧露餘, 靑松如膏沐."[11] "石泉遠逾響, 山鳥時一喧."[12] "羈禽響幽谷, 寒藻舞淪漪."[13] "園林幽鳥囀, 渚澤新泉淸."[14] "磴廻茂樹斷, 景晏寒川明"[15]等句, 皆於景中見趣, 試一諷詠之, 則鄙吝[16]盡除矣.

1 景中見趣(경중견취): 경물에서 정취를 드러내다.

2 水木澄秋景(수목징추경), 逍遙淸賞餘(소요청상여): 물과 나무가 가을 풍경을 맑게 하고, 한가하게 거니니 감상의 여운이 상쾌하네. 위응물 〈선복정사답한사록청도관회연견억善福精舍答韓司錄淸都觀會宴見憶〉의 시구다.

3 遠峯明夕川(원봉명석천), 夏雨生衆綠(하우생중록): 먼 봉우리가 저녁 시냇물을 밝게 비추고, 여름비가 녹음을 무성하게 하네. 위응물 〈시제상서랑별선복정사始除尙書郞別善福精捨〉의 시구다.

4 日落羣山陰(일락군산음), 天秋百泉響(천추백천향): 해가 지니 뭇 산이 어두워지고, 가을 되니 수많은 시냇물이 졸졸 흐르네. 위응물 〈남령정사藍嶺精舍〉의 시

구다.

5 明滅泛孤景(명멸범고경), 杳靄含夕虛(묘애함석허): 명멸하는 불빛이 외로운 경치를 소용돌이치게 하고, 아득한 아지랑이 저녁 하늘을 머금었네. 위응물 〈왕운문교거도경회류작往雲門郊居塗經迴流作〉의 시구다.

6 隔林分落景(격림분락경), 餘霞明遠川(여하명원천): 숲을 사이로 저녁 빛이 나뉘고, 남은 아지랑이 먼 시냇물 밝게 비추네. 위응물 〈만출례상증최도수시晚出澧上贈崔都水詩〉의 시구다.

7 高林曉露淸(고림효로청), 紅藥無人摘(홍약무인적): 큰 숲의 새벽이슬 맑은데, 붉은 약 따는 사람 없네. 위응물 〈유남재遊南齋〉의 시구다.

8 幽鳥林上啼(유조임상제), 青苔人跡絶(청태인적절): 갇힌 새가 숲에서 울고, 푸른 이끼에 사람 흔적이 끊어졌네. 위응물 〈연거즉사燕居即事〉의 시구다.

9 空林無宿火(공림무숙화), 獨夜汲寒泉(독야급한천): 빈숲에 인가의 연기 없고, 외로운 밤에 차가운 샘물을 긷네. 위응물 〈상방승上方僧〉의 시구다.

10 黃葉覆溪橋(황엽복계교), 荒村惟古木(황촌유고목). 寒花疎寂歷(한화소적력), 幽泉微斷續(유천미단속): 누런 잎이 계곡 다리를 덮고, 황량한 마을에는 오직 고목나무뿐이네. 겨울 꽃이 드물어 적막하고, 깊은 샘물이 잔잔히 이어지네. 유종원 〈추효행남곡경황촌秋曉行南穀經荒村〉의 시구다.

11 道人庭宇靜(도인정우정), 苔色連深竹(태색연심죽). 日出霧露餘(일출무로여), 青松如膏沐(청송여고목): 도인의 집은 조용하고, 이끼가 깊은 대나무까지 연이어 푸르네. 해가 나오니 안개와 이슬이 조금 남았고, 소나무가 치장한 듯이 푸르네. 유종원 〈신예초사원독선경晨詣超師院讀禪經〉의 시구다.

12 石泉遠逾響(석천원유향), 山鳥時一喧(산조시일훤): 돌 사이로 나오는 샘물 소리 멀리서도 잘 들리고, 산새가 때때로 한 번씩 시끄럽게 지저귀네. 유종원 〈중야기망서원치월상中夜起望西園值月上〉의 시구다.

13 羈禽響幽谷(기금향유곡), 寒藻舞淪漪(한조무륜의): 매인 짐승의 울음소리 그윽한 골짜기를 울리고, 차가운 수초들 잔물결 따라 춤추네. 유종원 〈남간중제南澗中題〉의 시구다.

14 園林幽鳥囀(원림유조전), 渚澤新泉淸(저택신천청): 숲에서 암새들 지저귀고, 연못의 새 샘물이 맑구나. 유종원 〈수춘봉경자首春逢耕者〉의 시구다.

15 磴迴茂樹斷(등회무수단), 景晏寒川明(경안한천명): 비탈길 도니 무성한 나무가 끊어졌고, 빛이 밝으니 찬 시냇물 맑네. 유종원 〈유석각과소령지장오촌遊石

角過小嶺至長烏村〉의 시구다.

16 鄙吝(비린): 비루하다.

3

위응물, 유종원의 오언고시는 왕유의 오언절구와 같이, 정취가 심원하고 오묘함이 글자의 밖에 있다. 학자들이 반드시 소리와 색상에서 그것을 찾고자 한다면 드러나게 될 것이다. 그 단편의 측운은 정교하지만, 장편의 평운은 물을 마시거나 밀랍蜜蠟을 씹는 것처럼 아무 맛이 없다.

해제

위응물, 유종원의 오언고시에서 나타나는 특징에 대해 논했다. 장계의 《세한당시화》에서 다음과 같이 지적했다.

"위응물의 시는 운치가 높고 기상이 맑다. 왕유는 격조가 성숙되고 여운이 길다. 따라서 모두 오언의 으뜸이다.韋蘇州詩, 韻高而氣淸; 王右丞詩, 格老而味長. 遂皆五言之宗匠."

사공도 역시 〈여왕가시서與王駕詩書〉에서 다음과 같이 말했다.

"왕유와 위응물은 정취가 맑아서 청풍이 시원스레 부는 것과 같다.右丞·蘇州, 趣味澄夐, 若淸風之貫達."

특히 위응물과 유종원은 단편보다 장편에서 인위적인 수식이 드러나지 않고 담백한 예술적 경지를 지향했는데, 주희는 《주자어록朱子語錄》에서 "위응물의 시가 왕유와 맹호연 등의 여러 문인들보다 품격이 높은 것은 그 소리, 색, 냄새, 맛이 없기 때문이다.韋蘇州詩高於王維·孟浩然諸人, 以其無聲色臭味也."라고 평했다.

원문

韋柳五言古, 猶摩詰五言絶, 意趣幽玄[1], 妙在文字之外. 學者必欲於音聲[2]色相[3]求之, 則見. 其短篇仄韻[4]爲工, 而於長篇平韻[5], 如飮水嚼蠟[6]矣.

주석

1 幽玄(유현): 심원하고 오묘하다.

2 音聲(음성): 소리.

3 色相(색상): 색과 모양.

4 仄韻(측운): '평운平韻'과 상대가 되는 말이다. 고대 중국어의 사성은 평상거입平上去入으로 나뉘는데, 그중 '상거입'이 측운에 해당한다.

5 平韻(평운): '측운仄韻'과 상대가 되는 말이다. 고대 중국어의 사성 중 '평'이 평운에 해당한다.

6 飮水嚼蠟(음수작랍): 물을 마시고 밀랍蜜蠟을 씹는 것처럼 맛이 없다.

4

율시는 이해하기 쉽지만, 고시는 알기 어렵다. 고시 중에서 기상이 특출나고 호탕한 것은 그래도 이해하기 쉽지만, 한적하고 충담한 것은 더욱 이해하기 어렵다.

〈위응물전韋應物傳〉에서 다음과 같이 말했다.

"위응물이 소주蘇州 지역을 다스릴 때는 이미 연로했고, 시가 더욱 정묘한 수준에 도달하여 세상 사람들이 이해할 수가 없었다."

《시안詩眼》에서는 다음과 같이 말했다.

"유종원의 시는 더욱 심오해 이해하기 어려웠으므로 선현先賢들도 추앙하지 않았는데, 소식이 그 오묘함을 알아낸 이후로 학자들이 바야흐로 점점 그것을 깨닫게 되었다."

내가 생각건대 당나라는 시로써 관리를 뽑았으므로 집집마다 널리 익혀 사람들이 이해하지 못함이 없었음에도 두 사람의 시는 그 당시에도 여전히 이해되지 못했으니, 오늘날 한적하고 충담한 시로써 후학들을 가르치려고 하는 것은 적합하지 않음을 나는 깨달았다.

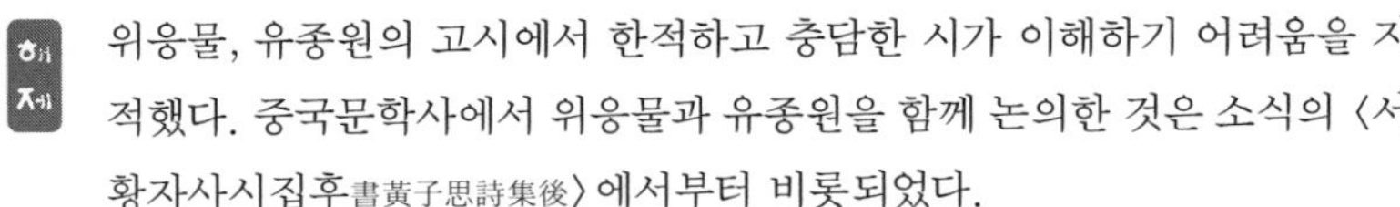
해제

위응물, 유종원의 고시에서 한적하고 충담한 시가 이해하기 어려움을 지적했다. 중국문학사에서 위응물과 유종원을 함께 논의한 것은 소식의 〈서황자사시집후書黃子思詩集後〉에서부터 비롯되었다.

"이백과 두보 이후 시인들이 이어서 창작했는데, 비록 간간이 심원한 운치가 있지만 재주가 자신의 뜻에 미치지 못했다. 오직 위응물, 유종원이 간결함 속에서 아름다움을 드러내고 담백함 속에서 지극한 맛을 기탁하니 다른 사람들이 이를 수 있는 경지가 아니다.李杜之後, 詩人繼作, 雖間有遠韻, 而才不逮意, 獨韋應物. 柳子厚發纖穠於簡古, 寄至味於淡泊, 非餘子所及也."

소식의 이 논의는 후대 학자들에게 많은 영향을 미쳤으나, 위응물과 유종원이 살았던 그 당시에도 이해할 수 없었던 그들의 시를 초학자들에게 교학용으로 가르치려고 하는 것은 소식의 이름에 집착한 결과라고 비평했다. 그 까닭은 아래 제6칙에서 언급하고 있는 것처럼 어려서부터 충담의 기세에 지나치게 빠져들면 정신이 쇠약해지기 때문이다.

律詩易曉, 古詩難知. 古詩崢嶸豪蕩者猶易知, 蕭散沖淡者更不易知也. 應物傳[1]云: "應物爲吳門[2]時, 年已老矣, 而詩益造微[3], 世亦莫能知也." 詩眼[4]云: "柳子[5]詩尤深難識, 前賢[6]亦未推重[7], 自老坡[8]發明其妙, 學者方漸知之." 愚按: 唐以詩取士[9], 家傳戶習[10], 人莫不知, 而二公之詩當時猶莫能識, 今欲以蕭散沖淡敎後學, 吾知其不相入[11]也.

1 應物傳(응물전): 조여시趙與旹의 《빈퇴록賓退錄》 권9에 보이는 기록이다.
2 吳門(오문): 소주蘇州의 별칭이다.
3 造微(조미): 정묘精妙한 수준에 도달하다.
4 詩眼(시안): 북송 시기 범온范溫의 《잠계시안潛溪詩眼》을 가리킨다. '잠계潛溪'는 범온의 호다. 이 책은 송 이후에 흩어져 사라져 《설부說郛》에 3칙이 보존되어 있으며, 곽소우郭紹虞의 《송시화집일宋詩話輯佚》에 29칙이 실려 있다. 범온은 일찍이 황정견에게서 시를 배워, 《잠계시안》에는 강서시파의 관점이 잘 나타나 있다. 선禪으로써 시를 비유하여 마음으로 깨달을 것을 강조하며, 신운神韻을 시의 최고 경지로 보았다.
5 柳子(유자): 유종원柳宗元. 제6권 제3칙의 주석6 참조.
6 前賢(전현): 선현先賢.
7 推重(추중): 추앙하여 존중하다.
8 老坡(노파): 송대 소식蘇軾을 높여 부르는 경칭敬稱.

9 以詩取士(이시취사): 시로써 관리를 등용하다.
10 家傳戶習(가전호습): 집집마다 널리 익히다.
11 入(입): 부합되다. 맞아 들어가다.

5

위응물과 유종원의 시를 배울 때는 반드시 먼저 그 성기性氣를 길러야 한다. 만약 특출난 기운을 변화시키지 못하고 호탕한 성정을 없애지 못했다면, 비단 배울 수 없을 뿐만 아니라 또 읽을 수도 없다. 시험 삼아 이반룡과 왕세정을 살펴보니 위응물, 유종원과는 대부분 서로 맞지 않다.3)

해제 위응물, 유종원의 한가하고 충담한 시를 배우기 위해서는 우선 자신의 성기부터 다스려서 성정이 치우치지 않아야 한다고 강조했다.

원문 學韋柳詩, 須先養其性氣[1], 倘崢嶸之氣未化, 豪蕩之性未除, 非但不能學, 且不能讀. 試觀于鱗・元美, 於韋柳多不相契[2]. [于鱗不喜應物, 元美亦未推重.]

주석
1 性氣(성기): 성정과 기운.
2 相契(상계): 서로 맞다.

6

위응물과 유종원의 시는 한적하고 충담하여 후학들이 급하게 배우기에는 마땅하지 않다. 비유하자면 황노黃老의 도인 담박淡泊과 무위無爲는 곧 세상을 초월한 학문으로, 만약 젊어서 이 도를 탐닉하게 되면

3) 이반룡은 위응물을 좋아하지 않았으며, 왕세정 역시 추앙하지 않았다.

기력이나 정신이 점차로 쇠퇴하여 스스로 떨칠 수 없게 된다. 소식이 도연명을 배운 것은 바로 말년의 일이었을 따름이다.

해제 위응물과 유종원의 시 중 한적하고 충담한 작품은 젊어서 배우기에 적합하지 않음을 피력했다. 소식 역시 그러한 작품을 말년에 배웠고 위응물과 유종원도 말년에 그러한 작품을 많이 창작했다.

원문 韋柳之詩, 蕭散沖淡, 後進不宜遽學[1]. 譬之黃老恬淡[2]無爲[3], 乃是超世之術[4], 若少年便耽[5]此道, 則頹墮委靡[6], 不能自振. 東坡學淵明[7], 乃晚年事耳.

주석
1 遽學(거학): 서둘러 배우다.
2 恬淡(염담): 명리名利를 탐내는 마음이 없어 담박淡泊하다.
3 無爲(무위): '인위人爲' 또는 '작위作爲'에 상대되는 개념.
4 超世之術(초세지술): 세상을 초탈한 학문.
5 耽(탐): 탐닉하다.
6 頹墮委靡(퇴타위미): 기력이나 정신이 점차 쇠퇴하다.
7 東坡學淵明(동파학연명): 소식이 도연명을 배우다. 소식은 관직을 버리고 전원으로 돌아간 도연명을 말년에 흠모하여 도연명의 모든 시에 화답한 '화도시和陶詩'를 지었다.

7

위응물, 유종원의 오언고시는 비록 한적하고 충담함을 위주로 하지만, 《구당서》에서는 유종원의 시를 "세심하게 고려하여 치밀하다"고 했고, 송렴宋濂은 유종원의 시가 "도연명과 사령운 사이에서 그 수준이 측량된다"고 했는데, 이것은 모두 그 실체를 이해한 것이다. 그러므로 그의 장편 고율古律은 용운用韻이 대단히 험준하고,[4] 칠언고시는

4) 용운이 험준한 것은 수록하지 않았다.

매우 깊이 가다듬었다.

위응물의 시는 유종원에 비하면 비록 정밀함이 떨어지지만, 그 시구에는 또한 독자적인 규칙이 있다. 그러므로 오언고시는 단편의 측운이 가장 정교하고, 칠언고시는 대부분 강건할 뿐 아니라 굳세고 험준하며 특출나다. 곧 이 두 사람은 정교함에서 정묘함으로 들어갔으니 도연명의 평담이 자연스러움에서 비롯된 것과 같지 않음을 알 수 있다.5)

해제

앞서 제1칙에서 위응물, 유종원의 고시 중 한적하고 충담한 시풍이 도연명에게서 비롯되었음을 논했다. 위응물과 유종원의 체제는 풍부한데, 그중 오언고시가 가장 사랑받는 까닭은 바로 도연명과 같은 충담함이 구체적으로 실현되었기 때문일 것이다. 그러나 두 시인은 도연명과 같은 지극한 경지에까지 이르지 못하여 독자적인 시풍을 세울 수 없었다. 도연명은 자연스러운 충담함을 드러내었지만, 두 사람은 정교함에서 미묘함으로 나아가 얻은 결과기 때문이다. 이와 관련하여 이동양의 《회록당시화懷麓堂詩話》에서도 다음과 같이 논했다.

"도연명의 시는 질박하고 고체에 가까워 읽으면 읽을수록 그 오묘함이 드러난다. 위응물은 차츰 평이한 데로 빠졌고 유종원은 정교함이 지나쳤지만, 세상에서 '도위陶韋' 또는 '위류韋柳'라고 칭하니 특별히 개괄적으로 말한 것이다. 도연명을 배우겠다고 말하는 사람들은 반드시 위응물과 유종원에게서부터 들어가면 정통하게 될 것이다.陶詩質厚近古, 然愈讀愈見其妙. 韋蘇州稍失之平易, 柳子厚則過於精刻, 世稱陶韋, 又稱韋柳, 特概言之. 惟謂學陶者, 須自韋柳而入乃爲正耳."

韋柳五言古, 雖以蕭散沖淡爲主, 然舊史[1]稱子厚詩"精裁密緻[2]", 宋景濂謂柳"斟酌[3]於陶謝之中", 斯並得其實, 故其長篇古律[4]用韻[5]險絶[6], [用韻險絶者不

5) 이 1칙에서는 위응물 · 유종원과 도연명의 차이점을 논했다.

錄.] 七言古鍛鍊深刻[7]. 應物之詩較子厚雖精密弗如, 然其句亦自有法, 故其五言古短篇仄韻最工, 七言古旣多矯逸[8], 而勁峭[9]獨出[10]. 乃知二公是由工入微, 非若淵明平淡出於自然也. [此一則論韋柳與陶不同.]

1 舊史(구사): 《구당서舊唐書》를 가리킨다. 후진後晉의 유구劉昫 등이 편찬한 당나라의 역사서다. 송나라 때 《신당서》가 편찬된 이후 그다지 높은 평가를 받지 못하게 되었으나, 청나라 때부터 이 책의 가치가 재평가되어 중시되고 있다.

2 精裁密緻(정재밀치): 세심하게 고려하여 치밀하다.

3 斟酌(짐작): 그 수준이 측량되다.

4 古律(고율): 고시의 운율.

5 用韻(용운): 압운押韻을 가리킨다. 시가의 어떤 구 끝 한 글자에 운모가 서로 같거나 비슷한 글자를 써서 음조가 조화되도록 하는 것을 가리킨다.

6 險絕(험절): 대단히 험준함을 가리킨다.

7 鍛鍊深刻(단련심각): 깊이 가다듬다.

8 矯逸(교일): 시의 풍격이 강건하다.

9 勁峭(경초): 시의 풍격이 굳세고 험준하다.

10 獨出(독출): 뛰어나다. 특출나다.

8

소식이 말했다.

"유종원의 시는 도연명의 아래이며 위소주韋蘇州[6]의 위에 놓인다."

주자가 말했다.

"위응물이 왕유, 맹호연 등 여러 문인보다 뛰어난 것은 소리 · 색 · 냄새 · 맛이 없기 때문이다."

내가 생각건대 위응물과 유종원은 비록 정교함에서 정묘함으로 들어갔지만, 위응물은 정묘함으로 들어가면서 그 정교함을 드러내지 않

6) 위응물韋應物은 소주자사蘇州刺史였다.

았는데, 유종원은 정묘함으로 들어가면서 날줄과 씨줄이 비단처럼 곱게 엮이는 그 인위적인 노력이 저절로 드러났다. 그러므로 당나라 문인들의 입장에서 평가하면, 유종원이 위응물을 능가한다. 도연명의 풍격을 기준으로 논하면, 위응물이 유종원을 능가한다. 소식은 바다 밖 해남도海南島로 귀양 갔을 때 오직 도연명과 유종원의 두 문집을 몸에 지니고 다녔으니, 이 어찌 진정으로 도연명을 이해한 사람이겠는가! 주자는 초년 시기에 오언고시를 모두 위응물의 시에서 배웠다.7)

위응물과 유종원 시의 다른 점을 논하고 있다. 위응물은 다듬었으나 드러나지 않고, 유종원은 잘 다듬어진 인위적인 수식의 흔적을 보이기 때문에 위응물이 도연명의 자연스러운 평담에 더 가깝다고 지적했다. 채조蔡絛의 《채백납시평蔡百衲詩評》에서도 다음과 같이 지적했다.

"위응물은 제련하지 않은 금과 다듬지 않은 옥과 같이, 인위적인 조탁으로 아름답게 꾸미는 것을 가탁하지 않았으니, 당나라 시인들이 도달할 수 없는 경지다. 韋蘇州如渾金璞玉, 不假雕琢成妍, 唐人有不能到."

東坡云: "柳子詩在淵明下, 韋蘇州上."[應物爲蘇州刺史.] 朱子云: "韋蘇州高於王維孟浩然諸人, 以其無聲色臭味[1]也." 愚按: 韋柳雖由工入微, 然應物入微而不見其工; 子厚雖入微, 而經緯[2]綿密[3], 其功自見. 故由唐人而論, 是柳勝韋; 由淵明而論, 是韋勝柳. 東坡遷海外[4], 惟以陶柳二集自隨, 是豈眞知陶者哉! 朱子初年五言古悉學蘇州. [此一則論韋柳之不同.]

1 聲色臭味(성색취미): 소리 · 색 · 냄새 · 맛.
2 經緯(경위): 직물의 날줄과 씨줄.
3 綿密(금밀): 비단처럼 곱다.
4 東坡遷海外(동파천해외): 소식이 바다 밖 해남도로 쫓겨나다. 소식은 급진적

7) 이 1칙은 위응물과 유종원의 다른 점을 논했다.

인 개혁을 추진하던 왕안석과 정치적 입장의 차이로 대립적 관계였다. 정치적 우여곡절을 겪었던 소식은 황태후皇太后의 죽음을 계기로 신법당이 다시 세력을 잡자 중국 최남단의 해남도로 유배되었다. 그곳에서 7년 동안 귀양살이를 하던 중, 휘종徽宗의 즉위와 함께 귀양살이가 풀렸으나 돌아오던 도중 강소성의 상주常州에서 사망했다.

9

남송南宋 심명원沈明遠의 〈보위응물전補韋應物傳〉에서 다음과 같이 말했다.

"위응물은 개원·천보 연간에 궁궐 보위부대에서 경호 업무를 할 때 친히 천자를 가까이서 모셨고, 천자의 대궐 밖 행차에 다 쫓아다니며 자못 의협심을 지니고 있었다. 안녹산의 난 이후에 몰락하여 유랑하다 실직하게 되자, 바로 절개가 꺾여 공부를 하게 되었다."

그의 문집에 실린 〈봉양개부逢楊開府〉 시에서는 더 자세히 말했다.[8] 말년에는 음식을 적게 먹고 욕심이 적어졌으며, 거처하는 곳에 향을 피우고 땅을 쓸고 정좌했다. 대개 그 인격이 이미 호방함에서 담박함으로 돌아갔으므로 그의 시 역시 자유분방에서 충담함으로 돌아

8) 젊어서 현종을 모시게 되어, 총애를 믿고 무례하게 굴었네. 마을의 불량배 행세를 하고, 집안에 살인범을 숨겨주기도 했네. 아침에는 도박을 하고, 저녁에는 동쪽 마을 계집을 희롱했네. 관원이 감히 잡아가지 못한 것은, 내가 황제를 보위했기 때문이네. 여산驪山 화청궁華清宮의 비바람 불던 밤과 장양궁長楊宮에서 수렵할 때도 분별없이 굴었네. 한 글자도 알지 못했고, 술 마시고 멋대로 굴었네. 현종이 승하하신 뒤 초췌해져 사람들에게 무시당했네. 책 읽는 일은 이미 늦었지만, 붓을 잡고 시 쓰기를 배우네. 하남부河南府와 경조부京兆府에서 비로소 언행을 삼가 했는데, 상서성尙書省에 잘못 추천되었네. 비범한 재주가 받아들여지지 않아 상서성에서 나와 저주자사滁州刺史로 가 의지할 데 없는 백성들을 보살폈네. 갑자기 양개부楊開府를 만나, 옛일을 논하다 눈물이 흘러내렸네. 앉은 손님들이 무슨 연유인지를 알겠는가? 오직 옛 친구만이 안다네.

갔다.[9)]

해제

위응물의 시에 관한 논의다. 위응물 전기는 역사서에서 찾아볼 수 없다. 위응물에 관한 최초의 전기로는 북송北宋 인종仁宗 연간에 왕흠신王欽臣이 위응물의 시집을 교정하면서 쓴 〈송가우교정위소주집서宋嘉祐校定韋蘇州集序〉라고 할 수 있으며, 이후 송나라 사람 심작철沈作喆이 지은 보전補傳인 《보위자사전補韋刺史傳》과 조여시趙與旹의 《빈퇴록賓退錄》 권9에서 좀 더 자세한 기록을 찾아볼 수 있다. 여기서는 《보위자사전》과 더불어 그의 〈봉양개부逢楊開府〉를 통해 위응물의 일생을 간략하게 언급하고 있다. 위응물의 성품이 호방함에서 담박함으로 돌아가면서 그의 시풍 역시 자유분방에서 충담으로 돌아갔다고 보았다. 《당재자전》에서도 그의 변화를 다음과 같이 기록하고 있다.

"위응물은 의협을 숭상했다. 애초 삼위낭三衛郎으로서 현종을 받들었다. 이후 절개를 꺾어 공부하기 시작했다. 성품이 고결하게 되었고 음식을 절제했으며 욕심을 줄였다. 거처하는 곳에는 반드시 향을 피우고 자리를 소제하여 앉았다. 韋應物尙俠. 初以三衛郎事玄宗. 後始折節讀書. 爲性高潔, 鮮食寡欲. 所居必焚香掃地而坐."

傳[1]言: "應物當開元天寶間, 宿衛[2]仗[3]內, 親近帷幄[4], 行幸[5]畢從, 頗任俠[6]負氣. 洎[7]漁陽兵亂[8]後, 流落[9]失職, 乃更折節[10]讀書." 其集有逢楊開府詩, 言之備矣. ["少事武皇帝, 無賴恃恩私. 身作里中橫, 家藏亡命兒. 朝持摴蒲局, 暮竊東鄰姬. 司隸不敢捕, 立在白玉墀. 驪山風雪夜, 長楊羽獵時. 一字都不識, 飲酒肆頑癡. 武皇升仙去, 憔悴被人欺. 讀書事已晚, 把筆學題詩. 兩府始收跡, 南宮謬見推. 非才果不容, 出守撫惸嫠. 忽逢楊開府, 論舊涕俱垂. 坐客何由識, 唯有故人知."] 晚年鮮食寡欲[11], 所居焚香掃地[12]而坐. 蓋其人旣自豪放以歸恬淡, 故其詩亦自縱逸[13]以歸沖淡也. [以下七則專論應物之詩.]

9) 이하 7칙은 전문적으로 위응물의 시를 논한다.

1 傳(전): 남송 심명원沈明遠의 〈보위응물전補韋應物傳〉을 가리킨다.

2 宿衛(숙위): 숙직하여 지키다.

3 仗(장): 보위부대.

4 帷幄(유악): 장막. 휘장. 전쟁에서 대장이 작전 계획을 세우는 곳을 가리킨다.

5 行幸(행행): 천자의 대궐 밖의 나들이.

6 任俠(임협): 호협한 기개. 협기俠氣.

7 洎(기): '曁(기)'와 같은 뜻으로 '미치다'의 의미다.

8 漁陽兵亂(어양병란): 당나라 안녹산의 난을 가리킨다. 안녹산은 하북성의 어양漁陽에서 난을 일으켰다.

9 流落(유락): 몰락하여 유랑하다.

10 折節(절절): 자기를 굽히고 의지를 꺾다.

11 鮮食寡欲(선식과욕): 음식을 적게 먹고 욕심이 적어지다.

12 焚香掃地(분향소지): 거처하는 곳에 향을 피우고 땅을 쓸고 정좌하다.

13 縱逸(종일): 멋대로 굴다.

10

위응물의 오언고시에는 '의고擬古'와 '잡시雜詩' 등의 작품이 있다. 그의 〈송낙양한승동유送洛陽韓丞東遊〉, 〈상동문회송이유거남유서방上東門會送李幼擧南遊徐方〉, 〈전옹율지로주알이중승餞雍聿之潞州謁李中丞〉, 〈송정장원送鄭長源〉, 〈유별낙경친우留別洛京親友〉, 〈희어광릉배근가형봉송발환지주喜於廣陵拜覲家兄奉送發還池州〉 등은 실제로 고체를 사용했다. 〈효도팽택效陶彭澤〉, 〈여우생야음효도체與友生野飮效陶體〉, 〈원림안기기소응한명부노주부園林晏起寄昭應韓明府盧主簿〉, 〈답창교서당答暢校書當〉, 〈기풍저寄馮著〉 등은 도연명의 진솔하고 자연스러움을 배웠다. 〈서교연집西郊燕集〉, 〈휴목동환주귀리시단休沐東還胄貴里示端〉, 〈선복정사답한사록청도관회연견억善福精舍答韓司錄淸都觀會宴見憶〉, 〈시제상서랑별선복정사始除尙書郞別善福精舍〉, 〈답최도수答崔都水〉, 〈세일기경사제계단무등歲日寄京師諸季端武等〉, 〈만귀풍천晩歸灃川〉, 〈왕운문교거도경회류작往雲門郊居途經回流作〉, 〈등서남강복거우우심죽랑지풍연영대수리청류무수운물가상登西南岡卜居遇雨寻竹浪至灃壖縈帶數里淸流茂樹雲物可賞〉, 〈만출풍상증최도수晩出灃上贈崔都水〉, 〈하야억노숭夏夜憶盧嵩〉 등은 도연명의 한적하고 충담함을 배웠지만 사실은 당시의 체재다.

〈교거언지郊居言志〉, 〈선복정사시제생善福精舍示諸生〉, 〈현재縣齋〉, 〈유거幽居〉, 〈신정사원神靜師院〉, 〈유남재遊南齋〉, 〈연거즉사燕居即事〉, 〈모상사暮相思〉, 〈기항찬寄恒璨〉, 〈행관선사원行寬禪師院〉, 〈상방승上方僧〉 등은 소리·색·냄새·맛이 없는 것에 가깝다.

위응물 오언고시의 풍격을 구분하여 논했다.

應物五言古有擬古雜詩等作, 他如"仙鳥何飄颻"[1], "離絃旣罷彈"[2], "鬱鬱兩相遇"[3], "少年一相見"[4], "握手出都門"[5], "靑靑連枝樹"[6]等篇, 實用古體. 如"霜露悴百草"[7], "攜酒花林下"[8], "田家已耕作"[9], "偶然棄官去"[10], "春雷起萌蟄"[11]等篇, 乃學淵明之眞率自然. 如"濟濟衆君子"[12], "宦遊三十載"[13], "弱志厭衆紛"[14], "簡略非世器"[15], "亭亭心中人"[16], "獻歲抱深惻"[17], "凌霧朝閶闔"[18], "玆晨乃休暇"[19], "登高創危構"[20], "臨流一舒嘯"[21], "靄靄高館暮"[22]等篇, 則學淵明之蕭散沖淡, 而實則唐體也. 至如"負暄衡門下"[23], "湛湛嘉樹陰"[24], "仲春時景好"[25], "貴賤雖異等"[26], "靑苔幽巷徧"[27], "池上鳴佳禽"[28], "蕭條竹林院"[29], "朝出自不還"[30], "心絶去來緣"[31], "北望極長廊"[32], "見月出東山"[33]等篇, 則近於無聲色臭味矣.

주석

1 仙鳥何飄颻(선조하표요): 위응물의 〈송낙양한승동유送洛陽韓丞東遊〉를 가리킨다.

2 離絃旣罷彈(이현기파탄): 위응물의 〈상동문회송이유거남유서방上東門會送李幼擧南遊徐方〉을 가리킨다.

3 鬱鬱兩相遇(울울양상우): 위응물의 〈전옹율지로주알이중승餞雍聿之潞州謁李中丞〉을 가리킨다.

4 少年一相見(소년일상견): 위응물의 〈송정장원送鄭長源〉을 가리킨다.

5 握手出都門(악수출도문): 위응물의 〈유별낙경친우留別洛京親友〉를 가리킨다.

6 青青連枝樹(청청연지수): 위응물의 〈희어광릉배근가형봉송발환지주喜於廣陵拜覲家兄奉送發還池州〉를 가리킨다.

7 霜露悴百草(상로췌백초): 위응물의 〈효도팽택效陶彭澤〉을 가리킨다.

8 攜酒花林下(휴주화림하): 위응물의 〈여우생야음효도체與友生野飮效陶體〉를 가리킨다.

9 田家已耕作(전가이경작): 위응물의 〈원림안기기소응한명부노주부園林晏起寄昭應韓明府盧主簿〉를 가리킨다.

10 偶然棄官去(우연기관거): 위응물의 〈답창교서당答暢校書當〉을 가리킨다.

11 春雷起萌蟄(춘뇌기맹칩): 위응물의 〈기풍저寄馮著〉를 가리킨다.

12 濟濟衆君子(제제중군자): 위응물의 〈서교연집西郊燕集〉을 가리킨다.

13 宦遊三十載(환유삼십재): 위응물의 〈휴목동환주귀리시단休沐東還胄貴里示端〉을 가리킨다.

14 弱志厭衆紛(약지염중분): 위응물의 〈선복정사답한사록청도관회연견억善福精舍答韓司錄淸都觀會宴見憶〉을 가리킨다.

15 簡略非世器(간략비세기): 위응물의 〈시제상서랑별선복정사始除尙書郎別善福精舍〉를 가리킨다.

16 亭亭心中人(정정심중인): 위응물의 〈답최도수答崔都水〉를 가리킨다.

17 獻歲抱深惻(헌세포심측): 위응물의 〈세일기경사제계단무등歲日寄京師諸季端武等〉을 가리킨다.

18 凌霧朝閶闔(능무조창합): 위응물의 〈만귀풍천晩歸灃川〉을 가리킨다.

19 兹晨乃休暇(자신내휴가): 위응물의 〈왕운문교거도경회류작往雲門郊居途經回流作〉을 가리킨다.

20 登高創危構(등고창위구): 위응물의 〈등서남강복거우우심죽랑지풍연영대수리청류무수운물가상登西南岡蔔居遇雨尋竹浪至灃壖縈帶數里淸流茂樹雲物可賞〉을 가리킨다.

21 臨流一舒嘯(임류일서소): 위응물의 〈만출풍상증최도수晩出灃上贈崔都水〉를 가리킨다.

22 靄靄高館暮(애애고관모): 위응물의 〈하야억노숭夏夜憶盧嵩〉을 가리킨다.

23 負暄衡門下(부훤형문하): 위응물의 〈교거언지郊居言志〉를 가리킨다.

24 湛湛嘉樹陰(담담가수음): 위응물의 〈선복정사시제생善福精舍示諸生〉을 가리킨다.

25 仲春時景好(중춘시경호): 위응물의 〈현재縣齋〉를 가리킨다.

26 貴賤雖異等(귀천수이등): 위응물의 〈유거幽居〉를 가리킨다.

27 青苔幽巷徧(청태유항편): 위응물의 〈신정사원神靜師院〉을 가리킨다.

28 池上鳴佳禽(지상명가금): 위응물의 〈유남재遊南齋〉를 가리킨다.

29 蕭條竹林院(소조죽림원): 위응물의 〈연거즉사燕居即事〉를 가리킨다.

30 朝出自不還(조출자불환): 위응물의 〈모상사暮相思〉를 가리킨다.

31 心絶去來緣(심절거래연): 위응물의 〈기항찬寄恒璨〉을 가리킨다.

32 北望極長廊(북망극장랑): 위응물의 〈행관선사원行寬禪師院〉을 가리킨다.

33 見月出東山(견월출동산): 위응물의 〈상방승上方僧〉을 가리킨다.

11

육조의 오언시에서 사령운은 대구와 조탁이 진실로 유창하지는 않았다. 사조가 비록 다소 유창함을 보였지만 성조에 점점 율격이 들어가고 시어가 점점 화려해져 끝내 잡체雜體가 되었다. 위응물의 한적하고 충담함은 육조의 시와 비교하면 더욱 저절로 분명하게 구별된다.

서부徐俯가 "위응물은 육조의 풍격이 있으며 가장 유창하다"고 말한 것은 심히 어긋난 견해다. 한마디로 위응물 시는 도연명을 근원으로 하고 있음을 알겠으니, 육조의 지리멸렬하고 자질구레한 것과 위응물의 시를 아울러 논하는 것은 진실로 부당하며, 자구字句의 표면적 유사함으로써 그 연원을 찾아서는 안 된다.

호응린도 "위좌사韋左司[10]는 육조의 여음이다"라고 했는데, 어찌 길거리의 소문을 전하겠는가?

10) 위응물은 좌사랑중左司郎中이었다.

해제 위응물 시의 근원을 육조의 사령운 등에게서 찾는 일부 논자들의 견해에 대해 비판했다. 이와 같은 일부의 견해는 송나라 때부터 있었으니, 여기서 인용한 서부의 말이 대표적인 사례다.

원문 六朝五言, 謝靈運俳偶彫刻, 正非流麗. 玄暉雖稍見流麗, 而聲漸入律, 語漸綺靡, 遂成雜體. 若應物, 蕭散沖淡, 較六朝更自迥別. 徐師川[1]云: "韋蘇州有六朝風致[2], 最爲流麗." 其背戾[3]滋甚[4]. 要知應物之詩本出於陶, 六朝支離[5]瑣屑[6], 正不當與之並言, 不得以字句形似求之. 胡元瑞亦謂"韋左司[應物爲左司郎中]是六朝餘韻[7]", 豈道聽而塗說[8]耶?

주석

1 徐師川(서사천): 서부徐俯(1075~1141). 북송 시기 문인이다. 자가 사천이고, 호는 동호거사東湖居士다. 홍주洪州 분녕分寧 곧 지금의 강서 수수修水 사람이다. 아버지는 서희徐禧다. 7살 때 시에 능해 장인 황정견의 인정을 받았다. 아버지가 나라일로 세상을 뜬 이유로 통직랑通直郎에 임명된 뒤 사문랑司門郎을 거쳐 우간의대부右諫議大夫에 이르렀다. 소흥 2년(1132) 진사 출신의 자격이 주어져 시독侍讀을 겸했다. 이후 한림학사翰林學士, 단명전학사端明殿學士, 첨서추밀원사簽書樞密院事, 참지정사參知政事, 제거동소궁提擧洞霄宮 등을 역임했다. 강서시파의 저명한 시인 중의 한 명으로 초기 시풍은 황정견의 영향을 받았다. 말년에는 시가 창작의 창신을 추구하여 자연스럽고 평담한 시풍을 추구했다.

2 風致(풍치): 풍격.

3 背戾(배려): 배반하다.

4 滋甚(자심): 더욱 심하다. 점점 더 심하다.

5 支離(지리): 이리저리 흩어지다. 지리멸렬하다.

6 瑣屑(쇄설): 자질구레하다.

7 餘韻(여운): 아직 가시지 않고 남아 있는 운치. 여음餘音.

8 道聽而塗說(도청이도설): 길에서 들은 일을 바로 길에서 이야기하다. 거리의 소문을 전하다.

12

위응물의 오언고시는 단편의 측운이 가장 정교하지만, 본래의 체재와는 약간 다르다. 그의 〈동덕사각집조同德寺閣集眺〉, 〈등고망낙성작登高望洛城作〉 두 편은 날줄과 씨줄을 잘 짠 공적이 자못 드러나지만 의미의 함축에서는 사실 유종원보다 뒤떨어지니, 이것이 위응물이 유종원만 못한 점이다. 〈송이십사산동유送李十四山東游〉 한 편은 시어가 특출나니, 더더욱 위응물 시의 본모습이 아니다.

해제 위응물의 오언고시 중 단편의 측운에 대해 논했다.

원문 應物五言古, 短篇仄韻最工, 然與本體[1]稍異. 他如"芳節欲云晏"[2], "高臺造雲端"[3]二篇, 則頗見經緯之功[4], 然沉鬱[5]實遜子厚, 此章不如柳也. "聖朝有遺逸"[6]一篇, 語涉崢嶸, 益非本相矣.

주석

1 本體(본체): 본래의 체재.
2 芳節欲云晏(방절욕운안): 위응물의 〈동덕사각집조同德寺閣集眺〉를 가리킨다.
3 高臺造雲端(고대조운단): 위응물의 〈등고망낙성작登高望洛城作〉을 가리킨다.
4 經緯之功(경위지공): 날줄과 씨줄을 잘 짠 공적功績.
5 沉鬱(침울): 의미가 깊고 함축적이다.
6 聖朝有遺逸(성조유유일): 위응물의 〈송이십사산동유送李十四山東遊〉를 가리킨다.

13

위응물의 칠언고시는 체재가 강건할 뿐 아니라 시어도 굳세어서, 오언고시와 비교하면 마치 두 사람의 손에서 창작된 듯 풍격이 다르다. 전체 문집을 살펴보면 성조가 간혹 순일하지 못한 것이 있다.

해제 위응물의 칠언고시에 관한 논의다. 오언고시와 비교할 때 그 풍격이 다름을 강조했다. 사실 위응물은 오언고시에 가장 뛰어난 시인이다. 현존하는 위응물의 시는 550수 가량인데 그중에서 270여 수가 오언고시다. 이에 교억喬億의 《검계설시劍溪說詩》에서 다음과 같이 말했다.

"위응물과 유종원은 가행을 잘 짓는 시인으로 그 당시에 가장 뛰어났는데, 다만 오언에서만 지극한 경지에 도달했으니 스스로 그것을 크게 하지 않을 수 없었을 따름이다. 韋柳歌行之善者, 妙絶時人, 但五言更臻極則, 不能不自俺之耳."

원문 應物七言古, 體旣矯逸, 而語復勁峭[1], 與五言古如出二手[2]. 以全集觀, 聲調間有不純者.

주석
1 勁峭(경초): 굳세고 험준하다.
2 如出二手(여출이수): 마치 두 사람의 손에서 나온 것처럼 다르다.

14

위응물의 오·칠언 율시와 절구는 한적하고 충담하여 오언고시와 서로 비슷하지만, 칭송되는 것은 고시에 있다.

해제 위응물의 오·칠언 율시와 절구에 관한 전반적인 평가다. 오·칠언 율시와 절구에서도 한적하고 충담한 풍격을 지니기는 하지만 오언고시보다 못함을 지적했다.

원문 應物五七言律絶, 蕭散沖淡, 與五言古相類, 然所稱則在古也.

15

이기李頎의 칠언율시 〈제노오구거題盧五舊居〉 한 편에 대해 왕세정은 다음과 같이 말했다.

"기이한 일과 화려한 말을 쓰지 않고 평조平調로 창작했어도 감탄의 여운이 그치지 않을 만하다."

내가 생각건대 위응물의 칠언율시에는 이러한 평조가 실로 많지만 기세가 뛰어난 듯하다.

해제 위응물의 칠언율시에 대해 논했다.

원문 李頎七言律"物在人亡"[1]一篇, 元美謂: "不作奇事麗語, 以平調行之, 却足一倡三歎." 愚按: 應物七言律此調實多, 而氣似勝之.

주석 1 物在人亡(물재인망): 이기의 〈제노오구거題盧五舊居〉를 가리킨다.

16

유종원의 오언고시는 위응물과 비교하면 같은 점도 있으면서 다른 점도 있다.

〈단휴사산인지우지旦攜謝山人至愚池〉, 〈하초우후심우계夏初雨後尋愚溪〉, 〈추효행남곡경황촌秋曉行南穀經荒村〉, 〈손공원오영巽公院五詠·선당禪堂〉, 〈증강화장로贈江華長老〉, 〈신예초사원독선경晨詣超師院讀禪經〉 등은 한적하고 충담하여 위응물과 서로 비슷하다.

〈남간중제南磵中題〉, 〈수춘봉경자首春逢耕者〉, 〈유석각과소령지장오촌遊石角過小嶺至長烏村〉, 〈여최책등서산與崔策登西山〉, 〈구법화사서정構法華寺西亭〉 등은 시어가 비록 한적하긴 하지만 공을 들인 효과가 치밀해지기 시작해 위응물과 조금 다르다.

〈초추야좌증오무릉初秋夜坐贈吳武陵〉, 〈계위암수렴界圍岩水簾〉, 〈상구관소상이수소회湘口館瀟湘二水所會〉, 〈등포주석기망횡강구담도심형사대향령산登蒲州石磯望橫江口潭島深迥斜對香零山〉, 〈모첨하시재죽茅簷下始

栽竹〉, 〈종선영비種仙靈毗〉, 〈종출種朮〉, 〈독서讀書〉, 〈엄역부장진해掩役夫張進骸〉, 〈영삼량詠三良〉, 〈영형가詠荊軻〉 등은 구성이 엄밀하고 기운이 침울하여 위응물과 크게 다르므로 진실로 유종원의 시라고 하겠다. 그러나 《시안詩眼》에서 "더욱 심오하여 알기 어렵다"고 말한바, 학자가 자세히 읽고 읊조리지 않으면 이해할 수가 없다. 나는 유종원의 시를 20년간 읽고 비로소 '침울' 두 글자를 깨달았다.[11)]

해제

유종원에 관한 논의다. 위응물과 비교하여 유종원의 오언고시를 크게 세 종류로 분류하여 각기 해당하는 작품을 예로 들어 제시했다.

위응물과 유종원은 중당 시기의 대표적인 시인으로 줄곧 함께 거론되지만 두 사람은 36살 차이로 직접적인 교류가 있었던 것은 아니다. 다만 소식에 의해 그 풍격이 중시되면서 함께 주목받기 시작했다. 특히 위응물과 유종원의 만년에 겪은 정치적 실의와 인생관의 변화는 소식의 삶과 다르지 않아 실제 소식의 작품 창작에도 많은 영향을 미쳤다.

원문

子厚五言古, 較應物有同有異. 如"新沐換輕幘"[1], "悠悠雨初霽"[2], "杪秋霜露重"[3], "發地結菁茅"[4], "老僧道機熟"[5], "汲井漱寒齒"[6]等篇, 蕭散沖淡, 與應物相類. 如"秋氣集南磵"[7], "南楚春候早"[8], "志適不期貴"[9], "鶴鳴楚山靜"[10], "竄身楚南極"[11]等篇, 語雖蕭散, 而功用[12]始周[13], 與應物小異. 至如"稍稍雨侵竹"[14], "界圍匯湘曲"[15], "九疑濬傾奔"[16], "隱憂倦永夜"[17], "瘴茅葺爲宇"[18], "窮陋闕自養"[19], "守閑事服餌"[20], "幽沉謝世事"[21], "生死悠悠爾"[22], "束帶值明后"[23], "燕秦不兩立"[24]等篇, 則經緯綿密[25], 氣韻沉鬱[26], 與應物大異, 自是子厚之詩, 詩眼所謂"尤深難識", 學者非熟讀諷詠[27]不能有得也. 予讀柳詩二十年, 始悟沉鬱二字. [以下九則專論子厚之詩.]

주석

1 新沐換輕幘(신목환경책): 유종원의 〈단휴사산인지우지旦攜謝山人至愚池〉를 가

11) 이하 9칙은 유종원의 시를 전문적으로 논한다.

리킨다.

2 悠悠雨初霽(유유우초제): 유종원의 〈하초우후심우계夏初雨後尋愚溪〉를 가리킨다.

3 杪秋霜露重(초추상로중): 유종원의 〈추효행남곡경황촌秋曉行南穀經荒村〉을 가리킨다.

4 發地結菁茅(발지결청모): 유종원의 〈손공원오영巽公院五詠, 선당禪堂〉을 가리킨다.

5 老僧道機熟(노승도기숙): 유종원의 〈증강화장로贈江華長老〉를 가리킨다.

6 汲井漱寒齒(급정수한치): 유종원의 〈신예초사원독선경晨詣超師院讀禪經〉을 가리킨다.

7 秋氣集南磵(추기집남간): 유종원의 〈남간중제南磵中題〉를 가리킨다.

8 南楚春候早(남초춘후조): 유종원의 〈수춘봉경자首春逢耕者〉를 가리킨다.

9 志適不期貴(지적불기귀): 유종원의 〈유석각과소령지장오촌遊石角過小嶺至長烏村〉을 가리킨다.

10 鶴鳴楚山靜(학명초산정): 유종원의 〈여최책등서산與崔策登西山〉을 가리킨다.

11 竄身楚南極(찬신초남극): 유종원의 〈구법화사서정構法華寺西亭〉을 가리킨다.

12 功用(공용): 공을 들인 효과.

13 周(주): 치밀하다.

14 稍稍雨侵竹(초초우침죽): 유종원의 〈초추야좌증오무릉初秋夜坐贈吳武陵〉을 가리킨다.

15 界圍匯湘曲(계위회상곡): 유종원의 〈계위암수렴界圍岩水簾〉을 가리킨다.

16 九疑濬傾奔(구의준경분): 유종원의 〈상구관소상이수소회湘口館瀟湘二水所會〉를 가리킨다.

17 隱憂倦永夜(은우권영야): 유종원의 〈등포주석기망횡강구담도심형사대향령산登蒲州石磯望橫江口潭島深迴斜對香零山〉을 가리킨다.

18 瘴茅葺爲宇(장모즙위우): 유종원의 〈모첨하시재죽茅簷下始栽竹〉을 가리킨다.

19 窮陋闕自養(궁루궐자양): 유종원의 〈종선영비種仙靈毗〉를 가리킨다.

20 守閑事服餌(수한사복이): 유종원의 〈종출種朮〉을 가리킨다.

21 幽沉謝世事(유침사세사): 유종원의 〈독서讀書〉를 가리킨다.

22 生死悠悠爾(생사유유이): 유종원의 〈엄역부장진해掩役夫張進骸〉를 가리킨다.

23 束帶值明后(속대치명후): 유종원의 〈영삼량詠三良〉을 가리킨다.

24 燕秦不兩立(연진불양립): 유종원의 〈영형가詠荊軻〉를 가리킨다.
25 經緯綿密(경위금밀): 날줄과 씨줄이 비단처럼 곱게 잘 짜여 있다.
26 沉鬱(침울): 의미가 깊고 함축적이다.
27 熟讀諷詠(숙독풍영): 자세히 읽고 읊조리다.

17

옛사람이 말했다.

"유종원은 본디부터 《국어國語》를 좋아하여, 그 문장의 핵심 부분은 대부분 《국어》에서 배운 것이다."

내가 생각건대 유종원의 오언고시는 기운이 침울한데, 역시 《국어》에서 배운 것이다.

해제

유종원의 시풍에 관한 논의다. 유종원의 오언고시에서 나타나는 '침울'의 풍격은 《국어》에서 비롯된 것이라고 지적했다. 유종원은 《국어》를 비방한 《비국어非國語》를 지었는데, 《국어》를 비방하다가 자신도 모르게 그것에 가장 정통하게 된 셈이다. 실제 현존하는 유종원의 작품은 대부분 영주사마永州司馬로 폄직된 이후에 창작된 것이어서 대체로 비분강개하고 침울한 심정이 짙게 녹아 있다.

원문

昔人言: "子厚雅[1]好國語[2], 其文長枝大節處, 多得於國語." 予謂: 子厚五言古, 氣韻沉鬱, 亦得於國語.

주석

1 雅(아): 평소.
2 國語(국어): 제4권 제7칙의 주2 참조.

18

원화의 여러 문인들은 의론議論이 명쾌하며 문장으로써 시를 썼으므로 대변大變이 되었다. 유종원의 오언고시 〈엄역부해掩役夫骸〉, 〈영삼량詠三良〉, 〈영형가詠荊軻〉 역시 차츰 의론과 관련이 되었다.

예를 들어 〈영형가〉의 결어에서는 "세상에 전해지는 역사적 사실에는 본래 오류가 많으니, 태사공太史公이 이미 진秦나라 시의侍医 하무차夏無且 일에서 탄식을 했다네. 世傳故多謬, 太史徵無且."라고 말했는데, 곧 〈동엽봉제변桐葉封弟辯〉에서 "어떤 옛 기록에서 말하길 주나라 성왕이 당唐땅을 어린 동생에게 주어 다스리게 했다는 것은 태사공 윤일尹佚이 그렇게 쓴 것이다. 或曰封唐, 史佚成之."라고 말한 것과 같은 의미다. 그러나 시어는 원화의 시와 비교하면 필경 온화하므로, 대변에 들어가지 않는다.

해제 유종원의 오언고시 중 의론에 들어간 시에 대해 논했다. 원화 시기의 시들과 비교할 때 온화한 풍격이어서 대변에 들어가지 않는다고 지적했다. 앞서 유종원의 시는 당나라 시체에서 소편에 해당한다고 말했다.

원문 元和諸公, 議論痛快[1], 以文爲詩, 故爲大變. 子厚五言古, 如掩役夫骸, 詠三良, 詠荊軻, 亦漸涉議論矣. 至如荊軻結語云"世傳故多謬, 太史徵無且", 卽桐葉封弟辯云"或曰封唐, 史佚成之"之意, 但語較元和終[2]則溫潤[3]耳, 故不入大變也.

주석
1 痛快(통쾌): 명쾌하다. 솔직하다.
2 終(종): 필경.
3 溫潤(온윤): 온화溫和하다. 마음이 따뜻하고 화기和氣가 있다.

19

엄우가 말했다.

"당나라 시인 중에서 유종원만이 초사학을 깊게 이해했다."

내가 생각건대 유종원의 소체騷體 중 〈소리愬螭〉, 〈애익哀溺〉, 〈조장홍弔萇弘〉, 〈조굴원弔屈原〉, 〈조악의弔樂毅〉, 〈초해가招海賈〉 등의 여러 문장은 뛰어나다. 〈초해가〉는 〈초혼招魂〉의 변체여서 다른 작품들에 비해 더욱 뛰어나다. 다른 여러 작품들은 비록 초사楚辭의 정파正派이기는 하지만 한무제, 회남소산, 왕유, 이백과 같은 시의 정취가 없으므로 《당시품휘》에는 수록되지 않았다.

해제 유종원의 시 중 소체의 작품에 대해 논했다. 《신당서》에 의하면, 유종원은 소주자사蘇州刺史에 폄직되어 귀양가는 도중에 다시 영주사마永州司馬로 폄직된다. 그때 억울한 심정을 누르며 굴원의 〈이소〉를 모방한 작품을 지었다고 한다. 심덕잠의 《당시별재집》 권4에서도 다음과 같이 지적했다.

"유종원의 시는 애원에 뛰어난데, 〈이소〉의 여운을 얻었다.柳州詩長於哀怨, 得騷之餘意."

원문 嚴滄浪云: "唐人惟柳子厚深得騷學." 愚按: 子厚騷辭, 惟愬螭, 哀溺, 弔萇弘, 弔屈原, 弔樂毅, 招海賈諸文爲勝, 而招海賈則又招魂之變, 較諸篇爲尤勝, 然諸篇雖爲騷之正派[1], 而無漢武, 小山, 摩詰, 太白詩趣, 故品彙不錄.

주석 1 正派(정파): 정통正統. 학업 · 기예 등이 한 계통으로 내려오는 적파嫡派.

20

양유정楊維楨이 말했다.

"〈금조琴操〉는 한유의 독보적인 작품이라, 유종원은 감히 창작하지 못하고, 마침내 〈요가鐃歌〉를 지었다. 옛날의 문인들이 서로 탄복하여 시기하지 않음이 이와 같았다."

내가 생각건대 유종원의 〈요가〉는 무습繆襲과 위소韋昭의 〈요가〉와 비교하면 다소 뛰어나긴 하지만, 시어가 끝내 순수하고 우아하지 못하므로 《당시품휘》에 역시 수록되지 않았다.

해제 유종원의 〈당요가고취곡십이편唐鐃歌鼓吹曲十二篇〉에 관한 논의다. 한유의 〈금조〉에 비견할 만한 작품이나 시어가 순수하고 우아하지 못한 점을 지적했다. 이 작품은 자신의 유가사상과 충군애국의 마음을 표현한 노래다. 한위의 요가를 본받아 계승하면서 장편의 독특한 풍격을 완성하여 후대에 귀감이 되는 작품이다. 형식이 새롭고 풍격이 높으며 기세가 웅장하다고 평가된다.

요가는 군악軍樂이다. '기취騎吹'라고도 한다. 또한 행군할 때 말위에서 연주하는 것으로 '고취鼓吹'라고 통칭된다. 사기를 진작시키고 위엄을 높이는 작용을 한다. 한위에 성행했고 당대에 독자적으로 발전했다. 유종원은 영주永州에 거주할 때 이 시를 지음으로써 자신의 충직한 애국사상을 표출했다. 영주사마永州司馬의 벼슬이 사실상 관사도 없고 공무도 없는 한직이었음에도 불구하고 이러한 작품을 쓸 수 있었던 점에서 나라의 앞날을 걱정하는 유종원의 진실한 마음을 엿볼 수 있다.

덧붙여 언급하면, 한유의 〈금조십수琴操十首〉는 역대 금조시 중의 제일 뛰어난 것으로 현실 사회 속의 아부하는 권력에 대해 비판한 내용이다. 성현을 동경하는 심정이 표출되어 있는데, 한유가 52세 때 작성한 〈논불골표論佛骨表〉로 인해 귀양 가면서 창작한 작품이다. 유종원은 바로 한유와 비슷한 처지에서 그와 비슷한 작품을 남겼던 것이다.

원문 楊廉夫[1]云: "琴操[2]爲退之獨步, 子厚不敢作, 遂作鐃歌[3]. 古之文人, 相服[4]而不相忌如此." 愚按: 子厚鐃歌較繆襲・韋昭雖爲稍勝, 而語終不純雅, 故品彙亦不錄也.

주석 1 楊廉夫(양렴부): 양유정楊維楨(1296~1370). 원말명초의 시인이다. 자가 염부고, 호는 철애鐵崖, 철적도인鐵笛道人 등이다. 회계會稽 곧 지금의 절강성 사람으로, 태정泰定 4년(1327)에 진사가 되었다. 항주사무제학杭州四務提擧 등의 관직을 역임하다 은거했다. 《동유자문집東維子文集》, 《철애선생고악부鐵崖先生古樂府》

등이 전한다.

2 琴操(금조): 한유의 〈금조십수琴操十首〉를 가리킨다. '금조'는 원래 거문고 곡에 맞추어 노래하는 음악문학 양식이다. 한유는 이 양식을 빌어 예전의 인물과 일을 통해 당시 아첨하여 권력을 휘두르는 사람들을 비판했다.

3 鐃歌(요가): 유종원의 〈당요가고취곡십이편唐鐃歌鼓吹曲十二篇〉을 가리킨다. 한위 시기 요가鐃歌의 전통을 계승하여 창작했다. 이 작품에서 유종원은 당고조의 공로를 찬미함으로써 당시의 조정을 풍자했다. 또 당태종의 성덕을 찬미함으로써 자신의 충군과 애국의 마음을 표현했으며, 그 당시의 임금이 이를 들어주기를 희망했다.

4 服(복): 탄복하다. 신복하다.

21

유종원의 칠언고시는 격조가 비록 뛰어나지만 너무 깊이 가다듬어서 이미 변체에 가깝다. 일단 뜻이 분명하고 쉬운 작품 몇 편을 수록한다.

해제

유종원의 칠언고시에 관한 논의다. 유종원은 칠언고시보다 오언고시에 능했다.

원문

子厚七言古氣格雖勝, 然鍛鍊[1]深刻, 已近於變. 姑錄其顯易[2]者數篇.

주석

1 鍛鍊(단련): 원래는 '쇠붙이를 불에 달구어 두드리다'라는 뜻인데, 여기서는 '문사文辭를 다듬다'라는 의미로 쓰였다.

2 顯易(현이): 뜻이 분명하고 쉽다.

22

대력 이후 오·칠언 율시는 쇠약함으로 흘러갔는데도, 원화의 여러 문인들이 무리지어 일어나 그것을 힘껏 떨쳤다. 가도賈島, 왕건王建, 백거이白居易는 신기한 작품을 창작하여 마침내 대변이 되었고, 장적張籍 역시 소편에 들어갔다. 오직 유종원만 위로는 대력을 계승하고 아래로는 개성開成에 상접했으니, 곧 시가 발전의 흐름에서 교량의 역할을 한 것이다.

그러나 유종원은 재주가 비록 컸지만 조예가 깊지 않고 흥취 역시 부족했다.[12] 그러므로 그 오언배율과 칠언율시에는 억지로 짜 맞춘 대구가 많고 꾸며서 만든 시어가 많아, 점차 기교를 부린 흔적을 보이기 시작하여 천기가 마침내 사라졌는데, 한마디로 역시 정변이다.

오언율시와 칠언율시의 다음과 같은 시구는 대구가 모두 억지로 짜 맞춘 것이고, 시어가 모두 꾸며서 만든 것이어서 대력 시기와 비교하면 진실로 다르다.

다음은 오언율시의 예다.

"뛰어나고 특출하여 군자 같은 풍채를 숭상하고, 먼 곳까지 퍼져 용과 같은 위엄을 우러러보네. 挺生推豹蔚, 遐步仰龍驤."

"장중張仲의 덕을 전아하게 노래하고, 노魯나라 희공僖公의 창성함을 송축하네. 雅歌張仲德, 頌祝魯侯昌."

"예부를 다스리면 육예가 조리 있게 되었고, 병부를 다스리면 칠병이 위엄 있게 되었네. 예악이 조화가 되어 봉황의 위용이 생기고, 제사를 존중하여 제물에 바칠 양을 중하게 여기네. 司儀六禮洽, 論將七兵揚. 合樂來儀鳳, 尊祠重餼羊."

"장의張儀가 옥을 훔치지 않았듯 결백한데, 금을 훔쳤다고 억울한 누명을 쓰네. 璧非眞盜客, 金有誤持郎."

---

12) 오직 율시에만 해당한다.

"훈도의 형법이 엄정하여 여후呂侯라고 불리고, 주군州郡을 덕으로 다스려서 장창張敞과 같이 추앙받네. 訓刑方命呂, 理劇德推張"

"인수印綬를 허리에 묶어 녹색 빛을 띠고, 옥비녀 머리에 꽂고 윤기가 흐르네. 采綬還垂艾, 華簪更截肪."

"허맹용許孟龍은 연못의 잠용인 허소許劭보다 뛰어나고, 왕중서王仲舒는 얼음에 누워 잉어를 구한 왕상王祥을 애도하네. 淵龍過許劭, 冰鯉弔王祥."

"포승에 잘못 묶인 억울함을 언급하지 않고, 다만 한스러운 세월이 길었음을 한탄하네. 不言縲紲枉, 徒恨縲牽長."

다음은 칠언율시의 예다.

"평생 나라를 떠나 육천 리를 돌아다니고, 만 사람이 죽어서 변경에 던져진 것이 12년이구나. 계령桂嶺에는 풍토병이 유행하고 먹처럼 검은 구름이 몰렸는데, 동정호洞庭湖의 봄이 다 가나 물은 하늘색과 같이 푸르네. 一身去國六千里, 萬死投荒十二年. 桂嶺瘴來雲似墨, 洞庭春盡水如天."

"임읍林邑 동쪽으로 돌아가니 산이 창처럼 뾰족하고, 장가牂牁 남쪽으로 내려가니 물이 탕처럼 뜨겁네. 갈대가 쓸쓸하게 가을 안개를 머금고, 귤나무는 영롱하게 석양에 빛나네. 林邑東廻山似戟, 牂牁南下水如湯. 蒹葭淅瀝含秋霧, 橘柚玲瓏透夕陽."

"세찬 바람이 부용 핀 연못에 어지러이 불고, 단비가 담장이 덮인 담에 비스듬히 젖어드네. 산봉우리의 나무는 천리 밖 내다보는 눈을 거듭 가리고, 유강柳江이 굽은 것이 창자가 아홉 번 뒤틀린 듯하네. 驚風亂颭芙蓉水, 蜜雨斜侵薜荔牆. 嶺樹重遮千里目, 江流曲似九迴腸."

"도장에 새긴 글자에 녹색이 생기더니 열흘이 지나 합쳐지고, 벼루 둘레에 먼지가 남아 하루가 다하니 단단히 붙었네. 매령梅嶺의 차가운 안개가 물총새를 숨기고, 계강桂江의 가을 강물에 전어가 드러나네. 印

文生綠經旬合, 硯匣留塵盡日封. 梅嶺寒烟藏翡翠, 桂江秋水露鰅鱅."

"산 중턱에 비가 개이니 코끼리 발자국이 더해지고, 연못에 해가 쬐이니 긴 교룡이 반질하네. 山腹雨晴添象跡, 潭心日暖長蛟涎."

"삼묘三畝의 땅 남았으나 집이 극도로 가난해져, 구원九原에 의지하니 무덤과 같네. 三畝空留懸磬室, 九原猶寄若堂封."

"푸른 대껍질로 소금을 싸서 돌아가는 동맹峒氓 사람들, 푸른 연잎에 밥을 싸서 좇아가는 욕심 없는 사람들. 青箬裹鹽歸峒客, 綠荷包飯趁虛人."

해제 유종원의 오·칠언 율시에 관한 논의다. 그중 조예와 흥취가 부족하여 억지로 짜 맞추어 대구를 만들고 시어를 꾸며서 만든 시구의 예를 들었다.

원문 大歷以後, 五七言律流於委靡[1], 元和諸公羣起而力振之, 賈島[2]·王建[3]·樂天創作新奇, 遂爲大變, 而張籍[4]亦入小偏, 惟子厚上承大歷, 下接開成[5], 乃是正對階級[6]. 然子厚才力雖大, 而造詣未深, 興趣亦寡, [止就律詩言], 故其五言長律[7]及七言律對多湊合[8], 語多粧構[9], 始漸見斧鑿痕, 而化機遂亡矣, 要亦正變也. 五言如"挺生推豹蔚, 遐步仰龍驤."[10] "雅歌張仲德, 頌祝魯侯昌."[11] "司儀六禮洽, 論將七兵揚. 合樂來儀鳳, 尊祠重餼羊."[12] "璧非真盜客, 金有誤持郎."[13] "訓刑方命呂, 理劇德推張."[14] "采綬還垂艾, 華簪更截肪."[15] "淵龍過許劭, 冰鯉弔王祥."[16] "不言縲紲枉, 徒恨纆牽長."[17] 七言如"一身去國六千里, 萬死投荒十二年. 桂嶺瘴來雲似墨, 洞庭春盡水如天."[18] "林邑東廻山似戟, 牂牁南下水如湯. 蒹葭淅瀝含秋霧, 橘柚玲瓏透夕陽."[19] "驚風亂颭芙蓉水, 蜜雨斜侵薜荔牆. 嶺樹重遮千里目, 江流曲似九迴腸."[20] "印文生綠經旬合, 硯匣留塵盡日封. 梅嶺寒烟藏翡翠, 桂江秋水露鰅鱅."[21] "山腹雨晴添象跡, 潭心日暖長蛟涎."[22] "三畝空留懸磬室, 九原猶寄若堂封."[23] "青箬裹鹽歸峒客, 綠荷包飯趁虛人"[24]等句, 對皆湊合, 語皆粧構, 較之大歷, 則自不同矣.

주석 1 委靡(위미): 힘이 없음. 쇠약함. 떨치지 못함.

2 賈島(가도): 중당 시기의 시인이다. 자는 낭선浪仙이고, 범양范陽 곧 지금의 북경北京 부근 사람이다. 생몰년은 779년~843년이며 일찍이 출가했다가 한유의 권유로 환속했다. 법명은 무본無本이다. 여러 차례 진사시에 응시했으나 급제하지 못했다. 후일 사천성 장강현長江縣의 주부主簿라는 낮은 관직을 하여, 가장강賈長江으로 불리기도 한다. 맹교孟郊와 교분이 깊어 '교도郊島'라고 병칭되기도 하고, 요합姚合과 함께 '요가姚賈'라고 병칭되기도 한다. 평생을 가난하게 살았으며, 시에 있어서 특이한 표현을 추구했다. 전체적으로 빈한하고 여윈 정조를 느끼게 하는 시를 썼으며 오언율시를 잘 썼다.

3 王建(왕건): 중당 시기의 시인이다. 자는 중초仲初고 영천潁川 곧 지금의 하남성 우주禹州 사람이다. 생몰 연대는 정확치 않으며 대략 767년~831년 전후에 살았던 것으로 보인다. 일생을 한직閑職에서 불우하게 지냈다. 소응현승昭應縣丞, 태부시승太府寺丞, 태상시승太常寺丞, 비서승秘書丞 등을 역임했다. 대화 연간에 섬주사마陝州司馬가 되어 왕사마王司馬로도 불린다. 만년에 벼슬을 버리고 함양咸陽에 은거했다. 악부시에 능해 장적과 이름을 나란히 해서 '장왕악부張王樂府'라 불렸다. 하층 민중들의 생활상을 시로 노래했다. 특히 궁사宮詞 100수가 인구에 널리 회자되었다.

4 張籍(장적): 중당 시기의 시인이다. 자는 문창文昌이고, 오군吳郡 사람이다. 덕종德宗 정원貞元 15년(799) 진사가 되고, 헌종 원화 원년(806) 태상시태축太常侍太祝에 올랐는데, 10년 동안 승진을 못하고 안질에 걸린데다 집안까지 빈한하여, 맹교가 "궁핍하고 애꾸인 장태축窮瞎張太祝"이라 조롱했다. 후일 수부원외랑水部員外郎과 국자사업國子司業을 지내 '장사업張司業' 또는 '장수부張水部'라고도 불린다. 그 당시의 많은 명사들과 교유했고, 한유의 인정을 받았다.

5 開成(개성): 당나라 문종文宗 시기의 연호다. 836년~840년까지 5년간 사용되었다.

6 階級(계급): 단계. 차례.

7 長律(장률): 배율排律을 가리킨다. '장률'은 율시의 정격에 구수를 더하여 짓는다는 뜻으로 '배율'이라고도 한다. '배율'은 육조의 안연지 등에게서 시작되어, 당나라에 와서 홍했다.

8 湊合(주합): 억지로 짜 맞추다.

9 粧構(장구): 꾸미고 얽어 만들다.

10 挺生推豹蔚(정생추표위), 遐步仰龍驤(하보앙용양): 뛰어나고 특출하여 군자

같은 풍채를 숭상하고, 먼 곳까지 퍼져 용과 같은 위엄을 우러러보네. 유종원 〈홍농공이석덕위재굴어무왕좌관삼세부위대료천감소명인심감열종원찬복상포배하말유근헌시오십운이필미지弘農公以碩德偉材屈於誣枉左官三歲復爲大僚天監昭明人心感悅宗元竄伏湘浦拜賀末由謹獻詩五十韻以畢微志〉의 시구다.

11 雅歌張仲德(아가장중덕), 頌祝魯侯昌(송축노후창): 장중張仲의 덕을 전아하게 노래하고, 노魯나라 희공僖公의 창성함을 송축하네. 유종원 〈홍농공이석덕위재굴어무왕좌관삼세부위대료천감소명인심감열종원찬복상포배하말유근헌시오십운이필미지〉의 시구다. '장중'은 주나라의 현신으로 효심과 우애가 깊은 것으로 이름이 났다. '魯侯(노후)'는 노송魯頌에 등장하는 희공僖公을 가리킨다.

12 司儀六禮洽(사의육례흡), 論將七兵揚(논장칠병양). 合樂來儀鳳(합악래의봉), 尊祠重餼羊(존사중희양): 예부를 다스리면 육예가 조리 있게 되었고, 병부를 다스리면 칠병이 위엄 있게 되었네. 예악이 조화가 되어 봉황의 위용이 생기고, 제사를 존중하여 제물에 바칠 양을 중하게 여기네. 유종원 〈홍농공이석덕위재굴어무왕좌관삼세부위대료천감소명인심감열종원찬복상포배하말유근헌시오십운이필미지〉의 시구다.

13 璧非眞盜客(벽비진도객), 金有誤持郎(금유오지랑): 장의張儀가 옥을 훔치지 않았듯 결백한데, 금을 훔쳤다고 억울한 누명을 쓰네. 유종원 〈홍농공이석덕위재굴어무왕좌관삼세부위대료천감소명인심감열종원찬복상포배하말유근헌시오십운이필미지〉의 시구다.

14 訓刑方命呂(훈형방명려), 理劇德推張(이극덕추장): 훈도의 형법이 엄정하여 여후呂侯라고 불리고, 주군州郡을 덕으로 다스려서 장창張敞과 같이 추앙받네. 유종원 〈홍농공이석덕위재굴어무왕좌관삼세부위대료천감소명인심감열종원찬복상포배하말유근헌시오십운이필미지〉의 시구다.

15 采綬還垂艾(채수환수애), 華簪更截肪(화잠갱절방): 인수印綬를 허리에 묶어 녹색 빛을 띠고, 옥비녀 머리에 꽂고 윤기가 흐르네. 유종원 〈홍농공이석덕위재굴어무왕좌관삼세부위대료천감소명인심감열종원찬복상포배하말유근헌시오십운이필미지〉의 시구다.

16 淵龍過許劭(연용과허소), 冰鯉弔王祥(빙리조왕상): 허맹용許孟龍은 연못의 잠용인 허소許劭보다 뛰어나고, 왕중서王仲舒는 얼음에 누워 잉어를 구한 왕상王祥을 애도하네. 유종원 〈홍농공이석덕위재굴어무왕좌관삼세부위대료천감소명인심감열종원찬복상포배하말유근헌시오십운이필미지〉의 시구다.

17 不言縲絏枉(불언류설왕), 徒恨纆牽長(도한묵견장): 포승에 잘못 묶인 억울함을 언급하지 않고, 다만 한스러운 세월이 길었음을 한탄하네. 유종원 〈홍농공이석덕위재굴어무왕좌관삼세부위대료천감소명인심감열종원찬복상포배하말유근헌시오십운이필미지〉의 시구다.

18 一身去國六千里(일신거국육천리), 萬死投荒十二年(만사투황십이년). 桂嶺瘴來雲似墨(계령장래운사묵), 洞庭春盡水如天(동정춘진수여천): 평생 나라를 떠나 육천 리를 돌아다니고, 만 사람이 죽어서 변경에 던져진 것이 12년이구나. 계령桂嶺에는 풍토병이 유행하고 먹처럼 검은 구름이 몰렸는데, 동정호洞庭湖의 봄이 다 가나 물은 하늘색과 같이 푸르네. 유종원 〈별사제종일別舍弟宗一〉의 시구다.

19 林邑東廻山似戟(임읍동회산사극), 牂牱南下水如湯(장가남하수여탕). 蒹葭淅瀝含秋霧(겸가석력함추무), 橘柚玲瓏透夕陽(귤유영롱투석양): 임읍林邑 동쪽으로 돌아가니 산이 창처럼 뾰족하고, 장가牂牱 남쪽으로 내려가니 물이 탕처럼 뜨겁네. 갈대가 쓸쓸하게 가을 안개를 머금고, 귤나무는 영롱하게 석양에 빛나네. 유종원 〈득노형주서인이시기得盧衡州書因以詩寄〉의 시구다.

20 驚風亂颭芙蓉水(경풍난점부용수), 蜜雨斜侵薜荔牆(밀우사침벽려장). 嶺樹重遮千里目(영수중차천리목), 江流曲似九廻腸(강류곡사구회장): 세찬 바람이 부용 핀 연못에 어지러이 불고, 단비가 담장이 덮인 담에 비스듬히 젖어드네. 산봉우리의 나무는 천리 밖 내다보는 눈을 거듭 가리고, 유강柳江이 굽은 것이 창자가 아홉 번 뒤틀린 듯하네. 유종원 〈등유주성루기장정봉연사주登柳州城樓寄漳汀封連四州〉의 시구다.

21 印文生綠經旬合(인문생록경순합), 硯匣留塵盡日封(연갑유진진일봉). 梅嶺寒烟藏翡翠(매령한연장비취), 桂江秋水露鰅鱅(계강추수로옹용): 도장에 새긴 글자에 녹색이 생기더니 열흘이 지나 합쳐지고, 벼루 둘레에 먼지가 남아 하루가 다하니 단단히 붙었네. 매령梅嶺의 차가운 안개가 물총새를 숨기고, 계강桂江의 가을 강물에 전어가 드러나네. 유종원 〈유주기장인주소주柳州寄丈人周韶州〉의 시구다.

22 山腹雨晴添象跡(산복우청첨상적), 潭心日暖長蛟涎(담심일난장교정): 산 중턱에 비가 개이니 코끼리 발자국이 더해지고, 연못에 해가 쬐이니 긴 교룡이 반질하네. 유종원 〈영남강행嶺南江行〉의 시구다.

23 三畝空留懸磬室(삼무공유현경실), 九原猶寄若堂封(구원유기약당봉): 삼묘三

畝의 땅 남았으나 집이 극도로 가난해져, 구원九原에 의지하니 무덤과 같네. 유종원 〈동유이십팔곡여형주겸기강릉이원이시어同劉二十八哭呂衡州兼寄江陵李元二侍禦〉의 시구다.

24 青箬裹鹽歸峒客(청약과염귀동객), 綠荷包飯趁虛人(녹하포반진허인): 푸른 대껍질로 소금을 싸서 돌아가는 동맹峒氓 사람들, 푸른 연잎에 밥을 싸서 좇아가는 욕심 없는 사람들. 유종원 〈유주동맹柳州峒氓〉의 시구다.

23

혹자가 물었다.

"유종원이 위로 대력 시를 계승한 것이, 어째서 곧 시가 발전의 흐름에서 교량의 역할을 한 것이 되는가?"

내가 대답한다.

개원·천보 연간부터 대력 연간에 이르기까지는 유창하고 청신하나 풍격이 하강하기 시작했다. 원화에서 개성 연간에 이르면, 교묘해지고 지나치게 다듬어 인위적인 수식이 날로 심해졌다. 전자는 풍격을 중심으로 말한 것이나 후자는 꾸밈을 중심으로 말한 것이다. 대개 풍격이 하강하면 저절로 다듬고 꾸미게 마련일 따름이다.

해제 유종원의 시가 차지하는 문학사적 위치에 대해 부연했다.

원문 或問: "子厚上承大歷, 何得爲正對階級?" 曰: 開寶至大歷, 則流暢淸空, 風格始降, 元和至開成, 則工巧[1]襯貼[2], 作用日深, 前以風格言, 後以作用言也. 蓋風格既降, 自應作用耳.

주석
1 工巧(공교): 꾸밈이 교묘하다.
2 襯貼(츤첩): 지나치게 깎고 다듬어 지나치게 적절함을 구하다.

24

혹자가 물었다.

"유종원의 칠언율시는 전기와 유장경 등의 여러 문인과 비교하면 격조가 뛰어난 것 같은데, 어째서 대력의 시인보다 못하다고 합니까?"

내가 대답한다.

유종원의 시는 꾸며서 만든 시어가 많기에, 그 성조가 무거운 데로 빠졌고 격조가 뛰어나지 않을 뿐이다. 허혼許渾, 위장韋莊과 좀 더 비교해보면 알게 될 것이다.

해제 유종원의 칠언율시가 이미 만당의 격조와 비슷함을 지적했다. 현존하는 유종원의 시는 160여 수인데, 대체로 오언시에 능했다. 당나라의 시인들은 각기 뛰어난 체재가 있었다.

원문 或問: "子厚七言律, 較錢劉諸子, 氣格似勝, 何謂不如大歷?" 曰: 子厚詩, 語多粧構, 其聲調乃失之於重, 非氣格有勝耳. 再以許渾韋莊相比, 則知之矣.

25

혹자가 물었다.

"율시에서 대구를 억지로 짜 맞추고, 시어를 꾸미서 만든 사람으로는 원화 연간에 오직 유종원 한 사람 뿐인데, 어찌 한 시기를 개괄할 수 있는가?"

생각건대 《신당서 · 예문지》에 기록된 당나라 시인이 모두 오백 명인데, 송나라 왕실이 남쪽으로 수도를 옮겨갔을 때는 겨우 그 반만 남았다. 오늘날에는 비록 백수십 명의 시인이 있지만 역시 전집全集이 있는 것은 아니다. 산림에 묻혀 지내는 것에 뜻을 두었던 은일 시인들은 그 당시에도 반드시 수록되지 않았는데 하물며 오늘날에 거듭 남아 있겠는가? 그러므로 임시로 대구를 변통하고 시어를 꾸며서 만든 사람이 반드시 유종원 한 명이 아님을 알겠다.

해제 유종원의 율시에서 나타난 특징은 그 시대를 반영한 현상임을 지적했다. 원화 시기는 만당으로 접어들면서 송시의 문호를 점차 열어간 시기다.

원문 或問: "律詩湊合粧構者, 元和間僅得子厚一人, 安足概一時乎?" 按: 唐書藝文志[1]唐詩凡五百家, 宋室南渡[2], 僅存其半. 今雖有百數十家, 亦非全集. 意山林隱逸之士[3], 當時且未必收, 況今復有存乎? 故知湊合粧構, 必非子厚一人也.

주석

1 唐書藝文志(당서예문지): 《신당서》의 〈예문지〉를 가리킨다. '예문지'는 그 시대에 현존했던 서적의 목록을 기록한 책을 말한다. 구당서에서는 '경적지'라고 명명하고 있다.

2 宋室南渡(송실남도): 송나라 왕실이 남쪽으로 강을 건너다. 북송이 여진족女眞族의 금金나라에 의해 멸망하여, 남쪽으로 양자강을 건너 지금의 항주에 도읍을 정해 남송 시기가 열렸음을 이른다.

3 意山林隱逸之士(의산림은일지사): 산림에 묻혀 지내는 것에 뜻을 두었던 은일 시인.

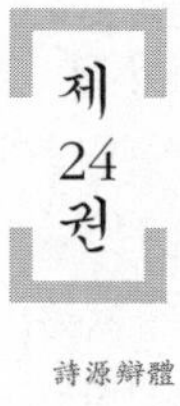

詩源辯體

중당中唐

1

대력 이후에 오·칠언 고시와 율시는 쇠약함으로 흘러갔다. 원화 연간에 한유, 맹교, 가도, 이하, 노동, 유차, 장적, 왕건, 백거이, 원진 등의 여러 문인이 무리지어 일어나 힘껏 명성을 떨쳤는데, 싫어하는 것은 같지만 좋아하는 것이 달라 그 유파가 각기 파생되어서 당나라 시인의 고시와 율시가 이때에 이르러 대변大變이 되었다. 마치 정도正道에 벗어난 이단異端의 학문이 반드시 쇠퇴의 시기에 일어나는 것과 같다.[1]

해제 원화 연간의 시가 지니는 전반적인 특질에 관한 논의다. 원화는 당나라 헌종憲宗 시기의 연호로 806년~820년 동안 사용되었으며, 원화 15년 목종穆宗 이항李恒이 즉위하여 그해 12월까지 1년간 사용했다. 헌종 이순李純이 즉위하면서 당나라 정치는 호전되었다. 동시에 토번의 세력도 약해지고, 각지

1) 이하 6칙은 원화의 시를 총괄적으로 논한다.

의 번진들이 장시간 전란 속에서 힘이 약해졌다. 당조정은 번진에 의해 장악되었던 하남, 산동 하북 등 지역을 귀속시키고 전국의 통일을 회복하여, 이른바 '원화중흥元和中興'을 이루었다.

이러한 시기에 한유가 내세운 고문운동의 기치와 함께 시단에도 변화가 생겨났는데, 다양한 유파의 형성이 바로 그것이다. 이 시기의 시는 대부분 정체에서 크게 벗어나 '대변'을 이루면서 쇠퇴기로 접어들었다. 그러나 한유, 이하, 백거이 등의 거장이 줄지어 등장하여 성당 시기 못지않은 시단의 활발한 움직임을 엿볼 수 있다. 이와 관련하여 이조李肇의 《당국사보唐國史補》에서는 다음과 같이 기록하고 있다.

"원화 이후로 문장을 지음에 있어서는 한유에게 기괴함을 배우고, 번종사樊宗師에게 고음苦吟을 배웠다. 가행에서는 장적에게 자유분방함을 배웠다. 시에서는 맹교에게 기이한 것을 배우고, 백거이에게 가볍고 쉬운 것을 배우고, 원진에게 농염함을 배웠는데, 모두 원화체라고 이름 했다. 元和已後, 爲文筆則學奇詭於韓愈, 學苦澀於樊宗師. 歌行則學流蕩於張籍. 詩章則學矯激於孟郊, 學淺切於白居易, 學淫靡於元稹, 俱名元和體."

허학이는 원화 시기의 대표적인 시인으로 한유 · 맹교 · 가도 · 이하 · 노동 · 유차 · 장적 · 왕건 · 백거이 · 원진을 논하고 있다.

大歷以後, 五七言古律之詩, 流於委靡. 元和間, 韓愈 · 孟郊[1] · 賈島 · 李賀 · 盧仝 · 劉叉 · 張籍 · 王建 · 白居易 · 元稹諸公羣起而力振之, 惡同喜異[2], 其派各出, 而唐人古律之詩至此爲大變矣. 亦猶異端[3]曲學[4], 必起於衰世[5]也. [以下六則總論元和之詩.]

1 孟郊(맹교): 중당 시기의 시인이다. 자는 동야東野고, 절강성 호주湖州 무강武康 출신이다. 생몰년은 751년~814년이며 정원 12년(796) 46세가 되어서야 겨우 진사시험에 합격하여 각지의 변변찮은 관직들을 맡아 보았다. 가정적으로도 불우하여 빈곤 속에서 죽었지만, 그의 시는 한유에게 높은 평가를 받았다. 또 소식은 그와 가도의 시풍을 평가하여 "맹교는 춥고 가도는 여위다.郊寒島瘦"라고 했다. 작품의 대부분이 오언고시이며 자신의 곤궁함과 사회에 대한 불평을 표현한 작품이 많다.

2 惡同喜異(오동희이): 싫어하는 바는 같으나 좋아하는 바는 다르다.

3 異端(이단): 성인의 도가 아닌 도. 사악한 도.

4 曲學(곡학): 정도正道에 벗어난 학문.

5 衰世(쇠세): 쇠퇴한 시기.

2

원화 연간 여러 문인들의 오·칠언 고시에서 그 자질이 보통인 사람의 작품은 읽을 수 없을 뿐 아니라 자질이 높은 사람의 것도 순식간에 읽을 수가 없다. 원화 연간의 여러 문인은 정도에서 벗어난 이단의 학문과 같이 대부분 방자하고 변화를 예측할 수 없고, 자질이 높은 시인의 작품은 정변을 알지 못하는 상태에서 순식간에 읽으면 미혹됨을 면치 못할 따름이다.

이몽양이 말했다.

"무릇 시는 뜻을 펼쳐 조화를 이끌어 내는 것이므로, 완곡한 것을 중시하고 기험한 것을 중시하지 않으며, 질박한 것을 중시하고 화려한 것을 중시하지 않으며, 성정을 중시하고 번잡한 것을 중시하지 않으며, 융합을 중시하고 교묘하게 꾸미는 것을 중시하지 않는다."

이것은 원화 연간의 여러 문인들을 논하는데 아주 적절하다. 오늘날 간혹 원화 연간의 여러 문인들이 견문이 좁고 열등하다고 여기는 것은 심하게 잘못된 것이며, 간혹 이백·두보를 능가한다고 여기는 것은 더욱더 그릇되었다.

해제 원화 시기의 오·칠언 고시에 관한 논의다. 대변을 이룬 시기이므로 그 체재의 연원과 유파의 특징을 잘 이해해야 원화 연간의 시를 제대로 이해할 수 있음을 지적했다. 이 시기의 시는 대체로 기험하고 화려하며, 번잡하고 교묘하게 꾸미는 경향으로 나아간 특징을 지닌다. 그러나 그것은 체재의 변화가 아니라 시대의 변화로 인한 것임을 이해할 필요가 있다. 예를 들면 한유는 대력 연간의 폐단을 바꾸기 위해 창신創新의 시풍을 개척하여 기험의 시파를 영도하고 후일 송시의 발생에 큰 영향을 주었다. 즉 원화 시기의 시라고 해서 맹목적으로 낮춰보는 일은 지양해야 하지만, 그렇다고 한유와 같은 공로가 있다고 해서 지나치게 높이 평가할 필요는 없다.

실제 한유에 대해 혜홍惠洪은 《냉재시화冷齋詩話》에서 "나는 일찍이 한유의 시를 깊이 음미했는데, 진실로 자연스러움에서 비롯되었고 그 용사用事가 심오하니 두보의 위에 자리한다.予嘗熟味退之詩, 眞出自然, 其用事深, 高出老杜之上."고 했다. 또 심덕잠도 《설시수어》에서 "한유의 호방함은 타고난 운명이니, 학문과 재주가 이백과 두보의 위를 넘으려고 한다.昌黎豪傑自命, 欲以學問才力跨越李杜之上."고 아주 높게 평가했다. 그 뿐 아니라 섭섭은 《원시》에서 일부 한유를 낮게 폄하하는 무리에 대해 다음과 같이 일침을 가하기도 했다.

"당시는 팔대八代 이래 한 차례 크게 변했으니, 한유가 당시의 일대 변화를 이루었다. 그 재력이 크고 그 사상이 웅장하므로 굴기하여 특별히 비조가 되었다. 송대에 소순경蘇舜卿, 매요신梅堯臣, 구양수, 소식, 왕안석, 황정견이 나왔는데, 모두 한유가 그들을 위한 발단을 일으켰으니 가히 지극히 성대하다고 할 만하다. 그런데 속유들은 도리어 한유의 시는 한위에서 크게 변했고, 성당에서 크게 변하여 면면이 허락할 수 없다고 하니, 어찌 지렁이가 사는 구멍에 거처하면서 그 긴 울림을 들어 익히고 큰 종의 여운을 듣고서 기이하다고 하며 몰래 따르는 것과 다르겠는가?唐詩爲八代以來一大變, 韓愈爲唐詩之一大變. 其力大, 其思雄, 崛起特爲鼻祖. 宋之蘇梅歐蘇王黃, 皆愈爲之發其端, 可謂極盛, 而俗儒且謂愈詩大變漢魏, 大變盛唐, 格格而不許, 何異居蚯蚓之穴, 習聞其長鳴, 聽洪鐘之響而怪之, 竊竊然而之也."

元和諸公五七言古, 其資性[1]庸下[2]者旣不能讀, 資性高明[3]者又未可遽[4]讀. 元和諸公如異端曲學, 多縱恣[5]變幻, 資性高明者, 未識正變而遽讀之, 不免爲惑耳. 李獻吉云: "夫詩, 宣志而導和者也, 故貴宛不貴嶮, 貴質不貴靡, 貴情不貴繁, 貴融洽[6]不貴工巧." 此論於元和諸公甚當. 今或以元和諸公爲陋劣[7]者, 旣甚失之, 或以爲勝李杜者, 則愈謬也.

1 資性(자성): 자질.
2 庸下(용하): 보통이고 열등하다.
3 高明(고명): 식견이 높고 명석하다. 자질이 높다.
4 遽(거): 순식간에. 갑자기.
5 縱恣(종자): 방자放恣하다.
6 融洽(융흡): 화합하다. 융합하다.
7 陋劣(누열): 견문이 좁고 열등하다.

3

나는 일찍이 다음과 말했다.

유儒·불佛·도道 삼교三敎의 이치는 은하수가 나누어지는 것처럼 분명히 구별된다. 세상의 유학자 중 불·도 이교二敎에 미혹된 사람은, 감히 옛 성인聖人을 갑자기 훼손할 수 없어서 그것을 합쳐 통합하고자 하는데, 그 죄는 유교를 무너뜨리는 것보다 더 심하다. 마땅히 세 집이 나란히 있으면 그 담과 문의 경계가 분명한 것과 같이, 뒤섞어 더럽히는 잘못이 없기를 바란다.

원굉도袁宏道가 말했다.

"시는 이백과 두보에 이르러 비로소 확대되었다. 한유, 유종원, 원진, 백거이, 구양수는 시성詩聖이다. 소식은 시신詩神이다."

이것은 합쳐 통합한 견해인데다가 변체를 중시했다. 또 간혹 마음속으로는 한유, 백거이, 구양수, 소식의 아름다움을 알면서도 이백과 두보를 해칠까 두려워 감히 말하지 못하는데, 이 또한 문호를 분별할 수 없기 때문이다. 진실로 여러 문인들의 문호를 명확히 분별할 수 있다면, 한유·백거이 등의 여러 문인들을 시성이라고 해도 좋고, 시신이라고 해도 좋다.

유파의 구분을 분명히 할 것을 강조했다. 정변의 구분이 분명할 때 비로소 각 시인의 실체를 알 수 있다.

予嘗謂: 三敎[1]之理, 判若河漢[2]; 世之儒者, 惑於二敎, 不敢遽毁先聖, 乃欲合而通之, 其罪甚於毁[3]儒; 當如三家比居[4], 其垣牆[5]門戶, 界限[6]分明, 庶[7]無混媟之虞[8]. 袁中郞[9]謂: "詩至李杜始大; 韓 · 柳 · 元 · 白 · 歐, 詩之聖也; 蘇, 詩之神也." 此合而通之, 且欲以變爲主矣. 又或心知韓 · 白 · 歐 · 蘇之美, 恐妨於李杜而不敢言, 此又不能分別門戶也. 苟能於諸家門戶判然分別, 則謂韓白諸子爲聖可也, 神亦可也.

1 三敎(삼교): 유교儒敎 · 불교佛敎 · 도교道敎를 합쳐서 부르는 이름이다.

2 判若河漢(판약하한): 은하수가 나누어지는 것처럼 분명히 구별되다.

3 毁(훼): 무너뜨리다. 험담을 하다.

4 三家比居(삼가비거): 세 집이 나란히 있다.

5 垣牆(원장): 담.

6 界限(계한): 경계境界.

7 庶(서): 바라다.

8 混媟之虞(혼설지우): 뒤섞어 더럽히는 잘못.

9 袁中郞(원중랑): 원굉도袁宏道(1568~1610). 명나라 시기의 문인이다. 자가 중랑이고 호는 석공石公이다. 형 원종도袁宗道, 동생 원중도袁中道와 함께 '삼원三袁'으로 일컬어지며, 출신지 이름을 따서 공안파公安派로 불린다. 만력 20년(1592) 25세 때 진사에 급제하여 오현지현吳縣知縣으로 치적을 올렸다. 이후 여러 관직을 역임하고, 이부낭중吏部郞中까지 올랐다. 이지李贄의 문하에서 수학했으며, 시의 진수는 개성의 자유로운 발로이며 격조에 얽매여서는 안 된다고 주장했다. 왕세정이나 이반룡의 복고적인 문풍에 대해 비판하면서 성령을 펼쳐 내는 것에 중점을 두어야 한다고 생각했다. 종성鍾惺 등의 경릉파竟陵派나 청나라 원매袁枚의 성령설性靈說의 선구가 되었다.

4

시를 배우는 사람은 지식을 높게 쌓는 것을 중시하고, 식견을 광범위하게 넓히는 것을 중시해야 한다. 위로 《시경》·《초사》·한위의 시를 탐구하지 않으면, 지식이 높아지지 않는다. 원화·만당·송나라의 시를 두루 살펴보지 않으면, 식견이 넓어지지 않는다. 지식이 높지 않으면 시체의 연원을 탐구할 수 없고, 식견을 넓히지 않으면 시체의 광범위함을 탐구할 수 없으니, 위로는 《시경》과 《초사》를 좇아 배울 수 없으며, 아래로 두루 받아들이고 많은 것을 수용할 수 없다.

해제 시를 배우기 위해서는 각 시체의 연원과 그 체재를 분별하는 일이 중요함을 강조하고 있다. 그러기 위해서는 지식과 식견을 키워야 마땅하다.

원문 學詩者, 識貴高, 見貴廣. 不上探三百篇·楚騷·漢魏, 則識不高; 不遍觀元和·晚唐·宋人, 則見不廣. 識不高, 不能究詩體之淵源; 見不廣, 不能窮詩體之汗漫[1], 上不能追躡[2]風騷, 下不能兼收容衆[3]也.

주석
1 汗漫(한만): 대단히 넓은 모양.
2 追躡(추섭): 뒤를 밟아 좇아가다.
3 兼收容衆(겸수용중): 두루 받아들이고 많은 것을 수용하다.

5

원화와 만당의 여러 문인들은 각기 문호를 세웠는데, 진실로 재주가 서로 뛰어났다. 그 재주에는 크고 작음이 있으므로, 그 문호에도 역시 크고 작음이 있을 따름이다. 한유, 백거이 두 사람과 다른 시인들을 서로 비교해 보면 이 사실을 알 수 있다.

송나라 시인들 중 재주가 큰 사람들은 한유, 백거이를 배웠는데 구양수와 소식 두 사람이 그렇다. 재주가 작은 사람들은 이하李賀, 이상은李商隱, 온정균溫庭筠을 배웠는데 양억楊億 등의 여러 문인이 그렇다.2)

해제 원화와 만당의 비교를 통해 재주가 뛰어난 문인들이 그 문호를 크게 일구었음을 지적했다.

원문 元和晩唐諸公, 各立門戶, 實以才力相勝. 其才力有大小, 故其門戶亦有大小耳. 以韓白二公與餘子[1]相比, 則知之矣. 宋人才大者學韓白, 若歐蘇二公是也; 才小者學李賀・李商隱・溫庭筠, 若楊大年諸人是也. [詳見子美論中.]

주석 1 餘子(여자): 기타의 여러 문인

6

원화의 여러 문인들의 뛰어난 점은 바로 변체에 있다. 간혹 원화의 여러 문인들에 대해 정체를 수록하고 변체를 버리고자 하는 것은 시를 선별함에 있어서는 옳지만, 체재를 분별함에 있어서는 결국 여러 문인들의 면모를 알 수 없게 한다. 그러므로 나는 여기서 원화 시기의 여러 문인들이 각기 지닌 그 본체本體를 담았는데, 다만 본체에서 정교하지 못한 것은 수록하지 않았다.3)

해제 원화 시의 특징으로 변체를 손꼽았다. 시를 배우고자 함에 있어서는 정체가 우선되어야 하겠지만 시의 발전 과정과 그 체재의 변화를 알기 위해서는 변체에 대해서도 알아야 할 것이다.

2) 두보에 관한 시론 중에 상세하게 보인다.
3) 범례에서 원화에 관해 논한 조를 참조하여 보기 바란다.

元和諸公所長, 正在於變. 或欲於元和諸公錄其正而遺其變, 此在選詩[1]則可, 辯體[2], 終不識諸家面目矣. 故予此編於元和諸公各存其本體[3], 惟於本體有未工者, 則不錄也. [與凡例論元和一條參看.]

1 選詩(선시): 시를 선별하다.
2 辯體(변체): 체재를 변석辯析하다.
3 本體(본체): 여기서는 원화 시인들의 독창적인 풍격을 가리킨다.

7

사공도司空圖가 말했다.

"한이부韓吏部[4]의 시가는 말을 몰아 달리는 기세인데, 마치 천둥이 울리고 번개가 치며 천지의 끝을 갈라놓는 것과 같다."

내가 생각건대 당나라의 시는 모두 깨달음에서 나온 것이며, 조예에서 얻은 것이다. 한유의 오·칠언 고시는 비록 기험하고 호방하지만 마음 속 생각이 분명하게 드러나는데, 사실 재주의 강대強大함에서 얻은 것이지 진실로 깨달음에 기탁하지 않았으며 조예에 기탁하지도 않았다. 상세히 논하자면 오언이 가장 정교하고 칠언은 다소 뒤떨어진다.

한유의 오·칠언 고시에 관한 논의다. 기험하고 호방한 풍격 등이 재주의 강대함에서 비롯된 것임을 강조했다. 황보식皇甫湜도 〈제유주집후서題柳州集後序〉에서 다음과 같이 경탄했다.

"나는 한유의 시가 수백 편을 살펴보았는데, 말을 몰아 달리는 기세는 마치 천둥이 울리고 번개가 쳐서 천지 사이를 내리 달리는 듯하고, 형상이 기이하게 변화니 기세를 돋아 그 호흡을 따르지 않을 수 없다. 吾觀韓吏部歌詩累

4) 이름 유愈, 자 퇴지退之.

百首, 其驅駕氣勢, 若掀雷揭電, 奔騰於天地之間, 物狀奇變, 不得不鼓舞而徇呼吸也."

원문

司空圖云: "韓吏部[1][名愈, 字退之]歌詩[2], 驅駕[3]氣勢, 若掀雷挾電[4], 撐決[5]天地之垠[6]." 愚按: 唐人之詩, 皆由於悟入[7], 得於造詣; 若退之五七言古, 雖奇險[8]豪縱[9], 快心露骨, 實自才力强大得之, 固不假悟入, 亦不假造詣也. 然詳而論之, 五言最工, 而七言稍遜.

1 韓吏部(한이부): 한유韓愈. 한유는 이부시랑吏部侍郎이라는 벼슬을 한 적이 있다.

2 歌詩(가시): 좁게는 음악에 맞추어 노래하는 시가를 가리키고, 넓게는 '시가'를 통칭한다.

3 驅駕(구가): 말을 몰아 달리다.

4 掀雷挾電(흔뢰협전): 천둥이 울리고 번개가 치다. 시문의 기세가 크고 넓어 사람의 이목을 놀라게 함을 비유한다.

5 撐決(탱결): 갈라놓다.

6 天地之垠(천지지은): 하늘과 땅의 끝. 세상의 끝.

7 悟入(오입): 이치를 깨달음.

8 奇險(기험): 기이하고 험준하다.

9 豪縱(호종): 호방豪放. 의기意氣가 커서 작은 일에 구애받지 않음을 가리킨다.

8

소식이 말했다.

"글씨의 아름다움은 안진경顔眞卿만한 사람이 없으나, 서법書法의 어그러짐이 안진경으로부터 시작되었다. 시의 아름다움은 한유만한 사람이 없으나, 시격詩格의 변화가 한유로부터 시작되었다."[5)]

5) 한위의 고시古詩는 원가 연간에 이르러 시격이 이미 다 변했는데, 여기서는 당나라의 고시를 말하는 것일 뿐이다.

내가 생각건대 원화 연간 여러 문인들의 시는 그 아름다운 부분이 바로 그 병폐의 부분이니, 백거이가 "뛰어난 점이 여기에 있으며, 병폐 또한 여기에 있다."라고 일컬은 것은 이를 두고 말한 것이다. 그러나 학자들은 반드시 먼저 그 아름다움을 알고 난 뒤에 그 병폐를 알아야 한다. 오늘날 학식이 얕고 망령된 사람들은 한유의 오·칠언 고시에 대해 사실상 이해한 바가 없으면서도 뜻밖에 그 시가 볼 만하지 않다고 말하니, 듣는 사람이 어찌 포복절도하지 않겠는가!

한유의 오·칠언 고시에 아름다운 부분이 있음을 지적했다.

東坡云: "書之美者莫如顏魯公[1], 然書法之壞自顏始; 詩之美者莫如韓文公[2], 然詩格[3]之變自韓始." [漢·魏古詩至元嘉, 格已盡變, 此言唐人古詩耳.] 愚按: 元和諸公之詩, 其美處卽其病處, 樂天謂"所長在此, 所病亦在此"是也. 然學者必先知其美, 然後識其病. 今淺妄者於退之五七言古實無所解, 遽謂其詩不足觀, 聞者寧不[4]絕倒[5]!

1 顏魯公(안노공): 안진경顏眞卿(709~785). 당나라의 대표 서예가다. 자는 청신淸臣이고, 산동성 낭야琅邪 임기臨沂 사람이다. 노군개국공魯郡開國公에 봉해졌기 때문에 안노공顏魯公이라고도 불렸다. 안지추顏之推의 5대손이다. 현종 개원 22년(734) 진사가 되어 제과制科에 발탁되었다. 무부원외랑武部員外郞, 하북초토사河北招討使, 어사대부御史大夫, 풍익태수馮翊太守 등의 관직을 역임했다. 그의 글씨는 남조 이래 유행해 내려온 왕희지의 우아하고 아름다운 서체와는 달리 남성적인 기백이 넘쳤으며 당나라 이후의 서예 발전에 큰 영향을 끼쳤다. 해서·행서·초서의 각 서체에 모두 능했으며, 많은 걸작을 남겼다.

2 韓文公(한문공): 한유韓愈.

3 詩格(시격): 시의 풍격이나 격조를 가리킨다.

4 寧不(녕부): 어찌 …하지 않겠는가.

5 絕倒(절도): 포복절도抱腹絕倒. 배를 끌어안고 넘어질 정도로 몹시 웃다.

9

한유의 오 · 칠언 고시는 착운窄韻에서는 지극히 기험하지만, 관운寬韻에서는 지극히 호방하다.

구양수는 일찍이 말했다.

"한유가 관운을 얻은 것은 두루 방운旁韻에 들어갔기 때문이고, 착운을 얻은 것은 반대로 방운에서 나오지 않았기 때문이다."[6)]

이것이 바로 그 기험함과 호방함을 펼칠 수 있었던 까닭이다. 구양수의 오 · 칠언 고시는 태반이 한유를 배운 것이다.

해제 한유의 고시에서 나타나는 기험함과 호방함의 풍격이 착운과 관운에서 나왔음을 지적했다. 구양수 역시 《육일시화六一詩話》에서 다음과 같이 말했다.

"고시를 지음에 관운을 얻으면 넘쳐나고 착운을 얻으면 갈수록 기험해진다. 마치 양마良馬를 잘 모는 사람이 넓은 거리를 지나면서는 종횡으로 치고 달리니 오직 의도한 대로 갈 수 있지만, 물이 굽어 흐르는 좁은 곳에서는 서서히 조심하면서 조금도 헛디디지 않는 것과 같다.作古詩, 得韻寬則溢出, 得韻窄則愈險愈奇. 如善馭良馬者, 通衢廣陌, 縱橫馳逐, 惟意所之, 至於水曲蟻封, 疾徐中節, 而不少蹉跌."

원문 退之五七言古, 於窄韻[1]既極奇險, 於寬韻[2]又極豪縱, 歐陽公嘗謂"退之得寬韻, 則故泛入旁韻[3]; 得窄韻, 反不旁出."[以上四句歐陽公語.] 此正欲騁[4]其奇險與豪縱耳. 歐五七言古, 太半學韓.

주석
1 窄韻(착운): 시운詩韻 중에서 자수가 비교적 적은 운부韻部. '險韻(험운)'이라고도 한다. 관운寬韻의 대가 되는 말이다.
2 寬韻(관운): 시운 중에서 자수가 많은 운부.

6) 이상은 구양수의 말이다.

3 旁韻(방운): 서로 통용할 수 있는 운을 가리킨다.

4 騁(빙): 펼치다. 발전시키다.

10

한유의 오언고시 중 다음의 시구는 모두 기험한 것이다.

"맑은 새벽에 책을 거두고 앉으니, 남산의 높은 위세가 보이네. 그 아래의 맑은 가을 강에는, 교룡이 있어 추워도 그물질한다네.清曉卷書坐, 南山見高稜. 其下澄秋水, 有蛟寒可罾."

"백제白帝는 의장을 성대하게 갖추고, 머리를 길게 늘어뜨리며 의상을 떨치네. 흰 무지개가 먼저 길을 여니, 수많은 눈꽃이 뒤따르네.白帝盛羽衛, 鬖髿振裳衣. 白霓先啓途, 從以萬玉妃."7)

"산 누대는 달이 비치지 않아 어둡고, 어선의 불빛이 별을 찬란하게 하네. 밤바람이 어찌나 시끄럽던지, 삼나무로 된 집에 누차 불어 닥쳤네. 파도가 일렁이는 듯했는데, 근심하다 꿈속에서 가위눌렸네.山樓黑無月, 漁火燦星點. 夜風一何喧, 杉檜屢磨颭. 猶疑在波濤, 怵惕夢成魘."

"장적張籍은 마을에 머물러 있으니, 재능을 품고도 나라 위해 펼치지 못하네. 문장을 스스로 장난삼아 쓰고, 악기를 날마다 치고 두드리네. 용처럼 힘찬 문장은 백 개의 열 말 솥과 맞먹으며, 필력이 유독 왕성하다네. 변론이 오래도록 요동치지 않으니, 그대가 아니고서 진실로 누구와 짝하리오.籍也處閭里, 抱能未施邦. 文章自娛戲, 金石日擊撞. 龍文百斛鼎, 筆力可獨扛. 談舌久不掉, 非君亮誰雙."

칠언고시 중 다음의 시구도 모두 기험한 것이다.

"아침에 지은 백 편의 부에는 풀리지 않는 분노가 있는 듯한데, 저

7) 〈설雪〉.

녁에 창작한 천 편의 시는 문장의 기세가 강건하게 변하네. 붓을 흔들고 종이를 던지며 스스로 쓰지 못하다가, 잠깐 사이에 푸르고 붉은 기운이 뒤덮더니 바다 이무기가 떠오르네. 재주가 크고 기세가 맹렬하여 말을 쉽게 하지만, 종종 용과 함께 땅강아지와 지렁이가 섞이기도 하네. 朝爲百賦猶鬱怒, 暮作千詩轉遒緊. 搖毫擲簡自不供, 頃刻青紅浮海蜃. 才豪氣猛易語言, 往往蛟螭雜螻蚓."

"임금의 군사가 서쪽으로 촉을 토벌한다는 얘길 또 듣고, 서리 바람이 혹독하게 불며 영지버섯을 꺾네. 문장과 격문을 힘차게 달리듯이 쓰는 것은 현인을 얻고자 함에 있고, 제비와 참새가 어지럽게 다투며 매와 송골매가 되고자 하네. 復聞王師西討蜀, 霜風洌洌摧朝菌. 走章馳檄在得賢, 燕雀紛拏要鷹隼."

"난새와 봉황이 날고 여러 신선이 내려오는 듯하고, 산호와 벽옥 나무의 나뭇가지가 교차되는 듯하네. 황금색 끈과 철 밧줄로 손잡이를 단단히 잠근 듯 힘차고, 옛 솥에서 용이 끊임없이 뛰어오르는 듯하네. 鸞翔鳳翥衆仙下, 珊瑚碧樹交枝柯. 金繩鐵索鎖鈕壯, 古鼎躍水龍騰梭."[8)]

"장후張侯가 이름이 나 좌중이 주목하는데, 일어나 춤추며 먼저 취하니 큰 소나무가 꺾이는 듯하네. 숙취가 풀리지 않았는데 오랜 학질이 발병해, 깊은 방에 조용히 누워 바람과 천둥소리 듣네. 張侯名聲座所屬, 起舞先醉長松摧. 宿酲未解舊痁作, 深室靜臥聞風雷."

오언고시 중 다음의 시구는 모두 호방한 것이다.

"송구스럽게도 태수의 추천을 원하며, 굳게 간하는 관리를 채우고자 하네. 간신들 밀치고 대궐문에서 부르짖으며, 속마음을 열어 진심을 꺼내 보이네. 願辱太守薦, 得充諫諍官. 排雲叫閶闔, 披腹呈琅玕."

---

8) 〈석고石鼓〉.

"아매阿買는 글자를 알지 못하나, 팔분八分이라는 서체를 잘 안다네. 시가 이루어져 그에게 쓰게 하니, 또한 나의 기세를 드높이네.阿買不識字, 頗知書八分. 詩成使之寫, 亦足張吾軍."

"삼십에 골격을 완성하니, 하나는 용과 같이 고귀하고 하나는 돼지 같이 비천하네. 신마神馬가 날아오르니, 두꺼비를 돌아볼 수 없다네. 하나는 말을 모는 병졸이 되어, 등을 때리니 구더기가 나오네. 하나는 공公이 되어 재상과 더불어, 깊은 관청에서 사네.三十骨骼成, 乃一龍一豬. 飛黃騰踏去, 不能顧蟾蜍. 一爲馬前卒, 鞭背生蟲蛆. 一爲公與相, 潭潭府中居."

"용맹한 사도공司徒公은, 천자의 손톱과 팔뚝이라네. 십만여 군사를 거느리고, 사해에서 존엄한 위세를 흠모하네. 하북河北에 군사가 들어가지 못하고, 채주蔡州의 장수가 막 죽었다네. 어찌 소탕하는 것을 청하지 못했는가, 저 백성들이 임금과 함께 살기 때문이네.洸洸司徒公, 天子爪與肱. 提師十萬餘, 四海欽風稜. 河北兵未進, 蔡州帥新薨. 曷不請掃除, 活彼黎與烝."

칠언고시 중 다음의 시구도 모두 호방한 것이다.

"어찌 구름이 내 몸에서 일어나는 것처럼 길고 큰 날개를 얻어, 바람을 타고 떨쳐 우주를 벗어나서, 세속의 먼지 속에서 떠다님을 끊을 수 있겠는가?安得長翮大翼如雲生我身, 乘風振奮出六合, 絶浮塵."

"내 마음은 얼음으로 조각한 칼과 같고 눈과 같아서, 남을 모함하는 사람을 찌를 수 없으니, 내 마음의 썩은 칼날을 부러뜨리네.我心如冰劍如雪, 不能刺讒夫, 使我心腐劍鋒折."

"나는 구름이 되고자 하나, 맹교는 용이 되었네. 천지사방으로 맹교를 좇는데, 비록 이별했어도 만날 방법이 없으리오.我願身爲雲, 東野變爲龍, 四方上下逐東野, 雖有離別無由逢."

"큰 파도가 하늘로 치솟는데 우혈禹穴은 고요하고, 월나라 여인이

한 번 웃으니 삼 년을 머물렀네. 남으로 횡령을 넘어 염주炎州로 들어가니, 푸른 고래가 높이 회전하며 파도 위를 넘실거리네. 요상한 도깨비가 반짝이며 교룡을 밀쳐두고, 산에 사는 괴물이 성성이 슬피 우는 것을 힐책하며, 독기를 몸에 뿜으며 기름진 땅에 흐르네. 洪濤春天禹穴幽, 越女一笑三年留. 南逾橫嶺入炎州, 青鯨高磨波山浮. 怪魅炫曜堆蛟虬, 山獠讙猩猩愁, 毒氣爍體黃膏流."

그러나 호방한 것이 반드시 기험하지 않은 것이 아니며, 기험한 것이 반드시 호방하지 않은 것이 아니다.

해제 한유 오 · 칠언 고시 중 기험하고 호방한 시구의 예를 들었다.

원문 退之五言古, 如"淸曉卷書坐, 南山見高稜. 其下澄秋水, 有蛟寒可罾."[1] "白帝盛羽衛, 鬖髿振裳衣. 白霓先啓途, 從以萬玉妃."[2][雪] "山樓黑無月, 漁火燦星點. 夜風一何喧, 杉檜屢磨颭. 猶疑在波濤, 怵惕夢成魘."[3] "籍也處閭里, 抱能未施邦. 文章自娛戲, 金石日擊撞. 龍文百斛鼎, 筆力可獨扛. 談舌久不掉, 非君亮誰雙."[4] 七言古如"朝爲百賦猶鬱怒, 暮作千詩轉遒緊. 搖毫擲簡自不供, 頃刻靑紅浮海蜃. 才豪氣猛易語言, 往往蛟螭雜螻蚓."[5] "復聞王師西討蜀, 霜風冽冽摧朝菌. 走章馳檄在得賢, 燕雀紛拏要鷹隼."[6] "鸞翔鳳翥衆仙下, 珊瑚碧樹交枝柯. 金繩鐵索鎖鈕壯, 古鼎躍水龍騰梭."[7][石鼓] "張侯名聲座所屬, 起舞先醉長松摧. 宿酲未解舊痁作, 深室靜臥聞風雷"[8]等句, 皆奇險者. 五言古如"願辱太守薦, 得充諫諍官. 排雲叫閶闔, 披腹呈琅玕."[9] "阿買不識字, 頗知書八分. 詩成使之寫, 亦足張吾軍."[10] "三十骨骼成, 乃一龍一豬. 飛黃騰踏去, 不能顧蟾蜍. 一爲馬前卒, 鞭背生蟲蛆. 一爲公與相, 潭潭府中居."[11] "洸洸司徒公, 天子爪與肱. 提師十萬餘, 四海欽風稜. 河北兵未進, 蔡州帥新薨. 曷不请掃除, 活彼黎與烝."[12] 七言古如"安得長翮大翼如雲生我身, 乘風振奮出六合, 絶浮塵."[13] "我心如冰劍如雪, 不能刺讒夫, 使我心腐劍鋒折."[14] "我願身爲雲, 東野變爲龍, 四方上下逐東野, 雖有離別

無由逢."[15] "洪濤春天禹穴幽, 越女一笑三年留. 南逾橫嶺入炎州, 青鯨高磨波山浮. 怪魅炫曜堆蛟虯, 山獠讙譟猩猩愁, 毒氣爍體黃膏流"[16]等句, 皆豪縱者. 然豪縱者未嘗不奇險, 而奇險者未嘗不豪縱也.

1 淸曉卷書坐(청효권서좌), 南山見高稜(남산견고릉). 其下澄秋水(기하징추수), 有蛟寒可罾(유교한가증): 맑은 새벽에 책을 거두고 앉으니, 남산의 높은 위세가 보이네. 그 아래의 맑은 가을 강에는, 교룡이 있어 추워도 그물질한다네. 한유 〈추회시십일수秋懷詩十一首〉 중 제4수의 시구다.

2 白帝盛羽衛(백제성우위), 鬖髿振裳衣(삼사진상의). 白霓先啓途(백예선계도), 從以萬玉妃(종이만옥비): 백제白帝는 의장을 성대하게 갖추고, 머리를 길게 늘어뜨리며 의상을 떨치네. 흰 무지개가 먼저 길을 여니, 수많은 눈꽃이 뒤따르네. 한유 〈신묘년설辛卯年雪〉의 시구다.

3 山樓黑無月(산루흑무월), 漁火燦星點(어화찬성점). 夜風一何喧(야풍일하훤), 杉檜屢磨颭(삼회루마점). 猶疑在波濤(유의재파도), 怵惕夢成魘(출척몽성염): 산 누대는 달이 비치지 않아 어둡고, 어선의 불빛이 별을 찬란하게 하네. 밤바람이 어찌나 시끄럽던지, 삼나무로 된 집에 누차 불어 닥쳤네. 파도가 일렁이는 듯했는데, 근심하다 꿈속에서 가위눌렸네. 한유 〈배두시어유상서량사독숙유제일수인헌양상시陪杜侍御遊湘西兩寺獨宿有題一首因獻楊常侍〉의 시구다.

4 籍也處閭里(적야처여리), 抱能未施邦(포능미시방). 文章自娛戲(문장자오희), 金石日擊撞(금석일격당). 龍文百斛鼎(용문백곡정), 筆力可獨扛(필력가독강). 談舌久不掉(담설구부도), 非君亮誰雙(비군량수쌍): 장적張籍은 마을에 머물러 있으니, 재능을 품고도 나라 위해 펼치지 못하네. 문장을 스스로 장난삼아 쓰고, 악기를 날마다 치고 두드리네. 용처럼 힘찬 문장은 백 개의 열 말 솥과 맞먹으며, 필력이 유독 왕성하다네. 변론이 오래도록 요동치지 않으니, 그대가 아니고서 진실로 누구와 짝하리오. 한유 〈병중증장십팔病中贈張十八〉의 시구다.

5 朝爲百賦猶鬱怒(조위백부유울노), 暮作千詩轉遒緊(모작천시전주긴). 搖毫擲簡自不供(요호척간자불공), 頃刻靑紅浮海蜃(경각청홍부해신). 才豪氣猛易語言(재호기맹이어언), 往往蛟螭雜螻蚓(왕왕교리잡루인): 아침에 지은 백 편의 부에는 풀리지 않는 분노가 있는 듯한데, 저녁에 창작한 천 편의 시는 문장의 기세가 강건하게 변하네. 붓을 흔들고 종이를 던지며 스스로 쓰지 못하다가, 잠깐 사이에 푸르고 붉은 기운이 뒤덮더니 바다 이무기가 떠오르네. 재주가 크고

기세가 맹렬하여 말을 쉽게 하지만, 종종 용과 함께 땅강아지와 지렁이가 섞이기도 하네. 한유 〈증최립지평사贈崔立之評事〉의 시구다.

6 復聞王師西討蜀(부문왕사서토촉), 霜風冽冽摧朝菌(상풍열열최조균). 走章馳檄在得賢(주장치격재득현), 燕雀紛拏要鷹隼(연작분나요응준): 임금의 군사가 서쪽으로 촉을 토벌한다는 얘길 또 듣고, 서리 바람이 혹독하게 불며 영지버섯을 꺾네. 문장과 격문을 힘차게 달리듯이 쓰는 것은 현인을 얻고자 함에 있고, 제비와 참새가 어지럽게 다투며 매와 송골매가 되고자 하네. 한유 〈증최립지평사〉의 시구다.

7 鸞翔鳳翥衆仙下(난상봉저중선하), 珊瑚碧樹交枝柯(산호벽수교지가). 金繩鐵索鎖鈕壯(금승철색쇄뉴장), 古鼎躍水龍騰梭(고정약수용등사): 난새와 봉황이 날고 여러 신선이 내려오는 듯하고, 산호와 벽옥 나무의 나뭇가지가 교차되는 듯하네. 황금색 끈과 철 밧줄로 손잡이를 단단히 잠근 듯 힘차고, 옛 솥에서 용이 끊임없이 뛰어오르는 듯하네. 한유 〈석고가石鼓歌〉의 시구다.

8 張侯名聲座所屬(장후명성좌소속), 起舞先醉長松摧(기무선취장송최). 宿酲未解舊痁作(숙정미해구점작), 深室靜臥聞風雷(심실정와문풍뢰): 장후張侯가 이름이 나 좌중이 주목하는데, 일어나 춤추며 먼저 취하니 큰 소나무가 꺾이는 듯하네. 숙취가 풀리지 않았는데 오랜 학질이 발병해, 깊은 방에 조용히 누워 바람과 천둥소리 듣네. 한유 〈억작행화장십일憶昨行和張十一〉의 시구다.

9 願辱太守薦(원욕태수천), 得充諫諍官(득충간쟁관). 排雲叫閶闔(배운규창합), 披腹呈琅玕(피복정랑간): 송구스럽게도 태수의 추천을 원하며, 굳게 간하는 관리를 채우고자 하네. 간신들 밀치고 대궐문에서 부르짖으며, 속마음을 열어 진심을 꺼내 보이네. 한유 〈착착齪齪〉의 시구다.

10 阿買不識字(아매불식자), 頗知書八分(파지서팔분). 詩成使之寫(시성사지사), 亦足張吾軍(역족장오군): 아매阿買는 글자를 알지 못하나, 팔분八分이라는 서체를 잘 안다네. 시가 이루어져 그에게 쓰게 하니, 또한 나의 기세를 드높이네. 한유 〈취증장비서醉贈張秘書〉의 시구다. '팔분'은 예서隸書의 이분二分과 전서篆書 팔분을 섞어서 만든 한자의 서체로서 한나라 채옹이 창시했다.

11 三十骨骼成(삼십골격성), 乃一龍一豬(내일용일저). 飛黃騰踏去(비황등답거), 不能顧蟾蜍(불능고섬서). 一爲馬前卒(일위마전졸), 鞭背生蟲蛆(편배생충저). 一爲公與相(일위공여상), 潭潭府中居(담담부중거): 삼십에 골격을 완성하니, 하나는 용과 같이 고귀하고 하나는 돼지 같이 비천하네. 신마神馬가 날아오

르니, 두꺼비를 돌아볼 수 없다네. 하나는 말을 모는 병졸이 되어, 등을 때리니 구더기가 나오네. 하나는 공公이 되어 재상과 더불어, 깊은 관청에서 사네. 한유 〈부독서성남符讀書城南〉의 시구다.

12 洸洸司徒公(광광사도공), 天子爪與肱(천자조여굉). 提師十萬餘(제사십만여), 四海欽風稜(사해흠풍릉). 河北兵未進(하북병미진), 蔡州帥新薨(채주수신훙). 曷不请掃除(갈불청소제), 活彼黎與烝(활피려여증): 용맹한 사도공司徒公은, 천자의 손톱과 팔뚝이라네. 십만여 군사를 거느리고, 사해에서 존엄한 위세를 흠모하네. 하북河北에 군사가 들어가지 못하고, 채주蔡州의 장수가 막 죽었다네. 어찌 소탕하는 것을 청하지 못했는가, 저 백성들이 임금과 함께 살기 때문이네. 한유 〈송후참모부하중막送侯參謀赴河中幕〉의 시구다.

13 安得長翮大翼如雲生我身(안득장핵대익여운생아신), 乘風振奮出六合(승풍진분출육합), 絶浮塵(절부진): 어찌 구름이 내 몸에서 일어나는 것처럼 길고 큰 날개를 얻어, 바람을 타고 떨쳐 우주를 벗어나서, 세속의 먼지 속에서 떠다님을 끊을 수 있겠는가? 한유 〈홀홀忽忽〉의 시구다.

14 我心如冰劍如雪(아심여빙검여설), 不能刺讒夫(불능자참부), 使我心腐劍鋒折(사아심부검봉절): 내 마음은 얼음으로 조각한 칼과 같고 눈과 같아서, 남을 모함하는 사람을 찌를 수 없으니, 내 마음의 썩은 칼날을 부러뜨리네. 한유 〈이검利劍〉의 시구다.

15 我願身爲雲(아원신위운), 東野變爲龍(동야변위용), 四方上下逐東野(사방상하축동야), 雖有離別無由逢(수유이별무유봉): 나는 구름이 되고자 하나, 맹교는 용이 되었네. 천지사방으로 맹교를 좇는데, 비록 이별했어도 만날 방법이 없으리오. 한유 〈취류동야醉留東野〉의 시구다.

16 洪濤舂天禹穴幽(홍도용천우혈유), 越女一笑三年留(월녀일소삼년류). 南逾橫嶺入炎州(남유횡령입염주), 青鯨高磨波山浮(청경고마파산부). 怪魅炫曜堆蛟虬(괴매현요퇴교규), 山獠讙譟猩猩愁(산소훤조성성수), 毒氣爍體黃膏流(독기삭체황고류): 큰 파도가 하늘로 치솟는데 우혈禹穴은 고요하고, 월나라 여인이 한 번 웃으니 삼 년을 머물렀네. 남으로 횡령을 넘어 염주炎州로 들어가니, 푸른 고래가 높이 회전하며 파도 위를 넘실거리네. 요상한 도깨비가 반짝이며 교룡을 밀쳐두고, 산에 사는 괴물이 성성이 슬피 우는 것을 힐책하며, 독기를 몸에 뿜으며 기름진 땅에 흐르네. 한유 〈유생시劉生詩〉의 시구다.

11

선대의 유학자들이 말했다.

“한유는 많은 책을 두루 섭렵하여 기이한 말과 심오한 뜻을 마치 방안의 물건에서 취하는 것 같이 한다.”

내가 생각건대 한유의 오·칠언 고시는 자구가 기험하나 모두 근원하는 바가 있으며, 인용이 타당하고 더욱이 견강부회한 모양이 없다. 그가 맹교를 논한 시에서 다음과 같이 말했다.

“하늘을 가로지르는 견고하고 힘 있는 시어가, 타당하고 힘차며 굳세고 강하네.”

대개 한유 스스로를 비유한 것이다. 후세에 박식함을 많이 발휘하고자 욕심내는 사람들은 종종 전고를 인용하여 메워서, 구법이 우둔하고 생기가 없으며 글의 기세가 지리멸렬할 뿐 아니라, 시어를 배치하는 데 어쩔 줄을 모른다. 마치 갑자기 부자가 된 사람이 호사스러움을 과시하나 그 궁색한 모습만 드러내는 것과 같다.

해제

한유 고시의 기험한 시풍은 갈고 다듬어서 나오는 것이 아니라 자연스러운 재주에서 나왔음을 강조했다.

원문

先儒[1]云: “韓愈博涉群書[2], 奇詞[3]奧旨[4], 如取諸室中物.” 愚按: 退之五七言古, 字句奇險, 皆有所本, 然引用妥帖[5], 殊無扭捏牽率[6]之態. 其論孟郊詩云: “橫空盤硬語, 妥帖力排奡.”[7] 蓋自況[8]也. 後世貪多騁博者, 往往用事[9]塡塞[10], 不惟句法臃腫[11], 文氣[12]支離, 而措置[13]無方[14], 如暴富兒[15]誇靡[16]鬪奢[17], 適足露其寒儉[18]相耳.

주석

1 先儒(선유): 선대의 유학자.
2 博涉群書(박섭군서): 많은 책을 두루 섭렵하다.
3 奇詞(기사): 기이한 말.

4 奧旨(오지): 심오한 뜻.

5 妥帖(타첩): 적절하다.

6 扭捏牽率(뉴날견솔): '뉴날'과 '견솔'은 같은 뜻으로 '견강부회하다'는 의미다.

7 橫空盤硬語(횡공반경어), 妥帖力排奡(타첩력배오): 하늘을 가로지르는 견고하고 힘 있는 시어가, 타당하고 힘차며 굳세고 강하네. 한유가 자신의 시 《천사薦士》에서 맹교의 시를 평한 말이다.

8 自況(자황): 스스로를 비유하다.

9 用事(용사): 문학 작품에서 전고典故를 인용하는 것을 가리킨다.

10 塡塞(전색): 메우다.

11 臃腫(옹종): 문장, 서법 등이 우둔하고 생기가 없다.

12 文氣(문기): 글의 기세.

13 措置(조치): 시어를 배치하다.

14 無方(무방): 방법이 없다.

15 暴富兒(폭부아): 갑자기 부자가 된 사람.

16 誇靡(과미): 사치함을 자랑하다. 호사스러움을 자랑하다.

17 鬪奢(투사): 사치하는 것을 다투다.

18 寒儉(한검): 궁하고 부족하다. 궁색하다.

12

《후산시화後山詩話》에서 말했다.

"시문에는 각기 체제가 있는데, 한유는 문장으로써 시를 지었고, 두보는 시로써 문장을 썼으므로 정교하지 않을 따름이다."

내가 생각건대 한유의 오언고시 중 〈견학귀譴虐鬼〉, 〈맹호행猛虎行〉, 〈노기駑驥〉, 〈쌍조시雙鳥詩〉, 〈맹동야실자孟東野失子〉, 〈병중증장십팔病中贈張十八〉 등은 억지로 끌어다 얽어 지은 것이다. 〈부독서성남符讀書城南〉은 의론을 주도면밀하게 끝까지 궁구한 것이다. 〈차일족가석증장적此日足可惜贈張籍〉은 또 편지글과 비슷하다. 이것은 모두 문장으로써 시를 지은 것으로 진실로 송시의 문호를 열었을 따름이다. 그러나 지나치게 솜씨를 부렸다고는 말할 수 있어도 정교하지 않다고는 말할 수 없다. 〈쌍조시〉에는 노동盧仝과 비슷한 부분이 있다.

해제

한유는 '문장으로써 시를 썼다以文爲詩'고 평가된다. 고문의 자법, 구법, 장법을 시가 창작에 넣어서 의론적인 시를 대량으로 창작했다는 말이다. 한유는 성당 시기 두보가 제창한 '이시위문以詩爲文'의 전통을 더욱 확대하여 시가의 언어형식과 표현방법을 확대시켰다. 따라서 후일 송시의 산문화 및 의론화의 특징도 한유에 의해서 생겨났다고 보는 것이다. 위에서 인용한 《후산시화》의 내용은 진사도가 황정견의 말을 인용하여 기록한 것이다. 한편 한유의 이러한 창작 경향에 대해 부정적으로 보는 견해도 있었다. 예를 들면 심괄沈括은 다음과 같이 말했다.

"한유의 문장은 압운의 문장일 뿐이다. 비록 강건하고 풍부하지만 종국에는 시가 아니다.退之詩, 押韻之文耳, 雖健美富贍, 然終不是詩."

원문

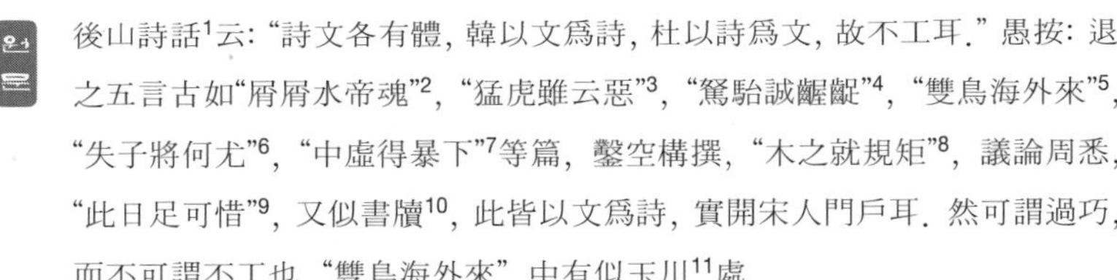
後山詩話[1]云: "詩文各有體, 韓以文爲詩, 杜以詩爲文, 故不工耳." 愚按: 退之五言古如"屑屑水帝魂"[2], "猛虎雖云惡"[3], "駑駘誠齷齪"[4], "雙鳥海外來"[5], "失子將何尤"[6], "中虛得暴下"[7]等篇, 鑿空構撰, "木之就規矩"[8], 議論周悉, "此日足可惜"[9], 又似書牘[10], 此皆以文爲詩, 實開宋人門戶耳. 然可謂過巧, 而不可謂不工也. "雙鳥海外來", 中有似玉川[11]處.

주석

1 後山詩話(후산시화): 북송 진사도陳師道가 쓴 것으로 진사도의 호가 후산거사後山居士인 데서 이름이 유래했다. 구양수와 소식의 시론을 많이 인용했다. 현재 1권 70여 조가 전해진다.
2 屑屑水帝魂(설설수제혼): 한유의 〈견학귀譴瘧鬼〉를 가리킨다.
3 猛虎雖云惡(맹호수운악): 한유의 〈맹호행猛虎行〉을 가리킨다.
4 駑駘誠齷齪(노태성악착): 한유의 〈노기駑驥〉를 가리킨다.
5 雙鳥海外來(쌍조해외래): 한유의 〈쌍조시雙鳥詩〉를 가리킨다.
6 失子將何尤(실자장하우): 한유의 〈맹동야실자孟東野失子〉를 가리킨다.
7 中虛得暴下(중허득폭하): 한유의 〈병중증장십팔病中贈張十八〉을 가리킨다.

8 木之就規矩(목지취규구): 한유의 〈부독서성남符讀書城南〉을 가리킨다.

9 此日足可惜(차일족가석): 한유의 〈차일족가석증장적此日足可惜贈張籍〉을 가리킨다.

10 書牘(서독): 편지.

11 玉川(옥천): 노동盧仝. '옥천'은 원래 우물 이름으로 하남성 제원현濟源縣 용수瀧水 북쪽에 있었다 한다. 노동이 차 마시기를 좋아하여 일찍이 이 우물의 물을 길어 차를 끓이고 스스로 '옥천자玉川子'라고 호를 붙였다.

13

한유의 오언고시 〈남산南山〉은 먼저 남산의 대강을 서술하고, 이어서 남산의 사계절 변화 모습, 사방의 연결된 곳, 돌아다니며 본 것을 말하고, 말미에서는 번흠繁欽의 〈정정시定情詩〉와 같이 한 가지 방법을 수차례 전환하여 사용했는데, 모두 102운으로 장편의 본보기라 할 수 있다. 그러나 시어가 너무 주도면밀하여 수록하지 않았다.

해제 한유의 오언고시 〈남산〉에 관한 논의다. 〈남산〉은 모두 102운으로 장편의 본보기이지만, 시어가 너무 깊고 어려워 시선집에는 수록하지 않았음을 밝히고 있다.

남산은 종남산終南山을 가리킨다. 장안 남교南郊의 명산이다. 한유는 기험한 산을 유람하면서 그 기괴한 모습을 두루 묘사하는 것을 좋아했다. 〈남산〉 시에는 종남산의 웅장한 모습이 담겨져 있다. 특히 각 방위마다 나타나는 산세와 계절마다 바뀌는 절경을 묘사함으로써 독특한 시풍을 개척했다. 이에 대해 서진徐震의 《평석評釋》에서는 다음과 같이 말했다.

"운어로써 산수를 묘사하는 것은 굴원, 송옥에게서 비롯되었다. 한대에 부를 지어 광범위하게 묘사하여 더욱 변화하게 되었다. 사령운이 그것을 오언단편으로 변화시켜 청신하고 아름답게 하는 데 힘써 새로운 길을 열어 천고에 찬양되었다. 한유의 〈남산〉은 두보의 오언장편에서 체재를 취하고 한부에서 광범위한 묘사의 정교함을 취했으며, 또 사령운의 궤적을 변화시켜 별도의 경계를 세웠으니 그 이전에는 아무도 그렇게 한 사람이 없었다. …생각건대 〈북정北征〉은 언정言情을 위주로 하고 〈남산〉은 체물體物을 중시하는데, 창작 동기가 진실로 다르고 제재가 다르며, 그 공력을 논하면 모두 지극한 조예를 이루었으니, 그 우열을 논변할 필요가 없다.以韻語刻畫山水, 原於屈宋. 漢人作賦, 鋪張調繪, 益臻繁縟. 謝靈運乃變之以五言短篇, 務爲淸新精麗, 遂能獨辟蹊徑, 擅美千秋. 昌黎南山, 取杜陵五言大篇之體, 攝漢賦鋪張調繪之工, 又變謝氏軌躅, 亦能別開境界, 前無古人, …予謂北征主於言情, 南山重在體物, 用意自異, 取材不同, 論其工力, 幷爲極詣, 無庸辨其優劣也."

退之五言古南山詩, 首序南山大槪, 次序南山四時變態, 次言方隅[1]連亘[2]之所, 次言經歷[3]所見, 末用繁欽定情詩[4]一法數轉, 凡一百二韻, 可謂長篇之式[5]. 但語太深刻, 故不入錄.

1 方隅(방우): 사방.
2 連亘(연긍): 연결되어 있다.
3 經歷(경력): 돌아다니다.
4 定情詩(정정시): 번흠의 오언시다. 일인칭의 말투로 여주인공의 사랑의 기쁨과 실연의 고통을 썼다. 시는 세 부분으로 나누어는데, 처음 알게 되었을 때의 광경, 열애할 때의 광경을 술회하고, 마지막으로 버림받은 상황을 서술했다. 11번의 문답구로 열애중인 마음과 행복에 대한 열망을 표현했다. 앞서 제4권 제37칙에서 〈정정시〉에 관한 내용을 언급했다.
5 式(식): 본보기

14

한유의 오언고시 〈차일족가석증장적此日足可惜贈張籍〉 한 편은 어구의 배치가 여러 작품들과 다르다. 이 시편은 일부러 졸박하게 지은 듯하지만, 글자마다 아름답게 울리며 힘이 있다. 학자들은 반드시 먼저 두보의 〈두견杜鵑〉, 〈의골義鶻〉, 〈팽아彭衙〉 등의 여러 작품을 읽고,

이 작품을 읽어야 할 것이다. 그렇게 하지 않으면 놀라 이상하게 여겨질 따름이다. 장적의 〈제퇴지祭退之〉는 이 작품을 모방했지만 평범하고 비천한 곳이 정말로 많다. 이후 오직 구양수의 〈송오생送吳生〉 한 편이 이것을 계승했다고 할 만하다.

한유의 오언고시 〈차일족가석증장적〉에 관한 논의다. 구양수는 《육일시화》에서 한유의 〈차일족가석〉에 대해 다음과 같이 평했다.

"관운을 얻어서 문장의 변화가 자유롭고 방운에 두루 들어갔다. 돌아왔다가 떠나가면서 출입하고 회합하니 거의 일반적인 격식에 구속되지 않는다. 蓋其得韻寬, 則波瀾橫溢, 泛入旁韻, 乍還乍離, 出入回合, 殆不可拘以常格."

이 작품의 변화무쌍함을 잘 지적한 말이다. 한유의 현존하는 시는 402수인데, 그중 고시가 235수로 압도적으로 많다.

退之五言古此日足可惜[1]一篇, 措語[2]與衆作不同. 此篇故[3]爲拙樸[4], 字字有金石聲[5]. 學者必先讀子美杜鵑[6], 義鶻[7], 彭衙[8]諸作, 乃可讀此, 否則不免驚異[9]耳. 張籍祭退之倣此, 而庸鄙[10]處實多. 後惟歐陽公送吳生一篇, 足以嗣響[11].

주석

1 此日足可惜(차일족가석): 한유의 〈此日足可惜贈張籍(차일족가석증장적)〉을 가리킨다.

2 措語(조어): 시문의 어구의 배치.

3 故(고): 일부러.

4 拙樸(졸박): 질박하고 진솔하다.

5 金石聲(금석성): 아름답게 울리며 힘이 있는 소리를 가리킨다. 후에 와서는 문사가 아름다워 감동시키는 것을 비유하는 데 사용했다.

6 杜鵑(두견): 두보가 대력 원년元年, 즉 766년 늦봄에 운안雲安에 있을 때 쓴 시다. 이 시에서는 신하의 절개를 지키지 못한 사람들은 금수보다도 못하다고 풍자하고 있다.

7 義鶻(의골): 두보가 건원 원년(758) 봄에 좌습유左拾遺로 있을 때 쓴 오언고시다. 한 마리 정의로운 송골매가 거대한 뱀을 죽여 매를 대신해 복수하는 내용을

통해 의로운 선비를 노래했으며, 두보의 악을 미워하는 성격을 잘 보여주고 있다.

8 彭衙(팽아): 두보의 오언고시로 '팽아'는 옛 지명이다. 춘추시대 때는 진秦 나라 땅이었고, 진晉 때 이미 없어졌다. 옛 성이 섬서성 백수현白水縣 동북쪽 60리에 있으니, 지금의 팽아보彭衙堡다. 두보는 팽아의 서쪽을 지나가다 1년 전 가족을 이끌고 피난을 갈 때 이 근처에서 손재孫宰의 따뜻한 환대를 받았던 것을 기억하며, 난세에 얻기 어려운 친구의 정을 찬미하고 있다.

9 驚異(경이): 놀라 이상하게 여기다.

10 庸鄙(용비): 평범하고 비천하다.

11 嗣響(사향): 뒤를 잇다. 계승하다.

15

오언고시에서 유종원은 충담하지만 자세히 음미하는 것을 하나의 단련으로 삼았다. 한유는 기험하지만 재주가 커서 힘을 들이지 않았다. 그러므로 한유의 시는 재주가 높은 사람이 아니면 읽을 수 없고, 유종원의 시는 조예가 깊은 사람이 아니면 이해할 수 없다.

해제 한유와 유종원의 오언고시를 비교하여 논했다. 제23권의 제7칙에서 유종원의 고시는 정밀하다고 지적했다. 유종원의 정밀함은 오랜 깨달음을 통해 얻은 조예다. 반면 한유의 기험함은 재주에서 비롯되었다.

원문 五言古, 子厚雖沖淡, 細玩[1]是一段[2]功夫[3], 退之雖奇險, 然才大不費力[4]. 故退之之詩, 非才高者不能讀, 子厚之詩, 非深造[5]者不能知.

주석

1 細玩(세완): 자세히 음미하다.

2 一段(일단): 한 가지. 한 종류.

3 功夫(공부): 궁리함. 연구함. 수련. 단련.

4 費力(비력): 힘을 들이다.

5 深造(심조): 학문의 심오한 경지에 이름. 조예가 깊음.

16

한유의 오 · 칠언 고시는 비록 기험하고 호방하지만, 오언 중 〈유회幽懷〉는 다소 건안의 시와 비슷하다. 또 〈남계시범南溪始泛〉은 도연명과 가깝고, 〈금조리상琴操履霜〉 · 〈구유拘幽〉는 자못 고시에 합치된다.

칠언 중 〈차재동생행嗟哉董生行〉은 고악부와 비슷하다. 〈치대전雉帶箭〉 · 〈풍릉행豊陵行〉 · 〈도원도桃源圖〉는 체재가 정체에 가깝다. 지금 앞부분에 아울러 수록하며 정체를 우선으로 하고 변체를 뒤로 돌린다.

해제 한유의 오 · 칠언 고시 중 기험하고 호방한 작품 이외에 다양한 풍격도 있음을 지적했다.

원문 退之五七言古雖奇險豪縱, 然五言如"幽懷不能寫"[1], 稍類建安; "南溪亦清駛"[2], 亦近淵明; 琴操履霜 · 拘幽, 頗合於古; 七言嗟哉董生行, 類古樂府; 雉帶箭 · 豊陵行 · 桃源圖, 體亦近正. 今並錄冠於前, 先正後變也.

주석
1 幽懷不能寫(유회불능사): 한유의 〈유회幽懷〉를 가리킨다.
2 南溪亦清駛(남계역청사): 한유의 〈남계시범삼수南溪始泛三首〉 중 제2수를 가리킨다.

17

한유의 오 · 칠언 율시는 시편이 아주 적은데, 수록된 것은 비록 중당과 만당에 가깝기는 하지만 괴벽怪僻한 성조는 없다. 칠언율시 중 〈광선상인빈견과廣宣上人頻見過〉 한 편은 송시에 가깝다. 배율 중 사물을 노래한 여러 작품들은 대구가 정교하고 묘사가 자잘하여 본모습을 다 잃어서 여기에 함께 수록하지 않았다.

칠언절구는 전체 문집을 살펴보면 너무 거칠다고 느껴지는데, 수록된 것은 중당과 만당에 가까운 것이다. 〈견흥遣興〉·〈새신賽神〉 두 편 역시 송시와 비슷하다.

해제 한유의 오·칠언 율시에 관한 논의다. 한유는 전체 402수의 시 중에서 오언율시는 39수, 칠언율시는 14수, 오언절구 21수, 칠언절구 79수, 배율은 14수를 창작했다. 고시가 235수인 것에 비하면 절대적으로 적은 수에 해당한다. 한유가 율시에서는 별다른 성취를 이루지 못했음을 지적하고 있다.

원문 退之五七言律, 篇什甚少, 入錄者雖近中·晚, 而無怪僻之調; 七言"三百六旬"[1]一篇, 則近宋人. 排律詠物諸篇, 偶對工巧, 摹寫細碎[2], 盡失本相, 玆並不錄. 七言絶, 以全集觀, 覺太粗率[3], 入錄者亦近中·晚; 遣興·賽神二篇, 亦似宋人.

주석
1 三百六旬(삼백육순): 한유의 〈광선상인빈견과廣宣上人頻見過〉를 가리킨다.
2 摹寫細碎(모사세쇄): 묘사가 자잘하다.
3 粗率(조솔): 거칠다. 정세精細하지 않다.

18

한유의 오·칠언 고시는 대변이지만, 오·칠언 율시는 대부분 중·만당의 시에서 비롯되었다. 대개 한유는 재주가 크지만, 율시에서는 이채로움을 취할 수 없기에 독자적인 문호를 세울 필요가 없을 따름이다.

해제 한유의 오·칠언 고시와 율시에 관해 개괄적으로 평했다.

원문 退之五七言古爲大變, 而五七言律則多出中·晚者. 蓋退之才大, 以律詩不足取異, 不必自立門戶耳.

19

사령운의 시는 지극히 깎고 다듬었는데, 오직 "연못에 봄풀이 자라네池塘生春草" 만이 가구라고 여겼다. 한유의 시는 지극히 기험한데도, "최고의 보물은 깎고 다듬지 않으며, 신묘한 수완은 호미로 김매는 걸 사양한다네至寶不彫琢, 神功謝鋤耘"라고 했으니, 그 식견이 참으로 자유롭다.

해제 한유 시의 기괴함에 대해 논했다. 한유는 자신의 시가 기괴함에도 불구하고 스스로 매우 자연스럽다고 간주했음을 지적했다.

원문 謝靈運詩極雕刻, 而獨以"池塘生春草"[1]爲佳句; 韓退之詩極奇險, 而曰: "至寶不彫琢, 神功謝鋤耘"[2], 其識見固自在也.

주석

1 池塘生春草(지당생춘초): 연못에 봄풀이 자라네. 사령운 〈등지상루登池上樓〉의 시구다.

2 至寶不彫琢(지보부조탁), 神功謝鋤耘(신공사서운): 최고의 보물은 깎고 다듬지 않으며, 신묘한 수완은 호미로 김매는 걸 사양한다네. 한유 〈취증장비서醉贈張秘書〉의 시구다.

제 25권

詩源辯體

중당中唐

1

《은거시화隱居詩話》에서 말했다.

“맹교[1]의 시는 거칠고 궁벽窮僻하며, 다듬고 깎아내느라 여유가 없었으며, 정말로 고심하여 지었다.”

엄우가 말했다.

“맹교의 시는 각고刻苦의 노력으로 창작되어서 그것을 읽으면 즐겁지 않게 된다.”

내가 생각건대 맹교의 오언고시는 전체 문집을 살펴보면 진실로 거칠고 힘을 많이 들여 사람의 마음을 유쾌하지 않게 한다. 그러나 수록된 것은 시어가 다듬어졌지만 체제가 매우 간결하고 적당하다. 그러므로 그의 최상의 시는 그 글자를 고치고 바꿀 수 없으며, 그의 차상의 시 역시 그 시구를 더하고 뺄 수 없다. 〈맹교전孟郊傳〉에서는 그의 시

---

1) 자 동야東野.

에 의리義理가 있다고 했는데, 확실히 그러하다.

해제

맹교에 관한 논의다. 맹교는 한유와 함께 새로운 시가 창작에 적극적으로 동참하여 이른바 한맹시파韓孟詩派를 이루었다. 장적, 노동, 가도, 유차 등이 그 시파에 속했다. 한유와 맹교는 덕종德宗 정원貞元 7년(791)에 장안에서 서로 알게 되었다. 이후 맹교는 진사시에 합격했으나 관직에 나가지 못하자 육장원陸長源의 막부幕府에서 여러 해를 지냈다. 한유 역시 이고李翺의 추천으로 동진董晋과 장건봉張建封의 막료로 생활했는데, 이때 맹교가 이고와 한유의 추천으로 장건봉의 막부에 들어오면서 함께 문학 활동을 하게 되었다. 정원 12년(796)~16년(800) 사이 변주汴州에서의 문학 활동은 바로 한맹시파가 결성하여 활동하던 시기였다. 이후 원화 2년(807)에 한유가 국자박사國子博士로 낙양으로 가게 되었고, 맹교가 낙양의 수륙운종사水陸運從事로 부임하면서 다시 낙양을 중심으로 활동하게 되었다.

한맹시파는 기괴함을 숭상하는 시파다. 일찍이 한유는 맹교에 대해 "맑은 밤 고요히 마주앉아, 날이 새도록 애써 읊조리는 소리 듣네.淸宵靜相對, 發白聆苦吟."라고 말했다. 또한 원호문元好問은 맹교의 이러한 시 창작 습관에 대해 "궁리하고 근심하기를 죽어도 그만두지 않으니 천지가 시 짓는 감옥이다.東野窮愁死不休, 高天厚地一詩囚."고 말했다.

隱居詩話[1]云: "孟郊[字東野]詩, 蹇澀[2]窮僻[3], 琢削[4]不暇, 眞苦吟[5]而成." 嚴滄浪云: "孟郊之詩刻苦[6], 讀之令人不歡." 愚按: 郊五言古, 以全集觀, 誠蹇澀費力, 不快人意[7]; 然其入錄者, 語雖琢削, 而體甚簡當[8]. 故其最上者不能竄易[9]其字, 其次者亦不能增損其句也. 本傳[10]謂其詩有理致[11], 信哉.

1 隱居詩話(은거시화): 송나라 위태魏泰의 《임한은거시화臨漢隱居詩話》를 가리킨다. 모두 70칙이다. 시가의 사회적인 작용을 중요하게 생각했으며, '여운'을 논시의 예술표준으로 삼았다.

2 蹇澀(건삽): 시어가 거칠고 난해한 것을 가리킨다.

3 窮僻(궁벽): 시풍이 궁색하고 생소한 것을 가리킨다.

4 琢削(탁삭): 옥을 쪼고 깎아 내어 다듬듯이 시어를 다듬다. '탁'은 '옥을 쪼아 모양을 내다'는 뜻이고, '삭'은 '깎아 내다'는 뜻이다.

5 苦吟(고음): 고심하다.

6 刻苦(각고): 대단히 애를 쓰다.

7 不快人意(불쾌인의): 사람의 마음을 유쾌하지 않게 한다.

8 簡當(간당): 간결하고 적당하다.

9 竄易(찬역): 시문 등을 고치고 바꾸다.

10 本傳(본전): 《구당서》, 《신당서》에 기록되어 있는 맹교의 전기를 가리킨다.

11 理致(이치): '義理(의리)'와 같은 말이다.

2

맹교의 오언고시는 자세한 서술을 일삼지 않고 흥興과 비比를 겸하여 사용하므로 완곡하고 정취가 있음을 깨닫게 된다. 그러나 모두 각고의 노력으로 다듬고 의론으로써 시를 지었기에 마음 속 생각이 분명하게 드러나고 교묘한 것이 많을 따름이다. 이것이 변체가 되는 까닭이다.

해제 맹교의 오언고시가 '변체'가 되는 까닭에 대해 논했다.

원문 東野五言古, 不事敷敍而兼用興比[1], 故覺委婉有致. 然皆刻苦琢削[2], 以意見爲詩, 故快心露骨而多奇巧[3]耳. 此所以爲變也.

주석 1 興比(흥비): 시문의 수사적 표현 방법. '비'는 사물을 빌어 뜻을 말한 것, '흥'은 사물에 기탁하여 말을 떠올리게 하는 것이다.

2 刻苦琢削(각고탁삭): 각고의 노력으로 다듬다.

3 奇巧(기교): 기이하고 교묘하다.

3

맹교의 오언고시 중 다음의 시구는 모두 각고의 노력으로 다듬고, 의론으로써 시를 지은 것이다.

"군자는 계수나무의 성질과 같이 향기로워, 봄에도 무성하지만 겨울이면 더욱 번성하다네. 소인은 무궁화 꽃과 같은 마음이어서, 아침에는 피었다가 저녁에는 지네. 君子芳桂性, 春榮冬更繁. 小人槿花心, 朝在夕不存."

"날카로운 칼은 가까이할 수 없고, 미인은 친할 수 없다네. 날카로운 칼은 가까이하면 손을 다치고, 미인은 가까이하면 몸을 다친다네. 利劍不可近, 美人不可親. 利劍近傷手, 美人近傷身."

"나무는 백 년 동안 꽃을 피우건만, 사람은 늘 변함없는 얼굴이 없네. 꽃은 사람이 다 늙어가는 것을 전송하고, 사람은 꽃이 저절로 시듦을 슬퍼하네. 樹有百年花, 人無一定顔. 花送人老盡, 人悲花自閑."

"일렁이는 파도는 비출 수 없고, 미친 사내는 따를 수 없네. 일렁이는 파도에는 흩어지는 그림자가 많고, 미친 사내에게는 기이한 종적이 많다네. 浪水不可照, 狂夫不可從. 浪水多散影, 狂夫多異蹤."

"오늘의 슬픔을 버려두는 것은, 어제의 기쁨이 있었기 때문이리라. 새것이 옛것으로 바뀌는 것은 쉬우나, 옛것이 새것으로 바뀌는 것은 어렵다네. 棄置今日悲, 即是昨日歡. 將新變故易, 變故爲新難."

"임의 마음은 상자 속의 거울과 같아서 한 번 깨지면 다시 완전해지지 못하네. 첩의 마음은 연뿌리의 실과 같아서 비록 끊어도 더 연결된다네. 君心匣中鏡, 一破不復全. 妾心藕中絲, 雖斷猶牽連."

"임의 눈물이 비단 수건 적시고, 첩의 눈물은 길 먼지 위로 떨어지네. 비단 수건 오랫동안 손에 있었건만, 오늘 첩에게 건네졌다네. 길의 먼지가 바람에 일어나면 임의 수레바퀴에 묻을 것이라네. 君淚濡羅

巾, 妾淚滴路塵. 羅巾長在手, 今得隨妾身. 路塵如得風, 得上君車輪."

"이루離婁가 어찌 눈이 밝지 않겠으며, 자야子野가 어찌 귀가 밝지 않겠는가? 보물을 보는 데에는 시력의 차이가 없고, 음악을 듣는 데에는 귀의 열림이 중한 것이 아니라네. 離婁豈不明, 子野豈不聰? 至寶非眼別, 至音非耳通."

"누가 형체와 그림자가 가깝다고 말하는가, 등불이 꺼지면 그림자가 몸에서 사라지네. 누가 물고기와 물이 좋아한다고 말하는가, 물이 고갈되면 물고기의 비늘이 말라 죽네. 誰言形影親, 燈滅影去身. 誰言魚水歡, 水竭魚枯鱗."

"진실로 천지의 빼어남을 머금어, 모두 천지의 몸이라네. 천지가 심하게 절름거리니, 노산魯山의 도가 펼쳐지지 않네. 천지의 기운이 부족하니, 노산의 식사가 더욱 초라하네. 苟含天地秀, 皆是天地身. 天地蹇旣甚, 魯山道莫伸. 天地氣不足, 魯山食更貧."[2]

이동양이 다음과 같이 말했다.

"곰의 발바닥과 닭의 갈비는 힘줄과 뼈는 충분하게 있으나 고기의 맛은 아주 적다. 기이함을 좋아하는 사람들은 그것을 버리지 못하지만 천하에서 포식하기에는 부족하다."

내가 생각건대 이로써 맹교를 논한다면 더욱 적절할 것이다.

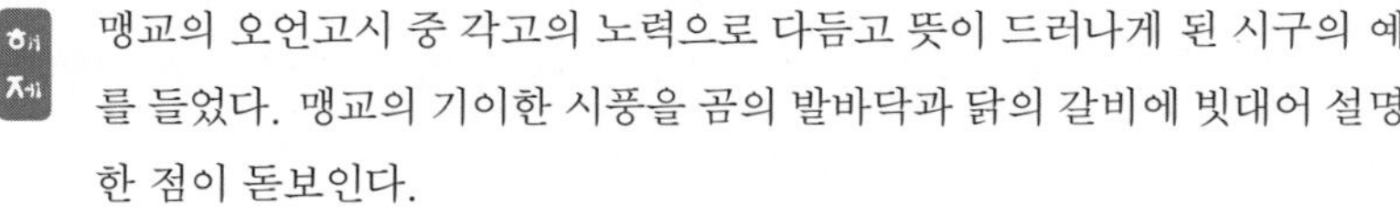

해제 맹교의 오언고시 중 각고의 노력으로 다듬고 뜻이 드러나게 된 시구의 예를 들었다. 맹교의 기이한 시풍을 곰의 발바닥과 닭의 갈비에 빗대어 설명한 점이 돋보인다.

2) 〈조원로산弔元魯山〉.

원문

東野五言古, 如"君子芳桂性, 春榮冬更繁. 小人槿花心, 朝在夕不存."[1] "利劍不可近, 美人不可親. 利劍近傷手, 美人近傷身."[2] "樹有百年花, 人無一定顔. 花送人老盡, 人悲花自閑."[3] "浪水不可照, 狂夫不可從. 浪水多散影, 狂夫多異蹤."[4] "棄置今日悲, 卽是昨日歡. 將新變故易, 變故爲新難."[5] "君心匣中鏡, 一破不復全. 妾心藕中絲, 雖斷猶牽連."[6] "君淚濡羅巾, 妾淚滴路塵. 羅巾長在手, 今得隨妾身. 路塵如得風, 得上君車輪."[7] "離婁豈不明, 子野豈不聰? 至寶非眼別, 至音非耳通."[8] "誰言形影親, 燈滅影去身. 誰言魚水歡, 水竭魚枯鱗."[9] "苟含天地秀, 皆是天地身. 天地蹇旣甚, 魯山道莫伸. 天地氣不足, 魯山食更貧"[10][弔元魯山]等句, 皆刻苦琢削, 以意見爲詩者也. 李西涯[11]云: "熊蹯[12]雞肋[13], 筋骨[14]有餘而肉味絶少, 好奇者不能捨之, 而不足以饜飫[15]天下." 予謂: 以此論東野, 尤切.

1 君子芳桂性(군자방계성), 春榮冬更繁(춘영동갱번). 小人槿花心(소인근화심), 朝在夕不存(조재석부존): 군자는 계수나무의 성질과 같이 향기로워, 봄에도 무성하지만 겨울이면 더욱 번성하다네. 소인은 무궁화 꽃과 같은 마음이어서, 아침에는 피었다가 저녁에는 지네. 맹교 〈심교審交〉의 시구다.

2 利劍不可近(이검불가근), 美人不可親(미인불가친). 利劍近傷手(이검근상수), 美人近傷身(미인근상신): 날카로운 칼은 가까이할 수 없고, 미인은 친할 수 없다네. 날카로운 칼은 가까이하면 손을 다치고, 미인은 가까이하면 몸을 다친다네. 맹교 〈우작偶作〉의 시구다.

3 樹有百年花(수유백년화), 人無一定顔(인무일정안). 花送人老盡(화송인로진), 人悲花自閑(인비화자한): 나무는 백 년 동안 꽃을 피우건만, 사람은 늘 변함없는 얼굴이 없네. 꽃은 사람이 다 늙어가는 것을 전송하고, 사람은 꽃이 저절로 시듦을 슬퍼하네. 맹교 〈잡원雜怨〉의 시구다.

4 浪水不可照(낭수불가조), 狂夫不可從(광부불가종). 浪水多散影(낭수다산영), 狂夫多異蹤(광부다이종): 일렁이는 파도는 비출 수 없고, 미친 사내는 따를 수 없네. 일렁이는 파도에는 흩어지는 그림자가 많고, 미친 사내에게는 기이한 종적이 많다네. 맹교 〈잡원〉의 시구다.

5 棄置今日悲(기치금일비), 卽是昨日歡(즉시작일환). 將新變故易(장신변고이), 變故爲新難(변고위신난): 오늘의 슬픔을 버려두는 것은, 어제의 기쁨이 있었기

때문이리라. 새것이 옛것으로 바뀌는 것은 쉬우나, 옛것이 새것으로 바뀌는 것은 어렵다네. 맹교 〈고박명첩古薄命妾〉의 시구다.

6 君心匣中鏡(군심갑중경), 一破不復全(일파불부전). 妾心藕中絲(첩심우중사), 雖斷猶牽連(수단유견연): 임의 마음은 상자 속의 거울과 같아서 한 번 깨지면 다시 완전해지지 못하네. 첩의 마음은 연뿌리의 실과 같아서 비록 끊어도 더 연결된다네. 맹교 〈거부去婦〉의 시구다.

7 君淚濡羅巾(군루유나건), 妾淚滴路塵(첩루적로진). 羅巾長在手(나건장재수), 今得隨妾身(금득수첩신). 路塵如得風(노진여득풍), 得上君車輪(득상군거륜): 임의 눈물이 비단 수건 적시고, 첩의 눈물은 길 먼지 위로 떨어지네. 비단 수건 오랫동안 손에 있었건만, 오늘 첩에게 건네졌다네. 길의 먼지가 바람에 일어나면 임의 수레바퀴에 묻을 것이라네. 맹교 〈정부원征婦怨〉의 시구다.

8 離婁豈不明(이루개불명), 子野豈不聰(자야기불총)? 至寶非眼別(지보비안별), 至音非耳通(지음비이통): 이루離婁가 어찌 눈이 밝지 않겠으며, 자야子野가 어찌 귀가 밝지 않겠는가? 보물을 보는 데에는 시력의 차이가 없고, 음악을 듣는 데에는 귀의 열림이 중한 것이 아니라네. 맹교 〈실의귀오인기동대유복시어失意歸吳因寄東臺劉復侍御〉의 시구다. '이루'는 황제 때 사람, 혹은 춘추시대의 사람이라고 하는데, 백보나 덜어진 곳에서도 털끝을 구별할 수 있을 정도로 시력이 아주 좋은 사람이었다.

9 誰言形影親(수언형영친), 燈滅影去身(등멸영거신). 誰言魚水歡(수언어수환), 水竭魚枯鱗(수갈어고린): 누가 형체와 그림자가 가깝다고 말하는가, 등불이 꺼지면 그림자가 몸에서 사라지네. 누가 물고기와 물이 좋아한다고 말하는가, 물이 고갈되면 물고기의 비늘이 말라 죽네. 맹교 〈증이관贈李觀〉의 시구다.

10 苟含天地秀(구함천지수), 皆是天地身(개시천지신). 天地蹇旣甚(천지건기심), 魯山道莫伸(노산도막신). 天地氣不足(천지기부족), 魯山食更貧(노산식갱빈): 진실로 천지의 빼어남을 머금어, 모두 천지의 몸이라네. 천지가 심하게 절름거리니, 노산魯山의 도가 펼쳐지지 않네. 천지의 기운이 부족하니, 노산의 식사가 더욱 초라하네. 맹교 〈조원로산弔元魯山〉의 시구다.

11 李西涯(이서애): 이동양李東陽. 제17권 제6칙 주석1 참조.

12 熊蹯(웅번): 곰 발바닥.

13 雞肋(계륵): 닭 갈비. 닭의 갈비는 먹을 것은 없으나 그냥 버리기는 아깝다는 말로, 그리 소용은 없으나 버리기는 아까운 사물을 가리킨다.

14 筋骨(근골): 힘줄과 뼈.

15 饜飫(염어): 배불리 먹다.

4

맹교의 시에서 각종 체재는 겨우 열에 하나를 차지할 뿐이고, 오언고시가 열에 아홉을 차지한다. 그러므로 그가 오언고시에 전문적임을 알겠다. 그 힘쓴 곳을 모두 찾아 가려낼 수 있고, 대략적인 요지는 옥고리를 연결하고 옥구슬을 꿴 것 같으니, 이것이 그의 뛰어난 점이다. 그의 〈감회팔수感懷八首〉 중에는 진자앙과 비슷한 것이 있는데, 결코 맹교가 지은 것이 아니다.

해제 맹교가 오언고시에 전문적임을 강조했다. 맹교의 시 중 90%가 오언고시다. 그것은 그가 의도적으로 시속을 피해 율시를 쓰지 않았기 때문이다. 아울러 맹교의 〈감회팔수〉 중 진자앙과 비슷한 작품은 맹교가 지은 것이 아니라고 지적했다.

원문 東野詩, 諸體僅十之一, 五言古居十之九, 故知其專工在此. 然其用力處[1]皆可尋摘[2], 大要[3]如連環貫珠[4], 斯其所長耳. 其感懷八首中有類陳子昂者, 決[5]非東野作.

주석

1 用力處(용력처): 힘을 들인 곳.

2 尋摘(심적): 찾아 가려내다.

3 大要(대요): 대략적인 요지.

4 連環貫珠(연환관주): 옥고리를 연결하고 옥구슬을 꿴 것 같다.

5 決(결): 결코.

5

한유는 기험하고 호방하며 마음껏 넓게 펼치므로 장편이 정교하다. 맹교는 기이하고 다듬으며 간결함으로 귀결되므로 단편이 뛰어나다.

구양수가 시에서 말했다.

"맹교는 궁하고 고달픔이 가득하며, 한유는 넉넉하고 풍부함이 넘치네. 궁한 사람은 그 영혼을 쪼아 먹으며, 넉넉한 사람은 문장을 빛나게 하네. 펼쳐내어 하나는 궁宮이 되고, 모아서 하나는 상商이 되네. 두 개의 가락은 비록 다르지만, 함께 연주하면 소리가 쟁쟁 울린다네."

이 몇 마디는 한유와 맹교의 정수精髓를 얻었다. 그러므로 맹교는 한유와 거의 필적한다. 간혹 "교도郊島"라고 칭하기도 하는데, 맹교와 가도 이 두 사람은 동류同類가 아니다.

해제 맹교는 한유와 함께 기험한 시풍을 발전시켜 '한맹韓孟'으로 병칭되기도 하며 또 그 뒤를 이은 가도와 함께 '교도郊島'라고 병칭되기도 한다. 그러나 맹교와 가도는 같은 부류라고 할 수 없어서 병론할 수 없음을 지적하고 있다. 한유는 〈취증장비서醉贈張秘書〉에서 "맹교는 세속을 놀라게 하니 하늘에서 기험한 꽃을 토했다.東野動驚俗, 天葩吐奇芬."고 말했다. 이와 같이 맹교의 시풍은 궁하고 고달파서 그의 시에서는 '고독孤獨'이라는 글자가 141차례, '고수苦愁'는 134차례, '곡읍哭泣'은 126차례, '비루悲漏'는 43차례, '노잔老殘'은 64차례가 발견된다.

원문 退之奇險豪縱恣於博, 故長篇爲工; 東野矯激[1]琢削歸於約, 故短篇爲勝. 歐陽公詩云: "孟窮苦纍纍[2], 韓富浩穰穰[3]. 窮者啄其精, 富者爛文章. 發生一爲宮, 揫斂[4]一爲商. 二律[5]雖不同, 合奏乃鏘鏘[6]."[7] 數語得二子神髓[8]. 故孟之於韓, 庶幾相匹; 或稱"郊島", 則非其倫[9]矣.

주석

1 矯激(교격): 기이하여 일반적인 도리를 벗어나다.
2 纍纍(누루): 연속한 모양. 여러 겹으로 쌓인 모양.
3 富浩穰穰(부호양양): 많은 모양. 넉넉한 모양.
4 揫斂(추렴): 모으다.
5 二律(이율): 두 개의 가락. 여기서는 궁宮과 상商을 가리킨다.
6 鏘鏘(장장): 쟁쟁 울리다. 음악 소리를 형용한 말.
7 이상은 구양수 〈독반도시기자미讀蟠桃詩寄子美〉의 시구다.
8 神髓(신수): 정수精髓. 사물의 핵심.
9 倫(륜): 동류同類.

6

옛 사람이 스스로를 칭찬한 것은 잘못되지 않았다. 맹교의 시에서 다음과 같이 말한다.

"시의 뼈마디는 나 맹교를 넘어서고, 시의 파도는 한유를 넘어섰다."

파도로써 한유를 귀납하고, 뼈로써 자신을 칭찬한 것은 잘못되지 않았다. 그러나 한유는 시의 뼈대에 부족함이 없으나, 맹교는 진실로 파도라 하기에는 부족하다. 예를 들어 맹교의 〈협애峽哀〉 10수는 시어가 기험한데, 한유의 재주가 없는 탓에 끝내 파도가 될 수 없다.

해제

맹교의 고심함은 시의 뼈대를 세울 수 있을 만큼 정교하기는 하지만 재주가 없어서 한유와 같이 시의 파도가 되지 못했다. 이러한 차이는 각기 두 시인의 기질의 차이에서 비롯된다고 볼 수 있다. 맹교는 〈야감자견夜感自遣〉에서 다음과 같이 말했다.

"밤에 배우며 불 밝힘이 끝나지 않고, 신음하며 읊으니 귀신이 근심하네. 어찌 스스로 쉬지 않고, 마음과 몸이 원수가 되는가?夜學曉不休, 苦吟鬼神愁. 如何不自閑, 心與身爲仇."

그가 얼마나 고심하여 시를 창작했는지를 알 수 있는 대목이다.

원문

古人自許[1]不謬. 東野詩云: "詩骨聳東野, 詩濤湧退之."[2] 以濤歸韓, 以骨自許, 不謬. 但退之非不足於骨, 而東野實不足於濤. 如東野峽哀十首, 語亦奇險, 然無退之之才, 故終不足於濤.

주석

1 自許(자허): 믿다. 칭찬하다.
2 詩骨聳東野(시골용동야), 詩濤湧退之(시도용퇴지): "시의 뼈 마디는 나 맹교를 넘어서고, 시의 파도는 한유를 넘어섰다." 맹교 〈희증무본戲贈無本〉의 제1수에 나오는 시구다. 맹교의 가도에 대한 평가이다. 가도는 맹교를 스승으로 숭배했다.

7

가도[3)]는 맹교와 이름을 나란히 하여, '교도郊島'라고 불린다. 맹교는 오언고시가 칭송되고, 가도는 오언율시가 칭송된다. 그러나 가도를 맹교와 비교하면 재주와 등급이 열 배나 미치지 못하므로, 한유는 맹교에 대해 많이 칭송하고 가도를 조금 언급했다. 또 구양수가 "맹교는 죽어도 가도처럼 되지 않는다."고 한 것은 이를 두고 말한 것이다.

가도의 오언율시는 정취가 궁색하고, 운율이 가팔라서 당나라 시체에서 보면 여전히 소편이 되고, 시구가 대부분 기이하여 원화 연간에서 보면 대변이 된다. 소식이 "맹교는 춥고 가도는 여위다.郊寒島瘦"라고 했는데, 당나라 사람들은 시의 기상을 논하므로 이 말은 바로 기상을 지적한 것일 따름이다.

해제

가도에 관한 논의다. 가도는 한유, 맹교와 교류하며 이른바 '한맹시파韓孟詩派'의 전통을 계승하면서 새로운 시풍을 개척했다. 특히 한유는 〈증가도贈賈島〉의 시에서 가도가 맹교의 시풍을 잘 이었다고 평가하고 있다.

---

3) 자 낭선浪仙.

"맹교가 죽어 북망산에 묻히고, 이로부터 풍운이 잠시 막혔네. 하늘이 아마 문장이 갑자기 끊어질까 해서, 다시 가도를 태어나게 해 인간 세상에 드러내었네. 孟郊死葬北邙山, 從此風雲得暫閑. 天恐文章渾斷絶, 再生賈島著人間."

맹교가 57세, 가도가 29세 때 장안에서 두 사람은 처음 만났다. 《육일시화》에서도 "맹교와 가도는 모두 죽음에 이를 때까지 시를 갈구했으니, 평생 동안 신음한 시구를 진실로 좋아했다孟郊賈島皆以詩窮至死, 而平生尤自喜爲窮苦之句"고 기록했다. 따라서 흔히 맹교와 가도를 병칭하여 '교도郊島'라고 칭하지만, 허학이는 가도의 재주가 맹교에 비해 한참 뒤떨어지며 또 체재와 기상의 차이가 커서 같은 부류가 아니라고 지적했다. 실제 맹교는 오언고시에 능했고 가도는 오언율시에 능했다. 현존하는 가도의 시는 404수인데, 그중 오율이 233수에 이른다.

한편 가도는 그 당시의 시풍에서 중요한 위치를 차지하고 있었다. 이와 관련하여 채거후蔡居厚는 《채관부시화蔡寬夫詩話》에서 "당말 오대에 세속에서 시가 능하다고 자부하는 사람들은 …대개 모두 가도를 숭배하였는데, 그것을 '가도의 격조'라고 일컬었다. 唐末五代, 俗流以詩自名者, …大抵皆宗賈島輩, 謂之賈島格."고 말했다. 문일다聞一多 역시 '가도시대賈島時代'라는 용어를 내세우며 다음과 같이 논평했다.

"만당에서 오대에 이르는 기간 동안 가도를 학습한 시인은 이루 헤아릴 수 없을 만큼 많다. 극소수의 시인들만 시의 의경이나 아름다운 시어를 향해서 움직여 갔을 뿐, 그 나머지 일반적인 시인들의 무리, 즉 대중적인 시인들은 모조리 가도에 소속되었다. 이런 측면에서 보면 만당 오대를 가도의 시대라 칭하여도 과언이 아니다. 由晩唐到五代, 學賈島的詩人不是數字可以計算的. 除極少數鮮明的例外, 是向著詞的意境與詞藻移動的, 其餘一般的詩人大衆, 也就是大衆的詩人, 則全屬於賈島. 從這觀點看, 我們不妨稱晩唐五代爲賈島時代."

賈島[字浪仙]與孟郊齊名, 故稱"郊島". 郊稱五言古, 島稱五言律. 然島之較郊, 才質[1]品第[2]不啻[3]什伯[4], 故退之多稱郊而少及[5]島, 歐陽公亦云"郊死不爲島"是也. 島五言律氣味[6]淸苦[7], 聲韻峭急[8], 在唐體尙爲小偏, 而句多奇僻, 在元和則爲大變. 東坡云"郊寒島瘦", 唐人詩論氣象, 此正言氣象耳.

1 才質(재질): 재주와 자질.

2 品第(품제): 등급等級.

3 不啻(불시): …보다 못하다. 비교가 할 수 없다.

4 什伯(십백): 열 배 혹은 백 배.

5 及(급): 언급하다.

6 氣味(기미): 정취情趣. 원래는 '냄새'라는 뜻이나 여기서는 시의 '의취意趣'나 '정조情調'를 비유하여 표현한다.

7 淸苦(청고): 시풍이 궁색한 것을 가리킨다.

8 峭急(초급): 가파르고 급하다.

8

가도의 오언율시 중 다음의 시구는 모두 정취가 맑고 운율이 가파른 것이다.

"새소리 끊기고 관리들 돌아간 뒤, 귀뚜라미 울고 나그네 잠든 무렵이네. 성을 닫는데 찬비가 보슬보슬 내리고, 봉인을 여는데 새벽 종소리 쉬엄쉬엄 들리네. 鳥絶吏歸後, 蛩鳴客臥時. 鎖城涼雨細, 開印曙鐘遲."

"쓰러진 이양관泥陽館에서 가을 개똥벌레가 나오고, 텅 빈 성에 찬비가 내리네. 석양에 흰 구름이 나부끼고, 나무의 그림자가 푸른 이끼를 쓸고 가네. 廢館秋螢出, 空城寒雨來. 夕陽飄白露, 樹影掃青苔."

"아침에 강론하는데 서리가 나무 위 내려 있고, 고요하게 참선하는데 아직 지지 않은 달이 이어지네. 早講林霜在, 孤禪隙月殘."

"장맛비가 가까운 밭을 거칠게 하고, 가을 연못에 먼 산이 비치네. 積雨荒隣圃, 秋池照遠山."

"문을 닫고 후미진 원림에서 살며, 해가 중천에 뜨자 게으름 피우다 두건을 쓰네. 외로운 기러기 한밤중에 날아오고, 쌓인 눈이 여러 봉우리에 덮여 있네. 門掩園林僻, 日高巾幘慵. 孤鴻來半夜, 積雪在諸峯."

"외로운 학 높이 나는데 등골이 시리고, 높은 삼나무가 운치 있는데 바람이 살랑살랑 부네.獨鶴聳寒骨, 高杉韻細颸."

"찬 채소로 정갈한 음식 만들고, 밤의 물결에 승려의 침대가 흔들리네.寒蔬修淨食, 夜浪動禪牀."

"사립문이 차가운 비에 가려지고, 풀벌레 소리가 가을 채소에서 들리네.柴門掩寒雨, 蟲響出秋蔬."

"빈 둥지에 서리 내린 잎이 떨어지고, 먼 창문에서 반딧불이 비쳐오네.空巢霜葉落, 疎牖水螢穿."

기타의 다른 시구는 기이한 것이 많은데, 즉 변체여서 본받을 만하지 않다. 다음의 시구는 가장 기이하며 모두 전대 시인들에게는 없는 것이다.

"들판의 물소리 가을에 끊어지고, 빈산의 그림자가 저녁에 기우네.野水吟秋斷, 空山影暮斜."

"석경 소리 퍼지고 많은 잎이 갈라지며, 달이 멀어지고 조각구름 높이 뜨네.磬通多葉罅, 月離片雲稜."

"얼음이 개구리밥 든 연못에 얼고, 눈이 쇠잔한 버드나무 바람에 화답하네.凌結浮萍水, 雪和衰柳風."

"소나무가 자라고 스승은 돌에 앉았으며, 연못이 씻기고 조사祖師는 사발을 전하네.松生師坐石, 潭滌祖傳盂."

"서쪽 전각에서 밤에 등불 비추고 경쇠 소리 들리더니, 동쪽 숲에서 새벽에 비가 내리고 바람이 부네.西殿宵燈磬, 東林曙雨風."

"참새 끊긴 숲에 산비둘기 숨고, 사람 없는 곳에 원숭이 있네.絶雀林藏鶻, 無人境有猿."

"우물을 파니 산이 달을 머금고, 바람이 부니 경쇠 소리 숲 속에서 울려오네.井鑿山含月, 風吹磬出林."

"내일 아침은 초하루고, 올해 세 번째 달이네.明曉日初一, 今年月又三."

"새싹이 눈 내린 차나무에서 새롭게 올라오고, 가지가 원숭이 사는 단풍나무에 여러 겹으로 모여 있네. 芽新抽雪茗, 枝重集猿楓."

"이슬이 찬데 비둘기 둥지에 비가 내리고, 기러기 지나는데 둥근 달 사이로 종소리 들리네. 露寒鳩宿雨, 鴻過月圓鐘."

세간의 소문에 이동李洞이 가도의 시명詩名을 흠모하여, 쇠를 녹여 상像을 만들어서 그를 스승으로 모셨다고 한다. 만당의 시인들은 비루하여 가도에 대해 마음을 쏟아 흠모하면서도, 한유와 맹교에 대해서는 몽매하여 깨닫지 못했다.

해제 가도의 오언율시 중 정취가 맑고 운율이 가파른 시구를 가려 뽑았다. 아울러 전대의 시인들에게서는 볼 수 없는 괴이한 변체를 예로 들었다. 가도의 시는 만당오대의 많은 시인들에 의해 모방되었는데, 이동李洞, 요합姚合, 방간方干 등이 대표적이다. 이들이 한유와 맹교를 제쳐두고 가도를 흠모하게 된 것에 대해 의문을 제기했다.

원문 賈島五言律, 如"鳥絶吏歸後, 蛩鳴客臥時. 鎖城涼雨細, 開印曙鐘遲."[1] "廢館秋螢出, 空城寒雨來. 夕陽飄白露, 樹影掃青苔."[2] "早講林霜在, 孤禪隙月殘."[3] "積雨荒隣圃, 秋池照遠山."[4] "門掩園林僻, 日高巾幘慵. 孤鴻來半夜, 積雪在諸峯."[5] "獨鶴聳寒骨, 高杉韻細颸."[6] "寒蔬修淨食, 夜浪動禪牀."[7] "柴門掩寒雨, 蟲響出秋蔬."[8] "空巢霜葉落, 疎牖水螢穿"[9]等句, 皆氣味淸苦, 聲韻峭急. 其他句多奇僻, 卽變體, 不可爲法, 如"野水吟秋斷, 空山影暮斜."[10] "磬通多葉罅, 月離片雲稜."[11] "凌結浮萍水, 雪和衰柳風."[12] "松生師坐石, 潭滌祖傳盂."[13] "西殿宵燈磬, 東林曙雨風."[14] "絶雀林藏鶻, 無人境有猿."[15] "井鑿山含月, 風吹磬出林."[16] "明曉日初一, 今年月又三."[17] "芽新抽雪茗, 枝重集猿楓."[18] "露寒鳩宿雨, 鴻過月圓鐘"[19]等句, 最爲奇僻, 皆前人所未有者. 世傳李洞[20]慕賈島詩名, 則鑄[21]爲像以師之. 晚唐人卑陋, 於島輩傾心向慕[22], 於退之·東野, 茫[23]乎無得也.

1 鳥絶吏歸後(조절리귀후), 蛩鳴客臥時(공명객와시). 鎖城涼雨細(쇄성량우세), 開印曙鐘遲(개인서종지): 새소리 끊기고 관리들 돌아간 뒤, 귀뚜라미 울고 나그네 잠든 무렵이네. 성을 닫는데 찬비가 보슬보슬 내리고, 봉인을 여는데 새벽 종소리 쉬엄쉬엄 들리네. 가도 〈숙요소부북재宿姚少府北齋〉의 시구다. '開印(개인)'은 연말에 관청에서 관인을 봉하여 정월 보름이 지난 뒤 봉한 것을 뜯고 용무를 시작하는 것을 가리킨다.

2 廢館秋螢出(폐관추형출), 空城寒雨來(공성한우래). 夕陽飄白露(석양표백로), 樹影掃青苔(수영소청태): 쓰러진 이양관泥陽館에서 가을 개똥벌레가 나오고, 텅 빈 성에 찬비가 내리네. 석양에 흰 구름이 나부끼고, 나무의 그림자가 푸른 이끼를 쓸고 가네. 가도 〈이양관泥陽館〉의 시구다.

3 早講林霜在(조강림상재), 孤禪隙月殘(고선극월잔): 아침에 강론하는데 서리가 나무 위 내려 있고, 고요하게 참선하는데 아직 지지 않은 달이 이어지네. 가도 〈기비릉철공寄毗陵徹公〉의 시구다.

4 積雨荒隣圃(적우황린포), 秋池照遠山(추지조원산): 장맛비가 가까운 밭을 거칠게 하고, 가을 연못에 먼 산이 비치네. 가도 〈벽거무가상인상방僻居無可上人相訪〉의 시구다.

5 門掩園林僻(문엄원림벽), 日高巾幘慵(일고건책용). 孤鴻來半夜(고홍래반야), 積雪在諸峯(적설재제봉): 문을 닫고 후미진 원림에서 살며, 해가 중천에 뜨자 게으름 피우다 두건을 쓰네. 외로운 기러기 한밤중에 날아오고, 쌓인 눈이 여러 봉우리에 덮여 있네. 가도 〈기동무寄董武〉의 시구다.

6 獨鶴聳寒骨(독학용한골), 高杉韻細颸(고삼운세시): 외로운 학 높이 나는데 등골이 시리고, 높은 삼나무가 운치 있는데 바람이 살랑살랑 부네. 가도 〈추야앙회전맹이공금객회秋夜仰懷錢孟二公琴客會〉의 시구다.

7 寒蔬修淨食(한소수정식), 夜浪動禪牀(야랑동선상): 찬 채소로 정갈한 음식 만들고, 밤의 물결에 승려의 침대가 흔들리네. 가도 〈송천대승送天臺僧〉의 시구다.

8 柴門掩寒雨(시문엄한우), 蟲響出秋蔬(충향출추소): 사립문이 차가운 비에 가려지고, 풀벌레 소리가 가을 채소에서 들리네. 가도 〈수요소부酬姚少府〉의 시구다.

9 空巢霜葉落(공소상엽락), 疎牖水螢穿(소유수형천): 빈 둥지에 서리 내린 잎이 떨어지고, 먼 창문에서 반딧불이 비쳐오네. 가도 〈여유旅遊〉의 시구다.

10 野水吟秋斷(야수음추단), 空山影暮斜(공산영모사): 들판의 물소리 가을에 끊

어지고, 빈산의 그림자가 저녁에 기우네. 가도 〈곡호우哭胡遇〉의 시구다.

11 磬通多葉罅(경통다엽하), 月離片雲稜(월리편운릉): 석경 소리 퍼지고 많은 잎이 갈라지며, 달이 멀어지고 조각구름 높이 뜨네. 가도 〈하야夏夜〉의 시구다.

12 凌結浮萍水(능결부평수), 雪和衰柳風(설화쇠류풍): 얼음이 개구리밥 든 연못에 얼고, 눈이 쇠잔한 버드나무 바람에 화답하네. 가도 〈동야冬夜〉의 시구다.

13 松生師坐石(송생사좌석), 潭滌祖傳盂(담척조전우): 소나무가 자라고 스승은 돌에 앉았으며, 연못이 씻기고 조사祖師는 사발을 전하네. 가도 〈송공공왕금주送空公往金州〉의 시구다.

14 西殿宵燈磬(서전소등경), 東林曙雨風(동림서우풍): 서쪽 전각에서 밤에 등불 비추고 경쇠 소리 들리더니, 동쪽 숲에서 새벽에 비가 내리고 바람이 부네. 가도 〈증홍천상인贈弘泉上人〉의 시구다.

15 絶雀林藏鶻(절작림장골), 無人境有猿(무인경유원): 참새 끊긴 숲에 산비둘기 숨고, 사람 없는 곳에 원숭이 있네. 가도 〈마대거화산인기馬戴居華山因寄〉의 시구다.

16 井鑿山含月(정착산함월), 風吹磬出林(풍취경출림): 우물을 파니 산이 달을 머금고, 바람이 부니 경쇠 소리 숲 속에서 울려오네. 가도 〈증호선귀贈胡禪歸〉의 시구다.

17 明曉日初一(명효일초일), 今年月又三(금년월우삼): 내일 아침은 초하루고, 올해 세 번째 달이네. 가도 〈이월회일류별호중우인二月晦日留別鄠中友人〉의 시구다.

18 芽新抽雪茗(아신추설명), 枝重集猿楓(지중집원풍): 새싹이 눈 내린 차나무에서 새롭게 올라오고, 가지가 원숭이 사는 단풍나무에 여러 겹으로 모여 있네. 가도 〈송주휴귀검남送朱休歸劍南〉의 시구다.

19 露寒鳩宿雨(노한구숙우), 鴻過月圓鐘(홍과월원종): 이슬이 찬데 비둘기 둥지에 비가 내리고, 기러기 지나는데 둥근 달 사이로 종소리 들리네. 가도 〈기자은사욱상인寄慈恩寺郁上人〉의 시구다.

20 李洞(이동): 만당 시기 시인이다. 자는 재강才江이며 경조京兆 사람이다. 가도를 흠모하여 가도의 상을 만들어 신처럼 섬겼다 한다. 현재 170여 수의 시가 전해진다. 그중 촉 지역을 언급한 것이 대략 30 수를 차지하여 촉 지역에서의 경험이 그의 시가창작에서 중요한 역할을 했음을 알 수 있다.

21 鑄(주): 금속을 녹여 거푸집에 넣어서 기물을 만들다.

22 向慕(향모): 마음을 기울여 사모하다. 흠모하다.

23 茫(망): 어둡다. 분명하지 않은 모양.

9

가도의 오언율시는 비록 대부분 변체이지만, 그중 〈송우인유새送友人遊塞〉, 〈송이기조送李騎曹〉, 〈모과산촌暮過山村〉, 〈억강상오처사憶江上吳處士〉 네 편은 여전히 초·성당의 격조가 있는데, 안타깝게도 완정하지 못하다.

〈송승귀천태送僧歸天台〉, 〈송주가구귀월중送朱可久歸越中〉, 〈억오처사憶吳處士〉, 〈숙고관宿孤館〉 네 편은 중당과 비슷하다.

또 〈송최정送崔定〉, 〈송유일유청량사送惟一遊淸涼寺〉, 〈숙산사宿山寺〉, 〈산중도사山中道士〉 네 편은 만당과 비슷하다.

지금 앞부분에 아울러서 수록하며 정체를 우선으로 하고 변체를 뒤로 돌린다.

해제 가도의 오언율시 중 초·성당의 기상과 격조가 있는 작품, 중당과 비슷한 작품, 만당과 비슷한 작품들의 예를 들었다.

원문 賈島五言律雖多變體, 然中如"飄蓬多塞下"[1], "歸騎雙旌遠"[2], "數里聞寒水"[3], "閩國揚帆去"[4]四篇, 尙有初盛唐氣格, 惜非完璧; 如"辭秦經越過"[5], "石頭城下泊"[6], "半夜長安雨"[7], "落日投村戍"[8]四篇, 便似中唐; 如"未知遊子意"[9], "去有巡臺侶"[10], "衆岫聳寒色"[11], "頭髮梳千下"[12]四篇, 亦似晚唐. 今並錄冠於前, 先正後變也.

주석

1 飄蓬多塞下(표봉다새하): 가도의 〈송우인유새送友人遊塞〉를 가리킨다.

2 歸騎雙旌遠(귀기쌍정원): 가도의 〈송이기조送李騎曹〉를 가리킨다.

3 數里聞寒水(수리문한수): 가도의 〈모과산촌暮過山村〉을 가리킨다.

4 閩國揚帆去(민국양범거): 가도의 〈억강상오처사憶江上吳處士〉를 가리킨다.

5 辭秦經越過(사진경월과): 가도의 〈송승귀천태送僧歸天台〉를 가리킨다.

6 石頭城下泊(석두성하박): 가도의 〈송주가구귀월중送朱可久歸越中〉을 가리킨다.

7 半夜長安雨(반야장안우): 가도의 〈억오처사憶吳處士〉를 가리킨다.

8 落日投村戍(낙일투촌수): 가도의 〈숙고관宿孤館〉을 가리킨다.

9 未知遊子意(미지유자의): 가도의 〈송최정送崔定〉을 가리킨다.

10 去有巡臺侶(거유순대려): 가도의 〈송유일유청량사送惟一遊淸涼寺〉를 가리킨다.

11 衆岫聳寒色(중수용한색): 가도의 〈숙산사宿山寺〉를 가리킨다.

12 頭髮梳千下(두발소천하): 가도의 〈산중도사山中道士〉를 가리킨다.

10

가도의 칠언율시는 수록된 것이 비록 적지만, 다음과 같은 구는 모두 청신하고 웅건하여 독자적인 한 부류가 되었으며, 오언과는 약간 달라서 또한 소편이 되었다.

"서리가 학 위에 내려 덮고 솔방울이 떨어지는데, 달이 반딧불과 구별되고 돌방이 열려 있네. 霜覆鶴身松子落, 月分螢影石房開."

"산의 종소리 들리고 밤에 텅 빈 강물을 건너는데, 물가의 달이 뜨고 찬바람이 옛 석루에서 일어오네. 山鐘夜度空江水, 汀月寒生古石樓."

"도리어 성 안에서 거문고 들고 가고, 산 속에 이르러 약을 부치기 바라네. 물가의 옛 단에서 가을 제사 끝나고, 삼나무에 사는 새는 밤에 날아 돌아오네. 却從城裏攜琴去, 許到山中寄藥來. 臨水古壇秋醮罷, 宿杉幽鳥夜飛迴."

해제 가도의 칠언율시 중 소편이라 분류한 작품들의 예를 들었다. 모두 청신하고 웅건하여 독자적인 한 부류가 되었음을 지적했다. 가도는 법명法名이 무본無本인데, 환속하여 만년에 주부主簿 관직을 얻었다. 《전당시》에 400수 정도가 수록되어 있는데 간혹 다른 사람 작품이 섞여 있기도 하다. 채정손蔡正孫의 《시림광기詩林廣記》에서는 구양수의 말을 인용하여 다음과 같이 말했다.

"가도는 일찍이 승려였기에 고적한 기색이 시구 중에 형상화되었다.島嘗爲衲子, 故枯寂氣味, 形之於詩句中."

한편 가도는 40여 수의 칠언율시를 창작했는데, 방회方回는 《영규율수瀛奎律髓》에서 다음과 같이 논했다.

"가도의 오언율시는 고상하니 평생 힘써 다다른 것이다. 칠언율시는 미치지 못한다.賈浪仙五言律高古, 平生用力之至者; 七言律詩不逮也."

賈島七言律, 入錄者雖少, 至如"霜覆鶴身松子落, 月分螢影石房開."[1] "山鐘夜度空江水, 汀月寒生古石樓."[2] "却從城裏攜琴去, 許到山中寄藥來. 臨水古壇秋醮罷, 宿杉幽鳥夜飛迴"[3]等句, 皆清新峭拔[4], 另爲一種, 與五言小異, 亦爲小偏.

1 霜覆鶴身松子落(상복학신송자락), 月分螢影石房開(월분형영석방개): 서리가 학 위에 내려 덮고 솔방울이 떨어지는데, 달이 반딧불과 구별되고 돌방이 열려 있네. 가도 〈송나소부귀우저送羅少府歸牛渚〉의 시구다.

2 山鐘夜度空江水(산종야도공강수), 汀月寒生古石樓(정월한생고석루): 산의 종소리 들리고 밤에 텅 빈 강물을 건너는데, 물가의 달이 뜨고 찬바람이 옛 석루에서 일어오네. 가도 〈조추기제천축영은사早秋寄題天竺靈隱寺〉의 시구다.

3 却從城裏攜琴去(각종성리휴금거), 許到山中寄藥來(허도산중기약래). 臨水古壇秋醮罷(임수고단추초파), 宿杉幽鳥夜飛迴(숙삼유조야비회): 도리어 성 안에서 거문고 들고 가고, 산 속에 이르러 약을 부치기 바라네. 물가의 옛 단에서 가을 제사 끝나고, 삼나무에 사는 새는 밤에 날아 돌아오네. 가도 〈송호도사送胡道士〉의 시구다.

4 清新峭拔(초발): 청신하고 웅건하다. '초발'은 필체나 문장이 웅건하며 힘이 있는 것을 가리킨다.

11

한유의 오 · 칠언 고시는 대개 착운窄韻을 만나면 기험함이 더욱 극에 달한다. 가도의 오언 〈완월시翫月詩〉는 가장 추악한데, 기타 비루한 작품이 비록 많기는 하지만 이 작품이 더욱 심하다. 사람들이 한유의 시가 아름답다는 것을 알면 가도의 시가 추악하다는 것을 알게 될 것이다. 추적광鄒迪光이 "마치 나무꾼과 마소 치는 사람을 만들었는데 닮은 바가 없어 짚으로 만든 개가 된 것과 같다."고 한 것은 이를 두고 말한 것이다.[4]

해제 가도의 〈완월시〉를 가장 추악한 작품으로 손꼽았다. 가도는 재주가 모자라 한유의 기험함을 모방하려고 했지만 그 창신의 경지에는 이를 수 없었음을 지적한 것이다.

원문 退之五七言古, 凡遇窄韻, 更極奇險. 如賈島五言翫月詩, 最爲醜惡[1], 其他鄙陋者雖多, 而此爲尤甚. 人知退之之爲美, 則知賈島之爲惡矣, 鄒彦吉[2]謂"猶刻形[3]樵牧[4]而無所彷彿, 將爲芻狗[5]"是也. [見三十四卷.]

주석

1 醜惡(추악): 추하고 나쁘다.

2 鄒彦吉(추언길): 추적광鄒迪光(1550~1626). 명나라 시기의 문인이다. 자가 언길이며 호는 우곡愚谷이다. 강소성 무석無錫 사람으로, 만력 2년(1574)에 진사가 되었다. 공부주사工部主事, 호광제학부사湖廣提学副使 등을 역임했다. 만력 17년(1589)에 관직을 그만두고 귀향하여 혜산惠山 밑에 우공곡愚公谷을 짓고 많은 문사들과 교류하며 풍류를 즐겼다. 시문에 뛰어났으며, 산수를 잘 그렸으며 음악에도 뛰어났다.

3 刻形(각형): 새기고 형용하다.

4 樵牧(초목): 나무꾼과 마소치는 사람.

---

4) 제34권 제25칙 참조.

5 芻狗(추구): 짚으로 만든 개. 중국에서 옛날에 제사에 쓰던 것이다.

12

원화의 여러 문인들의 시는 비록 변체가 되었지만, 그 재주와 식견은 진실로 보통 사람들보다 뛰어나다. 오직 가도만이 재주가 비약할 뿐 아니라 식견이 더욱 비천하니, 그의 시 중 "가을바람이 위수에 불고, 낙엽이 장안에 가득하네秋風吹渭水, 落葉滿長安"라고 한 것은 고금에 뛰어난 시어이지만, 진실로 좋은 줄을 모르겠다. 또 "홀로 걸어가니 연못 바닥에 그림자 비춰지고, 여러 차례 나무 옆에서 몸을 쉬네獨行潭底影, 數息樹邊身"[5]에 어찌 뛰어난 의경意境이 있는가? 이에 "두 구를 삼년에 걸쳐 얻고서 한 번 읊조리니 두 눈에 눈물이 흐르네."라고 했으니, 그 식견이 비천함을 알 수 있다.

해제 원화 시인 중 가도의 재주가 작고 식견이 가장 낮다고 평가했다.

원문 元和諸子之詩雖成變體, 然其才識[1]則固有過人者. 惟賈島才力既薄而識見尤卑, 其詩有"秋風吹渭水, 落葉滿長安"[2], 古今勝語, 而不自知愛; 如"獨行潭底影, 數息樹邊身"[3], [島先得上句, 積思[4]二年, 乃得下句], 有何佳境[5]? 乃云"二句三年得, 一吟雙淚流", 其識見卑下可知.

주석
1 才識(재식): 재주와 식견.
2 秋風吹渭水(추풍취위수), 落葉滿長安(낙엽만장안): 가을 바람이 위수에 불고, 낙엽이 장안에 가득하네. 가도 〈억강상오처사憶江上吳處士〉의 시구다.
3 獨行潭底影(독행담저영), 數息樹邊身(삭식수변신): 홀로 걸어 가니 연못 바닥에 그림자 비춰지고, 여러 차례 나무 옆에서 몸을 쉬네. 가도 〈송무가상인送無可

5) 가도는 먼저 상구上句를 얻고서 2년간 심사숙고하여 하구下句를 썼다.

上人〉의 시구다. 가도는 먼저 앞의 구를 쓰고 2년간 심사숙고하여 뒤의 구를 썼으며, 이에 대해 스스로 주를 달아 "두 구를 3년간 써, 한 번 읊으니 두 눈에 눈물이 흐른다.二句三年得, 一吟雙淚流."고 했다.

4 積思(적사): 심사숙고와 같은 말이다.

5 佳境(가경): 뛰어난 의경.

13

유속劉餗이 《수당가화隋唐嘉話》에서 말했다.

"가도가 당초 장안長安에 과거를 보러 갈 때, 하루는 당나귀 위에서 시구를 얻어 읊조리길 '새는 연못 가 나무에 묵고, 스님은 달 아래 문을 두드리네.鳥宿池邊樹, 僧敲月下門'라고 했다. 처음에는 '퇴推' 자를 쓰려다가 다시 '고敲' 자를 쓰고자 하면서 손을 당겨 밀어도 보고 두드리는 모양도 해보던 차에, 한유가 경조윤京兆尹으로 행차를 할 때 부딪치는 것도 몰라 좌우로 포박되어 끌려갔다. 가도가 지은 시를 상세히 이야기하니, 한유가 '고敲 자가 훌륭하다.'고 했다. 마침내 함께 고삐를 나란히 하고 돌아가니, 귀천貴賤을 떠난 친구가 되었다."

내가 생각건대 '고敲'자는 일상어이고 '추推'자는 말이 되지 않는데, 가도의 식견이 비록 비천하다지만 마땅히 이 지경에까지 이르지는 않았을 것이다. 일설에는 가도가 당나귀 위에서 낙엽이 땅에 가득한 걸 보고 문득 "낙엽이 장안에 가득하다落葉滿長安"는 시구를 얻고서 대구對句를 지을 수 없었는데, 뜻밖에 경조윤京兆尹 유서초劉栖楚의 일로 인해 하룻밤 잡혀 있다가 대략 이 시를 지었다고 한다.

해제 유속의 《수당가화》에 실린 가도의 '퇴고推敲'와 관련된 일화를 소개하고 있다. 《수당가화》에 따르면 가도가 오언율시 〈제이응유거題李凝幽居〉를 지을 때 '鳥宿池邊樹(조숙지변수), 僧敲月下門(승고월하문)'에서 '고敲'를 쓸지 '퇴推'를 쓸지 고민하고 있는데 우연히 한유를 만나 한유가 '고'자가 좋다고 하여 '고'자로 했다는 일화를 소개하고 있다. 여기서 허학이는 가도가 비록 식견이 낮아도 '고', '퇴'자를 구별할 수 있었을 것이라고 보며, 《수당가화》에 기록된 일화의 사실성에 의문을 품고 있다. 또 〈억강상오처사憶江上吳處士〉의 '秋風吹渭水(추풍취위수), 落葉滿長安(낙엽만장안)' 구절이 완성되게 된 일화도 소개하고 있다. 오랜 고심함 속에서 뜻밖의 사건으로 인해 순식간에 시를 짓기도 했다는 일화를 통해 그의 재주가 비천하지만 보통 사람보다는 뛰어났음을 강조했다.

원문

劉公[1]嘉話[2]云: "島初赴擧[3]京師[4], 一日於驢上得句云: '鳥宿池邊樹, 僧敲月下門.'[5] 始欲着'推'字, 又欲着'敲'字, 引手作推敲勢, 韓愈權[6]京兆尹[7], 不覺衝至第三節, 左右擁至, 島具對所得詩, 韓曰: '敲字佳.' 遂與並轡[8]而歸, 爲布衣交[9]." 予謂: "敲"字亦平常語, "推"字則不成語矣, 島識見雖卑, 不應至此. 一說島於驢上見落葉滿地, 遂得"落葉滿長安"之句, 無以爲對, 因唐突[10]京尹[11]劉栖楚[12], 被繫[13]一夕, 庶幾爲是.

1 劉公(유공): 당나라 때의 유속劉餗을 가리킨다. 자는 정경鼎卿이고, 팽성彭城 곧 지금의 강소성 서주徐州 사람이다. 생몰년은 알려져 있지 않다. 사학가 유지기劉知幾의 아들이다. 우보궐右補闕, 집현전학사集賢殿學士 등을 역임했다.

2 嘉話(가화): 유속의 필기소설집 《수당가화隋唐嘉話》를 말한다. 이 책은 남북조에서 당나라 개원 연간에 이르는 시기의 역사 인물의 언행과 사적事迹을 기록하고 있다. 당태종과 측천무후 두 임금 때의 인물이 가장 많다.

3 赴擧(부거): 과거를 보러 가다.

4 京師(경사): 임금의 궁성宮城이 있는 곳. 나라의 도읍都邑. 가도가 살았던 당나라는 장안이 수도였으며, 장안은 현재 섬서성의 서안이다.

5 鳥宿池邊樹(조숙지변수), 僧敲月下門(승고월하문): 새는 연못 가 나무에 묵고, 스님은 달 아래 문을 두드리네. 가도 〈제이응유거題李凝幽居〉의 시구다.

6 權(권): 지위 등을 가지다.

7 京兆尹(경조윤): 중국 고대의 관직명이다. 오늘날의 서울시장에 해당한다.

8 並轡(병비): 고삐.

9 布衣交(포의교): 귀천을 떠난 사귐. 지위의 고하를 떠난 사귐.

10 唐突(당돌): 느닷없이. 뜻밖에. 돌연히.

11 京尹(경윤): 경조윤과 같은 말이다.

12 劉栖楚(유서초): 당나라 시기의 문인이다. 출생년은 정확하지 않고 827년에 세상을 떠난 것으로 알려져 있다. 초년에는 진주소사鎭州小史였다가 왕승종王承宗의 추천으로 우습유右拾遺가 되었다. 간의대부諫議大夫·형부시랑刑部侍郎 등의 관직을 역임하다가 보력寶歷 2년(826)에 경조윤京兆尹이 되었다. 유서초는 시에 뛰어나 장우신張又新 등과 함께 '팔관십육자八關十六子'라고 불렸다. 그러나 성격이 과격하여, 당대 시인 가도가 그에게 미움을 받아 하룻밤 잡혀 있었다고 한다. 가도가 그에게 지어준 시 〈기유서초寄劉栖楚〉가 있다.

13 繫(계): 체포하여 구금하다.

14

호응린이 말했다.

"만당에는 두 부류의 시인이 있다. 하나는 가도를 배운 시인이고, 하나는 요합姚合을 배운 시인이다."

방회方回가 말했다.

"요합의 시는 왼쪽이 있으면 오른쪽이 없고, 오른쪽이 있으면 왼쪽이 없으며, 앞의 연聯이 훌륭하면 간혹 뒤쪽 연이 훌륭하지 않고, 기구起句가 옳으면 결구結句가 간혹 잘못되었으며, 매듭을 맨 작은 꾸러미가 있어도 담을 만한 큰 그릇이 없으니 그 재주와 학식이 유달리 가도에 미치지 못한다."

내가 《재조집才調集》, 《삼체三體》, 《영규율수瀛奎律髓》, 《당시품휘唐詩品彙》, 《당시유원唐詩類苑》 등의 서적을 살펴보니, 여러 체재를 합쳐 겨우 사오십 편만 얻을 수 있었다. 오언율시 중 다음의 시구는 다만 만당의 섬약함에 빠져들어 갔는데, 그중 간혹 가도의 시와 비슷한 것이 있다.

"말이 산 사슴을 따라 방목되고, 닭이 들짐승과 섞여 서식하네.馬隨

山鹿放, 雞雜野禽棲."

"꽃을 옮기니 나비가 함께 날아들고, 돌을 사니 구름이 가득 몰려드네.移花兼蝶至, 買石得雲饒."

"산을 옮겨다 집 안으로 들여놓고, 대나무를 심으니 성벽을 오르네.移山入院宅, 種竹上城牆."

"바둑이 끝나자 달이 없음을 불평하고, 잠이 서서히 오는데 다듬이 소리가 들려오네.碁罷嫌無月, 眠遲聽盡砧."

"말은 외상으로 샀기에 귀하고, 하인은 빌려왔기에 장난치네.馬爲賒來貴, 僮因借得頑."

"옷을 잘라 집 떠난 나그네에게 베풀고, 새 날개를 잘라 산닭을 기르네裁衣延野客, 翦翅養山雞."

"꽃을 씹으니 향이 입안 가득하고, 대나무에 글 쓰니 꽃가루가 옷에 묻네.嚼花香滿口, 書竹粉粘衣."

"대나무가 없어 갈대를 심어서 감상하고, 산이 그리워 돌을 쌓아 두었네.無竹栽蘆看, 思山疊石爲."

그러나 요합은 원화 연간에 활동하면서 앞서 이미 만당의 섬세하고 교묘함에 들어가 있었으므로, 만당의 여러 문인들이 사실 대부분 그와 비슷한 것이지, 만당의 문인들이 의도적으로 요합을 배운 것은 아닐 따름이다. 《당시품휘唐詩品彙》에 수록된 오 · 칠언은 격조가 약간 뛰어나, 지금 또한 앞부분에 수록하며 정체를 우선으로 하고 변체를 뒤로 돌린다. 초횡焦竑의 《서목書目》에 《요합집姚合集》 10권이 있는데, 전체 문집이 간행되면 더욱 정론이 될 것이다.

해제 요합에 관한 논의다. 요합의 시는 여러 당시선집을 다 보아도 사오십 편밖에 얻지 못했는데, 그 당시 초횡이 《요합집姚合集》 10권을 소장하고 있어서 전집이 나오면 요합 시의 전모를 알 수 있을 것으로 기대하고 있다. 현재 《요소감시집姚少監詩集》이 전하며, 그가 편찬한 당시선집인 《극현집極玄集》도 전한다.

요합은 가도를 계승한 시인으로 알려졌으며, 오언율시에 능했다. 마대馬戴, 비관경費冠卿, 은요번殷堯藩, 장적張籍 등과 교유하며 대체로 만당의 시풍으로 들어갔다. 송초의 구승九僧, 사령四靈 등의 만당시파와 남송의 영가사령永嘉四靈 및 강호파江湖派, 명말의 경릉파竟陵派, 청대의 고밀파高密派와 동광파同光派 등이 모두 요합의 시를 모방했다.

胡元瑞云: "晩唐二家: 一家學賈島, 一家學姚合[1]." 方虛谷[2]云: "合詩有左無右, 有右無左, 前聯佳矣, 或後不稱, 起句是矣, 繳句[3]或非, 有小結裹[4]無大涵容[5], 其才與學殊不及浪仙[6]也." 予考才調[7]·三體[8]·律髓[9]·品彙·類苑[10]諸書, 合諸體僅得四五十篇. 五言律如"馬隨山鹿放, 雞雜野禽棲."[11] "移花兼蝶至, 買石得雲饒."[12] "移山入院宅, 種竹上城牆."[13] "碁罷嫌無月, 眠遲聽盡砧."[14] "馬爲賒來貴, 僮因借得頑."[15] "裁衣延野客, 翦翅養山雞."[16] "嚼花香滿口, 書竹粉粘衣."[17] "無竹栽蘆看, 思山疊石爲"[18]等句, 僅入晩唐纖巧[19], 中亦間有近島者. 但其人旣在元和間, 先已逗入[20]晩唐纖巧, 故晩唐諸家實多類之, 非有意學之耳. 品彙所錄五七言, 氣格稍勝, 今亦錄冠於前, 先正後變也. 焦弱侯書目有姚合集十卷, 待全集出, 更爲定論.

1 姚合(요합): 중당 시기의 시인이다. 자는 대웅大凝이고, 섬주陝州 협석硤石 곧 지금의 하남성 협현硤縣 사람이다. 생몰년은 명확하게 알려져 있지 않다. 원화 11년(816) 진사가 되었다. 무공주부武功主簿, 형주자사荊州刺史, 항주자사杭州刺史, 협괵관찰사硤虢觀察使 등을 역임했다. 비서소감秘書少監으로 관직을 마쳤다. 세칭 요무공姚武功이라 한다. 가도와 이름을 나란히 하여 '요가姚賈'라고 병칭된다. 그러나 시의 격조가 가도보다 비루하고 지나치게 섬세하다고 평가받는다. 그의 시는 오언율시가 많은 양을 차지하는데, 대부분 한가하게 자연경물을 노래한 것들이다. 남송 영가사령永嘉四靈의 모범이 되었다.

2 方虛谷(방허곡): 방회方回(1227~1307). 원나라 시기의 문인이다. 자는 만리萬里이고, 호가 허곡虛谷 또는 자양紫陽이다. 봉주封州 곧 지금의 광동성 봉주현封州

縣에서 태어났다. 송 경정景定 3년(1262)에 진사가 되었다. 수주교수隋州敎授, 강동제거사준조江東提擧司准造, 국자감서고관國子監書庫官, 국자정태학박사國子正太學博士, 통판평강부通判平江府, 통판상주通判常州, 통판안길주通判安吉州 등을 역임했다. 관직에서 은퇴한 뒤 산수강호를 유람하거나 한적한 전원생활을 하며 만여 수의 시를 창작했다. 강서시파의 이론을 계승하고 발양했으며, 당송 시기의 율시를 선별하여 모은《영규율수瀛奎律髓》49권을 남겼다.

3 繳句(교구): 결구結句.

4 小結裹(소결과): 매듭을 맨 작은 꾸러미.

5 大涵容(대함용): 담을 만한 큰 그릇.

6 浪仙(낭선): 가도賈島.

7 才調(재조): 오대 후촉의 위곡韋穀이 편찬한 당시선집《재조집才調集》을 가리킨다. 당나라 사람이 편찬한 당시 선집 중 현존하는 것으로는 가장 수량이 많고 가장 범위가 넓다. 모두 10권이며, 매 권마다 100수씩, 모두 1000수가 실려 있다.

8 三體(삼체): 남송의 주필周弼이 편찬한 당시선집《삼체당시三體唐詩》를 가리킨다. 엄우의《창랑시화》와 비슷한 시기인 남송 순우淳祐 10년(1250)에 출판되었다. 칠언절구와 오·칠언 율시를 전문적으로 엮었다. 대부분 만당시가 수록되어 있다.

9 律髓(율수): 원대의 방회가 당송 시기의 율시를 선별하여 모은《영규율수瀛奎律髓》를 가리킨다. 총 49권이다. 분류하여 배열할 때 비점批點을 더하고 구안句眼을 표시했다. 또 매 작품의 창작 특징을 지적하여, 편자의 관점을 전체적으로 보여주었다. 방회는 이 선집에서 강서시파의 시학관점을 계승하여 '일조삼종一祖三宗'설을 제기했다. 즉 두보杜甫를 일조一祖로 삼고, 황정견黃庭堅·진사도陳師道·진여의陳與義를 삼종三宗으로 삼아, 두보 시를 당시의 최고로 보고 황정견·진사도·진여의 시를 송시의 최고로 보았다. 또 황정견·진사도·진여의는 두보를 배웠다고 보았다.

10 類苑(유원): 명나라 만력 연간에 장지상張之象이 편찬한 당시총집《당시유원唐詩類苑》200권을 가리킨다. 장지상은 이 책에서 만력 연간까지 평생 수집한 당시 3만여 수를 주제에 따라 분류하여 편집했다. 이후《전당시》편찬의 3대 출처 중의 하나가 되었다.

11 馬隨山鹿放(마수산록방), 雞雜野禽棲(계잡야금서): 말이 산 사슴을 따라 방목되고, 닭이 들짐승과 섞여 서식하네. 요합〈무공현중작삼십수武功縣中作三十

首〉 중 제1수의 시구다.

12 移花兼蝶至(이화겸접지), 買石得雲饒(매석득운요): 꽃을 옮기니 나비가 함께 날아들고, 돌을 사니 구름이 가득 몰려드네. 요합 〈무공현중작삼십수〉 중 제4수의 시구다.

13 移山入院宅(이산입원택), 種竹上城牆(종죽상성장): 산을 옮겨다 집 안으로 들여놓고, 대나무를 심으니 성벽을 오르네. 요합 〈무공현중작삼십수〉 중 제21수의 시구다.

14 碁罷嫌無月(기파혐무월), 眠遲聽盡砧(면지청진침): 바둑이 끝나자 달이 없음을 불평하고, 잠이 서서히 오는데 다듬이 소리가 들려오네. 요합 〈현중추숙縣中秋宿〉의 시구다.

15 馬爲賒來貴(마위사래귀), 僮因借得頑(동인차득완): 말은 외상으로 샀기에 귀하고, 하인은 빌려왔기에 장난치네. 요합 〈객유려회客遊旅懷〉의 시구다.

16 裁衣延野客(재의연야객), 翦翅養山雞(전시양산계): 옷을 잘라 집 떠난 나그네에게 베풀고, 새 날개를 잘라 산닭을 기르네. 요합 〈과양처사유거過楊處士幽居〉의 시구다.

17 嚼花香滿口(작화향만구), 書竹粉粘衣(서죽분점의): 꽃을 씹으니 향이 입안 가득하고, 대나무에 글 쓰니 꽃가루가 옷에 묻네. 요합 〈유춘십이수遊春十二首〉 중 제11수의 시구다.

18 無竹栽蘆看(무죽재로간), 思山疊石爲(사산첩석위): 대나무가 없어 갈대를 심어서 감상하고, 산이 그리워 돌을 쌓아 두었네. 요합 〈기왕도거사寄王度居士〉의 시구다.

19 纖巧(섬교): 섬세하고 교묘하다. 섬약纖弱하다.

20 逗入(두입): (시간적으로) …에 들어서다.

15

주하周賀[6]는 가도와 동시대 사람으로, 그의 오언율시는 대부분 가도를 본받았다. 다음과 같은 시구가 모두 가도를 본받은 것이다.

---

6) 자 남경南卿.

"추운 날씨에 승려가 변새에서 돌아오는데, 저녁에 눈이 내리고 겨울이 다해가네. 寒僧迴絶塞, 夕雪下窮冬."

"오히려 산 정상에 와서 묵다가, 우물 남쪽의 선사가 무너졌음을 알았네. 却來峯頂宿, 知廢井南禪."

"오래 앉아 있으니 종소리가 끝나고, 이야기의 여운이 감도는데 산 그림자가 돌아오네. 坐久鐘聲盡, 談餘嶽影迴."

"시냇물 흘러 우물의 물줄기와 통하고, 풀벌레 소리가 어두운 벽에서 들려오네. 泉流通井脉, 蟲響出牆陰."

"풀 위의 안개가 불사른 들판에 자욱하고, 계곡의 안개가 서리 속에서 들리는 종소리와 이어지네. 草煙連野燒, 溪霧隔霜鐘."

"돌아오는 사람이 떨어지는 낙엽을 만나고, 먼 길이 겨울 산으로 들어가네. 歸人値落葉, 遠路入寒山."

"바람이 세찬 추운 날씨에 낙엽이 떨어지고, 비가 그친 밤에 집이 맑네. 風高寒葉落, 雨絶夜堂淸."

"얼어붙은 콧수염을 입적한 날 밤에 깎고, 남긴 게송은 병들었을 때 쓴 것이라네. 凍髭亡夜剃, 遺偈病時書."

해제 주하에 관한 논의다. 가도와 동시대 사람이다. 그의 오언율시가 대부분 가도를 본받았음을 지적하고 있다. 현존하는 시는 90여 수에 이른다. 왕정보王定保의 《당척언唐摭言》 권10에 따르면 "주하는 어려서 젊어서 승려가 되어 법명이 청새淸塞였는데, 요합을 만나 환속했다周賀, 少從浮圖, 法名淸塞, 遇姚合而返初."고 전한다. 또 신문방辛文房의 《당재자전》에서는 "근체시에 뛰어났으며 격조가 청아하다. 工爲近體詩, 格調淸雅."고 평가했다.

원문 周賀[1][字南卿]與賈島同時, 其五言律多學島, 如"寒僧迴絶塞, 夕雪下窮冬."[2] "却來峯頂宿, 知廢井南禪."[3] "坐久鐘聲盡, 談餘嶽影迴."[4] "泉流通井脉, 蟲響出牆陰."[5] "草煙連野燒, 溪霧隔霜鐘."[6] "歸人値落葉, 遠路入寒山."[7] "風高

寒葉落, 雨絶夜堂淸."[8] "凍髭亡夜剃, 遺偈病時書"[9]等句, 皆學島者也.

1 周賀(주하): 중당 시기의 시인이다. 자는 남청南淸 또는 남경南卿이다. 동락東洛 곧 지금의 사천성 광원廣元 서북 지역 사람이다. 일찍이 출가하여 승려가 되었다가 요합의 인정을 받고 환속했다. 생몰 연대는 정확하지 않으며, 대략 목종 장경長慶 원년(821년) 전후로 살았다. 시를 통해 자신의 내심을 노래하며 주로 승려와 창화했다.

2 寒僧迴絶塞(한승회절색), 夕雪下窮冬(석설하궁동): 추운 날씨에 승려가 변새에서 돌아오는데, 저녁에 눈이 내리고 겨울이 다해가네. 주하 〈송성기상인귀태원送省己上人歸太原〉의 시구다.

3 却來峯頂宿(각래봉정숙), 知廢井南禪(지폐정남선): 오히려 산 정상에 와서 묵다가, 우물 남쪽의 선사가 무너졌음을 알았네. 주하 〈숙견산남계주공원宿甄山南溪晝公院〉의 시구다.

4 坐久鐘聲盡(좌구종성진), 談餘嶽影迴(담여악영회): 오래 앉아 있으니 종소리가 끝나고, 이야기의 여운이 감도는데 산 그림자가 돌아오네. 주하 〈봉파공逢播公〉의 시구다.

5 泉流通井脈(천류통정맥), 蟲響出牆陰(충향출장음): 시냇물 흘러 우물의 물줄기와 통하고, 풀벌레 소리가 어두운 벽에서 들려오네. 주하 〈산거추사山居秋思〉의 시구다.

6 草煙連野燒(초연연야소), 溪霧隔霜鐘(계무격상종): 풀 위의 안개가 불사른 들판에 자욱하고, 계곡의 안개가 서리 속에서 들리는 종소리와 이어지네. 주하 〈입정은사도중작入靜隱寺途中作〉의 시구다.

7 歸人值落葉(귀인치낙엽), 遠路入寒山(원로입한산): 돌아오는 사람이 떨어지는 낙엽을 만나고, 먼 길이 겨울 산으로 들어가네. 주하 〈출관후기가도出關後寄賈島〉의 시구다.

8 風高寒葉落(풍고한엽락), 雨絶夜堂淸(우절야당청): 바람이 세찬 추운 날씨에 낙엽이 떨어지고, 비가 그친 밤에 집이 맑네. 주하 〈송승환남악送僧還南岳〉의 시구다.

9 凍髭亡夜剃(동자망야체), 遺偈病時書(유게병시서): 얼어붙은 콧수염을 입적한 날 밤에 깎고, 남긴 게송은 병들었을 때 쓴 것이라네. 주하 〈곡한소상인哭閑霄上人〉의 시구다.

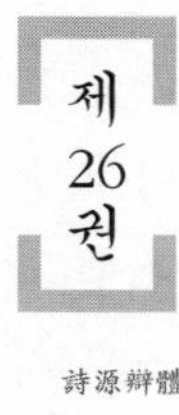

詩源辯體

중당中唐

1

이하李賀[1]의 오 · 칠언 악부는 음조가 완곡하고 시어가 화려하며, 괴이하여 대부분 조리가 흐릿하다. 그가 사용한 시어는 유래가 필요 없으므로 뜻을 유추할 수 있지만 말로 풀어낼 수 없는 것도 있으니, 이를테면 이치가 반드시 천지간에 존재하는 것이 아니고, 말이 반드시 천고에 통용되는 것이 아니다. 그러나 자세하게 논하자면, 오언은 다소 쉽고 칠언이 상대적으로 어렵다.

생각건대 이하는 먼저 제목을 정하고 시를 쓴 적이 없다. 매일 해가 뜨면 느릿느릿 말을 타고 어린 종을 데리고 다녔으며, 등에 낡은 비단 주머니를 메고 우연히 시상이 떠오르면 적어서 주머니에 넣어두었다가, 저녁에 돌아와서야 그것을 완전하게 완성할 수 있었으니, 대개 짜맞추어 창작된 것이지 스스로 득의하여 창작된 것이 아니다. 그러므

1) 자 장길長吉.

로 그의 시에는 가구가 있을지라도 기세가 대부분 일관되지 않는다. 난해한 칠언시 중에서 열에 네다섯이 그렇고, 쉬운 칠언시 중에서는 열에 예닐곱이 그렇다. 내가 수록한 것은 다소 쉬운 작품이다.

이하를 지극히 추앙한 두목杜牧도 다음과 같이 말했다.

"조리가 간혹 미치지 못하고, 시어가 간혹 지나치다."

오늘날 사람들은 이백과 두보를 배우면 약간 거리감을 두면서 이하를 배우면 도리어 친근감을 느끼는데, 바로 호응린이 "화가가 불교와 도교의 귀신을 대하는 것과 같다"고 말한 것에 다름 아니다.2)

해제

이하의 시에 관한 논의다. 이하는 '시귀詩鬼'라고 불리듯이 그 시풍이 대체로 기괴奇怪하다. 그러나 후대의 일부 문인들은 그를 추종했으니, 《구당서》에서 다음과 같이 기록했다.

"그 문장의 의미와 체재의 기세가 마치 높은 바위와 가파른 절벽이 크게 옆으로 비켜나 굴기한 듯하니, 그 당시의 문인들이 그를 따라서 모방했지만 비슷할 수가 없었다. 其文思體勢, 如崇巖峭壁, 萬側崛起, 當時文人從而效之, 不能仿佛者."

송초에 이하를 배운 사람들로는 소관蕭貫, 전이錢易, 공종원龔宗元, 전석田錫 등이 있고, 호응린의 《시수, 내편》 권3에서도 "원말의 시인이 다투어 이하를 본받았다. 元末詩人, 競師長吉."고 지적했다.

원문

李賀[字長吉]樂府五七言, 調婉而詞豔, 然詭幻[1]多昧於理. 其造語用字, 不必來歷, 故可以意測而未可以言解, 所謂理不必天地有而語不必千古道者. 然析而論之, 五言稍易, 而七言尤難. 按賀未嘗先立題[2]而爲詩, 每旦出, 騎款段馬[3], 從小奚奴[4], 背古錦囊[5], 遇有所得, 書投囊中, 及暮歸, 足成之, 蓋出於湊合而非出於自得也. 故其詩雖有佳句而氣多不貫. 其七言難者, 讀之十不得四五, 易者, 十不得七八. 予所錄乃其稍易者. 杜牧之極推賀, 而亦曰: "理或不及, 辭或過之." 然今人學李杜或相遠而學賀反相近者, 卽元瑞所謂"猶畵

2) 한위의 의고론擬古論(제3권 제28칙)에 상세하게 보인다.

家之於佛道鬼神"也. [詳見漢魏擬古論中.]

1 詭幻(궤환): 괴이하다.

2 立題(입제): 제목을 짓다.

3 款段馬(관단마): 느리게 가는 말. '관단'은 말이 느리게 가는 모양을 가리킨다.

4 小奚奴(소해노): 어린 종. '해노'는 종, 하인을 가리킨다.

5 錦囊(금낭): 비단 주머니. 당나라 시인 이하가 좋은 시를 지었을 때마다 주머니에 넣어 둔 이야기에서 유래하여 '시의 원고를 넣어 두는 주머니'라는 의미로 쓰인다.

2

이하의 오 · 칠언 악부는 대부분이 괴이하지만 그중에는 가구도 있다.

다음은 악부오언 중 가구다.

"안개가 내리니 깃발이 흐릿하네.霧下旗濛濛."

"나뭇잎은 비바람에 우네.木葉啼風雨."

"꿀벌이 윙윙대며 화장대를 에워싸네.蜂語繞粧鏡."

"등불이 어두우니 향유가 다했고, 꺼져가는 불꽃에 나방이 춤추네.燈靑蘭膏歇, 落照飛蛾舞."

"꽃가루에 초방椒房이 향기롭고, 반딧불이 양전梁殿에 가득하네.野粉椒壁黃, 濕螢滿梁殿."

"새로 자란 계수나무가 초승달 같고, 가을바람이 작은 풀에 부네.新桂如蛾眉, 秋風吹小綠."

다음은 칠언악부 중 가구다.

"함양咸陽에 한왕漢王의 기운이 물과 같이 맑네.咸陽王氣淸如水."

"서풍이 비단 장막에 불어와 비취빛 물결을 일으키네.西風羅幕生翠波."

"부용이 눈물 같은 이슬을 흘리니 향기로운 난초가 웃네.芙蓉泣露香蘭笑."

"용을 불러 안개를 다스리고 옥풀을 심네.呼龍耕烟種瑤草."

"뽕밭이 돌산 아래 새로이 생겨나네.海塵新生石山下."

"대나무가 하늘을 쓸며, 이슬에 젖는 것을 근심하네.綠粉掃天愁露濕."

"푸른 구름 빛이 없고 궁전의 물이 막혔네.青雲無光宮水咽."

"이슬 머금은 꽃과 난초 잎이 들쑥날쑥 빛이 나네.露華蘭葉參差光."

"서늘한 바람 불고 기러기 우는데 하늘이 물에 비치네.涼風鴈啼天在水."

"산초나무 꽃이 물들어 떨어지려 하고 구름 사이에 비를 머금었네.椒花墜紅濕雲間."

"한성漢城의 노란 버드나무가 새 주렴을 비추네.漢城黃柳映新簾."

"갈라진 달이 비스듬히 비추어 찬 이슬을 깎아내고, 명주 띠를 평평하게 늘어놓은 듯 불어도 흐트러지지 않네.隙月斜明刮露寒, 練帶平鋪吹不起."3)

반면 다음 악부오언의 시구는 더욱 기묘하다.

"많은 갑옷이 뱀의 비늘처럼 짜여 있고, 말이 울고 무덤에 난 풀 희네.蓄甲鎖蛇鱗, 馬嘶青塚白."

"오랑캐 뿔피리가 북풍을 끌어당기고, 계문薊門이 물보다 희네. 하늘은 청해青海로 가는 길을 둘러싸고 있고, 성 머리의 달이 천리를 비추네.胡角引北風, 薊門白於水. 天含青海道, 城頭月千里."

또한 다음 악부칠언의 시구도 더욱 기묘하다.

3) 〈검劍〉.

"주렴 밖의 호된 서리가 모두 거꾸로 날아가네.簾外嚴霜皆倒飛."

"술에 가득 취해 기개가 호방해지니 고꾸라져 걷게 하네.酒酣喝月使倒行."

"은하는 밤에 회전하며 별을 떠돌고, 은하에 구름이 흐르며 물소리를 배우네.天河夜轉漂回星, 銀浦流雲學水聲."

"양왕梁王의 누대와 연못이 공중에 세워지고, 은하의 물이 밤에 날아오네.梁王臺沼空中立, 天河之水夜飛入."

"먹구름이 성을 뒤덮어 성이 무너질 듯하고, 무기가 해를 따라 반짝이며 군대가 움직이네.黑雲壓城城欲摧, 甲光向日金鱗開."

후인 중 이하를 배우는 사람들은 단지 그 괴이함만 얻었을 뿐, 가구에 대해서는 열에 한 명도 습득하지 못했고, 기묘한 시구는 백에 한 명도 습득하지 못했다.

해제 이하의 오·칠언 악부 중 괴이하지만 가구가 있음을 예로 들어 설명했다. 또 기묘한 시구에 대해서도 예를 들었다. 현존하는 이하의 시는 모두 233수이다. 그중 악부는 100여 수, 근체시는 70여 수 정도인데 칠언율시는 한 수도 없다. 이에 《구당서》에서는 "문장을 짓는 것이 민첩하고 더욱이 가행에 뛰어나다. …그 악부 수십 편은 운소원雲韶院의 악공에게서 음송되지 않는 게 없다.手筆敏捷, 尤長於歌篇…其樂府數十篇, 至於雲韶樂工, 無不諷誦."고 말했다.

원문 李賀樂府五七言雖多詭幻, 而中有佳句. 五言如"霧下旗濛濛"[1], "木葉啼風雨"[2], "蜂語繞粧鏡"[3], "燈青蘭膏歇, 落照飛蛾舞"[4], "野粉椒壁黃, 濕螢滿梁殿"[5], "新桂如蛾眉, 秋風吹小綠"[6], 七言如"咸陽王氣淸如水"[7], "西風羅幕生翠波"[8], "芙蓉泣露香蘭笑"[9], "呼龍耕烟種瑤草"[10], "海塵新生石山下"[11], "綠粉掃天愁露濕"[12], "青雲無光宮水咽"[13], "露華蘭葉參差光"[14], "涼風鴈啼天在

水”[15], “椒花墜紅濕雲間”[16], “漢城黃柳映新簾”[17], “隙月斜明刮露寒, 練帶平鋪吹不起”[18][劍]等句, 皆佳句也. 至五言如“蓄甲鎖蛇鱗, 馬嘶青塚白”[19], “胡角引北風, 薊門白於水. 天含青海道, 城頭月千里”[20], 七言如“簾外嚴霜皆倒飛”[21], “酒酣喝月使倒行”[22], “天河夜轉漂回星, 銀浦流雲學水聲”[23], “梁王臺沼空中立, 天河之水夜飛入”[24], “黑雲壓城城欲摧, 甲光向日金鱗開”[25]等句, 益又奇矣. 後人學賀者但能得其詭幻, 於佳句十不得一, 奇句百不得一也.

주석

1 霧下旗濛濛(무하기몽몽): 안개가 내리니 깃발이 흐릿하네. 이하 〈새하곡塞下曲〉의 시구다.

2 木葉啼風雨(목엽제풍우): 나뭇잎은 비바람에 우네. 이하 〈상심행傷心行〉의 시구다.

3 蜂語繞粧鏡(봉어요장경): 꿀벌이 윙윙대며 화장대를 에워싸네. 이하 〈상화가사相和歌辭, 난망곡難忘曲〉의 시구다.

4 燈青蘭膏歇(등청난고헐), 落照飛蛾舞(낙조비아무): 등불이 어두우니 향유가 다했고, 꺼져가는 불꽃에 나방이 춤추네. 이하 〈상심행傷心行〉의 시구다.

5 野粉椒壁黃(야분초벽황), 濕螢滿梁殿(습형만양전): 꽃가루에 초방椒房이 향기롭고, 반딧불이 양전梁殿에 가득하네. 이하 〈환자회계가還自會稽歌〉의 시구다.

6 新桂如蛾眉(신계여아미), 秋風吹小綠(추풍취소록): 새로 자란 계수나무가 초승달 같고, 가을바람이 작은 풀에 부네. 이하 〈방중사房中思〉의 시구다.

7 咸陽王氣淸如水(함양왕기청여수): 함양咸陽에 한왕漢王의 기운이 물과 같이 맑네. 이하 〈무곡가사舞曲歌辭, 공막무가公莫舞歌〉의 시구다.

8 西風羅幕生翠波(서풍라막생취파): 서풍이 비단 장막에 불어와 비취빛 물결을 일으키네. 이하 〈야좌음夜坐吟〉의 시구다.

9 芙蓉泣露香蘭笑(부용읍로향난소): 부용이 눈물 같은 이슬을 흘리니 향기로운 난초가 웃네. 이하 〈이빙공후인李憑箜篌引〉의 시구다.

10 呼龍耕烟種瑤草(호룡경연종요초): 용을 불러 안개를 다스리고 옥풀을 심네. 이하 〈천상요天上謠〉의 시구다.

11 海塵新生石山下(해진신생석산하): 뽕밭이 돌산 아래 새로이 생겨나네. 이하 〈천상요天上謠〉의 시구다.

12 綠粉掃天愁露濕(녹분소천수로습): 대나무가 하늘을 쓸며, 이슬에 젖는 것을

근심하네. 이하 〈양대고수梁臺古愁〉의 시구다. '綠粉(녹분)'은 대나무의 별칭이다. 새순이 대나무가 될 때 마디에 분이 있기 때문에 붙여진 이름이다.

13 靑雲無光宮水咽(청운무광궁수인): 푸른 구름 빛이 없고 궁전의 물이 막혔네. 이하 〈이부인가李夫人歌〉의 시구다.

14 露華蘭葉參差光(로화난엽참치광): 이슬 머금은 꽃과 난초 잎이 들쑥날쑥 빛이 나네. 이하 〈이부인가〉의 시구다.

15 涼風鴈啼天在水(양풍안제천재수): 서늘한 바람 불고 기러기 우는데 하늘이 물에 비치네. 이하 〈제자가帝子歌〉의 시구다.

16 椒花墜紅濕雲間(초화추홍습운간): 산초나무 꽃이 물들어 떨어지려 하고 구름 사이에 비를 머금었네. 이하 〈무산고巫山高〉의 시구다.

17 漢城黃柳映新簾(한성황류영신렴): 한성漢城의 노란 버드나무가 새 주렴을 비추네. 이하 〈관가고官街鼓〉의 시구다.

18 隙月斜明刮露寒(극월사명괄로한), 練帶平鋪吹不起(연대평포취불기): 갈라진 달이 비스듬히 비추어 찬 이슬을 깎아내고, 명주 띠를 평평하게 늘어놓은 듯 불어도 흐트러지지 않네. 이하 〈춘방정자검자가春坊正字劍子歌〉의 시구다.

19 蕃甲鎖蛇鱗(번갑쇄사린), 馬嘶靑塚白(마시청총백): 많은 갑옷이 뱀의 비늘처럼 짜여 있고, 말이 울고 무덤에 난 풀 희네. 이하 〈새하곡〉의 시구다.

20 胡角引北風(호각인북풍), 薊門白於水(계문백어수). 天含靑海道(천함청해도), 城頭月千里(성두월천리): 오랑캐 뿔피리가 북풍을 끌어당기고, 계문薊門이 물보다 희네. 하늘은 청해靑海로 가는 길을 둘러싸고 있고, 성 머리의 달이 천리를 비추네. 이하 〈새하곡〉의 시구다.

21 簾外嚴霜皆倒飛(염외엄상개도비): 주렴 밖의 호된 서리가 모두 거꾸로 날아가네. 이하 〈야좌음〉의 시구다.

22 酒酣喝月使倒行(주감갈월사도행): 술에 가득 취해 기개가 호방해지니 고꾸라져 걷게 하네. 이하 〈진왕음주秦王飮酒〉의 시구다. '갈월喝月'은 기개가 호방함을 비유하는 말이다.

23 天河夜轉漂回星(천하야전표회성), 銀浦流雲學水聲(은포유운학수성): 은하는 밤에 회전하며 별을 떠돌고, 은하에 구름이 흐르며 물소리를 배우네. 이하 〈천상요〉의 시구다.

24 梁王臺沼空中立(양왕대소공중립), 天河之水夜飛入(천하지수야비입): 양왕梁王의 누대와 연못이 공중에 세워지고, 은하의 물이 밤에 날아오네. 이하 〈양대

고수梁臺古愁〉의 시구다.

25 黑雲壓城城欲摧(흑운압성성욕최), 甲光向日金鱗開(갑광향일금린개): 먹구름이 성을 뒤덮어 성이 무너질 듯하고, 무기가 해를 따라 반짝이며 군대가 움직이네. 이하 〈안문태수행雁門太守行〉의 시구다.

3

이하의 악부칠언은 성조가 아름다워 또한 사詞의 발단이 된다.[4] 다음의 시구는 모두 사의 발단이 되었다.

"매미가 달 아래서 슬프게 우는데 굽은 난간 아래 서 있네.啼蛄弔月鉤闌下."

"은하가 떨어지는 곳에 장주長洲의 길이 있네.天河落處長洲路."

"까마귀가 궁궐의 우물에서 울고 먼 오동나무에 내려앉네.鵶啼金井下疎桐."

"떨어지는 꽃이 회오리바람을 일으키며 춤을 추네.落花起作迴風舞."

"이슬방울이 비스듬히 날아 가을 달을 적시네露脚斜飛濕寒兎."

"난꽃이 봄과 이별하며 아쉬운 듯 우네.蘭臉別春啼脉脉."

"하물며 청춘이 저물어 가고, 복숭아꽃이 붉은 비처럼 어지러이 떨어지누나.況是靑春日將暮, 桃花亂落如紅雨."

"누대 위에서 연회를 베푸니 신선의 말이고, 휘장 아래에서 생황을 부니 향기가 짙네.樓頭曲宴仙人語, 帳底吹笙香霧濃."

"오동 꽃 피는 궁궐의 깊은 곳에서 새 말을 타고 가고, 궐내의 깊은 곳에 쳐진 병풍의 화려한 그림이 생동적이네.桐英永巷騎新馬, 內屋深屛生色畵."

4) 위로는 한굉의 칠언고시에서 연원했고, 아래로 이상은 · 온정균의 칠언고시로 나아갔다.

"봄바람 불고 꽃이 만발한데 미인을 괴롭게 하고, 열여덟 머리 숱 까만 아가씨 기력이 없네. 春風爛熳惱嬌慵, 十八鬟多無氣力."

"시든 난초가 함양 길에서 선인을 전송하고, 하늘도 감정이 있다면 하늘 또한 늙으리. 衰蘭送君咸陽道, 天若有情天亦老."

"향기로운 풀이 피고 꽃이 떨어지니 비단 길이 된 듯하고, 스무 살에 취향醉鄕에서 오래도록 유람하네. 붉은 갓끈이 무겁지 않고 백마는 기운차며, 버드나무 금실 같이 늘어져 물에 향기를 떨치네. 芳草落花如錦地, 二十長遊醉鄕裏. 紅纓不重白馬驕, 垂柳金絲香拂水."

해제

이하의 칠언악부 중 성조가 아름다워 차츰 사의 경계로 들어간 시구를 소개했다. 왕정보王定保의 《당척언唐摭言》 권10에도 "7살 때 장단구의 작품으로써 도성에서 명성을 날렸다. 七歲以長短之制名動京華."고 기록했다. 즉 이하는 아주 어릴 때부터 사의 창작에 능숙했음을 알 수 있다.

원문

李賀樂府七言, 聲調婉媚, 亦詩餘之漸. [上源於韓翃七言古, 下流至李商隱溫庭筠七言古.] 如"啼蛄弔月鉤闌下"1, "天河落處長洲路"2, "鵶啼金井下疎桐"3, "落花起作迴風舞"4, "露脚斜飛濕寒兎"5, "蘭臉別春啼脉脉"6, "況是青春日將暮, 桃花亂落如紅雨"7, "樓頭曲宴仙人語, 帳底吹笙香霧濃"8, "桐英永巷騎新馬, 內屋深屏生色畵"9, "春風爛熳惱嬌慵, 十八鬟多無氣力"10, "衰蘭送君咸陽道, 天若有情天亦老"11, "芳草落花如錦地, 二十長遊醉鄕裏. 紅纓不重白馬驕, 垂柳金絲香拂水"12等句, 皆詩餘之漸也.

주석

1 啼蛄弔月鉤闌下(제고조월구난하): 매미가 달 아래서 슬프게 우는데 굽은 난간 아래 서 있네. 이하 〈궁왜가宮娃歌〉의 시구다.

2 天河落處長洲路(천하낙처장주로): 은하가 떨어지는 곳에 장주長洲의 길이 있네. 이하 〈궁왜가〉의 시구다.

3 鵶啼金井下疎桐(아제금정하소동): 까마귀가 궁궐의 우물에서 울고 먼 오동나무에 내려앉네. 이하 〈하남부시십이월악사병윤월河南府試十二月樂詞幷閏月, 구월

九月〉의 시구다.

4 落花起作迴風舞(낙화기작회풍무): 떨어지는 꽃이 회오리바람을 일으키며 춤을 추네. 이하 〈잔사곡殘絲曲〉의 시구다.

5 露脚斜飛濕寒兎(노각사비습한토): 이슬방울이 비스듬히 날아 가을 달을 적시네. 이하 〈이빙공후인李憑箜篌引〉의 시구다. '露脚(노각)'은 이슬방울을 가리키고, '寒兎(한토)'는 가을을 가리킨다.

6 蘭臉別春啼脉脉(난검별춘제맥맥): 난꽃이 봄과 이별하며 아쉬운 듯 우네. 이하 〈양대고수梁臺古愁〉의 시구다.

7 況是青春日將暮(황시청춘일장모), 桃花亂落如紅雨(도화난락여홍우): 하물며 청춘이 저물어 가고, 복숭아꽃이 붉은 비처럼 어지러이 떨어지누나. 이하 〈장진주將進酒〉의 시구다.

8 樓頭曲宴仙人語(누두곡연선인어), 帳底吹笙香霧濃(장저취생향무농): 누대 위에서 연회를 베푸니 신선의 말이고, 휘장 아래에서 생황을 부니 향기가 짙네. 이하 〈진궁시秦宮詩〉의 시구다.

9 桐英永巷騎新馬(동영영항기신마), 內屋深屛生色畵(내옥심병생색화): 오동 꽃 피는 궁궐의 깊은 곳에서 새 말을 타고 가고, 궐내의 깊은 곳에 쳐진 병풍의 화려한 그림이 생동적이네. 이하 〈진궁시〉의 시구다. '永巷(영항)'은 황궁의 깊은 곳을 가리키는데, 각 궁으로 안배되지 못한 궁녀가 집단적으로 거주하는 곳이자 세력을 잃거나 총애를 잃은 비빈이 머무르는 곳이기도 하다.

10 春風爛熳惱嬌慵(춘풍난만뇌교용), 十八鬟多無氣力(십팔환다무기력): 봄바람 불고 꽃이 만발한데 미인을 괴롭게 하고, 열여덟 머리 숱 까만 아가씨 기력이 없네. 이하 〈미인소두가美人梳頭歌〉의 시구다.

11 衰蘭送君咸陽道(쇠란송군함양도), 天若有情天亦老(천약유정천역로): 시든 난초가 함양 길에서 선인을 전송하고, 하늘도 감정이 있다면 하늘 또한 늙으리. 이하 〈금동선인사한가金銅仙人辭漢歌〉의 시구다.

12 芳草落花如錦地(방초낙화여금지), 二十長遊醉鄕裏(이십장유취향리). 紅纓不重白馬驕(홍영부중백마교), 垂柳金絲香拂水(수류금사향불수): 향기로운 풀이 피고 꽃이 떨어지니 비단 길이 된 듯하고, 스무 살에 취향醉鄕에서 오래도록 유람하네. 붉은 갓끈이 무겁지 않고 백마는 기운차며, 버드나무 금실 같이 늘어져 물에 향기를 떨치네. 이하 〈잡곡가사, 소년악少年樂〉의 시구다.

4

엄우가 말했다.

"사람들은 이백을 '선재仙才', 이하를 '귀재鬼才'라고 말한다. 그렇지 않다. 이백은 천선天仙의 말을 하는 것이고, 이하는 귀선鬼仙의 말을 하는 것일 뿐이다."

내가 생각건대 이하의 악부칠언 중 다음의 시구는 모두 귀선의 말이다.

"무릉의 유랑은 가을바람 떠도는 나그네인데, 밤에 말 우는 소리 들리더니 새벽에 자취가 없네.茂陵劉郞秋風客, 夜聞馬嘶曉無跡."

"큰 강물이 파도를 뒤집고 신이 안개를 이끄는데, 초나라 혼령이 꿈에 찾아오고 바람이 서늘하네.大江翻瀾神曳烟, 楚魂尋夢風颸然."

"가을의 무덤에서 귀신 되어 포조鮑照의 시를 노래하고, 피맺힌 한이 천년동안 흙 속에서 푸르네.秋墳鬼唱鮑家詩, 恨血千年土中碧."

"서쪽 산으로 해가 져 동쪽 산이 어둡고, 바람이 불어 말을 휘몰아치니 말이 구름을 밟네.西山日沒東山昏, 旋風吹馬馬踏雲."

"백년 된 늙은 올빼미가 나무의 요괴가 되고, 휘파람 소리에 푸른 불이 새둥지에서 일어나네.百年老鴞成木魅, 嘯聲碧火巢中起."

"돌 틈에서 물이 흘러 샘물이 모래에 떨어지는데, 도깨비불이 검게 빛나며 송화단을 비추네.石脉水流泉滴沙, 鬼燈如漆照松花."

"별을 부르고 귀신을 불러 술상을 차려 바치고, 산의 요괴가 식사할 때 오싹해지네.呼星召鬼歆杯盤, 山魅食時人森寒."

"벌레가 서식하고 기러기 병들었는데 갈대의 새싹이 붉고, 회오리바람은 나그네 전송하고 도깨비불을 부네.蟲棲鴈病蘆筍紅, 迴風送客吹陰火."

한편 "음산히 비가 내리는데 적제赤帝가 용을 타고 오네. 啾啾赤帝騎龍來."는 진실로 천선의 말인가 귀선의 말인가?

해제 이하의 칠언악부 중 귀선의 말이 담긴 시구를 소개했다. 이하의 시 중 80여 수가 귀신과 관련된 것이다. 《현용설시峴傭說詩》에서는 다음과 같이 지적했다.

"이하의 칠언고시는 편벽되고 귀기鬼氣가 많은데, 그 연원은 사실 《초사》에서 나왔다. 李長吉七古, 雖幽僻多鬼氣, 其源實自楚辭來."

원문 嚴滄浪云: "人言太白仙才, 長吉鬼才. 不然, 太白天仙之詞, 長吉鬼仙之詞耳." 愚按: 賀樂府七言, 如"茂陵劉郎秋風客, 夜聞馬嘶曉無跡."[1] "大江翻瀾神曳烟, 楚魂尋夢風颸然."[2] "秋墳鬼唱鮑家詩, 恨血千年土中碧."[3] "西山日沒東山昏, 旋風吹馬馬踏雲."[4] "百年老鴞成木魅, 嘯聲碧火巢中起."[5] "石脉水流泉滴沙, 鬼燈如漆照松花."[6] "呼星召鬼歆杯盤, 山魅食時人森寒."[7] "蟲棲鴈病蘆筍紅, 迴風送客吹陰火"[8]等句, 皆鬼仙之詞也. 又"啾啾赤帝騎龍來"[9], 眞仙而鬼耶?

주석

1 茂陵劉郎秋風客(무릉유랑추풍객), 夜聞馬嘶曉無跡(야문마시효무적): 무릉의 유랑은 가을바람 따라 떠도는 나그네인데, 밤에 말 우는 소리 들리더니 새벽에 자취가 없네. 이하 〈금동선인사한가金銅仙人辭漢歌〉의 시구다.

2 大江翻瀾神曳烟(대강번란신예연), 楚魂尋夢風颸然(초혼심몽풍시연): 큰 강물이 파도를 뒤집고 신이 안개를 이끄는데, 초나라 혼령이 꿈에 찾아오고 바람이 서늘하네. 이하 〈무산고巫山高〉의 시구다.

3 秋墳鬼唱鮑家詩(추분귀창포가시), 恨血千年土中碧(한혈천년토중벽): 가을의 무덤에서 귀신 되어 포조鮑照의 시를 노래하고, 피맺힌 한이 천년동안 흙 속에서 푸르네. 이하 〈추래秋來〉의 시구다.

4 西山日沒東山昏(서산일몰동산혼), 旋風吹馬馬踏雲(선풍취마마답운): 서쪽 산으로 해가 져 동쪽 산이 어둡고, 바람이 불어 말을 휘몰아치니 말이 구름을 밟네. 이하 〈상화가사相和歌辭, 신현곡神弦曲〉의 시구다.

5 百年老鴞成木魅(백년노효성목매), 嘯聲碧火巢中起(소성벽화소중기): 백년 된 늙은 올빼미가 나무의 요괴가 되고, 휘파람 소리에 푸른 불이 새둥지에서 일어나네. 이하 〈상화가사, 신현곡〉의 시구다.

6 石脉水流泉滴沙(석맥수류천적사), 鬼燈如漆照松花(귀등여칠조송화): 돌 틈에서 물이 흘러 샘물이 모래에 떨어지는데, 도깨비불이 검게 빛나며 송화단을 비추네. 이하 〈남산전중행南山田中行〉의 시구다.

7 呼星召鬼歆杯盤(호성소귀흠배반), 山魅食時入森寒(산매식시입삼한): 별을 부르고 귀신을 불러 술상을 차려 바치고, 산의 요괴가 식사할 때 오싹해지네. 이하 〈신현神弦〉의 시구다.

8 蟲棲雁病蘆筍紅(충서안병로순홍), 迴風送客吹陰火(회풍송객취음화): 벌레가 서식하고 기러기 병들었는데 갈대의 새싹이 붉고, 회오리바람은 나그네 전송하고 도깨비불을 부네. 이하 〈장평전두가長平箭頭歌〉의 시구다.

9 啾啾赤帝騎龍來(추추적제기용래): 음산히 비가 내리는데 적제赤帝가 용을 타고 오네. 이하 〈하남부시십이월악사병윤월河南府試十二月樂詞並閏月, 유월六月〉의 시구다.

5

장표신張表臣이 말했다.

"편장은 평이하고 담박한 것을 상급으로 보고, 괴이하고 부자연스러운 것을 하급으로 본다. 예를 들어 이하의 비단 주머니에서 나온 시구는 기묘하지 않은 것이 없으나, 허황하고 괴이함이 너무 심하니, 이를테면 묘당에 펼쳐 놓으면 놀라게 된다."[5)]

오늘날 시를 선록하는 사람들은 원화 연간의 시에서 매번 많이 수록하지만, 그 음조가 완약하고 시어가 화려할 뿐이다.

해제 이하의 괴이한 시구가 하급에 해당함을 지적했다. 원화의 시는 기괴함을

5) 이상은 장표신의 말이다.

숭상한다. 이에 이하를 한맹시파韓孟詩派의 일원으로 보는 견해도 있다. 실제 이하는 한유와 교류가 많았으며 맹교, 가도, 요합 등과도 교류한 것으로 알려져 있다.

張表臣[1]云: "篇章以平夷恬淡[2]爲上, 怪險蹶趨[3]爲下. 如李長吉[4]錦囊句[5], 非不奇也, 而牛鬼蛇神[6]太甚, 所謂施諸廊廟[7]則駭矣."[以上表臣語.] 今選詩者於元和間每多錄之, 但以其調婉而詞豔耳.

1 張表臣(장표신): 송나라 시기의 문인이다. 자는 정민正民이고, 생몰년은 명확하지 않으나 대략 북송 말기에 활동했던 것으로 보인다. 우승의랑右承議郎, 통판상주군주사通判常州軍州事, 사농승司農丞 등을 역임했다. 《산호구시화珊瑚鉤詩話》 3권을 남겼다.

2 平夷恬淡(평이염담): 평이하고 담박하다.

3 怪險蹶趨(괴험궐추): 괴이하고 부자연스럽다.

4 李長吉(이장길): 이하李賀.

5 錦囊句(금낭구): 비단 주머니에서 나온 시구.

6 牛鬼蛇神(우귀사신): 소의 머리와 뱀의 몸을 한 귀신. 문학작품이 허황되고 괴이한 것을 형용하는 말이다.

7 廊廟(낭묘): 나라의 정치를 하는 궁전. 정전正殿. 묘당.

6

이하의 고시는 간혹 운에 얽매이지 않고, 율시는 대부분 고운을 사용하는데, 이것은 당나라 시인들이 지니고 있지 않은 점이다. 또 측운의 상성과 거성을 잡용한 것은 바로 사와 부합되는데, 이상은과 온정균 역시 그러하다. 후인들이 상성과 거성의 두 성조를 잡용하는 것은, 첫째는 이하 등의 여러 문인에게 미혹된 까닭이고, 둘째는 속음俗音에 미혹되어 상성과 거성을 통용할 수 있는 것으로 생각한 까닭이다.

해제 이하 시의 음운상의 특징을 논했다.

원문 李賀古詩或不拘韻, 律詩多用古韻, 此唐人所未有者; 又仄韻上・去二聲雜用, 正合詩餘, 李商隱溫庭筠亦然. 後人於上・去二聲雜用, 一則惑於李賀諸君, 二則惑於俗音[1], 以爲上・去可通用也.

주석 1 俗音(속음): 속된 음악, 즉 그 당시 유행하던 '사詞'를 가리킨다.

7

생각건대 위초로韋楚老의 악부칠언 중 〈조용행祖龍行〉은 바로 장길체長吉體를 모방했다. 초로는 장경長慶 연간에 진사가 되어 개성 연간에 습유拾遺가 되어서, 이덕유李德裕가 우승유牛僧孺를 모함한 것에 대해 상소를 올렸다. 그런데 이하는 태화太和 5년에 세상을 떠났는데도, 호응린이 "이하의 여러 시편은 위초로에게서 나왔다"라고 말한 것은 잘못 고증한 것이다.

해제 당나라 문종文宗 개성 연간 말 전후(840년 전후)에 살았던 위초로와 이하 간의 영향 관계에 대해서 논했다. 호응린이 이하의 작품이 위초로에게서 나왔다고 말한 것에 대해 잘못된 고증이라고 지적했다. 두 사람의 생졸년을 비교했을 때 이하가 위초로보다 앞서기 때문이다. 다만 여기서 주목해 볼 점은 이하는 일반적으로 원화 11년(816)에 세상을 떠난 것으로 알려져 있는데, 허학이는 이하가 태화太和 5년(831)에 세상을 떠났다고 보고 있다는 것이다.

원문 按韋楚老[1]樂府七言有祖龍行, 正倣長吉體[2]也. 楚老, 長慶[3]進士, 開成間爲拾遺[4], 奏[5]李德裕[6]傾[7]牛僧孺[8], 而賀則卒於太和[9]五年, 元瑞乃謂"長吉諸篇出於楚老", 則失考矣.

1 韋楚老(위초로): 당나라 시기의 문인이다. 《전당시》에는 '상초로常楚老'라는 이름으로 실려 있다. 생몰년은 알려져 있지 않으나, 대략 개성 연간 말에 활동했다. 장경 4년(824)에 진사가 되어 습유拾遺, 국자좨주國子祭酒 등을 역임했다. 개성 연간에 이덕유李德裕가 돈과 비단의 일로 우승유牛僧孺를 임금에게 모함하자, 위초로는 위모魏暮·영호도令狐綯와 함께 상소를 올렸다. 후일 벼슬을 그만두고 금릉金陵 곧 지금의 강소성 남경에서 살았다. 고악부를 많이 창작했으며 두목과 친했다고 한다.

2 長吉體(장길체): 이하의 독특한 시체를 가리킨다. 이하는 구상과 예술 상상 측면에서 독창성을 가지며, 신화 전설과 괴이하고 화려한 언어를 운용하는 데 뛰어나 예전에 없던 기이한 의상意象을 창조했으며, '읍泣', '성腥', '냉冷', '혈血', '사死' 등의 글자를 많이 써서 괴이한 풍격을 보여준다.

3 長慶(장경): 당나라 목종穆宗 시기의 연호다. 821년~824년까지 사용되었다.

4 拾遺(습유): 관직명. 천자의 알지 못하는 과실을 바로잡는 벼슬이다.

5 奏(주): 임금에게 아뢰다. 상소를 올리다.

6 李德裕(이덕유): 당나라 시기의 재상이다. 자는 문요文饒고, 조군趙郡 사람이다. 생몰년은 787년~849년이며, 헌종 때의 재상 이길보李吉甫의 아들이다. 한림학사翰林學士, 중서사인中書舍人 등을 역임했다. 경학과 예법을 존중하고 귀족적 보수파로서 번진藩鎭을 억압했으며 위구르 등 외족을 격퇴하는 등 중앙집권적 정치를 강화하는 데 힘썼다. 840년~846년 무종武宗의 회창會昌 연간에 권세를 누리며 이종민李宗閔, 우승유牛僧孺 등의 반대파를 탄압하고, 폐불廢佛을 단행하기도 했다. 선종宣宗 즉위와 함께 실각하고 우승유 등에 의하여 해남도로 추방되었다.

7 傾(경): 배척하다. 알력을 일으키다. 모함하다. 남에게 해를 끼치다.

8 牛僧孺(우승유): 당나라 시기의 재상이다. 자는 사암思黯이고, 안정安定 순고鶉觚 곧 지금의 감숙성 사람이다. 생몰년은 779년~847년이며, 덕종 정원 원년(805)에 진사가 되었다. 목종의 신임을 받아 823년 재상이 되었다. 이종민과 손을 잡고 붕당을 만들어 이덕유 일파와 '우이의 당쟁'이라 불리는 정쟁을 벌였다. 회창會昌 원년(841) 무종이 즉위하고 이덕유가 재상이 되자 실권을 잃고 한때 지방으로 좌천되었다. 선종이 즉위하자 다시 돌아와 태자소사太子少師가 되었다.

9 太和(태화): 당나라 문종文宗 시기의 연호다. 827년~835년까지 사용되었다. 태

화 5년은 831년을 가리킨다.

8

이상은이 〈이하소전李賀小傳〉을 지어 다음과 같이 말했다.

"이하가 다 죽어갈 때 붉은 옷 입은 한 사람이 보였는데, 이하를 불러 '천제가 백옥루를 만들었기에 그대를 불러 기記를 짓도록 한다'고 말했다. 이하가 마침내 죽었다."

이것은 호기심 많은 인사가 지어낸 것이거나, 이하 스스로가 자기를 자랑하여 세상을 속인 것이다. 그렇지 않다면, 어찌 천제가 또한 귀선鬼仙이 되겠는가? 또 혹자가 "원한을 품은 사람이 이하 시를 뒷간에 던져버렸기에 다 전해지지 못했다."고 말했다. 이 역시 호기심 많은 인사가 이하의 기묘함이 끝이 없음을 말한 것일 뿐이다.

해제 이하와 관련된 여러 가지 전설은 거의 근거 없는 말이다. 그 시풍만큼이나 기괴한 전설들이 후대에 많이 덧붙여졌다. 왕세정은 《예원치언》 권4에서 "이하는 자신의 마음을 스승으로 삼았기에 기괴하게 창작했다.李長吉師心, 故而作怪."고 말했다.

원문 李商隱作賀傳[1], 言: "賀將死, 見一緋衣人召賀曰: '帝成白玉樓, 召君爲記.' 賀竟死." 此好奇之士爲之, 或賀自衒[2]以欺世; 不然, 豈天帝亦鬼仙耶? 又或謂: "怨家投賀詩於厠, 故不盡傳." 此亦好奇之士謂賀之奇有不盡耳.

주석
1 賀傳(하전): 이상은의 〈이하소전李賀小傳〉을 가리킨다.
2 自衒(자현): 스스로 자기 자랑을 하다.

9

노동盧仝[6]과 유차劉叉의 잡언은 그 변괴變怪함이 극에 달했는데, 비록 임화任華를 모방했지만 내용은 대부분 바른 것으로 돌아갔다. 유차는 노동과 비교하면 재주가 진실로 미치지 못한 까닭에 뛰어난 곳 역시 적다. 마이馬異도 시편이 많지 않지만 노동, 유차의 시와 비슷하여 지금 간략하게 1편을 덧붙인다.

해제 노동 · 유차 · 마이에 관한 논의다. 《당재자전》에 따르면 노동은 "성격이 고아하지만 괴팍하고 소견이 낮았다.仝性高古介僻, 所見不凡近."고 한다. 이러한 면모가 시풍에도 나타나 매우 특이한 시체를 만들었다고 할 수 있다. 현존하는 100여 수 중 일상적인 근체시가 거의 없고 대부분 장단구를 사용하고 비현실적인 의상意象을 많이 사용하여 초현실적인 의경意境을 만들어내었다. 엄우의 《창랑시화》에서는 다음과 같이 말했다.

"시가는 사람별로 논하면 노동체가 있는데, 동시대의 여러 시체와 다를 뿐 아니라 한맹시파의 한유체, 이하체, 맹교체와도 다르다.詩歌以人而論, 有盧仝體, 不僅有別於同時代諸詩體, 還有別於同屬韓孟詩派的韓昌黎體, 李長吉體, 孟東野體."

유차와 마이 역시 노동과 같이 기괴한 시풍으로 정평이 났다. 소식은 《동파지림東坡志林》 권1에서 "시를 지음에 제멋대로 기괴함이 노동과 마이에 이르러 매우 심해졌다.作詩狂怪, 至盧仝馬異, 極矣."고 했다. 호응린 역시 《시수, 외편外編》 권4에서 다음과 같이 말했다.

"당시의 졸괴함은 모두 노동과 마이 때문으로, 개원 연간에 임화가 이미 그것을 선도했다.唐詩之拙怪者, 咸以盧玉川, 馬河南, 開元間任華已先之矣."

또한 《시수, 내편》 권2에서는 "두보의 졸구가 사실은 노동의 선구가 된다.少陵拙句, 實玉川之前導."고 지적했다.

원문 盧仝[號玉川子] · 劉叉雜言, 極其變怪, 雖倣於任華而意多歸於正. 劉較盧才

6) 호 옥천자玉川子.

實不及, 故佳處亦少. 馬異[1]篇什不多, 亦與盧劉相類, 今亦略附一篇.

주석

1 馬異(마이): 중당 시기의 시인이다. 하남 사람으로, 생졸년은 상세하지 않다. 대략 정원 15년 전후에 활동했으며, 홍원興元 원년(784)에 진사에 합격했다. 황보식皇甫湜, 노동盧仝 등과 교유했다. 시는 대부분 없어졌는데 《전당시》에 4수가 실려 있다. 시풍이 노동과 같아 매우 험괴하다.

10

노동의 잡언 〈유소사有所思〉 한 편에 대해서 《설랑제일기雪浪齊日記》에서는 시어가 노동의 시와 비슷하지 않다고 보고 다른 사람의 작품으로 의심했다. 〈누상여아곡樓上女兒曲〉이 오히려 정체에 가까워 지금 앞부분에 수록한다. 〈탄작일歎昨日〉[7] 이하로 비로소 변괴한 것이 많아졌다. 〈월식시月蝕詩〉는 1,700자에 육박하는데 그 변괴함이 극에 달했다. 아래의 시구는 모두 그 변괴함이 극에 달한 것이다.

다음은 노동의 시구다.

"나 노동은 눈물을 흘리면서 정원에서 홀로 걷는다. 이 해와 달을 생각하니, 태음太陰과 태양太陽이 오묘하구나. 하늘은 만물을 아실 터이고, 해와 달은 곧 만물이 변해 생겨난 것이네. 하늘을 향해 급급하게 걸어가다 보니 사지가 피로하나, 하늘과 더불어 증인이 되니 광명이 생기는구나. 이 눈은 스스로 보전하지 못하니, 하나님이 도를 행하는 것은 어떤 연유로 행하는 것인가?玉川子, 涕泗下, 中庭獨自行. 念此日月者, 太陰太陽精. 皇天要識物, 日月乃化生. 走天汲汲勞四體, 與天作眼行光明. 此眼不自保, 天公行道何由行."

7) 제2편.

"또 공자가 노자를 스승으로 삼아, 오색은 사람의 눈을 멀게 한다고 말했네. 나는 하늘이 사람과 비슷할까 두려우니, 색을 좋아하면 밝음을 잃게 된다네.又孔子師老子云: 五色令人目盲. 吾恐天似人, 好色卽喪明."

"노인의 말을 전해 들으니, 월식은 두꺼비의 영혼이네. 지름이 천리인 달이 너의 배 속으로 들어가니, 너의 이 어리석은 몸은 누가 낳았는가?傳聞古老說, 蝕月蝦蟇精. 徑圓千里入汝腹, 汝此癡骸阿誰生."

"오호라! 사람이 호랑이를 키워서, 호랑이에게 갉아 먹히네. 하늘이 두꺼비를 좋아하다 두꺼비에게 해를 당하네. 은혜를 베풂이 좋은 일이 아님을 알았으니, 하나같이 진실로 나쁜 짓을 하네.嗚呼人養虎, 被虎齧. 天媚蟇, 被蟇瞎. 乃知恩非類, 一一自作孽."

"나 노동은 또 눈물을 쏟으며 현판과 걸상을 모래 속에 놓고 마음으로 기도하며 절하네. 땅 속의 서캐인 노동이 하나님께 하소연 하네. 저의 마음에는 한 치의 철이 있어, 괴이한 두꺼비의 어리석은 창자를 가를 수 있다네. 하나님이 저에게 오르는 사다리를 세워주시지 않아, 저의 육신이 하늘로 날아올라 햇빛을 드러낼 방법이 없구나.玉川子又涕泗下, 心禱再拜額榻砂土中. 地下蟣虱臣仝告愬帝天皇: 臣心有鐵一寸, 可刳妖蟇癡腸. 上天不爲臣立梯蹬, 臣血肉身, 無由飛上天, 揚天光."

"나 노동의 시문이 끝나니, 바람 소리 윙윙 울리네. 달 가까이 어둠이 둘러져 있어, 칼과 창을 움직이는 것 같네. 잠시 어리석은 두꺼비의 영혼은 두 입술이 저절로 터지네. 처음에는 반개의 옥을 드러내더니, 점차 완전한 원의 달을 토해내네. 많은 별들이 다 용서받는데, 한 마리 두꺼비만 유독 주살당하네.玉川子詞訖, 風色緊格格. 近月黑暗邊, 有似動劍戟. 須臾癡蟇精, 兩吻自決坼. 初露半箇璧, 漸吐滿輪魄. 衆星盡原赦, 一蟇獨誅磔."

다음은 유차의 잡언 시구다.

〈빙주冰柱〉: "처음에는 옥룡이 인간 세상으로 내려와서, 일제히 초가 처마에 손톱과 이를 펼쳐놓은 것인가 의심했네. 또 한나라 고조가 서방에서 와 뱀을 자른 것인가하고 생각했네. 사람들은 알지 못하는구나, 누가 바람에 맞서 막야莫邪의 칼을 잡았는가?始疑玉龍下界來人世, 齊向茅簷布爪牙. 又疑漢高帝, 西方來斬蛇. 人不識, 誰爲當風仗莫邪."

〈설거雪車〉: "관가에서 백성들이 굶주리고 추위에 떠는 것을 알지 못하여, 수레를 다 끌어내어 길을 채우고서 옥가루를 싣네. 싣고 실어서 어디로 가는가, 비밀스레 감춰둔 깊은 궁전에서 뜨거운 더위를 다스리네. 다만 스스로 구중의 궁궐을 지킬 뿐인데, 어찌 수레바퀴에 맺힌 핏방울이 하나하나가 모두 농부의 통곡이라는 것을 믿겠는가.官家不知民餒寒, 盡驅牛車盈道載屑玉. 載載欲何之, 祕藏深宮以御炎酷. 徒能自衛九重間, 豈信車轍血, 點點盡是農夫哭."

한편 노동의 〈여마이결교시與馬異結交詩〉는 더욱 기괴하여 이해할 수 없다.

노동, 유차의 시 중에서 변괴함이 극에 달한 것을 예로 들었다. 한유는 〈기노동寄盧仝〉에서 다음과 같이 말했다.

"왕년에 시를 지어 차이를 비웃었고, 괴이한 문장이 여러 사람들 놀라게 하여 비방이 끊이지 않았네.往年弄筆嘲同異, 怪辭驚衆謗不已."

또 유차에 관한 기록은 이상은의 〈제노이생齊魯二生, 유차劉叉〉에서 찾아볼 수 있는데, 그는 의협심이 강한 인물로 술에 취해 사람을 죽여 이름을 바꾸어 숨어 생활했다. 제·노 땅에 들어가 살면서 귀족에게 굽신거리지 않고 걸식했다. 후일 한유가 문인을 받아들이는 것을 듣고 한유의 문호에 들어가 〈빙주〉, 〈설거〉 두 시로 이름을 알렸다. 그러나 후일 한유가 아부하는 묘지명의 글을 짓자 묘지명으로 얻은 돈을 몰래 훔쳐 떠나버렸다. 이동양은 《회록당시화懷麓堂詩話》에서 다음과 같이 말했다.

"이하의 시에는 기묘한 시구가 있고, 노동의 시에는 기괴한 시구가 있으니 훌륭한 부분은 저절로 구별된다. 유차의 〈빙주〉와 〈설거〉는 거의 말이 되지 않으니 기괴하다고 말할 수 없다.李長吉詩有奇句, 盧仝詩有怪句, 好處自別. 若劉叉冰柱, 雪車詩, 殆不成語, 不足言奇怪也."

盧仝雜言有所思[1]一篇, 雪浪齊日記[2]以爲語有不類, 疑他人作. 樓上女兒曲猶近於正, 今亦錄冠於前. 歎昨日[第二篇]以下, 始多變怪. 月蝕詩[3]近一千七百言, 極其變怪. 如"玉川子, 涕泗下, 中庭獨自行. 念此日月者, 太陰太陽精. 皇天[4]要識物, 日月乃化生[5]. 走天汲汲勞四體[6], 與天作眼行光明[7]. 此眼不自保, 天公[8]行道何由行." "又孔子師老子云: 五色令人目盲. 吾恐天似人, 好色卽喪明." "傳聞古老說, 蝕月蝦蟇精. 徑圓千里入汝腹, 汝此癡骸阿誰生?" "嗚呼! 人養虎, 被虎齧. 天媚蟇, 被蟇瞎. 乃知恩非類, 一一自作孽." "玉川子又涕泗下, 心禱再拜額榻砂土中. 地下蟣虱臣仝告愬帝天皇: 臣心有鐵一寸, 可刳妖蟇癡腸. 上天不爲臣立梯蹬, 臣血肉身, 無由飛上天, 揚天光." "玉川子詞訖, 風色緊格格. 近月黑暗邊, 有似動劍戟. 須臾癡蟇精, 兩吻自決坼. 初露半箇璧, 漸吐滿輪魄. 衆星盡原赦, 一蟇獨誅磔." "願天完兩目, 照下萬方土. 萬古更不瞽, 萬萬古. 更不瞽, 照萬古." 劉叉雜言冰柱云: "始疑玉龍下界來人世, 齊向茅簷布爪牙. 又疑漢高帝, 西方來斬蛇. 人不識, 誰爲當風仗莫邪?" 雪車云: "官家不知民餒寒, 盡驅牛車盈道載屑玉. 載載欲何之, 祕藏深宮以御炎酷. 徒能自衛九重間, 豈信車轍血, 點點盡是農夫哭" 等句, 皆極其變怪者也. 又仝與馬異結交詩, 尤怪僻[9]不可解.

1 有所思(유소사): 본래는 한대 악부시다. 후대에 이 제목으로 지은 모방작이 많으며, 대부분 남녀간의 시름을 표현했다. 노동의 〈유소사〉는 후대인이 지은 모방작 중 가장 걸출한 작품으로 평가받고 있다.

2 雪浪齊日記(설랑제일기): 송대 시화詩話다. 작자는 알려져 있지 않다.

3 月蝕詩(월식시): 원화 5년(810)에 창작된 노동의 장편시. 1700여 자로 이루어져 있으며, 광활한 천체天體에서 일어나는 월식의 전 과정의 묘사를 통해 붕당의 횡포와 환관을 풍자했다. 《신당서, 한유전韓愈傳》 뒤에 덧붙은 〈노동전盧仝傳〉에는 한유가 이 시를 칭찬했다고 기록되어 있다.

4 皇天(황천): 하늘의 경칭.

5 化生(화생): 변하여 생겨나다.
6 四體(사체): 팔과 다리. 사지. 몸. 신체.
7 光明(광명): 빛.
8 天公(천공): 하나님.
9 怪僻(괴벽): 기괴하고 편벽되다. 기괴하고 치우치다.

11

노동의 〈월식시月蝕詩〉는 대부분이 저속한데, 변괴함으로 치달리고자 한 것에 불과하며, 장난치고 익살스러운 부분은 진실로 한번 웃어 줄 만하다. 임화 같은 시인은 당초 익살스러운 것이 없고, 그 저속함이 곧 뼛속 깊은 곳에서 나온 것이라 노동과 더불어 논할 수 없다.

해제

노동의 〈월식시〉에 관한 논의다. 노동의 문집에는 두 수의 〈월식시〉가 있다. 오언율체의 작품과 가행체의 작품인데, 여기서는 가행체의 작품에 관해 논한 것이다. 속어를 많이 사용하여 비속한 풍격이 짙으며 또 상상의 동물인 교룡蛟龍, 두꺼비 등을 묘사하며 독특한 의경을 만들어내었다. 그러나 이것은 의도적으로 변괴한 시풍을 만들어낸 것으로 익살스러운 부분도 있음을 지적했다.

원문

盧仝月蝕詩雖多村鄙[1], 然不過欲騁其變怪, 其謔浪[2]滑稽[3]處, 正足以發一笑. 若任華初未嘗謔浪, 其村鄙乃自骨髓[4]中來, 未可與盧並論.

주석

1 村鄙(촌비): 저속하다.
2 謔浪(학랑): 장난치며 희롱거림.
3 滑稽(골계): 남을 웃기려고 일부러 우습게 하는 말이나 짓. 익살.
4 骨髓(골수): 뼈와 그 골. 마음 속. 심중.

12

왕세정이 말했다.

"노동과 마이의 시는 모두 거지가 장단구에 맞춰 입을 쉴 새 없이 노래하며 술과 음식을 얻고자 하는 것과 같다."

내가 생각건대 노동 〈월식시〉의 뛰어난 부분은 진실로 재치가 있으나, 저속한 부분은 왕세정이 말한 것과 같음을 면치 못한다.[8] 한유는 노동의 〈월식시〉를 본떴는데 노동과 비교하면 겨우 3분의 1에 해당할 뿐으로 모두 그 말을 삭제하여 사용했는데, 어찌 한유가 그 번잡함을 싫어해 특별히 시구를 가려서 창작하여 노동의 단점을 드러내지 않았으므로 '노동을 본받았다'고 말하겠는가?

엄우가 말했다.

"노동의 괴이함, 이하의 기괴함은 천지간에 진실로 부족하기에 이 체제를 이해할 수 없다."

해제 노동의 〈월식시〉에서 뛰어난 부분이 있으며, 한유가 그것을 모방하여 창작한 작품이 있음을 지적했다. 월식시는 원화 5년(810) 중추절 월식을 제목으로 하여 월식의 자연현상으로써 환관이 권력을 농단하는 것을 풍자했다. 월식하는 두꺼비는 조정의 환관과 번진을 비유한다. 잡아 먹히는 달은 황제가 스스로 자초한 일이다. 헌종부터 당나라 멸망까지 10명의 황제 중 7명이 환관에 의해 옹립되고 2명은 환관에 의해 살해되었다.

마이는 생졸년이 미상이나 노동과 함께 교류하며 괴이한 시를 지었다. 노동의 〈여마이결교시與馬異結交詩〉가 있다. 두 사람의 평범하지 않은 우정을 신화전설과 비슷한 과장 · 상징의 황당한 수법으로 표현했다. 제재와 표현 방법이 독특하여 이해하기 어렵다. 마이의 〈답노동결교시答盧仝結交詩〉도 있다.

---

8) 저속한 것은 추려낼 겨를이 없다.

王元美云: "盧仝·馬異, 皆乞兒[1]唱長短[2]急口歌博[3]酒食者." 愚按: 盧仝月蝕詩佳處亦自奇警, 村鄙處不免如元美所云爾. [村鄙者退不暇摘.] 退之效玉川月蝕詩, 較玉川僅三之一, 而皆竄削[4]其語用之, 豈退之厭其冗穢[5], 特爲裁定[6], 然不欲見盧之短[7], 故但云"效玉川"也? 嚴滄浪云: "玉川之怪, 長吉之詭, 天地間自欠此體不得."

주석

1 乞兒(걸아): 거지.
2 長短(장단): 장단구.
3 博(박): 얻다. 획득하다.
4 竄削(찬삭): 숨기고 삭제하다.
5 冗穢(용예): 쓸데없이 번잡하여 간단명료하지 않다.
6 裁定(재정): 사물의 옳고 그름을 가려 결정하다.
7 短(단): 단점.

제 27 권

詩源辯體

중당中唐

1

장적張籍[1]의 오언고시는 지극히 적고, 왕건王建[2]의 오언고시는 성조가 겨우 순일할 뿐 말이 되지 않는 것이 많다. 악부칠언에서는 두 사람 또한 일가를 이루었다.

이에 왕세정이 다음과 같이 말했다.

"악부에서 중요한 것은 사건과 성정일 뿐이다. 장적은 성정을 말하는 데 뛰어나고, 왕건은 사건을 밝히는 데 뛰어나지만, 의경은 모두 뛰어나지 못하다."

또 풍시가는 다음과 같이 말했다.

"이백, 두보의 가행과 비교해 보면 은하수를 사이에 두고 나누어진 것 같이 확연히 다르다."

내가 생각건대 두 사람의 악부는 의미가 대부분 간절하고, 시어가

1) 자 문창文昌.
2) 자 중초仲初.

대부분 통쾌하여 진실로 원화체다. 자세하게 논하자면 장적의 시어는 고담古淡함을 만들어 왕건과 비교하면 다소 완곡한데, 왕건은 시어마다 통쾌하다. 또한 왕건의 시는 많지만 수록된 것이 적으니, 장적보다 사실 뒤떨어짐을 알겠다. 그 측운 역시 대부분 상성과 거성을 잡용했다.

해제 장적, 왕건에 관한 논의다. 원화 시기는 다양한 유파가 각기의 시체를 형성했는데, 장적과 왕건도 그중 하나다. 두 사람은 칠언악부에 뛰어났는데 허학이는 여기서 왕건보다 장적이 뛰어나다고 평가했다. 왕건의 악부는 대체로 정원 중기와 원화 초기에 지어진 것으로 후일 백거이의 신악부新樂府 창작에 큰 영향을 미쳤다는 점에서 보면 문학사적 의의가 크다.

원문 張籍[字文昌]五言古極少, 王建[字仲初]五言古聲調僅純, 然不成語者多; 樂府七言, 二公又是一家[1]. 王元美云: "樂府之所貴者, 事與情而已. 張籍善[2]言情, 王建善徵事[3], 而境[4]皆不佳." 馮元成謂 "較李杜歌行, 判若河漢"是也. 愚按: 二公樂府, 意多懇切, 語多痛快, 正元和體[5]也. 然析而論之, 張語造古淡[6], 較王稍爲婉曲, 王則語語痛快矣. 且王詩多, 而入錄者少, 故知其去張實遠也; 其仄韻亦多上·去二聲雜用.

주석
1 一家(일가): 한 가지 학문이나 기예에 대해 뛰어나 한 학파나 한 체계를 이룬 것을 가리킨다.
2 善(선): 잘하다.
3 徵事(징사): 밝히다. 명백히 하다.
4 境(경): '의경意境'을 가리킨다. 중국 고대 전통적 문예이론에서 의경은 작자의 주관적인 사상과 감정이 객관적인 사물이나 대상을 만나 융합하면서 생성되는 의미 또는 형상이다. 그 특징은 묘사가 회화적이고 의미가 풍부하며 독자의 연상과 상상을 계발해서 구체적 형상을 넘어선 관대한 예술적 공간으로 인도한다.
5 元和體(원화체): 당나라 헌종 원화(806~820) 연간부터 유행하기 시작한 시체의 총칭이다.

6 古淡(고담): 고박古樸하고 담아淡雅하다.

2

장적과 왕건의 악부칠언 중에서 아래의 시구는 모두 간절하고 통쾌한 것이다.

다음은 장적의 시구다.

"푸른 하늘이 아득하게 긴 길을 덮었는데, 멀리 떠나 집이 없으니 어디에 묵어야 하나? 그대 곳곳에 친히 이름을 써놓아 주시게, 후일 그대가 여기를 지나갔음을 알테니. 青天漫漫覆長路, 遠遊無家安得住? 願君到處自題名, 他日知君從此去."

"뜬 구름 하늘로 올라가니 비가 땅에 내리고, 잠시 만났다가 끝내 각기 다른 길 가네. 나는 지금 그대와 한 몸이 아니니, 어찌 서로 이별을 하지 않겠는가?浮雲上天雨隨地, 暫時會合終離異. 我今與子非一身, 安得死生不相棄?"

"힘이 다하며 방망이 소리를 던져버리지 못하고, 방망이 소리 끝나지 않았는데 사람들 모두 죽었네. 집집마다 사내아이 키워 가문을 세우건만, 오늘 그대는 성 아래 흙이 되었네. 力盡不得拋杵聲, 杵聲未盡人皆死. 家家養男當門戶, 今日作君城下土."[3)]

"아내는 아들과 남편을 의지하여, 함께 살아 가난해도 마음은 편안했네. 남편은 전장에서 죽고 아들은 뱃속에 있는데, 아내의 몸은 비록 살았어도 낮의 촛불처럼 쓸모없다네. 婦人依倚子與夫, 同居貧賤心亦舒. 夫死戰場子在腹, 妾身雖存如晝燭."

---

3) 〈축성사築城詞〉.

"향유가 이미 다하고 비녀의 반쪽이 부러졌는데, 무늬를 새기고 모양을 다듬지만 시간이 없네. 비록 우물 안을 떠나 상자 안으로 들어왔지만, 다시 떨어지는 때를 함께할 필요 없네. 蘭膏已盡股半折, 雕文刻樣無年月. 雖離井底入匣中, 不用還與墜時同."4)

다음은 왕건의 시구다.

"노래하고 춤추는 건 반드시 일찍 해야 하니, 어제가 오늘보다 건강한 때라네. 사람들 아들과 딸 생겨 좋아한다지만, 아들과 딸이 사람을 늙게 하는 줄은 모른다네. 有歌有舞須早爲, 昨日健於今日時. 人家見生男女好, 不知男女催人老."

"상자 속에 비단 있고 창고 속에 곡식 있는데, 어찌 하늘 끝을 향해 수레가 달려가는가? 가족들 달 보며 내가 돌아오기 바라니, 진실로 길 위에서 집 생각나는 때구나. 篋中有帛倉有粟, 豈向天涯走碌碌. 家人見月望我歸, 正是道上思家時."

"보리 거두어 타작마당에 내놓고 명주가 베틀에 있는데, 수레가 관가의 발이 됨을 확실히 알겠네. 입에 넣고 몸에 걸치는 것을 바라지 않더라도, 성에 가서 송아지 파는 것을 면했네. 麥收上場絹在軸, 的知輪得官家足. 不望入口復上身, 且免向城賣黃犢."

"삼 일간 지전을 태울 불이 없는데, 지전을 어찌 황천에서 얻을 수 있겠는가? 다만 무덤 위에 새 흙이 없음을 보니, 이 안의 백골은 마땅히 주인이 없으리. 三日無火燒紙錢, 紙錢那得到黃泉. 但看壠上無新土, 此中白骨應無主."5)

"누구네 집의 돌비석의 글자가 사라졌는가? 후손이 다시 취하여 연

---

4) 〈고차행古釵行〉.
5) 〈한식행寒食行〉.

월을 기록하네. 아침마다 수레가 장례를 치르고 돌아오건만, 여전히 큰 집과 높은 누대가 세워지는구나. 誰家石碑文字滅, 後人重取書年月. 朝朝車馬送葬迴, 還起大宅與高臺."[6)]

송 · 원 · 명초에는 대부분 이것을 익혀서 창작했는데, 대개 단편이면서 시어의 뜻이 긴밀하여 보통의 재주를 가진 사람들이 수월하게 수용했을 따름이다.

해제 장적과 왕건의 칠언악부 중 간절하고 통쾌한 시구를 예로 들었다. 두 시인의 악부는 후대에 많은 영향을 미쳤는데, 그 이유는 단편이고 시어의 뜻이 긴밀하여 배우기 쉽기 때문이라고 지적했다.

원문 張王樂府七言, 張如"靑天漫漫覆長路, 遠遊無家安得住? 願君到處自題名, 他日知君從此去."[1] "浮雲上天雨隨地, 暫時會合終離異. 我今與子非一身, 安得死生不相棄?"[2] "力盡不得拋杵聲, 杵聲未盡人皆死. 家家養男當門戶, 今日作君城下土."[3][築城詞] "婦人依倚子與夫, 同居貧賤心亦舒. 夫死戰場子在腹, 妾身雖存如晝燭."[4] "蘭膏已盡股半折, 雕文刻樣無年月. 雖離井底入匣中, 不用還與墜時同."[5][古釵行] 王如"有歌有舞須早爲, 昨日健於今日時. 人家見生男女好, 不知男女催人老."[6] "篋中有帛倉有粟, 豈向天涯走碌碌. 家人見月望我歸, 正是道上思家時."[7] "麥收上場絹在軸, 的知輸得官家足. 不望入口復上身, 且免向城賣黃犢."[8] "三日無火燒紙錢, 紙錢那得到黃泉? 但看壟上無新土, 此中白骨應無主."[9][寒食行] "誰家石碑文字滅? 後人重取書年月. 朝朝車馬送葬迴, 還起大宅與高臺"[10][北邙行]等句, 皆懇切痛快者也, 宋 · 元 · 國初多習爲之, 蓋以其短篇, 語意緊密[11], 中才者易於收拾[12]耳.

주석 1 靑天漫漫覆長路(청천만만복장로), 遠遊無家安得住(원유무가안득주). 願君到

6) 〈북망행北邙行〉.

處自題名(원군도처자제명), 他日知君從此去(타일지군종차거): 푸른 하늘이 아득하게 긴 길을 덮었는데, 멀리 떠나 집이 없으니 어디에 묵어야 하나? 그대 곳곳에 친히 이름을 써놓아 주시게, 후일 그대가 여기를 지나갔음을 알테니. 장적 〈송원곡送遠曲〉의 시구다.

2 浮雲上天雨隨地(부운상천우수지), 暫時會合終離異(잠시회합종이이). 我今與子非一身(아금여자비일신), 安得死生不相棄(안득사생불상기): 뜬 구름 하늘로 올라가니 비가 땅에 내리고, 잠시 만났다가 끝내 각기 다른 길 가네. 나는 지금 그대와 한 몸이 아니니, 어찌 서로 이별을 하지 않겠는가? 장적 〈각동서各東西〉의 시구다.

3 力盡不得拋杵聲(역진부득포저성), 杵聲未盡人皆死(저성미진인개사). 家家養男當門戶(가가양남당문호), 今日作君城下土(금일작군성하토): 힘이 다하며 방망이 소리를 던져버리지 못하고, 방망이 소리 끝나지 않았는데 사람들 모두 죽었네. 집집마다 사내아이 키워 가문을 세우건만, 오늘 그대는 성 아래 흙이 되었네. 장적 〈축성사築城詞〉의 시구다.

4 婦人依倚子與夫(부인의의자여부), 同居貧賤心亦舒(동거빈천심역서). 夫死戰場子在腹(부사전장자재복), 妾身雖存如晝燭(첩신수존여주촉): 아내는 아들과 남편을 의지하여, 함께 살아 가난해도 마음은 편안했네. 남편은 전장에서 죽고 아들은 뱃속에 있는데, 아내의 몸은 비록 살았어도 낮의 촛불처럼 쓸모없다네. 장적 〈정부원征婦怨〉의 시구다.

5 蘭膏已盡股半折(난고이진고반절), 雕文刻樣無年月(조문각양무년월). 雖離井底入匣中(수리정저입갑중), 不用還與墜時同(불용환여추시동): 향유가 이미 다하고 비녀의 반쪽이 부러졌는데, 무늬를 새기고 모양을 다듬지만 시간이 없네. 비록 우물 안을 떠나 상자 안으로 들어왔지만, 다시 떨어지는 때를 함께할 필요 없네. 장적 〈고차행古釵行〉의 시구다.

6 有歌有舞須早爲(유가유무수조위), 昨日健於今日時(작일건어금일시). 人家見生男女好(인가견생남녀호), 不知男女催人老(부지남녀최인로): 노래하고 춤추는 건 반드시 일찍 해야 하니, 어제가 오늘보다 건강한 때라네. 사람들 아들과 딸 생겨 좋아한다지만, 아들과 딸이 사람을 늙게 하는 줄은 모른다네. 왕건 〈단가행短歌行〉의 시구다.

7 篋中有帛倉有粟(협중유백창유속), 豈向天涯走碌碌(기향천애주록록). 家人見月望我歸(가인견월망아귀), 正是道上思家時(정시도상사가시): 상자 속에 비단

있고 창고 속에 곡식 있는데, 어찌 하늘 끝을 향해 수레가 달려가는가? 가족들 달 보며 내가 돌아오기 바라니, 진실로 길 위에서 집 생각나는 때구나. 왕건 〈행견월行見月〉의 시구다.

8 麥收上場絹在軸(맥수상장견재축), 的知輪得官家足(적지륜득관가족). 不望入口復上身(불망입구부상신), 且免向城賣黃犢(차면향성매황독): 보리 거두어 타작마당에 내놓고 명주가 베틀에 있는데, 수레가 관가의 발이 됨을 확실히 알겠네. 입에 넣고 몸에 걸치는 것을 바라지 않더라도, 성에 가서 송아지 파는 것을 면했네. 왕건 〈전가행田家行〉의 시구다.

9 三日無火燒紙錢(삼일무화소지전), 紙錢那得到黃泉(지전나득도황천). 但看壠上無新土(단간농상무신토), 此中白骨應無主(차중백골응무주): 삼 일간 지전을 태울 불이 없는데, 지전을 어찌 황천에서 얻을 수 있겠는가? 다만 무덤 위에 새 흙이 없음을 보니, 이 안의 백골은 마땅히 주인이 없으리. 왕건 〈한식행寒食行〉의 시구다.

10 誰家石碑文字滅(수가석비문자멸), 後人重取書年月(후인중취서년월). 朝朝車馬送葬迴(조조차마송장회), 還起大宅與高臺(환기대택여고대): 누구네 집의 돌비석의 글자가 사라졌는가? 후손이 다시 취하여 연월을 기록하네. 아침마다 수레가 장례를 치르고 돌아오건만, 여전히 큰 집과 높은 누대가 세워지는구나. 왕건 〈북망행北邙行〉의 시구다.

11 緊密(긴밀): 엄밀하여 빈틈이 없다.

12 收拾(수습): 수용하다. 받아들이다.

3

한유와 백거이의 오언장편은 비록 대변이 되었지만, 자유자재로 표현하여 각기 그 지극함을 다했다. 장적과 왕건의 악부칠언은 정체와 변체의 사이에 있으며, 사실상 다 뛰어나지는 않다. 시를 선록하면서 한유와 백거이의 오언장편은 수록하지 않고 장적과 왕건의 악부를 많이 채록한 것은, 대개 원화 시기는 변체를 중시하지만 시를 선록함에 있어서는 정체를 중요하게 여기기 때문이다.

해제

장적과 왕건의 칠언악부가 정체와 변체의 사이에 있음을 지적하고, 그들의 작품이 완전히 뛰어나지 않지만 시선집에 많이 수록했음을 밝혔다. 허학이는 시인의 명성에 따라 시를 논하는 것이 아니라 체제에 따라 시를 논한다. 또한 시선집과 같은 선본選本은 초학初學의 기능을 지니고 있기 때문에 더욱이 정체를 위주로 해야 한다. 고병은 두 사람에 대해 다음과 같이 말했다.

"대력 이후로 악부는 창작되지 않았는데, 유독 장적과 왕건 두 사람이 체재가 서로 비슷하고 다소 옛뜻을 회복했으니 혹은 구곡신성舊曲新聲이거나 혹은 신제고의新題古意다. 시의 주제가 유창하고 슬픔과 즐거움을 지극히 다하니, 감개하게 고가요의 전통이 있고, 또한 그 당시의 시풍에서 변화가 있으면서도 그 정체를 잃지 않았다.大歷以還, 樂府不作, 獨張籍·王建二家體制相近, 稍復古意, 或舊曲新聲, 或新題古意, 詞旨通暢, 悲歡窮泰, 慨然有古歌謠之遺, 亦當世流風之變, 而不失其正者."

현존하는 장적의 악부시는 75수, 왕건의 악부시는 87수다.

韓白五言長篇雖成大變, 而縱恣自如[1], 各極其至; 張王樂府七言雖在正變之間, 而實未盡佳. 選者於韓白五言長篇不錄而多采張王樂府, 蓋元和主變, 而選者貴正也.

1 縱恣自如(종자자여): '自由自在(자유자재)'와 같은 말이다.

4

대력 이후 오·칠언 율시의 체제와 성조는 대부분 비슷한데, 원화 연간에 가도·장적·왕건이 비로소 일반적인 성조를 변화시켰다. 장적과 왕건의 오언은 청신하고 웅건한데, 가도와 비교하면 약간 달라서 당체 중에서 역시 소편이 된다. 아래의 시구는 모두 청신하고 웅건하여 독자적인 한 부류가 되었는데, 오대五代의 여러 문인들이 대부분 여기서 비롯되었다.

다음은 장적의 시구다.

"야자나무 잎에 장기瘴氣를 머금은 구름이 축축하고, 계수나무 빽빽한 데 만조蠻鳥 소리 들리네. 椰葉瘴雲濕, 桂叢蠻鳥聲."

"밤이 되니 사슴이 초가집에 함께 하고, 가을되니 원숭이가 밤나무 숲을 지키네夜鹿伴茅屋, 秋猿守栗林."

"나루터에 막 비가 지나가고, 밤이 오니 흰 부평초 생겨나네. 渡口過新雨, 夜來生白蘋."

"대나무 깊어 마을 길 어둡고, 달이 뜨니 고기잡이 배 드무네. 竹深村路暗, 月出釣船稀."

"달이 밝으니 파도 위가 보이고, 강이 고요하니 갈매기 나는 줄 아네. 月明見潮上, 江靜覺鷗飛."

"밤이 고요하니 강물이 하얗고, 길이 구불하니 산위의 달이 기우네. 夜靜江水白, 路迴山月斜."

"배를 타고 산사로 향하며, 나막신 신고 어부 집에 이르네. 乘舟向山寺, 着屐到漁家."

"막 내린 이슬이 초가집을 축축하게 적시고, 어두운 강물이 대나무 울타리로 들어가네. 新露濕茅屋, 暗泉衝竹籬."

다음은 왕건의 시구다.

"장기瘴氣를 머금은 안개가 모래 위에서 일어나고, 도깨비불이 빗속에서 생겨나네. 瘴烟沙上起, 陰火雨中生."

"수국水國은 산도깨비를 불러들이고, 오랑캐 마을에는 수령首領이 머무네. 水國山魈引, 蠻鄕洞主留."

"돌이 차가우니 우는 원숭이가 아른거리고, 소나무가 어두워지자 장난치던 사슴이 잠잠해지네. 石冷啼猿影, 松昏戲鹿塵."

"문을 닫아 들사슴 머무르게 하고, 음식을 나누어 산닭을 키우네. 閉

門留野鹿, 分食養山雞.”

“빗물이 거친 대나무를 씻어 내리고, 계곡의 모래가 황폐한 도랑을 채우네. 雨水洗荒竹, 溪沙塡廢渠.”

“들판의 뽕나무가 우물을 뚫고 자라고, 거친 대나무가 담을 넘어 자라네. 野桑穿井長, 荒竹過牆生.”

해제

장적과 왕건의 오언율시에 대해 논하며, 그중 청신하고 웅건한 시구를 예로 들었다. 아울러 두 시인의 오언율시는 당시 중에서 소편이 되었으며, 오대 시인들에게 영향을 미쳤음을 지적했다. 계유공計有功의 《당시기사唐詩紀事》에서도 다음과 같이 지적했다.

“장적의 악부는 시어가 청신하고 완곡하며, 오언율시 또한 평담하며 만족스럽다. 籍樂府詞淸麗深婉, 五言律詩亦平淡可喜.”

원문

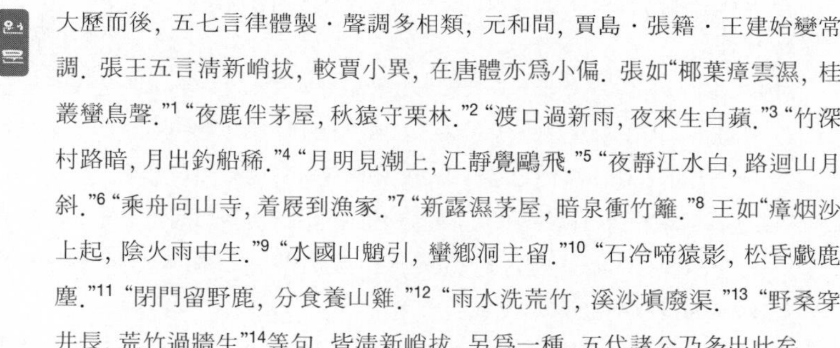

大歷而後, 五七言律體製 · 聲調多相類, 元和間, 賈島 · 張籍 · 王建始變常調. 張王五言淸新峭拔, 較賈小異, 在唐體亦爲小偏. 張如“椰葉瘴雲濕, 桂叢蠻鳥聲.”[1] “夜鹿伴茅屋, 秋猿守栗林.”[2] “渡口過新雨, 夜來生白蘋.”[3] “竹深村路暗, 月出釣船稀.”[4] “月明見潮上, 江靜覺鷗飛.”[5] “夜靜江水白, 路迴山月斜.”[6] “乘舟向山寺, 着屐到漁家.”[7] “新露濕茅屋, 暗泉衝竹籬.”[8] 王如“瘴烟沙上起, 陰火雨中生.”[9] “水國山魈引, 蠻鄕洞主留.”[10] “石冷啼猿影, 松昏戲鹿塵.”[11] “閉門留野鹿, 分食養山雞.”[12] “雨水洗荒竹, 溪沙塡廢渠.”[13] “野桑穿井長, 荒竹過牆生”[14]等句, 皆淸新峭拔, 另爲一種, 五代諸公乃多出此矣.

1 椰葉瘴雲濕(야엽장운습), 桂叢蠻鳥聲(계총만조성): 야자나무 잎에 장기瘴氣를 머금은 구름이 축축하고, 계수나무 빽빽한 데 만조蠻鳥 소리 들리네. 장적 〈송만객送蠻客〉의 시구다.

2 夜鹿伴茅屋(야록반모옥), 秋猿守栗林(추원수율림): 밤이 되니 사슴이 초가집에 함께 하고, 가을되니 원숭이가 밤나무 숲을 지키네. 장적 〈기자각은자寄紫閣隱者〉의 시구다.

3 渡口過新雨(도구과신우), 夜來生白蘋(야래생백빈): 나루터에 막 비가 지나가

고, 밤이 오니 흰 부평초 생겨나네. 장적 〈강남춘江南春〉의 시구다.

4 竹深村路暗(죽심촌로암), 月出釣船稀(월출조선희): 대나무 깊어 마을 길 어둡고, 달이 뜨니 고기잡이 배 드무네. 장적 〈야도어가夜到漁家〉의 시구다.

5 月明見潮上(월명견조상), 江靜覺鷗飛(강정각구비): 달이 밝으니 파도 위가 보이고, 강이 고요하니 갈매기 나는 줄 아네. 장적 〈숙임강역宿臨江驛〉의 시구다.

6 夜靜江水白(야정강수백), 路迴山月斜(로회산월사): 밤이 고요하니 강물이 하얗고, 길이 구불하니 산위의 달이 기우네. 장적 〈숙강점宿江店〉의 시구다.

7 乘舟向山寺(승주향산사), 着屐到漁家(착극도어가): 배를 타고 산사로 향하며, 나막신 신고 어부 집에 이르네. 장적 〈송종제대현왕소주送從弟戴玄往蘇州〉의 시구다.

8 新露濕茅屋(신로습모옥), 暗泉衝竹籬(암천충죽리): 막 내린 이슬이 초가집을 축축하게 적시고, 어두운 강물이 대나무 울타리로 들어가네. 장적 〈산중추야山中秋夜〉의 시구다.

9 瘴烟沙上起(장연사상기), 陰火雨中生(음화우중생): 장기瘴氣를 머금은 안개가 모래 위에서 일어나고, 도깨비불이 빗속에서 생겨나네. 왕건 〈남중南中〉의 시구다.

10 水國山魈引(수국산소인), 蠻鄕洞主留(만향동주류): 수국水國은 산도깨비를 불러들이고, 오랑캐 마을에는 수령首領이 머무네. 왕건 〈송유인送流人〉의 시구다. '동주洞主'는 고대 남방지역 소수민족의 부락 수령을 가리킨다.

11 石冷啼猿影(석냉제원영), 松昏戲鹿塵(송혼희록진): 돌이 차가우니 우는 원숭이가 아른거리고, 소나무가 어두워지자 장난치던 사슴이 잠잠해지네. 왕건 〈송이평사사촉送李評事使蜀〉의 시구다.

12 閉門留野鹿(폐문류야록), 分食養山雞(분식양산계): 문을 닫아 들사슴 머무르게 하고, 음식을 나누어 산닭을 키우네. 왕건 〈산거山居〉의 시구다.

13 雨水洗荒竹(우수세황죽), 溪沙塡廢渠(계사전폐거): 빗물이 거친 대나무를 씻어 내리고, 계곡의 모래가 황폐한 도랑을 채우네. 왕건 〈현승청즉사縣丞廳即事〉의 시구다.

14 野桑穿井長(야상천정장), 荒竹過牆生(황죽과장생): 들판의 뽕나무가 우물을 뚫고 자라고, 거친 대나무가 담을 넘어 자라네. 왕건 〈원상신거십삼수原上新居十三首〉 중 제13수의 시구다.

5

장적의 칠언율시 중 다음의 시구는 풍격이 오언과 비슷하다.

"상서로운 안개가 깊은 곳에서 삼전三殿을 열고, 향기로운 비가 약하게 내릴 때 백관百官을 끌어들이네. 瑞烟深處開三殿, 香雨微時引百官."

"창문의 버드나무 빛이 안개 속에서 멀어 보이고, 무성한 정원의 꾀꼬리 소리는 비온 뒤 새롭네. 閶門柳色烟中遠, 茂苑鶯聲雨後新."

"새벽이 오니 강의 기운이 성으로 이어지며 하얗고, 비온 뒤의 산빛은 성곽을 에워싸고 푸르네. 曉來江氣連城白, 雨後山光帶郭青."

"산마을에는 오직 파초 나르는 집만 있고, 물의 고장에는 응당 오리 키우는 칸막이가 많네. 山鄉祇有輸蕉戶, 水鎭應多養鴨欄."

"구령동 입구로 떠나 응당 도착했고, 잣나무의 가지에 술에 취해 올라가네. 九靈洞口行應到, 五粒松枝醉亦攀."

칠언절구는 차츰 만당의 시풍으로 들어갔지만 수록된 것은 가장 정취가 있는 것인데, 중간에 유우석의 시가 많이 섞였다.

해제 장적의 칠언율시 중 오언과 비슷한 풍격을 지닌 시구의 예를 들었다. 또한 그의 칠언절구는 점차 만당의 시풍으로 빠져들어 갔음을 지적했는데, 호응린의 《시수, 내편》에서도 "장적과 왕건은 화려함을 없애고 성정의 실제를 추구했으나 점차 만당으로 들어갔으니, 또 한 차례의 변화다. 張籍·王建略去葩藻, 求取情實, 漸入晚唐, 又一變也."라고 평했다.

원문 張籍七言律, 如"瑞烟深處開三殿, 香雨微時引百官."[1] "閶門柳色烟中遠, 茂苑鶯聲雨後新."[2] "曉來江氣連城白, 雨後山光帶郭青."[3] "山鄉祇有輸蕉戶, 水鎭應多養鴨欄."[4] "九靈洞口行應到, 五粒松枝醉亦攀"[5]等句, 風味亦與五言相類; 七言絕漸入晚唐, 而入錄者最爲有致, 然中多雜以夢得[6]之詩.

1 瑞烟深處開三殿(서연심처개삼전), 香雨微時引百官(향우미시인백관): 상서로운 안개가 깊은 곳에서 삼전三殿을 열고, 향기로운 비가 약하게 내릴 때 백관百官을 끌어들이네. 장적 〈한식내연이수寒食內宴二首〉 중 제2수의 시구다.

2 閶門柳色烟中遠(창문류색연중원), 茂苑鶯聲雨後新(무원앵성우후신): 창문의 버드나무 빛이 안개 속에서 멀어 보이고, 무성한 정원의 꾀꼬리 소리는 비온 뒤 새롭네. 장적 〈기소주백이십이사군寄蘇州白二十二使君〉의 시구다.

3 曉來江氣連城白(효래강기연성백), 雨後山光帶郭青(우후산광대곽청): 새벽이 오니 강의 기운이 성으로 이어지며 하얗고, 비온 뒤의 산 빛은 성곽을 에워싸고 푸르네. 장적 〈기화주류사군寄和州劉使君〉의 시구다.

4 山鄉祇有輸蕉戶(산향기유수초호), 水鎮應多養鴨欄(수진응다양압란): 산마을에는 오직 파초 나르는 집만 있고, 물의 고장에는 응당 오리 키우는 칸막이가 많네. 장적 〈송정주원사군送汀州源使君〉의 시구다.

5 九靈洞口行應到(구령동구행응도), 五粒松枝醉亦攀(오립송지취역반): 구령동 입구로 떠나 응당 도착했고, 잣나무의 가지에 술에 취해 올라가네. 장적 〈송한시어귀산送韓侍御歸山〉의 시구다.

6 夢得(몽득): 유우석劉禹錫(772~842). 중당 시기의 시인이다. 자가 몽득이다. 하북성 출신과 강소성 출신 두 가지 설이 있다. 795년 박학굉사과博學宏詞科에 급제했으며 감찰어사監察御使를 했다. 왕숙문王叔文・유종원柳宗元 등과 함께 정치개혁을 기도했으나 실패하여 낭주사마朗州司馬로 좌천되었다. 이후 지방과 중앙의 관직과 태자빈객太子賓客 등을 역임했다. 초기에는 유종원과의 교분이 가장 깊었다. 말년에는 낙양에서 백거이와 교유하며 서로 창화하여 '유백劉白'으로 병칭되었다. 민가를 모방한 〈죽지사竹枝詞〉가 유명하다.

6

왕건의 칠언율시는 수록된 것이 겨우 네다섯 편에 불과한데, 기타의 시구는 대부분 기이한 요체拗體여서 마침내 대변이 되었으며, 송나라 문인들의 작법이 대부분 여기서 비롯되었다.

다음의 시구는 사실 송시의 기이한 요체의 비조인데, 유극장劉克莊

에게 많다.

"줄곧 없애려 해도 근심은 사라지지 않고, 백방으로 회피하려 해도 늙음은 반드시 오네.一向破除愁不盡, 百方迴避老須來."

"돌아와서 남은 비단을 임금의 창고로 돌려보내고, 나누어진 깃발은 대궐의 군영으로 들어가네.迴殘疋帛歸天庫, 分好旌旗入禁營."

"시간이 흐르니 부귀를 구하는 데 마음 두지 않고, 몸이 한가하니 공경을 만나는 것을 꿈꾸지 않네.時過無心求富貴, 身閒不夢見公卿."

"일찍이 선생의 주변을 향해 일을 간언했으니, 마땅히 상제가 계신 곳에서 신하가 되어 복종하리.曾向先生邊諫事, 還應上帝處稱臣."

"사안을 조사할 일이 많아 시장 문을 닫았는데, 사람의 말을 듣지만 마음은 구름이 걸린 높은 산에 가 있네.檢案事多關市井, 聽人言志在雲山."

"섣달에 탕천湯泉에 가니 얼지 않았고, 여름에 위옥渭屋에 이르니 시원하네.臘月近湯泉不凍, 夏天臨渭屋淸涼."

"진주秦州와 롱주隴州에는 앵무새가 귀하고, 왕후의 집에 모란이 모자라네.秦隴州緣鸚鵡貴, 王侯家爲牡丹貧."

"하사를 내린 곳에서 보고 놀라 눈빛을 돌렸는데, 은덕에 감사한 때에 입으니 몸에 합당하네.看宣賜處驚迴眼, 著謝恩時便稱身."[7]

다만 왕건의 전체 시편은 완전한 것이 적으므로 수록할 만하지 않다.

해제 왕건의 칠언율시 중 기이한 요체가 많은 시구의 예를 들었다. 왕건은 청년 시기에는 오언율시를 지었고 칠언율시는 덕종 정원부터 문종文宗 대화大和까지 40년간 82수를 창작했다. 홍량길洪亮吉의 《북강시화北江詩話》에서는 다음과 같이 평했다.

"왕건과 장적은 악부로써 이름났으나 칠언율시에도 사람들이 도달할 수

7) 〈화장학사신수장복和蔣學士新授章服〉.

없는 부분이 있다. 王建 · 張籍以樂府名, 然七律亦有人所不能及處."

王建七言律, 入錄者僅得四五, 其他句多奇拗[1], 遂爲大變, 宋人之法多出於此. 如"一向破除愁不盡, 百方迴避老須來."[2] "迴殘疋帛歸天庫, 分好旌旗入禁營."[3] "時過無心求富貴, 身閒不夢見公卿."[4] "曾向先生邊諫事, 還應上帝處稱臣."[5] "檢案事多關市井, 聽人言志在雲山."[6] "臘月近湯泉不凍, 夏天臨渭屋清涼."[7] "秦隴州緣鸚鵡貴, 王侯家爲牡丹貧."[8] "看宣賜處驚迴眼, 著謝恩時便稱身"[9][和蔣學士新授章服]等句, 實爲宋人奇拗之祖, 而劉後村[10]爲多. 但建全篇完妥[11]者少, 故未可入錄.

1 奇拗(기요): 기이한 요체拗體. 요체는 평측의 형식에 의하지 않는 근체시를 가리킨다. 당나라 시인 두보가 가끔 요체로써 특수한 감정을 드러내었고, 한유도 요체에서 오는 특이한 표현을 추구했다. 송나라 시인 황정견이 본격적으로 요체를 추구하여 강서시파의 특징의 하나가 되게 했다.

2 一向破除愁不盡(일향파제수부진), 百方迴避老須來(백방회피로수래): 줄곧 없애려 해도 근심은 사라지지 않고, 백방으로 회피하려 해도 늙음은 반드시 오네. 왕건 〈세만자감歲晩自感〉의 시구다.

3 迴殘疋帛歸天庫(회잔필백귀천고), 分好旌旗入禁營(분호정기입금영): 돌아와서 남은 비단을 임금의 창고로 돌려보내고, 나누어진 깃발은 대궐의 군영으로 들어가네. 왕건 〈증전장군贈田將軍〉의 시구다.

4 時過無心求富貴(시과무심구부귀), 身閒不夢見公卿(신한불몽견공경): 시간이 흐르니 부귀를 구하는 데 마음 두지 않고, 몸이 한가하니 공경을 만나는 것을 꿈꾸지 않네. 왕건 〈촌거즉사村居即事〉의 시구다.

5 曾向先生邊諫事(증향선생변간사), 還應上帝處稱臣(환응상제처칭신): 일찍이 선생의 주변을 향해 일을 간언했으니, 마땅히 상제가 계신 곳에서 신하가 되어 복종하리. 왕건 〈송오간의상요주送吳諫議上饒州〉의 시구다.

6 檢案事多關市井(검안사다관시정), 聽人言志在雲山(청인언지재운산): 사안을 조사할 일이 많아 시장 문을 닫았는데, 사람의 말을 듣지만 마음은 구름이 걸린 높은 산에 가 있네. 왕건 〈초수태부승언회初授太府丞言懷〉의 시구다.

7 臘月近湯泉不凍(납월근탕천부동), 夏天臨渭屋清涼(하천림위옥청량): 섣달에

당천湯泉에 가니 얼지 않았고, 여름에 위옥渭屋에 이르니 시원하네. 왕건 〈소응관사서사昭應官舍書事〉의 시구다.

8 秦隴州緣鸚鵡貴(진롱주연앵무귀), 王侯家爲牡丹貧(왕후가위모단빈): 진주秦州와 농주隴州에는 앵무새가 귀하고, 왕후의 집에 모란이 모자라네. 왕건 〈한설閑說〉의 시구다.

9 看宣賜處驚迴眼(간선사처경회안), 著謝恩時便稱身(저사은시변칭신): 하사를 내린 곳에서 보고 놀라 눈빛을 돌렸는데, 은덕에 감사한 때에 입으니 몸에 합당하네. 왕건 〈화장학사신수장복和蔣學士新授章服〉의 시구다.

10 劉後村(유후촌): 유극장劉克莊(1187~1269). 남송 시기의 시인이다. 이름은 작灼, 자는 잠부潛夫며, 호가 후촌이다. 복건성 사람으로 《후촌선생대전집後村先生大全集》(196권)에 48권의 시를 남겼다. 그가 죽은 지 10년 만에 송나라가 멸망하여, 그는 문천상文天祥과 함께 송시의 최후를 장식한 시인이 되었다. 만당의 요합 · 가도 · 이하 등의 시풍을 광범위하게 배워 경쾌한 필치를 보이고 있으나 시의 정신은 육유陸游를 본받아 시국을 걱정하는 작품이 적지 않다.

11 完妥(완타): 완전하다.

7

왕건의 칠언율시 중 다음의 시구는 진실로 괴이하다.

"시가 경景과 상象을 떠나 오묘한 경지에 이르렀고, 연단을 복용하여 관직에 있으면서 신선을 만났네.功證詩篇離景象, 藥成官位屬神仙."

"기괴하고 험하게 말을 몰아 돌아오니 여전히 적막하고, 구름이 걸친 높은 산을 다니니 비로소 밝아지네.奇險驅迴還寂寞, 雲山經用始鮮明."

"모래사장에서 출렁이는 물이 새 모래가루로 그림 그리고, 푸른 들판의 황폐한 길은 여러 빛으로 채색되어 눈이 어지럽네.沙灣漾水圖新粉, 綠野荒阡暈色繒."

"점점이 비스듬히 난 푸른 쑥은 새 잎이 보드랍고, 붉은 빛 더한 패랭이꽃은 해질 때 빛이 곱네.點綠斜蒿新葉嫩, 添紅石竹晚花鮮."

"많지 않은 백옥이 계단 앞에서 축축하고, 점점 많아지는 푸른 소나무의 잎이 마르네. 無多白玉階前濕, 積漸青松葉上乾."[8]

또 다음의 시구는 지극히 비루한데, 사실 두목, 피일휴, 육구몽, 당말의 여러 문인이 창도하고 송나라 시인에게로 이어져 마침내 일반적인 음률이 되었다.[9]

"학생의 도움을 빌어 약을 조제하게 하고, 처사를 만류하여 소나무를 구해 심네. 借倩學生排藥合, 留連處士乞松栽."

"빈궁한 사람을 많이 좋아하여 멀리서 청하고, 부서진 절을 오래도록 수리하여 먼저 완성하네. 多愛貧窮人遠請, 長修破落寺先成."

"따뜻한 방을 만들어 도사를 맞이하고, 한적한 도원道院을 나누어 의원에게 주네. 鋪設暖房迎道士, 支分閒院與醫人."

"다른 사람이 힘이 많음을 대단히 부러워하고, 도사가 영묘한 부적을 지니길 기도하네. 健羨人家多力子, 祈求道士有神符."

"미쳐서 나무를 도니 원숭이가 쇠사슬을 풀고 달아나고, 배회하다 언덕을 따라 가니 말이 굴레를 끊네. 轉狂遶樹猿離鎖, 跳躑緣岡馬斷羈."[10]

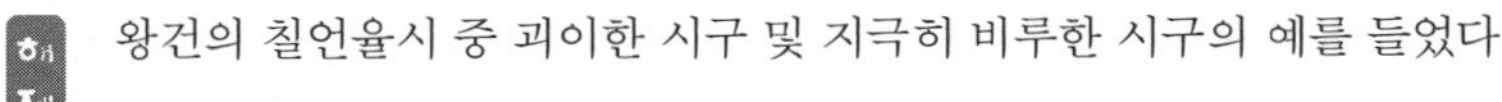

왕건의 칠언율시 중 괴이한 시구 및 지극히 비루한 시구의 예를 들었다.

王建七言律, 如"功證詩篇離景象, 藥成官位屬神仙."[1] "奇險驅迴還寂寞, 雲山經用始鮮明."[2] "沙灣漾水圖新粉, 綠野荒阡暈色繒."[3] "點綠斜蒿新葉嫩, 添紅石竹晚花鮮."[4] "無多白玉階前濕, 積漸青松葉上乾"[5][微雪]等句, 實爲怪惡; 如"借倩學生排藥合, 留連處士乞松栽."[6] "多愛貧窮人遠請, 長修破落寺先成."[7] "鋪設暖房迎道士, 支分閒院與醫人."[8] "健羨人家多力子, 祈求道士

8) 〈미설微雪〉.

9) 두목 · 피일휴 · 육구몽 · 만당 여러 문인들에 관한 시론 중에 여론이 보인다.

10) 〈한식간화寒食看花〉.

有神符."[9] "轉狂遶樹猿離鎖, 跳躑緣岡馬斷羈"[10][寒食看花]等句, 又極村陋[11], 實爲杜牧·皮·陸·唐末諸子先倡[12], 沿至宋人, 遂爲常調[13]矣. [餘見杜牧·皮·陸·唐末諸子論中.]

1 功證詩篇離景象(공증시편리경상), 藥成官位屬神仙(약성관위속신선): 시가 경景과 상象을 떠나 오묘한 경지에 이르렀고, 연단을 복용하여 관직에 있으면서 신선을 만났네. 왕건 〈증노정간의贈盧汀諫議〉의 시구다.

2 奇險驅迴還寂寞(기험구회환적막), 雲山經用始鮮明(운산경용시선명): 기괴하고 험하게 말을 몰아 돌아오니 여전히 적막하고, 구름이 걸친 높은 산을 다니니 비로소 밝아지네. 왕건 〈상이익서자上李益庶子〉의 시구다.

3 沙灣漾水圖新粉(사만양수도신분), 綠野荒阡暈色繒(녹야황천훈색증): 모래사장에서 출렁이는 물이 새 모래가루로 그림 그리고, 푸른 들판의 황폐한 길은 여러 빛으로 채색되어 눈이 어지럽네. 왕건 〈조등서선사각早登西禪寺閣〉의 시구다.

4 點綠斜蒿新葉嫩(점록사호신엽눈), 添紅石竹晚花鮮(첨홍석죽만화선): 점점이 비스듬히 난 푸른 쑥은 새 잎이 보드랍고, 붉은 빛 더한 패랭이꽃은 해질 때 빛이 곱네. 왕건 〈제화자증위주진판관題花子贈渭州陳判官〉의 시구다.

5 無多白玉階前濕(무다백옥계전습), 積漸青松葉上乾(적점청송엽상건): 많지 않은 백옥이 계단 앞에서 축축하고, 점점 많아지는 푸른 소나무의 잎이 마르네. 왕건 〈화소부최경미설조조和少府崔卿微雪早朝〉의 시구다.

6 借倩學生排藥合(차천학생배약합), 留連處士乞松栽(유련처사걸송재): 학생의 도움을 빌어 약을 조제하게 하고, 처사를 만류하여 소나무를 구해 심네. 왕건 〈낙중장적신거洛中張籍新居〉의 시구다.

7 多愛貧窮人遠請(다애빈궁인원청), 長修破落寺先成(장수파락사선성): 빈궁한 사람을 많이 좋아하여 멀리서 청하고, 부서진 절을 오래도록 수리하여 먼저 완성하네. 왕건 〈제선법사원題詵法師院〉의 시구다.

8 鋪設暖房迎道士(포설난방영도사), 支分閒院與醫人(지분한원여의인): 따뜻한 방을 만들어 도사를 맞이하고, 한적한 도원道院을 나누어 의원에게 주네. 왕건 〈제원랑중신택題元郎中新宅〉의 시구다.

9 健羨人家多力子(건선인가다력자), 祈求道士有神符(기구도사유신부): 다른 사람이 힘이 많음을 대단히 부러워하고, 도사가 영묘한 부적을 지니길 기도하네.

왕건 〈조춘병중早春病中〉의 시구다.

10 轉狂遶樹猿離鎖(전광요수원리쇄), 跳躑緣岡馬斷羈(도척연강마단기): 미쳐서 나무를 도니 원숭이가 쇠사슬을 풀고 달아나고, 배회하다 언덕을 따라 가니 말이 굴레를 끊네. 왕건 〈한식일간화寒食日看花〉의 시구다.

11 村陋(촌루): 비루하다.

12 先倡(선창): 창도하다.

13 常調(상조): 일반적인 음률.

8

시에는 경景과 상象이 있으니, 즉 국풍의 홍興과 비比다. 당나라 시인의 뜻은 경과 상의 사이에 있으므로, 경과 상은 합할 수 있지만 떠날 수는 없다.

왕건의 〈증노정시贈盧汀詩〉에서 다음과 같이 말했다.

"시가 경과 상을 떠나 오묘한 경지에 이르렀네."

이것은 사실 스스로 논평한 것으로, 초·성당의 시는 경과 상을 떠나지 못하므로 그 뜻을 다 펼쳐질 수 없었다는 의미다. 오늘날은 경景과 상象을 떠나서 진의眞意를 다 펼쳐내고자 하니 그 시의 비루함이 이 지경에 이르렀다. 이것은 당나라 시인들이 현혹되어 잘못 깨닫게 된 시초가 된다. 조이광은 "문장은 득실을 논하고, 시는 아름다움과 추함을 따진다."고 말했는데, 이것은 완전히 아름다움과 추함을 논하지 않았다.[11)]

'경景'과 '상象'은 《시경》 국풍의 '홍興'과 '비比'가 직접 말하지 않고 사물을 빌거나 사물에 기탁하여 표현하는 것과 같은 의미이다. 즉 당나라 사공도가 말한 '경외지경景外之景'·'상외지상象外之象'과 같은 의미로, 시에서 중요

11) 만당의 총론 말미의 세 칙(제17, 18, 19칙)과 참조하여 보기 바란다.

한 것은 함축과 여운이라는 점을 강조한 것이다. 그러나 중당 이후 당나라 시는 흥취가 사라지고 점점 의론시로 변해갔다. 이러한 단서가 왕건의 말 속에 담겨 있는데, 실제 왕건은 "사람들 마음속의 일을 말하는 데 정교하다道得人心中事爲工"고 평가받은 것처럼 백거이 이전에 이미 신악부의 창작 풍토를 개척한 시인이다.

원문

詩有景象[1], 卽風人之興比也. 唐人意在景象之中, 故景象可合不可離也. 王建贈盧汀詩"功證詩篇離景象", 此實自謂, 意以爲初盛唐不離景象, 故其意不能盡發, 今欲悉離景象, 悉發眞意, 故其詩卑鄙至是, 此唐人錯悟受魔之始也. 趙凡夫云: "文論得失[2], 詩尙姸媸[3]." 此則全不論姸媸矣. [與晩唐總論末三則參看.]

주석

1 景象(경상): 여기서 허학이는 '경'과 '상'을 《시경》 국풍의 '비'와 '흥'과 같은 개념으로 설명하고 있다. 이것은 사공도가 말한 '경외지경景外之景'·'상외지상象外之象'과 같은 의미로 시에서 중요한 것은 다 말해버리지 않는 것, 즉 함축과 여운의 미를 중시한다는 것이다.
2 得失(득실): 얻는 것과 잃는 것.
3 姸媸(연치): 아름다움과 추함.

9

왕건의 칠언절구에는 〈궁사宮詞〉 100수가 있는데, 수록된 것은 얼마 되지 않는다.

《초계총화苕溪叢話》에서 다음과 같이 운운했다.

"왕건의 〈궁사宮詞〉를 열독하면 뛰어난 것이 적은데, 단지 세상에 회자되는 것은 몇 수일 뿐이며, 그 중간에 다른 사람의 시가 섞여 들어가 있다."

호응린도 다음과 같이 말했다.

"왕건의 〈고행궁故行宮〉 1수는 시어의 뜻이 절묘하고, 왕건의 칠언

〈궁사〉 100수에 합치되므로 이 20자를 바꿀 수 없다."

왕건의 칠언절구 〈궁사〉에 대해 논했다. 궁사란 궁정생활을 묘사한 것 모두를 가리키기도 하지만, '궁사'라고 이름한 시편을 가리키기도 한다. 일반적으로 칠언절구로서 궁정의 소소한 일을 읊은 것이다. 최국보崔國輔의 〈위궁사魏宮詞〉, 고황顧況의 〈궁사〉 6수, 왕건의 〈궁사〉 100수 등이 있는데, 그중 왕건의 〈궁사〉가 비조로 손꼽힌다. 그 외에도 군왕 또는 후비가 지은 것도 있는데, 화예부인花蕊夫人의 궁사, 송나라 휘종徽宗의 궁사, 양태후楊太后의 궁사 등이 그것이다.

그 외에도 왕건은 소응승임昭應丞任으로 있을 때 여산驪山과 밀접한 당현종과 양귀비楊貴妃를 소재로 〈예상사십수霓裳詞十首〉 등의 시를 지었는데, 이 시 또한 넓은 의미에서 궁사에 해당한다.

王建七言絶有宮詞[1]百首, 入錄者無幾. 苕溪叢話[2]云: "閱王建宮詞, 佳者亦少, 只世所膾炙[3]者數詞耳, 其間雜以他人之詞."云云. 胡元瑞亦云: "建'寥落古行宮'[4]一首, 語意妙絶, 合建七言宮詞百首, 不易此二十字也."

1 宮詞(궁사): 중당 시인 왕건의 칠언절구로 모두 100수로 이루어져 있다. 역대 '궁사의 비조'로 일컬어진다. 앞 20수는 제왕의 생활에 대해 다각도로 펼쳐 보이고 있으며, 뒤 80수는 궁정 부녀의 형상에 집중하여 그 생활상과 내심세계를 보여주고 있다.

2 苕溪叢話(초계총화): 북송의 호자胡仔가 절강성 초계苕溪에 은거하면서 엮은 시론서이다. 원명은 《초계어은총화苕溪漁隱叢話》이다. 전집 60권, 후집 40권으로 구성되어 있으며 옛 성현들의 평론을 분류한 것이다.

3 膾炙(회자): 회膾나 구운 고기炙는 맛이 있어 누구 입에나 맞듯이, 어떤 일의 명성·평판이 뭇사람의 입에 오르내림을 이른다.

4 寥落古行宮(요락고행궁): 왕건의 〈고행궁故行宮〉을 가리킨다.

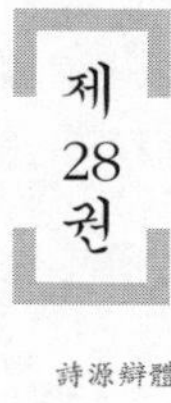

詩源辯體

중당中唐

1

백낙천白樂天[1]의 오언고시는 그 연원이 도연명에서 비롯되었다.[2] 다만 그 재주는 크나 시대적 제약이 있었으므로 끝내 대변이 되었다. 그 서사가 상세하고 의론이 통쾌한데, 이것은 모두 문장으로써 시를 지어서 진실로 송시의 문호를 열었을 따름이다. 또한 전체 문집에는 시가 쓸데없이 긴 작품이 많은데, 결코 읽을 수가 없다.

해제 백거이의 오언고시에 관한 논의다. 그의 오언고시는 비록 도연명에게서 비롯되었으나, '이문위시以文爲詩'의 기풍으로 인해 대변이 되었다고 지적했다. 이후 송시의 발전에 큰 영향을 미쳤는데, 특히 송나라 초기에 유행한 백체白體가 대표적이다. 이방李昉, 서현徐鉉, 왕우칭王禹偁, 왕기王奇 등이 백거이의 시풍을 계승하고자 노력했다.

---

1) 이름 거이居易.

2) 그의 〈자음시고自吟詩稿〉에서 "위응물韋應物 및 도연명은 나와 동시대 사람이 아니다. 이 외에 또 누가 좋으랴만, 오직 원진元稹이 있다"고 말했다.

원문

白樂天[名居易]五言古, 其源出於淵明, [其自吟詩稿云: "蘇州[1]及彭澤[2], 與我不同時. 此外復誰愛, 惟有元微之."] 但以其才大而限於時, 故終成大變; 其敍事詳明, 議論痛快, 此皆以文爲詩, 實開宋人之門戶耳. 又全集冗漫[3]者多, 斷不可讀.

주석

1 蘇州(소주): 위응물韋應物. 제5권 제2칙의 주석3 참조.

2 彭澤(팽택): 도연명陶淵明. 도연명은 팽택현령彭澤縣令을 지내다가 사직하고 귀향했다. 제2권 제9칙의 주석10 참조.

3 冗漫(용만): 글이나 말 등이 쓸데없이 길다.

2

혹자가 물었다.

"그대는 백거이의 오언고시는 서사가 상세하고 문장으로써 시를 지었다고 말했는데, 지금 두보의 〈신혼별新婚別〉·〈수로별垂老別〉·〈무가별無家別〉 등을 살펴보면 역시 모두 사건을 서술하고 있으니, 어찌 유독 백거이만 문장으로써 시를 지었다고 하겠습니까?"

내가 대답한다.

두보의 서사는 우회적이면서 전환이 있어 여운이 사라지지 않으므로,[3)] 진실로 쉽게 도달할 수 없다. 백거이의 경우는 조금도 남기지 않고 빠뜨릴까 두려워하는 듯하니, 곧 문장과 전기傳記의 체재다. 시험 삼아 두 사람의 시를 나란히 살펴보면 분명하게 저절로 구별이 될 것이다.

해제

백거이의 서사시를 두보와 비교하여 논했다. 백거이는 일찍이 〈여원구서與元九序〉에서 "문장은 시대에 부합되게 지어야 하고, 시가는 사건에 부합되게 지어야 한다.文章合爲時而著, 歌詩合爲事而作."고 주장했다. 〈신악부서新樂

---

3) 두보에 관한 시론(제19권 제5칙)에 설명이 보인다.

府序〉에서도 "임금, 신하, 백성, 사물, 사건을 위해 지어야 하고, 문장을 위해 지어서는 안 된다.爲君爲臣爲民爲物爲事而作, 不爲文而作也."고 말했다.

或問: "子言樂天五言古敍事詳明, 以文爲詩, 今觀杜子美新婚別 · 垂老別 · 無家別等, 亦皆敍事, 何獨謂樂天以文爲詩乎?" 曰: 子美敍事, 紆迴轉折, 有餘不盡[1], [說見子美論中.] 正未易及; 若樂天, 寸步[2]不遺, 猶恐[3]失之, 乃文章傳記之體. 試以二詩並觀, 迥然自別[4]矣.

1 有餘不盡(유여부진): 여운이 사라지지 않는다.
2 寸步(촌보): 조금.
3 恐(공): 두려워하다.
4 迥然自別(형연자별): 분명하게 저절로 구별되다.

3

백거이의 오언고시 중 서사가 상세한 것은 시구를 가려 뽑기가 어렵고, 의론이 통쾌한 것을 대략 가려 뽑아 예로 들어 본다. 다음의 시구는 모두 의론이 통쾌하고, 이치가 뛰어난 것이다.

"소인과 군자는 재주의 쓰임에 각기 마땅함이 있네. 어찌하여 서한 말에는 충신과 간신이 함께 신임을 받았는가? 그렇지 않고 충신만을 신임했다면 일찌감치 간신들의 염탐이 끊어졌을 것이네. 그렇지 않고 간신만을 신임했다면, 일찌감치 충신들로 하여금 이해하게 했을 것이네.小人與君子, 用置各有宜. 奈何西漢末, 忠邪並信之? 不然盡信忠, 早絶邪臣窺; 不然盡信邪, 早使忠臣知"4)

"작은 것으로 큰 것을 밝힐 수 있고, 가정을 빌어 나라를 비유할 수 있네. 주나라와 진나라의 집은 효崤 땅과 함函 땅이었고, 그 집은 같지

4) 〈독한서讀漢書〉.

않음이 없었네. 하나는 팔백년 흥했고, 하나는 망이궁望夷宮에서 멸망했네. 가정과 나라에 말을 기탁한다면, 사람이 흉한 것이지 집이 흉한 것이 아니라네.因小以明大, 借家可喩邦. 周秦宅崤函, 其宅非不同. 一興八百年, 一死望夷宮. 寄語家與國, 人凶非宅凶."[5]

"유교는 예법을 중시하고, 도가는 신기神氣를 기른다네. 예법을 중시하면 늘리고 펼칠 것이 많으며, 신기를 기르면 피하고 꺼리는 것이 많다네. 선禪을 배우는 것보다 못하니, 선 가운데에는 아주 깊은 의미가 있어서라네. 성곽이 작아져 텅 빈 듯하고, 고요하게 참선하는 것이 잠자는 것보다 낫다네.儒敎重禮法, 道家養神氣. 重禮足滋彰, 養神多避忌. 不如學禪定, 中有甚深味. 曠廓小如空, 澄凝勝於睡."

"대은大隱은 저자거리에 살고, 소은小隱은 산 끝으로 들어가네. 산 끝은 크게 쓸쓸하고, 저자거리는 크게 시끄럽다네. 중은中隱이 되어 유수사留守司에 숨어 있는 것보다 못하다네. 출사한 것 같지만 은거한 듯하고, 바쁘지도 않고 한가하지도 않네.大隱住朝市, 小隱入丘樊. 丘樊大冷落, 朝市大囂諠. 不如作中隱, 隱在留司官. 似出復似處, 非忙亦非閒."

"마음은 다했으나 일이 끝나지 않아, 굶주림과 추위가 밖에서 엄습한다네. 일은 다했으나 마음을 다하지 않으면, 근심으로 마음속에서 애태운다네. 나는 지금 참으로 다행이어서, 일과 마음이 서로 일치한다네. 안팎과 중간이 분명하여 조금의 거슬림도 없네.心了事未了, 飢寒迫於外. 事了心未了, 念慮煎於內. 我今實多幸, 事與心相會. 內外及中間, 了然無一礙."

"마음을 몸 안에 기탁하고, 본성을 마음 안에 기탁하네. 이 몸은 외물인데 어찌 지나치게 걱정하며 아낄 필요가 있는가? 하물며 가식적인 것들, 화려한 비녀와 높은 수레에 있어서랴. 이는 또 몸에서 먼 것이니, 더욱 외물의 밖에 있다네.寓心身體中, 寓性方寸內. 此身是外物, 何足苦

5) 〈흉택凶宅〉.

憂愛? 況有假飾者, 華簪及高蓋. 此又疎於身, 復在外物外."

추적광이 다음과 같이 말했다.

"무릇 이치가 없는 것이 없지만 시는 이장理障을 꺼린다. 사건이 없는 것이 없지만 시는 사장事障을 꺼린다."[6)]

백거이의 이 시는 모두 이른바 이장理障이다.

해제

백거이의 오언고시 중 의론이 통쾌하고, 이치가 뛰어난 시구의 예를 들었다. 그런데 백거이는 지나치게 자신의 견해를 드러내어 시의 참된 뜻을 훼손했으므로 이른바 '이장理障'에 속한다고 지적했다.

원문

樂天五言古, 敍事詳明者難以句摘, 議論痛快者略摘以見. 如"小人與君子, 用置各有宜. 奈何西漢末, 忠邪並信之? 不然盡信忠, 早絶邪臣窺; 不然盡信邪, 早使忠臣知."[讀漢書] "因小以明大, 借家可喩邦. 周秦宅崤函, 其宅非不同. 一興八百年, 一死望夷宮. 寄語家與國, 人凶非宅凶."[凶宅] "儒教重禮法, 道家養神氣. 重禮足滋彰, 養神多避忌. 不如學禪定, 中有甚深味. 曠廓小如空, 澄凝勝於睡."[1] "大隱住朝市, 小隱入丘樊. 丘樊大冷落, 朝市大囂諠. 不如作中隱, 隱在留司官. 似出復似處, 非忙亦非閒."[2] "心了事未了, 飢寒迫於外. 事了心未了, 念慮煎於內. 我今實多幸, 事與心相會. 內外及中間, 了然無一礙."[3] "寓心身體中, 寓性方寸內. 此身是外物, 何足苦憂愛? 況有假飾者, 華簪及高蓋. 此又疎於身, 復在外物外"[4]等句, 皆議論痛快, 以理爲勝者也. 鄒彦吉云: "夫莫不有理, 而惟詩忌理障[5]; 莫不有事, 而惟詩忌事障[6]."[以上彦吉語.] 若樂天此詩, 則皆所謂理障也.

주석

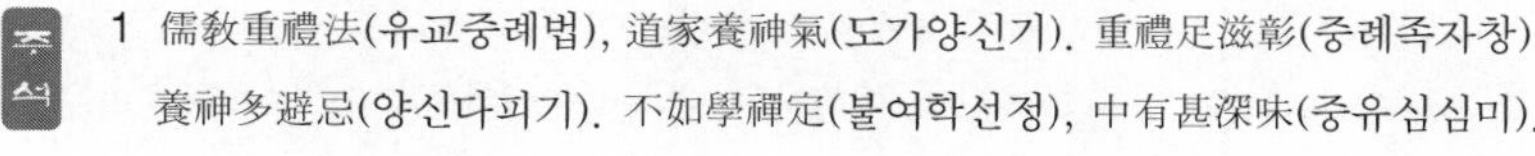
1 儒教重禮法(유교중례법), 道家養神氣(도가양신기). 重禮足滋彰(중례족자창), 養神多避忌(양신다피기). 不如學禪定(불여학선정), 中有甚深味(중유심심미).

6) 이상은 추적광의 말이다.

曠廓小如空(광곽소여공), 澄凝勝於睡(징응승어수): 유교는 예법을 중시하고, 도가는 신기神氣를 기른다네. 예법을 중시하면 늘리고 펼칠 것이 많으며, 신기를 기르면 피하고 꺼리는 것이 많다네. 선禪을 배우는 것보다 못하니, 선 가운데에는 아주 깊은 의미가 있어서라네. 성곽이 작아져 텅 빈 듯하고, 고요하게 참선하는 것이 잠자는 것보다 낫다네. 백거이 〈화미지시이십삼수和微之詩二十三首〉 중 〈화지비和知非〉의 시구다.

2 大隱住朝市(대은주조시), 小隱入丘樊(소은입구번). 丘樊大冷落(구번대냉락), 朝市大囂諠(조시대효훤). 不如作中隱(불여작중은), 隱在留司官(은재류사관). 似出復似處(사출부사처), 非忙亦非閒(비망역비한): 대은大隱은 저자거리에 살고, 소은小隱은 산 끝으로 들어가네. 산 끝은 크게 쓸쓸하고, 저자거리는 크게 시끄럽다네. 중은中隱이 되어 유수사留守司에 숨어 있는 것보다 못하다네. 출사한 것 같지만 은거한 듯하고, 바쁘지도 않고 한가하지도 않네. 백거이 〈중은中隱〉의 시구다.

3 心了事未了(심료사미료), 飢寒迫於外(기한박어외). 事了心未了(사료심미료), 念慮煎於內(념려전어내). 我今實多幸(아금실다행), 事與心相會(사여심상회). 內外及中間(내외급중간), 了然無一礙(료연무일애): 마음은 다했으나 일이 끝나지 않아, 굶주림과 추위가 밖에서 엄습한다네. 일은 다했으나 마음을 다하지 않으면, 근심으로 마음속에서 애태운다네. 나는 지금 참으로 다행이어서, 일과 마음이 서로 일치한다네. 안팎과 중간이 분명하여 조금의 거슬림도 없네. 백거이 〈자재自在〉의 시구다.

4 寓心身體中(우심신체중), 寓性方寸內(우성방촌내). 此身是外物(차신시외물), 何足苦憂愛(하족고우애)? 況有假飾者(황유가식자), 華簪及高蓋(화잠급고개). 此又疎於身(차우소어신), 復在外物外(부재외물외): 마음을 몸 안에 기탁하고, 본성을 마음 안에 기탁하네. 이 몸은 외물인데 어찌 지나치게 걱정하며 아낄 필요가 있는가? 하물며 가식적인 것들, 화려한 비녀와 높은 수레에 있어서랴. 이는 또 몸에서 먼 것이니, 더욱 외물의 밖에 있다네. 백거이 〈견회遣懷〉의 시구다.

5 理障(이장): 원래는 불교 용어이다. 사견邪見 등으로 인해 '진지眞知'와 '진견眞見'이 방해받는 것을 가리킨다. 여기서는 지나치게 이치를 펼쳐 시 고유의 맛을 훼손시킨 것을 가리킨다.

6 事障(사장): 원래 불교 용어이다. 탐욕 · 화냄 · 오만함 · 사견邪見과 망집妄執으로 인한 모든 법의 진리에 어두움 · 의심 등의 번뇌를 가리킨다. 이런 번뇌가 열

반涅槃을 방해하므로 '사장'이라고 한다. 여기서는 지나치게 일의 서술에 치중하여 시 고유의 맛을 훼손시킨 것을 가리킨다.

4

백거이의 오언고시는 시어의 사용이 순조롭고 막힘이 없는데, 비록 쉬운 것 같지만 전후 문장이 연결되어 조화를 이루고 요긴한 부분을 생동적으로 잘라내었으니, 진실로 모두 고심하여 창작한 것이다.

장뢰張耒가 말했다.

"세상 사람들은 백거이의 시가 쉽게 쓰였다고 하는데, 일찍이 낙중洛中에서 한 선비가 백거이의 초고 시 몇 장을 보았는데, 고치고 지워서 그 작품의 완성에 이르렀으니, 거의 처음 쓴 것과는 비교가 되지 않는다."[7)]

그의 고심을 알 수 있다.

혹자가 "백거이는 매번 시를 지으면 한 노파가 그것을 이해하는가 보고서 노파가 이해하면 적었다"라고 말하는데, 호사가들의 망언일 뿐이다. 지금 시험 삼아 백거이의 시를 읽어보면 설령 총명한 부인일지라도 그것을 다 이해할 수 있는 사람이 있겠는가?

해제 백거이의 오언고시에 관한 논의다. 백거이의 시어는 통속적이어서 알기 쉽다고 보는 것이 일반적인 관점이다. 송대 혜홍惠洪의 《냉재야화冷齋夜話》에 기록된 다음 일화는 유명하다.

"백거이는 매번 시를 지어서 노파에게 이해하도록 하고서 '이해됩니까'라고 물어 노파가 '이해했다'고 하면 기록하고, '이해되지 않는다'고 하면 고쳤다. 白樂天每作詩, 令老嫗解之, 問曰, 解否? 嫗曰, 解, 則錄之, 不解, 則易之."

7) 이상은 장뢰의 말이다.

더욱이 백거이 스스로도 〈여원구서與元九書〉에서 다음과 같이 말했다.

"일반 서민, 승려, 과부, 처녀의 입에서 매번 나의 시를 읊조렸다士庶 · 僧徒 · 孀婦 · 處女之口, 每每有咏僕詩者."

그러나 허학이는 여기서 백거이의 시가 결코 통속적이서 이해하기 쉬운 것이 아니며, 또 한 편의 시가 순식간에 쓰인 것이 아니라 수차례의 교정을 통해 창작되었음을 지적하고 있다.

樂天五言古, 用語流便[1], 雖若容易, 而聯絡[2]照應[3], 動切[4]肯綮[5], 實皆苦思[6]得之. 張文潛[7]云: "世以樂天詩爲得於容易, 嘗於洛中[8]一士人家見白公詩草[9]數紙, 點竄[10]塗抹[11], 及其成篇, 殆與初作不侔[12]."[以上文潛語.] 其苦思可知. 或謂"樂天每作詩, 令一老嫗[13]解之, 嫗解則錄", 是好事者妄言[14]耳. 今試以樂天詩誦之, 卽聰慧[15]婦人, 有能盡得其解者乎?

1 流便(유편): 글이 순조롭고 막힘이 없다.
2 聯絡(연락): 연결하다.
3 照應(조응): 문장 등의 전후를 대조하여 균형을 잡다. 조화를 이루다.
4 動切(동절): 생동감 있게 잘라내다.
5 肯綮(긍경): 사물의 요긴한 곳을 가리킨다. '긍'은 뼈에 붙은 살이고, '경'은 뼈와 살이 이어진 곳이다.
6 苦思(고사): 고심하다.
7 張文潛(장문잠): 장뢰張耒(1054~1114). 송나라 시기의 문인이다. 자가 문잠이고, 호는 가산柯山이다. 초주楚州 회음淮陰 곧 지금의 강소성 사람으로, 희녕熙寧 6년(1073)에 진사에 합격했다. 임회주부臨淮主簿 · 수안위壽安尉 · 함안현승鹹平縣丞 등의 관직을 역임했다. 학관學官 소철의 사랑을 받아 소식에게 배우게 되었다. 문학론은 삼소三蘇에 연원을 두어, '문文'과 '이理'를 함께 중시했으며, 평이자연平易自然을 주장했다.
8 洛中(낙중): 낙양의 한 가운데.
9 詩草(시초): 시의 초고草稿.
10 點竄(점찬): 글을 고쳐 쓰다. 문장의 자구를 고쳐 쓰다.
11 塗抹(도말): 지워서 고치다.

12 伴(반): 비교하다.

13 老嫗(노구): 노파.

14 妄言(망언): 망령된 말. 망발한 말.

15 聰慧(총혜): 총명하다.

5

오언고시에서 한유의 시어는 기험하고, 백거이의 시어는 순조롭고 막힘이 없는데, 비록 매우 상반되지만 마음 속 생각을 분명하게 드러낸 것은 동일하다.

그 깊은 경지에 나아가 각기 그 도달함이 지극하니 다른 사람들이 도달할 수 있는 것이 아니다. 사공도가 "원진과 백거이는 힘은 세나 기세가 약하다"라 했는데, 대개 그 시어가 너무 평이하여서 고아하고 웅건하지 못한 까닭일 따름이다.

해제 백거이의 오언고시를 한유와 비교해 논했다. 두 시인 모두 지극한 시적 경지에 도달했지만, 시풍이 서로 다름을 지적했다. 그것은 각기 다른 시어에서 비롯되었고 할 수 있다.

원문 五言古, 退之語奇險[1], 樂天語流便, 雖甚相反, 而快心露骨處則同; 就其所造, 各極其至, 非餘子所及也. 司空圖謂"元白力勍[2]而氣孱[3]", 蓋以其語太率易, 不蒼勁[4]故耳.

주석

1 奇險(기험): 기이하고 험준하다.

2 力勍(역경): 힘이 세다.

3 氣孱(기잔): 기세가 약하다.

4 蒼勁(창경): 고아高雅하고 웅건하다.

6

백거이는 오언고시가 가장 많은데, 여러 학자들이 선록한 것은 적다. 대개 그 시어가 너무 평이하여서 그 당시의 세속에 가깝기에 문장을 다듬는 사람들이 그것을 병폐로 여겼을 뿐이다. 그러나 원화의 여러 문인들 시는 마음 속 생각을 다 드러내고 자유자재로 창작하는 것을 중시했으므로, 나는 백거이의 시가 한유의 아래, 맹교의 위에 놓인다고 말했다. 혹자는 맹교의 시를 취하면서 백거이의 시를 취하지 않는데, 원화의 시를 논하는 것이 아니다.

해제 원화 시단에서 차지하는 백거이의 위치에 대해 논했다. '이문위시以文爲詩'의 시풍에서 보면 백거이는 한유 아래, 맹교 위에 놓인다고 평했다.

원문 樂天五言古最多, 而諸家選錄者少, 蓋以其語太率易而時近於俗, 故修詞者[1]病之耳. 然元和諸公之詩, 貴快心盡意而縱恣自如, 故予謂樂天詩在退之之下 · 東野之上. 或有取於東野而無取於樂天, 非所以論元和也.

주석 1 修詞者(수사자): 문장을 다듬는 사람.

7

백거이의 오언고시는 시어가 평이할 뿐 아니라 중간에 간혹 율구律句를 사용했는데, 이것은 그 체재 중의 단점이다.

다음의 시구는 모두 율구다.

〈하우賀雨〉: "환호하며 서로에게 알리고, 감격해 눈물이 가슴을 적시네.歡呼相告報, 感泣涕沾胸."

〈주진촌朱陳村〉: "외로운 배가 초 땅을 세 번 가고, 수척한 말은 진 땅을 네 번 지나가네.孤舟三適楚, 羸馬四經秦."

백거이를 배우는 사람은 마땅히 이것을 가장 삼가야 할 것이다.

해제 백거이의 오언고시 중 시어가 평이하고 그 가운데 율구를 사용한 것을 가려 뽑았다.

원문 樂天五言古, 語旣率易, 中復間用律句, 是厥體中所短. 如賀雨云 "歡呼相告報, 感泣涕沾胸."朱陳村云"孤舟三適楚, 羸馬四經秦"等句, 皆律句也. 學樂天者最宜愼之.

8

백거이의 오언고시 중 〈하우賀雨〉, 〈대취오大觜烏〉 등은 비록 대변大變이 되었지만, 서사가 상세하고 용운이 타당하며 수미가 적절하게 배치되어 있고 의도한 대로 되지 않음이 없으니, 그 장점을 바로 여기서 찾을 수 있다. 혹자는 여러 시편이 절제하지 않고 번잡하다고 여기고 수록하기에 적당하지 않다고 하는데, 원화의 시를 논하는 것이 아니다. 그의 〈속고시續古詩〉 제5수, 〈우의시寓意詩〉 제5수, 〈등방장철낙제鄧魴張徹落第〉 등은 체재가 비록 정체에 가깝지만 사실은 백거이의 본모습이 아니다. 지금 앞부분에 수록하며 정체를 우선으로 하고 변체를 뒤로 돌린다.

해제 백거이 오언고시의 특징에 관해 구체적인 작품을 들어 논했다.

원문 樂天五言古, 如賀雨・大觜烏等, 雖成大變, 而敍事詳明, 用韻穩帖, 首尾勻稱[1], 靡不如意[2], 其所長正在於此; 或以諸篇爲冗濫而不當錄者, 非所以論元和也. 其"窈窕雙鬟女"[3], "翩翩兩玄鳥"[4], "古琴無俗韻"[5]等, 體雖近正, 而實非本相, 今亦錄冠於前, 先正後變也.

1 匀稱(윤칭): 각 부분이 적절하게 배치되어 있다.

2 如意(여의): 일이 의도한 대로 되다.

3 窈窕雙鬟女(요조쌍환녀): 백거이 〈속고시續古詩〉의 제5수를 가리킨다.

4 翩翩兩玄鳥(편편양현조): 백거이 〈우의시寓意詩〉의 제5수를 가리킨다.

5 古琴無俗韻(고금무속운): 백거이의 〈등방장철낙제鄧魴張徹落第〉를 가리킨다.

9

백거이의 오언고시 중 〈대취오大觜烏〉는 대개 그 당시의 환관을 가리킨 것이다. 시 중에서 "비록 8~9마리의 새끼를 낳아도, 누가 그 암컷과 수컷을 구별하는가?雖生八九子, 誰辨其雌雄"라고 한 말에서 더욱 분명하다. 〈제해도병풍題海圖屛風〉은 회서淮西 · 채주蔡州의 반역 사건을 가리킨 것인데, 시어에서 역시 분명하게 드러난다.

오늘날 사람들은 고시를 읽을 때 쉽게 이해되는 것에 대해서는 알 수 없다 하고, 쉽게 이해되지 않는 것에 대해서는 매번 대부분 견강부회를 하는데, 무엇 때문인가?

백거이의 오언고시 중 〈대취오〉와 〈제해도병풍〉은 모두 정치적 사건을 풍자한 작품이며, 그 시구와 시어를 통해 명백하게 알 수 있음을 지적했다. 백거이의 시는 서사성이 뛰어난데, 소설적 예술기교도 뛰어나지만 역사적 사실묘사도 생동적이다.

한편 이와 같은 서사시가 역사서와 다른 점에 대해 여성교余成教는 《석원시화石園詩話》 권1에서 다음과 같이 말했다.

"역사가는 다만 한 시대의 사적을 기재하지만, 시가에서는 오직 한 시대의 기운을 드러낸다.史家只載得一時事迹, 詩歌直顯出一時氣運."

樂天五言古有大觜烏, 蓋指當時閹宦[1]也, 中云: "雖生八九子, 誰辨其雌雄?" 語尤顯明. 題海圖屛風, 當指淮蔡[2], 語亦瞭然[3]. 今人讀古詩, 於易知者不能

知, 於不易知者每多附會[4], 何耶?

1 閹宦(엄환): 환관宦官. 내시內侍.

2 淮蔡(회채): 당나라 때 오원제吳元濟가 회서淮西 · 채주蔡州의 절도사인 오소성吳少誠을 죽이고 일으켰던 반역사건을 말한다. 무원형武元衡과 배도裴度에 의해 섬멸되었다.

3 瞭然(요연): 분명하다.

4 附會(부회): 견강부회.

10

백거이의 칠언고시 중 〈장한가長恨歌〉, 〈비파행琵琶行〉은 서사가 상세하다. 신악부新樂府는 의론이 통쾌하나 역시 변체다. 호응린이 "자세히 설명하는 것은 충분하나, 일의 진행 순서는 충분하지 못하다"라고 한 것은 깨달은 말이다. 〈장한가長恨歌〉의 성조는 다 순일하지 않은데,[8] 재주가 넘쳤기 때문에 스스로 알지 못했던 것이다.

해제

백거이의 칠언고시 〈장한가〉, 〈비파행〉 등과 같은 신악부에 관한 논의다. 의론이 통쾌하여 하고자 하는 말은 충분하나 사건의 논리적 순서가 다소 부족함을 지적하고 있다. 하이손은 《시벌》에서 백거이의 시에 대해 "글자마다 가슴에서 흘러나왔다.字字從肺腸中流出"고 평했는데, 이 말 또한 의론이 통쾌하여 하고자 하는 말이 충분하다는 의미와 일맥상통한다.

원문

樂天七言古, 長恨 · 琵琶, 敍事詳明; 新樂府[1], 議論痛快, 亦變體也. 胡元瑞謂"敷演[2]有餘, 步驟[3]不足", 得之. 長恨歌聲調雖不盡純, [說見李杜論及錢劉論註中.] 然才氣有餘, 故自不覺.

---

8) 이백李白, 두보杜甫에 관한 시론 및 전기錢起, 유장경劉長卿에 관한 시론의 주註에서 설명이 보인다.

주석

1 新樂府(신악부): 당나라 작가들이 새롭게 제목을 붙여 창작한 악부시를 말한다. 당나라 초기에는 시인들이 악부시를 지을 때 대개 악부의 옛 제목을 답습했는데, 이때에도 적은 양이지만 새롭게 제목을 붙인 경우도 있었다. 이같은 신제악부는 두보에 이르러 크게 발전했다. 중당 시기에 특히 백거이와 원진에 의해 악부시를 새롭게 창작하는 시가 혁신 운동이 일어났는데 이를 신악부운동이라 한다.

2 敷演(부연): 알기 쉽게 자세히 늘어놓아 설명하다.

3 步驟(보취): 천천히 걸음과 빨리 걸음. 일 진행의 순서.

11

백거이의 칠언고시 중 서사가 상세한 것은 시구를 가려 뽑을 수가 없고, 의론이 통쾌한 것을 대략 가려 뽑아 예로 들어 본다.

다음의 시구는 모두 의론이 통쾌하고 이치가 뛰어난 것이다.

"정원 연간의 백성이 만약 편안하지 않다면, 표국驃國의 음악을 비록 들어도 임금은 즐겁지 않다네. 정원 연간의 백성이 만약 병이 없다면, 표국의 음악이 들리지 않아도 임금은 성군이라네. 貞元之民若未安, 驃樂雖聞君不歡. 貞元之民苟無病, 驃樂不來君亦聖."9)

"그대 여산 꼭대기와 무릉을 보아라, 필경 쓸쓸한 바람이 덩굴 풀에 불 것이니. 하물며 노자의 오천 마디의 말에 약을 말하지 않고, 신선을 말하지 않고, 대낮에 하늘에 오르는 걸 말하지 않았음에랴. 君看驪山頂上茂陵頭, 畢竟悲風吹蔓草. 何況玄元聖祖五千言, 不言藥, 不言仙, 不言白日升青天."10)

"새 사람아, 새 사람아 내 말 들어보소, 낙양에 미녀들 무한하고, 오직 장군은 다시 공을 세우기 바라며, 더욱이 너보다 뛰어난 새 사람 있

9) 〈표국악驃國樂〉.

10) 〈해만만海漫漫〉.

도다. 新人新人聽我語, 洛陽無限紅樓女, 但願將軍重立功, 更有新人勝於汝."[11]

"거짓 미색이 이와 같이 사람을 미혹시키는데, 참된 미색이 사람을 미혹시키는 것은 마땅히 이것보다 더하리. 참됨과 거짓됨이 모두 사람을 미혹시키지만, 사람 마음은 거짓을 싫어하고 참됨을 귀중히 여긴다네. 여인의 탈을 쓴 여우의 요사스러움이 얕은 듯하지만, 하루아침이나 하루 저녁에 사람의 눈을 홀린다네. 여인이 여우 눈썹을 하여 아주 해로운데도, 날이 가고 달이 갈수록 사람 마음을 빠져들게 하네. 假色迷人猶若是, 眞色迷人應過此. 彼眞此假俱迷人, 人心惡假貴重眞. 狐假女妖害猶淺, 一朝一夕迷人眼. 女爲狐媚害却深, 日增月長溺人心."[12]

해제 백거이의 칠언고시 중 의론이 통쾌하고 이치가 뛰어난 시구를 가려 뽑았다.

원문 樂天七言古, 敍事詳明者未可句摘, 議論痛快者略摘以見. 如"貞元之民若未安, 驃樂雖聞君不歡. 貞元之民苟無病, 驃樂不來君亦聖."[驃國樂] "君看驪山頂上茂陵頭, 畢竟悲風吹蔓草. 何況玄元聖祖五千言, 不言藥, 不言仙, 不言白日升靑天."[海漫漫] "新人新人聽我語, 洛陽無限紅樓女, 但願將軍重立功, 更有新人勝於汝."[母別子] "假色迷人猶若是, 眞色迷人應過此. 彼眞此假俱迷人, 人心惡假貴重眞. 狐假女妖害猶淺, 一朝一夕迷人眼. 女爲狐媚害却深, 日增月長溺人心"[古塚狐]等句, 亦皆議論痛快, 以理爲勝者也.

12

백거이의 칠언고시 중 〈장한가長恨歌〉, 〈비파행琵琶行〉 및 〈신악부新樂府〉는 비록 변체가 되었지만, 여전히 당시의 음조音調가 있다. 〈일

11) 〈모별자母別子〉.
12) 〈고총호古塚狐〉.

일일일년년一日日一年年〉과 〈달재낙천행達哉樂天行〉의 경우는 전부 송시의 가락이며, 바야흐로 대변이 되었다.

해제 백거이의 칠언고시 중 변체인 것과 대변인 것을 구별했다.

원문 樂天七言古, 長恨·琵琶及新樂府雖成變體, 然尙有唐人音調, 至一日日一年年及達哉樂天行, 則全是宋人聲口, 始爲大變矣.

13

원화의 오·칠언 고시에서 한유는 기험하고 맹교는 깎아 다듬었으며, 이하는 괴이하고, 노동과 유차는 기이하고 변화가 많다. 오직 백거이가 시어의 사용이 순조롭고 막힘이 없어 마치 그 당시의 폐단을 바로잡으려 한 것 같으나, 마음 속 생각을 분명하게 드러내어 결국 변체가 되었다.

해제 원화 시기의 오·칠언 고시에 대해 종합적으로 살펴봄으로써 백거이의 고시가 변체가 되는 까닭을 정립했다.

원문 元和間五七言古, 退之奇險, 東野琢削, 長吉詭幻, 盧仝·劉叉變怪, 惟樂天用語流便, 似若欲矯時弊, 然快心露骨, 終成變體.

14

백거이의 오·칠언 율시와 절구는 전부 다 송시의 문호를 열었는데, 다만 풍격의 웅건함과 노련함이 부족할 따름이다. 오언배율은 문장이 아름답고 내용이 풍부하며 완정한데, 대구가 여전히 세밀하고 적절하며 시어가 모두 조탁되었으니, 바로 정변이다.

해제 백거이의 오·칠언 율시와 절구 및 오언배율의 전반적인 특징에 대해 논했다.

원문 樂天五七言律絶, 悉開宋人門戶, 但欠[1]蒼老[2]耳; 五言排律, 華贍[3]整栗, 而對尙工切[4], 語皆琢磨, 乃正變也.

주석
1 欠(흠): 부족하다.
2 蒼老(창로): 시문이나 서화의 필력과 풍격이 웅건하고 노련하다.
3 華贍(화섬): 문장이 아름답고 내용이 풍부하다.
4 工切(공절): 시문에서 대구가 세밀하고 적절하다.

15

백거이의 오언율시 중 〈부득변성각賦得邊城角〉, 〈부득고원초송별賦得古原草送別〉, 〈태호석太湖石〉 등은 여전히 소변小變이 된다.

다음의 시구는 마침내 크게 의론에 빠졌다.

"기교는 졸박함을 능가할 수 없고, 바쁨은 응당 한가로움에 미치지 못하네. 巧未能勝拙, 忙應不及閒."

"영화로움은 물과 같이 빠르게 지나고, 근심은 산보다 크다네. 榮華急如水, 憂患大於山."

"비록 술집을 지나치지만, 도장道場을 떠나지 않네. 雖過酒肆上, 不離道場中."

"머리가 쇠는 것을 누가 멈추게 할 수 있는가, 청산은 스스로 돌아가지 않네. 白首誰留住, 靑山自不歸."

또 다음의 시구는 흡족하여 득의양양한데, 송시의 문호가 대부분 여기서 비롯되었다.

"남루한 옷 등불 아래서 기우는데, 어린 딸 침대 머리에서 장난치네. 寒衣補燈下, 小女戱牀頭."

"일에 등한하고 게으른 성격보다 좋은 것 없으니, 늙은 몸을 반드시 편안하게 한다네. 莫强疎慵性, 須安老大身."

"병들어 아내가 약을 검사하는 것 보고, 쓸쓸히 여자종 머리 빗겨 시집보내네. 病看妻檢藥, 寒遣婢梳頭."

"부처는 제자가 되는 것을 용납하고, 하늘은 한가한 사람 되는 것을 허락하네. 佛容爲弟子, 天許作閒人."

"백년을 게으름 속에서 보내고, 만사를 술에 취해 쉰다네. 百年慵裏過, 萬事醉中休."

"하늘이 한가한 해와 달을 주고, 사람들은 좋은 원림을 빌리네. 天供閒日月, 人借好園林."

해제 백거이의 오언율시 중 소변이 된 작품, 의론이 된 작품, 송시의 선구가 된 작품의 예를 들었다.

원문 樂天五言律, 如"邊角兩三枝"[1], "離離原上草"[2], "烟翠三秋色"[3]等篇, 尙爲小變; 如"巧未能勝拙, 忙應不及閒."[4] "榮華急如水, 憂患大於山."[5] "雖過酒肆上, 不離道場中."[6] "白首誰留住, 靑山自不歸"[7]等句, 遂大入議論; 如"寒衣補燈下, 小女戱牀頭."[8] "莫强疎慵性, 須安老大身."[9] "病看妻檢藥, 寒遣婢梳頭."[10] "佛容爲弟子, 天許作閒人."[11] "百年慵裏過, 萬事醉中休."[12] "天供閒日月, 人借好園林"[13]等句, 則快心自得, 宋人門戶多出於此.

주석

1 邊角兩三枝(변각양삼지): 백거이의 〈부득변성각賦得邊城角〉을 가리킨다.

2 離離原上草(리리원상초): 백거이의 〈부득고원초송별賦得古原草送別〉을 가리킨다.

3 烟翠三秋色(연취삼추색): 백거이의 〈태호석太湖石〉을 가리킨다.

4 巧未能勝拙(교미능승졸), 忙應不及閒(망응불급한): 기교는 졸박함을 능가할

수 없고, 바쁨은 응당 한가로움에 미치지 못하네. 백거이 〈숙죽각宿竹閣〉의 시구다.

5 榮華急如水(영화급여수), 憂患大於山(우환대어산): 영화로움은 물과 같이 빠르게 지나고, 근심은 산보다 크다네. 백거이 〈간숭낙유탄看嵩洛有歎〉의 시구다.

6 雖過酒肆上(수과주사상), 不離道場中(불리도장중): 비록 술집을 지나치지만, 도장道場을 떠나지 않네. 백거이 〈주연상답장거사酒筵上答張居士〉의 시구다.

7 白首誰留住(백수수류주), 靑山自不歸(청산자불귀): 머리가 쇠는 것을 누가 멈추게 할 수 있는가, 청산은 스스로 돌아가지 않네. 백거이 〈기산승寄山僧〉의 시구다.

8 寒衣補燈下(한의보등하), 小女戲牀頭(소녀희상두): 남루한 옷 등불 아래서 기우는데, 어린 딸 침대 머리에서 장난치네. 백거이 〈증내자贈內子〉의 시구다.

9 莫强疎慵性(막강소용성), 須安老大身(수안로대신): 일에 등한하고 게으른 성격보다 좋은 것 없으니, 늙은 몸을 반드시 편안하게 한다네. 백거이 〈효침曉寢〉의 시구다.

10 病看妻檢藥(병간처검약), 寒遣婢梳頭(한견비소두): 병들어 아내가 약을 검사하는 것 보고, 쓸쓸히 여자종 머리 빗겨 시집보내네. 백거이 〈추한秋寒〉의 시구다.

11 佛容爲弟子(불용위제자), 天許作閒人(천허작한인): 부처는 제자가 되는 것을 용납하고, 하늘은 한가한 사람 되는 것을 허락하네. 백거이 〈한와閑臥〉의 시구다.

12 百年慵裏過(백년용리과), 萬事醉中休(만사취중휴): 백년을 게으름 속에서 보내고, 만사를 술에 취해 쉰다네. 백거이 〈한좌閑坐〉의 시구다.

13 天供閒日月(천공한일월), 人借好園林(인차호원림): 하늘이 한가한 해와 달을 주고, 사람들은 좋은 원림을 빌리네. 백거이 〈심춘제제가원림尋春題諸家園林〉의 시구다.

16

백거이의 오언율시 중 〈화춘심和春深〉 20수, 〈하처난망주何處難忘酒〉 7수, 〈불여래음주不如來飮酒〉 7수는 진실로 송시의 절제하지 않고 번잡하게 늘어놓는 시풍을 열었다.

해제 백거이의 오언율시 중 송시의 시풍에 영향을 미친 작품을 지적했다.

원문 樂天五言律有"何處春深好"[1]二十首, "何處難忘酒"[2]七首, "不如來飮酒"[3]七首, 實開宋人冗濫之門.

주석
1 何處春深好(하처춘심호): 백거이의 〈화춘심이십수和春深二十首〉를 가리킨다.
2 何處難忘酒(하처난망주): 백거이의 〈하처난망주칠수何處難忘酒七首〉를 가리킨다.
3 不如來飮酒(불여래음주): 백거이의 〈불여래음주칠수不如來飮酒七首〉를 가리킨다.

17

백거이의 칠언율시 중 〈중추월中秋月〉, 〈제악양루題嶽陽樓〉, 〈득미지도관후서비지통주지사창연유감인성사장得微之到官後書備知通州之事悵然有感因成四章〉 등도 소변小變이 된다.

다음의 시구는 막 유희에 빠져들었다.

"내가 관직을 옮겨 계단에서 늘 스스로 부끄러워하는데, 그대에게 봉호封號가 더해진 것은 어떤 공이 있어서인가?我轉官階常自愧, 君加邑號有何功?"13)

"검푸른 산이 반드시 다섯 마리의 말을 머물게 한 것은 아니며, 황제의 은혜가 단지 삼 년간 사는 것을 허락했네.翠黛不須留五馬, 皇恩只許住三年."14)

---

13) 〈처초수읍호고신妻初授邑號告身〉.

"밤을 지새워 남쪽으로 가서 물어보는데, 어찌하여 해가 다하도록 서호에서 취했는가?借問連宵直南省,何如盡日醉西湖."15)

또한 다음의 시구는 크게 의론에 들어갔다.

"옥을 시험해 보려면 3일을 태워 봐야 하고, 재목을 변별하는 데는 반드시 7년을 기다려야 하네.試玉要燒三日後, 辨材須待七年期."

"소나무는 천년이 되니 끝내 썩고, 무궁화 꽃은 하루마다 스스로 꽃을 피우네.松樹千年終是朽, 槿花一日自爲榮."

"단지 불빛이 화려한 집을 태우는 것을 보았고, 풍랑이 빈 배를 엎은 것은 듣지 못했네.只見火光燒潤屋, 不聞風浪覆虛舟."

"벌레가 목숨을 온전히 하는 것은 독이 없음에서 말미암고, 나무는 천년을 다하여도 재목이 되지 못하네.蟲全性命緣無毒, 木盡天年爲不才."

"성쇠의 일은 지나가면 모두 꿈이 되고, 근심과 기쁨은 마음에서 잊으면 곧 선禪이라네.榮枯事過都成夢, 憂喜心忘便是禪."

"기氣 조절하는 방법을 배운 뒤로는 쇠약한 가운데서도 건강하고, 마음을 쓰지 않으면 시끄러운 곳에서도 한가하다네.學調氣後衰中健, 不用心來閙處閒."

"마땅히 그대가 머리가 쇠어 함께 돌아가는 날이, 내가 청산에 홀로 갈 때라네.當君白首同歸日, 是我靑山獨往時."

"문자에서 다 떠나면 중도中道이고, 늘 허공에 살면 소승小乘이라네.盡離文字非中道, 長住虛空是小乘."

다음의 시구는 흡족하여 득의양양하다.

---

14) 〈서호유별西湖留別〉.
15) 〈대제기기엄랑중代諸妓寄嚴郎中〉.

“밤에 잠을 자도 몸은 숲속에 깃든 새인 듯하고, 아침에 밥을 먹어도 마음은 걸식하는 스님과 같네.夜眠身是投林鳥, 朝飯心同乞食僧.”

“추운 소나무 바람 따라 흔들려도 가지는 살아 있고, 들판의 학은 비록 배고파도 한가하게 부리로 쪼고 있네.寒松縱老風標在, 野鶴雖飢飮琢閒.”

“두세 달 동안 봄잠을 충분히 자고, 칠팔 년간 아침 일찍 일어나지 않네.二三月裏饒春睡, 七八年來不早朝.”

“술이 있다고 들을 때는 반드시 즐거워하며, 나와 상관없는 일은 생각하지 않네.聞有酒時須笑樂, 不關身事莫思量.”

“《노자》 안에서 만족함 아는 것 가르치고, 《시경》 중에서 패풍의 〈식미式微〉편 권하네五千言裏教知足, 三百篇中勸式微.”

〈선무영호상공이시기증전파오중료봉단초용신수사宣武令狐相公以詩寄贈傳播吳中聊奉短草用申酬謝〉, 〈춘만영회증황보랑지春晩詠懷贈皇甫朗之〉, 〈사왕희금思往喜今〉 등은 두 시구가 서로 교차되는 것이다.

〈팔월십오일야분정망월八月十五日夜湓亭望月〉, 〈지상한음이수池上閑吟二首〉, 〈십이월이십삼일작겸정회숙十二月二十三日作兼呈晦叔〉 등은 격구隔句로 대를 이룬다.

〈남노자몽시어구시다여미지창화감금상석인증자몽제어권후覽盧子蒙侍御舊詩多與微之唱和感今傷昔因贈子蒙題於卷後〉 한 편은 체재가 더욱 기이하다.

이것은 모두 문장으로써 시를 지은 것으로 진실로 송시의 문호를 열었을 따름이다.

 백거이의 칠언율시를 분류하고, 각기 해당 작품의 예를 들었다.

원문

樂天七言律, 如“萬里淸光”[1], “岳陽樓下”[2], “來書子細”[3]等篇, 亦爲小變; 如“我轉官階常自愧, 君加邑號有何功?”[妻初授邑號告身] “翠黛不須留五馬, 皇恩只許住三年.”[西湖留別] “借問連宵直南省,何如盡日醉西湖”[代諸妓寄嚴郎中]等句, 始入遊戲; 如“試玉要燒三日後, 辨材須待七年期.”[4] “松樹千年終是朽, 槿花一日自爲榮.”[5] “只見火光燒潤屋, 不聞風浪覆虛舟.”[6] “蟲全性命緣無毒, 木盡天年爲不才.”[7] “榮枯事過都成夢, 憂喜心忘便是禪.”[8] “學調氣後衰中健, 不用心來鬧處閒.”[9] “當君白首同歸日, 是我靑山獨往時.”[10] “盡離文字非中道, 長住虛空是小乘”[11]等句, 亦大入議論; 如“夜眠身是投林鳥, 朝飯心同乞食僧.”[12] “寒松縱老風標在, 野鶴雖飢飮琢閒.”[13] “二三月裏饒春睡, 七八年來不早朝.”[14] “聞有酒時須笑樂, 不關身事莫思量.”[15] “五千言裏敎知足, 三百篇中勸式微”[16]等句, 亦快心自得; 如“新詩傳詠”[17], “豔陽時節”[18], “憶除司馬”[19]等篇, 則兩股[20]交串[21]; 如“昔年八月”[22], “非莊非宅”[23], “案頭曆日”[24]等篇, 又隔句扇對[25]; 至“早聞元九”[26]一篇, 體製更奇, 此皆以文爲詩, 實開宋人之門戶耳.

1 萬里淸光(만리청광): 백거이의 〈중추월中秋月〉을 가리킨다.

2 岳陽樓下(악양루하): 백거이의 〈제악양루題嶽陽樓〉를 가리킨다.

3 來書子細(래서자세): 백거이의 〈득미지도관후서비지통주지사창연유감인성사장得微之到官後書備知通州之事悵然有感因成四章〉을 가리킨다.

4 試玉要燒三日後(시옥요소삼일후), 辨材須待七年期(변재수대칠년기): 옥을 시험해 보려면 3일을 태워 봐야 하고, 재목을 변별하는 데는 반드시 7년을 기다려야 하네. 백거이 〈방언오수放言五首〉 중 제3수의 시구다.

5 松樹千年終是朽(송수천년종시후), 槿花一日自爲榮(근화일일자위영): 소나무는 천년이 되니 끝내 썩고, 무궁화 꽃은 하루마다 스스로 꽃을 피우네. 백거이 〈방언오수〉 중 제5수의 시구다.

6 只見火光燒潤屋(지견화광소윤옥), 不聞風浪覆虛舟(불문풍랑복허주): 단지 불빛이 화려한 집을 태우는 것을 보았고, 풍랑이 빈 배를 엎은 것은 듣지 못했네. 백거이 〈감흥이수感興二首〉 중 제1수의 시구다.

7 蟲全性命緣無毒(충전성명연무독), 木盡天年爲不才(목진천년위부재): 벌레가 목숨을 온전히 하는 것은 독이 없음에서 말미암고, 나무는 천년을 다하여도 재

목이 되지 못하네. 백거이 〈한와유소사이수閑臥有所思二首〉 중 제2수의 시구다.

8 榮枯事過都成夢(영고사과도성몽), 憂喜心忘便是禪(우희심망변시선): 성쇠의 일은 지나가면 모두 꿈이 되고, 근심과 기쁨은 마음에서 잊으면 곧 선禪이라네. 백거이 〈기이상공최시랑전사인寄李相公崔侍郎錢舍人〉의 시구다.

9 學調氣後衰中健(학조기후쇠중건), 不用心來鬧處閑(불용심래료처한): 기氣 조절하는 방법을 배운 뒤로는 쇠약한 가운데서도 건강하고, 마음을 쓰지 않으면 시끄러운 곳에서도 한가하다네. 백거이 〈영회기황보랑지詠懷寄皇甫朗之〉의 시구다.

10 當君白首同歸日(당군백수동귀일), 是我青山獨往時(시아청산독왕시): 마땅히 그대가 머리가 쇠어 함께 돌아가는 날이, 내가 청산에 홀로 갈 때라네. 백거이 〈구년십일월이십일일감사이작九年十一月二十一日感事而作〉의 시구다.

11 盡離文字非中道(진리문자비중도), 長住虛空是小乘(장주허공시소승): 문자에서 다 떠나면 중도中道이고, 늘 허공에 살면 소승小乘이라네. 백거이 〈증초당종밀상인贈草堂宗密上人〉의 시구다.

12 夜眠身是投林鳥(야면신시투임조), 朝飯心同乞食僧(조반심동걸식승): 밤에 잠을 자도 몸은 숲속에 깃든 새인 듯하고, 아침에 밥을 먹어도 마음은 걸식하는 스님과 같네. 백거이 〈재가출가在家出家〉의 시구다.

13 寒松縱老風標在(한송종로풍표재), 野鶴雖飢飲琢閒(야학수기음탁한): 추운 소나무 바람 따라 흔들려도 가지는 살아 있고, 들판의 학은 비록 배고파도 한가하게 부리로 쪼고 있네. 백거이 〈제왕처사교거題王處士郊居〉의 시구다.

14 二三月裏饒春睡(이삼월리요춘수), 七八年來不早朝(칠팔년래불조조): 두세 달 동안 봄잠을 충분히 자고, 칠팔 년간 아침 일찍 일어나지 않네. 백거이 〈희양육시어동숙喜楊六侍御同宿〉의 시구다.

15 聞有酒時須笑樂(문유주시수소락), 不關身事莫思量(불관신사막사량): 술이 있다고 들을 때는 반드시 즐거워하며, 나와 상관없는 일은 생각하지 않네. 백거이 〈이월오일화하작二月五日花下作〉의 시구다.

16 五千言裏教知足(오천언리교지족), 三百篇中勸式微(삼백편중권식미): 《노자》 안에서 만족함 아는 것 가르치고, 《시경》 중에서 패풍의 〈식미式微〉편 권하네. 백거이 〈유별미지留別微之〉의 시구다.

17 新詩傳詠(신시전영): 백거이의 〈선무령호상공이시기증전파오중료봉단초용신수사宣武令狐相公以詩寄贈傳播吳中聊奉短草用申酬謝〉를 가리킨다.

18 豔陽時節(염양시절): 백거이의 〈춘만영회증황보랑지春晩詠懷贈皇甫朗之〉를 가리킨다.

19 憶除司馬(억제사마): 백거이의 〈사왕희금思往喜今〉을 가리킨다.

20 兩股(양고): 두 시구.

21 交串(교천): 교차되다.

22 昔年八月(석년팔월): 백거이의 〈팔월십오일야분정망월八月十五日夜湓亭望月〉을 가리킨다.

23 非莊非宅(비장비택): 백거이의 〈지상한음이수池上閑吟二首〉를 가리킨다.

24 案頭曆日(안두역일): 백거이의 〈십이월이십삼일작겸정회숙十二月二十三日作兼呈晦叔〉을 가리킨다.

25 扇對(선대): '선면대扇面對'라고도 한다. 중국 고대시 대구 격식의 하나로 격구隔句로 대를 이루는 것을 말한다. 즉 제1구와 제3구가 대를 이루고, 제2구와 제4구가 대를 이룬다.

26 早聞元九(조문원구): 백거이의 〈남노자몽시어구시다여미지창화감금상석인증자몽제어권후覽盧子蒙侍御舊詩多與微之唱和感今傷昔因贈子蒙題於卷後〉를 가리킨다.

18

백거이의 칠언율시는 본래 진실로 순조롭고 막힘이 없지만, 그 시구에 왕건의 시와 같은 기이한 요체가 있고, 여러 문인들처럼 이해하기 힘든 것이 있으니, 어찌 그 당시의 습관에서 스스로 벗어날 수 없었는가?

해제 백거이의 칠언율시가 시대적인 제약을 받았음을 지적했다.

원문 樂天七言律, 本自流便, 然其句又有奇拗如王建者, 有艱澀[1]類諸家者, 豈習俗不能自免耶?

주석 1 艱澀(간삽): 시문 등이 어려워서 이해하기 힘들다.

19

백거이의 칠언절구 중 〈과천문가過天門街〉, 〈송소주이사군부군이절구送蘇州李使君赴郡二絶句〉, 〈재인공사도낙구역再因公事到駱口驛〉, 〈장락파송인부득수자長樂坡送人賦得愁字〉, 〈나부수羅敷水〉, 〈제유구사고송題流溝寺古松〉, 〈고상택高相宅〉, 〈망역대望驛台〉, 〈제왕시어지정題王侍禦池亭〉 등은 뜻이 비록 깊고 적절할지라도 여전히 소변이 된다.

〈송소련사보허사십수권후이이절계지送蕭煉師步虛詞十首卷後以二絶繼之〉, 〈희하산석류戲河山石榴〉, 〈희제목란화戲題木蘭花〉, 〈봉구逢舊〉, 〈전유별양류지절구몽득계화운춘진서비류부득수풍호거락수가우부희답前有別楊柳枝絶句夢得繼和雲春盡絮飛留不得隨風好去落誰家又復戲答〉 등은 완전히 유희에 빠졌다.

〈이주伊州〉, 〈답소서자월야문가동주악견증答蘇庶子月夜聞家僮奏樂見贈〉, 〈취후醉後〉, 〈이도거삼수履道居三首〉, 〈병기病氣〉, 〈파약罷藥〉, 〈세모정사암상공황보랑지급몽득상서歲暮呈思黯相公皇甫郎之及夢得尙書〉, 〈병면후희제빈객病免後喜除賓客〉, 〈답최십팔答崔十八〉, 〈청유란聽幽蘭〉, 〈의몽이수疑夢二首〉, 〈기조주양계지寄潮州楊繼之〉 등은 완전히 의론에 들어갔다.

〈우희답절구又戲答絶句〉, 〈소년문少年問〉, 〈즉사중제即事重題〉, 〈병중시십오수病中詩十五首〉, 〈향산피서이절香山避暑二絶〉, 〈증승오수贈僧五首〉 등은 흡족하여 득의양양하다.

이 역시 문장으로써 시를 지은 것이며 또한 송시의 문호를 열었을 따름이다.

해제 백거이의 칠언절구 중 소변이 된 것, 유희에 들어간 것, 의론에 들어간 것, 흡족하여 득의양양한 것 등의 작품을 예로 들었다.

원문

樂天七言絶, 如“雪盡終南”[1], “憶抛印綬”[2], “今年到時”[3], “行人南北”[4], “野店東頭”[5], “烟葉蔥蘢”[6], “青苔故里”[7], “靖安宅裏”[8], “朱門深鎖”[9]等篇, 意雖深切, 亦尙爲小變; 如“欲上瀛洲”[10], “花紙瑤緘”[11], “小樹山榴”[12], “紫房日照”[13], “我梳白髮”[14], “柳老春深”[15]等篇, 亦大入遊戲; 如“老去將何”[16], “牆西明月”[17], “酒後高歌”[18], “莫嫌地窄”[19], “自知氣發”[20], “自學坐禪”[21], “歲暮皤然”[22], “臥在漳濱”[23], “勞將白叟”[24], “琴中有曲”[25], “莫驚寵辱”[26], “鹿疑鄭相”[27], “相府潮陽”[28]等篇, 亦大入議論; 如“狂夫與我”[29], “少年怪問”[30], “重裘暖帽”[31], “目昏社寢”[32], “紗巾草履”[33], “自出家來”[34]等篇, 亦快心自得, 此亦以文爲詩, 亦開宋人之門戶耳.

1 雪盡終南(설진종남): 백거이의 〈과천문가過天門街〉를 가리킨다.

2 憶抛印綬(억포인수): 백거이의 〈송소주이사군부군이절구送蘇州李使君赴郡二絶句〉를 가리킨다.

3 今年到時(금년도시): 백거이의 〈재인공사도낙구역再因公事到駱口驛〉을 가리킨다.

4 行人南北(행인남북): 백거이의 〈장락파송인부득수자長樂坡送人賦得愁字〉를 가리킨다.

5 野店東頭(야점동두): 백거이의 〈나부수羅敷水〉를 가리킨다.

6 烟葉蔥蘢(연엽총롱): 백거이의 〈제유구사고송題流溝寺古松〉을 가리킨다.

7 青苔故里(청태고리): 백거이의 〈고상택高相宅〉을 가리킨다.

8 靖安宅裏(정안택리): 백거이의 〈망역대望驛台〉를 가리킨다.

9 朱門深鎖(주문심쇄): 백거이의 〈제왕시어지정題王侍禦池亭〉을 가리킨다.

10 欲上瀛洲(욕상영주): 백거이의 〈송소련사보허사십수권후이이절계지送蕭煉師步虛詞十首卷後以二絶繼之〉를 가리킨다.

11 花紙瑤緘(화지요함): 백거이의 〈송소련사보허사십수권후이이절계지〉를 가리킨다.

12 小樹山榴(소수산류): 백거이의 〈희하산석류戲河山石榴〉를 가리킨다.

13 紫房日照(자방일조): 백거이의 〈희제목란화戲題木蘭花〉를 가리킨다.

14 我梳白髮(아소백발): 백거이의 〈봉구逢舊〉를 가리킨다.

15 柳老春深(유로춘심): 백거이의 〈전유별양류지절구몽득계화운춘진서비류부득수풍호거락수가우부희답前有別楊柳枝絶句夢得繼和雲春盡絮飛留不得隨風好去落誰家又

復戲答〉을 가리킨다.

16 老去將何(노거장하): 백거이의 〈이주伊州〉를 가리킨다.

17 牆西明月(장서명월): 백거이의 〈답소서자월야문가동주악견증答蘇庶子月夜聞家僮奏樂見贈〉을 가리킨다.

18 酒後高歌(주후고가): 백거이의 〈취후醉後〉를 가리킨다.

19 莫嫌地窄(막혐지착): 백거이의 〈이도거삼수履道居三首〉를 가리킨다.

20 自知氣發(자지기발): 백거이의 〈병기病氣〉를 가리킨다.

21 自學坐禪(자학좌선): 백거이의 〈파약罷藥〉을 가리킨다.

22 歲暮皤然(세모파연): 백거이의 〈세모정사암상공황보랑지급몽득상서歲暮呈思黯相公皇甫郎之及夢得尙書〉를 가리킨다.

23 臥在漳濱(와재장빈): 백거이의 〈병면후희제빈객病免後喜除賓客〉을 가리킨다.

24 勞將白叟(로장백수): 백거이의 〈답최십팔答崔十八〉을 가리킨다.

25 琴中有曲(금중유곡): 백거이의 〈청유란聽幽蘭〉을 가리킨다.

26 莫驚寵辱(막경총욕): 백거이의 〈의몽이수疑夢二首〉를 가리킨다.

27 鹿疑鄭相(록의정상): 백거이의 〈의몽이수〉를 가리킨다.

28 相府潮陽(상부조양): 백거이의 〈기조주양계지寄潮州楊繼之〉를 가리킨다.

29 狂夫與我(광부여아): 백거이의 〈우희답절구又戲答絶句〉를 가리킨다.

30 少年怪問(소년괴문): 백거이의 〈소년문少年問〉을 가리킨다.

31 重裘暖帽(중구난모): 백거이의 〈즉사중제卽事重題〉를 가리킨다.

32 目昏社寢(목혼사침): 백거이의 〈병중시십오수病中詩十五首〉를 가리킨다.

33 紗巾草屨(사건초구): 백거이의 〈향산피서이절香山避暑二絶〉을 가리킨다.

34 自出家來(자출가래): 백거이의 〈증승오수贈僧五首, 자원선사自遠禪師〉를 가리킨다.

20

한유의 오·칠언 고시가 송시의 문호를 열었지만, 구양수와 소식 이외에는 배울 수 있는 사람이 없었다. 오직 백거이의 율시와 절구가 모두 송시의 문호를 열어 송나라 사람들이 진실로 대부분 그것을 배우니, 그 당시에 "광대하게 교화시킨 중심인물廣大敎化主"이라고 칭한 것은 이를 두고 말한 것이다. 그러나 단지 그 얕고 쉬운 부분만 답습했을 뿐이다.

해제 한유와 백거이는 송시의 발전에 가장 크게 영향을 미친 사람이다. 한유는 비록 구양수와 소식에 의해 그 문호가 크게 계승되어 발전했지만 송초에는 크게 주목받지 못했다. 반면 백거이는 송초부터 여러 사람들에 의해 모방되어 이른바 '백체시단白體詩壇'이 활발히 활동했다.

원문 退之五七言古雖開宋人門戶, 然歐・蘇而外無人能學; 惟樂天律絶, 悉開宋人門戶, 而宋人實多學之, 當時稱爲"廣大敎化主"是也. 然但得其淺易[1]耳.

주석 1 淺易(천이): 얕고 쉽다.

21

백거이의 시는 스스로 그 변화를 몰랐던 것이 아니라, 재주가 커서 속박될 수 없었으므로 부득이하게 그렇게 된 것이다.

그의 〈화답미지시서和答微之詩序〉를 보면 다음과 같이 말했다.

"근래 과거시험을 준비하는 동안, 늘 그대와 함께 붓과 벼루를 같이 쓰면서 매번 글을 쓸 때마다 번번이 서로 돌려보며, 뜻이 너무 절박해지면 이치가 너무 조밀해지는 것을 더불어 걱정했다. 그러므로 이치가 너무 조밀해지면 문장이 번다해지고, 뜻이 너무 절실하면 말이 딱딱해진다. 그대와 글을 쓰면 좋은 점이 여기에 있고, 병폐 또한 여기에 있다."

그러므로 그가 부득이하게 그렇게 지었음을 알 수 있을 따름이다.

해제 백거이가 변체는 재주가 모자란 것이 아니라 넘쳐서 나타난 결과임을 강조했다.

원문

樂天詩, 非不自知其變, 但以其才大不能束縛, 故不得不[1]然. 觀其和答微之詩序云: "頃者[2]在科試間, 常與足下[3]同筆硯[4], 每下筆時輒相顧, 共患其意太切而理太周. 故理太周則辭繁, 意太切則言激. 然與足下爲文, 所長在於此, 所病亦在於此." 故知其不得不然耳.

주석

1 不得不(부득불): 하지 아니할 수 없어. 또는 마음이 내키지 아니하나 마지못하여.

2 頃者(경자): 근래에.

3 足下(족하): 대등한 사람에 대한 경칭. 그대.

4 同筆硯(동필연): 함께 글쓰기를 하다.

22

왕세정이 말했다.

"백거이는 말년에 더욱 안분지족하는 한적시를 지었는데, 천편일률적이다."

내가 생각건대 백거이는 재주가 커서 그 시를 스스로 변화시킬 수 있었지만, 그 작품이 너무 많은 탓에 의도적으로 비슷한 것을 면하지 못했으므로, 그것을 "일률적이다"고 말한다면 옳지 않다.

해제

백거이는 자신의 시집을 스스로 편찬하면서 모두 풍유諷喩, 한적閑適, 감상感傷, 잡률雜律로 분류했다. 그중 한적시는 대부분 말년에 창작되었다.

참고로 현존하는 백거이의 시는 2920수 가량인데 그중 근체시가 603수이고 나머지는 모두 고체시다.

원문

王元美云: "樂天晚更作知足語[1], 千篇一律[2]." 愚按: 樂天才大, 其詩自能變化, 但其篇什太多, 故用意不免有相類者, 謂之"一律", 則非矣.

주석

1 知足語(지족어): 족한 줄을 아는 글. 족한 줄을 알아 자기의 분수에 만족하는

글. 여기서는 백거이가 말년에 주로 쓴 한적시閑適詩를 가리킨다.

2 千篇一律(천편일률): 여러 시문이 모두 비슷하여 개별적 특성이 없다.

23

원미지元微之16)는 젊었을 때 백거이와 막상막하였기에 "원백元白"이라 불렸으나, 원진은 사실 백거이보다 못하다. 백거이의 오언고시 중 수록된 것은 비록 장편일지라도 체재가 진실로 균형을 이루고, 내용이 진실로 논리적이다. 원진은 체재가 대부분 쓸데없이 길고, 내용이 대부분 산만한데다가 시어가 가벼워서 취할 수 있는 게 열에 하나도 안 된다.

일찍이 백거이의 〈화답미지시서和答微之詩序〉를 살펴보니, 대략 다음과 같이 말했다.

"원화 5년 봄, 미지 그대가 강릉사조江陵士曹라는 하급관리로 좌천되어, 제 막내아우에게 배웅하라고 명하고 또 제가 새로 지은 시 두루마리 하나를 드렸습니다. 모두 20장이고 대체로 비흥比興인데, 음란하고 염정적인 시운은 한 자도 없었습니다. 그대가 강릉에 도착하여서 여정 속에서 지은 시 17장을 부쳤는데, 모두 지은이인 그대의 풍격이 있었습니다. 그러나 외람되이 곰씹어보니, 어찌 제가 올린 20장이 갑자기 그대의 총기를 깨우쳐서 그렇게 짓도록 했을까요? 아니면 그대의 이번 행차로 인해 하늘이 그대의 도道를 막히게 하고 그대의 마음을 격분시켜서 그 상황을 흐느껴 울분을 쏟아내게 하여 이런 지경에 이르게 했는가요? 어찌 뜻을 세우고 문장을 쓰는 것이 그대가 쓴 이전의 시와 이다지도 거리가 먼지요?"

이것은 원진의 시가 음탕함을 말하고 있지만, 나는 원진의 오언고

16) 이름 진稹.

시 7수를 수록하고, 원진이 백거이에게 보낸 17장 중에서 그 4번째 장을 수록했는데, 원진이 본래 백거이의 부류가 아님을 이해했기 때문일 따름이다.

해제

원진元稹의 시에 관한 논의다. 원진은 백거이와 함께 흔히 '원백元白'이라 병칭되지만, 원진이 백거이보다 못하며 같은 부류가 아님을 지적했다. 두 시인의 차이에 대해 하상賀裳은 《재주원시화우편載酒園詩話又編》에서 다음과 같이 지적했다.

"시는 원진과 백거이에 이르면 사실상 또 한 차례 변했다. 두 사람은 비록 병칭되나 각기 다르다. 시어를 선택하는 정교함은 백거이가 원진보다 못하다. 변화의 큰 폭은 원진이 백거이보다 못하다. 백거이는 창망한 가운데 고조古調가 있고, 원진은 정교한 곳에 신성新聲이 섞여 있다. 시풍이 변화되었을 뿐 아니라 진실로 재능에도 한계가 있었다. 詩至元白, 實又一大變. 兩人雖并稱, 亦各有不同. 選語之工, 白不如元; 波瀾之闊, 元不如白. 白蒼茫中間存古調, 元精工處亦雜新聲. 既由風氣轉移, 亦自才質有限."

원문

元微之[名稹]少年與白樂天角靡騁博[1], 故稱"元白", 然元實不如白. 白五言古入錄者, 雖長篇而體自匀稱, 意自聯絡[2]; 元體多冗漫, 意多散緩, 而語更輕率, 可采者不能十一. 嘗觀樂天和答微之詩序, 其略曰: "五年[3]春, 微之左轉[4]爲江陵士曹掾[5], 命季弟[6]送行, 且奉新詩一軸, 凡二十章, 率有比興[7], 淫文[8]豔韻[9], 無一字焉. 及足下到江陵, 寄在路所爲詩十七章, 皆得作者風. 然竊[10]思之, 豈僕[11]所奉二十章遽[12]能開足下聰明, 使之然也? 抑又不知足下是行[13]也, 天將屈足下之道, 激足下之心, 使感時[14]發憤[15]而臻於[16]此耶? 何立意措辭與足下前時詩如此相遠也." 此雖以元詩淫靡[17]者爲言, 然予錄微之五言古僅七首, 而元所寄白十七章中得其四, 故知微之本非樂天儔[18]耳.

주석

1 角靡騁博(각미빙박): 비교했을 때 누가 더 펼치고 넓힘이 없다. 실력이 서로 막상막하라는 의미이다.

2 聯絡(연락): 논리적이다. 서로 관련을 맺다.

3 五年(오년): 원화 5년(810)을 가리킨다. 이때 원진은 32세로 벼슬 생애에서 최대의 시련을 겪었다. 원진은 낙양에서 소환 명령을 받고 귀경하는 도중에 '쟁청사건爭廳事件'을 겪게 된다. 《구당서, 원진전元稹傳》의 기록에 의하면 원진이 부수역敷水驛에서 투숙하고 있을 때 환관 유사원劉士元이 늦게 와서 원진과 상청上廳을 다투었다. 유사원이 화가 나서 큰 채찍으로 내리쳐 원진의 얼굴에 상처를 입혔다. 당시 관례상 어사御史와 환관이 담당했던 중리中使가 동시에 역관驛館에 투숙할 때는 먼저 도착한 사람이 상청을 쓰는 것이 관례였다고 한다. 따라서 원진이 상청을 쓴 것이 마땅함에도 조정에서는 환관에게는 벌을 내리지 않고, '어린 후배가 세도를 부린다'는 명목으로 원진만 강릉사조참군江陵士曹參軍으로 좌천시켰다.

4 左轉(좌전): 좌천左遷되다. 낮은 관직이나 지위로 떨어지거나 외직으로 전근되다.

5 掾(연): 하급관리.

6 季弟(계제): 막내 아우.

7 比興(비흥): 시문의 수사적 표현 방법이다.

8 淫文(음문): 음란한 글.

9 豔韻(염운): 염정적인 운韻.

10 竊(절): 외람되이.

11 僕(복): 저. 자기의 겸칭謙稱.

12 遽(거): 갑자기. 뜻밖에.

13 行(행): 여정旅程. 행차.

14 感時(감시): 때를 느끼다. 그 당시 상황에 느낀 바가 있다.

15 發憤(발분): 울분을 드러내다. 자신의 불우한 상황에 대한 울분을 드러내어 글을 쓰는 것을 '발분저작發憤著作'이라 한다. 이것은 중국 고대 문학이론에서 말하는 중요한 창작동기 중의 하나다. 서한 시기 사마천의 경우 궁형을 당한 뒤 그 울분을 승화시켜 역사책 《사기》를 저술했는데, 그는 〈태사공자서太史公自序〉에서 그러한 예로써, 서백西伯이 《주역》을 해설하고, 공자가 《춘추》를 짓고, 굴원이 《이소》를 쓰고, 좌구명이 《국어》를 쓰고, 손자孫子가 《병법兵法》을 논하고, 여불위呂不韋가 《여람呂覽》을 쓰고, 한비자韓非子가 《세난世難》과 《고분孤憤》을 쓰고, 성현들이 《시경》을 쓴 것을 들었다.

16 臻於(진어): …에 이르다.

17 淫靡(음미): 음탕하다.

18 儔(주): 무리. 부류.

24

원진 문집의 오언고시 중에는 〈청도야경작淸都夜境作〉이 있는데, 그 아래 주에서 다음과 같이 말하고 있다.

"여기서부터 〈추석秋夕〉 7수까지는 모두 16세에서 18세 때 지은 것으로, 중간에 자못 위응물과 비슷한 시어가 있는데, 완전히 정교하지 못한 것이 안타까울 뿐이다."

그러므로 원진의 초년작은 곧 백거이와 연원이 같았음을 알 수 있다.[17]

해제 원진의 초창기 작품이 백거이와 연원이 같음을 논했다. 백거이는 〈자음시고自吟詩稿〉에서 "위응물 및 도연명은 나와 동시대 사람이 아니다. 이 외에 또 누가 좋으랴만, 오직 원진이 있다.蘇州及彭澤, 與我不同時. 此外復誰愛, 惟有元微之."고 말했다.

원문 微之集五言古有淸都夜境作, 下註云: "自此至秋夕七首, 並年十六至十八時作, 中頗有類韋蘇州語, 惜未盡工耳." 故知微之初年卽與樂天同一源[1]也. [詳見樂天首則論註中.]

주석 1 同一源(동일원): 연원이 같다.

25

소식이 "원진은 가볍고 백거이는 속되다"고 말했는데, 옛사람들이

17) 백거이 관련 시론 첫 칙의 주註(본권 제1칙)에 상세하게 보인다.

정론이라고 일컬었다.

일찍이 원진의 〈연창궁사連昌宮詞〉와 칠언율시 한두 편이 선록된 것을 읽어보니 성운과 기세가 뛰어난 듯한데, 어찌 경박하다고 하겠는가? 이윽고 그 문집을 읽어봤는데, 오직 오언배율의 장편 및 착운窄韻인 것이 약간 정교하고, 나머지는 너무 경솔함을 면치 못할 따름이다.

그의 〈수낙천시서酬樂天詩序〉를 살펴보니 다음과 같이 말하고 있다.

"마침 교서校書 이경신李景信이 충주忠州로부터 나를 방문하러 와서, 침상에 함께 누워서 술잔을 번갈아 마시는 동안 슬픔에 젖어 취기를 부렸는데, 이삼일이 채 되지 않아 작년 이후의 32장章에 화답하는 시를 모두 끝냈다."

그 경솔함을 알 수 있다.

해제 소식이 원진을 두고 경박하다고 평가한 것에 대해 긍정하고 있다. 〈수낙천시서〉를 통해 그의 창작 습관을 이해할 수 있으며 전체 문집을 읽어보면 경박한 시풍을 더욱 분명하게 알 수 있다고 지적했다.

원문 東坡言"元輕白俗", 昔人謂爲定論. 嘗讀微之連昌宮詞[1]及七言律一二入選者, 聲氣似勝, 烏[2]得爲輕? 旣而讀其集, 惟五言排律長篇及窄韻者稍工, 餘不免太輕率耳. 觀其酬樂天詩序云: "屬[3]李景信校書[4]自忠州訪予, 連牀[5]遞[6]飮之間, 悲咤[7]使酒[8], 不三兩日, 盡和[9]去年以來三十二章皆畢." 其輕率可知.

주석 1 連昌宮詞(연창궁사): 중당 시인 원진의 장편 서사시. 한 노인의 입을 통해 연창궁의 흥폐와 변천을 보여줌으로써 당 왕조가 현종으로부터 헌종에 이르는 시기까지 흥하고 쇠하는 과정을 노래했다. 안사의 난 전후 조정의 다스림이 어지러워진 이유를 살펴, 성세盛世가 다시 오기를 바라는 희망과 나라가 오랫동안 잘 다스려지기를 바라는 강한 바람을 담았다. 우의寓意가 뚜렷하고 구성이 잘 이루어져 있으며 묘사가 세밀하다. 백거이의 〈장한가長恨歌〉와 우열을 다툰다. 신악부 대표작 중의 하나다.

2 烏(오): 어찌.

3 屬(속): 때마침. 마침.

4 校書(교서): 중국 고대에 서적의 교감과 정리를 담당하던 관리. 수 · 당 시대에는 비서성秘書省에 속했다.

5 連牀(연상): 걸상을 합치거나 침대를 함께 하여 눕다. 주로 정이 돈독함을 형용한다.

6 遞(체): 번갈아. 교대로.

7 悲咤(비타): 슬퍼하다.

8 使酒(사주): 술을 먹은 김에 기세를 부리다.

9 和(화): 화답하다. 다른 사람의 운韻을 따서 시를 짓다.

26

원진이 백거이보다 못한 것은, 바로 공력이 얼마나 치밀한가에 달려 있지 재주가 얼마나 큰가에 달려 있지 않다. 장뢰張耒가 백거이를 논한 것[18]과 원진의 〈수낙천시서酬樂天詩序〉를 보면 알 수 있다.

해제 원진과 백거이의 차이에 대해 논했다. 재주가 아니라 공력에서 그 차이를 찾았다.

원문 元不如白, 乃是功有疎密[1], 非才有大小也, 觀張文潛論樂天[見前]及微之酬樂天詩序, 便可知矣.

주석 1 疎密(소밀): 엉성함과 촘촘함.

18) 앞쪽(제28권 제4칙)에 보인다.

27

원진의 칠언고시 〈연창궁사連昌宮詞〉는 성운과 기세가 질박하고 중후하여 백거이의 〈장한가長恨歌〉보다 뛰어나지만, 서사와 의론의 점에서 결국은 원화 시인의 시라 하겠다. 원진의 칠언고시는 이 외에는 결코 취할 만한 것이 없다.

해제 원진의 칠언고시 〈연창궁사〉에 관한 논의다. 앞서 원진의 재주는 백거이보다 못하다고 했는데, 이 작품의 성운과 기세가 〈장한가〉보다 뛰어나다고 본 점이 주목을 끈다. 홍매洪邁의 《용재수필容齋隨筆》에서도 다음과 같이 말했다.

"〈장한가〉는 당현종이 양귀비를 추억하며 슬퍼하는 본말本末을 서술했을 뿐이며 다른 감동할 만한 것이 없고, 〈연창궁사〉의 경계하고 풍자하는 뜻이 있는 것보다 못하다.然長恨歌不過述明皇追愴貴妃始末, 無他激揚, 不若連昌宮詞有監戒規諷之意."

원진의 〈연창궁사〉는 정치적 풍자 의미가 짙은 장편 서사시다. 백거이가 〈장한가〉를 쓰자 자신도 그에 버금가는 작품을 쓰기 위해 구상하다가, 원화 13년(818) 당왕조가 회서淮西 지역 오원제吳元濟의 반란을 평정한 것을 계기로 이 시를 창작했다. 연창궁은 수안壽安 곧 지금의 하남성 의양현宜陽縣에 있는데, 당고종 현경顯慶 3년(658)에 설치되었다.

원문 微之七言古連昌宮詞, 聲氣渾厚[1], 勝於樂天長恨歌, 但敍事議論處, 終是元和人詩. 然微之七言古, 此外竟[2]無可取.

주석
1 渾厚(혼후): 질박하고 중후하다.
2 竟(경): 결코.

28

옛사람이 말했다.

"원화 이후의 시는 원진에게서 농염함을 배웠다."

지금 문집을 살펴보면 농염한 작품이 보이지 않는 것은 무슨 까닭인가? 생각건대 《신당서, 예문지藝文志》에 《원씨장경집元氏長慶集》 100권, 또 〈소집小集〉 10권이 기록되어 있는데, 지금까지 전해지는 것은 다만 60권뿐이다. 이것은 곧 송나라 선화宣和 연간에 건안建安 유씨劉氏가 잔결본을 모아 정리한 것이기 때문에 농염한 작품이 수록되지 않은 것이다. 왕질王銍의 집안에 원진의 애정시 100여 수가 소장되어 있었는데, 《전기변증傳奇辯證》에 수록된 것이 19수이고 나머지는 전하지 않는다. 지금 다만 12편을 수록해 일가一家로서 보충한다. 그러나 〈몽유춘사夢遊春詞〉는 그 반쪽을 없앴는데, 여전히 번잡한 것을 싫어해서다. 기타 한두 수의 절구 외에는 역시 정교하지 않으며, 오직 〈고결절사古決絶詞〉만이 뛰어나다.

해제 원진의 애정시에 관한 논의다. 원진의 시를 농염하다고 하지만 그의 문집에는 그러한 작품이 수록되어 있지 않음을 밝혔다. 신악부 창작이 퇴조하면서 원진은 애정, 특히 도망悼亡과 염정艶情 방면으로 나아갔고, 백거이는 한적시閒適詩로 나아갔다. 한편 위경지魏慶之의 《시인옥설詩人玉屑》 권16에서는 "원진의 염정시는 아름다우면서도 풍골이 있다元氏艶詩, 麗而有骨"고 평가했다.

원문 昔人言: "元和以後, 詩學淫靡於元稹." 今考集中, 淫靡者未見, 何也? 按唐書藝文志載元氏長慶集一百卷, 又小集十卷, 今所傳止六十卷, 乃宋宣和[1]間建安劉氏收拾於殘缺[2]之餘者, 故淫靡者不可得也. 王性之[3]家藏元氏豔詩[4]百餘首, 采入傳奇辯證[5]者十九首, 餘亦不傳. 今止錄十二篇, 以補成一家. 然夢遊春詞[6]汰去[7]其半, 尙嫌冗雜[8], 其他一二絶句外, 亦未爲工, 惟古決絶詞[9]

爲勝.

1 宣和(선화): 송나라 휘종徽宗 시기의 연호다. 1119년~1125년까지 7년간 사용되었다.

2 殘缺(잔결): 이지러져서 빠지다.

3 王性之(왕성지): 왕질王銍. 송나라 시기의 문인이다. 자가 성지고, 여음汝陰 곧 지금의 안휘安徽 부양阜陽 사람이다. 일찍이 구양수에게서 수학했으며, 우승사랑右承事郎 등의 벼슬을 했다. 말년에는 섬계산剡溪山에 피신하여 살면서 시와 사로 즐거움을 삼았다.

4 豔詩(염시): 남녀간의 사랑을 제재로 한 시를 가리킨다. 원진은 첫사랑 앵앵과의 사랑을 담은 애정시 등 남녀의 사랑을 노래한 시 몇십 수를 남기고 있다.

5 傳奇辯證(전기변증): 송나라 문인 왕질의 저서. 이 책에 원진의 애정시를 수록하고 있다.

6 夢遊春詞(몽유춘사): 원화 5년(810) 원진이 32세 때 자신의 지난날을 회상하며 쓴 장편시 〈몽유춘칠십운夢游春七十韻〉을 가리킨다.

7 汰去(태거): 추려서 버리다.

8 冗雜(용잡): 번잡하다.

9 古決絶詞(고결절사): 총 3수로 원진이 앵앵과 결별할 때의 마음이 잘 나타나 있다. 22세 때 보구사普救寺에서 앵앵과 만나 사랑을 나눴던 원진은 앵앵과의 몇 년간의 사랑을 마감하며 정원 18년(802) 24세 때 앵앵과 결별을 했다.

29

《함사函史》에 다음과 같이 기록되어 있다.

"이감李戡은 자가 정신定臣이고, 진사進士에 합격하여 예부禮部 시험에 응시했는데, 관리가 이름을 부를 때 시험장에 들어간 것을 부끄러워해 강동江東으로 길을 돌려 양선陽羨에서 은거하며 논저 수백 편을 지었다. 원화 연간에 원진과 백거이의 시가 앞다투어 전해져 세상에서 중시되는 것을 싫어하여, 그 당시 시인들의 시 중에서 옛것과 비슷한 것을 엮어 단연 당시唐詩로 삼았다."

내가 생각건대 이감은 진실로 호탕한 선비지만 그 논저와 집록한 시는 대충 본 것이 적지 않으니, 애석하도다!

해제 이감의 일화를 통해, 원화 연간 원진과 백거이의 시가 그 당시에 좋지 않게 평가되기도 했음을 알 수 있다. 그러나 이감의 논의가 그다지 주도면밀하지 않아서 믿을 만하지 않다고 지적했다.

원문 函史[1]載: "李戡[2], 字定臣, 擧進士[3], 就禮部試, 吏唱名乃入, 恥之, 徑反[4]江東, 隱陽羨, 論著數百篇. 惡[5]元和有元白詩競傳, 爲世重, 集當世人詩類古者, 斷以爲唐詩." 愚按: 戡誠快士[6], 其論著及所集詩不少概見, 惜哉!

주석
1 函史(함사): 명대 후기 이학가이며 문학가인 등원석鄧元錫(1529~1593)이 쓴 책이다. 상편 81권과 하편 21권으로 이루어져 있다. 상편은 원시시대부터 원나라까지 기록하고 있으며, 역대의 역사에서 자료를 취하고, 《육경六經》의 뜻을 이어 저술했다. 그 내용은 표表, 기紀, 모謨, 훈訓, 술述, 전傳, 지志 등으로 이루어져 있다. 하편은 천天, 지地, 인人 세 부분으로 나누어 상고시대로부터 명대까지 기록하고 있으며, 내용은 천관天官, 방역方域, 인관人官 등 21 종류로 나누어져 있다.
2 李戡(이감): 당나라 문인이다. 어렸을 때 고아가 되었으나 배우기를 좋아해 30세 때 《육경》에 정통했다. 진사과에 합격하여 예부 시험에 참가했는데 관리가 이름을 부를 때 시험장에 들어가는 것을 부끄럽게 여기고 다음날 강동으로 길을 돌려 양선陽羨에서 은거했다. 양선의 백성들은 해결 못한 분쟁이 있으면 관부에 가지 않고 이감을 찾아 시비를 명확하게 가렸다고 한다. 이감은 평소 원화 연간의 원진과 백거이의 요염하고 화려한 시풍에 불만을 지니고, 그 당시 사람들이 이러한 시를 좋아하는 것을 몹시 싫어했다. 그래서 고인古人과 비슷한 그 당시의 시들을 편집하여 '당시'라고 정하여, 시풍의 잘못을 비판하고 바로잡는 일에 힘썼다.
3 擧進士(거진사): 과거에 합격하다.
4 反(반): 돌이키다. 그전으로 돌아가다. 돌리다.
5 惡(오): 싫어하다.
6 快士(쾌사): 호쾌한 선비. 호탕하고 쾌활한 선비.

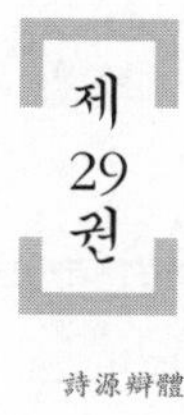

詩源辯體

중당中唐

1

백거이는 당초 원진과 이름을 나란히 했는데, 원진이 세상을 떠나자 유우석劉禹錫[1)]과 함께 낙중洛中에서 각기 벼슬을 했기에 '유백劉白'이라고 불렀다.

생각건대 유우석은 비록 백거이와 이름을 나란히 할지라도 그 문집에는 변체가 실로 적은데, 오·칠언 고시 및 오언율시는 모두 정교하지 못하다. 칠언율시 중 〈강릉엄사공견시여성도무상공창화인명동작江陵嚴司空見示與成都武相公唱和因命同作〉, 〈술구하천기섬괵손상시述舊賀遷寄陝虢孫常侍〉, 〈송자도망협중松滋渡望峽中〉 세 편은 성운과 기세가 성당과 비슷하다. 〈봉송절서이부사상공부진奉送浙西李仆射相公赴鎭〉, 〈형문도회고荊門道懷古〉, 〈송이이십구형원외부빈녕사막送李二十九兄員外赴邠

1) 자 몽득夢得.

寧使幕〉, 〈증일본승지장贈日本僧智藏〉 등은 음조가 또한 대력 시기와 비슷하다.

〈한수성춘망漢壽城春望〉, 〈송원중승충신라책립사送源中丞充新羅冊立使〉, 〈낙중송양처후입관변유촉洛中送楊處厚入關便遊蜀〉, 〈조춘대설봉기례주원랑중早春對雪奉寄澧州元郎中〉, 〈낙중초동배표유회상경고인洛中初冬拜表有懷上京故人〉 등은 이미 개성 시기의 시풍으로 들어섰다.

한편 다음의 시구는 더욱 교묘함으로 빠졌다.

"드문드문 심은 푸른 소나무 위로 달이 지나고, 많이 심은 홍약은 봄이 돌아오길 기다리네.疎種碧松過月朗, 多栽紅藥待春還.

"누각에서 술을 마시며 즐기는 것은 달이 밝기 때문이고, 강위에서 시상이 떠오르는 것은 저녁노을 때문이네.樓中飮興因明月, 江上詩情爲晩霞."

"난초 꽃술이 시들어 가는데 이슬이 눈물처럼 떨어지고, 버드나무 가지가 긴 소매처럼 늘어져 바람을 향해 흔들리네.蘭蕊殘妝含露泣, 柳條長袂向風揮."

〈기주두원외사군견시도기시고여상식지인명동작夔州竇員外使君見示悼妓詩顧餘嘗識之因命同作〉 한 편도 더욱 섬교함으로 빠졌다.

칠언절구의 격조는 매우 뛰어나서 엄우는 다음과 같이 말했다.

"대력 이후 유우석의 절구는 내가 심사숙고하여 가려 뽑았을 따름이다."

해제 유우석의 시에 관한 논의다. 유우석은 칠언절구에 가장 뛰어난 시인으로 손꼽힌다. 오·칠언 고시와 오언율시는 뛰어나지 못했지만 칠언율시 중에는 다양한 풍격이 있음을 예로 들어 제시했다.

유우석은 정치적 시련과 불우 속에서도 800여 수의 작품을 남겼다. 양신은 《승암시화升庵詩話》에서 다음과 같이 말했다.

"원화 이후 시인의 전집 중 볼만한 것으로는 여러 명의 것을 들 수 있는데 마땅히 유우석을 제일로 친다. 그 시가 선록되거나 사람들에게 회자되는 것은 백 편을 내려가지 않는다. 元和以後, 詩人之全集可觀者數家, 當以劉禹錫爲第一. 其詩入選及人所膾炙, 不下百首矣."

白樂天初與元微之齊名, 元卒, 與劉禹錫[字夢得]俱分司洛中, 遂稱"劉白". 按劉雖與白齊名, 而其集變體實少, 五七言古及五言律俱未爲工. 七言律如"南荊西蜀"[1], "南宮幸龍"[2], "渡頭輕雨"[3]三篇, 聲氣有類盛唐, 如"建節東行"[4], "南國山川"[5], "家襲韋平"[6], "浮杯萬里"[7]等篇, 音調亦似大歷, 如"漢壽城邊"[8], "相門才子"[9], "洛陽秋日"[10], "新賜魚書"[11] "鳳樓南面"[12]等篇, 則已逗入開成. 至如"疎種碧松過月朗, 多栽紅藥待春還."[13] "樓中飲興因明月, 江上詩情爲晩霞."[14] "蘭蕊殘妝舍露泣, 柳條長袂向風揮"[15]等句, 及"前年曾見"[16]一篇, 則更入纖巧矣. 七言絶氣格甚勝, 嚴滄浪云: "大歷以後, 劉夢得之絶句, 吾所深取耳."

1 南荊西蜀(남형서촉): 유우석의 〈강릉엄사공견시여성도무상공창화인명동작江陵嚴司空見示與成都武相公唱和因命同作〉을 가리킨다.

2 南宮幸龍(남궁행룡): 유우석의 〈술구하천기섬괵손상시述舊賀遷寄陝虢孫常侍〉를 가리킨다.

3 渡頭輕雨(도두경우): 유우석의 〈송자도망협중松滋渡望峽中〉을 가리킨다.

4 建節東行(건절동행): 유우석의 〈봉송절서이부사상공부진奉送浙西李仆射相公赴鎭〉을 가리킨다.

5 南國山川(남국산천): 유우석의 〈형문도회고荊門道懷古〉을 가리킨다.

6 家襲韋平(가습위평): 유우석의 〈송이이십구형원외부빈녕사막送李二十九兄員外赴邠寧使幕〉을 가리킨다.

7 浮杯萬里(부배만리): 유우석의 〈증일본승지장贈日本僧智藏〉을 가리킨다.

8 漢壽城邊(한수성변): 유우석의 〈한수성춘망漢壽城春望〉을 가리킨다.

9 相門才子(상문재자): 유우석의 〈송원중승충신라책립사送源中丞充新羅冊立使〉와

〈송국자령호박사부흥원근성送國子令狐博士赴興元覲省〉두 시에서 모두 이 구절을 첫 구로 삼고 있어 어느 시인지 명확하게 알 수는 없지만, 두 시의 시풍을 비교해 볼 때 전자를 가리키는 것으로 보인다.

10 洛陽秋日(낙양추일): 유우석의 〈낙중송양처후입관변유촉洛中送楊處厚入關便遊蜀〉을 가리킨다.

11 新賜魚書(신사어서): 유우석의 〈조춘대설봉기례주원랑중早春對雪奉寄澧州元郎中〉을 가리킨다.

12 鳳樓南面(봉루남면): 유우석의 〈낙중초동배표유회상경고인洛中初冬拜表有懷上京故人〉을 가리킨다.

13 疎種碧松過月朗(소종벽송과월랑), 多栽紅藥待春還(다재홍약대춘환): 드문드문 심은 푸른 소나무 위로 달이 지나고, 많이 심은 홍약은 봄이 돌아오길 기다리네. 유우석 〈추일제두원외숭덕리신거秋日題竇員外崇德裏新居〉의 시구다.

14 樓中飮興因明月(루중음흥인명월), 江上詩情爲晩霞(강상시정위만하): 누각에서 술을 마시며 즐기는 것은 달이 밝기 때문이고, 강위에서 시상이 떠오르는 것은 저녁노을 때문이네. 유우석 〈송기주이랑중부임送蘄州李郎中赴任〉의 시구다.

15 蘭蕊殘妝含露泣(란예잔장사로읍), 柳條長袂向風揮(류조장메향풍휘): 난초 꽃술이 시들어 가는데 이슬이 눈물처럼 떨어지고, 버드나무 가지가 긴 소매처럼 늘어져 바람을 향해 흔들리네. 유우석 〈송춘사送春詞〉의 시구다.

16 前年曾見(전년증견): 유우석의 〈기주두원외사군견시도기시고여상식지인명동작夔州竇員外使君見示悼妓詩顧餘嘗識之因命同作〉을 가리킨다.

2

유우석의 칠언절구 중 〈죽지사竹枝詞〉는 그 연원이 육조의 〈자야子夜〉 등의 민가에서 비롯되는데, 격조와 성조는 두보의 것이다.

황정견이 다음과 같이 말했다.

"유우석의 〈죽지사〉 9장은 시어의 뜻이 오묘하여 원화 연간에 진실로 독보적이니, 풍속을 말하지만 속되지 않고 옛것을 추구하여 손색이 없다. 두보의 〈기주가夔州歌〉와 비교하면 이른바 오묘한 솜씨는 같지만 곡이 다른 것이다.

생각건대 지금의 오가吳歌 또한 〈죽지사竹枝詞〉의 갈래다.

해제

유우석의 칠언절구 〈죽지사〉에 관한 논의다. 그것의 연원은 육조 〈자야〉 등의 민가이면서 격조와 성조는 성당의 두보와 같음을 지적했다. 오교吳喬 《위로시화圍爐詩話》 권2에서도 "유우석과 이상은의 칠언절구는 개원과 천보에도 어찌 양보할 수 있겠느냐.劉夢得, 李義山之七絶, 那得讓開元天寶."고 했으며, 옹방강 역시 《석주시화》 권2에서 "중당의 육칠십 년간 위응물, 유종원, 한유 세 사람의 고체를 별로로 논의해야 하는 것을 제외하면 그 나머지 작가 중에서 유우석과 이익 두 시인의 칠언절구는 성당과 함께 비교하여 충분히 감당할 수 있다.中唐六七十年間, 除韋柳韓三家古體當別論, 其餘諸家, 堪與盛唐方駕者, 獨劉夢得 · 李君虞兩家之七絶, 足以當之."고 했다.

특히 유우석은 민간가요를 시가 창작에 흡수하여 다양한 민가체의 시가를 창작했다. 〈죽지사〉 외에도 〈낭도사사浪淘沙詞〉, 〈양류지사楊柳枝詞〉, 〈회음행淮陰行〉 등이 있다. 그는 〈죽지사구수竹枝詞九首〉의 서언 중에서 다음과 같이 말했다.

"사방의 노래가 음이 다르지만 가락은 같다. 정월에 나는 건평建平에 왔다. 마을의 아이들이 〈죽지사〉를 이어 부르는데 피리를 불고 북을 두드리며 음절을 맞춘다. 노래하는 이는 소매 자락을 날리며 춤을 추는데 악곡을 많이 부르는 자를 높이 친다. 그 음을 들어보니 황종黃鐘의 우조羽調에 맞고 마지막 장은 오가와 같이 격앙되었다. 비록 어지러워 구분할 수 없지만 함축된 뜻이 깊으며 〈기오淇澳〉의 음이 있다.四方之歌, 異音而同樂. 歲正月, 余來建平. 里中兒聯歌竹枝, 吹短笛, 擊鼓以赴節, 歌者揚袂睢舞, 以曲多爲賢. 聆其音, 中黃鐘之羽, 卒章激訐如吳歌. 雖傖佇不可分, 而含思宛轉, 有淇澳之音."

夢得七言絶有竹枝詞[1], 其源出於六朝子夜[2]等歌, 而格與調則子美也. 黃山谷云: "劉夢得竹枝九章, 詞意[3]高妙[4], 元和間誠可獨步, 道風俗而不俚, 追古昔而不愧, 比之子美夔州歌[5], 所謂同工而異曲[6]也." 按: 今之吳歌[7], 又是竹枝之流[8].

1 竹枝詞(죽지사): 시체의 한 종류로 고대 파촉巴蜀 지역의 민가가 변천하여 내려온 것이다. 당나라 때 유우석이 민가를 문인의 시체로 바꾸었다. 죽지사는 세 가지 유형이 있다. 문인이 수집하여 정리하고 보존한 민간가요, 문인이 죽지사 가요의 정수를 흡수하고 융화시켜 창작한 민가 색채가 강한 시체, 죽지사의 격조를 빌려 창작한 칠언절구가 그것으로 이 모두를 죽지사라 한다. 유우석은 건평建平에 갔을 때 아이들이 죽지竹枝라는 노래를 부르는 것을 듣고 그 음조로 남녀의 정을 읊었다.

2 子夜(자야): 오성吳聲에 속하는 남조의 민가다. 여성의 입장에서 이별의 아픔을 노래했다.

3 詞意(사의): 말의 뜻. 시어의 뜻.

4 高妙(고묘): 뛰어나고 묘하다. 오묘하다.

5 夔州歌(기주가): 당대 시인 두보의 칠언절구로 기주夔州 지역의 아름다운 자연 풍경을 노래했다.

6 同工而異曲(동공이이곡): '異曲同工(이곡동공)'과 같은 말이다. 곡은 달라도 교묘한 솜씨는 똑같다. 또는 교묘한 솜씨는 같지만 곡이 다르다. 방법은 다르나 같은 효과를 낸다.

7 吳歌(오가): 명대 오 지방의 민가다. 남녀의 사랑을 영롱하고 경쾌하게 노래한 점이 남조의 민가와 비슷하다. 7자구가 기본 격조지만, 변화가 많아 긴 것은 30자에 이른다.

8 流(류): 갈래. 분파分派.

3

백거이는 유우석의 칠언율시 중 다음의 시구를 가장 좋아했다.

"눈 덮인 높은 산꼭대기가 일찍이 하얗고, 바다 속 신선의 과일은 더디게 열리네.雪裏高山頭早白, 海中仙果子生遲."

"가라앉은 배 옆에 수많은 배가 지나가고, 병든 나무 앞에는 온갖 나무에 봄이 왔네.沉舟側畔千帆過, 病樹前頭萬木春."

유우석의 시에서 오직 이것이 변체가 되는데, 문집에는 모두 전하지 않는다. 《만수당인절구萬首唐人絶句》를 비교해 살펴보면, 유우석은 진실로 백거이와 비슷한 점이 있었으므로 그 당시에 '유백劉白'의 칭호가 있었던 것이다. 이에 오늘날 전하는 유우석의 시는 결코 전집全集이 아님을 알 수 있다.

해제 유우석의 칠언율시 중 변체에 해당하는 시구의 예를 들었다. 이러한 시구는 백거이가 좋아한 것이지만 그 당시에 유통되는 유우석의 문집에는 없음을 지적했다. 두 시인은 모두 민가의 영향을 받아 새로운 풍격을 형성했으며, 서로 주고받은 창화시가 많다. 유우석의 문집에는 백거이에게 준 칠언율시가 39수 있다.

원문 樂天最愛夢得七言律"雪裏高山頭早白, 海中仙果子生遲."[1] "沉舟側畔千帆過, 病樹前頭萬木春"[2]之句. 夢得之詩, 惟此得爲變體, 而集中皆不傳. 及考萬首唐人絶句[3], 劉實有似樂天者, 故當時有"劉白"之稱. 乃知今所傳夢得詩, 決非全集也.

주석
1 雪裏高山頭早白(설리고산두조백), 海中仙果子生遲(해중선과자생지): 눈 덮인 높은 산꼭대기가 일찍이 하얗고, 바다 속 신선의 과일은 더디게 열리네. 유우석 〈소주백사인기신시유탄조백무아지구인이증지蘇州白舍人寄新詩有歎早白無兒之句因以贈之〉의 시구다.
2 沉舟側畔千帆過(침주측반천범과), 病樹前頭萬木春(병수전두만목춘): 가라앉은 배 옆에 수많은 배가 지나가고, 병든 나무 앞에는 온갖 나무에 봄이 왔네. 유우석 〈수악천양주초봉석상견증酬樂天揚州初逢席上見贈〉의 시구다.
3 萬首唐人絶句(만수당인절구): 당시 절구의 총집으로 송대 홍매洪邁(1123~1202)가 편집했다. 원본은 100권으로 매 권당 100수가 실려 있다. 칠언절구가 75권, 오언절구가 25권이며, 끝에 육언절구가 덧붙여져 있다. 이 책은 당대 문인들의 시문집, 야사, 필기, 잡설 등의 절구를 모아 자료를 보존한 공적이 높이 평가된다. 그러나 마구 수집한 면이 있어 당나라 사람이 아닌 작품도 소수 실려 있으며, 율시를 잘라 절구라 하기도 하고, 한 사람의 시를 나누어 여러 군데 배치한 단점도 있다. 그럼에도 불구하고 이 책은 송대의 비교적 유명한 당시선본으로, 송대 사람들이 당시 절구를 뽑아 편집하는 유행을 일으켰으며, 다른 책에

실려있지 않은 당시 절구는 이 책을 근거로 보전保全되었다.

4

장호張祜[2)]는 원화 연간에 궁체의 칠언절구 30여 수를 지었는데, 대부분 천보 연간의 궁중에서 일어난 사건을 말한다. 수록된 것은 왕건의 정교하고 화려함과 비교하면 다소 뒤떨어지지만, 관대함에서는 왕건을 능가한다. 그 외 몇 편은 성조가 또한 훌륭하다.

해제 장호의 시에 관한 논의다. 궁체의 칠언절구를 왕건의 〈궁사〉와 비교했다. 《당재자전》에 따르면 장호는 고상한 것을 좋아하며, 처사處士라고 불렸는데, 과거에 쓰이는 정해진 법칙이 있는 문장은 일삼지 않았다고 한다. 원화, 장경 연간에 영호초令狐楚로부터 재능을 크게 인정받았지만 조정의 부름을 받지 못하고 천하를 유람하다가 대중大中 연간 단양丹陽에서 은거하다 죽었다. 그의 시는 왕유, 맹호연과 같이 은일탈속隱逸脫俗한 시풍이 두드러진다.

원문 張祜[1][字承吉]元和中作宮體[2]七言絶三十餘首, 多道[3]天寶宮中事, 入錄者較王建工麗[4]稍遜, 而寬裕[5]勝之. 其外數篇, 聲調亦高.

주석

1 張祜(장호): 중당 시기의 시인이다. 자는 승길承吉이고, 형태邢台 청하淸河 사람이다. 남양南陽 사람이라는 설도 있다. 생몰년이 명확하지 않다. 말년에 단양丹陽 곡아曲阿에서 은거했다. 그의 시 〈궁사宮詞〉 중 한 구절인 "고국 삼천리에, 깊은 궁에서 20년이라네故國三千里, 深宮二十年"가 아주 유명하다. 많은 궁사와 산수시 등을 남겼다.

2 宮體(궁체): 남조 양나라 간문제簡文帝 때 형성된 것으로, 궁정생활을 묘사한 시체다.

3 道(도): 말하다.

2) 자 승길承吉.

4 工麗(공려): 정교하고 화려하다.

5 寬裕(관유): 관대하다.

5

시견오施肩吾[3]의 칠언절구는 《만수당인절구萬首唐人絶句》에 보이는데, 모두 150여 수다. 그중 애정시 30여 편은 시어가 대부분 새롭고 교묘하며 마음속에 담긴 일을 말할 수 있으니, 원진의 애정시와 비교하면 훨씬 뛰어나다. 지금 16수를 채록하여 일가로서 마련한다.

해제 시견오의 애정시에 관한 논의다. 현존하는 시는 모두 206수인데, 그중 칠언절구가 160여 수로 가장 많고 오언절구가 32수 정도다. 즉 절구에 능했음을 알 수 있다. 애정시 외에도 사회 현실을 풍자한 시, 은일시, 영물시 등도 있다.

원문 施肩吾[1][字希聖]七言絶見萬首唐人絶句, 凡一百五十餘首. 中有豔詞[2]三十餘篇, 語多新巧[3], 能道人意中事, 較微之豔詩遠爲勝之. 今采錄一十六首, 以備一家.

주석

1 施肩吾(시견오): 중당 시기의 시인이다. 은일 시인이자 도사다. 자는 희성希聖이고, 목주睦州 분수현分水縣 동현향桐峴鄉 곧 지금의 절강성 항주 건덕建德 사람이다. 생몰년이 명확하지 않으나 대략 861년에 세상을 떠난 것으로 알려져 있다. 진사에 급제했는데 그 시기도 대략 원화 15년(820)으로 알려져 있다. 장경 연간에는 홍주洪州 서산西山 곧 지금의 강서 남창南昌에 은거하며 신선이 되고자 했다. 이에 장적은 그를 '연하객烟霞客'이라 칭했다. 은일시를 많이 창작했다.

2 豔詞(염사): 애정시를 가리킨다.

3 新巧(신교): 신기新奇하고 교묘巧妙하다.

---

3) 자 희성希聖.

제 30 권

詩源辯體

만당晩唐

1

원화 연간 유종원의 오·칠언 율시는 다시 세월이 흘러서 개성 연간의 허혼許渾1) 등 여러 문인의 시가 되었다. 허혼은 재주가 작을 뿐 아니라 기풍이 날로 쇠약해지고 조예도 점점 비천해졌다. 그러므로 대구가 대부분 교묘하고 시어가 대부분 두드러지며 더욱이 기교를 부린 흔적을 많이 보여서 당나라의 율시가 차츰 쇠퇴하게 되었으니, 한마디로 또한 정변正變이다.2)

해제 허혼에 관한 논의다. 그는 율시에 뛰어났는데, 특히 등고登高하여 회고懷古를 술회한 작품이 많은 것으로 정평이 나 있다. 그의 시구에 '수水'가 많아 후일 후인들이 두보와 비견하여 "허혼의 천 편의 작품은 물에 젖어 있고, 두보의 일생은 근심에 잠겼네.許渾千首濕, 杜甫一生愁."라고 평가했다.

1) 자 용회用晦.
2) 아래로 위장韋莊의 오언율시와 이산보李山甫·나은羅隱의 칠언율시로 나아갔다.

또한 허혼은 만년에 윤주潤州 정묘교촌丁卯橋村에서 유유자적하면서 자신의 시집인 《정묘집丁卯集》을 편찬했는데, 구법이 부드럽고 성조와 평측이 독자적인 풍격을 이루어, 이른바 '정묘체丁卯體'를 완성하기도 했다. 정묘체란 율구의 마지막 세 글자의 성조를 '측평측仄平仄' 대 '평측평平仄平'으로 바꾸어 굴곡이 심한 변화를 드러나게 하는 것이다. 이 시체는 후대에 영향을 미쳤다.

원문

元和柳子厚五七言律, 再流而爲開成許渾[字用晦]諸子. 許才力旣小, 風氣日漓, 而造詣漸卑, 故其對多工巧, 語多襯貼, 更多見斧鑿痕, 而唐人律詩乃漸敝矣, 要亦正變也. [下流至韋莊五言律, 李山甫[1]羅隱[2]七言律.]

주석

1 李山甫(이산보): 만당 시기의 시인이다. 함통 연간에 과거에 여러 차례 응시했으나 낙방했다. 위박魏博의 막부幕府에 있었으나 벼슬길이 여의치 않았다. 칠언시에 뛰어났으며 주로 낙제로 인한 아픔, 우국의 슬픔 등을 노래했다.

2 羅隱(나은): 만당 시기의 시인이다. 자는 소간昭諫이고 신성新城 곧 지금의 절강성 부양시富陽市 사람이다. 생몰년은 833년~909년이며 대중 13년(859)에 진사시에 처음 응시했으나 낙방했다. 이후 수차례 시험을 보았지만 매번 합격하지 못했다. 어릴 때부터 재주가 뛰어나고 문장과 시 창작이 탁월했으나, 그의 글이 직설적이고 또 풍자가 강하게 담겨 있어 관리의 눈에 들지 않았다. 황소黃巢의 난이 일어나자 구화산九華山에 은거했다. 광계光啓 3년(887)에 고향으로 돌아가 오월왕吳越王 전류錢鏐에 의지하여 주요 관직을 지내다가 후량後梁 개평開平 3년에 사망했다.

2

혹자가 나에게 물었다.

"그대는 일찍이 육기와 사령운이 '재주가 변화를 그만두게 할 수 없는 것이 아니었다.'고 했는데, 지금 허혼에 대해 '재주가 이미 작다.'고 한 것은 어째서입니까?"

내가 대답한다.

허혼의 재주는 전기 · 유장경 · 유종원과 비교해서 작다는 것이지 보통 사람과 비교해서 작다는 것이 아니다. 이영李郢 · 설봉薛逢 · 정곡鄭谷 · 한악韓偓 등의 여러 문인과 비교해 보면 알 수 있다. 두목과 이상은은 그 재주가 진실로 허혼보다 뛰어나므로 그들의 고시에는 또한 대변이 많다.

해제

허혼의 재주는 보통 사람에 비해 뛰어나지만 중당 시기의 전기 · 유장경 · 유종원에 비해서는 작아 율시의 쇠퇴를 불러일으켰다. 또 만당 시기의 두목, 이상은에 비해서도 재주가 크게 부족하여 그들처럼 하나의 독자적인 영역을 개척할 수도 없었다.

그러나 허혼은 성률면에서 독자적인 풍격이 있는데, 현존하는 그의 작품 중에는 두목 및 다른 시인의 작품으로 오인되고 있는 것도 더러 있다. 일례로 최근의 연구 성과에 의거하면 〈청명清明〉은 남당南唐 시기 때 《천가시千家詩》를 편찬하면서 두목의 작품으로 간주되어 지금에까지 잘못 전해진 것이라고 한다.

원문

或問予: "子嘗言陸機謝客'非有才不足以濟變', 今於許渾又云'才力旣小', 何耶?"曰: 許渾才力較錢 · 劉 · 子厚爲小, 非較衆人[1]爲小耳, 以李郢[2] · 薛逢[3] · 鄭谷[4] · 韓偓[5]諸子相比, 則知之矣. 杜牧李商隱, 其才實勝於渾, 故其古詩又多大變也.

주석

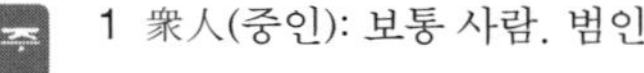

1 衆人(중인): 보통 사람. 범인凡人.

2 李郢(이영): 만당 시기의 시인이다. 자는 초망楚望이며 장안 사람이다. 대중 10년(856)에 진사가 되었고, 벼슬은 시어사侍御史로 마쳤다. 경치를 노래하고 사물을 묘사한 시가 많다. 대표작으로는 〈남지南池〉, 〈양선춘가陽羨春歌〉, 〈다산공배가茶山貢焙歌〉 등이 있다. 그중 〈남지南池〉가 가장 널리 알려졌다.

3 薛逢(설봉): 만당 시기의 시인이다. 자는 도신陶臣이며 포주蒲州 하동河東 사람이다. 회창會昌 원년(841)에 진사가 되었다. 비서성교서랑秘書省校書郎, 만년위萬年

尉, 직홍문관直弘文館, 시어사侍御史, 상서랑尙書郎 등을 역임했다. 거만한 행동으로 파주巴州, 봉주蓬州, 면주綿州 등지의 자사刺史로 폄적당하기도 했다. 비서감秘書監을 마지막으로 은퇴했다. 그의 시는 다양한 제재로 나눌 수 있는데, 자신의 재주를 드러내 권세가의 추천을 받고 싶어 하는 시가 많은 것이 특색이다.

4 鄭谷(정곡): 만당 시기의 시인이다. 자는 수우守愚이며 원주袁州 의춘宜春 곧 지금의 강서성 사람이다. 희종僖宗 광계 3년(887)에 진사에 합격했다. 경조호현위京兆鄠縣尉, 우습유右拾遺, 우보궐右補闕 등을 역임했다. 도관낭중都官郎中으로 벼슬을 마쳐 정도관鄭都官이라 불렸다. 일찍이 마대馬戴로부터 시적 재능을 인정받았다. 설능薛能, 이빈李頻 등의 시인과 서로 창화했다. 그러나 시의 내용이 바람 · 구름 · 달 · 이슬 등을 벗어나지 못해 기골氣骨을 떨치지 못했다는 평가를 받는다.

5 韓偓(한악): 만당 시기의 시인이다. 자는 치요致堯 또는 치광致光이다. 생몰년은 842년~923년이며 소종昭宗 용기龍紀 원년(889)에 진사에 합격했다. 중서사인中書舍人과 병부시랑兵部侍郎, 한림학사승지翰林學士承旨 등을 역임했다. 그의 시는 염정의 색채가 진해 향염체香奩體로 불렸다. 《한내한별집韓內翰別集》, 《향염집香奩集》, 《금란밀기金鑾密記》 등이 전한다.

3

허혼의 시문집에는 고시가 겨우 한두 수가 보일 뿐이고, 나머지는 모두 오 · 칠언 율시와 절구다. 오언율시 중 〈배월중사원제공경파관전명대배정이사군陪越中使院諸公鏡波館餞明臺裴鄭二使君〉, 〈송종형귀은람계送從兄歸隱藍溪〉 두 편은 성운과 기세가 뛰어나다.

칠언율시 중 다음의 세 연은 만당의 뛰어난 성조다.

"봉분이 큰 연못을 뚫어 황금의 검을 묻고, 사당은 긴 골짜기에 임해 갑옷이 걸려 있네.墳穿大澤埋金劍, 廟枕長溪挂鐵衣."

"눈을 마주하고 밤에 황석공黃石公의 책략을 궁리하고, 눈을 바라보며 가을에 흑산黑山의 일정을 계획하네.對雪夜窮黃石略, 望雪秋計黑山程."

"오래도록 전자篆字에 정통하여 서체를 깨닫고, 새롭게 〈용도龍韜〉

를 전수받아 전략을 익히네.舊精鳥篆諳書體, 新授龍韜識戰機."

오언 중 다음의 시구는 대구가 모두 교묘하게 꾸며졌고 시어가 모두 지나치게 다듬어졌다.

"기러기 지나니 가을바람 세차게 불어오고, 매미가 울더니 자욱한 안개가 걷히네.鴈過秋風急, 蟬鳴宿霧開."

"구름은 소수瀟水와 상수湘水의 비를 알고, 바람은 호현鄠縣과 두릉杜陵의 가을을 안다네.雲識瀟湘雨, 風知鄠杜秋."

"빗속에서 물살을 고르고, 구름 밖에서 청산을 깎네.雨中耕白水, 雲外劚青山."

"산의 경치가 해질 녘의 구름과 조화를 이루고, 호수가 가을 달과 어울려 빛나네.山色和雲暮, 湖光共月秋."

"높은 창문에서 구름 너머의 나무가 보이고, 드문 쇠경소리가 비 내리는 산 속에서 들리네.高牕雲外樹, 疎磬雨中山."

"구름이 나그네 잠든 곳에서 일어나고, 달은 스님이 참선한 사이로 지네.雲起客眠處,月殘僧定中."

"맑은 산은 비가 온 뒤에 트이고, 가을 나무는 구름 속을 가르네.晴山疎雨後, 秋樹斷雲中."

"구름이 안문鴈門의 눈을 머금고, 물이 포구의 바람을 끄네.雲帶鴈門雪, 水連漁浦風."

칠언 중 다음의 시구도 대구가 모두 교묘하게 꾸며졌고 시어가 모두 지나치게 다듬어졌다.[3]

"바람이 옥련을 따라 부니 생황의 노래 멀리 퍼지고, 구름이 주렴을

3) 성당의 총론인 제17권 제43칙 · 제44칙 · 제45칙과 참조하여 보기 바란다.

말아 올리니 검패가 빛나네.風隨玉輦笙歌迥, 雲卷珠簾劍珮高."

"석연이 구름을 떨치니 비가 개었다가 또 내리고, 돌고래가 파도를 부추겨 밤에 다시 바람이 부네.石燕拂雲晴亦雨, 江豚吹浪夜還風."

"까마귀 저녁 구름 사이로 울면서 옛 성벽 위의 담으로 돌아오고, 기러기가 찬비 속에서 길을 헤매다 텅 빈 도랑에 내려앉네.鴉噪暮雲歸古堞, 雁迷寒雨下空壕."

"상담湘潭의 구름이 걷히니 저녁 산이 나타나고, 파촉巴蜀의 눈이 녹으니 봄 강물이 흐르네.湘潭雲盡暮山出, 巴蜀雪消春水來."

"계곡에서 구름이 막 일어나자 해가 전각 너머로 가라앉고, 산에 비가 오려 하니 바람이 누대에 가득하구나.溪雲初起日沉閣, 山雨欲來風滿樓."

"바람에 고각 소리 실려 오고 서리가 창날 위에 내려앉으며, 구름이 생황의 노래를 거두고 달이 누대 위에 떠오르네.風傳鼓角霜侵戟, 雲卷笙歌月上樓."

"원숭이가 산봉우리에 가까이 오니 원숭이를 사냥하러 흩어지고, 물고기가 깊은 연못으로 내려가니 물총새가 한가하네.猿來近嶺獮猴散, 魚下深潭翡翠閒."

"원숭이가 무협에서 우니 새벽 구름 흩어지고, 기러기가 동정호에 묵으니 가을 달이 가득 비추네.猿啼巫峽曉雲薄, 雁宿洞庭秋月多."

"용이 새벽 동굴로 돌아갔으나 구름은 아직 비를 머금고, 사향노루가 봄 산을 지나니 풀이 저절로 향기를 머금네.龍歸曉洞雲猶濕, 麝過春山草自香."

"산길에 저녁 구름이 지나니 사냥 그물을 거두고, 수문에 차가운 달 비추니 낚싯대를 걸쳐 놓네.山徑晚雲收獵網, 水門涼月挂魚竿."

전체 문집을 살펴보면 시구의 뜻이 비슷한 것이 많으며 또한 너무 신중한 데로 빠졌다.

해제

허혼의 오 · 칠언 율시 중 만당의 뛰어난 성조를 지닌 작품을 소개하고, 대구가 교묘하고 시어가 지나치게 다듬어진 시구의 예를 들었다. 허혼의 현존하는 시는 약 500수 정도가 되는데 1수의 고체 외에는 오 · 칠언 율시가 대부분이다. 그의 시풍에 대해서는 포폄이 분명한데, 전문田雯은 《고환당집古歡堂集 · 잡저雜著》에서 "성률의 숙련됨으로 허혼만한 자가 없다.聲律之熟, 無如渾者."고 했지만 방회方回는 《영규율수瀛奎律髓》에서 "정교함은 충분하나 풍격이 부족하다.工有餘而味不足."고 평가했다.

許渾集, 古詩僅見一二, 餘皆五七言律絶也. 五言律如"傾幕來華館"[1], "京洛多高蓋"[2]二篇, 聲氣猶勝; 七言律如"墳穿大澤埋金劍, 廟枕長溪挂鐵衣."[3] "對雪夜窮黃石略, 望雪秋計黑山程."[4] "舊精鳥篆諳書體, 新授龍韜識戰機"[5]三聯, 乃晩唐俊調. 至五言如"鴈過秋風急, 蟬鳴宿霧開."[6] "雲識瀟湘雨,風知鄠杜秋."[7] "雨中耕白水, 雲外劚青山."[8] "山色和雲暮, 湖光共月秋."[9] "高牕雲外樹, 疎磬雨中山."[10] "雲起客眠處, 月殘僧定中."[11] "晴山疎雨後, 秋樹斷雲中."[12] "雲帶鴈門雪, 水連漁浦風."[13] 七言如"風隨玉輦笙歌迥, 雲卷珠簾劍珮高."[14] "石燕拂雲晴亦雨, 江豚吹浪夜還風."[15] "鴉噪暮雲歸古堞, 雁迷寒雨下空壕."[16] "湘潭雲盡暮山出, 巴蜀雪消春水來."[17] "溪雲初起日沉閣, 山雨欲來風滿樓."[18] "風傳鼓角霜侵戟, 雲卷笙歌月上樓."[19] "猿來近嶺獮猴散, 魚下深潭翡翠閒."[20] "猿啼巫峽曉雲薄, 雁宿洞庭秋月多."[21] "龍歸曉洞雲猶濕, 麝過春山草自香."[22] "山徑晩雲收獵網, 水門涼月挂魚竿"[23]等句, 對皆工巧, 語皆襯貼. [與盛唐總論二十一, 二十二, 二十三三則參看.] 然以全集觀, 句意多相類, 亦有失之太重者.

1 傾幕來華館(경막래화관): 허혼의 〈배월중사원제공경파관전명대배정이사군陪越中使院諸公鏡波館餞明臺裴鄭二使君〉을 가리킨다.

2 京洛多高蓋(경락다고개): 허혼의 〈송종형귀은람계送從兄歸隱藍溪〉를 가리킨다.

3 墳穿大澤埋金劍(분천대택매금검), 廟枕長溪挂鐵衣(묘침장계괘철의): 봉분이 큰 연못을 뚫어 황금의 검을 묻고, 사당은 긴 골짜기에 임해 갑옷이 걸려 있네. 허혼 〈제위장군묘題衛將軍廟〉의 시구다.

4 對雪夜窮黃石略(대설야궁황석략), 望雪秋計黑山程(망설추계흑산정): 눈을 마

주하고 밤에 황석공黃石公의 책략을 궁리하고, 눈을 바라보며 가을에 흑산黑山의 일정을 계획하네. 허혼 〈상우장군傷虞將軍〉의 시구다. 〈상하동우압아傷河東虞押衙〉라고도 한다. '황석공'은 중국 진秦나라 말엽의 병법가兵法家로서, 진시황을 저격狙擊했으나 실패하고, 숨어 있던 장량張良에게 하비下邳의 다리 위에서 병법을 가르친 것으로 유명하다.

5 舊精鳥篆諳書體(구정조전암서체), 新授龍韜識戰機(신수룡도식전기): 오래도록 전자篆字에 정통하여 서체를 깨닫고, 새롭게 〈용도龍韜〉를 전수받아 전략을 익히네. 허혼 〈증하동우압아이수贈河東虞押衙二首〉 중 제1수의 시구다. '鳥篆(조전)'은 고문의 전자를 가리키는데, 자형이 새의 발자국과 같다. '龍韜(용도)'는 강태공의 '육도六韜' 중 하나다.

6 鴈過秋風急(안과추풍급), 蟬鳴宿霧開(선명숙무개): 기러기 지나니 가을바람 세차게 불어오고, 매미가 울더니 자욱한 안개가 걷히네. 허혼 〈행차동관제역후헌行次潼關題驛後軒〉의 시구다.

7 雲識瀟湘雨(운식소상우), 風知鄠杜秋(풍지호두추): 구름은 소수瀟水와 상수湘水의 비를 알고, 바람은 호현鄠縣과 두릉杜陵의 가을을 안다네. 허혼 〈장부경사산산진송객환형저將赴京師蒜山津送客還荊渚〉의 시구다. 〈장부경사將赴京師〉 또는 〈진정별소처사津亭別蕭處士〉라고도 한다.

8 雨中耕白水(우중경백수), 雲外劚青山(운외촉청산): 빗속에서 물살을 고르고, 구름 밖에서 청산을 깎네. 허혼 〈왕거사王居士〉의 시구다.

9 山色和雲暮(산색화운모), 湖光共月秋(호광공월추): 산의 경치가 해질 녘의 구름과 조화를 이루고, 호수가 가을 달과 어울려 빛나네. 허혼 〈수보선상인등루견기酬報先上人登樓見寄〉의 시구다.

10 高牕雲外樹(고창운외수), 疎磬雨中山(소경우중산): 높은 창문에서 구름 너머의 나무가 보이고, 드문 쇠경소리가 비 내리는 산 속에서 들리네. 허혼 〈제수상인원題岫上人院〉의 시구다.

11 雲起客眠處(운기객면처), 月殘僧定中(월잔승정중): 구름이 나그네 잠든 곳에서 일어나고, 달은 스님이 참선한 사이로 지네. 허혼 〈장귀도구숙울림사도현상인원이수將歸塗口宿鬱林寺道玄上人院二首〉 중 제2수의 시구다.

12 晴山疎雨後(청산소우후), 秋樹斷雲中(추수단운중): 맑은 산은 비가 온 뒤에 트이고, 가을 나무는 구름 속을 가르네. 허혼 〈은덕사恩德寺〉의 시구다.

13 雲帶鴈門雪(운대안문설), 水連漁浦風(수연어포풍): 구름이 안문鴈門의 눈을

머금고, 물이 포구의 바람을 끄네. 허혼 〈기천향사중의상인부춘손처사寄天鄕寺仲儀上人富春孫處士〉의 시구다.

14 風隨玉輦笙歌迥(풍수옥련생가형), 雲卷珠簾劍珮高(운권주렴검패고): 바람이 옥련을 따라 부니 생황의 노래 멀리 퍼지고, 구름이 주렴을 말아 올리니 검패가 빛나네. 허혼 〈여산驪山〉의 시구다.

15 石燕拂雲晴亦雨(석연불운청역우), 江豚吹浪夜還風(강돈취랑야환풍): 석연이 구름을 떨치니 비가 개었다가 또 내리고, 돌고래가 파도를 부추겨 밤에 다시 바람이 부네. 허혼 〈금릉회고金陵懷古〉의 시구다.

16 鴉噪暮雲歸古堞(아조모운귀고첩), 雁迷寒雨下空壕(안미한우하공호): 까마귀 저녁 구름 사이로 울면서 옛 성벽 위의 담으로 돌아오고, 기러기가 찬비 속에서 길을 헤매다 텅 빈 도랑에 내려앉네. 허혼 〈등낙양고성登洛陽故城〉의 시구다.

17 湘潭雲盡暮山出(상담운진모산출), 巴蜀雪消春水來(파촉설소춘수래): 상담湘潭의 구름이 걷히니 저녁 산이 나타나고, 파촉巴蜀의 눈이 녹으니 봄 강물이 흐르네. 허혼 〈춘일사구유기남서종사류삼복春日思舊遊寄南徐從事劉三復〉의 시구다.

18 溪雲初起日沉閣(계운초기일침각), 山雨欲來風滿樓(산우욕래풍만루): 계곡에서 구름이 막 일어나자 해가 전각 너머로 가라앉고, 산에 비가 오려 하니 바람이 누대에 가득하구나. 허혼 〈함양성동루鹹陽城東樓〉의 시구다.

19 風傳鼓角霜侵戟(풍전고각상침극), 雲卷笙歌月上樓(운권생가월상루): 바람에 고각 소리 실려 오고 서리가 창날 위에 내려앉으며, 구름이 생황의 노래를 거두고 달이 누대 위에 떠오르네. 허혼 〈장위남행배상서최공연해류당將爲南行陪尙書崔公宴海榴堂〉의 시구다.

20 猿來近嶺獮猴散(원래근령선후산), 魚下深潭翡翠閒(어하심담비취한): 원숭이가 산봉우리에 가까이 오니 원숭이를 사냥하러 흩어지고, 물고기가 깊은 연못으로 내려가니 물총새가 한가하네. 허혼 〈범계야회기도현상인泛溪夜回寄道玄上人〉의 시구다.

21 猿啼巫峽曉雲薄(원제무협효운박), 雁宿洞庭秋月多(안숙동정추월다): 원숭이가 무협에서 우니 새벽 구름 흩어지고, 기러기가 동정호에 묵으니 가을 달이 가득 비추네. 허혼 〈노산인자파촉유상담귀모산인증盧山人自巴蜀由湘潭歸茅山因贈〉의 시구다.

22 龍歸曉洞雲猶濕(용귀효동운유습), 麝過春山草自香(사과춘산초자향): 용이

새벽 동굴로 돌아갔으나 구름은 아직 비를 머금고, 사향노루가 봄 산을 지나니 풀이 저절로 향기를 머금네. 허혼 〈제최처사산거題崔處士山居〉의 시구다.

23 山徑晚雲收獵網(산경만운수렵망), 水門涼月挂魚竿(수문양월괘어간): 길에 저녁 구름이 지나니 사냥 그물을 거두고, 수문에 차가운 달 비추니 낚싯대를 걸쳐 놓네. 허혼 〈촌사村舍〉의 시구다.

4

왕세정이 말했다.

"허혼과 정곡은 나약하여 저승으로 빠지려는 정취가 있는데, 허혼에게는 다소 사유의 시구가 있어서 정곡을 능가한다."

내가 생각건대 만당 여러 문인들은 체제와 격조가 비록 비루하지만 또한 일종의 마음을 기울인 부분이 있으니, 허혼의 오 · 칠언 율시에서 교묘하게 꾸미고 지나치게 다듬은 것이 곧 그 마음을 기울인 부분이다. 만약 격조가 초당과 성당의 시라고 할지라도 범속하고 졸렬하며 뛰어나지 않다면 또 어찌 취하겠는가! 맹자가 "오곡五穀은 종자 중에 좋은 것이나, 만약 무르익지 않으면 잘 익은 피보다 못하다"고 했으니, 이 말로써 시를 논한다면 진실로 깨달음을 얻게 될 것이다.

해제 만당의 작품은 성당에 비해 비록 시풍이 나약하고 체제와 격조가 비루하지만 그 속에서도 취할 만한 부분이 있음을 지적하고 있다. 즉 허혼이 마음을 기울여 대구를 교묘하게 하고 시어를 다듬어 완성한 부분이 돋보임을 강조했다.

원문 王元美云: "許渾 · 鄭谷, 厭厭[1]有就泉下[2]意, 渾差[3]有思句, 故勝之." 愚按: 晚唐諸子體格雖卑, 然亦是一種精神所注[4], 渾五七言律工巧襯貼, 便是其精神所注也. 若格雖初 · 盛而庸淺無奇[5], 則又奚[6]取焉! 孟子曰: "五穀者, 種之美者也; 苟爲不熟, 不如荑稗."[7] 以此論詩, 則有實得矣.

1 厭厭(염염): 나약한 모양.

2 泉下(천하): '黃泉之下(황천지하)'의 준말이다. 곧 저승을 가리킨다.

3 差(차): 약간. 조금.

4 精神所注(정신소주): 마음을 기울인 곳.

5 庸淺無奇(용천무기): 범속하고 졸렬하며 뛰어나지 않다.

6 奚(해): 어찌.

7 五穀者(오곡자), 種之美者也(종지미자야); 苟爲不熟(구위불숙), 不如荑稗(불여제비): 오곡五穀은 종자 중에 좋은 것이나, 만약 무르익지 않으면 잘 익은 피보다 못하다. 《맹자, 고자장구상告子章句上》에 나오는 말이다.

5

허혼의 오·칠언 율시 중 체재와 격조가 점차 비루해진 것은 오직 풍격이 천하면서 말이 번지르르하고, 교묘하게 꾸며 지나치게 기교를 부려서 대부분 흔적을 보이기 때문일 따름이다. 송나라 사람들은 원화의 시체를 숭상했지만, 왕세정은 초·성당의 격조를 중시했기 때문에 그가 허혼을 낮게 평가한 것은 참으로 마땅하다. 양신의 《담원제호譚苑醍醐》에서 인용한 시구는 정말 대부분이 비루한데, 역시 허혼을 폄하한 것이지 어찌 정말로 그 체제와 격조가 비루해서겠는가? 또한 편견이므로 믿을 수가 없다.

허혼의 오·칠언 율시를 맹목적으로 폄하하는 관점에 대해 비판했다.

許渾五七言律體格漸卑者, 特以情淺[1]而詞勝[2], 工巧襯貼而多見斧鑿痕耳. 宋人體尚元和, 而元美格主初·盛, 其貶渾固宜[3]. 楊用修譚苑[4]所引詩句, 實多鄙陋, 而亦貶渾, 豈眞以其體格之卑耶? 抑[5]亦偏見, 不足信也.

1 情淺(정천): 풍격이 비천하다.

2 詞勝(사승): 말이 번지르르하다.

3 固宜(고의): 진실로 마땅하다.

4 譚苑(담원): 양신의 저서 《담원제호譚苑醍醐》를 가리킨다. 독서를 할 때 깨달은 사항을 기록하여 체계적으로 엮어 낸 찰기札記다.

5 抑(억): 또한. 의미를 전환시키는 말.

6

두목杜牧[4]은 재주가 간혹 허혼보다 뛰어나지만 기이한 부분은 대부분 원화 시에서 비롯되었다. 오 · 칠언 고시는 제멋대로이고 기이한데다가 대부분 체재를 잃었으므로 한유의 정교한 아름다움과 같을 수 없으며, 의론을 끌어 온 부분은 더욱더 대부분 문장으로써 시를 지은 것이다. 그 측운은 또한 대부분 상성과 거성을 잡용했다.

해제 두목의 시에 관한 논의다. 허혼보다 재주가 뛰어나다고 평가하면서도 그 성취에 대해서는 다소 낮게 평가했다. 두목은 이상은과 이름을 나란히 하며, 또 이백과 두보와 견주어서 '소이두小李杜'라고도 불린다. 현존하는 두목의 시는 278수인데, 그중 고체가 28수고 대부분이 근체시다. 칠언절구에 가장 뛰어나다고 평가받는다. 장계의 《세한당시화》에서도 "율시에 정교하나 고시에는 정교하지 않다.工律詩而不工古詩."고 평가했다.

원문 杜牧[字牧之]才力或優於渾, 然奇僻處多出於元和, 五七言古恣意[1]奇僻, 且多失體裁, 不能如韓之工美[2], 援引[3]議論處益多以文爲詩矣. 其仄韻亦多上 · 去二聲雜用.

주석 1 恣意(자의): 제멋대로 하다. 마음대로 하다. 방자하다.

2 工美(공미): 정교한 아름다움.

3 援引(원인): 증거로 끌어대다.

4) 자 목지牧之.

7

두목의 오언고시 중 〈증심처사贈沈處士〉 한 편은 완전히 기변奇變이 되었다. 다만 수록하게 된 까닭은 후세의 기이함을 좋아하는 사람들이 그것을 많이 모방하기 때문이다.

해제 두목의 〈증심처사〉에 관한 논의다. 기변의 작품인데도 불구하고 후세의 기이함을 좋아하는 사람들이 모방을 많이 하는 까닭에 이 작품을 수록하지 않을 수 없음을 밝혔다.

원문 杜牧五言古有贈沈處士一篇, 大爲奇變. 然僅可入錄, 後世好奇者亦多倣之.

8

두목의 오언율시에는 취할 만한 것이 적다. 칠언 중 〈조안早雁〉 한 편은 성운과 기세가 아주 뛰어나고, 나머지는 그래도 두세 편 정도 취할 만하다. 기타의 시는 괴이하고 편벽되어 뜻을 알기 어려워 결국 변체 중의 변체가 되었다.

다음의 시구는 모두 괴이하고 편벽되어 뜻을 알기 어려운 것이다.

"한언韓嫣이 금환을 쏘고 사초향이 녹음을 뒤덮으며, 허공許公이 말 흉부에 장식을 달고 살구가 붉은 빛을 붙이네.韓嫣金丸莎覆綠, 許公韉汗杏粘紅."

"시간을 엄수해야 하나 늦잠을 자는 버릇 어쩔 수 없고, 벼슬길이 막혀 곤궁하나 술에 취해 만신창이가 되었네.期嚴無奈睡留癖, 勢窘猶爲酒泥慵."

"교화가 행해질 때는 그대가 옳기를 바랐는데, 병들어 눕게 되자 신에게 나를 알아주기를 기도하네.行開教化期君是, 臥病神祇禱我知."

"간사하여 매번 얼굴을 마주하고 침을 뱉고자 생각하고, 청빈하여 오래도록 한 잔 술값이 모자라네. 邪佞每思當面唾, 淸貧長欠一杯錢."

"할알가한黠戛可汗이 공물貢物을 다스리고, 문사천자文思天子가 하황河湟으로 돌아가네. 黠戛可汗修職貢, 文思天子復河湟."

"군자업을 포기하지 말라고 직언하고, 만나서는 또 고인의 책을 더불어 읽었지. 直道莫抛君子業, 遭時還與故人書."

"먼저 경감耿弇의 승전 소리가 가득함에 읍하고, 지금 황패黃霸가 일에 사려 깊었음을 보네. 先揖耿弇聲籍籍, 今看黃霸事摐摐."

"살쩍머리 쇠하고 주량이 줄어드는데 누가 약해지고 싶겠는가, 살아온 자취가 욕되고 영혼이 부끄럽지만 스스로 뛰어남을 좋아하네. 鬢衰酒減欲誰泥, 跡辱魂慚好自尤."

"이미 현과玄戈를 세우고 상토相土를 거두니, 응당 물총새 깃으로 장식한 수레 돌려 이궁離宮에 이르네. 已建玄戈收相土, 應回翠帽過離宮."[5]

"수척한 모양으로 몰래 떠날 때는 봄 샘물이 길게 흐르더니, 맹렬한 기세로 힘차게 올 때는 들불이 타네. 羸形暗去春泉長, 猛勢橫來野火燒."[6]

해제 두목의 칠언율시 중 편벽되어 뜻을 알기 어려운 시구의 예를 들었다. 이러한 시구를 변체 중의 변체라고 지적했다. 두목은 〈헌시계獻詩啓〉에서 자신의 시에 대해 다음과 같이 말했다.

"나는 고심하여 시를 지어 본디 매우 높고 뛰어난데, 화려함에 힘쓰지 않고 시속에 물들지 않아서, 요즘 것도 아니요 옛것도 아니라 그 중간에 위치한다. 某苦心爲詩, 本求高絶, 不務奇麗, 不涉習俗, 不今不古, 處於中間."

원문 杜牧五言律可采者少. 七言早雁一篇, 聲氣甚勝, 餘尙有二三篇可采. 其他

5) 〈낙양洛陽〉.

6) 〈송국기왕봉送國棋王逢〉.

怪惡僻澀[1], 遂爲變中之變, 如"韓嫣金丸莎覆綠, 許公韉汗杏粘紅."[2] "期嚴無奈睡留癖, 勢窘猶爲酒泥慵."[3] "行開敎化期君是, 臥病神祇禱我知."[4] "邪佞每思當面唾, 淸貧長欠一杯錢."[5] "黠戛可汗修職貢, 文思天子復河湟."[6] "直道莫抛君子業, 遭時還與故人書."[7] "先揖耿弇聲籍籍, 今看黃霸事摐摐."[8] "鬢衰酒減欲誰泥, 跡辱魂慚好自尤"[9] "已建玄戈收相土, 應回翠帽過離宮"[10] [洛陽] "羸形暗去春泉長, 猛勢橫來野火燒"[11] [送國棋王逢] 等句, 皆怪惡僻澀者也.

주석

1 僻澀(벽섭): 편벽되어 뜻을 알기 어렵다.

2 韓嫣金丸莎覆綠(한언금환사복록), 許公韉汗杏粘紅(허공천한행점홍): 한언韓嫣이 금환을 쏘고 사초향이 녹음을 뒤덮으며, 허공許公이 말 흉부에 장식을 달고 살구가 붉은 빛을 붙이네. 두목 〈장안잡제장구육수長安雜題長句六首〉 중 제2수의 시구다.

3 期嚴無奈睡留癖(기엄무내수유벽), 勢窘猶爲酒泥慵(세군유위주니용): 시간을 엄수해야 하나 늦잠을 자는 버릇 어쩔 수 없고, 벼슬길이 막혀 곤궁하나 술에 취해 만신창이가 되었네. 두목 〈장안잡제장구육수〉 중 제4수의 시구다.

4 行開敎化期君是(행개교화기군시), 臥病神祇禱我知(와병신지도아지): 교화가 행해질 때는 그대가 옳기를 바랐는데, 병들어 눕게 되자 신에게 나를 알아주기를 기도하네. 두목 〈낙중감찰병가만송위초로습유귀조洛中監察病假滿送韋楚老拾遺歸朝〉의 시구다.

5 邪佞每思當面唾(사녕매사당면타), 淸貧長欠一杯錢(청빈장흠일배전): 간사하여 매번 얼굴을 마주하고 침을 뱉고자 생각하고, 청빈하여 오래도록 한 잔 술값이 모자라네. 두목 〈상산부수역商山富水驛〉의 시구다.

6 黠戛可汗修職貢(힐알가한수직공), 文思天子復河湟(문사천자복하황): 할알가한黠戛可汗이 공물貢物을 다스리고, 문사천자文思天子가 하황河湟으로 돌아가네. 두목 〈봉화백상공성덕화평치자휴운세종공취합영성奉和白相公聖德和平致玆休運歲終功就合詠盛〉의 시구다.

7 直道莫抛君子業(직도막포군자업), 遭時還與故人書(조시환여고인서): 군자업을 포기하지 말라고 직언하고, 만나서는 또 고인의 책을 더불어 읽었지. 두목 〈기절서이판관寄浙西李判官〉의 시구다.

8 先揖耿弇聲籍籍(선읍경엄성적적), 今看黃霸事摐摐(금간황패사창창): 먼저 경

감耿弇의 승전 소리가 가득함에 읍하고, 지금 황패黃霸가 일에 사려 깊었음을 보네. 두목 〈기당주이빈상서寄唐州李玭尙書〉의 시구다.

9 鬢衰酒減欲誰泥(빈쇠주감욕수니), 跡辱魂慚好自尤(적욕혼참호자우): 살쩍머리 쇠하고 주량이 줄어드는데 누가 약해지고 싶겠는가, 살아온 자취가 욕되고 영혼이 부끄럽지만 스스로 뛰어남을 좋아하네. 두목 〈기절동한예평사寄浙東韓乂評事〉의 시구다.

10 已建玄戈收相土(이건현과수상토), 應回翠帽過離宮(응회취모과리궁): 이미 현과玄戈를 세우고 상토相土를 거두니, 응당 물총새 깃으로 장식한 수레 돌려 이궁離宮에 이르네. 두목 〈낙양洛陽〉의 시구다. '현과'는 별이 그려진 깃발을 가리키고, '이궁'은 제왕이 출유했을 때 머무는 곳을 가리킨다.

11 羸形暗去春泉長(리형암거춘천장), 猛勢橫來野火燒(맹세횡래야화소): 수척한 모양으로 몰래 떠날 때는 봄 샘물이 길게 흐르더니, 맹렬한 기세로 힘차게 올 때는 들불이 타네. 두목 〈송위기왕봉送圍棋王逢〉의 시구다.

9

두보의 칠언은 가행체에 율격을 넣어 호방하고 활달한데, 곧 재주가 커서 자유분방한 데로 빠졌지만 그 풍취가 자유롭지 않은 것이 없다. 두목의 칠언율시는 편벽되어 뜻을 알기 어려우며 괴이하여 그 풍취가 진실로 사멸되었는데도 사람들이 '소두小杜'라고 칭하니 너무나도 부끄럽다. 엄우는 시를 논하면서 흥취를 우선으로 했으니, 진실로 식견이 있다.

해제 두목을 두보와 견주어 '소두小杜'라고 말하는 것에 대해 비판하고 있다. 두목의 시는 편벽되어 뜻을 알기 어려우며 조악하여 풍취가 사려졌으므로, 결코 두보의 재주에 견줄 수 없음을 강조한 것이다.

원문 子美七言以歌行入律，豪曠[1]磊落[2]，乃才大而失之於放，其機趣無不靈活[3]. 杜牧七言律僻澀怪惡，其機趣實死，人稱"小杜"，愧甚. 滄浪論詩以興趣爲

先, 誠爲有見[4].

주석
1 豪曠(호광): 호방하고 활달하다.
2 磊落(뇌락): 뜻이 커서 작은 일에 얽매이지 않는 모양.
3 靈活(영활): 융통성이 있다. 얽매이지 않다. 자유롭다.
4 見(견): 견해. 식견.

10

칠언율시에서 왕건은 기이함을 중시하여 정체에 대해 몽매했고, 뜻을 중시하여 시어에는 소홀히 했다. 두목 역시 기이함을 중시하고 뜻을 중시하면서 더욱이 생경生硬함을 위주로 했기에 진실로 편벽되어 뜻을 알기 어렵고 괴이하다. 송나라의 작법은 대부분 여기에서 비롯되었다.

해제
왕건과 비교하여 두목의 칠언율시에 대해 논했다.

원문
七言律, 王建尙奇而昧於正, 尙意而略於[1]辭. 杜牧亦尙奇, 尙意, 而又以老硬[2]爲主, 實僻澀怪惡也. 宋人之法多出於此.

주석
1 略於(약어): …에 소홀히 하다.
2 老硬(노경): 시문 등이 세련되지 않다. 서투르다.

11

시는 먼저 그 정변을 정한 뒤에 그 수준을 논해야 하는데, 그렇지 않으면 심오할수록 더욱 편벽되게 되어 반드시 괴이한 곳으로 빠지게 된다. 허혼의 오 · 칠언 율시는 정취가 얕은데 시어의 활용이 실로 정교하니, 요리사가 음식 만드는 것에 비유하면 다섯 가지 맛은 풍부하나 참된 맛이 적다. 두목의 칠언율시는 의도가 심오하지만 시어의 활용은 정말 편벽되니, 나쁘고 이상한 음식에 비유되어 그것을 먹으면 입이 아프게 되고 이마가 상하게 되는데도 삼키지 않을 수 없다. 그런데도 그것을 아름다운 맛이라고 한다면 말이 되겠는가?

양신은 허혼을 매우 폄하하며 "만당의 율시로는 이상은 이래 오직 두목이 최고다."고 했는데, 그 말은 송나라 문인의 견해를 바탕으로 한 것으로 이것은 정변을 이해하지 못한 채 그저 수준만 논한 것이다.7)

해제 두목과 허혼의 율시를 음식에 비유하여 논하고 있다. 만당의 율시로 이상은 외 두목을 으뜸으로 여기는 양신의 견해에 대해 반박했다.

원문 詩先定其正變, 而後論其淺深, 否則愈深愈僻, 必有入於怪惡者. 許渾五七言律, 情致[1]雖淺, 而造語實工, 譬之庖製[2], 則五味多而眞味少. 杜牧七言律, 用意雖深, 而造語實僻, 譬之惡品[3]異類[4], 食之則蜇口[5]中顙[6], 不能不嚥[7], 反謂之美味可乎? 楊用修深貶許渾, 而謂"晩唐律詩, 義山而下惟牧之爲最", 其說本於宋人, 此不識正變而徒論深淺也. [餘見皮・陸論中.]

주석
1 情致(정치): '情趣(정취)'와 같은 말이다.
2 庖製(포제): 요리사가 음식을 만들다.
3 惡品(악품): 나쁜 종류.
4 異類(이류): 괴상한 종류.
5 蜇口(철구): 입을 아프게 하다.
6 中顙(중상): 이마를 상하게 하다.
7 嚥(연): 삼키다.

7) 피일휴皮日休・육구몽陸龜蒙에 관한 시론 중에 여론이 보인다.

12

두목의 칠언절구 중 〈유변遊邊〉, 〈청총靑塚〉, 〈장안청망長安晴望〉, 〈추석秋夕〉, 〈궁사宮詞〉 5편은 문장의 성운과 기세가 여전히 뛰어나다. 〈장부오홍등악유원將赴吳興登樂遊原〉 이하로는 모두 만당시에 들어가나 풍취가 볼 만하다. 개성 이후로 마땅히 독보적이다.

해제 두목의 칠언절구에 관한 논의다. 현존하는 두목의 시는 대략 530수 정도인데 그중에서 칠언절구가 197수로 가장 많다.

원문 杜牧七言絶, 如"黃沙連海"[1], "靑塚前頭"[2], "翠屛山對"[3], "銀燭秋光"[4], "監宮引出"[5]五篇, 聲氣尙勝. "淸時有味"[6]以下, 盡入晩唐, 而韻致[7]可觀. 開成以後, 當爲獨勝[8].

주석

1 黃沙連海(황사련해): 두목의 〈유변遊邊〉을 가리킨다.
2 靑塚前頭(청총전두): 두목의 〈청총靑塚〉을 가리킨다.
3 翠屛山對(취병산대): 두목의 〈장안청망長安晴望〉을 가리킨다.
4 銀燭秋光(은촉추광): 두목의 〈추석秋夕〉을 가리킨다.
5 監宮引出(감궁인출): 두목의 〈궁사宮詞〉를 가리킨다.
6 淸時有味(청시유미): 두목의 〈장부오홍등낙유원將赴吳興登樂遊原〉을 가리킨다.
7 韻致(운치): 풍취.
8 獨勝(독승): 독보적이다.

13

두목은 소년 시절에 방탕하게 행동하였는데, 다른 서적에서 보이니 참고할 만하다. 그의 시 중 〈견회遣懷〉, 〈병부상서석상작兵部尙書席上作〉, 〈탄화歎花〉 등이 지금 모두 그의 원래 문집에 보이지 않는 것은 무슨 까닭인가? 《신당서》에 따르면 "두목은 강직하고 뛰어난 절개가 있어 감히 큰일의 시비를 논했으며, 임종臨終 때에는 지은 문장을 다 거두어 불태웠다"고 하는데, 어찌 임종 때 그것을 불태웠겠는가?

문집 중 또 "정정요뇨婷婷嫋嫋", "다정각사多情却似"로 시작되는 〈증별贈別〉의 두 편의 절구는 아마 후인들이 보태 넣은 것이 아닐까 한다. 게다가 문집 중 대부분의 괴이하고 편벽되어 뜻을 알기 어려운 시어는 앞의 세 편의 절구 및 기타 수록된 것들과는 각기 다른 사람이 지은 듯하다. 이에 두목의 정취가 자유롭지만 괴이하고 편벽되어 뜻을 알기 어려운 것은 오직 스스로 학문의 깊은 경지를 열고자 했기 때문임을 알겠다.

두목의 칠언절구에 중 진위 문제에 대해 논했다.

杜牧少年風流放蕩[1], 見於[2]他書可考. 其詩有"落魄江湖"[3], "華堂今日"[4], "自恨尋芳"[5]等篇, 今皆不見本集者何? 按唐書: "牧剛直有奇節[6], 敢論列[7]大事, 臨終, 悉取所爲文章焚之." 斯豈臨終而焚之耶? 中復有"婷婷嫋嫋"[8], "多情却似"[9]二絶, 疑後人增入也. 且集中多怪惡僻澀之語, 與前三絶及他入錄者如出二手[10], 乃知此公[11]情致自在怪惡僻澀, 直欲自開堂奧耳.

1 風流放蕩(풍류방탕): 풍류가 방탕하다. 즉 주색잡기에 빠져 행실이 좋지 못한 것을 의미한다.

2 見於(견어): …에 보이다.

3 落魄江湖(낙백강호): 두목의 〈견회遣懷〉를 가리킨다.

4 華堂今日(화당금일): 두목의 〈병부상서석상작兵部尙書席上作〉을 가리킨다.

5 自恨尋芳(자한심방): 두목의 〈탄화歎花〉를 가리킨다.

6 奇節(기절): 절개.

7 論列(논열): 시비是非를 늘어놓아 논하다.

8 婷婷嫋嫋(정정뇨뇨): 두목의 〈증별贈別〉을 가리킨다.

9 多情却似(다정각사): 두목의 〈증별〉을 가리킨다.

10 如出二手(여출이수): 두 사람의 손에서 나온 듯하다. 각기 다른 사람이 창작한 듯하다.

11 公(공): 장자長者의 존칭. 여기서는 두목을 높여 지칭했다.

14

이상은[8]은 재주가 역시 허혼보다 뛰어나지만 전고가 괴이하고 편벽된 것은 대부분 원화 시에서 비롯되었다. 오언고시는 대부분 고운古韻을 사용했는데, 〈정니井泥〉 한 편에서 의론을 끌어내는 것이 두목과 비슷하지만 쓸데없이 길기만 할 따름이다. 칠언고시 중 오직 〈한비韓碑〉, 〈안평공安平公〉 두 편이 한유의 시와 약간 비슷한데, 〈한비〉가 정교하다. 기타 대부분은 이하李賀의 성조여서 괴이하고 편벽된 것이 더욱 심하니, 열 편을 읽으면 서너 편도 이해할 수 없다.

해제 이상은의 시가 이해하기 어려운 까닭은 전고를 많이 사용한 탓도 있지만 정치적 풍자와 역사적 회고 등을 통해 자신의 감정을 기탁하고자 했기 때문이다. 여기서 언급하고 있는 작품은 모두 정치시에 해당한다. 금나라 원호문元好問도 그의 〈논시절구論詩絶句〉에서 다음과 같이 이상은 시의 난해함을 제기했다.

"망제望帝는 춘심을 두견에 의탁했는데, 이상은은 거문고로 젊은 날을 원망했네. 시인들이 결국 이상은 시를 좋아하나, 어느 누구도 정현鄭玄과 같은 주석을 달지 못한 것이 한스럽네.望帝春心託杜鵑, 佳人琴瑟怨華年. 詩家總愛西崑好, 獨恨無人作鄭箋."

원문 李商隱[字義山]才力亦優於渾, 而用事詭僻[1], 多出於元和. 五言古多用古韻, 井泥一篇, 援引議論又似杜牧, 但更冗漫耳. 七言古惟韓碑 · 安平公二詩稍

8) 자 의산義山.

類退之, 而韓碑爲工. 其他多是長吉聲調, 詭僻尤甚, 讀之十不得三四也.

1 詭僻(궤벽): 괴이하고 편벽되다.

15

이상은의 칠언고시는 성조가 완곡하여 태반이 사詞의 영역에 들어간다.[9] 다음의 시구는 모두 사의 성조다.

"애간장이 일찍이 맑은 눈동자에 의해 끊어지네.柔腸早被秋眸割."

"바다가 넓고 하늘이 뒤집혀 어디에 있는지 모르겠네.海闊天翻迷處所."

"허리띠는 무정하게도 커져가네.衣帶無情有寬窄."

"단잠 자는 차가운 옷에서 패옥 소리가 나네.香眠冷襯琤琤珮."

"촛불 밝히고 눈물 흘리며 하늘이 밝아오는 걸 원망하네.蠟燭啼紅怨天曙."

"항아姮娥가 밤에 아름답고 강가의 가을 달이 밝네.蟾蜍夜豔秋河月."

"취해 깨어나니 희미한 태양이 막 떠오른 것 같고, 햇빛 비치는 주렴 뒤에서 꿈결에 어렴풋한 이야기를 듣네.醉起微陽若初曙, 映簾夢斷聞殘語."

"앞 누각의 비 내리는 주렴에서 근심이 그치지 않고, 후당의 향기로운 나무는 침침해 보이네.前閣雨簾愁不卷, 後堂芳樹陰陰見."

"낮은 누각의 작은 길은 성 남쪽의 길로 향하는데, 여전히 몸소 금안장에 앉아 향기로운 풀을 마주하고 있네.低樓小徑城南道, 猶自金鞍對芳草."

---

9) 온정균溫庭筠과 함께 위로 이하李賀의 칠언고시에서 연원했고, 아래로 한악韓偓의 여러 시체로 나아갔다.

"구름이 깔려 걷히지 않아 얼굴을 가리고 홀로 찡그리는데, 서쪽 누각에서 밤새도록 연을 급히 날리네. 그리움의 꽃을 짜서 멀리 있는 그대에게 부치고자 하나, 하루 종일 임을 그리워하다 도리어 원망을 하는구나. 雲屛不動揜孤嚬, 西樓一夜風箏急. 欲織相思花寄遠, 終日相思却相怨."

"옥 거문고의 화평한 소리에 초나라의 성조가 묻어 있고, 월나라 비단 차고 얇아 금장식이 무겁네. 주렴 고리에 장식된 앵무새는 밤에 서리 맞아 놀라고, 남쪽 구름 불러일으켜 운몽택雲夢澤에 젖어 있네. 瑤瑟愔愔藏楚弄, 越羅冷薄金泥重. 簾鉤鸚鵡夜驚霜, 喚起南雲繞雲夢."

해제 이상은의 칠언고시 중 사의 영역에 들어간 시구의 예를 들었다. 전사塡詞의 수법으로 시를 창작한 것은 이상은 시에서 나타나는 특색 중의 하나다. 허학이가 그 성조가 모두 완곡하다고 지적한 것은 주로 애정시에서 많이 나타난다. 이상은은 처량하고 비극적인 색채로 독특한 풍격을 완성했는데, 그것은 만당 시기의 시대적인 풍조라고도 할 수 있겠으나 그가 본래 지니고 있었던 성격과 그 생애의 처량한 굴곡과도 무관하지 않다고 볼 수 있다.

이상은은 열 살 때 부친을 잃었을 뿐 아니라 의지할 친척도 없었다. 또 젊어서 여러 막부를 전전하다가 어머니를 잃었으며 그 뒤 마흔 무렵에는 아내도 병사하게 되었다. 게다가 자신의 뜻과 무관하게 정쟁의 소용돌이 속에서 늘 굴곡이 많은 삶을 살았다. 이렇게 안팎으로 겪은 실의가 그의 다양한 시풍에 많은 영향을 미쳤다고 볼 수 있다.

商隱七言古, 聲調婉媚, 太半入詩餘矣. [與溫庭筠上源於李賀七言古,下流至韓偓諸體.] 如"柔腸早被秋眸割"[1], "海闊天翻迷處所"[2], "衣帶無情有寬窄"[3], "香眠冷襯琤琤珮"[4], "蠟燭啼紅怨天曙"[5], "蟾蜍夜豔秋河月"[6], "醉起微陽若初曙, 映簾夢斷聞殘語"[7], "前閣雨簾愁不卷, 後堂芳樹陰陰見"[8], "低樓小徑城南道, 猶自金鞍對芳草"[9], "雲屛不動揜孤嚬, 西樓一夜風箏急. 欲織相思花寄遠, 終日相思却相怨"[10], "瑤瑟愔愔藏楚弄, 越羅冷薄金泥重. 簾鉤鸚鵡夜驚霜, 喚起南雲繞雲夢"[11]等句, 皆詩餘之調也.

1 柔腸早被秋眸割(유장조피추모할): 애간장이 일찍이 맑은 눈동자에 의해 끊어지네. 이상은 〈이부인삼수李夫人三首〉 중 제3수의 시구다.

2 海闊天翻迷處所(해활천번미처소): 바다가 넓고 하늘이 뒤집혀 어디에 있는지 모르겠네. 이상은 〈연대사수燕臺四首, 춘春〉의 시구다.

3 衣帶無情有寬窄(의대무정유관착): 허리띠는 무정하게도 커져가네. 이상은 〈연대사수, 춘〉의 시구다.

4 香眠冷襯琤琤珮(향면냉츤쟁쟁패): 단잠 자는 차가운 옷에서 패옥 소리가 나네. 이상은 〈연대사수, 춘〉의 시구다.

5 蠟燭啼紅怨天曙(납촉제홍원천서): 촛불 밝히고 눈물 흘리며 하늘이 밝아오는 걸 원망하네. 이상은 〈연대사수, 동冬〉의 시구다.

6 蟾蜍夜豔秋河月(섬서야염추하월): 항아姮娥가 밤에 아름답고 강가의 가을 달이 밝네. 이상은 〈하내시이수河內詩二首〉 중 제1수의 시구다.

7 醉起微陽若初曙(취기미양약초서), 映簾夢斷聞殘語(영렴몽단문잔어): 취해 깨어나니 희미한 태양이 막 떠오른 것 같고, 햇빛 비치는 주렴 뒤에서 꿈결에 어렴풋한 이야기를 듣네. 이상은 〈연대사수, 춘〉의 시구다.

8 前閣雨簾愁不卷(전각우렴수불권), 後堂芳樹陰陰見(후당방수음음견): 앞 누각의 비 내리는 주렴에서 근심이 그치지 않고, 후당의 향기로운 나무는 침침해 보이네. 이상은 〈연대사수, 하夏〉의 시구다.

9 低樓小徑城南道(저루소경성남도), 猶自金鞍對芳草(유자금안대방초): 낮은 누각의 작은 길은 성 남쪽의 길로 향하는데, 여전히 몸소 금 안장에 앉아 향기로운 풀을 마주하고 있네. 이상은 〈하내시이수〉 중 제2수의 시구다.

10 雲屛不動揜孤嚬(운병부동엄고빈), 西樓一夜風箏急(서루일야풍쟁급). 欲織相思花寄遠(욕직상사화기원), 終日相思却相怨(종일상사각상원): 구름이 깔려 걷히지 않아 얼굴을 가리고 홀로 찡그리는데, 서쪽 누각에서 밤새도록 연을 급히 날리네. 그리움의 꽃을 짜서 멀리 있는 그대에게 부치고자 하나, 하루 종일 임을 그리워하다 도리어 원망을 하는구나. 이상은 〈연대사수, 추秋〉의 시구다.

11 瑤瑟愔愔藏楚弄(요슬음음장초농), 越羅冷薄金泥重(월라냉박금니중). 簾鉤鸚鵡夜驚霜(염구앵무야경상), 喚起南雲繞雲夢(환기남운요운몽): 옥 거문고의 화평한 소리에 초나라의 성조가 묻어 있고, 월나라 비단 차고 얇아 금장식이 무겁네. 주렴 고리에 장식된 앵무새는 밤에 서리 맞아 놀라고, 남쪽 구름 불러일으켜 운몽택雲夢澤에 젖어 있네. 이상은 〈연대사수, 추〉의 시구다.

16

이상은의 율시는 고시와 비교하면 다소 뜻이 분명하고 쉬운데, 칠언이 뛰어나다. 칠언에서 〈증별전울주계필사군贈別前蔚州契苾使君〉 한 편이 바로 만당의 뛰어난 성조인데, 기타 시들도 대구가 대부분 정밀하고 적절하며, 시어가 대부분 곱고 아름다워 송나라 사람들이 "서곤체西崑體"라 불렀으며, 만당시의 한 종류가 되었다.

다음의 시구는 모두 대구가 대부분 정밀하고 적절하며 시어가 대부분 곱고 아름다운 것이다.

"태액지太液池에서 노래에 화답하니 누런 고니 날아들고, 진창陳倉에서 사냥하여 푸른 닭 잡았다네.賡歌太液翻黃鵠, 從獵陳倉獲碧雞."

"구름이 하후夏后가 탄 두 마리 용의 꼬리를 따르고, 바람이 주왕이 탄 여덟 말의 발굽을 좇네.雲隨夏后雙龍尾, 風逐周王八馬蹄."

"신선이 산다는 낭원閬苑에는 서적이 있고 학이 많이 모이는데, 여장산女牆山에는 나무도 없어 난새가 깃들지 못하네.閬苑有書多附鶴, 女牆無樹不棲鸞."

"황금 탄환을 거두지 않고 수풀에 던져 버리면서, 오히려 우물가에 있는 난간을 아까워하네.不收金彈拋林外, 却惜銀牀在井頭."

"춤추는 난새가 장식된 거울 상자에는 검은 칠이 다 벗겨지고, 오리 모양으로 장식된 향로는 저녁을 요리하는 것으로 바뀌었네.舞鸞鏡匣收殘黛, 睡鴨香鑪換夕薰."

"주수珠樹가 겹겹이 늘어서 물총새를 어여삐 여기고, 옥루玉樓는 쌍쌍이 춤추며 곤계鵾雞를 부러워하네.珠樹重行憐翡翠, 玉樓雙舞羨鵾雞."

"명주는 꿰어야 노리개가 될 수 있고, 백옥도 꿰어야 고리가 된다네.明珠可貫須爲珮, 白璧堪裁且作環."

"내 몸에는 화려한 봉황의 쌍 날개는 없으나, 마음에는 영묘한 무소의 뿔처럼 한 점 통함이 있도다. 身無彩鳳雙飛翼, 心有靈犀一點通."

"구지등九枝燈 아래 금전金殿에서 알현하고, 삼소운三素雲 속 옥루玉樓에서 모셨네. 九枝燈下朝金殿, 三素雲中侍玉樓."

"창해滄海의 달 밝으면 구슬이 눈물 속에서 자라고, 남전藍田의 해 따뜻하면 옥에서 연기가 피어나네. 滄海月明珠有淚, 藍田日煖玉生煙."

허혼과 비교하여 말하자면 허혼은 시어를 다듬었고 이상은은 뜻을 다듬었는데, 모두 그다지 유창하지는 않다. 그러나 허혼의 시는 수록된 것이 많고 이상은의 시는 수록된 것이 적다.

해제 이상은의 칠언율시에 관한 논의다. 이상은은 칠언의 창작에 뛰어났는데 현존하는 그의 시 600여 수 중 칠언율시는 117수에 해당한다.

원문 商隱律詩較古詩稍顯易, 而七言爲勝. 七言如"何年部落"[1]一篇, 乃晚唐俊調, 其他對多精切[2], 語多穠麗[3], 宋人號爲"西崑體", 爲晚唐一種. 如"賡歌太液翻黃鵠, 從獵陳倉獲碧雞."[4] "雲隨夏后雙龍尾, 風逐周王八馬蹄."[5] "閬苑有書多附鶴, 女牆無樹不棲鸞."[6] "不收金彈抛林外, 却惜銀牀在井頭."[7] "無鸞鏡匣收殘黛, 睡鴨香罏換夕薰."[8] "珠樹重行憐翡翠, 玉樓雙舞羨鵾雞."[9] "明珠可貫須爲珮, 白璧堪裁且作環."[10] "身無彩鳳雙飛翼, 心有靈犀一點通."[11] "九枝燈下朝金殿, 三素雲中侍玉樓."[12] "滄海月明珠有淚, 藍田日煖玉生煙"[13] 等句, 皆精切穠麗者也. 較許渾而言, 許工詞, 李工意, 而俱不甚暢; 然許入選者多, 而李入選者少.

주석

1 何年部落(하년부락): 이상은의 〈증별전울주계필사군贈別前蔚州契苾使君〉을 가리킨다.

2 精切(정절): 정밀하고 적절하다.

3 穠麗(농려): 곱고 아름답다.

4 賡歌太液翻黃鵠(갱가태액번황곡), 從獵陳倉獲碧雞(종렵진창획벽계): 태액지

太液池에서 노래에 화답하니 누런 고니 날아들고, 진창陳倉에서 사냥하여 푸른 닭 잡았다네. 이상은 〈기영호학사寄令狐學士〉의 시구다.

5 雲隨夏后雙龍尾(운수하후쌍룡미), 風逐周王八馬蹄(풍축주왕팔마제): 구름이 하후夏后가 탄 두 마리 용의 꼬리를 따르고, 바람이 주왕이 탄 여덟 말의 발굽을 쫓네. 이상은 〈구성궁九成宮〉의 시구다.

6 閬苑有書多附鶴(낭원유서다부학), 女牆無樹不棲鸞(여장무수불서란): 신선이 산다는 낭원閬苑에는 서적이 있고 학이 많이 모이는데, 여장산女牆山에는 나무도 없어 난새가 깃들지 못하네. 이상은 〈벽성삼수碧城三首〉 중 제1수의 시구다.

7 不收金彈抛林外(불수금탄포림외), 却惜銀牀在井頭(각석은상재정두): 황금 탄환을 거두지 않고 수풀에 던져 버리면서, 오히려 우물가에 있는 난간을 아까워하네. 이상은 〈부평소후富平少侯〉의 시구다.

8 舞鸞鏡匣收殘黛(무란경갑수잔대), 睡鴨香鑪換夕薰(수압향로환석훈): 춤추는 난새가 장식된 거울 상자에는 검은 칠이 다 벗겨지고, 오리 모양으로 장식된 향로는 저녁을 요리하는 것으로 바뀌었네. 이상은 〈촉루促漏〉의 시구다.

9 珠樹重行憐翡翠(주수중행련비취), 玉樓雙舞羨鵾雞(옥루쌍무선곤계): 주수珠樹가 겹겹이 늘어서 물총새를 어여삐 여기고, 옥루玉樓는 쌍쌍이 춤추며 곤계鵾雞를 부러워하네. 이상은 〈음석희증동사飮席戲贈同舍〉의 시구다. '珠樹(주수)'는 신화 전설상의 진목珍木을 가리킨다.

10 明珠可貫須爲珮(명주가관수위패), 白璧堪裁且作環(백벽감재차작환): 명주는 꿰어야 노리개가 될 수 있고, 백옥도 꿰어야 고리가 된다네. 이상은 〈화우인희증이수和友人戲贈二首〉 중 제2수의 시구다.

11 身無彩鳳雙飛翼(신무채봉쌍비익), 心有靈犀一點通(심유령서일점통): 내 몸에는 화려한 봉황의 쌍 날개는 없으나, 마음에는 영묘한 무소의 뿔처럼 한 점 통함이 있도다. 이상은〈무제이수無題二首〉 중 제1수의 시구다.

12 九枝燈下朝金殿(구지등하조금전), 三素雲中侍玉樓(삼소운중시옥루): 구지등九枝燈 아래 금전金殿에서 알현하고, 삼소운三素雲 속 옥루玉樓에서 모셨네. 이상은 〈화한녹사송궁인입도和韓錄事送宮人入道〉의 시구다.

13 滄海月明珠有淚(창해월명주유루), 藍田日煖玉生煙(남전일난옥생연): 창해滄海의 달 밝으면 구슬이 눈물 속에서 자라고, 남전藍田의 해 따뜻하면 옥에서 연기가 피어나네. 이상은 〈금슬錦瑟〉의 시구다.

17

이상은의 칠언율시는 시어가 곱고 아름답지만, 그중 대부분은 괴이하고 편벽되었다.

다음의 시구가 가장 괴이하고 편벽되었다.

"미친 듯 몰아치는 바람은 여라女蘿의 그늘이 엷어지는 것 아까워하지 않고, 맑은 이슬은 오로지 계수나무 잎이 짙은 것만 안다네. 狂飈不惜蘿陰薄, 淸露偏知桂葉濃."10)

"해가 지니 저궁渚宮에서 관각觀閣을 바치고, 내년에는 운몽택雲夢澤에서 봄 경치를 보내네. 落日渚宮供觀閣, 開年雲夢送烟花."11)

"일찍이 적막하여 향불을 다 태우고, 소식이 끊기고 없는데 석류는 붉네. 曾是寂寥金燼後, 斷無消息石榴紅."12)

《냉재야화冷齋夜話》에서 "시가 이상은에 이르러 문장의 한 가지 재앙이 되었다."고 한 것은 이를 두고 말한 것이다. 시론에는 이장理障·사장事障이 있는데, 나는 외람되이 이것을 의장意障이라고 말할 따름이다. 또 〈증사훈두십삼贈司勳杜十三〉 한 편은 체재가 매우 기이한데, 역시나 백거이白居易의 〈남노자몽시覽盧子蒙詩〉에서 비롯되었다.

해제 이상은의 칠언율시에 관한 논의다. 전고가 매우 편벽되어 시의 뜻을 이해하기 힘든 점을 지적하고 있다. 흔히 이상은이 전고를 지나치게 많이 사용하는 것을 가리켜 "달제어獺祭語"라고 하는데, "달제어"란 수달이 물고기를 많이 잡아 제물처럼 널어놓은 것을 가리키는 것에서 전고를 많이 모아 엮은 것을 의미한다. 허학이는 여기서 그러한 작품을 '의장意障'이라고 규정

10) 〈심궁深宮〉.
11) 〈송옥宋玉〉.
12) 〈무제無題〉.

하고 대표적인 시구의 예를 들었다.

한편 이상은과 백거이는 문학사에서 병칭되지는 않지만, 서로 영향 관계가 없었던 것은 전혀 아니다. 이상은은 백거이보다 40세가 적으나, 백거이가 이상은보다 12년 먼저 죽었을 뿐이다. 이상은이 백거이의 아들에게 준 〈백수재상白秀才狀〉에서는 젊을 때 백거이를 만난 정황을 묘사했다. 대략 대화 3년에 만났던 것으로 추정된다. 북송 문인 채거후蔡居厚의 《채관부시화蔡寬夫詩話》에서도 백거이가 만년에 이상은의 시문을 매우 좋아했다고 기록하고 있다.

商隱七言律, 語雖穠麗, 而中多詭僻. 如"狂飇不惜蘿陰薄, 淸露偏知桂葉濃."[深宮] "落日渚宮供觀閣, 開年雲夢送烟花."[宋玉] "曾是寂寥金燼後, 斷無消息石榴紅"[無題]等句, 最爲詭僻, 冷齋夜話[1]云"詩至義山爲文章一厄[2]"是也. 論詩者有理障[3] · 事障[4], 予竊謂此爲意障[5]耳. 又贈司勳杜十三一篇, 體製甚奇, 然亦出於樂天覽盧子蒙詩也.

1 冷齋夜話(냉재야화): 송나라 시기의 시인이자 화가이며 평론가인 석혜홍释惠洪(1071~1128?)이 쓴 책이다. 총 10권으로 주로 시를 논하고 있으며, 그 당시 전해들은 자질구레한 사건들도 함께 기록했다. 그의 시론은 대체로 소식과 황정견의 관점을 많이 인용하고 있다.

2 厄(액): 재앙.

3 理障(이장): 불교 용어. 사견邪見 등으로 인해 '진지眞知'와 '진견眞見'이 방해받는 것을 가리킨다.

4 事障(사장): 불교 용어. 탐욕 · 화냄 · 오만함 · 고집 등의 번뇌가 열반涅槃을 방해하는 것을 가리킨다.

5 意障(의장): 위의 '이장', '사장'의 뜻에 견주어 시의 뜻이 훼손되는 것을 가리킨다.

18

이상은의 칠언율시는 괴이하고 편벽된 것이 많을 뿐 아니라 때때로 비속한 것도 있다.

다음의 시구가 가장 비속한 것이다.

"공으로 돌아가 썩으니 초혼이 어려운 듯하고, 더욱이 비린내 극심한데 어찌 쉽게 부르겠는가?空歸腐敗猶難復, 更困腥臊豈易招."13)

"말을 알아듣지 못해 다시 헤어지고, 모이는 일 적으니 원망할 만하네.未容言語還分散, 少得團圓足怨嗟."14)

"계씨稽氏의 어린 아들 더욱 가련하고, 좌씨左氏네의 아리따운 딸 어찌 잊을 수 있겠는가?稽氏幼男尤可憫, 左家嬌女豈能忘."15)

"가씨賈氏의 딸은 한수韓壽에게 반해 주렴 사이로 엿보았고, 견후甄后는 조식의 재주에 끌려 베개를 보냈다네.賈氏窺簾韓掾少, 宓妃留枕魏王才."16)

해제 이상은의 칠언율시 중 비속한 시구의 예를 들었다.

商隱七言律旣多詭僻, 時[1]亦有鄙俗[2]者, 如"空歸腐敗猶難復, 更困腥臊豈易招?"[楚宮] "未容言語還分散, 少得團圓足怨嗟."[昨日] "稽氏幼男尤可憫, 左家嬌女豈能忘."[悼亡] "賈氏窺簾韓掾少, 宓妃留枕魏王才."[無題]等句, 最爲鄙俗者也.

1 時(시): 때때로.

2 鄙俗(비속): 비루하다.

19

이상은의 칠언절구 중 다음 시구가 있다.

13) 〈초궁楚宮〉.

14) 〈작일昨日〉.

15) 〈도망悼亡〉.

16) 〈무제無題〉.

〈대증代贈〉: "파초는 꽃을 피우지 못하고 물푸레나무는 열매를 맺었으니, 함께 봄바람을 맞으나 각자 근심이 있다네. 芭蕉不展丁香結, 同向春風各自愁."

〈원앙鴛鴦〉: "모름지기 오래도록 풍랑 속에서 맺어지기를 바라지 않고, 새장에 갇혀야 둘이 완전해진다네. 不須長結風波願, 鎖向金籠始兩全."

〈춘일春日〉17): "나비는 꽃술을 물고 벌은 가루를 물어서, 함께 기루妓樓를 도우며 하루 종일 분주하네. 蝶銜花蕊蜂銜粉, 共助青樓一日忙."

이상의 전체 시편을 고율古律과 비교하면 염정이 더욱 화려하다.

해제 이상은의 칠언절구 중 염정이 화려한 시구를 가려 뽑았다. 이상은의 칠언절구는 모두 173수인데, 조예가 뛰어나 이백, 왕창령과 비교해도 손색이 없다. 섭섭의 《원시》에서도 다음과 같이 평가하고 있다.

"이상은의 칠언절구는 기탁이 깊고 시어의 운용이 완곡하여 백대 이래로는 짝할 이가 없을 것이다. 李商隱七絶, 寄托深而措辭婉, 實可空百代無其匹也."

원문 商隱七言絶, 如代贈1云: "芭蕉不展丁香結, 同向春風各自愁." 鴛鴦云: "不須長結風波願, 鎖向金籠始兩全." 春日[詠燕]云: "蝶銜花蕊蜂銜粉, 共助青樓一日忙." 全篇較古律, 豔情尤麗2.

주석 1 代贈(대증): 〈대증이수代贈二首〉 중 제1수의 시구다.

20

오언절구에서 허혼은 성조가 급하고 기세가 촉급하며, 이상은은 뜻이 새롭고 시어가 농염한데, 이것은 대력에서부터 내려온 것이므로 또한 정변이다.18)

17) 〈영연詠燕〉이라고도 한다.

해제 이상은의 오언절구에 관한 논의다. 그 연원이 대력 시에서 비롯되므로 정변에 해당한다고 보았다.

원문 五言絶, 許渾聲急氣促[1], 商隱意新語豔[2], 此又大歷之降, 亦正變也. [五言絶正變止此.]

주석
1 聲急氣促(성급기촉): 성조가 급하고 기세가 촉급하다.
2 意新語豔(의신어염): 뜻이 새롭고 시어가 농염하다.

21

온정균[19)]은 이상은과 이름을 나란히 하여, 그 당시 "온이溫李"라고 불렸다. 오·칠언 고시는 화려하고 요염하다.

오언 중 〈엽기獵騎〉 한 편은 제·양 시와 비슷한데 내용이 제목과 부합되지 않으니 아마 오류일 것이다. 〈서주사西洲詞〉, 〈강남곡江南曲〉은 환운체로 육조의 악부 시어를 사용했다. 〈상관인湘官人〉, 〈고성곡故城曲〉, 〈변가곡邊笳曲〉은 대체로 이하李賀 시와 비슷하다. 기타 시는 정교하지 않다.

칠언시에서 운을 바꿀 때는 네 구마다 한 번 바꾸어 평측平仄이 서로 갈마들었고, 시어는 대부분 괴이하고 편벽되었다. 열 편을 읽으면 대여섯 편은 이해할 수 없고, 성조가 대체로 이상은과 비슷하나 그 재주가 간혹 미치지 못할 따름이다. 내가 수록한 것은 그중 가장 쉬운 작품이다.

해제 온정균의 오·칠언 고시에 관한 논의다. 전반적으로 화려하고 요염한 시

18) 오언절구의 정변은 여기까지다.
19) 자 비경飛卿.

풍을 가졌음을 강조하고 있다. 현존하는 시는 337수인데 근체시가 대부분이고 고체시는 많지 않다.

원문

溫庭筠[字飛卿]與李商隱齊名, 時號"溫李". 五七言古, 綺靡妖豔[1]. 五言獵騎一篇, 有似齊梁, 但與題不合, 恐誤. 西洲詞・江南曲轉韻體, 用六朝樂府語. 湘官人・故城曲・邊笳曲, 略似長吉. 其他則未爲工. 七言轉韻, 四句一換, 平仄相間, 語亦多詭僻. 讀之十不得五六, 聲調略與義山相類, 其才或不及耳. 予所錄, 乃其最易者.

주석

1 綺靡妖豔(기미요염): 화려하고 요염하다.

22

온정균의 칠언고시는 성조가 완곡하여 완전히 사詞의 영역으로 들어갔다.20)

"가임장신왕래도家臨長信往來道" 한 편은 그의 문집에서 〈춘효곡春曉曲〉이라 했는데, 사 작품으로 〈옥루춘玉樓春〉이라고 했다. 대개 그 시어가 본디 서로 비슷하고 음조도 서로 합치되므로 편집자가 사에 넣은 것일 따름이다. 기타 대략 시구를 가려 뽑아 예로 들어 본다. 다음의 시구는 모두 사의 성조다.

"사방이 진동하며 전란의 먼지 일어나는데, 성대한 모임 속에서 꿈을 꾸고 있는 듯하네. 후주의 황폐해진 궁전에 새벽 꾀꼬리 있지만, 날아와 서강의 물을 마주하고 있을 뿐이네.四方傾動烟塵起, 猶在濃團夢魂裏. 後主荒宮有曉鶯, 飛來只隔西江水."

"그대 위해 합환 이불을 재단하는데, 별이 아득하게 천리를 함께 비

20) 이상은李商隱과 함께 위로는 이하李賀에서 연원했고, 아래로는 한악韓偓의 여러 체재로 나아갔다.

추네. 상아로 만든 향로는 가을을 알지 못하는데, 푸른 연못에는 이미 새 연꽃이 피었네.爲君裁破合歡被, 星斗迢迢共千里. 象尺薰鑪未覺秋, 碧池已有新蓮子."

"고개 돌려 찡긋하며 서쪽 창의 나그네와 웃으며 말했는데, 몇 개 되지 않는 별이 은근히 빛을 발하네. 진왕秦王이 앉던 상아 침상을 거두어 좇을 수 없는데, 누각 가득 달이 밝고 배꽃이 희게 피었구나.迴嚬笑語西牕客, 星斗寥寥波脉脉. 不逐秦王捲象牀, 滿樓明月梨花白."

"대궐 섬돌은 곤륜정崑崙井과 알아채지 못하게 접해 있는데, 우물에는 사람이 없고 동아줄만 차갑네. 벽에는 음산한 구자당九子堂이 그려져 있고, 섬돌 앞에는 가느다란 달빛에 꽃 그림자 펼쳐져 있네.玉墀暗接崑崙井, 井上無人金索冷. 畵壁陰森九子堂, 階前細月鋪花影."

"꾀꼬리는 꽃에 묻건만 꽃은 말이 없으니, 이리저리 날며 횡당橫塘의 비를 한스러워 하는 듯하네. 벌들은 꽃술을 다투고 나비는 향을 나누니, 수양버들도 가지를 아끼지 않는 듯하네.百舌問花花不語, 低迴似恨橫塘雨. 蜂爭粉蕊蝶分香, 不似垂楊惜金縷."

해제 온정균의 칠언고시 중 사의 영역에 들어간 시구의 예를 들었다. 실제 온정균은 전문적으로 전사塡詞한 시인으로 신흥의 곡자사曲子詞를 이용하여 시를 지었다.

원문 庭筠七言古, 聲調婉媚, 盡入詩餘. [與李商隱上源於李賀, 下流至韓偓諸體.] 如"家臨長信往來道"一篇, 本集作春曉曲, 而詩餘作玉樓春, 蓋其語本相近而調又相合, 編者遂采入詩餘耳. 其他略摘以見. 如"四方傾動烟塵起, 猶在濃團夢魂裏. 後主荒宮有曉鶯, 飛來只隔西江水."[1] "爲君裁破合歡被, 星斗迢迢共千里. 象尺薰鑪未覺秋, 碧池已有新蓮子."[2] "迴嚬笑語西牕客, 星斗寥寥波脉脉. 不逐秦王捲象牀, 滿樓明月梨花白."[3] "玉墀暗接崑崙井, 井上無人金索冷. 畵壁陰森九子堂, 階前細月鋪花影."[4] "百舌問花花不語, 低迴似恨橫

塘雨. 蜂爭粉蕊蝶分香, 不似垂楊惜金縷"[5]等句, 皆詩餘之調也.

1 四方傾動烟塵起(사방경동연진기), 猶在濃團夢魂裏(유재농단몽혼리). 後主荒宮有曉鶯(후주황궁유효앵), 飛來只隔西江水(비래지격서강수): 사방이 진동하며 전란의 먼지 일어나는데, 성대한 모임 속에서 꿈을 꾸고 있는 듯하네. 후주의 황폐해진 궁전에 새벽 꾀꼬리 있지만, 날아와 서강의 물을 마주하고 있을 뿐이네. 온정균 〈춘강화월야사春江花月夜詞〉의 시구다.

2 爲君裁破合歡被(위군재파합환피), 星斗迢迢共千里(성두초초공천리). 象尺薰鑪未覺秋(상척훈로미각추), 碧池已有新蓮子(벽지이유신연자): 그대 위해 합환 이불을 재단하는데, 별이 아득하게 천리를 함께 비추네. 상아로 만든 향로는 가을을 알지 못하는데, 푸른 연못에는 이미 새 연꽃이 피었네. 온정균 〈직금사織錦詞〉의 시구다.

3 迴嚬笑語西牕客(회빈소어서창객), 星斗寥寥波脉脉(성두요요파맥맥). 不逐秦王捲象牀(불축진왕권상상), 滿樓明月梨花白(만루명월이화백): 고개 돌려 찡긋하며 서쪽 창의 나그네와 웃으며 말했는데, 몇 개 되지 않는 별이 은근히 빛을 발하네. 진왕秦王이 앉던 상아 침상을 거두어 좇을 수 없는데, 누각 가득 달이 밝고 배꽃이 희게 피었구나. 온정균 〈무의곡舞衣曲〉의 시구다. '脉脉(맥맥)'은 눈길이나 행동으로 말없이 은근한 정을 나타내는 모양을 가리킨다. '秦王(진왕)'은 이세민李世民이 태자일 때의 봉호다.

4 玉墀暗接崑崙井(옥지암접곤륜정), 井上無人金索冷(정상무인금색냉). 畵壁陰森九子堂(화벽음삼구자당), 階前細月鋪花影(계전세월포화영): 대궐 섬돌은 곤륜정崑崙井과 알아채지 못하게 접해 있는데, 우물에는 사람이 없고 동아줄만 차갑네. 벽에는 음산한 구자당九子堂이 그려져 있고, 섬돌 앞에는 가느다란 달빛에 꽃 그림자 펼쳐져 있네. 온정균 〈생매병풍가生禖屛風歌〉의 시구다.

5 百舌問花花不語(백설문화화불어), 低迴似恨橫塘雨(저회사한횡당우). 蜂爭粉蕊蝶分香(봉쟁분예접분향), 不似垂楊惜金縷(불사수양석금루): 꾀꼬리는 꽃에 묻건만 꽃은 말이 없으니, 이리저리 날며 횡당橫塘의 비를 한스러워 하는 듯하네. 벌들은 꽃술을 다투고 나비는 향을 나누니, 수양버들도 가지를 아끼지 않는 듯하네. 온정균 〈석춘사惜春詞〉의 시구다.

23

온정균의 오언율시에는 육조체가 있는데, 아주 비슷하다.[21)]

칠언 중 수록된 시들은 성조가 대부분 맑고 시어가 대부분 한적하니 만당에서 독자적인 하나의 유형이 되었다. 다음의 시구는 모두 맑고 한적하여서 이상은의 시와 서로 상반되는 것이다.

“절을 나오니 말이 가을빛 속에서 울고, 무덤으로 향하니 까마귀가 석양 속에서 요란스럽네. 대나무 사이로 샘물 떨어지나 산사의 부엌 고요하고, 탑 아래 승려가 돌아오니 영전影殿이 공허하네. 出寺馬嘶秋色裏, 向陵鴉亂夕陽中. 竹間泉落山廚靜, 塔下僧歸影殿空.”

“창 사이로 게송의 반을 읊는데 종소리 들려와, 소나무 아래서 두던 바둑 거두고 나그네 전송하네. 주렴은 옥봉玉峯을 마주하며 눈 내리는 밤을 거두고, 섬돌은 남수藍水의 물을 따라 가을 이끼 길게 드리웠네. 窗間半偈聞鐘後, 松下殘棋送客回. 簾向玉峯藏夜雪, 砌因藍水長秋苔.”

“유명한 그림 찾아서 사원을 오가다가, 한가한 사람 만나게 되어 바둑을 두네. 새로이 날아온 기러기는 푸른 구름 속을 어지러이 날고, 찬 까마귀가 붉은 나뭇잎을 빙빙 맴도는 무렵이네. 爲尋名畫來過院, 因訪閒人得看棋. 新鴈參差雲碧處, 寒鴉繚繞葉紅時.”

“호숫가에서 두던 바둑을 거두고 사람들 흩어지는데, 악양岳陽의 이슬비에 새는 더디게 돌아가네. 湖上殘棋人散後, 岳陽微雨鳥歸遲.”

“푸른 이끼 낀 거리가 익숙한 듯 스님이 절에 돌아오고, 붉은 나뭇잎 바스락 소리를 내면서 사슴이 숲 속에 나타나네. 蒼苔路熟僧歸寺, 紅葉聲乾鹿在林.”

21) 당나라 시인의 육조체의 경우는 예를 수록하지 않는다.

해제

온정균의 오·칠언 율시에 관한 논의다. 그의 오언율시가 육조체와 비슷하다고 지적했다. 실제 온정균은 육조 시대 궁체시의 화려하고 농염한 형식을 수용하여 시를 창작했다. 또한 칠언율시는 성조가 맑고 시어가 한적하여 독자적인 유형이 되었음을 강조하고 구체적인 시구의 예를 들었다.

원문

庭筠五言律, 有六朝體, 酷相類. [唐人六朝體, 例不錄.] 七言入錄者, 調多淸逸[1], 語多閒婉[2], 在晩唐另爲一種. 如"出寺馬嘶秋色裏, 向陵鴉亂夕陽中. 竹間泉落山廚靜, 塔下僧歸影殿空."[3] "窗間半偈聞鐘後, 松下殘棋送客回. 簾向玉峯藏夜雪, 砌因藍水長秋苔."[4] "爲尋名畫來過院, 因訪閒人得看棋. 新鴈參差雲碧處, 寒鴉繚繞葉紅時."[5] "湖上殘棋人散後, 岳陽微雨鳥歸遲."[6] "蒼苔路熟僧歸寺, 紅葉聲乾鹿在林"[7]等句, 皆淸逸閒婉, 與義山相反者也.

1 淸逸(청일): 맑고 속되지 않다.

2 閒婉(한완): 한적하고 여유롭다.

3 出寺馬嘶秋色裏(출사마시추색리), 向陵鴉亂夕陽中(향릉아란석양중). 竹間泉落山廚靜(죽간천락산주정), 塔下僧歸影殿空(탑하승귀영전공): 절을 나오니 말이 가을빛 속에서 울고, 무덤으로 향하니 까마귀가 석양 속에서 요란스럽네. 대나무 사이로 샘물 떨어지나 산사의 부엌 고요하고, 탑 아래 승려가 돌아오니 영전影殿이 공허하네. 온정균 〈개성사開聖寺〉의 시구다.

4 窗間半偈聞鐘後(창간반게문종후), 松下殘棋送客回(송하잔기송객회). 簾向玉峯藏夜雪(염향옥봉장야설), 砌因藍水長秋苔(체인람수장추태): 창 사이로 게송의 반을 읊는데 종소리 들려와, 소나무 아래서 두던 바둑 거두고 나그네 전송하네. 주렴은 옥봉玉峯을 마주하며 눈 내리는 밤을 거두고, 섬돌은 남수藍水의 물을 따라 가을 이끼 길게 드리웠네. 온정균 〈기청원사승寄淸源寺僧〉의 시구다.

5 爲尋名畫來過院(위심명화래과원), 因訪閒人得看棋(인방한인득간기). 新鴈參差雲碧處(신안참치운벽처), 寒鴉繚繞葉紅時(한아료요엽홍시): 유명한 그림 찾아서 사원을 오가다가, 한가한 사람 만나게 되어 바둑을 두네. 새로이 날아온 기러기는 푸른 구름 속을 어지러이 날고, 찬 까마귀가 붉은 나뭇잎을 빙빙 맴도는 무렵이네. 온정균 〈제서명사승원題西明寺僧院〉의시구다.

6 湖上殘棋人散後(호상잔기인산후), 岳陽微雨鳥歸遲(악양미우조귀지): 호숫가

에서 두던 바둑을 거두고 사람들 흩어지는데, 악양岳陽의 이슬비에 새는 더디게 돌아가네. 온정균 〈기악주이외랑원寄嶽州李外郎遠〉의 시구다.

7 蒼苔路熟僧歸寺(창태로숙승귀사), 紅葉聲乾鹿在林(홍엽성건록재림): 푸른 이끼 낀 거리가 익숙한 듯 스님이 절에 돌아오고, 붉은 나뭇잎 바스락 소리를 내면서 사슴이 숲 속에 나타나네. 온정균 〈숙운제사宿雲際寺〉의 시구다.

24

《신당서, 온정균전溫庭筠傳》에서 말했다.

"온정균은 행실이 경박하며, 정사를 볼 때는 그 사람됨이 비루했다."

지금 그의 칠언율시를 보면 격조가 비록 만당이기는 하지만, 맑고 한적하며 거의 속세의 먼지가 없는 모양인 것은 무슨 까닭인가?

내가 대답한다.

왕유와 위응물은 이를테면 "덕이 있는 사람은 반드시 훌륭한 말이 있다"고 하는 경우에 해당하며, 온정균의 시는 말이 있는 사람이라고 해서 반드시 덕이 있는 것은 아닌 경우다.

해제

온정균의 시와 그의 사람됨에 대해 논했다. 몇 편의 칠언율시에서 맑고 부드러운 격조가 있다고 해서 실제 그 사람됨도 그러한 것이 아님을 지적했다. 시를 평가하고 논할 때에는 그 사람에 대해서도 더불어 알아야 하는데, 온정균은 시가 그 사람과 같지 않은 경우다.

원문

傳[1]言: "庭筠薄於行[2], 執政[3]鄙其爲人." 今觀其七言律, 格雖晚唐, 而淸逸閒婉, 殊無塵俗[4]之態, 何也? 曰: 摩詰 · 應物, 所謂"有德者必有言"[5], 庭筠之詩, 則有言者, 未必有德也.

주석

1 傳(전): 《신당서》에 기록된 온정균의 전기를 가리킨다.

2 行(행): 행실

3 執政(집정): 정사政事를 보다.

4 塵俗(진속): 먼지 낀 속세.

5 有德者必有言(유덕자필유언): 덕을 가진 사람은 반드시 훌륭한 말이 있게 된다. 《논어, 헌문》에 나오는 말이다.

25

온정균의 칠언율시 중 〈회중작回中作〉, 〈소무묘蘇武廟〉, 〈과진림묘過陳琳墓〉 세 편은 만당의 뛰어난 성조다.

〈송객우작送客偶作〉, 〈송노처사유오월送盧處士遊吳越〉, 〈하중배수유정河中陪帥遊亭〉, 〈산중여제도우야좌문변방불녕인시동지山中與諸道友夜坐聞邊防不寧因示同志〉 네 편은 허혼과 비슷하다.

〈마외역馬嵬驛〉, 〈우유偶遊〉, 〈제서평왕구사병풍題西平王舊賜屛風〉, 〈화우인계거별업和友人溪居別業〉 네 편은 이상은과 유사하다.

온정균의 칠언율시가 지닌 특징을 세 부류로 분류하여 살폈다.

庭筠七言律, 如"莽莽寒空"[1], "蘇武魂鎖"[2], "曾於青史"[3]三篇, 乃晚唐俊調; "石路荒凉"[4], "羡君東去"[5], "倚欄愁立"[6], "龍沙鐵馬"[7]四篇, 有似許渾; "穆滿曾爲"[8], "曲巷斜臨"[9], "曾向金扉"[10], "積潤初鎖"[11]四篇, 有似商隱.

1 莽莽寒空(망망한공): 온정균의 〈회중작回中作〉을 가리킨다.

2 蘇武魂鎖(소무혼쇄): 온정균의 〈소무묘蘇武廟〉를 가리킨다.

3 曾於青史(증어청사): 온정균의 〈과진림묘過陳琳墓〉를 가리킨다.

4 石路荒凉(석로황량): 온정균의 〈송객우작送客偶作〉을 가리킨다.

5 羡君東去(선군동거): 온정균의 〈송노처사유오월送盧處士遊吳越〉을 가리킨다.

6 倚欄愁立(의란수립): 온정균의 〈하중배수유정河中陪帥遊亭〉을 가리킨다.

7 龍沙鐵馬(용사철마): 온정균의 〈산중여제도우야좌문변방불녕인시동지山中與

諸道友夜坐聞邊防不寧因示同志〉를 가리킨다.

8 穆滿曾爲(목만증위): 온정균의 〈마외역馬嵬驛〉을 가리킨다.

9 曲巷斜臨(곡항사림): 온정균의 〈우유偶遊〉를 가리킨다.

10 曾向金扉(증향금비): 온정균의 〈제서평왕구사병풍題西平王舊賜屛風〉을 가리킨다.

11 積潤初銷(적윤초쇄): 온정균의 〈화우인계거별업和友人溪居別業〉을 가리킨다.

26

칠언율시에서 허혼은 시어에 정교하므로 정취가 부족하다. 온정균은 허혼처럼 정교하지는 못하지만 수록된 것에는 오히려 정취가 있다.

해제 온정균의 칠언율시를 허혼과 비교하여 논했다.

원문 七言律, 許渾工於[1]詞, 故情致不足; 庭筠雖不能如許渾之工, 然入錄者却[2]有情致.

주석
1 工於(공어): …에 정교하다.
2 却(각): 도리어.

27

생각건대 이하·이상은·온정균의 고시와 율시에는 편벽되고 농염한 시어가 많다. 송나라 초기의 양억楊億 등 여러 문인들이 모여 그들을 숭상하여,[22] "서곤체西崑體"라고 불렀지만 사람들은 대부분 그 편벽되어 뜻을 알기 어려움을 싫어했다. 오늘날 사람들이 오직 이상

22) 두보에 관한 시론(제19권 제30칙)에 상세하게 보인다.

은의 시를 가리켜 서곤체라 하는 것은 잘못되었다.

해제 서곤체는 송나라 초기의 시단에서 성행한 시가유파를 가리킨다. 《서곤수창집西崑酬唱集》에서 따와 명명한 것으로, 만당오대의 시풍을 계승하여 화려한 시풍을 숭상했다. 양억, 유균劉筠, 전유연錢惟演 등이 대표적으로 활동한 문인이다. 그들이 이상은을 가장 추종했기에 서곤체의 종주로 이상은을 대표로 삼기는 하지만 그 외에도 이하, 온정균 등이 서곤체의 형성에 큰 영향을 미쳤음을 지적하고 있다.

원문 按李賀李商隱溫庭筠古律之詩, 多側詞[1]豔語[2]. 宋初楊大年諸人, 翕然[3]宗之, [詳見子美論中.] 號"西崑體", 人多訾[4]其僻澀. 今人但指商隱詩爲崑體, 非也.

주석
1 側詞(측사): 편벽된 말.
2 豔語(염어): 농염한 시어.
3 翕然(흡연): 모이는 모양.
4 訾(자): 싫어하다.

28

개성 연간의 칠언절구에서 허혼·두목·이상은·온정균은 성조가 모두 맑고 밝으며, 시어가 대부분 의도대로 창작되어 만족스러운 듯한데, 이것은 대력 연간에서 내려온 것이므로 또한 정변이다.23) 중간에 의론으로 들어간 것은 바로 송시의 문호가 되었다.

해제 개성 연간의 칠언절구에 관한 총론이다. 그 연원이 대력 시에 있으므로 정변이라고 했다.

---

23) 아래로 정곡鄭谷의 칠언절구로 나아갔다.

원문 開成七言絶, 許渾 · 杜牧 · 李商隱 · 溫庭筠, 聲皆瀏亮[1], 語多快心[2], 此又大歷之降, 亦正變也. [下流至鄭谷七言絶.] 中間入議論, 便是宋人門戶.

주석 1 瀏亮(유량): 맑고 밝은 모양. 명랑한 모양.
2 快心(쾌심): 의도대로 창작되어 만족스러운 것을 가리킨다.

29

칠언절구에서 성당의 여러 문인들은 뜻이 늘 관대하지만, 만당의 여러 문인들은 뜻이 늘 좁고 위축되었다. 그러므로 성당의 여러 문인들은 하나의 시제로 십몇 수를 지을 수 있었지만, 만당의 여러 문인들은 하나의 시제로 겨우 한두 수를 지을 수 있을 뿐이었다.

해제 만당의 칠언절구의 특징에 대해 논했다. 성당과의 비교를 통해 그 특징을 명확하게 알 수 있다.

원문 七言絶, 盛唐諸公意常寬裕, 晚唐諸公意常窘蹙[1], 故盛唐諸公一題可爲十數篇, 而晚唐諸公一題僅可爲一二也.

주석 1 窘蹙(군축): 좁아지고 줄어들다.

30

만당의 칠언절구에서 뜻이 관대한 것은 성조가 매번 급박하고, 성조가 화평和平한 작품은 음조가 비천하고 약하니, 대력과 비교해도 진실로 큰 차이가 있는데 하물며 성당과 비교할 수 있겠는가!

해제 만당의 칠언절구가 지니는 성조의 특징에 대해 논했다.

원문 晚唐七言絶, 意亦有寬裕者, 然聲每急促[1], 聲亦有和平者, 而調又卑弱[2], 較之大歷已自逕庭, 況可望盛唐耶!

주석
1 急促(급촉): 급하다.
2 卑弱(비약): 비천하고 약하다.

31

왕세무가 말했다.

"만당의 시는 쇠약하여 논하기에 충분하지 않다. 오직 칠언절구만이 인구에 회자되어 그 오묘함이 성당을 능가하고자 한다. 내가 생각건대 절구에서 오묘함을 느끼는 것은 바로 만당시에 오묘한 부분이 없기 때문이다. 그것이 성당을 능가한다는 것은 바로 성당에 미치지 못하기 때문이다. 만당시에서 만족스러운 마음이 분명하게 드러나는 것은 본모습이 아니다. 의론이 고상한 부분은 송시의 첩경에 머무른 것이고, 성조가 비루한 부분은 커다란 돌문을 연 것이다."[24)]

호응린이 말했다.

"만당의 절구 중 다음은 모두 송시 의론의 비조다. '동풍이 함께 하지 않았다면 주유의 유리한 기회가 있었겠는가, 동작대銅雀臺에 봄이 깊었다면 대교大喬·소교小喬는 갇혀 있었을 것이라네東風不與周郎便, 銅雀春深鎖二喬', '한밤중에 부질없이 앞자리에 나아가 가련하구나, 백성의 일을 묻지 않고 귀신의 일을 묻네.可憐夜半虛前席, 不問蒼生問鬼神' 간혹 아주 정교한 것도 있지만 또한 기운이 쇠했기에 개원·천보 연간의 시와는 하늘과 땅의 차이다. 그러나 성정을 기록하면 가엾고 슬퍼 사람들을 쉽게 감동시킨다. 전고를 쓰면 솜씨가 교묘하고 정교하여 평

24) 이상은 왕세무의 말이다.

범한 사람들을 즐겁게 한다. 세상에 대아大雅가 드물어 혹자는 성당시를 초월한다고 여기는데, 식견을 갖춰 살펴보면 그 말이 마치기를 기다리지 않아도 된다."

내가 생각건대 만당의 절구에 대해 왕세무와 호응린 두 사람은 깊이 이해했다. 그러나 앞의 두 시는 비록 의론의 비조이긴 하지만, 전자에는 여전히 만당의 음조가 있으며, 후자가 전부 다 의론에 들어갔다.[25)]

해제 만당의 절구에 관한 논의다. 이미 의론의 시풍으로 접어들어 송시의 비조가 되었음을 지적하고 있다.

원문 王敬美云: "晚唐詩, 萎茶[1]無足言. 獨七言絶句, 膾炙人口[2], 其妙至欲勝盛唐. 予謂絶句覺妙, 正是晚唐未妙處. 其勝盛唐, 乃其不及盛唐也. 晚唐快心露骨, 便非本色[3]. 議論高處, 逗[4]宋詩之徑[5]; 聲調卑處, 開大石之門."[以上俱敬美語.] 胡元瑞云: "晚唐絶, '東風不與周郎便, 銅雀春深鎖二喬'[6], '可憐夜半虛前席, 不問蒼生問鬼神'[7], 皆宋人議論之祖. 間有極工者, 亦氣韻衰颯[8], 天壤[9]開寶. 然書情, 則惻愴[10]而易動人[11]; 用事, 則巧切[12]而工悅俗[13]. 世希大雅[14], 或以爲過盛唐, 具眼[15]觀之, 不待其辭畢矣." 愚按: 晚唐絶句, 二子乃深得之. 但二詩雖爲議論之祖, 然"東風"二句猶有晚唐音調, "可憐"二句則全入議論矣. [與晚唐總論首則參看.]

주석

1 萎茶(위날): 쇠약하다. 쇠미하다.

2 膾炙人口(회자인구): 맛있는 음식처럼 시문 등이 사람들의 입에 많이 오르내리고 찬양을 받는 것을 말한다.

3 本色(본색): 본모습.

4 逗(두): 머무르다.

25) 만당의 총론인 제32권 제11칙과 참조하여 보기 바란다.

5 徑(경): 첩경. 지름길.

6 東風不與周郎便(동풍불여주랑편), 銅雀春深鎖二喬(동작춘심쇄이교): 동풍이 함께 하지 않았다면 주유의 유리한 기회가 있었겠는가, 동작대銅雀臺에 봄이 깊었다면 대교大喬·소교小喬는 갇혀 있었을 것이라네. 두목 〈적벽赤壁〉의 시구다. '周郎(주랑)'은 오나라의 주유周瑜를 가리킨다. '銅雀(동작)'은 조조가 업도鄴都, 곧 지금의 하북성 임장현臨漳縣 일대에 세운 누대 이름이다. '二喬(이교)'는 오나라 미인 대교大喬(손책의 부인)와 소교小喬(주유의 부인)를 가리킨다.

7 可憐夜半虛前席(가련야반허전석), 不問蒼生問鬼神(불문창생문귀신): 한밤중에 부질없이 앞자리에 나아가 불쌍하구나, 백성의 일을 묻지 않고 귀신의 일을 묻네. 이상은 〈가생賈生〉의 시구다.

8 衰颯(쇠삽): 쇠하다.

9 天壤(천양): 하늘과 땅 차이다.

10 惻愴(측창): 가엾고 슬프다.

11 動人(동인): 감동시키다.

12 巧切(교절): 교묘하고 정교하다.

13 悅俗(열속): 속인들을 즐겁게 하다. 평범한 사람들을 즐겁게 하다.

14 大雅(대아): 《시경》의 시 대아를 가리킨다.

15 具眼(구안): 식견을 갖추다.

32

유선시遊仙詩는 그 기원이 이미 오래되었는데, 조당曹唐[26]에 이르러 칠언절구의 98수가 있게 되었다. 후인들이 유선의 절구시를 창작한 것은 사실 여기서 출발하는데, 청출어람靑出於藍의 작품 또한 많다. 지금 16수를 선록하여 일가로서 마련한다.

조당의 유선시에 관한 논의다. 《전당시》에 수록된 조당의 시는 151수인데 그중 절구로 된 소유선시小遊仙詩 98수와 율시로 된 대유선시大遊仙詩가

26) 자 요빈堯賓.

17수 등이 있다. 이에 조당은 흔히 진晉나라 시기의 곽박郭璞에 비견된다. 젊어서 도사가 되었다가 후일 관직에 올라 벼슬했다. 그의 유선시에는 곽박과 같은 기탁의 깊은 뜻은 없으나 그 당시의 조류에서 진부한 것을 타파했다는 점에서 큰 의의를 지닌다. 신선의 세계를 시적으로 표현하여 새로운 기풍을 열었다.

遊仙詩[1], 其來已久, 至曹唐[2][字堯賓], 則有七言絶九十八首. 後人賦遊仙絶句, 實起於此, 而青於藍[3]者亦多. 今採錄一十六首, 以備一家.

1 遊仙詩(유선시): '선경仙境'을 묘사하는 것을 통해 작가의 사상 감정을 기탁하는 시를 가리킨다.

2 曹唐(조당): 만당 시기의 시인이다. 자는 요빈堯賓이고, 계주桂州 사람이다. 도사가 되었다가 대중 연간에 환속하여 진사가 되었다. 평생 벼슬길이 여의치 않아 높은 관직을 한 적이 없다. 유선시로 이름이 났는데, 그의 유선시는 신선을 그리워하고 시인의 뜻을 기탁하는 전통적인 방식을 탈피하여 신선의 이야기 자체를 시가화한 문학양식을 개척했다는 점에서 높이 평가받는다.

3 青於藍(청어람): 청출어람青出於藍. 쪽에서 뽑아낸 푸른 물감이 쪽보다 더 푸르다는 뜻으로, 제자나 후배가 스승이나 선배보다 나음을 비유적으로 이르는 말. 《순자荀子》에 나오는 말이다.

제
31
권

詩源辯體

만당晩唐

1

마대馬戴[1]의 문집에는 고시가 대략 몇 편 보이고, 칠언율시 또한 매우 적다.

오언 중 〈관산곡이수關山曲二首〉, 〈별영무영호교서別靈武令狐校書〉, 〈숙취미사宿翠微寺〉 세 편은 격조가 초당과 비슷하다. 〈농상독망隴上獨望〉, 〈송인유촉送人遊蜀〉, 〈관작루청망鸛雀樓晴望〉 세 편은 성운과 기세가 또한 성당과 비슷하지만 아쉽게도 결어結語가 대부분 쇠약하다. 〈견상권구우汧上勸舊友〉, 〈산행우작山行偶作〉, 〈초강회고楚江懷古〉, 〈야하상중夜下湘中〉, 〈송유수재왕련주간제送柳秀才往連州看弟〉 등은 또한 대력과 비슷하다. 〈새하곡이수塞下曲二首〉, 〈관산곡이수關山曲二首〉 두 편은 체재가 비록 방대하지만 성운이 아름답고 청신하며, 시어의 뜻이 정밀하고 적절하여 진실로 만당의 뛰어난 성조라 하겠으므로, 학

1) 자 우신虞臣.

자들이 이 점을 분별할 수 있으면 비로소 안목을 갖추었다 할 것이다.

〈송승귀금산사送僧歸金山寺〉, 〈강정증별江亭贈別〉, 〈송종숙부남해막送從叔赴南海幕〉, 〈기섬중우인寄剡中友人〉 네 편은 바로 만당시다. 〈조발고원早發故園〉, 〈파상추거灞上秋居〉, 〈증별공공贈別空公〉, 〈산중기요합원외山中寄姚合員外〉 네 편은 시어가 가도에게서 비롯되었다. 〈증별북객贈別北客〉, 〈기종남진공선사寄終南眞空禪師〉, 〈만조유회晩眺有懷〉, 〈장별기우인將別寄友人〉, 〈석차회구夕次淮口〉, 〈과야수거過野叟居〉 여섯 편은 격조가 우무릉于武陵과 비슷하다.

또 "원숭이가 동정호 나무에서 울고, 사람은 목란배를 타고 있네猿啼洞庭樹, 人在木蘭舟"의 한 연에 대해서 왕세정이 "오흥吳興 태수 유운柳惲의 홍취를 감소시키지 않았다不減柳吳興"라고 말했는데, 전체 시편은 사실 중당의 시다. 엄우가 "마대는 만당 여러 문인 중 상위에 놓인다"고 한 말은 이를 두고 말한 것이다.

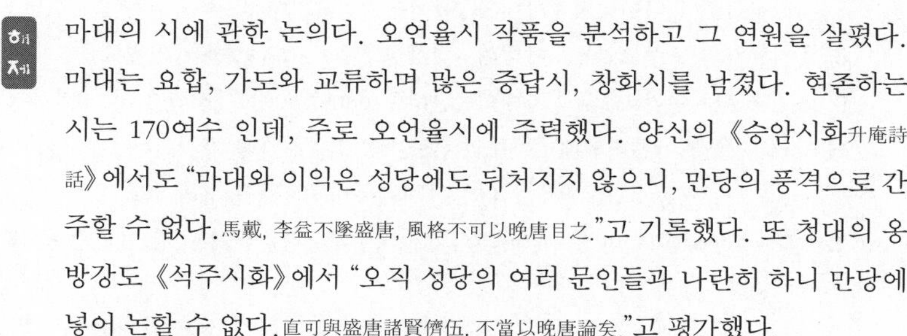

해제

마대의 시에 관한 논의다. 오언율시 작품을 분석하고 그 연원을 살폈다. 마대는 요합, 가도와 교류하며 많은 증답시, 창화시를 남겼다. 현존하는 시는 170여수 인데, 주로 오언율시에 주력했다. 양신의 《승암시화升庵詩話》에서도 "마대와 이익은 성당에도 뒤처지지 않으니, 만당의 풍격으로 간주할 수 없다.馬戴, 李益不墜盛唐, 風格不可以晩唐目之."고 기록했다. 또 청대의 옹방강도 《석주시화》에서 "오직 성당의 여러 문인들과 나란히 하니 만당에 넣어 논할 수 없다.直可與盛唐諸賢儕伍, 不當以晩唐論矣."고 평가했다.

원문

馬戴[1][字虞臣]集, 古詩略見數篇, 律詩七言亦甚少. 五言如"火發龍山北"[2], "北風吹別思"[3], "處處松陰滿"[4]三篇, 氣格有類初唐; 如"斜日挂邊樹"[5], "別離楊柳陌"[6], "蕘女樓西望"[7]三篇, 聲氣亦類盛唐, 惜結語多弱; 如"斗酒故人同"[8], "緣危路忽窮"[9], "野風吹蕙帶"[10], "洞庭人夜別"[11], "離人非逆旅"[12]等篇, 亦似大歷; 如"廣漠雲凝慘"[13], "金甲耀兜鍪"[14]二篇, 體雖闊大[15], 而聲韻俊朗[16], 語意精切, 自是晩唐高調, 學者於此能別[17], 方是法眼. 至"金陵山色裏"[18], "長亭晩送君"[19], "洞庭秋色起"[20], "故人今在剡[21]"四篇, 便是晩唐; 如"語別在中夜"[22], "灞原風雨定"[23], "雲門秋却入"[24], "朝與城闕別"[25]四篇, 語出賈島; 如"君生遊俠地"[26], "閒想白雲外"[27], "黯黯抱離念"[28], "帝鄕歸未得"[29], "天涯秋色盡"[30], "野人閒種樹"[31]六篇, 格類于武陵; 又"猿啼洞庭樹, 人在木蘭舟"[32]一聯, 元美謂"不減柳吳興"[33], 然全篇則實中唐. 嚴滄浪云 "馬戴在晩唐諸人之上"是也.

1 馬戴(마대): 만당 시기의 시인이다. 자는 우신虞臣이고, 곡양曲陽 곧 지금의 강소성 동해東海 부근 사람이다. 또는 화주華州 곧 지금의 섬서성陝西省 화현華縣 사람이라고도 한다. 무종武宗 회창會昌 4년(844)에 진사가 되었다. 태원太原 막부의 서기書記, 용양위龍陽尉, 좌대동막佐大同幕, 태학박사太學博士 등의 관직을 역임했다. 가도, 요합, 허당許棠과 시우詩友로서 서로 화답했다. 오언율시에 뛰어났다.

2 火發龍山北(화발용산북): 마대의 〈관산곡이수關山曲二首〉를 가리킨다.

3 北風吹別思(북풍취별사): 마대의 〈별령무령호교서別靈武令狐校書〉를 가리킨다.

4 處處松陰滿(처처송음만): 마대의 〈숙취미사宿翠微寺〉를 가리킨다.

5 斜日挂邊樹(사일괘변수): 마대의 〈농상독망隴上獨望〉을 가리킨다.

6 別離楊柳陌(별이양유맥): 마대의 〈송인유촉送人遊蜀〉을 가리킨다.

7 堯女樓西望(요녀루서망): 마대의 〈관작루청망鸛雀樓晴望〉을 가리킨다.

8 斗酒故人同(두주고인동): 마대의 〈견상권구우汧上勸舊友〉를 가리킨다.

9 緣危路忽窮(연위로홀궁): 마대의 〈산행우작山行偶作〉을 가리킨다.

10 野風吹蕙帶(야풍취혜대): 마대의 〈초강회고楚江懷古〉를 가리킨다.

11 洞庭人夜別(동정인야별): 마대의 〈야하상중夜下湘中〉을 가리킨다.

12 離人非逆旅(이인비역려): 마대의 〈송류수재왕련주간제送柳秀才往連州看弟〉를 가리킨다.

13 廣漠雲凝慘(광막운응참): 마대의 〈새하곡이수塞下曲二首〉를 가리킨다.

14 金甲耀兜鍪(금갑요두무): 마대의 〈관산곡이수關山曲二首〉를 가리킨다.

15 闊大(활대): 넓고 크다.

16 俊朗(준랑): 아름답고 청신하다.

17 別(별): 판별하다. 분별하다.

18 金陵山色裏(금릉산색리): 마대의 〈송승귀금산사送僧歸金山寺〉를 가리킨다.

19 長亭晩送君(장정만송군): 마대의 〈강정증별江亭贈別〉을 가리킨다.

20 洞庭秋色起(동정추색기): 마대의 〈송종숙부남해막送從叔赴南海幕〉을 가리킨다.

21 故人今在剡(고인금재섬): 마대의 〈기섬중우인寄剡中友人〉을 가리킨다.

22 語別在中夜(어별재중야): 마대의 〈조발고원早發故園〉을 가리킨다.

23 灞原風雨定(파원풍우정): 마대의 〈파상추거灞上秋居〉를 가리킨다.

24 雲門秋却入(운문추각입): 마대의 〈증별공공贈別空公〉을 가리킨다.

25 朝與城闕別(조여성궐별): 마대의 〈산중기요합원외山中寄姚合員外〉를 가리킨다.

26 君生遊俠地(군생유협지): 마대의 〈증별북객贈別北客〉을 가리킨다.

27 閒想白雲外(한상백운외): 마대의 〈기종남진공선사寄終南眞空禪師〉를 가리킨다.

28 黯黯抱離念(암암포리념): 마대의 〈만조유회晩眺有懷〉를 가리킨다.

29 帝鄕歸未得(제향귀미득): 마대의 〈장별기우인將別寄友人〉을 가리킨다.

30 天涯秋色盡(천애추색진): 마대의 〈석차회구夕次淮口〉를 가리킨다.

31 野人閒種樹(야인한종수): 마대의 〈과야수거過野叟居〉를 가리킨다.

32 猿啼洞庭樹(원제동정수), 人在木蘭舟(인재목란주): 원숭이가 동정호 나무에서 울고, 사람은 목란배를 타고 있네. 마대 〈초강회고楚江懷古〉의 시구다.

33 不減柳吳興(불감유오흥): 오흥吳興 태수 유운柳惲의 홍취를 감소시키지 않다. '柳吳(유오)'는 바둑, 거문고, 의학, 활쏘기에 정통하지 않음이 없어서 일찍이 양무제에게 열 사람 몫의 재주를 가졌다고 칭찬을 받은 오흥 태수 유운을 가리킨다.

2

우무릉于武陵 문집에는 오언율시 외 절구가 몇 편 있을 뿐이다. 그 시의 격조가 강건한 까닭에 일반적인 작품과는 다르게 창작되었고, 성운이 빠르고 시어의 뜻에 마음이 분명하게 드러나는데, 사실은 대부분 원화 시에서 비롯되었으며 또한 만당의 일가가 되었다.

우무릉의 시에 관한 논의다. 《신당서, 예문지》에 《우무릉시于武陵詩》 1권, 《우업시于鄴詩》 1권이 기록되어 있어서, 원대 신문방의 《당재자전》에서부터 우무릉于武陵과 우업于鄴을 같은 사람으로 혼동하여, 우무릉에 관해 "이름은 업인데 자로써 불렸다.名鄴, 以字行."이라고 기록하고 있다. 최근 진상군陳尙君이 우무릉은 의종懿宗 이전의 시인이고, 당말오대의 우업과 다른 사람이라고 고증했다.

우무릉은 대중大中 연간의 진사로 알려져 있으나 최근의 연구 성과에 의하면 대중 연간에 진사가 된 적이 없고, 원화 연간에 과거에 응시했으나 오랫동안 급제하지 못했으며 장안과 낙양을 오가면서 가도 · 무가無可와 교류한 시인으로 밝혀졌다. 무가는 가구賈區 즉, 가도의 사촌형이다.

于武陵[1]集, 五言律之外, 惟絶句數篇而已. 其詩氣格遒緊, 故爲矯激, 而聲韻急促, 語意快露, 實多出於元和, 亦晩唐一家.

1 于武陵(우무릉): 만당 시기의 시인이다. 원화 연간에 과거에 응시했으나 급제하지 못했다. 대략 원화 12년(817) 농산隴山에서 나와 막부에 들어가 벼슬을 구했다. 뒤에 촉蜀 땅에 들어갔으며, 오랫동안 오吳와 초楚 땅을 떠돌아다녔다. 개성 2년(837)에 관중關中으로 돌아왔다. 가도와 교유하며 시를 지었다. '가도시파'의 초기 주요 성원 중의 한 명이다.

3

유창劉滄[2)]의 문집에는 칠언율시 외 오언율시 한 편이 있다. 그 시의 격조와 성운은 우무릉의 오언과 서로 비슷하며 마음이 대부분 드러나는데, 역시 만당의 일가가 되었다. 엄우가 "유창은 다른 시인들보다 뛰어나다."라고 한 것은 이를 두고 말한 것이다. 두 문집을 살펴보면 음조가 대부분 일률적이지만 기교를 부린 흔적은 적다.

유창의 시에 관한 논의다. 그의 시 역시 원화에서 연원하며 만당의 일가가 되었다.

유창에 관한 기록은 거의 없다. 《신당서》와 《구당서》에도 전기가 없

2) 자 온령蘊靈.

고, 《신당서, 예문지》에서 "유창의 자는 온령이다滄, 字蘊靈"고 기록된 것이 전부다. 그 외 《당재자전》 권8에서 다음의 관련 기록을 찾아볼 수 있다.

"체격이 우람하고 기절을 숭상했으며 술을 잘 마셨고 고금의 이야기를 하면 사람들이 하루 종일 즐겁게 들었다. 비분강개하여 회고한 것이 시편에 모두 보인다.體貌魁梧, 尙氣節, 善飮酒, 談古今令人終日喜聽. 慷慨懷古, 率見於篇."

현존하는 《전당시》에는 101수의 시가 수록되어 있는데, 오언율시 2수 외 99수가 모두 칠언율시다. 그중 회고시는 20수 정도다. 한편으로 왕세정의 《예원치언》 권4에서 "권덕여, 무원형, 마대, 유창의 오언은 모두 재주가 출중하다.權德輿 · 武元衡 · 馬戴 · 劉滄五言, 皆鐵中錚錚者."고 평가한 것으로 봐서 그의 오언율시 대부분이 일실되었을 것으로 간주된다.

劉滄[1][字蘊靈]集, 七言律之外, 惟五言律一篇. 其詩氣格聲韻與于武陵五言相類, 而意亦多露, 亦晚唐一家, 嚴滄浪云"劉滄亦勝諸人"是也. 然以二集[2]觀, 雖調多一律, 却少斧鑿痕.

1 劉滄(유창): 만당 시기의 시인이다. 자는 온령蘊靈이고, 문양汶陽 곧 지금의 산동 영양寧陽 사람이다. 대중 8년(854)에 진사가 되었다. 여러 번 진사 시험에 떨어졌다가 백발이 무성해서야 합격했다고 한다. 칠언율시에 뛰어났다.

2 二集(이집): 유창과 우무릉의 문집을 가리킨다.

4

우무릉 · 유창의 오 · 칠언 율시 중 잠시 그 가운데 두 연을 가려 뽑아 그 대략을 살펴본다.

다음은 우무릉의 오언율시 시구다.

"오늘밤 이별하면 어디서 다시 볼 수 있으리오? 초 땅 천리 물길 넘어가면 진 땅의 산은 몇 겹이나 되려나?今宵一別後, 何處再相逢. 過楚水千里, 到秦山幾重."

“이내 무덤에 푸른 풀이 뒤덮이고, 머리도 백발이 되었구나. 세월 저물면 나그네는 늙어갈 것이나, 눈 개이면 산에는 봄이 오겠지.旋添青草塚, 更有白頭人. 歲暮客將老, 雪晴山欲春.”

“강 위에 달이 뜨게 되면, 늘 고향 그리는 나그네 있네. 깊은 밤 나뭇잎에 서리 내리고, 북풍이 갈대꽃에 불어오네.自生江上月, 長有客思家. 半夜下霜葉, 北風吹荻花.”

“가을 기러기 오는 소리 멀리서 들려오니, 두릉의 가을 소식 전해오는 듯하네. 온 나뭇잎 누렇게 되면, 몇 사람이나 새로 머리가 희끗해질지!遠聞涼鴈至, 如報杜陵秋. 千樹有黃葉, 幾人新白頭.”

“사람이 쉽게 늙음을 알아주는 듯 오직 물만 길게 흘러가네. 고향에 서신 부치고 싶으나 돌아가는 배 만나지 못했네.因知人易老, 唯有水長流. 欲附故鄉信, 不逢歸客舟.”

다음은 유창의 칠언율시 시구다.

“천년의 일이 지났는데 사람은 어디에 있는가? 한밤에 달이 밝은데 조수가 저절로 밀려오네. 하얀 물새 그림자가 강가의 나무 따라 사라지고, 푸른 원숭이 울음소리가 초 땅의 구름 속에서 구슬프네.千年事往人何在, 半夜月明潮自來. 白鳥影從江樹沒, 淸猿聲入楚雲哀.”

“푸른 산이 다 드러나고 궁궐에 해가 뜨는데, 누런 잎이 저절로 날아들고 궁궐의 나무에 서리가 내리네. 어로에는 몇 년간 임금의 수레가 지났는가, 은하에서 하루 종일 물소리가 길게 들리네.青山空出禁城日, 黃葉自飛宮樹霜. 御路幾年香輦去, 天津終日水聲長.”

“꽃 피니 문득 고향의 산천이 생각나고, 달이 떠오르니 저절로 물가의 누각에 오르네. 넓고 맑은 언덕에 한 사람이 홀로 떠나는데, 봄풀이 무성하여 물이 갈라져 흘러가네.花開忽憶故山樹, 月上自登臨水樓. 浩浩晴原人獨去, 依依春草水分流.”

"가을바람이 한수에 불어오니 나그네 근심 생겨나네, 초산의 겨울 나무가 귀향 생각 아득하게 하네. 홀로 밤을 새는데 원숭이 소리가 떨어지는 낙엽에 어우러지고, 맑은 강의 달빛이 돌아오는 조수를 이끄네. 秋風漢水旅愁起, 寒木楚山歸思遙. 獨夜猿聲和落葉, 晴江月色帶回潮."

"바람이 차가운 모래톱에 일어나고 흰 부초가 움직이는데, 서리 내리는 가을 산에 누런 잎 짙어지네. 구름 걷히자 홀로 맑은 변방의 기러기 바라보는데, 달이 밝자 먼 마을의 다듬이 소리가 아련히 들려오네. 風生寒渚白蘋動, 霜落秋山黃葉深. 雲盡獨看晴塞鴈, 月明遙聽遠村砧."

이상의 시구는 비록 격조가 강건하여 진실로 일반적인 작품에서 벗어나지만, 성당 여러 문인들이 고시에 율격을 넣은 것처럼 재능의 자연스러움에서 나온 것과는 다르다.

해제 우무릉과 유창의 오·칠언 율시 중 격조가 강건하여 일반적인 작품과 다른 시구의 예를 들어 보였다.

원문 于·劉五七言律, 間[1]摘中二聯, 以見大略. 于五言如"今宵一別後, 何處再相逢? 過楚水千里, 到秦山幾重?"[2] "旋添青草塚, 更有白頭人. 歲暮客將老, 雪晴山欲春."[3] "自生江上月, 長有客思家. 半夜下霜葉, 北風吹荻花."[4] "遠聞涼鴈至, 如報杜陵秋. 千樹有黃葉, 幾人新白頭!"[5] "因知人易老, 唯有水長流. 欲附故鄉信, 不逢歸客舟."[6] 劉七言如"千年事往人何在, 半夜月明潮自來. 白鳥影從江樹沒, 淸猿聲入楚雲哀."[7] "青山空出禁城日, 黃葉自飛宮樹霜. 御路幾年香輦去, 天津終日水聲長."[8] "花開忽憶故山樹, 月上自登臨水樓. 浩浩晴原人獨去, 依依春草水分流."[9] "秋風漢水旅愁起, 寒木楚山歸思遙. 獨夜猿聲和落葉, 晴江月色帶回潮."[10] "風生寒渚白蘋動, 霜落秋山黃葉深. 雲盡獨看晴塞鴈, 月明遙聽遠村砧"[11]等句, 雖氣格遒緊而實出於矯, 非若盛唐諸公以古爲律者, 出於才力之自然也.

1 間(간): 잠시.

2 今宵一別後(금소일별후), 何處再相逢(하처재상봉)? 過楚水千里(과초수천리), 到秦山幾重(도진산기중): 오늘밤 이별하면 어디서 다시 볼 수 있으리오? 초 땅 천리 물길 넘어가면 진 땅의 산은 몇 겹이나 되려나? 우무릉 〈야여고인별夜與故人別〉의 시구다.

3 旋添青草塚(선첨청초총), 更有白頭人(갱유백두인). 歲暮客將老(세모객장로), 雪晴山欲春(설청산욕춘): 이내 무덤에 푸른 풀이 뒤덮이고, 머리도 백발이 되었구나. 세월 저물면 나그네는 늙어갈 것이나, 눈 개이면 산에는 봄이 오겠지. 우무릉 〈횡취곡사橫吹曲辭, 낙양도洛陽道〉의 시구다.

4 自生江上月(자생강상월), 長有客思家(장유객사가). 半夜下霜葉(반야하상엽), 北風吹荻花(북풍취적화): 강 위에 달이 뜨게 되면, 늘 고향 그리는 나그네 있네. 깊은 밤 나뭇잎에 서리 내리고, 북풍이 갈대꽃에 불어오네. 우무릉 〈숙강구宿江口〉의 시구다.

5 遠聞涼鴈至(원문량안지), 如報杜陵秋(여보두릉추). 千樹有黃葉(천수유황엽), 幾人新白頭!(기인신백두): 가을 기러기 오는 소식 멀리서 들려오니, 두릉의 가을 소식 전해오는 듯하네. 온 나뭇잎 누렇게 되면, 몇 사람이나 새로 머리가 희끗해질지! 우무릉 〈추석문안秋夕聞雁〉의 시구다.

6 因知人易老(인지인이로), 唯有水長流(유유수장류). 欲附故鄉信(욕부고향신), 不逢歸客舟(불봉귀객주): 사람이 쉽게 늙음을 알아주는 듯 오직 물만 길게 흘러가네. 고향에 서신 부치고 싶으나 돌아가는 배 만나지 못했네. 우무릉 〈원수遠水〉의 시구다.

7 千年事往人何在(천년사왕인하재), 半夜月明潮自來(반야월명조자래). 白鳥影從江樹沒(백조영종강수몰), 淸猿聲入楚雲哀(청원성입초운애): 천년의 일이 지났는데 사람은 어디에 있는가? 한밤에 달이 밝은데 조수가 저절로 밀려오네. 하얀 물새 그림자가 강가의 나무 따라 사라지고, 푸른 원숭이 울음소리가 초 땅의 구름 속에서 구슬프네. 유창 〈장주회고長洲懷古〉의 시구다.

8 青山空出禁城日(청산공출금성일), 黃葉自飛宮樹霜(황엽자비궁수상). 御路幾年香輦去(어로기년향련거), 天津終日水聲長(천진종일수성장): 푸른 산이 다 드러나고 궁궐에 해가 뜨는데, 누런 잎이 저절로 날아들고 궁궐의 나무에 서리가 내리네. 어로에는 몇 년간 임금의 수레가 지났는가, 은하에서 하루 종일 물소리가 길게 들리네. 유창 〈추월망상양궁秋月望上陽宮〉의 시구다.

9 花開忽憶故山樹(화개홀억고산수), 月上自登臨水樓(월상자등림수루). 浩浩晴原人獨去(호호청원인독거), 依依春草水分流(의의춘초수분류): 꽃 피니 문득 고향의 산천이 생각나고, 달이 떠오르니 저절로 물가의 누각에 오르네. 넓고 맑은 언덕에 한 사람이 홀로 떠나는데, 봄풀이 무성하여 물이 갈라져 흘러가네. 유창 〈춘일려유春日旅遊〉의 시구다.

10 秋風漢水旅愁起(추풍한수려수기), 寒木楚山歸思遙(한목초산귀사요). 獨夜猿聲和落葉(독야원성화낙엽), 晴江月色帶回潮(청강월색대회조): 가을바람이 한수에 불어오니 나그네 근심 생겨나네, 초산의 겨울나무가 귀향 생각 아득하게 하네. 홀로 밤을 새는데 원숭이 소리가 떨어지는 낙엽에 어우러지고, 맑은 강의 달빛이 돌아오는 조수를 이끄네. 유창 〈송이휴수재귀령중送李休秀才歸嶺中〉의 시구다.

11 風生寒渚白蘋動(풍생한저백빈동), 霜落秋山黃葉深(상락추산황엽심). 雲盡獨看晴塞雁(운진독간청새안), 月明遙聽遠村砧(월명요청원촌침): 바람이 차가운 모래톱에 일어나고 흰 부초가 움직이는데, 서리 내리는 가을 산에 누런 잎 짙어지네. 구름 걷히자 홀로 맑은 변방의 기러기 바라보는데, 달이 밝자 먼 마을의 다듬이 소리가 아련히 들려오네. 유창 〈추일산사회우인秋日山寺懷友人〉의 시구다.

5

조하趙嘏[3]의 칠언율시 중 〈제쌍봉원송題雙峯院松〉 1편은 성운과 기세가 성당의 시와 비슷하다. 〈강로降虜〉, 〈발섬중發剡中〉, 〈등태백서루登太白西樓〉 세 편도 격조가 뛰어나다.

기타 다음의 시구는 성조가 모두 맑고 밝으며 시어가 모두 준일하니 역시 만당의 일가다.

"두 해나 배꽃을 보았는데도 돌아가지 못하니, 매년 한식날마다 슬픔에 잠기누나. 석양이 누각을 비추고 산이 절을 지키고 있으며, 연듯

3) 자 승우承祐.

빛에 바람을 머금고 온 시냇가에 나무가 무성하구나.雨見梨花歸不得, 每逢寒食一潸然. 斜陽映閣山當寺, 微綠含風樹滿川."

"마름과 연꽃의 향기가 감돌아 소매를 에워싸고, 버들 바람은 피리 부는 배를 가로질러 부네. 성은 십주삼도十洲三島의 길을 모방했고, 절은 석양빛 맴도는 천 이랑의 강물에 임해 있네.芰荷香遶垂鞭袖, 楊柳風橫弄笛船. 城擬十洲三島路, 寺臨千頃夕陽川."

"옷깃을 적시며 마침 세상일을 한탄하는데, 고개 돌리니 강가의 갈매기에 더욱 부끄럽구나. 소쩍새 우는데 한식주를 마시고, 부용꽃 밖 석양루를 바라보네霑襟正歎人間事, 迴首更慚江上鷗. 鶗鴂聲中寒食酒, 芙蓉花外夕陽樓."

"버드나무에 바람이 많고 조수가 그치지 않는데, 갈대에 이슬이 맺히고 기러기가 막 날아드네. 다시 말이 울고 붉은 잎 노래하는데, 드문드문 들려오는 종소리에 푸른 산이 생각나네楊柳風多潮未落, 蒹葭霜在鴈初飛. 重嘶匹馬吟紅葉, 却聽疎鐘憶翠微."

"옛 동산 어느 곳에 바람이 버드나무에 부는가, 새 기러기가 남쪽에서 날아오니 눈이 옷에 가득 내리겠지. 멀리까지 바라보면 언덕 따라 풀이 가득할 것이고, 파도가 높아 해문이 드물다는 전갈이 오겠지.故園何處風吹柳, 新鴈南來雪滿衣. 目極思隨原草遍, 浪高書到海門稀."

그리고 "몇 개의 남은 별 아래로 기러기가 변방을 가로질러 날아가고, 긴 피리 부는 한 사람이 누대에 기대어 섰네.殘星幾點鴈橫塞, 長笛一聲人倚樓"의 한 연은 두목이 즐겨 읊조리길 그치지 않으며 "조의루趙倚樓"라고 칭송했는데, 아쉽게도 그 아래의 연은 칭송하지 않았다. 칠언절구 〈십무시十無詩〉는 송시의 절제하지 않고 번잡하게 늘어놓는 시풍을 열었기에 조하의 작품이 아닌 듯하다.

해제

조하의 시에 관한 논의다. 일찍이 두목이 그의 〈장안추망長安秋望〉의 구절을 극히 칭송하여 '조의루趙倚樓'라고 불렀다. 조하의 현존하는 시는 260여 수다. 20여 수의 악부시를 제외하면 모두 율시고, 그중 칠언율시가 뛰어나다. 《당음계첨唐音癸籤》에서 그의 칠언율시를 다음과 같이 평가했다.

"조하는 재주가 자유로웠기에 오언에는 궁박하지만 칠언을 개척할 수 있었다. 붓에 먹을 찍음이 진한 것으로 이름이 알려졌으며, 두목보다 평온하고 허혼보다 후박하다.趙渭南才筆欲橫, 故五字卽窘, 而七字能拓. 醮毫濃, 揭響滿, 爲穩於牧之, 厚於用晦."

여기서는 칠언율시 중 기세가 성당과 비슷한 작품, 기상과 격조가 뛰어난 작품, 성조가 맑고 밝으며 시어가 준일한 작품의 예를 들고 그 시구를 가려 뽑았다. 아울러 칠언절구 〈십무시十無詩〉의 작자에 대한 의문을 제기했다.

趙嘏[1][字承祐]七言律有題雙峯院松一篇, 聲氣有類盛唐. "廣武溪頭"[2], "正懷何謝"[3], "樓上華筵"[4] 三篇, 氣格亦勝. 他如"兩見梨花歸不得, 每逢寒食一潛然. 斜陽映閣山當寺, 微綠含風樹滿川."[5] "芰荷香遶垂鞭袖, 楊柳風橫弄笛船. 城擬十洲三島路, 寺臨千頃夕陽川."[6] "霑襟正歎人間事, 迴首更慚江上鷗. 鵾鳩聲中寒食酒, 芙蓉花外夕陽樓."[7] "楊柳風多潮未落, 蒹葭霜在鴈初飛. 重嘶匹馬吟紅葉, 却聽疎鐘憶翠微."[8] "故園何處風吹柳, 新鴈南來雪滿衣. 目極思隨原草遍, 浪高書到海門稀"[9]等句, 聲皆瀏亮, 語皆俊逸, 亦晚唐一家. "殘星幾點鴈橫塞, 長笛一聲人倚樓"[10]一聯, 杜紫微[11]賞詠不已[12], 稱爲[13] "趙倚樓", 惜下聯不稱. 七言絶十無詩開宋人冗濫之門, 疑非嘏作.

1 趙嘏(조하): 만당 시기의 시인이다. 자는 승우承祐고, 산양山陽 사람이다. 무종 회창 4년(844)에 진사가 되었다. 선종 대중 연간에 위남위渭南尉를 역임했다. "몇 개의 남은 별 아래로 기러기가 변방을 가로질러 날아가고, 긴 피리 부는 한 사람이 누대에 기대어 섰네.殘星幾點雁橫塞 長笛一聲人倚樓."라는 구절에 대해 두목이 극찬하면서 '조의루趙倚樓'라고 불렀다. 칠언율시에 뛰어났다. 40살 전후로 죽었다. 저서에는 《위남집渭南集》 3권이 있다. 《전당시》에는 시가 2권 실려 있다.

2 廣武溪頭(광무계두): 조하의 〈강로降虜〉를 가리킨다.

3 正懷何謝(정회하사): 조하의 〈발섬중發剡中〉을 가리킨다.

4 樓上華筵(루상화연): 조하의 〈등태백서루登太白西樓〉를 가리킨다.

5 兩見梨花歸不得(양견리화귀부득), 每逢寒食一潸然(매봉한식일잠연). 斜陽映閣山當寺(사양영각산당사), 微綠含風樹滿川(미록함풍수만천): 두 해나 배꽃을 보았는데도 돌아가지 못하니, 매년 한식날마다 슬픔에 잠기누나. 석양이 누각을 비추고 산이 절을 지키고 있으며, 연둣빛에 바람을 머금고 온 시냇가에 나무가 무성하구나. 조하 〈동망東望〉의 시구다.

6 芰荷香遶垂鞭袖(기하향요수편수), 楊柳風橫弄笛船(양류풍횡롱적선). 城擬十洲三島路(성의십주삼도로), 寺臨千頃夕陽川(사림천경석양천): 마름과 연꽃의 향기가 감돌아 소매를 에워싸고, 버들 바람은 피리 부는 배를 가로질러 부네. 성은 십주삼도十洲三島의 길을 모방했고, 절은 석양빛 맴도는 천 이랑의 강물에 임해 있네. 조하 〈억산양이수憶山陽二首〉 중 제1수의 시구다. '십주삼도'는 전설 속 신선이 사는 곳이다.

7 霑襟正歎人間事(점금정탄인간사), 迴首更慚江上鷗(회수경참강상구). 鵜鴂聲中寒食酒(제결성중한식주), 芙蓉花外夕陽樓(부용화외석양루): 옷깃을 적시며 마침 세상일을 한탄하는데, 고개 돌리니 강가의 갈매기에 더욱 부끄럽구나. 소쩍새 우는데 한식주를 마시고, 부용꽃 밖 석양루를 바라보네. 조하 〈억산양이수〉 중 제2수의 시구다.

8 楊柳風多潮未落(양류풍다조미락), 蒹葭霜在鴈初飛(겸가상재안초비). 重嘶匹馬吟紅葉(중시필마음홍엽), 却聽疎鐘憶翠微(각청소종억취미): 버드나무에 바람이 많고 조수가 그치지 않는데, 갈대에 이슬이 맺히고 기러기가 막 날아드네. 다시 말이 울고 붉은 잎 노래하는데, 드문드문 들려오는 종소리에 푸른 산이 생각나네. 조하 〈장안월야여우인화고산長安月夜與友人話故山〉의 시구다.

9 故園何處風吹柳(고원하처풍취류), 新鴈南來雪滿衣(신안남래설만의). 目極思隨原草遍(목극사수원초편), 浪高書到海門稀(랑고서도해문희): 옛 동산 어느 곳에 바람이 버드나무에 부는가, 새 기러기가 남쪽에서 날아오니 눈이 옷에 가득 내리겠지. 멀리까지 바라보면 언덕 따라 풀이 가득할 것이고, 파도가 높아 해문이 드물다는 전갈이 오겠지. 조하 〈곡강춘망회강남고인曲江春望懷江南故人〉의 시구다.

10 殘星幾點鴈橫塞(잔성기점안횡새), 長笛一聲人倚樓(장적일성인의루): 몇 개의 남은 별 아래로 기러기가 변방을 가로질러 날아가고, 긴 피리 부는 한 사람

이 누대에 기대어 섰네. 조하 〈장안만추長安晩秋〉의 시구다.

11 杜紫微(두자미): 두목杜牧.

12 賞詠不已(상영불이): 읊조림이 그치지 않다.

13 稱爲(칭위): …라고 부르다.

6

이영李郢[4)]의 칠언율시 〈증우림장군贈羽林將軍〉 한 편 역시 만당의 뛰어난 성조다. 기타 수록된 것은 성조가 대부분 밝고 시어가 대부분 화려하며 조하의 시와는 진실로 차이가 난다.

해제 이영의 시에 관한 논의다. 이영의 시는 《전당시》에 70여 수가 수록되어 있는데, 경물시가 대부분이다. 풍격이 침울한 것이 특색이다.

원문 李郢[字楚望]七言律"虬鬚憔悴"[1]一篇, 亦晩唐俊調. 其他入錄者, 聲多宣朗[2], 語多藻麗, 然去趙蝦實遠.

주석 1 虬鬚憔悴(규수초췌): 이영의 〈증우림장군贈羽林將軍〉을 가리킨다.

2 宣朗(선랑): 밝다.

7

설봉薛逢[5)]의 칠언율시 〈취중문감주醉中聞甘州〉 한 편 역시 성운과 기세가 뛰어나다. 〈송령주전상서送靈州田尙書〉 한 편은 이영의 〈증우림장군贈羽林將軍〉과 막상막하다. 기타 수록된 것은 성조가 대부분 밝고 시어가 대부분 곱고 아름답지만 점차 섬교한 데로 빠져들었다.

---

4) 자 초망楚望.

5) 자 도신陶臣.

설봉의 시에 관한 논의다. 칠언율시 〈취중문감주醉中聞甘州〉, 〈송령주전상서送靈州田尙書〉를 뛰어난 작품으로 손꼽았다. 설봉은 대체로 냉소적으로 평가되는 시인으로 그에 대한 품평이 크게 다르다. 양신은 "매우 악렬하다.極惡劣者"고 했고, 엄우는 "가장 천속하다.最淺俗"고 비판했으며, 심지어 호응린은 "단지뚜껑覆瓿"이라고 평가 절하했다. 반면 고병高駢은 "대가의 여운이 있다.大家名家之餘響"고 보았으며, 심덕잠은 "설봉의 칠율에는 성당의 숨결이 있는 듯하다.猶有盛唐人氣息"고 평가했다.

현존하는 시는 92수인데, 변새·영물·송별·영회 등 다양한 제재의 작품이 있다. 설봉은 성격이 강직하고 호방한 기개를 지녔던 것으로 보이는데, 그의 〈화상자찬畵像自贊〉에서도 다음과 같이 말하고 있다.

"건장하도다! 설봉이여, 키가 7척 5촌이네. 손에 송곳을 쥐고서, 혼돈함을 뚫어 젖히네.壯哉薛逢, 長七尺五寸, 手把金錐, 鑿開混沌."

薛逢[字陶臣]七言律"老聽笙歌"[1]一篇, 聲氣亦勝; "陰風獵獵"[2]一篇, 與李郢"虬鬚憔悴"[3]相伯仲[4]. 其他入錄者, 聲多宣朗, 語多穠麗, 亦有漸入纖巧者.

1 老聽笙歌(노청생가): 설봉의 〈취중문감주醉中聞甘州〉를 가리킨다.
2 陰風獵獵(음풍렵렵): 설봉의 〈송령주전상서送靈州田尙書〉를 가리킨다.
3 虬鬚憔悴(규수초췌): 이영의 〈증우림장군贈羽林將軍〉을 가리킨다.
4 伯仲(백중): 막상막하다.

8

칠언율시에서 성당의 여러 문인들은 온화하고 화평하며, 대력의 여러 문인들은 격조가 비록 쇠퇴했지만 온화하고 화평함은 바뀌지 않았는데, 개성 이후에는 의취가 지나치게 당당하고 성운이 급박하여 식상하게 되었다.

다음의 시구는 의취가 지나치게 당당한 것이다.

허혼의 시구다.

"눈을 마주하고 밤에 황석공黃石公의 책략을 궁리하고, 눈을 바라보며 가을에 흑산黑山의 일정을 계획하네. 對雪夜窮黃石略, 望雲秋計黑山程."

이상은의 시구다.

"밤에 대장군의 기旗를 휘감으며 천 개의 장막에 눈이 내리고, 아침에 나는 새처럼 언 강물 위로 말을 달리네. 夜捲牙旗千帳雪, 朝飛羽騎一河冰."

이영의 시구다.

"수리새가 밤 구름 속으로 사라지며 궁원宮苑의 일을 알고, 말이 선장을 따라 달리며 천향을 아네. 鵰沒夜雲知御苑, 馬隨仙仗識天香."

설봉의 시구다.

"서리가 내리는 중에 요새에 들어가니 수리 장식의 활이 소리를 내고, 달 아래 군영이 뒤집히니 대장이 머무는 장막이 춥구나. 霜中入塞鵰弓響, 月下翻營玉帳寒."

다음의 시구는 성운이 급박한 것이다.

허혼의 시구다.

"상담湘潭의 구름이 걷히니 저녁 산이 나타나고, 파촉巴蜀의 눈이 녹으니 봄 강물이 흐르네. 湘潭雲盡暮山出, 巴蜀雪消春水來."

"계곡에서 구름이 막 일어나자 해가 전각 너머로 가라앉고, 산에 비가 오려 하니 바람이 누대에 가득하구나. 溪雲初起日沉閣, 山雨欲來風滿樓."

유창의 시구다.

"천년의 일이 지났는데 사람은 어디에 있는가? 한밤에 달이 밝은데 조수가 저절로 밀려오네.千年事往人何在, 半夜月明潮自來."

"꽃 피니 문득 고향의 산천이 생각나고, 달이 떠오르니 저절로 물가의 누각에 오르네.花開忽憶故山樹, 月上自登臨水樓."

나는 어렸을 때 이러한 시구 읽기를 가장 좋아했다. 학자들이 진실로 분별할 수가 없으니, 끝내 근세의 습관에서 벗어나지 못할 따름이다. 칠언절구 역시 그러하다.

해제 만당의 칠언율시는 의취가 지나치게 당당하고 성운이 급박하여 식상하게 되었음을 지적하고, 그에 해당하는 시구를 예로 들었다.

원문 七言律, 盛唐諸子醞籍和平, 大歷諸子氣格雖衰, 而和平未改, 開成而後, 意態過於軒擧[1], 聲韻傷於急促. 意態軒擧者, 如許渾"對雪夜窮黃石略, 望雲秋計黑山程"[2], 李商隱"夜捲牙旗千帳雪, 朝飛羽騎一河冰"[3], 李郢"鵰沒夜雲知御苑, 馬隨仙仗識天香"[4], 薛逢"霜中入塞鵰弓響, 月下翻營玉帳寒"[5]等句是也; 聲韻急促者, 如許渾"湘潭雲盡暮山出, 巴蜀雪消春水來"[6], "溪雲初起日沉閣, 山雨欲來風滿樓"[7], 劉滄"千年事往人何在, 半夜月明潮自來"[8], "花開忽憶故山樹, 月上自登臨水樓"[9]等句是也. 予少時最喜讀之. 學者苟不能辨, 終無以脫晚近[10]之習耳. 七言絶亦然.

1 軒擧(헌거): 높이 올라감. 의기가 당당함.

2 對雪夜窮黃石略(대설야궁황석략), 望雲秋計黑山程(망운추계흑산정): 눈을 마주하고 밤에 황석공黃石公의 책략을 궁리하고, 눈을 바라보며 가을에 흑산黑山의 일정을 계획하네. 허혼 〈상우장군傷虞將軍〉의 시구다.

3 夜捲牙旗千帳雪(야권아기천장설), 朝飛羽騎一河冰(조비우기일하빙): 밤에 대장군의 기旗를 휘감으며 천 개의 장막에 눈이 내리고, 아침에 나는 새처럼 언 강물 위로 말을 달리네. 이상은 〈증별전울주계필사군贈別前蔚州契苾使君〉의 시구다.

4 鵰沒夜雲知御苑(조몰야운지어원), 馬隨仙仗識天香(마수선장식천향): 수리새가 밤 구름 속으로 사라지며 궁원宮苑의 일을 알고, 말이 선장을 따라 달리며 천향을 아네. 이영 〈증우림장군贈羽林將軍〉의 시구다.

5 霜中入塞鵰弓響(상중입색조궁향), 月下翻營玉帳寒(월하번영옥장한): 서리가 내리는 중에 요새에 들어가니 수리 장식의 활이 소리를 내고, 달 아래 군영이 뒤집히니 대장이 머무는 장막이 춥구나. 설봉 〈송령주전상서送靈州田尙書〉의 시구다.

6 湘潭雲盡暮山出(상담운진모산출), 巴蜀雪消春水來(파촉설소춘수래): 상담湘潭의 구름이 걷히니 저녁 산이 나타나고, 파촉巴蜀의 눈이 녹으니 봄 강물이 흐르네. 허혼 〈능효대淩歊臺〉의 시구다.

7 溪雲初起日沉閣(계운초기일침각), 山雨欲來風滿樓(산우욕래풍만루): 계곡에서 구름이 막 일어나자 해가 전각 너머로 가라앉고, 산에 비가 오려 하니 바람이 누대에 가득하구나. 허혼 〈함양성동루咸陽城東樓〉의 시구다.

8 千年事往人何在(천년사왕인하재), 半夜月明潮自來(반야월명조자래): 천년의 일이 지났는데 사람은 어디에 있는가? 한밤에 달이 밝은데 조수가 저절로 밀려오네. 유창 〈장주회고長洲懷古〉의 시구다.

9 花開忽憶故山樹(화개홀억고산수), 月上自登臨水樓(월상자등임수루): 꽃 피니 문득 고향의 산천이 생각나고, 달이 떠오르니 저절로 물가의 누각에 오르네. 유창 〈춘일여유春日旅遊〉의 시구다.

10 晩近(만근): 근세.

9

육구몽陸龜蒙과 피일휴皮日休의 창화시는 대부분 차운한 작품이다. 칠언율시 중 《고취鼓吹》에 선록된 것은 겨우 한두 편만 볼 만하며 기타 대부분은 괴이하고 조악하다.

육구몽의 다음 시구는 모두 괴이하고 조악하다.

“어찌 사씨가 눈 속에서 읊조린 것에 부끄러워하겠으며, 유씨가 매화의 모습을 소중히 여긴 것이 부럽지 않네. 何慚謝雪中情詠, 不羨劉梅貴色

粧."[6]

"양나라 궁전은 설마 소제蕭帝의 부신符信이 아니란 말인가, 제나라 왕실은 분명 동혼후의 반숙비潘淑妃를 중매했네.梁殿得非蕭帝瑞, 齊宮應是玉兒媒."[7]

"예로부터 벼와 조는 높이 나는 새를 두려워하는데, 오늘날에 이르러 관직은 초야 사람의 원수로다.自昔稻粱高鳥畏, 至今珪組野人讎."[8]

"맑은 모래가 연약하니 들으려면 응당 숨죽여야 하고, 청철연靑鐵硯이 깊이 묻혔으니 드러내기에 또한 부끄럽네.澄沙脆弱聞應伏, 靑鐵沉埋見亦羞."[9]

"모름지기 날마다 부유해짐은 신이 내리는 것임을 아는데, 다만 집이 가난하여 도둑이 증오함을 면하네.須知日富爲神授, 祇有家貧免盜憎."[10]

"그대는 거마에 의거했으나 명성이 분명하지 않았고, 나는 거문고와 학의 성질에 따라 연마하네.君隱輪蹄名未了, 我依琴鶴性相攻."[11]

"영혼은 땅을 떠났으므로 재주 있는 귀신이 되었을 것이며, 명성은 남긴 책과 함께 역사 속에 기록되었네.魂應絶地爲才鬼, 名與遺編在史臣."[12]

"마시고 먹는 것이 한 해 동안 학처럼 검소하고, 험난함 속에서 하루 종일 사람이 다투는 걸 보네.飮啄斷年同鶴儉, 風波終日看人爭."[13]

피일휴의 다음 시구도 모두 괴이하고 조악하다.

6) 〈백국白菊〉.
7) 〈야매野梅〉.
8) 〈교청鵁鶄〉.
9) 〈자석연紫石硯〉.
10) 〈차운일휴次韻日休〉.
11) 〈기오융寄吳融〉.
12) 〈장처사고거張處士故居〉.
13) 〈압신배壓新醅〉.

"계수나무 벌레 걱정으로 인해 기골이 상하고, 소나무와 거위를 생각하니 성령이 상하네.因思桂蠹傷肌骨, 爲憶松鵝捐性靈."[14]

"시인은 백지에서 마음이 어두운 것을 상심하고, 압객은 주연에서 눈 밝음을 다투네.騷人白芷傷心暗, 狎客紅筵奪眼明."[15]

"함께 출현함이 고드름이 합쳐지는 듯하고, 각기 생겨남이 어금니로 자르는 것과 같네.並出亦如鵝管合, 各生還似犬牙分."[16]

"대나무를 비추면 사람들이 잘못이 많음을 알게 되고, 꽃을 비춰보고 새를 살펴보면 가장 분명하다네.映竹認人多錯誤, 透花窺鳥最分明."[17]

"진나라와 오나라는 다만 술이 가까이 오는 것을 두려워하고, 유항은 응당 술로 평화를 얻었네. 주덕은 신명이 많이 날 때 대부분 손님이 노래하는 것이며, 취한 곳에는 재화가 없어 사람들이 싸우지 않네.秦吳只恐篘來近, 劉項眞應釀得平. 酒德有神多客頌, 醉鄕無貨沒人爭."[18]

오무장吳無障이 사람들의 의론을 논하여 다음과 같이 말했다.

"지금까지 시어가 지극히 추했다. 아름다운 것은 연지와 분을 잘 사용한 것이고, 아름답지 못한 것은 낮에 도깨비를 보는 듯하다."

나는 만당의 시에 대해서도 그렇게 운운한다.

육구몽과 피일휴의 칠언율시 중 괴이하고 조악한 시구를 가려 뽑았다. 이것은 마치 낮에 도깨비를 보는 것과 같은 시구라고 한 점이 인상적이다.

피일휴는 함통咸通 10년(869) 진사에 급제했다. 소주자사蘇州刺史 최박崔璞의 막부에 들어갔다가 육구몽을 알게 되어 서로 1년간 창화했다. 육구몽

14) 〈병공작病孔雀〉.
15) 〈자석연紫石硯〉.
16) 〈여원汝園〉.
17) 〈춘유春遊〉.
18) 〈신배新醅〉.

이 편찬한 두 사람의 창화시집이 《송릉집松陵集》으로 엮어졌는데, 모두 386수가 수록되어 있다.

심덕잠은 "육구몽과 피일휴의 창화는 별도로 편벽되고 기험한 체재를 열었다.龜蒙與皮日休倡和, 別開僻澁一體."고 평가했다. 즉 두 시인은 한유와 맹교의 시풍을 좇아 기험한 시풍을 추구했다.

陸龜蒙皮日休唱和[1], 多次韻[2]之作. 七言律, 鼓吹[3]所選, 僅得一二可觀, 其他多怪惡奇醜[4]矣. 陸如"何慚謝雪中情詠, 不羨劉梅貴色粧."[白菊] "梁殿得非蕭帝瑞, 齊宮應是玉兒媒."[野梅] "自昔稻粱高鳥畏, 至今珪組野人讎."[鵁鶄] "澄沙脆弱聞應伏, 青鐵沉埋見亦羞."[紫石硯] "須知日富爲神授, 祇有家貧免盜憎."[次韻日休] "君隱輪蹄名未了, 我依琴鶴性相攻."[寄吳融] "魂應絶地爲才鬼, 名與遺編在史臣."[張處士故居] "飮啄斷年同鶴儉, 風波終日看人爭."[壓新醅] 皮如"因思桂蠹傷肌骨, 爲憶松鵝捐性靈"[病孔雀] "騷人白芷傷心暗 狎客紅筵奪眼明."[紫石硯] "並出亦如鵝管合, 各生還似犬牙分."[汝園][5] "映竹認人多錯誤, 透花窺鳥最分明."[春遊] "秦吳只恐篘來近, 劉項眞應釀得平. 酒德有神多客頌, 醉鄕無貨沒人爭"[新醅][6]等句, 皆怪惡奇醜者也. 吳無障[7]論時義云: "向來[8]詞醜極矣, 佳者爲善用脂粉[9], 而不佳者爲魍魎[10]晝見." 予於晚唐亦云.

1 唱和(창화): 다른 사람의 시사詩詞의 운에 맞추어 시를 짓는 것을 말한다. 원진과 백거이의 창화시, 피일휴와 육구몽의 창화시가 유명하다.

2 次韻(차운): 다른 사람의 시에 화답하면서 운자를 그 차례대로 두며 짓는 것을 가리킨다.

3 鼓吹(고취): 원나라 원호문元好問이 편찬한 당시선집인 《당시고취唐詩鼓吹》를 가리킨다. 칠언율시만을 뽑았으며, 대부분 만당 시기의 작품이다. 모두 10권으로 96명의 작가가 지은 600수의 작품을 수록했다.

4 怪惡奇醜(괴악기추): 괴이하고 조악하다.

5 汝園(여원): 《전당시》에는 이 시의 제목이 〈문개원사개순원기장상인聞開元寺開筍園寄章上人〉으로 되어 있다.

6 新醅(신배): 《전당시》에는 이 시의 제목이 〈봉화로망간압신배奉和魯望看壓新醅〉

로 되어 있다.

7 吳無障(오무장): 명대 후기의 문인이다. 생졸년은 상세하지 않다.

8 向來(향래): 이전부터 현재까지. 여태까지.

9 脂粉(지분): 연지와 분.

10 魍魎(망량): 도깨비.

10

나는 일찍이 당나라 율시를 규방의 미녀에 비유했다. 초당은 단정하고 엄숙하다고 할 수 있으며, 대력은 가볍고 약한 데로 빠졌고, 개성은 아름다움이 과하며, 당말은 더욱 요염해졌다. 아름답고 요염한 것은 비록 단정하고 엄숙하며 부드럽고 유순한 것에 비견할 수 없음에도 불구하고, 색을 좋아하는 사람들이 빠져드는 것을 면치 못하니, 이것은 인지상정人之常情으로 이상하다고 할 수 없다.

왕건, 두목, 피일휴, 육구몽의 시가 바로 괴이하고 조악하니, 그들의 시를 보면 반드시 그 얼굴에 침을 뱉게 되지만 오늘날 기이함을 좋아하는 사람들은 도리어 용모가 아름답다고 여기고서 그들을 사모하며 기뻐한다. 이것은 인정人情이 크게 변한 것으로 일반적인 상식으로 따질 수 없다.

해제 왕건, 두목, 피일휴, 육구몽의 괴이하고 조악한 시구를 추녀에 비견했다. 추녀를 보면 멀리하게 되는 게 인지상정인데, 기이함을 좋아하는 선비들은 오히려 좋아하며 모방하니 이러한 현상을 과연 어떻게 볼 수 있는지에 대해 묻고 있다.

원문 予嘗以唐律比閨媛[1], 初唐可謂端莊[2], 盛唐足稱溫惠[3], 大歷失之輕弱, 開成過於美麗, 而唐末則又妖豔矣. 然美麗・妖豔雖非端莊・溫惠可比, 而好色

者[4]不免於溺[5], 此人情之常[6], 無足爲異. 至若王・杜・皮・陸, 乃怪惡奇醜, 見之必唾[7]其面, 今好奇之士反以爲姣好[8]而慕悅[9]之, 此人情之大變, 不可以常理[10]推[11]也.

주석

1 閨媛(규원): 규방의 미녀.
2 端莊(단장): 단정하고 엄숙하다.
3 溫惠(온혜): 부드럽고 온순하다.
4 好色者(호색자): 색을 좋아하는 사람.
5 溺(닉): 빠지다.
6 人情之常(인정지상): 인지상정人之常情.
7 唾(타): 침을 뱉다.
8 姣好(교호): 용모가 아름답다.
9 慕悅(모열): 사모하며 기뻐하다.
10 常理(상리): 당연한 이치. 일반적인 상식.
11 推(추): 연유를 캐어 내다. 궁구하다. 따지다.

11

한유와 백거이의 고시는 본래 교묘한 데로 빠졌는데 혹자는 질박하다고 여긴다. 왕건, 두목, 피일휴, 육구몽의 율시는 진실로 추악한 곳으로 흘러갔는데도 혹자는 교묘하다고 여기니, 이것은 천고에 큰 오류다.

대개 한유와 백거이의 풍취는 진실로 볼 만하나 왕건, 두목, 피일휴, 육구몽의 풍취는 거의 볼 것이 없다. 오늘날 사람들은 기이한 것을 좋아하고 식견이 얕으므로, 한유와 백거이를 버리고 피일휴와 육구몽을 취할 뿐이다.

해제

후대 문인들이 기이한 것을 좋아하여 피일휴와 육구몽 등의 시를 숭상하는 기풍을 나무라며 경계시켰다.

원문

韓·白古詩, 本失之巧, 而或以爲拙[1]; 王·杜·皮·陸律詩, 實流於惡[2], 而或以爲巧, 此千古大謬[3]. 蓋韓·白機趣實有可觀, 王·杜·皮·陸機趣略無所見也. 今人好奇而識淺, 故捨韓·白而取皮·陸耳.

주석

1 拙(졸): 꾸미지 않고 질박한 것을 가리킨다.
2 惡(악): 추악하다.
3 大謬(대류): 큰 잘못. 큰 오류.

12

피일휴와 육구몽의 문집에는 전체 시편의 시어가 모두 평성인 것이 있고, 위의 다섯 글자는 모두 평성인데 아래 다섯 글자는 상성이거나 거성 혹은 입성인 것이 있다. 또 첩운疊韻, 이합離合, 약명藥名, 인명人名, 회문迴文,[19] 문답問答, 민가民歌[20]가 있다. 새로움을 자랑하고 기이함을 다투어 시체를 크게 파괴했으니, 두 사람이 다시 살아난다면 나는 마땅히 승냥이와 호랑이에게 던져버릴 것이다.

혹자가 물었다.

"소식에게도 첩운疊韻·쌍성雙聲·흘어吃語·금언禽言 등이 있는 것은 어째서입니까?"

내가 대답한다.

소식은 재주가 커서 진실로 마땅하지 않음이 없으므로 우연히 유희 삼아 지은 것이다. 피일휴와 육구몽은 장점이 거의 보이지 않고 오직 이것으로써 기이함을 다투었기에 함께 논할 수가 없다.

19) 이합離合에서 회문迴文까지는 한漢·위魏·육조六朝 시기에도 간혹 있었는데, 대개 우연히 유희로 삼아 지은 것이다.
20) 즉 지금의 오가吳歌다.

해제

피일휴와 육구몽의 시가 기괴한 것을 비판했다. 두 시인은 '한맹시파'의 기험한 시풍을 계승하여 송나라 초기의 시단에 영향을 미쳤다.

원문

皮·陸集中有全篇字皆平聲者, 有上五字皆平聲, 下五字或上聲, 或去聲, 或入聲者, 有疊韻[1], 有離合[2], 有藥名, 有人名, 有迴文[3], [自離合至迴文, 漢·魏·六朝亦間有之, 蓋偶[4]以爲戲耳.] 有問答, 有風人[卽今吳歌], 誇新[5]鬬奇[6], 大壞詩體, 二子復生, 吾當投畀[7]豺虎[8]. 或問: "東坡亦有疊韻, 雙聲[9], 吃語[10], 禽言[11]等, 何?" 曰: 東坡才大, 自無不宜, 故偶以爲戲; 皮陸長處略無所見, 而惟以此鬬奇, 未可並論也.

주석

1 疊韻(첩운):같은 운자를 거듭 써서 시를 짓는 것을 말한다. 즉 시에서 모음이 동일한 단어를 가리킨다.

2 離合(이합): '이합시離合詩'를 말한다. 잡체시의 일종으로 흔히 보이는 종류는 글자를 분해하여 시구를 이루는 것이다. 사실상 문자유희라 할 수 있다.

3 迴文(회문): 위에서부터 내려 읽거나 끝에서부터 읽거나 모두 말이 되는 시를 말한다.

4 偶(우): 우연히.

5 誇新(과신): 새로움을 자랑하다.

6 鬬奇(투기): 기이함을 다투다.

7 投畀(투비): 던져 넘기다.

8 豺虎(시호): 승냥이와 호랑이.

9 雙聲(쌍성): 시에서 자음이 동일한 단어를 가리킨다.

10 吃語(흘어): 시체의 하나다. 성모聲母와 운모韻母가 서로 같거나 비슷한 글자를 모아서 반복하고 중첩하여 발음하기 어렵게 만든 시로 일종의 언어유희라 할 수 있다.

11 禽言(금언): 북송 때 홍성한 시체의 하나다. 송대 매요신梅堯臣에게서 시작되었으며, 그가 지은 〈금언사수禽言四首〉는 금언시 창작의 모범이 되었다. 즉 짐승의 소리를 도입으로 하여, 사물에 의해 감흥이 일어나는 것으로 '비比'·'부賦'·'의론'이 결합되어 시인의 뜻과 감정을 펼치는 시다.

13

왕유와 위응물은 늙어서도 벼슬을 하여, 날마다 속세의 수레와 말과 함께 섞여 살았지만, 그 시는 깨끗하며 한가로워 거의 한 마디도 더러운 시어가 없다. 육구몽은 은거의 삶에 기탁했으므로 짐짓 구름·산·안개·물과 친근하나, 그 시가 괴이하고 조악하여 도리어 사람들의 정취에 맞지가 않다. 감상하는 사람들은 마땅히 그 마음을 취해야지, 그 자취를 논해서는 안 될 것이다. 만약 시대에 의해 제약되었다고 말할지라도 만당에 어찌 정변이 없겠는가?

해제 육구몽의 시에는 물과 산 등 자연을 소재로 한 것이 많다. 그러나 그 시가 괴이하고 조악하여 그 소재에서 찾을 수 있는 진정한 은일의 정취를 느낄 수 없음을 지적했다.

원문 王摩詰·韋應物, 白首仕宦[1], 日與風塵[2]車馬[3]爲伍[4], 乃其詩潔淨[5]蕭散, 殊無一滓穢[6]語; 陸龜蒙託跡隱居[7], 假[8]與雲山烟水相親, 而其詩怪惡奇醜, 反不得中人趣[9]. 觀者當取其心, 無論其跡. 若曰限於時代, 然則晚唐豈無正變耶?

주석

1 白首仕宦(백수사환): 늙어서도 벼슬을 하다.
2 風塵(풍진): 사람이 사는 이 세상. 속세俗世.
3 車馬(거마): 수레와 말. 사람의 왕래.
4 伍(오): 대열. 섞이다.
5 潔淨(결정): 깨끗하다.
6 滓穢(재예): 찌끼와 더러운 것.
7 託跡隱居(탁적은거): 은거의 삶에 기탁하다.
8 假(가): 짐짓.
9 人趣(인취): 사람의 풍취.

14

만당의 오언고시로는 온정균, 이상은 이후 뛰어난 작가를 다시 볼 수 없었다. 대중大中 · 함통咸通 연간 여러 문인들이 대부분 그것을 익혀서 창작했지만 진실로 취하기에 부족하다.

이군옥李羣玉은 이백을 배워 힘껏 모방했기에 다소 볼 만한 것이 있지만, 아쉽게도 재주가 너무 약하다. 사마찰司馬扎은 간혹 고원高遠한 풍운이 있어서 오언고시를 지을 수 있었다. 소알邵謁은 맹교를 배웠으나 천하고 비루한 것이 참으로 많다. 조업曹鄴은 간혹 육조 시를 배웠지만 역시 문채가 충분하지 못하다. 우분于濆, 소증蘇拯은 비루함이 더욱 심하다. 이들 모두는 열거할 만하지 않다. 다만 후대의 학자들이 고시에 대해 대부분 이해하지 못하여 미혹됨을 면치 못할까 두려울 뿐이다.

해제 만당의 오언고시 중 이군옥, 사마찰, 소알, 조업, 우분, 소증 등의 작품을 비교하여 논했다.

원문 晚唐五言古, 溫 · 李而後, 作者絶響[1]. 大中[2] · 咸通[3]間, 諸子多習爲之, 而實無足取. 李羣玉[4]學太白, 盡力摹擬, 亦稍有可觀, 惜才力太弱; 司馬扎[5]間有遠韻[6], 亦能成篇; 邵謁[7]學孟郊, 而淺鄙者實多; 曹鄴[8]間學六朝, 亦無足采[9]; 于濆[10] · 蘇拯[11], 鄙陋益甚. 此皆不足序列[12]. 但後之學者, 於古詩多不能知, 恐不免爲惑耳.

주석

1 絶響(절향): 진晉나라의 혜강嵇康이 사형을 당할 때 거문고를 타며 거문고 곡 〈광릉산廣陵散〉도 오늘로써 끊어져 없어질 것이라고 한 이야기에서 나온 말로 풍류와 멋스러운 일을 다시 볼 수 없는 것을 개탄하는 말이다.

2 大中(대중): 당나라 선종宣宗 시기의 연호다. 847년~859년까지 13년간 사용되었다.

3 咸通(함통): 당나라 의종懿宗 시기의 연호다. 860년~873년까지 14년간 사용되

었다.

4 李羣玉(이군옥): 만당 시기의 시인이다. 남방 시인으로, 시에서 남방지역의 산수를 아름답게 묘사했다.

5 司馬扎(사마찰): 만당 시기의 시인이다. 선종 대중(847~858) 연간 전후로 살았다. 진사시험에 급제했으며, 시명詩名이 있었다. 저사종儲嗣宗과 친했다. 《사마선배집司馬先輩集》과 《전당시》에 그의 시가 전한다.

6 遠韻(원운): 고원한 풍운.

7 邵謁(소알): 만당 시기의 시인이다. 광동廣東 소주韶州 옹원翁源 사람이다. '영남오재자嶺南五才子' 중의 한 명으로 대략 의종 함통 연간 초에 살았다.

8 曹鄴(조업): 만당 시기의 시인이다. 자는 업지鄴之고, 계주桂州 곧 지금의 계림桂林 양삭陽朔 사람이다. 당시 유가劉駕, 섭이중聶夷中, 우분於濆, 소알邵謁, 소증蘇拯 등의 시인과 함께 병칭되었다.

9 采(채): 문채文彩.

10 于濆(우분): 만당 시기의 시인이다. 자호를 일시逸詩라고 했으며, 대략 희종 건부乾符 초쯤에 활동했다. 함통 2년(861)에 진사가 되었으며 사주판관泗州判官으로 벼슬을 마쳤다. 우분은 당시 시인들이 성률에 구속되는 것을 싫어하여 '고풍古風' 30수를 창작하여 시풍을 바로잡고자 했다. 《전당시》에 45수의 시가 전한다.

11 蘇拯(소증): 만당 시기의 시인이다. 생졸년은 상세하지 않으나, 홍화興化 연간에 활동했다. 《전당시》에 29수의 시가 전한다.

12 序列(서열): 차례대로 나열하다.

15

만당의 칠언절구로는 주담周曇의 영사시詠史詩 146수, 호증胡曾 100수, 손원안孫元晏 70여 수, 왕준汪遵 50여 수, 나규羅虬의 〈비홍아시比紅兒詩〉 100수가 있다. 모두 몽매하여 일가를 이룰 수 없었으니 여기에 함께 수록하지 않는다.

해제 만당의 대표적인 칠언절구를 언급했다. 그러나 별도로 논의하지 않는 것은 일가를 이룰 만큼 특징이 있는 것이 아니기 때문이다.

晚唐七言絕, 周曇[1]有詠史[2]一百四十六首, 胡曾[3]一百首, 孫元晏[4]七十餘首, 汪遵[5]五十餘首, 羅虬[6]有比紅兒詩一百首, 俱庸淺不足成家, 玆並不錄.

1 周曇(주담): 만당 시기의 시인이다. 국자직강國子直講을 역임했다. 《영사시詠史詩》 8권이 있으며, 《전당시》에 193수의 시가 전한다.

2 詠史(영사): 역사적 사실을 빌어 감정을 술회하고 뜻을 말한 영사시詠史詩를 말한다. 일반적으로 두 종류가 있는데, 하나는 역사적 사실을 충실히 묘사하는 경우다. 또 한 종류는 역사를 노래하면서 자신의 감회를 토로하거나 과거의 일을 통해 현재의 문제를 말하거나 옛일을 빌어 상심한 심정을 형상화하는 경우다.

3 胡曾(호증): 만당 시기의 시인이다. 생졸년은 자세하지 않으나 대략 840년에 태어났던 것으로 보이며 소양邵陽 곧 지금의 호남성 사람이다. 여행을 매우 좋아했으며 함통 연간에 진사시험에 낙제한 뒤 장안에 머물렀다. 건부 원년(874)에 고병의 서기를 맡았다.

4 孫元晏(손원안): 만당 시기의 시인이다. 강녕江寧 곧 지금의 강소성 남경 사람이다. 〈육조영사시六朝詠史詩〉 75수가 대표작으로 모두 칠언절구다.

5 汪遵(왕준): 만당 시기의 시인이다. 선주宣州 경현涇縣 사람이다. 대략 희종 건부 연간 전후에 살았다. 회고시懷古詩를 많이 창작했다.

6 羅虬(나규): 만당 시기의 시인이다. 태주台州 사람이다. 대략 희종 건부 연간 전후에 살았다. 진사시험에 여러 번 낙제했다. 칠언절구 〈비홍아시比紅兒詩〉 100수가 전한다.

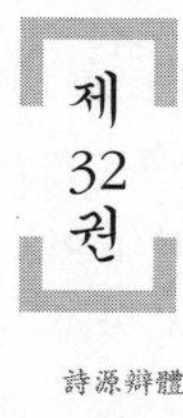

詩源辯體

만당晩唐

1

오융吳融[1]의 칠언율시 〈금교감사金橋感事〉 한 편은 격조가 초당과 성당 사이에 해당하고, 〈태보중서령군전신루太保中書令軍前新樓〉, 〈추일경별서秋日經別墅〉, 〈팽문용병후경변로삼수彭門用兵後經汴路三首〉 세 편은 성운과 기세가 또한 뛰어난데, 나머지는 모두 만당의 시어다.

해제 오융의 시에 관한 논의다. 만당 시기에는 크게 세 부류의 시파가 있었다. 첫째는 원진·백거이를 계승한 시파다. 통속적인 시풍을 보이면서 사회현실을 묘사하고 그 당시의 폐단을 진술하는 경향이 강했다. 둘째는 온정균·이상은을 계승한 일파다. 화려한 창작시풍을 보이면서 유미주의의 경향이 강했다. 셋째는 한유·맹교·요합·가도를 계승한 일파다. 기벽한 시어를 잘 쓰는 것이 특색이다. 이러한 시단 속에서 오융의 시에는 세 가지 경향이 서로 교차되어 나타난다. 풍자를 중시하고 시의 사회적 공능을 중

1) 자 자화子華.

시했지만 여전히 화려한 창작을 좋아했다. 따라서 풍격이 풍부하고 다원적이라는 평가를 받는다. 오융은 칠언시에 뛰어났는데, 유극장은 《후촌시화》에서 그의 시에 대해 다음과 같이 논평했다.

"오융의 시 중 오언은 법식에 맞게 지어졌으나 뛰어난 것이 적고, 칠언의 가작에는 흥취가 일어나 사라지지 않는다. 吳子華詩五言合作絶少, 七言佳者不減致光."

吳融[1][字子華]七言律"太行和雪"[2]一篇, 氣格在初・盛唐之間, "十二闌干"[3], "別墅蕭條"[4], "長亭一望"[5]三篇, 聲氣亦勝, 其他皆晩唐語也.

1 吳融(오융): 만당 시기의 시인이다. 자는 자화子華고 월주越州 산음山陰 곧 지금의 절강성 소홍紹興 사람이다. 생몰년은 850년~903년이며 소종昭宗 용기龍紀 원년(889)에 진사가 되었으나 이후 관직 생활은 줄곧 순탄치 않았다. 오융의 시가에는 경치를 노래하거나 염정을 담은 것, 교유시 등이 많다. 칠언시에 뛰어났다.

2 太行和雪(태행화설): 오융의 〈금교감사金橋感事〉를 가리킨다.

3 十二闌干(십이난간): 오융의 〈태보중서령군전신루太保中書令軍前新樓〉를 가리킨다.

4 別墅蕭條(별서소조): 오융의 〈추일경별서秋日經別墅〉를 가리킨다.

5 長亭一望(장정일망): 오융의 〈팽문용병후경변로삼수彭門用兵後經汴路三首〉를 가리킨다.

2

재주가 큰 사람은 매번 제멋대로 하고자 하지만, 재주가 작은 사람은 오로지 스스로 힘써 닦을 수 있다. 고적이 잠삼보다 못하고, 전기가 유장경보다 못하다는 것을 누가 모르겠는가? 그러나 고적과 전기의 오언율시 몇 편은 격조가 진실로 잠삼과 유장경보다 뛰어나다. 조하와 오융의 전체 문집은 허혼에 비해 한참 뒤떨어지지만, 조하와 오융의 칠언율시 한두 편은 성운과 기세가 초 · 성당과 비슷하다. 여러 문인들의 전체 문집을 보지 못하게 한다면 반드시 그 수준의 높고 낮음을 분별할 수 없을 것이다.

해제 만당의 시인 중 재주가 작은 사람도 힘써 노력하면 초 · 성당과 비슷한 작품을 창작할 수 있음을 지적했다.

원문 才大者每欲任情[1], 才小者輒[2]能自厲[3]. 高不如岑, 錢不如劉, 誰不知之? 而高錢五言律數篇, 氣格實勝岑 · 劉; 趙嘏 · 吳融全集, 遠遜許渾, 而趙吳七言律一二, 聲氣有類初 · 盛, 使不覩諸家全集, 定[4]不能別其高下也.

주석
1 任情(임정): 제멋대로 하다.
2 輒(첩): 때마다. 오로지.
3 自厲(자려): 스스로 힘써 닦다.
4 定(정): 꼭. 반드시.

3

위장韋莊[2)]의 율시는 칠언이 오언보다 뛰어나다. 오언 중 〈송최랑중왕사서천행재送崔郎中往使西川行在〉, 〈건창도명음建昌渡暝吟〉, 〈우언寓言〉 세 편은 대체로 허혼과 비슷하다.

오언 중 다음의 시구는 허혼과 비교하면 성조가 다 경박하고 시어가 다 섬교하기에 오언으로 더 이상 명성을 떨칠 수가 없었다. 한마디로 또한 정변이다.

"눈은 정월 이전의 겨울을 따라가고, 꽃은 동짓달 이후의 봄을 따라

2) 자 단이端已.

오네.雪向寅前凍, 花從子後春."

"베로 짠 장막에 가을 달이 밝게 비추고, 시를 쓰는 누대에 개똥벌레를 가두네.繐帳扃秋月, 詩樓鎖夜蟲"

"눈물 흔적에 꽃이 응당 웃고, 쇠한 얼굴을 거울이 매번 아네.浪跡花應笑, 衰容鏡每知."

"땅을 쓸며 성긴 그림자 남기는데, 연못을 뚫고 저녁놀이 스며드네.掃地留疎影, 穿池浸落霞."

"풀이 움직이는 것은 뱀이 구멍을 찾기 때문이고, 가지가 흔들리는 것은 쥐가 덩굴로 오르는 것이네.草動蛇尋穴, 枝搖鼠上藤."

칠언율시 중 다음의 시구는 성운과 기세가 진실로 허혼보다 웅장하다.

"만리를 오직 외로운 검을 지니고 떠나, 10년을 헛되이 보내고 변방의 기러기 따라 돌아가네.萬里只攜孤劍去, 十年空逐塞鴻歸."

"밤에 푸른 하늘 가리키며 진晉 땅의 분수를 점치고, 새벽에 외로운 검을 갈며 진秦 땅의 구름을 바라보네.夜指碧天占晉分, 曉磨孤劍望秦雲."

"붉은 깃발 거두지 않았는데 바람이 늘 세차게 불고, 그림 그려진 뿔피리 한가히 부는데 날이 또 어두워지네.紅旗不卷風長急, 畫角閒吹日又曛."

"마음이 높은 산의 형색과 같아 진秦 땅에 머무르니, 꿈에 강물 소리를 따라서 우문禹門을 나서네.心如嶽色留秦地, 夢逐河聲出禹門."

"천 년간 왕의 기운이 맑은 낙수洛水에 떠 있고, 만고에 땅의 신령은 푸른 숭산嵩山을 편안하게 하네.千年王氣浮淸洛, 萬古坤靈鎭碧嵩."

"강물 소리가 요동치듯 진秦나라 군대를 무너뜨리고, 산세가 바른 것처럼 진晉나라의 왕실을 두렵게 했네.江聲似激秦軍破, 山勢如匡晉祚危."

칠언율시 중 다음의 시구는 대구가 모두 교묘하고 시어가 지나치게 다듬어졌다.

"잔설이 산꼭대기에서 갑옷과 투구를 비추고, 저녁노을은 처마 밖에서 깃발 위에 모이네.殘雪嶺頭明組練, 晩霞簷外簇旌旗."

"승려가 시골 나루를 찾아 오 땅의 산으로 돌아가고, 기러기는 석양을 맞이하여 위성渭城으로 들어가네.僧尋野渡歸吳嶽, 鴈帶斜陽入渭城."

"산이 좋은 것은 단지 사람이 돌로 변하기 때문이고, 땅의 신령은 일찍이 검에서 용이 되었다네.山好只因人化石, 地靈曾有劍爲龍."

"술을 싣고서 손님이 오원사吳苑寺를 찾으니, 누대에 기대어 승려가 동정산洞庭山을 바라보네.載酒客尋吳苑寺, 倚樓僧看洞庭山."

칠언율시 중 다음의 시구는 또한 섬교한 데로 빠져들었다.

"향기로운 풀이 현위縣尉의 집을 무성하게 가리고, 저녁노을은 상인의 배를 붉게 물들이네.芳草綠遮仙尉宅, 落霞紅襯賈人船."

"계단 앞에서 비가 원앙 무늬의 기와에 떨어지고, 대숲 안의 이끼는 무지개 모양의 다리에 붙어 자라네.堦前雨落鴛鴦瓦, 竹裏苔封螮蝀橋."

"별이 나뉘어 밤을 꾸미고 추위가 장막에 스며드는데, 난초는 봄 향기를 일으키고 초록빛이 옷자락에 비치네.星分夜彩寒侵帳, 蘭惹春香綠映袍."

전체 문집을 살펴보면 너무 신중한 데로 빠졌다. 절구는 당나라 말기의 여러 문인들 위에 놓인다.

해제 위장의 오·칠언 율시에 관한 논의다. 허혼의 시와 비교하여 그 시의 특징을 분석하면서 각 시구의 예를 들었다. 아울러 그의 절구는 만당의 여러 시인들 중 으뜸에 해당함을 지적했다.

위장은 온정균과 이름을 나란히 하여 '온위溫韋'라고 불린다. 자유분방한 성격으로 사가 유명하며 시집으로 《완화집浣花集》 10권이 있다. 황소黃巢의 난이 일어났을 때 장안에서 갇혀 있다가 중화中和 3년에 낙양으로 도망가 〈진부음秦婦吟〉을 지었는데, 이 작품은 〈공작동남비孔雀東南飛〉, 〈목란시木蘭詩〉와 함께 '악부삼절'로 손꼽힌다. 현존하는 시는 모두 300여 수다.

韋莊[字端已]律詩, 七言勝於五言. 五言如"拜書辭玉帳"[1], "月照臨官渡"[2], "爲儒逢世亂"[3]三篇, 略與許渾相類. 至如"雪向寅前凍, 花從子後春."[4] "繐帳扃秋月, 詩樓鎖夜蟲."[5] "浪跡花應笑, 衰容鏡每知."[6] "掃地留疎影, 穿池浸落霞."[7] "草動蛇尋穴, 枝搖鼠上藤"[8]等句, 較之於渾, 則聲盡輕浮, 語盡纖巧, 而五言不可復振矣. 要亦正變也. 七言律如"萬里只攜孤劍去, 十年空逐塞鴻歸."[9] "夜指碧天占晉分, 曉磨孤劍望秦雲."[10] "紅旗不卷風長急, 畫角閒吹日又曛."[11] "心如嶽色留秦地, 夢逐河聲出禹門."[12] "千年王氣浮淸洛, 萬古坤靈鎭碧嵩."[13] "江聲似激秦軍破, 山勢如匡晉祚危"[14]等句, 聲氣實雄於[15]渾; 如"殘雪嶺頭明組練, 晚霞簷外簇旌旗."[16] "僧尋野渡歸吳嶽, 鴈帶斜陽入渭城."[17] "山好只因人化石, 地靈曾有劍爲龍."[18] "載酒客尋吳苑寺, 倚樓僧看洞庭山"[19]等句, 則對皆工巧, 語皆襯貼; 至如"芳草綠遮仙尉宅, 落霞紅襯賈人船."[20] "堦前雨落鴛鴦瓦, 竹裏苔封螮蝀橋."[21] "星分夜彩寒侵帳, 蘭惹春香綠映袍"[22]等句, 則又入於纖巧矣. 然以全集觀, 亦有失之太重者. 絶句在唐末諸人之上.

1 拜書辭玉帳(배서사옥장): 위장의 〈송최랑중왕사서천행재送崔郎中往使西川行在〉를 가리킨다.

2 月照臨官渡(월조임관도): 위장의 〈건창도명음建昌渡暝吟〉을 가리킨다.

3 爲儒逢世亂(위유봉세란): 위장의 〈우언寓言〉을 가리킨다.

4 雪向寅前凍(설향인전동), 花從子後春(화종자후춘): 눈은 정월 이전의 겨울을 따라가고, 꽃은 동짓달 이후의 봄을 따라오네. 위장 〈세제대왕수재작歲除對王秀才作〉의 시구다.

5 繐帳扃秋月(세장경추월), 詩樓鎖夜蟲(시루쇄야충): 베로 짠 장막에 가을 달이 밝게 비추고, 시를 쓰는 누대에 개똥벌레를 가두네. 위장 〈곡마처사哭麻處士〉의

시구다.

6 浪跡花應笑(낭적화응소), 衰容鏡每知(쇠용경매지): 눈물 흔적에 꽃이 응당 웃고, 쇠한 얼굴을 거울이 매번 아네. 위장 〈남유부양강중작南遊富陽江中作〉의 시구다.

7 掃地留疎影(소지류소영), 穿池浸落霞(천지침락하): 땅을 쓸며 성긴 그림자 남기는데, 연못을 뚫고 저녁놀이 스며드네. 위장 〈증무처사贈武處士〉의 시구다.

8 草動蛇尋穴(초동사심혈), 枝搖鼠上藤(지요서상등): 풀이 움직이는 것은 뱀이 구멍을 찾기 때문이고, 가지가 흔들리는 것은 쥐가 덩굴로 오르는 것이네. 위장 〈숙산가宿山家〉의 시구다.

9 萬里只攜孤劍去(만리지휴고검거), 十年空逐塞鴻歸(십년공축새홍귀): 만리를 오직 외로운 검을 지니고 떠나, 10년을 헛되이 보내고 변방의 기러기 따라 돌아가네. 위장 〈증변장贈邊將〉의 시구다.

10 夜指碧天占晉分(야지벽천점진분), 曉磨孤劍望秦雲(효마고검망진운): 밤에 푸른 하늘 가리키며 진晉 땅의 분수를 점치고, 새벽에 외로운 검을 갈며 진秦 땅의 구름을 바라보네. 위장 〈증수병贈戍兵〉의 시구다.

11 紅旗不卷風長急(홍기불권풍장급), 畵角閒吹日又曛(화각한취일우훈): 붉은 깃발 거두지 않았는데 바람이 늘 세차게 불고, 그림 그려진 뿔피리 한가히 부는데 날이 또 어두워지네. 위장 〈증수병〉의 시구다.

12 心如嶽色留秦地(심여악색류진지), 夢逐河聲出禹門(몽축하성출우문): 마음은 높은 산의 형색과 같아 진秦 땅에 머무르니, 꿈에 강물 소리를 따라서 우문禹門을 나서네. 위장 〈류곡도중작각기柳穀道中作卻寄〉의 시구다.

13 千年王氣浮清洛(천년왕기부청락), 萬古坤靈鎭碧嵩(만고곤령진벽숭): 천 년간 왕의 기운이 맑은 낙수洛水에 떠 있고, 만고에 땅의 신령은 푸른 숭산嵩山을 편안하게 하네. 위장 〈북원한조北原閑眺〉의 시구다.

14 江聲似激秦軍破(강성사격진군파), 山勢如匡晉祚危(산세여광진조위): 강물 소리가 요동치듯 진秦나라 군대를 무너뜨리고, 산세가 바른 것처럼 진晉나라의 왕실을 두렵게 했네. 위장 〈알장제묘謁蔣帝廟〉의 시구다.

15 雄於(웅어): …보다 웅장하다.

16 殘雪嶺頭明組練(잔설령두명조련), 晚霞簷外簇旌旗(만하첨외족정기): 잔설이 산꼭대기에서 갑옷과 투구를 비추고, 저녁노을은 처마 밖에서 깃발 위에 모이네. 위장 〈알장제묘〉의 시구다.

17 僧尋野渡歸吳嶽(승심야도귀오악), 鴈帶斜陽入渭城(안대사양입위성): 승려가 시골 나루를 찾아 오 땅의 산으로 돌아가고, 기러기는 석양을 맞이하여 위성渭城으로 들어가네. 위장 〈견양간汧陽間〉의 시구다.

18 山好只因人化石(산호지인인화석), 地靈曾有劍爲龍(지령증유검위용): 산이 좋은 것은 단지 사람이 돌로 변하기 때문이고, 땅의 신령은 일찍이 검에서 용이 되었다네. 위장 〈춘운春雲〉의 시구다.

19 載酒客尋吳苑寺(재주객심오원사), 倚樓僧看洞庭山(의루승간동정산): 술을 싣고서 손님이 오원사를 찾으니, 누대에 기대어 승려가 동정산을 바라보네. 위장 〈제고소릉처사장題姑蘇淩處士莊〉의 시구다.

20 芳草綠遮仙尉宅(방초록차선위택), 落霞紅襯賈人船(낙하홍츤가인선): 향기로운 풀이 현위縣尉의 집을 무성하게 가리고, 저녁노을은 상인의 배를 붉게 물들이네. 위장 〈남창만조南昌晚眺〉의 시구다.

21 堦前雨落鴛鴦瓦(계전우락원앙와), 竹裏苔封螮蝀橋(죽리태봉체동교): 계단 앞에서 비가 원앙 무늬의 기와에 떨어지고, 대숲 안의 이끼는 무지개 모양의 다리에 붙어 자라네. 위장〈과구택過舊宅〉의 시구다.

22 星分夜彩寒侵帳(성분야채한침장), 蘭惹春香綠映袍(난야춘향록영포): 별이 나뉘어 밤을 꾸미고 추위가 장막에 스며드는데, 난초는 봄 향기를 일으키고 초록빛이 옷자락에 비치네. 위장 〈남성반직南省伴直, 갑인년자강남도경후작甲寅年自江南到京後作〉의 시구다.

4

정곡鄭谷[3]의 시는 전체 문집으로 살펴보건대 허혼·위장과는 진실로 차이가 많이 난다.

오언율시 중 〈송인유변送人游邊〉·〈장안야좌기회호외혜처사長安夜坐寄懷湖外嵇處士〉 두 편은 성운과 기세가 약간 뛰어나지만, 앞의 시편은 기어起語가 심히 유치하고 뒤의 시편은 결어結語가 너무 쇠약할 따

3) 자 수우守愚.

름이다. 〈강행江行〉, 〈남유南遊〉, 〈송인지구강알군후묘원외신送人之九江謁郡侯苗員外紳〉 세 편은 또한 중당 시기의 아름다운 작품이다. 〈기변상종사寄邊上從事〉 한 편은 참으로 만당 시기의 뛰어난 음조다. 〈조승吊僧〉은 백거이를 모방하여 격구隔句로 대구를 이루었다.

칠언율시 중 다음의 시구는 모두 만당의 시어다.

"시냇물을 마시며 사슴이 양 갈래의 강물에서 울고, 누각에 올라 승려가 한 층의 구름사다리를 밟네. 飮澗鹿喧雙派水, 上樓僧踏一梯雲."

"숲 아래서 가을 동산의 사슴 지나는 소리 듣고, 시냇가에서 석양 아래 낙엽을 쓰는 승려를 보네. 林下聽經秋苑鹿, 溪邊掃葉夕陽僧."

"한없이 넓은 하얀 물결은 머무는 백로를 미혹시키고, 숲 가득한 낙엽은 남아 있는 매미를 보내네. 萬頃白波迷宿鷺, 一林黃葉送殘蟬."

"정이 많기에 말없는 꽃이 가장 한스럽고, 근심이 없어지고서야 술에 힘이 있음을 알았네. 情多最恨花無語, 愁破方知酒有權."

또 다음의 시구는 성조가 다 경박하고 시어가 다 섬교하다.

"달이 지고 이슬이 내리니 아침에 덮개가 모자라고, 꽃이 떨어지고 바람이 부니 밤에 등불을 조심하네. 殘月露垂朝闕蓋, 落花風動宿齋燈."

"안개 낀 풍경에 버드나무 빛이 드리워진 그림을 완성하고, 봄의 근심을 조금씩 깨뜨리며 술 소리를 짓누르네. 畵成烟景垂楊色, 滴破春愁壓酒聲."

"붉은색이 천자를 미혹시키는 것은 배 옆의 해 때문이고, 보라색이 낭관郎官을 어지럽히는 것은 장막 밖의 난초 때문이라네. 紅迷天子帆邊日, 紫奪星郎帳外蘭."[4]

---

4) 〈영금詠錦〉.

"푸른 언덕에 낮게 날아 바다의 비에 응하고, 붉은 누대에 어지러이 날아들며 살구와 조를 구별하네. 低飛綠岸和海雨, 亂入紅樓揀杏粱."5)

"가지 하나가 앵무새 자는 곳에 낮게 드리우고, 꽃 잎 몇 개 어지러이 춤추듯 날아가는 나비에게 화답하네. 一枝低帶流鶯睡, 數片狂和舞蝶飛."6)

그러나 문집 중 여러 체재에서 오직 20~30편만 수록했는데, 나머지는 모두 비루하여 수록할 만하지 않다.

해제

정곡의 시에 관한 논의다. 정곡의 전체 시문집을 통해 오 · 칠언 율시의 특징을 분석했다. 정곡은 설능薛能, 이빈李頻과 창화하고 장교張喬, 허당許棠 등과 교류했다. 함께 교류한 그 무리를 '함통십철鹹通十哲'이라고 불렀다. 또 후일 시승 제기齊己와도 창화했는데, 제기는 그를 '일자사一字師'라고 칭했다. 또 〈자고시鷓鴣詩〉로 이름이 나 사람들이 '정자고鄭鷓鴣'라고도 불렀다. 특히 두보를 존숭하여 자신을 두보에 비유하기도 했다. 현존하는 시는 320수 정도이며 대체로 맑고 부드러운 시풍을 띠고 있다. 구양수의 《육일시화》에서는 다음과 같이 기록하고 있다.

"그 시는 뜻이 지극하고 또한 가구가 많지만 그 격조가 그다지 높지 않다. 시가 이해하기 쉬워서 사람들이 대부분 아이들에게 가르쳤으니 나도 어릴 때 그의 시를 외웠는데, 오늘날 그 문집이 세상에 전해지지 않는다. 其詩極有意思, 亦多佳句, 但其格不甚高. 以其易曉, 人家多以敎小兒, 余爲兒時猶誦之, 今其集不行於世矣."

鄭谷[字守愚]詩, 以全集觀, 去許渾 · 韋莊實遠. 五言律如"春亦怯邊遊"1, "萬里念江海"2二篇, 聲氣稍勝, 但前篇起語甚稚, 後篇結語太弱耳. 如"漂泊病難任"3, "淒涼懷古意"4, "澤國逢知己"5三篇, 亦中唐佳製. "男兒懷壯節"6一

5) 〈영연詠燕〉.
6) 〈해당海棠〉.

篇, 實晩唐俊調. "幾思聞靜話"[7], 效樂天隔句扇對. 七言律如"飮澗鹿喧雙派水, 上樓僧踏一梯雲."[8] "林下聽經秋苑鹿, 溪邊掃葉夕陽僧."[9] "萬頃白波迷宿鷺, 一林黃葉送殘蟬."[10] "情多最恨花無語, 愁破方知酒有權"[11]等句, 皆晩唐語. 至如"殘月露垂朝闕蓋, 落花風動宿齋燈."[12] "畵成烟景垂楊色, 滴破春愁壓酒聲."[13] "紅迷天子帆邊日, 紫奪星郎帳外蘭."[詠錦] "低飛綠岸和海雨, 亂入紅樓揀杏梁."[詠燕] "一枝低帶流鶯睡, 數片狂和舞蝶飛"[海棠]等句, 則聲盡輕浮, 語盡纖巧矣. 然集中諸體僅得二三十篇, 餘皆村陋, 不足錄也.

1 春亦怯邊遊(춘역겁변유): 정곡의 〈송인유변送人遊邊〉을 가리킨다.

2 萬里念江海(만리념강해): 정곡의 〈장안야좌기회호외혜처사長安夜坐寄懷湖外嵇處士〉를 가리킨다.

3 漂泊病難任(표박병난임): 정곡의 〈강행江行〉을 가리킨다.

4 淒涼懷古意(처량회고의): 정곡의 〈남유南遊〉를 가리킨다.

5 澤國逢知己(택국봉지기): 정곡의 〈송인지구강알군후묘원외신送人之九江謁郡侯苗員外紳〉을 가리킨다.

6 男兒懷壯節(남아회장절): 정곡의 〈기변상종사寄邊上從事〉를 가리킨다.

7 幾思聞靜話(기사문정화): 정곡의 〈조승吊僧〉을 가리킨다.

8 飮澗鹿喧雙派水(음간록훤쌍파수), 上樓僧踏一梯雲(상루승답일제운): 시냇물을 마시며 사슴이 양 갈래의 강물에서 울고, 누각에 올라 승려가 한 층의 구름 사다리를 밟네. 정곡 〈소화감로사少華甘露寺〉의 시구다.

9 林下聽經秋苑鹿(임하청경추원록), 溪邊掃葉夕陽僧(계변소엽석양승): 숲 아래서 가을 동산의 사슴 지나는 소리 듣고, 시냇가에서 석양 아래 낙엽을 쓰는 승려를 보네. 정곡 〈자은사우제慈恩寺偶題〉의 시구다.

10 萬頃白波迷宿鷺(만경백파미숙로), 一林黃葉送殘蟬(일림황엽송잔선): 한없이 넓은 하얀 물결은 머무는 백로를 미혹시키고, 숲 가득한 낙엽은 남아 있는 매미를 보내네. 정곡 〈강제江際〉의 시구다.

11 情多最恨花無語(정다최한화무어), 愁破方知酒有權(수파방지주유권): 정이 많기에 말없는 꽃이 가장 한스럽고, 근심이 없어지고서야 술에 힘이 있음을 알았네. 정곡 〈중년中年〉의 시구다.

12 殘月露垂朝闕蓋(잔월로수조궐개), 落花風動宿齋燈(낙화풍동숙재등): 달이

지고 이슬이 내리니 아침에 덮개가 모자라고, 꽃이 떨어지고 바람이 부니 밤에 등불을 조심하네. 정곡 〈기헌적우승寄獻狄右丞〉의 시구다.

13 畵成烟景垂楊色(화성연경수양색), 滴破春愁壓酒聲(적파춘수압주성): 안개 낀 풍경에 버드나무 빛이 드리워진 그림을 완성하고, 봄의 근심을 조금씩 깨뜨리며 술 소리를 짓누르네. 정곡 〈교서郊墅〉의 시구다.

5

정곡의 칠언절구는 개성 연간과 비교하면 시구의 시어는 그다지 다르지 않지만 성운이 더욱 비루해졌으므로, 당시의 절구는 이쯤에 이르러서 더 이상 명성을 떨칠 수 없게 되었다. 한마디로 정변이다.

그중 〈조입간원이수早入諫院二首〉, 〈빈녀음貧女吟〉, 〈곡강춘초曲江春草〉, 〈류柳〉, 〈연엽蓮葉〉 등의 작품은 모두 성운이 더욱 비루해진 것이다.

호응린이 다음과 같이 말했다.

"'여러 차례 바람에 실려 오는 피리소리 들리고 정자의 밤이 깊어가네, 그대는 소수와 상수를 향해 떠나고 나는 장안을 향해 떠나네.數聲風笛離亭晩, 君向瀟湘我向秦.'가 어찌 감탄의 여운이 그치지 않을 만한 것이 아니겠느냐만, 기운이 유난히 심하게 쇠약하다. 왕유의 〈송원이사안서送元二使安西〉는 진실로 구어口語이므로 천년이 흘러도 새로운 듯하다. 이것은 성당과 만당의 참뜻을 논한 것이다"[7]

아래로 이산보李山甫, 나은羅隱에게로 이르렀으니 더 이상 서술하지 않는다.

해제 정곡의 절구에 대해 논했다. 칠언절구로 80여 수의 작품이 있다. 만당의

7) 이상은 모두 호응린의 말이다.

시와 비교하면 시어에는 큰 차이가 없지만 기세가 쇠퇴함을 지적했다. 시풍이 대체로 비통하기 때문일 것이다. 설설薛雪도 《일표시화一瓢詩話》에서 "정곡의 성조는 처량한데, 읊어보면 낭독할 수 있다.鄭守愚聲調悲凉, 吟來可念." 고 평했다.

원문

鄭谷七言絶, 較之開成, 句語亦不甚殊[1], 而聲韻益卑, 唐人絶句, 至此不可復振矣. 要亦正變也. 中如"紫雲重疊"[2], "塵壓鴛鴦"[3], "花落江堤"[4], "半烟半雨"[5], "移舟水濺"[6]等篇, 皆聲韻益卑者也. 胡元瑞云: "'數聲風笛離亭晩, 君向瀟湘我向秦'[7], 豈不一唱三歎, 而氣韻衰颯殊甚. '渭城朝雨'[8], 自是口語, 而千載如新. 此論盛唐·晩唐三昧."[以上八句皆元瑞語.] 下至李山甫·羅隱, 不更述矣.

1 殊(수): 다르다.

2 紫雲重疊(자운중첩): 정곡의 〈조입간원이수早入諫院二首〉를 가리킨다.

3 塵壓鴛鴦(진압원앙): 정곡의 〈빈녀음貧女吟〉을 가리킨다.

4 花落江堤(화락강제): 정곡의 〈곡강춘초曲江春草〉를 가리킨다.

5 半烟半雨(반연반우): 정곡의 〈류柳〉를 가리킨다.

6 移舟水濺(이주수천): 정곡의 〈연엽蓮葉〉을 가리킨다.

7 數聲風笛離亭晩(수성풍적리정만), 君向瀟湘我向秦(군향소상아향진): 바람소리 피리소리 자주 들리는데 정자에서 이별할 때가 밤이라네, 그대는 소수와 상수를 향해 떠나고 나는 장안을 향해 떠나네. 정곡 〈회상여우인별淮上與友人別〉의 시구다.

8 渭城朝雨(위성조우): 왕유의 〈송원이사안서送元二使安西〉를 가리킨다.

6

당나라의 시는 비록 성정을 기초로 하지만 성쇠는 기운氣韻에 달려 있다. 중당의 율시, 만당의 절구는 일찍이 성정이 없지 않았으나, 끝내 초·성당과 서로 비교할 수 없는 것은 바로 그 기운이 쇠했기 때문일 따름이다.

해제 당시의 성쇠가 기운, 즉 기세와 성운에 의해 달려 있음을 지적했다.

원문 唐人之詩雖主乎情, 而盛衰則在氣韻, 如中唐律詩 · 晩唐絶句, 亦未嘗無情, 而終不得與初 · 盛相較, 正是其氣韻衰颯耳.

7

한악韓偓[8)]의 별집別集 한 권은 사실상 본집本集인데, 《향렴집香奩集》이 있는 까닭에 도리어 별집이라고 명명했다. 그러나 그 시어가 대부분 천박하여 수록된 것이 매우 적다.

칠언율시 중 〈등남신광사탑원登南神光寺塔院〉, 〈오침몽강외형제午寢夢江外兄弟〉, 〈춘진春盡〉 세 편은 기운이 뛰어나다. 〈중추금직中秋禁直〉 한 편은 성조가 밝다.

기타 다음의 시구는 만당의 교묘한 시구다.

"단지에 시냇물 물을 넣어 달을 가득 채우고, 승복을 소나무 가지에 걸어 구름이 일어나게 하네.鉼添澗水盛將月, 衲挂松枝惹得雲."

"나무 꼭대기에 벌이 둘러싸니 꽃술이 떨어지고, 연못 안의 물고기가 입을 벙긋하니 버드나무 솜이 날리네. 참선은 시마詩魔에 복종하여 조용한 곳으로 돌아가고, 술이 근심의 진영에 들이닥치니 뛰어난 병사가 나타나네.樹頭蜂抱花鬚落, 池面魚吹柳絮行. 禪伏詩魔歸靜域, 酒衝愁陣出奇兵."

8) 자 치요致堯.

또 다음의 시구는 기이하여 본받을 만하지 않다.

"향로가 창을 밝게 하고 승려가 마주 앉았네. 爐爲窗明僧偶坐."

"비가 꾀꼬리를 더디 날게 하고, 남은 매화가 새벽에 떨어지네. 雨連鶯曉落殘梅."

해제 한악의 시에 관한 논의다. 칠언율시의 특징을 분석하고 각 시구의 예를 들었다. 한악은 염체艶體의 시집 《향렴집香奩集》으로 유명하며, 온정균이나 이상은만큼 깊이는 없으나 관능적인 정경을 농염하고 직설적으로 나타냈다. 그 시풍은 후세에 '향렴체香奩體'로 불렸다. 재주가 출중하여 "일대시종一代詩宗"이라고 존숭받기도 했다.

원문 韓偓[字致堯]別集[1]一卷, 實本集也, 以其有香奩集[2], 故反名[3]別集, 然其語多淺俗, 入錄者甚少. 七言律如"無奈離腸"[4], "長日居閒"[5], "惜春連日"[6]三篇, 氣韻亦勝. "星斗疎明"[7]一篇, 聲亦宣朗[8]. 他如"缾添澗水盛將月, 衲挂松枝惹得雲."[9] "樹頭蜂抱花鬚落, 池面魚吹柳絮行. 禪伏詩魔歸靜域, 酒衝愁陣出奇兵"[10]等句, 乃晚唐巧句也. 至若"爐爲窗明僧偶坐"[11], "雨連鶯曉落殘梅"[12], 則奇僻不可爲法矣.

주석

1 別集(별집): 개인의 시문집.

2 香奩集(향렴집): 한악의 시집. 주로 염정을 노래한 시들이 실려 있으며, 시어가 화려하다. 만당 시기에 사詞가 시를 대신하여 일어나던 시기에 나온 것으로 후대 사 창작에 큰 영향을 끼쳤다.

3 名(명): 명명하다.

4 無奈離腸(무내이장): 한악의 〈등남신광사탑원登南神光寺塔院〉을 가리킨다.

5 長日居閒(장일거한): 한악의 〈오침몽강외형제午寢夢江外兄弟〉를 가리킨다.

6 惜春連日(석춘련일): 한악의 〈춘진春盡〉을 가리킨다.

7 星斗疎明(성두소명): 한악의 〈중추금직中秋禁直〉을 가리킨다.

8 宣朗(선낭): 밝다.

9 缾添澗水盛將月(병첨간수성장월), 衲挂松枝惹得雲(납괘송지야득운): 단지에

시냇물 물을 넣어 달을 가득 채우고, 승복을 소나무 가지에 걸어 구름이 일어나게 하네. 한악 〈증승贈僧〉의 시구다.

10 樹頭蜂抱花鬚落(수두봉포화수락), 池面魚吹柳絮行(지면어취유서행). 禪伏詩魔歸靜域(선복시마귀정역), 酒衝愁陣出奇兵(주충수진출기병): 나무 꼭대기에 벌이 둘러싸니 꽃술이 떨어지고, 연못 안의 물고기가 입을 벙긋하니 버드나무 솜이 날리네. 참선은 시마詩魔에 복종하여 조용한 곳으로 돌아가고, 술이 근심의 진영에 들이닥치니 뛰어난 병사가 나타나네. 한악 〈잔춘려사殘春旅舍〉의 시구다.

11 爐爲窗明僧偶坐(노위창명승우좌): 향로가 창을 밝게 하고 승려가 마주 앉았네. 한악 〈소은小隱〉의 시구다.

12 雨連鶯曉落殘梅(우련앵효락잔매): 비가 꾀꼬리를 더디 날게 하고, 남은 매화가 새벽에 떨어지네. 한악 〈반취半醉〉의 시구다.

8

한악의 《향렴집》은 모두 치맛자락, 연지와 분을 내용으로 한 시다.

고수실高秀實이 말했다.

"원진의 애정시는 아름다우면서도 풍골이 있다. 한악의 《향렴집》은 아름다우나 풍골이 없다."

내가 생각건대 시집의 명칭이 《향렴》인데 어찌 반드시 풍골을 구하리오? 오직 한악의 시는 비천한 것이 많고 아름다운 것이 적어서 온정균·이상은과 비교하면 서로 차이가 심하게 나니, 내가 수록한 시도 열 편 중 두세 편을 고른 것이지만 역시나 뛰어나다고 할 수 없다.

아래의 시구는 사가 곡조로 변한 것이다.

다음은 오언고시의 예다.

"시녀가 분 상자를 건드려서 참으로 잠든 사람을 놀라게 하네. 본래 잠들지 않고서 얼굴을 돌리고 흐르는 눈물을 닦고 있었음을 어찌 알리오.侍女動粧奩, 故故驚人睡. 那知本未眠, 背面輪垂淚."

다음은 칠언고시의 예다.

"요염한 생각이 일어나 부끄러움을 이길 수 없고, 임의 어깨에 기대어 영원히 서로 함께 하기를 원하네.嬌嬈意緖不勝羞, 願倚郎肩永相著."

"붓 아래에 문성文星이 있음을 직접 가르치나, 역시 어려운 모습이라 힘듦이 분명하네.直教筆底有文星, 亦應難狀分明苦."

다음은 칠언율시의 예다.

"작게 겹진 붉은 나뭇조각에 한스런 글자를 적어, 하인에게 주어 임시방편으로 그대에게 보내네.小疊紅牋書恨字, 與奴方便送卿卿."

다음은 칠언절구의 예다.[9]

"그 사람이 손을 늘어뜨리고 서서, 귀엽게 수줍어하며 그네에 타지 못하던 것이 생각나네.想得那人垂手立, 嬌羞不肯上鞦韆."

한편 칠언율시 중 다음의 시구는 상당한 정취가 있다.

"신선의 나무에 꽃이 피어도 종류를 묻기 어렵고, 임금의 향수는 향기를 맡아도 이름을 알지 못하네.仙樹有花難問種, 御香聞氣不知名."

"조용한 가운데 누각에는 봄비가 깊어 가고, 먼 곳 주렴이 드리운 창에는 한밤의 등불이 비추네.靜中樓閣深春雨, 遠處簾櫳半夜燈."

또 다음의 칠언율시는 연정을 곡진히 표현했다.

---

9) 위로는 이상은李商隱 · 온정균溫庭筠의 칠언고시에 연원했는데, 사의 변화는 여기서 그친다.

"분명하게 창 아래에서 옷감 마름질 소리 들리는데, 난간을 두드리지만 응답하지 않네. 分明窗下聞裁剪, 敲遍欄干故不應."

한악의 《향렴집》에 관한 논의다. 《향렴집》에 실린 시는 모두 염정시다. 따라서 풍골을 거론하기에는 맞지 않음을 지적하고, 비천한 작품이 많고 아름다운 작품이 적어서 그 수준이 온정균이나 이상은에 훨씬 못 미친다고 보았다. 또한 사가 곡조로 변한 시구 및 정취가 있는 시구 등을 가려 뽑았다. 이와 관련하여 장간張侃은 《졸헌사화拙軒詞話》에서 다음과 같이 평했다.

"한악의 시는 음탕하며 사 작가의 시어와 비슷하다. 전대 사람들은 간혹 그 시구를 취하거나 그 글자를 잘라서 사 작품 속에 섞어 넣었다. 偓之詩淫靡, 類詞家語. 前輩或取其句, 或剪其字, 雜於詞中."

韓偓香奩集, 皆裙裾[1]脂粉[2]之詩. 高秀實[3]云: "元氏[4]豔詩, 麗而有骨; 韓偓香奩集, 麗而無骨." 愚按: 詩名香奩, 奚必求骨? 但韓詩淺俗者多, 而豔麗者少, 較之溫李, 相去甚遠, 卽予所錄者十之二三, 而亦不能佳也. 五言古如"侍女動粧奩, 故故驚人睡. 那知本未眠, 背面輸垂淚."[5] 七言古如"嬌嬈意緖不勝羞, 願倚郎肩永相著."[6] "直敎筆底有文星, 亦應難狀分明苦."[7] 七言律如"小疊紅牋書恨字, 與奴方便送卿卿."[8] 七言絶如"想得那人垂手立, 嬌羞不肯上鞦韆"[9]等句, 則詩餘變爲曲調矣. [上源於李商隱·溫庭筠七言古, 詩餘之變止此.] 至七言律如"仙樹有花難問種, 御香聞氣不知名."[10] "靜中樓閣深春雨, 遠處簾櫳半夜燈."[11] 亦頗有致. 又, "分明窗下聞裁剪, 敲遍欄干故不應"[12], 則曲盡[13]豔情[14].

1 裙裾(군거): 치마 자락.

2 脂粉(지분): 연지와 분.

3 高秀實(고수실): 송나라 시기 여본중呂本中과 교유한 문인이다. 여본중의 《자미시화紫微詩話》에 "인물이 고매하여, 속세의 자태를 벗어났다. 人物高遠, 有出塵之姿."라고 설명되어 있으며, 여본중의 시 〈고우도중시高郵道中詩〉에 화답한 시를 썼다고 기록되어 있다.

4 元氏(원씨): 원진元稹을 가리킨다.

5 侍女動粧奩(시녀동장렴), 故故驚人睡(고고경인수). 那知本未眠(나지본미면), 背面輸垂淚(배면수수루): 시녀가 분 상자를 건드려서 참으로 잠든 사람을 놀라게 하네. 본래 잠들지 않고서 얼굴을 돌리고 흐르는 눈물을 닦고 있었음을 어찌 알리오. 한악 〈생사자生查子, 시녀동장렴侍女動妝奩〉의 시구다.

6 嬌嬈意緒不勝羞(교요의서불승수), 願倚郎肩永相著(원의랑견영상저): 요염한 생각이 일어나 부끄러움을 이길 수 없고, 임의 어깨에 기대어 영원히 서로 함께하기를 원하네. 한악 〈의서意緒〉의 시구다.

7 直敎筆底有文星(직교필저유문성), 亦應難狀分明苦(역응난상분명고): 붓 아래에 문성文星이 있음을 직접 가르치나, 역시 어려운 모습이라 힘듦이 분명하네. 한악 〈남포南浦〉의 시구다.

8 小疊紅牋書恨字(소첩홍전서한자), 與奴方便送卿卿(여노방편송경경): 작게 겹진 붉은 나뭇조각에 한스런 글자를 적어, 하인에게 주어 임시방편으로 그대에게 보내네. 한악 〈우견偶見〉의 시구다.

9 想得那人垂手立(상득나인수수립), 嬌羞不肯上鞦韆(교수불긍상추천): 그 사람이 손을 늘어뜨리고 서서, 귀엽게 수줍어하며 그네에 타지 못하던 것이 생각나네. 한악 〈상득想得〉의 시구다.

10 仙樹有花難問種(선수유화난문종), 御香聞氣不知名(어향문기부지명): 신선의 나무에 꽃이 피어도 종류를 묻기 어렵고, 임금의 향수는 향기를 맡아도 이름을 알지 못하네. 한악 〈우견偶見〉의 시구다.

11 靜中樓閣深春雨(정중누각심춘우), 遠處簾櫳半夜燈(원처렴롱반야등): 조용한 가운데 누각에는 봄비가 깊어 가고, 먼 곳 주렴이 드리운 창에는 한밤의 등불이 비추네. 한악 〈의취倚醉〉의 시구다.

12 分明窗下聞裁剪(분명창하문재전), 敲遍欄干故不應(고편란간고불응): 분명하게 창 아래에서 옷감 마름질 소리 들리는데, 난간을 두드리지만 응답하지 않네. 한악 〈의취〉의 시구다.

13 曲盡(곡진): 마음과 힘을 다함.

14 豔情(염정): 연정戀情.

9

한악의 《향렴집》에 대해 《당시기사唐詩紀事》에서는 다음과 같이 기록했다.

"오대 연간 화응和凝의 사가 한악의 명의로 넘겨졌다."

《운어양추韻語陽秋》에서는 다음과 같이 말했다.

"《향렴집》의 〈무제시서無題詩序〉에서 '내가 신유년辛酉年에 장난삼아 〈무제無題〉시 14운을 지었기에 봉상奉常 왕공王公, 내한內翰 오융吳融, 사인舍人 영호환令狐渙이 서로 차운次韻하여 연이어 창화했다. 이해 10월 말 어느 날 전쟁이 일어나 임금의 수레를 따라 서쪽으로 순찰巡察을 갔다가 원고를 다 버렸다. 병인丙寅년 복건福建에 있는데 소위蘇暐가 원고를 보여 주기에 〈무제無題〉시를 얻게 되었다고 운운하다.'고 기록되어 있다. 한편 《한악전韓偓傳》에서는 '천우天祐 2년 그 가족을 데리고 왕심지王審知에게 의탁하다가 죽었다.'고 기록되어 있으니, 〈무제시서〉에서 말한 '병인丙寅년 복건에서 소위가 그 원고를 주었다.'는 것은 바로 왕심지에게 의탁할 때이다. 《한악전》을 자세히 살펴보면 〈무제시서〉와 하나도 일치하지 않는 것이 없으므로, 이 문집은 한악이 지은 것이 틀림없다."

내가 생각건대 《운어양추》의 고증이 매우 분명하고, 《당시기사》의 주장은 실로 믿을 만하지 않다. 또한 오융의 문집에 실려 있는 〈화한치요시랑무제和韓致堯侍郞無題〉 3수가 《향렴집》에 있는 〈무제〉의 운과 똑같은 것도 하나의 증거가 된다.

해제 《향렴집》은 만당시인라고 본 갈립방葛立方의 관점이 정확하며, 오대의 화응이 지었다고 보는 것은 잘못된 관점이라고 명확하게 논증하고 있다.

《향염집》은 송 이후 부단히 판각되며 널리 유행했다. 이로 인해 시집의 권수, 명칭 등이 정확하지 않게 되었다. 그 결과 오대의 화응이 지었다는 견해가 생기기도 했다. 그러나 여러 가지 기록을 통해 한악이 지은 것이 분명함을 논증했다.

韓偓香奩集, 唐詩紀事以爲“五代間和凝[1]之詞, 嫁[2]其名於偓耳.” 韻語陽秋[3]云: “香奩集有無題詩序云: ‘余辛酉年戲作無題詩十四韻, 故奉常王公[4], 內翰吳融[5], 舍人令狐涣[6]相次[7]屬和[8]. 是歲十月末, 一旦[9]兵起[10], 隨駕[11]西狩[12], 文稿咸棄. 丙寅歲在福建, 有蘇暐[13]以稿見授, 得無題詩, 云云.’ 偓傳: ‘天祐[14]二年, 挈[15]其族依王審知而卒.’ 序所謂‘丙寅在福建, 蘇暐授其稿’, 正依王審知[16]時也. 稽[17]之於傳, 與序無一不合, 則此集韓偓所作無疑.” 愚按: 韻語考證甚明, 紀事之說實不足信. 又吳融集有和韓致堯侍郎無題三首,與香奩集中無題韻正同, 亦一驗也.

1 和凝(화응): 오대 시기의 문학가이자 법의학가다. 자는 성적成績이고, 운주鄆州 수창須昌 곧 지금의 산동성 동평東平 사람이다. 생몰년은 898년~955년이며, 17세에 명경과에 급제하고, 19세 때 진사과에 급제했다. 염정적인 시에 뛰어났다. 많은 작품을 남겼지만 대부분 전하지 않고 〈궁사宮詞〉 100수 등이 전한다.

2 嫁(가): 허물 등을 남에게 떠넘기다.

3 韻語陽秋(운어양추): 남송의 문인 갈립방葛立方(? ~1164)의 저작이다. 총 20권이며 《갈립방시화葛立方詩話》라고도 한다. 이 책은 주로 한위로부터 송대 시인들의 작품을 평론했으며, 풍속지리, 서화書畵, 가무歌舞, 화조花鳥, 어충魚蟲 등도 함께 언급했다. 시론의 요지는 풍아의 바름을 구하는 데 있었으며, 어구와 격률의 고하는 그다지 논하지 않았다.

4 奉常王公(봉상왕공): 봉상奉常은 관직명으로 종묘제사와 의례를 담당한다. 왕공王公이 누군지는 확실치 않다.

5 內翰吳融(내한오융): 내한內翰은 관직명이다. 당송 때는 한림翰林을 내한內翰이라고도 했다. 한림은 황제를 문학으로 보필하던 관리이다. 오융에 관해서는 본권 제1칙의 주석1 참조.

6 舍人令狐涣(사인영호환): 사인舍人은 관직명으로 중서사인中書舍人을 가리킨다. 수당 시기에 중서사인은 중서성中書省에서 황제의 조령詔令을 주관했다. 영호환令狐涣은 만당 시기의 사람으로 돈황敦煌 출신이다. 진사가 되어 벼슬이 중서사

인까지 올랐다.

7 次(차): 차운次韻하다.

8 屬和(속화): 다른 사람의 노래에 이어서 노래함.

9 一旦(일단): 어느 날 아침. 어느 날.

10 兵起(병기): 전쟁이 일어나다.

11 隨駕(수가): 어가御駕(임금이 타는 수레)를 뒤따르다.

12 狩(수): 천자天子의 순찰.

13 蘇暐(소위): 한악韓偓의 지인이나 누구인지 불분명하다.

14 天祐(천우): 당 소종昭宗과 애종哀宗 시기에 사용된 연호다. 904년~907년 사이에 사용되었다. 904년 당 애종이 주온朱溫에 의해 옹립되어 소종 시기의 연호를 연용했다.

15 挈(설): 데리고 다니다.

16 王審知(왕심지): 오대五代 때 민閩의 창건자다. 자는 신통信通이고, 광주光州 고시固始 사람이다. 생몰년은 862년~925년이다. 왕조王潮의 동생이다. 당나라 말에 형과 함께 왕서王緒를 좇아 병사를 일으켰다. 민 땅에 들어가 천주泉州에 머물면서 복주福州를 회복하는 등 민 땅 일대를 모두 획득했다. 형이 죽자 뒤를 이어 위무군절도사威武軍節度使가 되었다. 후량後梁 개평開平 3년(909) 민왕에 봉해져 17년 동안 재위했다. 시호는 충의忠懿고, 묘호廟號는 태조太祖다.

17 稽(계): 자세히 생각하다.

10

개성 시기 허혼의 칠언율시는 다시 세월이 흘러서 당나라 말기의 이산보李山甫 · 나은羅隱10) 등 여러 문인의 시가 되었다. 나은, 이산보는 재주가 더욱 작고 기풍도 날로 쇠퇴하여 조예가 더욱 비천하게 되었다. 그러므로 비속하고 촌스러운 것 가운데서 간혹 한두 시편 취할 만한 것이 있기는 하지만, 성조가 다 경박하고 시어가 다 섬교하며 기

10) 자 소간昭諫.

운이 유달리 쇠약하다. 당나라의 율시는 여기에 이르러 완전히 쇠퇴하게 되었다. 한마디로 정변正變이다.

이산보의 다음 시구는 모두 성조가 경박하고 시어가 섬교한 것이다.

"버드나무가 문을 덮고 금 자물쇠를 가로지르는데, 꽃이 현악의 음악을 둘러싸고 화려한 누대를 삼키네. 비단 소매의 아리따운 여인은 교묘한 웃음을 다투고, 옥 재갈을 문 기운찬 말은 한가한 유람을 찾네.柳遮門戶橫金鎖, 花擁絃歌咽畵樓. 錦袖妖姬爭巧笑, 玉銜驕馬索閒遊."

"원앙새는 물을 차지하여 능히 손님에게 화를 내고, 앵무새는 새장을 싫어해 풀어 달라 사람을 욕하네. 용과 같은 준마가 날마다 바뀌고, 제비처럼 나긋하며 해마다 새롭네.鴛鴦占水能嗔客, 鸚鵡嫌籠解罵人. 騕褭似龍隨日換, 輕盈如燕逐年新."

나은의 다음 시구도 그렇다.11)

"굽은 난간에 버드나무 무성하고 앵무새는 늙지 않는데, 작은 정원의 꽃 부드러워 나비가 막 날아오네. 향기를 뿜는 상서로운 짐승은 세 자의 금을 두르고, 눈 속에서 춤추는 미인은 온통 옥을 둘렀네.曲檻柳穠鶯未老, 小園花暖蝶初飛. 噴香瑞獸金三尺, 舞雪佳人玉一圍."

"향기로운 풀에 성정이 있어 모두 말을 가로막는데, 좋은 구름은 머무르는 곳이 없어 누대를 가리지 않네. 산은 이별의 한을 이끌고 애끊는 근심과 화답하고, 물은 이별의 소리를 지니고 꿈속에 들어가 흐르네.芳草有情皆礙馬, 好雲無處不遮樓. 山牽別恨和愁斷, 水帶離聲入夢流."

해제 이산보와 나은의 율시에 관한 논의다. 칠언율시 중 소리가 가볍고, 시어가

11) 총론總論인 제34권 제30칙과 참조하여 보기 바란다.

섬세하고 유약한 시구를 가려 뽑아 예로 들었다.

이산보의 현존하는 시는 98수인데 칠언율시가 가장 뛰어나다. 그의 시는 백거이의 신악부 전통을 계승하여 시어가 통속적이고 쉬어 일상의 구어와 크게 구별되지 않는 특징을 지닌다. 《당재자전》 권8에서는 그에 대해 다음과 같이 기록했다.

"이산보는 함통 연간에 누차 진사 시험을 쳤으나 급제하지 못했는데, 영락한 모습이었으나 비범한 재능이 있었다. 수염이 뾰족하고 사람을 구분하여 청안과 백안으로 바라보았다. 평생 비천한 사람을 증오하고 의협을 숭상했으며 표주박의 밥과 한 그릇의 국도 스스로 즐기며 싫증내지 않았다. 시를 지을 때는 풍자에 기탁했는데 뜻대로 되지 않으면 매번 미친 듯 노래 부르며 술에 흠뻑 취해 칼을 뽑아 땅을 내리쳤으니, 우울한 기운이 적을 따름이다.山甫, 咸通中累擧進士不第, 落魄有不羈才. 須髥如戟, 能爲淸白眼. 生平憎俗子, 尙豪俠, 雖簞食豆羹, 自甘不厭. 爲詩托諷, 不得志, 每狂歌痛飮, 拔劍斫地, 少攄鬱鬱之氣耳."

나은의 현존하는 시는 497수인데, 그중 칠언율시가 반을 넘고 영사시詠史詩에 능했다. 《당재자전》에서 "시문이 대부분 풍자를 위주로 한다.詩文多以譏刺爲主"고 기록한 것과 같이 알 수 있듯이 풍자시가 많다. 시명이 높았음에도 불구하고 과거에 열 번이나 응시했으나 급제하지 못했다. 그의 시에 대해서는 포폄의 차이가 있는데, 옹방강은 《석주시화》에서 다음과 같이 부정적으로 보았다.

"방간과 나은은 모두 매우 시명이 있으나 살펴보면 황무지를 바라보는 듯 실로 뽑을 만한 것이 없다.方干 · 羅隱皆極負詩名, 而一望荒蕪, 實無足采."

반면 이자명李慈銘은 《월만당독서기越縵堂讀書記》에서 다음과 같이 긍정적으로 평가했다.

"나은의 시격은 비록 순정하지 못하나 바르고 엄정함은 좋아할 만하니 만당에서 뛰어난 시인이다. 문장 또한 높은 골격이 있으니 그 시가 사람과 같은 듯하다.昭諫詩格雖未醇雅, 然峭直可喜, 晩唐中之錚錚者. 文亦嶄然有骨氣, 如其詩與人也."

開成許渾七言律, 再流而爲唐末李山甫, 羅隱[字昭諫]諸子. 羅 · 李才力益小, 風氣日衰, 而造詣愈卑. 故於鄙俗村陋之中, 間有一二可采, 然聲盡輕浮, 語盡纖巧, 而氣韻衰颯殊甚. 唐人律詩, 至此乃盡敝矣. 要亦正變也. 李如"柳

遮門戶橫金鎖, 花擁絃歌咽畫樓. 錦袖妖姬爭巧笑, 玉銜驕馬索閒遊."[1] "鴛鴦占水能嗔客, 鸚鵡嫌籠解罵人. 騕褭似龍隨日換, 輕盈如燕逐年新."[2] 羅如"曲檻柳穠鶯未老, 小園花暖蝶初飛. 噴香瑞獸金三尺, 舞雪佳人玉一圍."[3] "芳草有情皆礙馬, 好雲無處不遮樓. 山牽別恨和愁斷, 水帶離聲入夢流"[4]等句, 皆輕浮纖巧者也. [與總論"論道當嚴"一則參看.]

1 柳遮門戶橫金鎖(유차문호횡금쇄), 花擁絃歌咽畫樓(화옹현가인화루). 錦袖妖姬爭巧笑(금수요희쟁교소), 玉銜驕馬索閒遊(옥함교마색한유): 버드나무가 문을 덮고 금 자물쇠를 가로지르는데, 꽃이 현악의 음악을 둘러싸고 화려한 누대를 삼키네. 비단 소매의 아리따운 여인은 교묘한 웃음을 다투고, 옥 재갈을 문 기운찬 말은 한가한 유람을 찾네. 이산보 〈공자가이수公子家二首〉 중 제1수의 시구다.

2 鴛鴦占水能嗔客(원앙점수능진객), 鸚鵡嫌籠解罵人(앵무혐롱해매인). 騕褭似龍隨日換(요뇨사룡수일환), 輕盈如燕逐年新(경영여연축년신): 원앙새는 물을 차지하여 능히 손님에게 화를 내고, 앵무새는 새장을 싫어해 풀어 달라 사람을 욕하네. 용과 같은 준마가 날마다 바뀌고, 제비처럼 나긋하며 해마다 새롭네. 이산보 〈공자가이수〉 중 제2수의 시구다.

3 曲檻柳穠鶯未老(곡함류농앵미로), 小園花暖蝶初飛(소원화난접초비). 噴香瑞獸金三尺(분향서수금삼척), 舞雪佳人玉一圍(무설가인옥일위): 굽은 난간에 버드나무 무성하고 앵무새는 늙지 않는데, 작은 정원의 꽃 부드러워 나비가 막 날아오네. 향기를 뿜는 상서로운 짐승은 세 자의 금을 두르고, 눈 속에서 춤추는 미인은 온통 옥을 둘렀네. 나은 〈기전선주두상시寄前宣州竇常侍〉의 시구다.

4 芳草有情皆礙馬(방초유정개애마), 好雲無處不遮樓(호운무처불차루). 山牽別恨和愁斷(산견별한화수단), 水帶離聲入夢流(수대리성입몽류): 향기로운 풀에 성정이 있어 모두 말을 가로막는데, 좋은 구름은 머무르는 곳이 없어 누대를 가리지 않네. 산은 이별의 한을 이끌고 애끊는 근심과 화답하고, 물은 이별의 소리를 지니고 꿈속에 들어가 흐르네. 나은 〈금곡회기채씨곤중綿穀回寄蔡氏昆仲〉의 시구다.

11

초당의 칠언율시는 내용이 형식보다 우세하고, 성당은 형식과 내용이 겸비되어 있으며, 대력 이후에는 형식은 뛰어나나 내용이 쇠퇴했고, 이산보李山甫와 나은羅隱 등의 여러 문인에 이르러서는 형식만 화려하고 내용이 사라졌다.12)

대개 초·성·중·만당은 음절에 고하가 있고 문채에 대소가 있을지라도 여전히 볼 만한 것이 있는데, 이 두 가지를 잃어버리면 정변이 되지를 못한다.13)

칠언율시의 변화에 관해 총괄했다. 참고로 호응린의 《시수, 내편》 권5에서는 칠언율시에 대해 다음과 같이 논했다.

"당시의 칠언율시는 두심언, 심전기가 정교함을 처음으로 열었다. 최호와 이백에 이르러 가끔 옛뜻이 드러나니 첫 번째의 변화다. 고적, 잠삼, 왕유, 이기가 풍격을 크게 갖추니 또 한 차례의 변화다. 두보가 웅장하고 호탕하며 초탈하여 자유로우니 또 한 차례의 변화다. 전기와 유장경이 다소 유창했으나 중당으로 내려갔으니 또 한 차례의 변화다. 대력십재자가 중당의 체재를 갖추었으니 또 한 차례의 변화다. 백거이는 자유분방함을 지녔고, 유우석은 풍골이 강건하니 중·만당 사이에 스스로 하나의 시격이 되었으니 또 한 차례의 변화다. 장적과 왕건은 화려함을 없애고 성정의 실제를 구하여 점차 만당으로 들어갔으니 또 한 차례의 변화다. 이상은과 두목이 전고를 넣고 설능薛能이 지나치게 잘라내고 두목과 유창劉滄이 때때로 뒤틀리고 억센 시를 짓고 위장과 나은이 순탄하고 평이한 쪽으로 힘써 나아가고, 피일휴와 육구몽이 옛 사적을 메우고, 정곡과 두순학杜荀鶴이 저속한 것을 피하지 않는 등 변화가 또 모두 기록하기 어려울 정도다. 율시의 체제가 갈수록 격이 낮아지면서 당나라 또한 종말을 고했다. 唐七言律自杜審

12) 나은, 이산보의 시를 오직 수록만 하고 있는 것은 이러한 사실을 말함이다.
13) 이하 9칙에서 만당의 시를 총괄적으로 논한다.

言·沈佺期首創工密, 只崔顥·李白時出古意, 一變也. 高岑王李, 風格大備, 又一變也. 杜陵雄深浩蕩, 超忽縱橫, 又一變也. 錢劉稍爲流暢, 降而中唐, 又一變也. 大歷十才子, 中唐體備, 又一變也. 樂天才具泛瀾, 夢得骨力豪勁, 在中晩間自爲一格, 又一變也. 張籍·王建, 略去葩藻, 求取情實, 漸入晩唐, 又一變也. 嗣後溫李之競事組織, 薛能之過爲芟刑, 杜牧劉滄之時作拗峭, 韋莊羅隱之務趨條暢, 皮日休·陸龜蒙之塡塞古事, 鄭都官杜荀鶴之不避俚俗, 變又難可悉紀. 律體愈趨愈下, 而唐祚亦告訖矣."

初唐七言律, 質[1]勝於文[2], 盛唐文質兼備, 大歷而後, 文勝質衰, 至李山甫羅隱諸子, 則文浮而質滅矣. [羅·李詩只就入錄者言之.] 大抵初·盛·中·晩, 音節雖有高下, 詞藻[3]雖有洪纖[4], 而尙有可觀, 失此二者, 則不得爲正變也. [以下九則總論晩唐之詩.]

1 質(질): 문학의 '형식'과 '내용' 중 '내용'을 가리키며, '화려함'과 '질박함' 중 '질박함'을 가리킨다.

2 文(문): 문학의 '형식'과 '내용' 중 '형식'을 가리키며, '화려함'과 '질박함' 중 '화려함'을 가리킨다.

3 詞藻(사조): 시문의 문채文采.

4 洪纖(홍섬): 대소大小.

12

혹자가 물었다.

"당나라의 율시에서 유장경劉長卿·전기錢起·유종원柳宗元·허혼許渾·위장韋莊·정곡鄭谷·이산보李山甫·나은羅隱은 정변이 되는데, 고시에서 원화의 여러 문인들이 대변이 된다고 한 것은 무슨 까닭입니까?"

내가 대답한다.

율시는 성당에서 전기와 유장경으로 변했고, 전기와 유장경에게서 유종원·허혼·위장·정곡·이산보·나은으로 변했으니 모두 저절로 하나의 원류에서 나왔다. 체제가 비록 점점 쇠퇴하긴 했으나 음조는 진실로 계승되었으므로 정변이 된다. 고시에서 원화 시기 여러 문인들은 괴이함이 갖가지 유형이고 그 유파가 각기 출현했지만 이백·두보·고적·잠삼 등의 여러 문인들과 같은 연원이 아니므로 대변이 된다. 그 정변이라는 것은 마루와 섬돌이 단계가 있는 것처럼 위에서부터 아래까지 긴밀하게 서로 대응하니 실로 의도적으로 만들 수 있는 것이 아니다. 만당의 율시, 즉 이상은·온정균·우무릉·유창·조하는 간혹 정변보다 뛰어난 작품을 창작하기도 했지만 끝내 약간 편벽됨을 면치 못했다.

해제 만당시라고 할지라도 정변의 체재가 있음을 지적했다.

원문 或問: "唐人律詩以劉長卿·錢起·柳宗元·許渾·韋莊·鄭谷·李山甫·羅隱爲正變, 古詩以元和諸子爲大變, 何也?" 曰: 律詩由盛唐變至錢劉, 由錢劉變至柳宗元·許渾·韋莊·鄭谷·李山甫·羅隱, 皆自一源流出, 體雖漸降, 而調實相承, 故爲正變; 古詩若元和諸子, 則萬怪千奇[1], 其派各出, 而不與李·杜·高·岑諸子同源, 故爲大變. 其正變也, 如堂陛[2]之有階級, 自上而下, 級級相對, 而實非有意爲之. 晩唐律詩, 卽李商隱·溫庭筠·于武陵·劉滄·趙嘏, 雖或出正變之上, 終不免稍偏矣.

주석
1 萬怪千奇(만괴천기): 아주 괴이하고 기이하다.
2 堂陛(당계): 마루와 섬돌.

13

혹자가 물었다.

"허혼·위장·정곡·이산보·나은의 율시는 원화 시기의 여러 문인들의 고시와 비교할 때 등급이 어떻습니까?"

내가 대답한다.

허혼·위장·정곡·이산보·나은은 오늘날의 유학자에 비유할 수 있고, 원화 시기의 여러 문인들은 노자老子·장자莊子·양자楊子·묵자墨子와 같다. 오늘날의 유학자가 어찌 노자·장자·양자·묵자와 우열을 다툴 수 있겠는가?

해제 만당의 정변이 차지하는 위치를 원화의 대변과 비교하여 논했다.

원문 或問: "許渾·韋莊·鄭谷·李山甫·羅隱律詩, 較元和諸子古詩, 品第若何?" 曰: 許渾·韋莊·鄭谷·李山甫·羅隱, 譬今世之儒; 元和諸子, 如老·莊·楊[1]·墨[2]. 今世之儒, 安可便與老·莊·楊·墨爭衡乎?

주석
1 楊(양): 양주楊朱(약 B.C. 440~B.C. 360). 제6권 제4칙의 주5 참조.
2 墨(묵): 묵자墨子(약 B.C. 480~B.C. 390). 전국시대의 사상가로 이름은 적翟이다. 송나라 사람 또는 노나라 사람이라고 하며 묵가墨家 사상의 창시자로서 겸애설兼愛說을 주장했다.

14

혹자가 나에게 물었다.

"그대가 율시를 논하면서 성당을 숭상하고 만당을 낮춘 것은 마땅합니다. 그렇지만 어려운 것을 두려워하고 쉬운 것을 좋아하는 것은 아닌지요?"

내가 대답한다.

성당시는 원만하고 생동적이며, 조예의 공로가 하루아침에 이루어진 것이 아니다. 폭넓게 심사숙고하며 반드시 저절로 깨닫기를 기다리니, 조예를 부린 다음에는 또한 순간적으로 분별할 수가 없는데, 누가 성당이 쉽고 만당이 어렵다고 말하는가? 반면 성당시에는 깊이 생각하다가 갑자기 깨달음이 이르러 탁 트여 관통했음이 종종 저절로 드러나는데, 만당시는 지나치게 다듬고 섬교하여 한 글자 한 구가 어렵게 얻지 않은 것이 없으니, 이렇다면 성당이 쉽고 만당이 어렵다는 것을 믿겠다.

혹자가 말했다.

"시는 초탈함을 중시하고 인습을 중시하지 않는데, 그대의 말은 인습을 일삼는 것이 아닌지요?"

내가 대답한다.

성당시는 조예가 깊을 뿐 아니라 흥취 또한 심원하므로 흔적이 모두 융합되고 풍격이 뛰어나니, 이것이 성당시의 초탈함이다. 학자들이 성당의 안목을 지닌 것 또한 초탈인데, 성당시보다 더욱 더 초탈함을 얻고자 하는 것에 대해서는 나는 알지 못하겠다.

해제

성당시와 비교하여 만당시의 특징을 논했다.

원문

或問予: "子之論律詩, 宗盛唐而黜[1]晩唐, 宜矣. 然無乃畏難而樂易[2]乎?" 曰: 盛唐渾圓活潑[3], 其造詣之功, 已非一日, 若浩然[4]造思[5]極深, 必待自得[6], 則造詣之後, 又非卒然可辨也, 孰謂盛唐易而晩唐難乎? 但盛唐沉思忽至, 豁焉貫通[7], 種種自見; 晩唐襯貼纖巧, 一字一句, 靡不艱得, 斯則盛唐易而晩唐難, 信矣. 或曰: "詩貴超脫[8], 不貴沿襲[9], 子之言, 無乃以沿襲爲事乎?" 曰:盛唐造詣既深, 興趣復遠, 故形跡俱融, 風神超邁, 此盛唐之脫也. 學者有盛唐之具, 斯亦脫矣, 若更求脫於盛唐, 則吾不知也.

주석

1 黜(출): 떨어뜨리다. 물리치다. 폐하다. 버리다.
2 樂易(요이): 쉬운 것을 좋아하다.
3 渾圓活潑(혼원활발): 원만하고 생기가 있다.
4 浩然(호연): 마음이 넓고 뜻이 큰 모양.
5 造思(조사): 생각을 하다.

6 自得(자득): 스스로 깨닫다.

7 豁焉貫通(활언관통): 탁 트여 관통하다.

8 超脫(초탈): 일반적인 한계를 벗어나다.

9 沿襲(연습): 따르고 모방하다. 전례前例를 좇다.

15

나는 일찍이 성당 시기 여러 문인들의 율시는 재주에 있어서 어렵지 않으나 깨달음에 있어서 어렵다고 말한 적이 있다.

조카 국태國泰가 다음과 같이 말했다.

"성당의 율시는 진실로 재주에 있어서 어렵지 않다. 만당의 지나치게 다듬고 섬교하게 된 작품은 성당시를 마음에 두지 않았을지라도 반드시 성당시가 될 수가 없다. 곧 오늘날 사람들이 논하는 의론은 제멋대로 새롭고 신기한 것을 만들어서 선배들을 크게 경시하니, 시험 삼아 마음을 가라앉혀서 왕신중王愼中, 당순지唐順之의 문장을 짓도록 한들 과연 쓸 수 있겠는가?"

해제 만당의 조탁을 모방하고 성당의 홍취를 제대로 깨닫지 못하는 세태에 대해 비판했다.

원문 予嘗言: 盛唐諸公律詩, 不難於才力, 而難於悟入. 姪國泰云: "盛唐律詩固不難於才力, 若晩唐所爲襯貼纖巧者, 意雖不有盛唐, 然亦必不能爲盛唐也. 卽今人時義, 恣[1]爲新奇, 大輕[2]先輩, 試使降心[3]爲王[4]·唐[5]之文, 果能之乎?"

주석

1 恣(자): 방자하다. 방종하다. 마음대로 하다.

2 大輕(대경): 크게 경시하다.

3 降心(항심): 마음을 가라앉히다.

4 王(왕): 왕신중王愼中(1509∼1559). 명나라 시기의 문인이다. 호는 남강南江이고, 자는 도사道思며, 별호는 준암거사遵岩居士다. 복건 진강晉江 사람으로 가정 5

년(1526)에 진사가 되어 호부주사戶部主事에 올랐다. 당송파唐宋派의 주요 인물로 당순지와 명성을 나란히 했다. 산문의 필세가 유창하고 기세가 웅건하며 자유로운 것으로 평가된다. '가정팔재자嘉靖八才子'로 불렸다. 처음에는 전칠자의 의견을 따라 "문장은 반드시 진·한을 본받아야 한다"고 주장했으나, 나중에는 그것의 결점을 깨닫고 구양수와 증공曾鞏을 높이 평가했다. 특히 증공의 산문에 감탄하여 자연스러운 문맥과 적절한 용어로 전칠자의 병폐에서 벗어나고자 했다.

5 唐(당): 당순지唐順之(1507~1560). 명나라 시기의 문인이다. 자는 응덕應德 또는 의수義修고, 호는 형천선생荊川先生이다. 상주부常州府 무진현武進縣 사람으로 가정 8년(1529)에 회시에 장원급제했다. 한림원편수翰林院編修가 되어 역대의 실록實錄 교정에 종사했다. 학문이 넓고 해박했으며, 천문·수학·병법·악률 등에 두루 능통했다. 귀유광歸有光, 왕신중, 모곤茅坤 등과 함께 당송산문을 애호하여 당송파로 불린다. 마음속의 생각을 있는 그대로 써내어 작가의 '본색本色'을 드러낼 것을 주장하여 이후 공안파 등의 반복고파에 영향을 주었다.

16

칠언율시에서 경박하고 섬교함은 당나라 말기에 숭상한 것인데, 일가를 이룬 시인은 실로 적다. 이산보, 나은 등의 여러 문인에게서 간혹 한두 편을 취할 만하나, 기타의 작품은 대부분 비속하고 촌스럽다.

《고취鼓吹》에 선록되어 있는 아래와 같은 시구는 열에 네댓 작품은 읽으면 참으로 역겨우니 정변이라고 하기에 부족할 뿐 아니라 대변을 이루지도 못했다.[14]

다음은 설봉薛逢의 시구다.

"육가에서 먼지를 일으키며 북소리 둥둥 울리는데, 말발굽과 수레바퀴가 곳곳을 통과하네. 백방으로 몰아내는 것은 의식이 그 안에 있

14) 전체 문집에서 다 가려 뽑을 수 없어서, 우선 《고취鼓吹》에서 선록한 것을 가려 뽑았다.

기 때문인데, 모든 백성이 갈림길에서 오랫동안 살아가네. 六街塵起鼓鼕鼕, 馬足車輪在處通. 百役並驅衣食內, 四民長走路歧中."15)

"자세히 고금을 헤아려보면 일은 근심을 감내할 수 있고, 귀천은 똑같이 하나로 귀결되어 돌아온다네. 細推今古事堪愁, 貴賤同歸土一丘."16)

"시간은 아침에서 저녁이 되고, 초목은 봄에서 가을로 이르네. 光陰自旦還將暮, 草木從春又到秋."17)

다음은 이산보李山甫의 시구다.

"오랫동안 좋은 일은 모두 헛일이 됨을 의심했는데, 아마도 한가한 사람이 귀인인가 보다. 늙음이 젊음을 좇아 와서 끝내 놓아주지 않고, 욕됨이 영화를 따른 후에는 반드시 흩어질 것이다. 長疑好事皆虛事, 却恐閑人是貴人. 老逐少來終不放, 隨辱榮後定須勻."18)

"남조의 천자는 풍류를 사랑하여, 강산을 다 지켰으나 끝까지 도달하지 못했네. 항상 전쟁으로 수습했지만, 음주가무로 인하여 평온함이 깨졌다네. 南朝天子愛風流, 盡守江山不到頭. 總爲戰爭收拾得, 却因歌舞破除休."19)

다음은 고병高騈의 시구다.

"단풍 가득한 절에 시적 정취가 많고, 흰옷 입은 사람들 술을 마시며 교유하네. 겸손하게 풍자함은 행동에서 얻고, 담박하게 함께 필요로 하는 건 욕심내지 않음에 있네. 紅葉寺多詩景致, 白衣人盡酒交遊. 依違諷刺

---

15) 〈육가진六街塵〉.
16) 〈도고悼古〉.
17) 〈도고悼古〉.
18) 〈우회寓懷〉.
19) 〈상원회고上元懷古〉.

因行得, 澹泊供需不在求."[20]

"부쳐 줄 금이 없어 노인과 가까이 하는데, 절개를 자랑함이 옛사람과 비슷하네. 속세에 나오지 않는 것은 뜻을 얻지 못했기 때문이고, 권세를 좇지 않는 건 바로 옛것을 지키기 때문이네. 無金寄與白頭親, 節槩猶誇似古人. 未出塵埃眞落魄, 不趨權勢正因循."[21]

다음은 두순학杜荀鶴의 시구다.

"새둥지는 얼마나 많이 비슷하며, 갈림길이 일반적으로 평평하다네. 공자公子를 끌어안고 말을 냉랭하게 하지 말라, 그중에 나무꾼은 맨발로 걸어가네. 巢穴幾多相似處, 路歧兼得一般平. 擁袍公子莫言冷, 中有樵夫跣足行."[22]

다음은 안훤顔萱의 시구다.

"옛날에 내가 아이였을 때 형을 따라, 죽마를 타고 선생을 뵈러 간 것을 기억하네. 憶昔爲兒逐我兄, 曾騎竹馬拜先生."[23]

"어찌 권력을 다투어 원수의 적을 만드는가, 길에 올라서 공경公卿의 벼슬을 다함을 가련히 여기네. 豈是爭權留怨敵, 可憐登路盡公卿."[24]

양신이 다음과 같이 말했다.

"학자들은 걸핏하면 당시에 대해 이야기하며 좋다고만 하는데, 당나라 시인들 중에도 지극히 열악한 사람이 있었음을 생각하지 않는

20) 〈도차기승사途次寄僧舍〉.
21) 〈유별留別〉.
22) 〈설雪〉.
23) 〈과장처사고거過張處士故居〉.
24) 〈과장처사고거過張處士故居〉.

다. 이것은 마치 오늘날 연燕나라와 조趙나라에 미인이 많았다고 칭송하면서 그중에 다리 저는 사람, 한쪽 눈이 먼 사람, 암내 나는 사람, 옴에 걸리고 치질에 걸린 사람들에게 몰두하여 방에서 총애하며 '이들 역시 연나라, 조나라 미인의 한 부류'라고 말한다면 옳겠는가?"

호응린 또한 다음과 같이 말했다.

"두순학, 이산보에 대한 저잣거리의 이야기는 풍부하여 끝이 없지만 나쁜 시도詩道가 극에 달했으니, 당시가 역시 쇠망했기 때문이다."

해제

만당시 중 읽기 어려울 정도로 비속한 작품을 예로 들었다.

원문

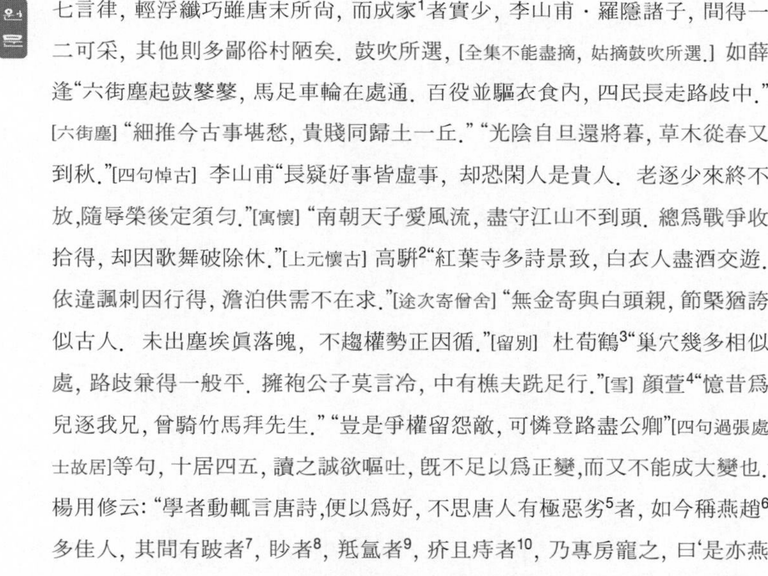

七言律, 輕浮纖巧雖唐末所尙, 而成家[1]者實少, 李山甫 · 羅隱諸子, 間得一二可采, 其他則多鄙俗村陋矣. 鼓吹所選, [全集不能盡摘, 姑摘鼓吹所選.] 如薛逢"六街塵起鼓鼕鼕, 馬足車輪在處通. 百役並驅衣食內, 四民長走路歧中." [六街塵] "細推今古事堪愁, 貴賤同歸土一丘." "光陰自旦還將暮, 草木從春又到秋."[四句悼古] 李山甫"長疑好事皆虛事, 却恐閑人是貴人. 老逐少來終不放,隨辱榮後定須匀."[寓懷] "南朝天子愛風流, 盡守江山不到頭. 總爲戰爭收拾得, 却因歌舞破除休."[上元懷古] 高駢[2]"紅葉寺多詩景致, 白衣人盡酒交遊. 依違諷刺因行得, 澹泊供需不在求."[途次寄僧舍] "無金寄與白頭親, 節槩猶誇似古人. 未出塵埃眞落魄, 不趨權勢正因循."[留別] 杜荀鶴[3]"巢穴幾多相似處, 路歧兼得一般平. 擁袍公子莫言冷, 中有樵夫跣足行."[雪] 顔萱[4]"憶昔爲兒逐我兄, 曾騎竹馬拜先生." "豈是爭權留怨敵, 可憐登路盡公卿"[四句過張處士故居]等句, 十居四五, 讀之誠欲嘔吐, 旣不足以爲正變,而又不能成大變也. 楊用修云: "學者動輒言唐詩,便以爲好, 不思唐人有極惡劣[5]者, 如今稱燕趙[6]多佳人, 其間有跛者[7], 眇者[8], 羝氳者[9], 疥且痔者[10], 乃專房寵之, 曰'是亦燕趙佳人之一種', 可乎? "胡元瑞亦云: "杜荀鶴, 李山甫, 委巷[11]談叢[12], 否道[13]斯極, 唐亦以亡矣."

주석

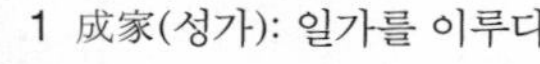

1 成家(성가): 일가를 이루다.

2 高騈(고병): 만당 시기의 시인이자 명장이다. 유주幽州 사람이다. 자는 천리千里이고, 고숭문高崇文의 손자다. 생몰년은 821년~887년이며, 태평太平·진해鎭海·회남淮南의 절도사, 제도행영도통諸道行營都統과 염철전운사鹽鐵轉運使 등을 역임했다. 황소의 난을 진압했다.

3 杜荀鶴(두순학): 만당 시기의 시인이다. 자는 언지彦之고, 지주池州 석태石埭 사람이다. 생몰년은 846년~907년이며, 46세 때인 대순大順 2년에 진사가 되었으나 제대로 벼슬을 해보지 못했다. 황소의 난 이후의 사회와 백성들의 고난을 시에 잘 반영했다.

4 顔萱(안훤): 만당 시기의 시인이다. 자는 홍지弘至이고, 《전당시》에 시 3수가 전한다.

5 惡劣(악렬): 열악하다. 나쁘고 열등하다.

6 燕趙(연조): 연燕나라와 조趙나라.

7 跛者(파자): 다리를 저는 사람.

8 眇者(묘자): 한쪽 눈이 먼 사람.

9 羝氳者(저온자): 액취가 나는 사람. 암내 나는 사람.

10 疥且痔者(개차치자): 옴에 걸리고 치질에 걸린 사람. '疥(개)'는 전염병의 하나인 옴을 가리키고, '痔(치)'는 치질을 가리킨다.

11 委巷(위항): 꼬불꼬불하고 지저분한 거리.

12 談叢(담총): '談藪(담수)'와 같은 말이다. 이야기의 내용이 풍부하여 끝이 없음을 가리킨다.

13 否道(비도): 나쁜 시도詩道.

17

혹자가 물었다.

"당나라의 칠언율시가 전기, 유장경에서 당나라 말기로 변하면서 성운이 경박해지고 시어가 섬교해진 것은 마땅하다. 그런데 지금 여러 문인들을 살펴보면 또한 대부분 비속하고 촌스러운데, 무슨 까닭인가?"

내가 대답한다.

당시가 경박하고 섬교하게 변하여 이미 그러한 작품에 질리게 되었을 뿐 아니라, 또한 화려한 치장을 다 제거하고자 오직 이치를 숭상했기에, 생각이 날로 깊어지고 의론이 더욱 깊어져 기필코 비속하고 촌스러운 지경에 이르게 된 것일 따름이다. 이것은 위로는 원화 시를 계승하고 아래로 송시를 열었으니, 곧 대변이자 대폐大弊라 할 것이다.[25)]

해제 만당의 칠언율시가 비속하고 촌스러운 까닭에 대해 논했다.

원문 或問: "唐人七言律, 自錢 · 劉變至唐末, 而聲韻輕浮, 辭語纖巧, 宜也. 今觀諸家又多鄙俗村陋, 何耶?" 曰: 唐人既變而爲輕浮纖巧, 已復厭其所爲, 又欲盡去鉛華[1], 專尙理致[2], 於是意見日深, 議論愈切, 故必至於鄙俗村陋耳. 此上承元和而下啓宋人, 乃大變而大敝矣. [以下三則與王建"功證詩篇離景象"之說參看.]

주석
1 鉛華(연화): 백분白粉. 즉 화려한 수식을 가리킨다.
2 理致(이치): 사물의 정당한 조리條理.

18

혹자가 말했다.

"만당 시인들은 대부분 산과 물, 나무와 돌, 안개와 구름, 꽃과 새를 이용하여 시를 지었기에 그 격조가 심히 비루해졌으니, 이것을 버린 후에야 시를 감상할 수 있다."

내가 말한다.

그렇지 않다. 시에는 부 · 비 · 흥이 있으니 산과 물, 나무와 돌, 안

25) 이하 3칙은 제27권 제7칙의 논의와 참조하여 보기 바란다.

개와 구름, 꽃과 새는 시의 비와 흥이다. 공자가 시를 논할 때도 "새와 짐승, 풀과 나무의 이름을 많이 알게 된다"고 했다. 그러므로 산과 물, 나무와 돌, 안개와 구름, 꽃과 새는 《시경》 이래, 설령 초당과 성당의 시인들일지라도 이것을 버리고서 시를 지을 수 없었는데, 도리어 만당을 꾸짖을 수 있겠는가? 만당의 시는 오직 기상이 쇠약하여 정취가 모두 끊어졌는데, 그저 산과 물이나 나무와 돌을 빌어 화려하게 꾸며 그 격조가 비루해졌다고 해서 반드시 산과 물, 나무와 돌을 다 버려야 시를 창작할 수 있는 것이 아니다. 당나라 말기의 여러 문인들에 이르러서 화려한 치장을 다 제거하여 오직 이치를 숭상했기에, 산과 물이나 나무와 돌과 같은 시어가 없어지고 의론과 사변의 말이 번다해졌으므로 분명히 비속하고 촌스럽게 된 것이다. 일찍이 《육일시화六一詩話》를 살펴보니 다음과 같은 말이 있었다.

"허동許洞이 여러 시승詩僧들과 모여 시제를 나누어 쓸 때 '산과 물, 바람과 구름, 대나무와 돌, 꽃과 풀, 눈과 서리, 별과 달, 짐승과 새 등의 글자에 저촉되어서는 안 된다'고 규정지어 말하자, 이에 시승들이 붓을 내려놓았다."

오호라! 이 송나라 사람들은 문장으로써 시를 짓고자 했으니, 여러 시승들에게 무슨 허물이 있겠는가?

해제 만당의 문인들이 산, 물, 바람, 구름 등의 시어를 즐겨 사용했다고 해서 시가 촌스러운 것이 아니라 의론이 깊어져서 비루하게 되었음을 지적했다. 제21권 제23칙에서 중당 시기 대력 시인들이 이미 청산, 백운, 춘풍, 방초 등의 시어를 천편일률적으로 사용함으로써 시도가 사라졌다고 했다.

원문 或謂: "晚唐人多用山水・木石・烟雲・花鳥爲詩, 故其格甚卑, 捨此, 而後可以觀詩矣." 子曰: 不然. 詩有賦・比・興, 山水・木石・烟雲・花鳥, 即古詩之比・興也. 孔子論詩, 亦曰"多識於鳥獸草木之名"[1], 故山水・木石・

烟雲・花鳥, 自三百篇而下, 即初・盛唐不能捨此爲時, 顧可以責晚唐乎? 晚唐之詩, 惟是氣象萎苶[2], 情致都絶[3], 而徒藉[4]於山水・木石以爲藻飾[5], 故其格卑下, 要不可盡廢山水・木石而爲詩也. 逮於唐末諸子, 乃欲盡去鉛華, 惠尙理致, 於是山水・木石之語廢, 而議論意見之詞繁, 故必至於鄙俗村陋耳. 嘗觀六一詩話[6]"許洞[7]會諸詩僧分題[8], 約曰'不得犯[9]山水・風雲・竹石・花草・雪霜・星月・禽鳥等字', 於是諸僧閣筆[10]." 嗚呼!此宋人欲以文爲詩也, 於諸僧何尤[11]?

1 多識於鳥獸草木之名(다식어조수초목지명): 새, 짐승, 풀, 나무의 이름을 많이 알게 된다. 《논어, 양화陽貨》에 나오는 말이다.

2 萎苶(위날): 쇠약하다. 쇠미하다.

3 絶(절): 끊어지다.

4 藉(자): 빌리다.

5 藻飾(조식): 문장을 수식하다. 미사여구美辭麗句를 쓰다.

6 六一詩話(육일시화): 구양수가 지은 중국문학사상 최초의 시화다. 원래의 서명은 《시화》인데, 후일 《육일시화》, 《육일거사시화六一居士詩話》, 《구공시화歐公詩話》, 《구양영숙시화歐陽永叔詩話》, 《구양문충공시화文忠公詩話》 등으로 불리게 되었다. 구양수는 〈자서〉에서 "내가 여음에 있을 때 한담의 자료로 모았다.居士退居汝陰, 而集以資閑談也."라고 밝히고 있는데, 시 창작의 방법 및 북송의 여러 시인들의 시를 평하여 후대 시론의 발전에 큰 영향을 미쳤다.

7 許洞(허동): 북송 시기의 문인이다. 자는 동부洞夫 또는 연부淵夫이고 생몰년은 976년~1015년이다. 무술에 뛰어났으며, 병학兵學에 정통했고, 문재文才 역시 아주 뛰어났다. 《송사宋史》 권44에 그의 전기가 있다.

8 分題(분제): 시인 모임에서 나누어 제목을 찾아 시를 쓰는 것을 가리킨다.

9 犯(범): 범하다.

10 閣筆(각필): 붓을 놓다.

11 尤(우): 허물.

19

혹자가 말했다.

"당나라 말기의 시에는 단지 이치만을 숭상한 것이 아니라, 성정과 경물이 모두 진실하여 버릴 수 없는 것도 있다."

조이광이 말했다.

"성정이 참되고 경물이 참되니 후세 사람들을 죽일 의도 없이 죽일 것이다. 전아典雅하지 않고 비속함이 겹겹이 나오지만 언제 참되지 않은 적이 있었는가? 시에서 멀어졌도다! 옛 사람들은 가슴 속에 속물이 없어서 진경眞境 속에서 전아함을 구할 수 있었다. 오늘날 사람들은 가슴 속에 아정한 음조가 없어서 반드시 전아함 속에서 진경을 구해야 한다. 전자와 같이 진경을 구한다면 진경은 금과 옥과 같다. 후자와 같이 진경을 구한다면 진경은 모래와 자갈과 같다. 대개 한・당의 진경이 전자와 같고, 송대의 진경은 후자와 같다. 초・성당의 진경이 전자와 같고, 만당의 진경은 후자와 같다. 두 개의 법도는 완전히 달라서 분별하지 않을 수 없다."[26]

해제 만당의 뛰어난 작품일지라도 궁극적으로 성당시의 지극한 경지와는 차이가 있음을 지적했다.

원문 或曰: 唐末詩不特理致可宗, 而情[1]景[2]俱眞, 有不可廢. 趙凡夫云: "情眞・景眞, 誤殺[3]天下後世. 不典不雅, 鄙俚疊出, 何嘗不眞? 于詩遠矣! 古人胸中無俗物, 可以眞境中求雅; 今人胸中無雅調[4], 必須雅中求眞境. 如此求眞, 眞如金玉; 如彼求眞, 眞如砂礫[5]矣. 大抵漢唐之眞如此, 宋人之眞如彼; 初盛之眞如此, 晚唐之眞如彼. 二法懸[6]殊, 不可不辯."[以上二十句皆凡夫語.]

26) 이상은 모두 조이광의 말이다.

1 情(정): 성정性情.

2 景(경): 경물景物.

3 誤殺(오살): 살의 없이 잘못하여 죽임.

4 雅調(아조): 아정한 음조.

5 砂礫(사력): 모래와 자갈.

6 懸(현): 완전히. 분명히.

詩源辯體

오대五代

1

오대五代는 당나라의 부수적인 시대로서 그 기간에는 전쟁이 급히 몰아닥쳐 문장이 지극히 나쁘지만, 그 작가는 부족하지 않았다. 장비張泌는 전집全集이 없고 단지 《재조집才調集》 및 《고취鼓吹》, 《당시품휘唐詩品彙》에 수록된 20여 편이 있을 뿐이다. 그의 칠언고시 한 편은 사詞의 음조다.

칠언율시 중 다음의 시구는 만당의 뛰어난 음조다.

"천리의 저녁 안개에 근심이 사라지지 않고, 냇가 가득한 가을 풀에 걱정이 끝이 없어라.千里暮烟愁不盡, 一川秋草思無窮."

"노래 한 곡조 들리고 저녁 안개가 위수渭水에 떴는데, 다리 가운데 기울어진 해가 함양咸陽을 비추네.一曲晩烟浮渭水, 半橋斜日照咸陽."

"닭이 울어도 함곡谷月의 달이 가라앉지 않고, 기러기가 울며 파릉灞陵의 안개 속을 새로 지나가네.雞唱未沉函谷月, 鴈聲新度灞陵烟."

"천리의 저녁노을 운몽雲夢의 북쪽에 있고, 한 모래톱의 서리 맞은 귤이 동정호 남쪽에 있네. 시냇물의 바람은 비를 뿌리며 가을 절을 지나가고, 산골짜기의 돌은 급류에 놀라 밤 연못에 떨어지네. 千里晩霞雲夢北, 一洲霜橘洞庭南. 溪風送雨過秋寺, 澗石驚瀧落夜潭."

〈춘일려박계주春日旅泊桂州〉, 〈춘석언회春夕言懷〉 두 편은 경박하고 섬교하다.

해제 장비의 시에 관한 논의다. 만당오대에는 장비라는 사람이 두 명 있다. 이미 여러 문헌에서 이 두 사람을 혼동하고 있어 주의를 요한다.

첫째 남당南唐의 장비이다. 자는 자징子澄이고 상주常州 사람으로 구용위句容尉에 벼슬했다. 이욱李煜이 왕위에 오르자 치도의 도리를 논한 상소를 올려 감찰어사監察御使로 발탁되었다. 후일 내사사인지공거內史舍人知貢擧로 승진했다가 남당이 송에 의해 멸망하자 이욱을 따라 입송하여 주요 관직을 지냈다.

둘째 화간사인花間詞人의 장비이다. 생졸년이 미상이나 《화간집花間集》 권4에 장사인張舍人의 이름으로 사 작품 27수가 수록되어 있다. 《화간집》은 그 서문에서 밝히고 있듯이, 대촉大蜀 광정廣政 3년(940)에 편찬되었으며 그 속에 수록된 장비는 이미 사인의 관직에 오른 사람임을 알 수 있다. 앞서 언급한 남당의 장비가 내사사인이 된 것은 이욱이 재위한 961년 이후의 일이므로 동일인물이 아님을 확인할 수 있다.

즉 여기서 말하는 장비는 두 번째로 말한 화간사인 장비다. 오대 위곡韋穀이 편찬한 《재조집》에는 장비의 시 18수가 수록되어 있다. 위곡은 후촉後蜀의 감찰어사監察御使였고 《화간집》을 편찬한 조숭조趙崇祚는 후촉의 위위소경衛尉少卿을 지냈으므로 두 선집에 들어간 장비는 동일인이라고 볼 수 있다. 장비는 당나라 멸망 후 후촉으로 들어간 문인이다. 무안군절도사武安郡節度使 마은羅隱의 막부에서 문예 활동을 했다. 현존하는 작품으로는 곡자사曲子詞 28수, 시 19수, 소설 2편이 있다. 주로 염정적인 색채를 띠고 있으며 위장韋莊의 시풍에 가까운 것으로 평가된다. 그의 칠언율시 중 만당의 작품이지만 뛰어난 음조를 지닌 시구의 예를 들고, 그 외 몇 편의 작품에 대해 논평했다.

원문

五代爲唐之閏餘[1], 其間戎馬[2]劻勷[3], 文章否極[4], 然其作者亦不乏[5]人. 張泌[6]無全集, 僅才調集及鼓吹 · 品彙所錄二十餘篇而已. 其七言古一篇, 乃詩餘之調也. 七言律如"千里暮烟愁不盡, 一川秋草思無窮."[7] "一曲晚烟浮渭水, 半橋斜日照咸陽."[8] "雞唱未沉函谷月, 鴈聲新度灞陵烟."[9] "千里晚霞雲夢北, 一洲霜橘洞庭南. 溪風送雨過秋寺, 澗石驚瀧落夜潭"[10]等句, 亦晚唐俊調. 至"暖風芳草"[11], "風透疎簾"[12]二篇, 則亦輕浮纖巧矣.

1 閏餘(윤여): 나머지.

2 戎馬(융마): 전쟁에 쓰는 말을 가리키는데, 흔히 군대 또는 전쟁을 비유하는 말로 사용된다.

3 劻勷(광양): 급히 닥치는 모양.

4 否極(비극): 아주 나쁜 지경에 이르다.

5 不乏(불핍): 모자라지 않다. 부족하지 않다.

6 張泌(장비): 만당 시기의 시인이다. 생졸년은 미상이나 한악(842~914)과 비슷한 시기에 활동했다. 대부분의 작품은 만당 시기에 창작된 것으로 염정적인 색채를 띠고 있으며, 화간파花間派의 대표 인물이다. 당나라가 멸망 후 후촉後蜀으로 들어갔다.

7 千里暮烟愁不盡(천리모연수부진), 一川秋草思無窮(일천추초사무궁): 천리의 저녁 안개에 근심이 사라지지 않고, 냇가 가득한 가을 풀에 걱정이 끝이 없어라. 장비 〈변상邊上〉의 시구다.

8 一曲晚烟浮渭水(일곡만연부위수), 半橋斜日照咸陽(반교사일조함양): 노래 한 곡조 들리고 저녁 안개가 위수渭水에 떴는데, 다리 가운데 기울어진 해가 함양咸陽을 비추네. 장비 〈제화엄사목탑題華嚴寺木塔〉의 시구다.

9 雞唱未沉函谷月(계창미침함곡월), 鴈聲新度灞陵烟(안성신도파릉연): 닭이 울어도 함곡谷月의 달이 가라앉지 않고, 기러기가 울며 파릉灞陵의 안개 속을 새로 지나가네. 장비 〈장안도중조행長安道中早行〉의 시구다.

10 千里晚霞雲夢北(천리만하운몽북), 一洲霜橘洞庭南(일주상귤동정남). 溪風送雨過秋寺(계풍송우과추사), 澗石驚瀧落夜潭(간석경롱락야담): 천리의 저녁 노을 운몽雲夢의 북쪽에 있고, 한 모래톱의 서리 맞은 귤이 동정호 남쪽에 있네. 시냇물의 바람은 비를 뿌리며 가을 절을 지나가고, 산골짜기의 돌은 급류에 놀라 밤 연못에 떨어지네. 장비 〈추만과동정秋晚過洞庭〉의 시구다.

11 暖風芳草(난풍방초): 장비의 〈춘일려박계주春日旅泊桂州〉를 가리킨다.

12 風透疎簾(풍투소렴): 장비의 〈춘석언회春夕言懷〉를 가리킨다.

2

오대시 중 문집이 전하는 사람은 이건훈李建勳 한 사람뿐이다. 이건훈의 문집은 두 권으로 오언율시와 칠언율시가 많은데, 수록된 시에는 약간 정취가 있다. 전체 문집을 살펴보면 이산보와 나은의 위에 놓인다.

해제 이건훈의 시에 관한 논의다. 그는 문장을 잘 지었고 특히 오·칠언 율시에 능했는데, 전반적으로 이산보, 나은보다 뛰어나다고 평가하고 있다. 젊을 때 심빈沈彬·손방孫魴과 시사詩社를 결성했고, 이경李璟·서현徐鉉 등과도 창화唱和했다. 그의 시는 초기에는 화려했으나 만년으로 갈수록 평담해졌다. 호응린의 《시수》에서는 "비록 만당의 격조가 비천하게 되었지만 정사情事를 모사하는 데 뛰어났다.雖晩唐卑下格, 然模寫情事珠工."고 평했다.

원문 五代詩有集傳者, 惟李建勳[1]一人. 建勳集二卷, 五七言律爲多, 入錄者亦小有致. 以全集觀, 在李山甫·羅隱之上.

주석 1 李建勳(이건훈): 오대의 시인이다. 생졸년은 약 872~952년이다. 자는 치요致堯이고 광릉廣陵 사람이다. 어릴 때부터 문장을 잘 지었고 특히 시에 능했다. 남당南唐 이변李昪이 금릉金陵을 진압했을 때 부사副使가 되었고 후일 중서시랑동평장사中書侍郎同平章事를 지냈으나, 만년에는 사저로 돌아가 병으로 사망했다.

3

오교伍喬의 칠언율시 중 수록된 것에는 약간 정취가 있다.

호응린이 말했다.

"오교의 시집 한 권에는 칠언율시만 20수가 있는데, 대개 유서類書에서 추려 모은 것이다."

해제 오교에 관한 논의다. 현재 《전당시》에는 21수의 시와 2구의 잔구殘句가 수록되어 있다. 그 외 진상군陳尙君의 《전당시외편全唐詩外編》에 잔구 2구가 수록되어 있다. 칠언율시에 능했으며, 《당재자전》 권7에는 그의 시 20여 편이 그 시대에 이미 유행했다고 기록되어 있다.

원문 伍喬[1]七言律, 入錄者亦小有致. 胡元瑞云: "伍喬詩一卷, 僅七言律二十首, 蓋類書[2]抄合[3]者."

주석
1 伍喬(오교): 오대 남당의 문인이다. 남당 여강廬江 사람으로 생졸년은 미상이다. 원종元宗 시기의 인물로 대략 함통 15년(874)에 태어나 건덕乾德 6년(968) 전후에 사망한 것으로 보인다. 어릴 때부터 총명하여 배움에 뜻을 두고 여산에 들어가 공부를 했으며 시문에 능했다. 보대保大 원년(943)에 〈팔괘부八卦賦〉로써 진사에 장원급제했다. 968년 남당이 망하자 북송에 벼슬하는 것을 싫어하여 구화산九華山에 은거했다. 만년에는 고향으로 돌아와 병으로 죽었다.
2 類書(유서): 여러 책을 모아서 각 부문별 혹은 한 부문의 자료를 집록하여 같은 부류끼리 모아 정리함으로써 검색과 인용에 도움을 주는 일종의 공구서工具書.
3 抄合(초합): 추려 모으다.

4

촉왕蜀王 맹창孟昶의 화예부인花蕊夫人은 칠언절구인 〈궁사宮詞〉 100수가 있는데, 그 시어는 왕건王建을 바탕으로 삼았다. 대략 전체 문집을 살펴보면, 맹창의 시어는 바르지 않고 화예는 때때로 천박하고 유치한 듯하다.

왕안국이 말했다.

"화예의 〈궁사〉 32수는 왕강중王剛中의 《속성도집續成都集》에는 거우 28수가 있을 뿐인데, 100편 중에는 아마 위작이 있는 듯하다."[1)]

후일 《동관유편彤管遺編》에 있는 100수를 보니 원래의 문집과 대부분 다르므로, 위작이 실로 많음을 알겠다. 지금 모두 13수를 수록하여 일가로서 마련한다.

해제 오대의 후촉의 왕인 맹창의 폐비인 화예부인이 지은 〈궁사〉에 관한 논의다. 오늘날 〈화예부인궁사花蕊夫人宮詞〉에는 100여 편의 칠언절구가 수록되어 있는데 그중 확실하게 믿을 만한 것은 90여 편이다. 이에 관한 의문이 일찍 북송 때부터 있어 왔음을 알 수 있다.

조익趙翼의 《해여총고陔餘叢考》 권32에 따르면 화예부인의 이름을 가진 여인은 모두 3명이다.

첫째, 남당 후주後主 이욱李煜의 비妃다. 남당이 망하고 송궁宋宮에 들어가 조광의趙光義에 의해 살해되었다.

둘째, 전촉주前蜀主 왕건王建의 비妃이자 왕연王衍의 모친이다. 그 언니도 왕건의 비였기에 소서비小徐妃라고도 불린다. 이후 모자가 장종莊宗에 의해 살해되었다.

셋째, 후촉 맹창의 비다. 성이 서徐, 또는 비費라고도 한다. 시문에 능했다. 후촉이 망하고 송에 들어가 태조의 총애를 받았다. 〈화예부인궁사〉가 전해진다.

《전당시》에서도 이 작품을 맹창의 비가 지은 것으로 보고 있다. 그러나 최근 포강청浦江清의 고증에 따르면, 이 시는 왕건의 소서비가 지은 것으로 왕건 등의 작품이 섞였다고 한다.

蜀[1]王孟昶[2]花蕊夫人[3]有七言絶宮詞一百首, 其詞本於王建. 大約以全集觀, 王語不雅馴[4], 而花蕊時近淺稚. 王平甫云: "花蕊宮詞三十二首, 王恭簡[5]續成都集[6]纔二十八首, 則百篇之中或有僞撰者."[以上平甫語.] 後見彤管遺編[7]百

1) 이상은 왕안국의 말이다.

首, 與本集多不同, 故知僞撰[8]者實多. 今總錄一十三首, 以備一家.

1 蜀(촉): 오대십국의 하나인 후촉後蜀을 가리킨다.

2 孟昶(맹창): 오대 후촉의 고조高祖 맹지상孟知祥의 셋째 아들로 후촉의 마지막 황제다. 생졸년은 919년~965년이다. 처음 이름은 인찬仁贊이고, 자가 보원保元이며, 한족이다. 31년간 재위했다.

3 花蕊夫人(화예부인): 후촉의 황제 맹창孟昶의 폐비廢妃로, 오대십국 시기의 여성 시인이다. 청성青城 곧 지금의 도강언都江堰 지역 사람이다. 어려서부터 글에 뛰어났으며, 특히 궁사에 뛰어났다. 맹창의 총애를 받아 '화예부인'이라는 호를 받았다. 후촉이 망하자 포로가 되어 송나라 궁실로 들어가 송태조의 총애를 받았다. 궁사에서 묘사한 생활 모습이 매우 풍부하다. 대개 농염한 색채를 지니지만 간혹 청신하고 소박한 작품도 있다.

4 雅馴(아훈): 문장의 용어가 바르고 온당하며 속되지 않음을 가리킨다.

5 王恭簡(왕공간): 왕강중王剛中(1103~1165). 송나라 시기의 문인이다. 자는 시형時亨이고, 시호가 공간이다. 요주饒州 낙평樂平 곧 지금의 산서성 석양昔陽 사람이다. 고종 소흥 15년(1145)에 진사가 되었다. 홍주교수洪州教授, 중서사인中書舍人 등을 역임했다. 효종孝宗 때 동지추밀원사同知樞密院使에 올라 화의和議를 반대하고 주전主戰을 고수했다. 주요 저서로 《역설易說》, 《춘추통의春秋通義》, 《경사변의經史辨疑》, 《한당사평漢唐史評》, 《당사요람唐史要覽》, 《동계집東溪集》, 《응재필록應齋筆錄》 등이 있다.

6 續成都集(속성도집): 왕강중이 소흥 30년(1160)에 집필한 《속성도고금집기續成都古今集記》를 가리킨다.

7 彤管遺編(동관유편): 명대의 문인 역호酈琥가 엮은 책이다. 역대 여성시가총집이다.

8 僞撰(위찬): 위작僞作.

5

아래의 시구는 모두 청신하고 웅건하여 또 하나의 유형이 된다.

다음은 이건훈李建勳의 오언율시의 시구다.

"삼나무와 소나무 여름이 지난 후에 새롭고, 우박이 한밤 참선 중에 내리네.杉松新夏後, 雨雹夜禪中."

"연못에 비친 봄 대나무가 늙었고, 처마에 늘어진 여름 과일이 향기롭네.池映春篁老, 簷垂夏果香."

"늦과일은 가을을 지나며 붉어지고, 겨울 채소는 사일社日에 가까워 푸르네.晩果經秋赤, 寒蔬近社青."

"온돌에 승려가 앉으니 따뜻하고, 산의 땔감 타는 소리 기름지네.地爐僧坐煖, 山枿火聲肥."

다음은 이건훈의 칠언율시의 시구다.

"거친 종소리 울린 후 사람들 먼 산봉우리로 돌아가고, 옛집 앞의 높은 삼나무에 눈이 내리치네.人歸遠岫疎鐘後, 雪打高杉古屋前."

"구름이 허공을 덮어 만 리 길을 감추었고, 눈이 두 폭포를 뒤덮어 산중턱에 있네.雲暗半空藏萬仞, 雪迷雙瀑在中峯."

다음은 오교伍喬의 칠언율시의 시구다.

"괴석의 야광이 차갑게 촛불을 투과하고, 늙은 삼나무의 가을 운치가 싸늘하게 종과 어우러지네.怪石夜光寒射燭, 老杉秋韻冷和鐘."

"학과 구름의 그림자가 높은 나무에 머물고, 사람이 달빛을 받으며 옛 단에 오르네鶴和雲影宿高木, 人帶月光登古檀."

"꿈에서 깨어나니 달밤의 벌레가 벽에서 울고, 병에서 일어나니 띳집이 엄숙하고 표주박에 약이 가득하네.夢迴月夜蟲吟壁, 病起茅齋藥滿瓢."

“옛 거문고 달을 지니고 오니 음악 소리 바르고, 산열매 서리를 거치니 맛이 완전하네.古琴帶月音聲正, 山果經霜氣味全.”

다음은 《시수詩藪》에 실린 유소우劉昭禹의 시구다.
“정신이 맑으니 산 정상에 서고, 옷이 젖었는데도 폭포 옆에서 읊조리네.神清峯頂立, 衣冷瀑邊吟.”

다음은 《시수》에 실린 변진卞震의 시구다.
“비 맞은 벽에서 가을 버섯 자라고, 바람 부는 가지에서 병든 매미 떨어지네.雨壁長秋菌, 風枝落病蟬.”

다음은 《시수》에 실린 조숭曹崧의 시구다.
“사슴이 눈을 뜨고 바라보는데 거친 들판 차갑고 순무가 희네, 오리가 재잘거리는데 석양이 무너지고 낙엽이 날아가네.鹿眼荒圃寒蕪白, 鴉噪殘陽敗葉飛.”

다음은 《시수》에 실린 요응廖凝의 시구다.
“바람이 맑은 대나무 전각에서 승려가 말을 남기고, 비로 습한 모래 정원에서 관리를 쫓아내네.風清竹閣留僧話, 雨濕莎庭放吏衙.”

그 유래를 살펴보니 바로 가도 · 장적 · 왕건의 영향을 받았다. 송나라 유극장에 이르면 더욱 아름답게 가다듬어졌다. 지금 후진들이 숭상하는 것은 진실로 여기서 벗어나지 못하는데도, 도리어 스스로를 높여 과찬하고 마음속으로 천고에 뛰어난 시라 말하며 초 · 성당의 시를 경시하여 짓지 않는다. 이것이 바로 고인이 오랫동안 버린 보잘것없는 것임을 깨닫지 못한다.

해제 오대의 시 중 청신하고 웅건하여 또 하나의 유형이 되는 시구를 예로 들어 제시했다. 그러나 이러한 시구는 모두 초·성당에 비하면 보잘것없어 배울 만한 것이 아님을 피력했다.

원문 李建勳五言律, 如"杉松新夏後, 雨雹夜禪中."[1] "池映春篁老, 簷垂夏果香."[2] "晩果經秋赤, 寒蔬近社青."[3] "地爐僧坐煖, 山枿火聲肥."[4] 七言律如"人歸遠岫踈鐘後, 雪打高杉古屋前."[5] "雲暗半空藏萬仞, 雪迷雙瀑在中峯."[6] 伍喬七言律, 如"怪石夜光寒射燭, 老杉秋韻冷和鐘."[7] "鶴和雲影宿高木, 人帶月光登古檀."[8] "夢迴月夜蟲吟壁, 病起茅齋藥滿瓢."[9] "古琴帶月音聲正, 山果經霜氣味全."[10]及詩藪[11]所載劉昭禹[12]"神淸峯頂立, 衣冷瀑邊吟"[13], 卞震[14]"雨壁長秋菌, 風枝落病蟬"[15], 曹崧[16]"鹿眼荒圃寒蕪白, 鴉噪殘陽敗葉飛"[17], 廖凝[18]"風淸竹閣留僧話, 雨濕莎庭放吏衙"[19]等句, 皆淸新峭拔, 另爲一種. 究其所自, 乃賈島·張·王之餘. 至宋劉後村, 益加工美矣. 今後生[20]所尙, 實不出[21]此, 顧乃高自夸大[22], 意謂千古絶調[23], 薄初·盛而不爲, 不知乃古人久棄之唾餘[24]也.

주석

1 杉松新夏後(삼송신하후), 雨雹夜禪中(우박야선중): 삼나무와 소나무 여름이 지난 후에 새롭고, 우박이 한밤 참선 중에 내리네. 이건훈 〈회증조선사懷贈操禪師〉의 시구다.

2 池映春篁老(지영춘황로), 簷垂夏果香(첨수하과향): 연못에 비친 봄 대나무가 늙었고, 처마에 늘어진 여름 과일이 향기롭네. 이건훈 〈하일수상송이공견방夏日酬祥松二公見訪〉의 시구다.

3 晩果經秋赤(만과경추적), 寒蔬近社青(한소근사청): 늦과일은 가을을 지나며 붉어지고, 겨울 채소는 사일社日에 가까워 푸르네. 이건훈 〈소원小園〉의 시구다.

4 地爐僧坐煖(지로승좌난), 山枿火聲肥(산얼화성비): 온돌에 승려가 앉으니 따뜻하고, 산의 땔감 타는 소리 기름지네. 이건훈 〈숙우인산거기사도상공宿友人山居寄司徒相公〉의 시구다.

5 人歸遠岫踈鐘後(인귀원수소종후), 雪打高杉古屋前(설타고삼고옥전): 거친 종소리 울린 후 사람들 먼 산봉우리로 돌아가고, 옛집 앞의 높은 삼나무에 눈이

내리치네. 이건훈 〈사거륙처사상방감회각기이삼우인寺居陸處士相訪感懷卻寄二三友人〉의 시구다.

6 雲暗半空藏萬仞(운암반공장만인), 雪迷雙瀑在中峯(설미쌍폭재중봉): 구름이 허공을 덮어 만 리 길을 감추었고, 눈이 두 폭포를 뒤덮어 산중턱에 있네. 이건훈 〈세모만박망려산불견인회악승정찰판歲暮晩泊望廬山不見因懷岳僧呈察判〉의 시구다.

7 怪石夜光寒射燭(괴석야광한사촉), 老杉秋韻冷和鐘(노삼추운냉화종): 괴석의 야광이 차갑게 촛불을 투과하고, 늙은 삼나무의 가을 운치가 싸늘하게 종과 어우러지네. 오교 〈제서림사수각題西林寺水閣〉의 시구다.

8 鶴和雲影宿高木(학화운영숙고목), 人帶月光登古檀(인대월광등고단): 학과 구름의 그림자가 높은 나무에 머물고, 사람이 달빛을 받으며 옛 단에 오르네. 오교 〈숙첨산宿灊山〉의 시구다.

9 夢迴月夜蟲吟壁(몽회월야충음벽), 病起茅齋藥滿瓢(병기모재약만표): 꿈에서 깨어나니 달밤의 벌레가 벽에서 울고, 병에서 일어나니 띳집이 엄숙하고 표주박에 약이 가득하네. 오교 〈벽거추사기우인僻居秋思寄友人〉의 시구다.

10 古琴帶月音聲正(고금대월음성정), 山果經霜氣味全(산과경상기미전): 옛 거문고 달을 지니고 오니 음악 소리 바르고, 산열매 서리를 거치니 맛이 완전하네. 오교 〈벽거수우인僻居酬友人〉의 시구다.

11 詩藪(시수): 명대 호응린이 편찬한 시화다. 모두 20권으로 주대에서 명대까지의 각 시가 체제를 광범위하고 체계적으로 평론했다. 내편 6권은 고체와 근체시에 관한 내용을 분석했고, 외편 6권은 각 시대별 시 작품에 관한 분석을 위주로 하고 있다. 잡편 6권은 유일遺逸, 규여閨餘로 나누어 서술하고 있으며, 속편 2권은 그 당시의 시를 논했다. 왕세정 《예원치언》의 영향을 많이 받았다.

12 劉昭禹(유소우): 생졸년은 미상이나 대략 후량 태조 개평 연간에 활동한 것으로 보인다. 자는 휴명休明이고, 계양桂陽 곧 지금의 호남성湖南省 침주시郴州市 사람이다. 《전당시》에 시 9수가 실려 있다. 어릴 때 임관林寬에게서 시를 배우며 어려움을 다 이겨내었다. 오언시에 뛰어났다.

13 神淸峯頂立(신청봉정립), 衣冷瀑邊吟(의랭폭변음): 정신이 맑으니 산 정상에 서고, 옷이 젖었는데도 폭포 옆에서 읊조리네. 유소우 〈회화산은자懷華山隱者〉의 시구다.

14 卞震(변진): 후촉 익주益州 사람이다. 그의 생애에 관한 기록은 자세하지 않지

만 《송사宋史, 변곤전卞衮傳》에서 간략하게 살펴볼 수 있다. 진사에 합격하여 유주판관渝州判官을 지냈다. 만년에 북송에서 벼슬했다. 중국문학사에서 큰 지위를 차지하지 않지만 그가 남긴 시 〈구句〉는 인구에 회자된다.

15 雨壁長秋菌(우벽장추균), 風枝落病蟬(풍지락병선): 비 맞은 벽에서 가을 버섯 자라고, 바람 부는 가지에서 병든 매미 떨어지네. 변진 〈구句〉의 시구다.

16 曹崧(조숭): 생졸년이 미상이다. 호는 의원倚園이고 청호淸湖의 남쪽 청천현淸泉縣 곧 지금의 호남성 형남현衡南縣 사람이다. 시와 글에 뛰어나 이름이 났다. 또 《호남성지湖南省志》에 "조숭은 서예에 뛰어나 성교서의 필법을 깨달았다.崧工書, 得聖敎序筆法."고 기록되어 있다.

17 鹿眼荒圃寒蕪白(녹안황포한무백), 鴉噪殘陽敗葉飛(아조잔양패엽비): 사슴이 눈을 뜨고 바라보는데 거친 들판 차갑고 순무가 희네, 오리가 재잘거리는데 석양이 무너지고 낙엽이 날아가네. 조숭 〈구句〉의 시구다.

18 廖凝(요응): 대략 936년 전후에 활동한 인물이다. 자는 희적熙績이다. 장거영張居詠, 이건훈 등과 친밀하게 교류했다. 10세 때 여러 사람 앞에서 시 한 수를 읊어 놀라게 했다. 후당 말년 형 요융廖融과 함께 남악南岳에 은거하여 보통 그를 호남湖南 형산衡山 사람으로 본다. 후일 남당에 벼슬했으나 귀향했다. 시문이 웅건하고 생동감이 있어 많은 사람들이 가르침을 청했다고 한다.

19 風淸竹閣留僧話(풍청죽각유승화), 雨濕莎庭放吏衙(우습사정방리아): 바람이 맑은 대나무 전각에서 승려가 말을 남기고, 비로 습한 모래 정원에서 관리를 쫓아내네. 요응 〈구句〉의 시구다.

20 後生(후생): 후진後進. 후배後輩.

21 不出(불출): 벗어나지 못하다.

22 高自夸大(고자과대): 스스로 자신을 높이 보고 과찬하다.

23 絶調(절조): 뛰어난 시. 뛰어난 음조.

24 唾餘(타여): 다른 사람의 보잘것없는 의견이나 말.

찾아보기

詩源辯體

—지은이 소개—

지은이_ 허 학 이許學夷

허학이(1563~1633)는 자가 백청伯清이고 지금의 강소성江蘇省 무석武錫 사람이다. 어릴 때부터 문사文史 지식에 뛰어났으며 다른 잡기를 배우지 않고 두문불출하며 오직 학문 연구에만 몰두하였다. 과거시험에 뜻을 두지 않았고 높은 권력에 아부하지 않았으며, 강직한 성품으로 절의를 중시하였다. 창주시사滄洲詩社를 결성하여 여러 문인들과 교류했으며, 31세부터 40년의 세월 동안 줄곧 그의 대표작인《시원변체》를 완성하는 데 심혈을 기울였다.

—역주자 소개—

역주자_ 박 정 숙朴貞淑

계명대학교를 졸업하고 2008년도에 중국 남경대학에서 문학박사학위를 취득했다. 현재 계명대학교에서 연구와 강의를 하고 있다. 주로 당대 이전의 시에 대해 관심을 가지고 있으며, 중국 고전문학 전반에 걸친 문헌자료 연구에도 관심이 많다. 이 책의 제1권~제33권 및 기타 등을 역주했다.

역주자_ 신 민 야申旻也

숙명여자대학교를 졸업하고 2000년도에 중국 남경대학에서 문학박사학위를 취득하였다. 현재 숙명여자대학교에서 초빙교수로 재직하고 있으며 주로 명대 시에 대해 관심을 가지고 있다. 이 책의 총론(제34권~제36권) 및 후집찬요 2권을 맡았다.